中國文學研究典籍叢刊

歷代詩話

上

〔清〕何文焕 輯

中華書局

圖書在版編目(CIP)數據

歷代詩話/(清)何文焕輯. —北京:中華書局,1981.4
(2024.9 重印)
(中國文學研究典籍叢刊)
ISBN 978-7-101-00915-6

Ⅰ.歷… Ⅱ.何… Ⅲ.詩話-匯編-中國-古代
Ⅳ.I207.22

中國版本圖書館 CIP 數據核字(2001)第 058331 號

責任印製:陳麗娜

中國文學研究典籍叢刊
歷 代 詩 話
(全二册)
〔清〕何文焕 輯
*
中 華 書 局 出 版 發 行
(北京市豐臺區太平橋西里 38 號 100073)
http://www.zhbc.com.cn
E-mail:zhbc@zhbc.com.cn
三河市鑫金馬印裝有限公司印刷
*
850×1168 毫米 1/32 · 28⅛印張 · 4 插頁 · 534 千字
1981 年 4 月第 1 版 2004 年 9 月第 2 版
2024 年 9 月第 18 次印刷
印數:92001-92600 册 定價:129.00 元

ISBN 978-7-101-00915-6

《中國文學研究典籍叢刊》出版説明

中國古代學者對文學的認識、思考、研究和總結，是以多種形式書寫、流傳並發生影響的，有的是理論性的專著，有的是隨筆式的評論，有的是作品前後的序跋，有的是作品之中的評點。這些典籍數量豐富，種類衆多，涉及各個時期的不同的文學現象和文學思潮，以及不同的作家作品和文體文類。對這些典籍文獻的收集、整理，在近百年來，一直是學術界著力的重點，取得了很大的成績。

爲了進一步推動這一工作的進展，我們組織了《中國文學研究典籍叢刊》，選擇歷代具有代表性的、比較重要的典籍，採用所能得到的善本，進行深入的整理。因各類典籍情況差異較大，整理的方式也因書而異，不求一律，或校勘，或標點，或注釋，或輯佚，詳見各書的前言與凡例。《叢刊》的目的，是系統地爲學術界提供一套承載著中國古代學者文學研究成果的，内容更爲準確、使用更爲方便的基礎資料。我們熱切地期待學術界的同仁們參與這一澤惠學林的工作，並誠摯地歡迎讀者對我們的工作提出批評指正。

中華書局編輯部　二〇〇六年六月

出版説明

歷代詩話，清何文煥輯，凡收詩話二十七種，原書有乾隆庚寅（公元一七七〇）自序。

從梁鍾嶸的詩品問世以後，陸續出現了各種類型的詩話，成爲中國文學理論批評和文學史的一種重要資料。其中有評論作家作品的，有發揮詩歌的文學理論的，有專講詩的寫作方法的，還有記載詩人的遺聞軼事的，也有包括以上各類的，或各有側重的。品類繁多，各有特色。這些詩話雖有篇幅較多的，像本書中所收的全唐詩話有六卷，韻語陽秋有二十卷，但一般是篇幅不大，流傳不廣。何文煥考慮到「前賢小品，每易散遺」，所以把這些較有新義可資考鑑的詩話彙爲一編，並附以他自己的歷代詩話考索。此書刊行以來，曾給研究中國詩歌史和詩歌理論的讀者提供了不少方便。因此我們把它標點出版。

歷代詩話的底本，何文煥雖説也曾作過選擇和考校，但還有一些問題。如後山詩話有脱誤，臨漢隱居詩話原有殘缺，紫微詩話脱去一節，石林詩話別本有拾補；全唐詩話的作者舊題尤袤，但此書元刻本不著撰人（見天禄琳琅書目），四庫全書總目已考證爲賈似道門客廖瑩中所輯，而且抄襲了唐詩紀事的文字，實無足取。現在仍基本保留歷代詩話的原貌，除臨漢隱居詩話因殘缺過多，改用知不足齋叢書本外，其餘各書不作抽換，只參考别的版本作了必要的校勘，補充了殘缺，改正了書中顯著的衍脱舛訛，清人的避諱字一律改回，參校用的版本詳見各書的校記。限於我們的水平，校點工作做得不盡完善，一定會有不少疏漏，希望讀者指正。爲了讀者查閲方便，編了一個歷代詩話人名索引，附于書後。

中華書局文學編輯室

一九八〇年三月

詩話於何昉乎？賡歌紀於虞書，六義詳于古序，孔孟論言，別申遠旨，春秋賦答，都屬斷章。三代尚已。漢魏而降，作者漸夥，遂成一家言，洵是騷人之利器，藝苑之輪扁也。爰勒前賢之書爲一編，間有管見，爲考索若干條附於末。

乾隆庚寅四月八日嘉善何文煥序

歷代詩話凡例

詩話據經籍志所載，存者無幾。今就有可考校者付梓，弗嫌掛漏。是刻因前賢小品，每易散遺，故彙爲一編。若漁隱叢話詩人玉屑等書，卷帙既富，可自專行，無煩贅入。

前賢詩話，微特論議精確，文筆亦自有致，故惟原本可佳，編類則失之矣。詩話總龜詩話類編等書，可弗問也。

詩話貴發新義，若呂伯恭詩律武庫，張時可詩學規範，王元美藝苑卮言等書，多列前人舊說，殊無足取。

雕板如前明胡氏之百家名書，卽書估所稱格致叢書。最爲舛訛，大半屬贗本。唯元人一二種差强人意，姑存以備元代詩話。

前明楊升菴丹鉛總錄，內有詩話四卷，外集所編，有詩品十二卷，率多訛字。謝茂秦四溟詩話四卷，真僞參半。此二種俟覓善本訂正。

書中敬避字，遵例改寫。聖祖仁皇帝廟諱上一字作「元」，下一字作「燁」。世宗憲皇帝廟諱上一字作「允」，下一字作「正」。皇上御名上一字作「宏」，下一字作「歷」。

續刊舊刻諸書，譌脱甚多，賴我友潘夢廬相助校閱。其無可考正者，姑仍其舊，不敢臆改。此書始自六朝，迄前明而止。國朝詩話，收羅未廣，且俟來兹。

也夫何文焕識

歷代詩話目録

㊀全唐詩話的作者，天禄琳瑯書目所收元刻本沒有著明作者姓氏，四庫全書總目認爲是賈似道門客廖瑩中自唐詩紀事中輯録。

詩品

詩品

梁　鍾嶸著

氣之動物，物之感人，故搖蕩性情，形諸舞詠。照燭三才，暉麗萬有，靈祇待之以致饗，幽微藉之以昭告。動天地，感鬼神，莫近於詩。昔南風之詞，卿雲之頌，厥義夐矣。夏歌曰：「鬱陶乎予心。」楚謠曰：「名余曰正則。」雖詩體未全，然是五言之濫觴也。逮漢李陵，始著五言之目矣。古詩眇邈，人世難詳，推其文體，固是炎漢之製，非衰周之倡也。自王揚枚馬之徒，詞賦競爽，而吟詠靡聞。從李都尉迄班婕妤，將百年間，有婦人焉，一人而已。詩人之風，頓已缺喪。東京二百載中，惟有班固詠史，質木無文。降及建安，曹公父子篤好斯文，平原兄弟鬱爲文棟，劉楨王粲爲其羽翼。次有攀龍託鳳，自致於屬車者，蓋將百計。彬彬之盛，大備於時矣。爾後陵遲衰微，迄於有晉。太康中，三張、二陸、兩潘、一左，勃爾復興，踵武前王，風流未沫，亦文章之中興也。永嘉時，貴黃老，稍尚虛談。於時篇什，理過其辭，淡乎寡味。爰及江表，微波尚傳，孫綽許詢桓庾諸公詩，皆平典似道德論，建安風力盡矣。先是郭景純用儁上之才，變創其體。劉越石仗清剛之氣，贊成厥美。然彼衆我寡，未能動俗。逮義熙中，謝益壽斐然繼作。元嘉中，有謝靈運，才高詞盛，富艷難蹤，固已含跨劉郭，凌轢潘左。故知陳思爲建安之傑，公幹仲宣爲輔。

陸機爲太康之英，安仁景陽爲輔。謝客爲元嘉之雄，顏延年爲輔。斯皆五言之冠冕，文詞之命世也。夫四言，文約意廣，取效風騷，便可多得。每苦文繁而意少，故世罕習焉。五言居文詞之要，是衆作之有滋味者也，故云會於流俗。豈不以指事造形，窮情寫物，最爲詳切者邪？故詩有三義焉：一曰興，二曰比，三曰賦。文已盡而意有餘，興也；因物喻志，比也；直書其事，寓言寫物，賦也。宏斯三義，酌而用之，幹之以風力，潤之以丹彩，使味之者無極，聞之者動心，是詩之至也。若專用比興，患在意深，意深則詞躓。若但用賦體，患在意浮，意浮則文散，嬉成流移，文無止泊，有蕪漫之累矣。若乃春風春鳥，秋月秋蟬，夏雲暑雨，冬月祁寒，斯四候之感諸詩者也。嘉會寄詩以親，離羣託詩以怨。至於楚臣去境，漢妾辭宮；或骨橫朔野，或魂逐飛蓬；或負戈外戍，殺氣雄邊；塞客衣單㊀，孀閨淚盡；或士有解佩出朝，一去忘反；女有揚蛾入寵，再盼傾國。凡斯種種，感蕩心靈，非陳詩何以展其義，非長歌何以騁其情？故曰：「詩可以羣，可以怨。」使窮賤易安，幽居靡悶，莫尚於詩矣。故詞人作者，罔不愛好。今之士俗，斯風熾矣。纔能勝衣，甫就小學，必甘心而馳騖焉。於是庸音雜體，人各爲容。至使膏腴子弟，恥文不逮，終朝點綴，分夜呻吟。獨觀謂爲警策，衆睹終淪平鈍。次有輕薄之徒，笑曹劉爲古拙，謂鮑照羲皇上人，謝朓今古獨步。而師鮑照終不及「日中市朝滿」，學謝朓劣得「黃鳥度青枝」。徒自棄於高明，無涉於文流矣。觀王公縉紳之士，每博論之餘，何嘗不以詩爲口實。隨其嗜欲，商榷不同，淄澠並泛，朱紫相奪，喧議競起，準的無依。近彭城劉士章，俊賞之士，疾其淆亂，欲爲當世詩品，口陳標榜。其文未遂，感而作焉。昔九品論人，七畧裁士，校以賓實，誠多未值。至若詩之爲技，較爾可知，以類推之，殆均博弈。方今皇帝，資生知之上才，體沉鬱之幽思，文麗日月，賞究天人，昔在貴游，已爲稱首。況八紘既奄，風靡雲蒸，抱玉者聯肩，握珠者踵武。以瞰漢魏而不顧，吞晉宋於胸中。諒非農歌轅議，敢致流別。嶸之今録，庶周旋於閭里，均之於談笑耳。

㊀「塞客」原作「寒客」，據談藝珠叢本改。

一品之中，畧以世代爲先後，不以優劣爲詮次。又其人既往，其文克定。今所寓言，不録存者。夫屬詞比事，乃爲通談。若乃經國文符，應資博古，撰德駁奏，宜窮往烈。至乎吟詠情性，亦何貴於用事？「思君如流水」，既是卽目。「高臺多悲風」，亦惟所見。「清晨登隴首」，羌無故實。「明月照積雪」，詎出經史。觀古今勝語，多非補假，皆由直尋。顏延謝莊，尤爲繁密，於時化之。故大明泰始中，文章殆同書抄。近任昉王元長等，詞不貴奇，競須新事，爾來作者，寖以成俗。遂乃句無虛語，語無虛字，拘攣補衲，蠹文已甚。但自然英旨，罕值其人。詞既失高，則宜加事義。雖謝天才，且表學問，亦一理乎！陸機文賦，通而無貶；李充翰林，疏而不切；王微鴻寶，密而無裁；顏延論文，精而難曉；摯虞文志，詳而博贍，頗曰知言：觀斯數家，皆就談文體，而不顯優劣。至於謝客集詩，逢詩輒取；張隲文士，逢文卽書：諸英志録，並義在文，曾無品第。嶸今所録，止乎五言。雖然，網羅今古，詞文殆集。輕欲辨彰清濁，掎摭病利，凡百二十人。預此宗流者，便稱才子。至斯三品升降，差非定制，方申變裁，請寄知者爾。

昔曹劉殆文章之聖，陸謝爲體貳之才，鋭精研思，千百年中，而不聞宮商之辨，四聲之論。或謂前達偶然不見，豈其然乎？嘗試言之，古曰詩頌，皆被之金竹，故非調五音，無以諧會。若「置酒高堂上」、「明月照高樓」，爲韻之首。故三祖之詞，文或不工，而韻入歌唱。此重音韻之義也，與世之言宮商異矣。今既不被管弦，亦何取於聲律邪？齊有王元長者，嘗謂余云：「宮商與二儀俱生，自古詞人不知之。惟顔憲子乃云『律呂音調』，而其實大謬。唯見范曄謝莊頗識之耳。嘗欲進知音論，未就。」王元長創其首，謝朓沈約揚其波。三賢或貴公子孫，幼有文辯，於是士流景慕，務爲精密，襞積細微，專相陵架。故使文多拘忌，傷其真美。余謂文製本須諷讀，不可蹇礙，但令清濁通流，口吻調利，斯爲足矣。至平上去入，則余病未能，蜂腰、鶴膝，閭里已具。陳思贈弟，仲宣七哀，公幹思友，阮籍詠懷，子卿「雙鳧」，叔夜「雙鸞」，茂先寒夕，平叔衣單，安仁倦暑，景陽苦雨，靈運鄴中，士衡擬古，越石感亂，景純詠仙，王微風月，謝客山泉，叔源離宴，鮑照戍邊，太沖詠史，顔延入洛，陶公詠貧之製，惠連擣衣之作，斯皆五言之警策者也。所以謂篇章之珠澤，文彩之鄧林。

詩品卷上

古詩

其體源出於國風。陸機所擬十四首，文溫以麗，意悲而遠，驚心動魄，可謂幾乎一字千金！其外「去者日以疏」四十五首，雖多哀怨，頗爲總雜，舊疑是建安中曹王所製。「客從遠方來」、「橘柚垂華實」，亦爲驚絕矣！人代冥滅，而清音獨遠，悲夫！

漢都尉李陵

其源出於楚辭。文多悽愴，怨者之流。陵，名家子，有殊才，生命不諧，聲頹身喪。使陵不遭辛苦，其文亦何能至此！

漢婕妤班姬

其源出於李陵。團扇短章，詞旨清捷，怨深文綺，得匹婦之致。侏儒一節，可以知其工矣！

魏陳思王植

其源出於國風。骨氣奇高，詞彩華茂，情兼雅怨，體被文質，粲溢今古，卓爾不羣。嗟乎！陳思之於文章也，譬人倫之有周孔，鱗羽之有龍鳳，音樂之有琴笙，女工之有黼黻。俾爾懷鉛吮墨者，抱篇章而景慕，映餘暉以自燭。故孔氏之門如用詩，則公幹升堂，思王入室，景陽潘陸，自可坐於廊廡之間矣。

魏文學劉楨

其源出於古詩。仗氣愛奇，動多振絶。真骨凌霜，高風跨俗。但氣過其文，雕潤恨少。然自陳思已下，楨稱獨步。

魏侍中王粲

其源出於李陵。發愀愴之詞，文秀而質羸。在曹劉間，别構一體。方陳思不足，比魏文有餘。

晉步兵阮籍

其源出於小雅。無雕蟲之功。而詠懷之作，可以陶性靈，發幽思。言在耳目之內，情寄八荒之表。洋洋乎會於風雅，使人忘其鄙近，自致遠大，頗多感慨之詞。厥旨淵放，歸趣難求。顏延年注解，怯言其志。

晉平原相陸機

其源出於陳思。才高詞贍，舉體華美。氣少於公幹，文劣於仲宣。尚規矩，不貴綺錯，有傷直致之奇。然其咀嚼英華，厭飫膏澤，文章之淵泉也。張公歎其大才，信矣！

晉黃門郎潘岳

其源出於仲宣。翰林嘆其翩翩然如翔禽之有羽毛，衣服之有綃縠，猶淺於陸機。謝混云：「潘詩爛若舒錦，無處不佳，陸文如披沙簡金，往往見寶。」嶸謂益壽輕華，故以潘爲勝；翰林篤論，故歎陸爲深。余常言陸才如海，潘才如江。

晉黄門郎張協

其源出於王粲。文體華淨，少病累。又巧構形似之言，雄於潘岳，靡於太沖。風流調達，實曠代之高手。調彩葱菁，音韻鏗鏘，使人味之亹亹不倦。

晉記室左思

其源出於公幹。文典以怨，頗爲精切，得諷諭之致。雖野於陸機，而深於潘岳。謝康樂嘗言："「左太沖詩，潘安仁詩，古今難比。」

宋臨川太守謝靈運

其源出於陳思，雜有景陽之體。故尚巧似，而逸蕩過之，頗以繁蕪爲累。嶸謂若人興多才高，寓目輒書，内無乏思，外無遺物，其繁富宜哉！然名章迥句，處處間起；麗典新聲，絡繹奔會。譬猶青松之拔灌木，白玉之映塵沙，未足貶其高潔也。初，錢塘杜明師夜夢東南有人來入其館，是夕，即靈運生於會稽。旬日，而謝玄亡。其家以子孫難得，送靈運於杜治養之。十五方還都，故名「客兒」。治，音稚。奉道之家靖室也。

詩品卷中

漢上計秦嘉　嘉妻徐淑

夫妻事既可傷，文亦悽怨。爲五言者，不過數家，而婦人居二。徐淑叙別之作，亞於團扇矣。

魏文帝

其源出於李陵，頗有仲宣之體。則所計百許篇，率皆鄙質如偶語。惟「西北有浮雲」十餘首，殊美贍可玩，始見其工矣。不然，何以銓衡羣彥，對揚厥弟者邪？

晉中散嵇康

頗似魏文。過爲峻切，訐直露才，傷淵雅之致。然託諭清遠，良有鑒裁，亦未失高流矣。

晉司空張華

其源出於王粲。其體華豔，興託不奇，巧用文字，務爲妍冶。雖名高曩代，而疏亮之士，猶恨其兒女情多，風雲氣少。謝康樂云：「張公雖復千篇，猶一體耳。」今置之中品疑弱，處之下科恨少，在季孟之間矣。

魏尚書何晏　晉馮翊守孫楚　晉著作王讚　晉司徒掾張翰　晉中書令潘尼

平叔鴻鵠之篇，風規見矣。子荆零雨之外，正長朔風之後，雖有累札，良亦無聞。季鷹黄華之唱，正叔緑蘩之章，雖不具美，而文彩高麗，並得虬龍片甲，鳳凰一毛。事同駁聖，宜居中品。

魏侍中應璩

祖襲魏文。善爲古語，指事殷勤，雅意深篤，得詩人激刺之旨。至於「濟濟今日所」，華靡可諷味焉。

晉清河守陸雲　晉侍中石崇　晉襄城太守曹攄　晉朗陵公何劭

清河之方平原，殆如陳思之匹白馬。於其哲昆，故稱二陸。季倫顏遠，並有英篇。篤而論之，朗陵爲最。

晉太尉劉琨　晉中郎盧諶

其源出於王粲。善爲悽戾之詞，自有清拔之氣。琨既體良才，又罹厄運，故善敍喪亂，多感恨之詞。中郎仰之，微不逮者矣。

晉弘農太守郭璞

憲章潘岳，文體相輝，彪炳可玩。始變永嘉平淡之體，故稱中興第一。翰林以爲詩首。但游仙之作，詞多慷慨，乖遠玄宗。其云：「奈何虎豹姿。」又云：「戢翼棲榛梗。」乃是坎壈詠懷，非列仙之趣也。

晉吏部郎袁宏

彦伯詠史，雖文體未遒，而鮮明緊健，去凡俗遠矣。

晉處士郭泰機　晉常侍顧愷之　宋謝世基　宋參軍顧邁　宋參軍戴凱

泰機寒女之製，孤怨宜恨。長康能以二韻答四首之美。世基横海，顧邁鴻飛。戴凱人實貧羸，而才章富健。觀此五子，文雖不多，氣調警拔，吾許其進，則鮑照江淹未足逮止。越居中品，僉曰宜哉。

宋徵士陶潛

其源出於應璩，又協左思風力。文體省淨，殆無長語。篤意真古，辭興婉愜。每觀其文，想其人德。世歎其質直。至如「懽言醉春酒」、「日暮天無雲」，風華清靡，豈直爲田家語邪？古今隱逸詩人之宗也。

宋光禄大夫顏延之

其源出於陸機。尚巧似。體裁綺密，情喻淵深，動無虛散，一句一字，皆致意焉。又喜用古事，彌見拘束，雖乖秀逸，是經綸文雅才。雅才減若人，則蹈於困躓矣。湯惠休曰：「謝詩如芙蓉出水，顏如錯彩鏤金。」顏終身病之。

宋豫章太守謝瞻　宋僕射謝混　宋太尉袁淑　宋徵君王微　宋征虜將軍王僧達

其源出於張華。才力苦弱，故務其清淺，殊得風流媚趣。課其實録，則豫章僕射，宜分庭抗禮。徵君、太尉，可託乘後車。征虜卓卓，殆欲度驊騮前。

宋法曹參軍謝惠連

小謝才思富捷，恨其蘭玉夙凋，故長轡未騁。秋懷擣衣之作，雖復靈運鋭思，亦何以加焉。又工爲綺麗歌謡，風人第一。謝氏家録云：「康樂每對惠連，輒得佳語。後在永嘉西堂，思詩竟日不就，寤寐間忽見惠連，卽成『池塘生春草』。故嘗云：『此語有神助，非我語也。』」

宋參軍鮑照

其源出於二張，善製形狀寫物之詞，得景陽之諔詭，含茂先之靡嫚。骨節强於謝混，驅邁疾於顏延。總四家而擅美，跨兩代而孤出。嗟其才秀人微，故取湮當代。然貴尚巧似，不避危仄，頗傷清雅之調。故言險俗者，多以附照。

齊吏部謝朓

其源出於謝混，微傷細密，頗在不倫。一章之中，自有玉石，然奇章秀句，往往警遒，足使叔源失步，明遠變色。善自發詩端，而末篇多躓，此意鋭而才弱也，至爲後進士子之所嗟慕。朓極與余論詩，感激頓挫過其文。

齊光禄江淹

文通詩體總雜，善於摹擬，筋力於王微，成就於謝朓。初，淹罷宣城郡，遂宿冶亭，夢一美丈夫，自稱郭璞，謂淹曰：「我有筆在卿處多年矣，可以見還。」淹探懷中，得五色筆以授之。爾後爲詩，不復成語，故世傳江淹才盡。

梁衛將軍范雲　梁中書郎邱遲

范詩清便宛轉，如流風迴雪。邱詩點綴映媚，似落花依草。故當淺於江淹，而秀於任昉。

梁太常任昉

彦昇少年爲詩不工，故世稱沈詩任筆，昉深恨之。晚節愛好既篤，文亦遒變，若銓事理，拓體淵雅，得國士之風，故擢居中品。但昉既博物，動輒用事，所以詩不得奇。少年士子，效其如此，弊矣。

梁左光禄沈約

觀休文衆製，五言最優。詳其文體，察其餘論，固知憲章鮑明遠也。所以不閑於經綸，而長於清怨。永明相王愛文，王元長等皆宗附之。約於時謝朓未遒，江淹才盡，范雲名級故微，故約稱獨步。雖文不至其工麗，亦一時之選也。見重閭里，誦詠成音。嶸謂約所著既多，今翦除淫雜，收其精要，允爲中品之第矣。故當詞密於范，意淺於江也。

詩品卷下

漢令史班固　漢孝廉酈炎　漢上計趙壹

孟堅才流，而老於掌故。觀其詠史，有感歎之詞。文勝託詠靈芝，懷寄不淺。元叔散憤蘭蕙，指斥囊錢。苦言切句，良亦勤矣。斯人也，而有斯困，悲夫！

魏武帝　魏明帝

曹公古直，甚有悲涼之句。叡不如丕，亦稱三祖㈠。

㈠「三」原作「二」，據珠叢本改。

魏白馬王彪　魏文學徐幹

白馬與陳思答贈，偉長與公幹往復，雖曰「以莛扣鐘」，亦能閑雅矣。

魏倉曹屬阮瑀　晉頓邱太守歐陽建　晉文學應璩　晉中書令嵇含　晉河南太守阮侃　晉侍中嵇紹　晉黄門棗據

元瑜堅石七君詩，並平典，不失古體。大檢似，而二嵇微優矣。

晉中書張載　晉司隸傅玄　晉太僕傅咸　晉侍中繆襲　晉散騎常侍夏侯湛

孟陽詩，乃遠慚厥弟，而近超兩傅。長虞父子，繁富可嘉。孝沖雖曰後進，見重安仁。熙伯挽歌，惟以造哀爾。

晉驃騎王濟　晉征南將軍杜預　晉廷尉孫綽　晉徵士許詢

永嘉以來，清虛在俗。王武子輩詩，貴道家之言。爰洎江表，玄風尚備。真長仲祖桓庾諸公猶相襲。世稱孫許，彌善恬淡之詞。

晉徵士戴逵　晉東陽太守殷仲文

安道詩雖嫩弱，有清上之句，裁長補短，袁彦伯之亞乎？逵子顒，亦有一時之譽㊀。晉宋之際，殆無詩乎！義熙中，以謝益壽殷仲文爲華綺之冠，殷不競矣。

㊀以上三十字，據陳延傑詩品注按明鈔本詩品及黃丕烈士禮居藏書題跋記再續引吟窗雜録補。

宋尚書令傅亮

季友文，余常忽而不察。今沈特進撰詩，載其數首，亦復平美。

宋記室何長瑜　羊曜璠　宋詹事范曄

才難，信矣！以康樂與羊何若此，而□令辭，殆不足奇㊀。乃不稱其才，亦爲鮮舉矣。

㊀以上二十字，據陳延傑詩品注按明鈔本詩品補。

宋孝武帝　宋南平王鑠　宋建平王宏

孝武詩，雕文織綵，過爲精密，爲二藩希慕，見稱輕巧矣。

宋光禄謝莊

希逸詩，氣候清雅，不逮於范袁。然興屬閒長，良無鄙促也。

宋御史蘇寶生　宋中書令史陵修之　宋典祠令任曇緒　宋越騎戴興

蘇、陵、任、戴，並著篇章，亦爲縉紳之所嗟咏。人非文才是愈，甚可嘉焉。

宋監典事區惠恭

惠恭本胡人，爲顔師伯幹。顔爲詩筆，輒偷定之。後造獨樂賦，語侵給主，被斥。及大將軍修北第，差充作長。時謝惠連兼記室參軍，惠恭時往共安陵嘲調。末作雙枕詩以示謝。謝曰：「君誠能，恐人未重，且可以爲謝法曹造。」遺㈠大將軍，見之賞歎，以錦二端賜謝。謝辭曰：「此詩，公作長所製，請以錦賜之。」

㈠「遺」原作「遣」，據珠叢本改。

齊惠休上人　齊道猷上人　齊釋寶月

惠休淫靡，情過其才。世遂匹之鮑照，恐商周矣。羊曜璠云：「是顔公忌照之文，故立休鮑之論。」庾帛二胡㈠，亦有清句。行路難是東陽柴廓所造。寶月嘗憩其家，會廓亡，因竊而有之。

廓子賫手本出都，欲訟此事，乃厚賂止之。

㊀權德輿送清洨上人詩「佳句已齊康寶月」，「庚」似應作「康」。

齊高帝　齊征北將軍張永　齊太尉王文憲

齊高帝詩，詞藻意深，無所云少。張景雲雖謝文體，頗有古意。至如王師文憲，既經國圖遠，或忽是雕蟲。

齊黃門謝超宗　齊潯陽太守邱靈鞠　齊給事中郎劉祥　齊司徒長史檀超

齊正員郎鍾憲　齊諸暨令顏則　齊秀才顧則心

檀謝七君，並祖襲顏延，欣欣不倦，得士大夫之雅致乎！余從祖正員嘗云：「大明泰始中，鮑休美文，殊已動俗，惟此諸人，傅顏陸體。用固執不移㊀，顏諸暨最荷家聲。」

㊀「移」原作「如」，據陳延傑詩品注按明鈔本詩品改。

齊參軍毛伯成　齊朝請吳邁遠　齊朝請許瑤之

伯成文不全佳，亦多惆悵。吳善於風人答贈。許長於短句詠物。湯休謂遠云：「我詩可爲汝詩父。」以訪謝光祿，云：「不然爾，湯可爲庶兄。」

齊鮑令暉　齊韓蘭英

令暉歌詩，往往斷絶清巧，擬古尤勝，唯百願淫矣㊀。照嘗答孝武云：「臣妹才自亞於左芬，臣才不及太沖爾。」蘭英綺密，甚有名篇。又善談笑，齊武謂韓云：「借使二媛生於上葉，則玉階之賦，紈素之辭，未詎多也。」

㊀陳延傑詩品注稱明鈔本詩品作「唯百韻淫雜矣」。

齊司徒長史張融　齊詹事孔稚珪

思光紆緩誕放，縱有乖文體，然亦捷疾豐饒，差不局促。德璋生於封谿，而文爲雕飾，青於藍矣。

齊寧朔將軍王融　齊中庶子劉繪

元長士章，並有盛才。詞美英淨，至於五言之作，幾乎尺有所短。譬應變將畧，非武侯所長，未足以貶卧龍。

齊僕射江祏

祏詩猗猗清潤，弟祀明靡可懷。

齊記室王巾　齊綏遠太守卞彬　齊端溪令卞録

王巾二卞詩，並愛奇嶄絶。慕袁彦伯之風。雖不宏綽，而文體勦淨，去平美遠矣。

齊諸暨令袁嘏

嘏詩平平耳，多自謂能。嘗語徐太尉云：「我詩有生氣，須人捉著。不爾，便飛去。」

齊雍州刺史張欣泰　梁中書郎范縝

欣泰子真，並希古勝文，鄙薄俗製，賞心流亮，不失雅宗。

梁秀才陸厥

觀厥文緯，具識丈夫之情狀。自製未優，非言之失也。

梁常侍虞羲　梁建陽令江洪

子陽詩奇句清拔，謝朓常嗟頌之。洪雖無多，亦能自迴出。

梁步兵鮑行卿　梁晉陵令孫察

行卿少年，甚擅風謠之美。察最幽微，而感賞至到耳。

詩式

詩式　唐　釋皎然著

明勢

高手述作，如登荊巫，覿三湘鄢郢之盛，縈回盤礡，千變萬態。（文體開闔作用之勢。）或極天高峙，崒焉不羣，氣勝勢飛，合沓相屬；（奇勢在工。）或修江耿耿，萬里無波，欻出高深重複之狀。（奇勢雅發。）古今逸格，皆造其極矣。

明作用

作者措意，雖有聲律，不妨作用。如壺公瓢中自有天地日月，時時抛鍼擲綫，似斷而復續，此爲詩中之仙。拘忌之徒，非可企及矣。

明四聲

樂章有宮商五音之說，不聞四聲。近自周顒劉繪流出，宮商暢于詩體，輕重低昂之節，韻合情高，此未損文格。沈休文酷裁八病，碎用四聲，故風雅殆盡。後之才子，天機不高，爲沈生弊法所媚，懵然隨流，溺而不返。

詩有四不

氣高而不怒，怒則失於風流；力勁而不露，露則傷於斤斧；情多而不暗，暗則蹶於拙鈍；才贍而不疏，疏則損於筋脈。

詩有四深

氣象氤氲，由深于體勢；意度盤礴，由深於作用；用律不滯，由深于聲對；用事不直，由深於義類。

詩有二要

要力全而不苦澀，要氣足而不怒張。

詩有二廢

雖欲廢巧尚直，而思致不得置；雖欲廢詞尚意，而典麗不得遺。

詩有四離

雖期道情，而離深僻；雖用經史，而離書生；雖尚高逸，而離迂遠；雖欲飛動，而離輕浮。

詩有六迷

以虛誕而爲高古；以緩漫而爲沖澹；以錯用意而爲獨善；以詭怪而爲新奇；以爛熟而爲穩約；以氣少力弱而爲容易。

詩有六至

至險而不僻；至奇而不差；至麗而自然；至苦而無跡；至近而意遠；至放而不迂。

詩有七德德，一作得。

一識理；二高古；三典麗；四風流；五精神；六質幹；七體裁。

詩有五格

不用事第一；作用事第二；其有不用事而措意不高者，黜入第二格。直用事第三；其中亦有不用事而格稍下，貶居第三。有事無事第四；此于第三格中稍下，故入第四。有事無事，情格俱下第五。情格俱下，有事無事可知也。

李少卿并古詩十九首

西漢之初，王澤未竭，詩教在焉。昔仲尼所删詩三百篇，初傳卜商，後之學者，以師道相高，故有齊魯四家之目。其五言，周時已見濫觴，及乎成篇，則始于李陵蘇武二子。天與其性，發言自高，未有作用。十九首辭精義炳，婉而成章，始見作用之功。蓋東漢之文體。又如「冉冉孤生竹」、「青青河畔草」，傳毅蔡邕所作。以此而論，爲漢明矣。

鄴中集

鄴中七子，陳王最高。劉楨辭氣，偏正得其中，不拘對屬，偶或有之，語與興驅，勢逐情起，不由作意，氣格自高，與十九首其流一也。

文章宗旨

康樂公早歲能文，性穎神澈。及通內典，心地更精，故所作詩，發皆造極。得非空王之道助邪？夫文章，天下之公器，安敢私焉？曩者嘗與諸公論康樂爲文，直于情性，尚于作用，不顧詞彩，而風流自然。彼清景當中，天地秋色，詩之量也；慶一作卿。雲從風，舒卷萬狀，詩之變也。不然，何以得其格高，其氣正，其體貞，其貌古，其詞深，其才婉，其德宏，其調逸，其聲諧哉？至如述祖德一章，擬鄴中八首，經廬陵王墓臨池上樓，識度高明，蓋詩中之日月也，安可攀援哉！惠休所評「謝詩如芙蓉出水」，斯言頗近矣！故能上躡風騷，下超魏晉。建安製作，其椎輪乎？

用事

詩人皆以徵古爲用事，不必盡然也。今且於六義之中，略論比興。取象曰比，取義曰興。義卽象下之意。凡禽魚、草木、人物、名數，萬象之中義類同者，盡入比興，關雎卽其義也。如陶公以「孤雲」比「貧士」；鮑照以「直」比「朱絲」，以「清」比「玉壺」。時久呼比爲用事，呼用事爲比。如陸機齊謳行：「鄙哉牛山歎，未及至人情。爽鳩苟已徂，吾子安得停？」此規諫之忠，是用事非比也。如康樂公還舊園作：「偶與張邴合，久欲歸東山。」此敍志之忠，是比非用事也。詳味可知。

語似用事義非用事

此二門始有之，而弱手不能知也。如康樂公「彭薛纔一作裁。知恥，貢公未遺榮。或可優貪競，豈足稱達生？」此申商榷三賢，雖許其退身，不免遺議。蓋康樂欲借此成我詩，非用事也。如古詩：「仙人王子喬，難可與等期。」曹植贈白馬王彪：「虛無求列仙，松子久吾欺。」又古詩：「師涓久不奏，誰能宣我心？」上句言仙道不可偕，次句讓一作謫。求之無效。下句略似指人，如魏武呼「杜康」爲酒。蓋作者存其毛粉，不欲委曲傷乎天真，並非用事也。

取境

詩不假修飾，任其醜朴。但風韻正，天真全，即名上等。予曰：不然，無鹽闕容而有德，曷若文王太姒有容而有德乎？又云：不要苦思，苦思則喪自然之質。此亦不然。夫不入虎穴，焉得虎子？取境之時，須至難、至險，始見奇句。成篇之後，觀其氣貌，有似等閒，不思而得，此高手也。有時意靜神王，佳句縱橫，若不可遏，宛若神助。不然，蓋由先積精思，因神王而得乎？

重意詩例

兩重意已上，皆文外之旨。若遇高手，如康樂公，覽而察之，但見情性，不睹文字，蓋詣道之極也。向使此道，尊之於儒，則冠六經之首。貴之於道，則居衆妙之門。精之于釋，則徹空王之輿。但恐徒揮斧斤，而無其質，故伯牙所以嘆息也。疇昔國朝協律郎吳兢與越僧元監集秀句，二子天機素少，選又不精，多採浮淺之言，以誘蒙俗。特入瞽夫偷語之便，何異借賊兵而資盜糧，無益於詩教矣。

跌宕格二品

越俗

其道如黄鶴臨風，貌逸神王，杳不可羈。郭景純遊僊詩：「左挹浮邱袂，右拍洪厓肩。」鮑明遠擬行路難：「舉頭四顧望，但見松柏園，荆棘鬱蹲蹲。中有一鳥名杜鵑，言是古時蜀帝魂。聲音哀苦鳴不息，羽毛顦顇似人髡。飛走樹間啄蟲蟻，豈憶往時一作日。天子尊。念兹死生變化非常理，中心惻愴不能言。」

駭俗

其道如楚有接輿，魯有原壤。外示驚俗之貌，内藏達人之度。郭景純游仙詩：「姮娥揚妙音，洪厓頷其頤。」王梵志道情詩：「我昔未生時，冥冥無所知。天公强生我，生我復何爲？無衣使我寒，無食使我飢。還你天公我，還我未生時。」賀知章放達詩：「落花真好些，一醉一回顛。」盧照鄰勞作詩：「城狐尾獨束，山鬼面參覃。」

淈没格一品

淡俗

此道如夏姬當壚，似蕩而貞；采吴楚之風，然俗而正。古歌曰：「華陰山頭百尺井，下有流泉徹骨冷。可憐女子來照影，不照其餘照斜領。」

調笑格一品

戲俗

漢書云：「匡鼎來，解人頤。」蓋説詩也。此一品非雅作，足爲談笑之資矣。李白上雲樂：「女媧弄黄土，摶作愚下人。散在六合間，濛濛若沙塵。」

對句不對句

上句偶然孤發，其意未全，更資下句引之方了。其對語一句便顯，不假下句。此少相敵，功夫稍殊。請試論之：夫對者，如天尊、地卑，君臣、父子，蓋天地自然之數。若斤斧跡存，不合自然，則非作者之意。又詩語二句相須，如鳥有翅，若惟擅工一句，雖奇且麗，何異于鴛鴦五色，隻翼而飛者哉？

三不同語意勢

不同可知矣。此則有三同，三同之中，偷語最爲鈍賊。如漢定律令，厥罪必書，不應爲。酇侯務在匡佐，不暇采詩。致使弱手蕪才，公行劫掠。若評質以道，片言可折，此輩無處逃刑。其次偷意，事雖可罔，情不可原。若欲一例平反，詩教何設？其次偷勢，才巧意精，若無朕迹，蓋詩人偷狐白裘于閫域中之手。吾示賞俊，從其漏網。

偷語詩例

如陳後主入隋侍宴應詔詩：「日月光天德」，取傅長虞贈何劭王濟詩：「日月光太清」。上三字同，下二字義同。

偷意詩例

如沈佺期酬蘇味道詩：「小池殘暑退，高樹早涼歸」，取柳惲從武帝登景陽樓詩：「太液滄波起，長楊高樹秋。」

偷勢詩例

如王昌齡獨遊詩：「手攜雙鯉魚，目送千里雁。悟彼飛有適，嗟此罹憂患。」取嵇康送秀才入軍詩：「目送歸鴻，手揮五絃。俯仰自得，游心泰玄。」

品藻

古來詩集，多有不公，或雖公而不鑒。今則不然。與二三作者，縣衡于衆製之表，覽而鑒之，庶無遺矣。其華艷如百葉芙蓉，菡萏照水。其體裁如龍行虎步，氣逸情高。脫若思來景遏，其勢中斷，亦有如寒松病枝，風擺半折。

辨體有一十九字

夫詩人之思，初發取境偏高，則一首舉體便高；取境偏逸，則一首舉體便逸。才性一作情性。等字亦然，故各歸功一字。偏高、偏逸之例，直于詩體、篇目、風貌不妨。一字之下，風律外彰，體德內蘊，如車之有轂，衆輻歸焉。其一十九字，括文章德體，風味盡矣，如易之有彖辭焉。今但注於前卷中，後卷不復備舉。其比興等六義，本乎情思，亦蘊乎十九字中，無復別出矣。

高、風韻切暢曰高。逸、體格閒放曰逸。貞、放詞正直曰貞。忠、臨危不變曰忠。節、持節不改曰節。志、立志不改曰志。氣、風情耿耿曰氣。情、緣情不盡曰情。思、氣多含蓄曰思。德、詞温而正曰德。誡、檢束防閑曰誡。閑、情性疏野曰閑。達、心迹曠誕曰達。悲、傷甚曰悲。怨、詞理悽切曰怨。意、立言曰意。力、體裁勁健曰力。靜、非如松風不動，林狖未鳴，乃謂意中之靜。遠。非謂淼淼望水，杳杳看山，乃謂意中之遠。

二十四詩品

二十四詩品　唐　司空圖著

雄渾

大用外腓，真體内充。反虛入渾，積健爲雄。具備萬物，横絶太空。荒荒油雲，寥寥長風。超以象外，得其環中。持之非强，來之無窮。

沖淡

素處以默，妙機其微。飲之太和，獨鶴與飛。猶之惠風，荏苒在衣。閲音修篁，美曰載歸。遇之匪深，卽之愈希。脱有形似，握手已違。

纖穠

采采流水，蓬蓬遠春。窈窕深谷，時見美人。碧桃滿樹，風日水濱。柳陰路曲，流鶯比鄰。乘之愈往，識之愈真。如將不盡，與古爲新。

沉著

綠杉野屋，落日氣清。脱巾獨步，時聞鳥聲。鴻雁不來，之子遠行。所思不遠，若爲平生。海風碧雲，夜渚月明。如有佳語，大河前横。

高古

畸人乘真，手把芙蓉。汎彼浩劫，窅然空蹤。月出東斗，好風相從。太華夜碧，人聞清鐘。虚佇神素，脱然畦封。黄唐在獨，落落玄宗。

典雅

玉壺買春，賞雨茅屋。坐中佳士，左右修竹。白雲初晴，幽鳥相逐。眠琴綠陰，上有飛瀑。落花無言，人淡如菊。書之歲華，其曰可讀。

洗煉

如鑛出金，如鉛出銀。超心鍊冶，絶愛緇磷。空潭瀉春，古鏡照神。體素儲潔，乘月返真。

載瞻星辰，載歌幽人。流水今日，明月前身。

勁健

行神如空，行氣如虹。巫峽千尋，走雲連風。飲真茹强，蓄素守中。喻彼行健，是謂存雄。天地與立，神化攸同。期之以實，御之以終。

綺麗

神存富貴，始輕黄金。濃盡必枯，淡者屢深。霧餘水畔，紅杏在林。月明華屋，畫橋碧陰。金尊酒滿，伴客彈琴。取之自足，良殫美襟。

自然

俯拾即是，不取諸鄰。俱道適往，著手成春。如逢花開，如瞻歲新。真與不奪，强得易貧。幽人空山，過雨采蘋。薄言情悟，悠悠天鈞。

含蓄

不著一字，盡得風流。語不涉己，若不堪憂。是有真宰，與之沉浮。如滿緑酒㊀，花時反秋。

悠悠空塵，忽忽海漚。淺深聚散，萬取一收。

㊀談藝珠叢本作「如緑滿酒」。

豪放

觀花匪禁，吞吐大荒。由道反氣，處得以狂。天風浪浪，海山蒼蒼。真力彌滿，萬象在旁。前招三辰，後引鳳凰。曉策六鼇，濯足扶桑。

精神

欲返不盡，相期與來。明漪絶底，奇花初胎。青春鸚鵡，楊柳樓臺。碧山人來，清酒深杯。生氣遠出，不著死灰。妙造自然，伊誰與裁。

縝密

是有真迹，如不可知。意象欲生㊀，造化已奇。水流花開，清露未晞。要路愈遠，幽行爲遲。語不欲犯，思不欲癡。猶春於緑，明月雪時。

㊀「生」，唐代叢書本作「出」。

疏野

惟性所宅，真取不羈。控物自富，與率爲期。築室松下，脱帽看詩。但知旦暮，不辨何時。倘然適意，豈必有爲。若其天放，如是得之。

清奇

娟娟羣松，下有漪流。晴雪滿竹㊀，隔溪漁舟。可人如玉，步屧尋幽。載瞻載止，空碧悠悠。神出古異，淡不可收。如月之曙，如氣之秋。

㊀「竹」，珠叢本作「汀」。

委曲

登彼太行，翠繞羊腸。杳靄流玉，悠悠花香。力之於時，聲之於羌。似往已迴，如幽匪藏。水理漩洑，鵬風翱翔。道不自器，與之圓方。

實境

取語甚直，計思匪深。忽逢幽人，如見道心。清澗之曲，碧松之陰。一客荷樵，一客聽琴。

情性所至，妙不自尋。遇之自天，泠然希音。

悲慨

大風捲水，林木爲摧。適苦欲死，招憩不來。百歲如流，富貴冷灰。大道日喪㊀，若爲雄才。壯士拂劍，浩然彌哀。蕭蕭落葉，漏雨蒼苔。

㊀「喪」原作「往」，據唐代叢書本改。

形容

絶佇靈素，少迴清真。如覓水影，如寫陽春。風雲變態，花草精神。海之波瀾，山之嶙峋。俱似大道，妙契同塵。離形得似，庶幾斯人。

超詣

匪神之靈，匪幾之微。如將白雲，清風與歸。遠引若至，臨之已非。少有道契㊀，終與俗違。亂山喬木，碧苔芳暉。誦之思之，其聲愈希。

㊀「契」原作「氣」，據珠叢本改。

飄逸

落落欲往，矯矯不羣。緱山之鶴，華頂之雲。高人畫中㈠，令色絪縕。御風蓬葉，汎彼無垠。如不可執，如將有聞。識者已領，期之愈分。

㈠「畫」原作「惠」，據珠叢本改。

曠達

生者百歲，相去幾何。歡樂苦短，憂愁實多。何如尊酒，日往烟蘿。花覆茅檐，疏雨相過。倒酒既盡，杖藜行歌。孰不有古，南山峨峨。

流動

若納水輨，如轉丸珠。夫豈可道，假體如愚。荒荒坤軸，悠悠天樞。載要其端，載同其符。超超神明，返返冥無。來往千載，是之謂乎。

全唐詩話

全唐詩話原序

余少有詩癖。歲在甲午，奉祠湖曲㊀，日與四方勝游，專意吟事，大概與唐人詩誦之尤習。閒又裒話録之纂記，益朋友之見聞，彙而書之，名曰全唐詩話。未幾，驅馳於外，此事便廢，邇來三十有八年矣。今又蒙恩便養湖曲，因理故篋，復得是編。披覽慨然，恍如疇昔浩歌縱談時也。唐自貞觀來，雖尚有六朝聲病，而氣韻雄深，駸駸古意。開元元和之盛，遂可追配風雅。迨會昌而後，刻露華靡盡矣。往往觀世變者於此有感焉。徒詩云乎哉！咸淳辛未重陽日遂初堂書。

㊀「湖」原作「河」，據津逮秘書本改。

全唐詩話目録

卷一

卷三

卷四

卷五

卷六

全唐詩話卷之一

宋　尤袤著

太宗

貞觀六年九月，帝幸慶善宮，帝生時故宅也。因與貴臣宴，賦詩。起居郎請平宮商，被之管絃，命曰功成慶善樂。使童子八佾爲九功之舞，大宴會，與破陣舞偕奏于庭。

帝嘗作宮體詩，使虞世南賡和。世南曰：「聖作誠工，然體非雅正，上有所好，下必有甚焉。恐此詩一傳，天下風靡，不敢奉詔。」帝曰：「朕試卿爾。」後帝爲詩一篇，述古興亡。既而嘆曰：「鍾子期死，伯牙不復鼓琴。朕此詩何所示邪？」敕褚遂良卽世南靈座焚之。

貞觀二十年秋，帝幸靈州。時破薛延陁，回紇諸部遣使入貢，乞置官司。上爲詩序其事，曰：「雪恥酬百王，除凶報千古。」公卿請勒石于靈州，從之。

高宗

太平公主，武后所生，后愛之傾諸女。帝擇薛紹尚之。假萬年縣爲婚館，門隘不能容翟車，有司毁垣以入。自興安門設燎相屬，道樾爲枯。當時羣臣劉禕之詩云：「夢一作蔓。梓光青陛，穠桃藹紫宫。」元萬頃云：「離元應春夕，帝子降秋期。」任希古云㊀：「帝子升青陛，王姬降紫宸。」郭正一云：「桂宫初服冕，蘭掖早生笄。」皆納妃出降之意也。

㊀「希」原作「奉」，據唐詩紀事改。

中宗

九月九日幸臨渭亭登高作云：「九日正乘秋，三盃興已周。泛桂迎樽滿，吹花向酒浮。長房萸早熟，彭澤菊初收。何藉龍沙上，方得恣淹留。」時景龍三年也。序云：「陶潛盈把，既浮九醖之歡；畢卓持螯，須盡一生之興。人題四韻，同賦五言，其最後成，罰之引滿。」韋安石得「枝」字云：「金風飄菊蕊，玉露泫萸枝。」蘇瓌得「暉」字云：「恩深答效淺，留醉奉宸暉。」李嶠得「歡」字云：「令節三秋晚，重陽九日歡。」蕭至忠得「餘」字云：「寵極萸房徧，恩深菊酎餘。」竇希玠得「明」字云㊀：「九辰陪聖膳，萬歲奉承明。」韋嗣立得「深」字云：「願陪歡樂事，長與歲時深。」李迥秀得「風」字云：「霽雲開曉日，仙藻麗秋風。」趙彦伯得「花」字云㊁：「簪挂丹萸蕊，盃銜紫菊花㊂。」楊廉得「亭」字云：「遠目瞰秦坰，重陽坐灞亭。」岑羲得「涘」字云：「爰豫矚秦坰，昇高臨灞涘。」盧藏用得「開」字云：「萸依珮裏發，菊向酒邊開。」李咸得「直」字云：「菊黄迎酒泛，松翠凌霜直。」閻朝隱得「筵」字云：「簪紱趨皇極，笙歌接御筵。」沈佺期得「長」字云：「臣歡重九慶，日月奉天長。」薛稷得「曆」字云：「願陪九九辰，長奉千千曆。」蘇頲得「時」字云：「年數登高日，延齡命賞時。」李乂得「濃」字云：「捧篋萸香徧，稱觴菊氣濃。」馬懷素得「酒」字云：「蘭將葉布席，菊用香浮酒。」陸景初得「臣」字云：「登高識漢苑，問道侍軒臣。」韋元旦得「月」字云：「雲物開千里，天行乘九月。」李適得「高」字云：「禁苑秋光入，宸遊霽色高。」鄭南金得「日」字云：「風起韻虞絃，雲開吐堯日。」于經野得「罇」字云：「桂筵羅玉俎，菊醴泛芳罇。」盧懷慎得「還」字云：「鶴似聞琴至，人疑宴鎬還。」是宴也，韋安石蘇瓌詩先成。于經野盧懷慎最後成，罰酒。

十月，帝誕辰。內殿宴羣臣㊃，聯句：「潤色鴻業寄賢才，帝云。叨居右弼愧鹽梅。李嶠。運籌帷幄荷時來，宗楚客。職掌圖籍濫蓬萊。劉憲。兩司謬忝謝鍾裴，崔湜。禮樂銓管效塵埃。鄭愔。陳師振旅清九垓，趙彥昭。忻承顧問侍天杯。李適。銜恩獻壽柏梁臺，蘇頲。黃縑青簡奉康哉。盧藏用。鯫生侍從忝王枚，李乂。右掖司言實不才。馬懷素。㊄宗伯秩禮天地開，薛稷。帝歌難續仰昭回。宋之問。微臣捧日變寒灰，陸景初。㊅遠慚班左愧游陪。」上官婕妤。帝謂侍臣曰：「今天下無事，朝野多懽，欲與卿等詞人，時賦詩宴樂，可識朕意，不須惜醉。」大學士李嶠宗楚客等跪奏曰：「臣等多幸，同遇昌期。謬以不才，策名文館。思勵駑朽，庶裨河嶽。既陪天歡，不敢不醉。」此後，每遊別殿，幸離宮，駐蹕芳苑，鳴笳仙禁，或戚里宸筵，王門壺席㊆，無不畢從。

景龍四年正月五日，御大明殿，會吐蕃騎馬之戲，因重爲柏梁體聯句。帝曰：「大明御宇臨萬方。」皇后曰：「顧慚內政翊陶唐。」長寧公主曰：「鸞鳴鳳舞向平陽。」安樂公主曰：「秦樓魯館沐恩光。」太平公主曰：「無心爲子輒求郎。」温王重茂曰：「雄才七步謝陳王。」昭容上官曰：「當熊讓輦愧前芳。」吏部侍郎崔湜曰：「再司銓管恩何忘㈧。」著作郎鄭愔曰：「文江學海思濟航。」考功員外郎武平一曰：「萬邦考績臣所詳。」著作郎閻朝隱曰：「著作不休出中腸。」時上疑御史大夫竇從一、將作大匠宗晉卿素不屬文，未卽令續。二人固請，許之。從一曰：「權豪屏迹肅嚴霜。」晉卿曰：「鑄鼎開嶽造明堂。」此外遺忘。時吐蕃舍人明悉獵請，令授筆與之。曰：「玉醴由來獻壽觴。」上大悅，賜與衣服。

㈠「玠」原作「珍」，據舊唐書竇希玠傳改。　㈡「彥伯」原作「伯彥」，據全唐詩及紀事改。　㈢「盃銜」，紀事作「盃涵」。　㈣「羣臣」，據紀事補。　㈤「鯫生」以下十九字據紀事補。　㈥「陸景初」，據紀事補。　㈦「席」原作「集」，據秘書本改。　㈧「何」紀事作「可」。

玄宗

左丞相說右丞相璟太子少傅乾曜同上官命宴東堂賜詩云：「赤帝收三傑，黃軒舉二臣。由來丞相重，分掌國之鈞。我有握中璧，雙飛席上珍。子房推要道，仲子訝風神。復輟台衡老，將爲調護人。鵷鷺同拜日，車騎擁行塵。樂聚南宫宴，觴連北斗醇。俾余成百揆，垂拱問彝倫。」

開元十六年，帝自擇廷臣爲諸州刺史。許景先治虢州，源光裕鄭州，寇泚宋州，鄭温琦邠州，袁仁恭杭州，崔志廉襄州，李昇期邢州，鄭放定州，蔣挺湖州，裴觀滄州，崔成遂州，凡十一人。行，詔宰相、諸王、御史以上祖道洛濱，盛供具㊀，奏太常樂，帛舫水嬉。命高力士賜詩，令題座右。帝親書，且給筆紙，令自賦，賚絹三千遣之。帝詩云：「眷言思共理，鑒夢想惟良。猗與此推擇，聲績著周行。賢能既俟進，黎獻實佇康。視人當如子，愛人亦如傷。講學試誦論㊁，阡陌勸耕桑。虚譽不可飾，清知不可忘。求名迹易見，安直德自彰㊂。獄訟必以情，教民貴有常。恤惸且存老，撫弱復綏强。勉哉各祗命，知予眷萬方。」

㊀「供」，原缺，據紀事補。㊁「論」原作「詩」，據秘書及全唐詩改。㊂「安直」，全唐詩作「安貞」。

德宗

貞元四年九月，賜宴曲江亭。帝爲詩，序曰：「朕在位僅將十載，實賴忠賢左右，克致小康。是以擇三令節，錫兹宴賞。俾大夫卿士，得同歡洽也。夫共其戚者同其休，有其初者貴其終。咨爾羣僚，順朕不暇，樂而能節，職思其憂，咸若時則，庶乎理矣。因重陽之會，聊示所懷。」詩云：「早衣對庭燎，躬化勤意誠。時此萬幾暇，適與佳節并。曲池潔寒流，芳菊含金英。乾坤爽氣澄，臺殿秋光清。朝野慶年豐，高會多歡聲。永懷無荒戒，良士同斯情㊀。」因詔曰：「卿等重陽宴會，朕想歡洽，欣慰良多，情發于中，因製詩序，令賜卿等一本，可中書門下簡定文詞士三五十人應制，同用清字。明日内于延英門進來。」宰臣李泌等雖奉詔簡擇，難于取舍。由是百僚皆和。上自考其詩，以劉太真及李紓等四人爲上等，鮑防于邵等四人爲次等，張濛殷亮等二十三人爲下等。而李晟馬燧李泌三宰相之詩，不加考第。

韋綬以内相感心疾，罷還第。帝九日作黄菊歌，顧左右曰：「安可不示韋綬？」遣使持往。綬遂奉和附使進。帝曰：「爲文不已，豈頤養邪！」勅曰：「自今勿復爾。」

㊀「良士」原作「良事」，「斯」原作「期」，據全唐詩改。

文宗

裴度拜中書令，以疾未任朝謝。上巳曲江賜宴，羣臣賦詩。帝遣中使賜度詩曰：「注想待元老，識君恨不早。我家柱石衰，憂來學丘禱。」仍賜御札曰：「朕詩集中欲得見卿唱和詩，故令示此。卿疾未差，可他日進來。」御札及門而度薨。

帝聽政暇，博覽羣書。一日，延英顧問宰相：「詩云：『呦呦鹿鳴，食野之苹。』苹是何草？」時宰相楊珏楊嗣復陳夷行相顧未對。珏曰：「臣按爾雅，苹是藾蕭。」上曰：「朕看毛詩疏，葉圓而花白，叢生野中，似非蘋蕭。」

又一日，問宰臣：「古詩云：『輕衫襯跳脱。』跳脱是何物？」宰臣未對。上曰：「卽今之腕釧也。真誥言安妃有斲粟金跳脱，是臂飾。」

嘗吟杜甫曲江篇云：「江頭宫殿鎖千門，細柳新蒲爲誰緑？」乃知天寶以前樓臺之盛。鄭注乃命神策軍淘曲江昆明二池，許公卿立亭館。兩軍造紫雲樓彩霞亭，内出樓額賜之。

宣　宗

帝好進士及第，每對朝臣問及第⊖，苟有科名對者，必大喜，便問所試詩賦題目并主司姓名。或佳人物偶不中第，必歎息移時。嘗于内自題鄉貢進士李道龍。白居易之死，帝以詩弔之曰：「綴玉聯珠六十年，誰教冥路作詩仙？浮雲不繫名居易，造化無爲字樂天。童子解吟長恨曲，胡兒能唱琵琶篇。文章已滿行人耳，一度思卿一愴然。」

帝製泰邊陲曲，其詞曰：「海岳咸通。」及帝垂拱，而年號咸通焉。庶子裴憚進詩賀聖政，有「太康」字。帝怒曰：「太康失邦，乃以比我！」户部韋渙奏云：「晉平吴寇，改號太康。雖有失邦之言，乃見歸美之文。」上曰：「天子大須博覽，不然，幾錯罪憚。」

舊制：盛春内殿賜宴三日。帝妙音律，每先裁製新曲，俾禁中女伶迭相教授。至是，出宫女數百，分行連袂而歌。其曲有曰播皇猷者，率高冠方屨，褒衣博帶，趨走俯仰，皆合規矩，于于然有唐堯之風焉。有曰蔥女踏歌隊者，率言蔥嶺之士，樂河湟故地，歸國復爲唐民也。若霓裳出者，皆執節幡，被羽服，態度凝澹㊁，飄飄然有翔雲舞鶴見左右。如是數十曲，流傳民間。出令狐澄貞陵遺事。

㊀「第」據紀事補。㊁「澹」原作「碧」，據紀事改。

昭宗

陝府，唐昭宗有詩云：「安得有英雄，迎歸大內中。」或曰：「逍遥樓有太宗詩云：『昔乘匹馬去，今驅萬乘來。』志意不侔矣。」

武后

天授二年臘，卿相欲詐稱花發，請幸上苑，有所謀也。許之。尋疑有異圖，先遣使宣詔曰：「明朝遊上苑，火急報春知，花須連夜發，莫待曉風吹。」於是淩晨名花布苑，羣臣咸服其異。后託術以移唐祚，此皆妖妄，不足信也。凡太后之詩文，皆元萬頃崔融輩爲之。

萬歲通天元年，鑄九鼎成，置于東都明堂之庭。后自製曳鼎歌，令曳鼎者唱和。開元二年，太子賓客薛謙光獻東都九鼎銘，其蔡州鼎銘，武后所製。文曰：「羲農首出，軒昊應期。唐虞繼踵，湯禹乘時。天下光宅，域內雍熙。上玄降靈，方建隆基。」紫薇令姚崇奏曰：「聖人啟運，休兆必彰，請宜付史館㊀。」明皇御名，已兆于此。

㊀「宜付」，原作「宣布」，據秘書改。

徐賢妃

貞觀二十三年，上疏諫太宗息兵罷役　其略曰：「大業者易驕，願陛下難之；善始者難終，願陛下易之。」又曰：「漆器非延叛之方，桀造之而人叛；玉杯豈招亡之術，紂用之而國亡。侈麗之源，不可不遏。作法于儉，猶恐其奢。作法于奢，何以制後？」

上官昭容

張說作昭容文集序云：「古者，有女史記功書過，有女尚書決事宮闈。昭容兩朝專美，一日萬幾，顧問不遺，應接如響。雖漢稱班媛，晉譽左嬪，文章之道不殊，輔佐之功則異。迹秘九天之上，身沒重泉之下，嘉猷令範，代罕得聞。庶姬後學，嗚呼何仰㊀。然則大君據四海之圖，懸百靈之命，喜則九圍挾纊，怒則千里流血，靜則黔黎乂安，動則蒼甿罷弊。入耳之語，諒其難乎？貴而勢大者疑，賤而禮絶者隔；近而言輕者忽，遠而意忠者忤。惟窈窕柔曼，誘掖善心，忘味九德之衢，傾情六藝之圃。故登崑巡海之意寢，剪胡刈越之威息，璇臺珍服之態消，從禽嗜樂之端廢。獨使温柔之教，漸于生人；風雅之聲，流于來葉。非夫玄黄毓粹，正明助思，衆妙扶識，羣靈挾志，誕異人之寶，授興王之瑞，其孰能臻斯懿乎？鎮國太平公主，道高帝妹，才重天人。昔嘗共游東壁，同宴北海㊁，倏來忽往，物在人亡。憫雕琯之殘言，悲素扇之空曲。上聞天子，求椒房之故事；有命史臣，敍蘭臺之新集。」

中宗正月晦日幸昆明池賦詩，羣臣應制百餘篇。帳殿前結綵樓，命昭容選一篇爲新翻御製曲。從臣悉集其下，須臾，紙落如飛，各認其名而懷之。既退，惟沈宋二詩不下。移時，一紙飛墜，競取而觀，乃沈詩也。及聞其評曰：「二詩工力悉敵，沈詩落句云：『微臣雕朽質，羞睹豫章才。』蓋詞氣已竭。宋詩云：『不愁明月盡，自有夜珠來。』猶陡健豪舉。」沈乃伏，不敢復爭。宋之問詩曰：「春豫靈池近，滄波帳殿開。舟凌石鯨動，槎拂斗牛回。節晦蓂全落，春遲柳暗催。象溟看浴景，燒劫辯沉灰。鎬飲周文樂，汾歌漢武才。不愁明月盡，自有夜珠來。」

昭容名婉兒，西臺侍郎儀之孫。父廷芝，與儀死武后時。母鄭，方娠，夢巨人畀大秤曰：「持此秤量天下。」昭容生踰月，母戲曰：「秤量者豈汝邪？」輒啞然應。後内秉機政，符其夢云。自通天以來，内掌詔命。中宗立，進拜昭容。帝引名儒，賜宴賦詩，婉兒常代帝及后、長寧安樂二公主，衆篇並作，而采麗益新。又差第羣臣所賦，賜金爵，故朝廷靡然成風。當時屬詞，大抵浮靡，然皆有可觀，昭容力也。韋后之敗，斬闕下。

㊀「何」原作「可」，據紀事改。㊁「北海」，紀事作「北渚」。

孔紹安

大業末爲監察御史，高祖爲隋討賊河東，紹安監其軍，深見接遇。高祖受禪，紹安自洛陽間行來奔。高祖大悦，拜内史舍人。時夏侯端亦嘗爲御史，先來歸。紹安授秘書監，因侍宴，詠石榴，有「秖爲時來晚，開花不見春」之句。武德中，令狐德棻欲補正歷代史記㊀，詔各差官主修一代。紹安以中書舍人與崔善爲蕭德言主梁，多歷年不能就，皆罷之。紹安在隋時，與孫萬壽以文詞稱，時謂孔孫。

㊀「記」，據紀事補。

虞世南

顔師古隋朝遺事載：洛陽獻合蒂迎輦花，煬帝令袁寶兒持之，號司花女。時詔世南草征遼指揮德音敕于帝側，寶兒注視久之。帝曰：「昔傳飛燕可掌上舞，今得寶兒，方昭前事。然多憨態，今注目于卿，卿才人，可便嘲之。」世南爲絶句曰：「學畫鴉黄半未成，垂肩嚲袖太憨生。緣憨却得君王惜，長把花枝傍輦行。」

魏徵

太宗在洛陽宫，幸積翠池。宴酣各賦一事。帝賦尚書曰：「日昃玩百篇，臨燈披五典。夏康既逸豫，商辛亦荒湎。恣情昏主多，克己明君鮮。滅身資累惡，成名由積善。」徵賦西漢曰：「受降臨軹道，争長趣鴻門。驅傳渭橋上，觀兵細柳屯。夜宴經柏谷，朝遊出杜原。終藉叔孫禮，方知皇帝尊。」帝曰：「徵言未嘗不約我以禮。」

李百藥

百藥七歲能屬文。齊中書舍人陸乂，嘗過其父德林，有説徐陵文者，云「藉琅琊之稻」，坐客並不識其事。百藥進曰：「傳稱鄅人藉稻。注云：鄅國在琅琊開陽縣。」人皆驚喜，曰：「此兒卽神童。」百藥幼多病，祖母以百藥爲名㊀。名臣之子，才行相繼，四海名流，莫不宗仰。藻思沉鬱，尤長五言。雖樵童牧子，亦皆吟諷。及懸車告老，怡然自得，穿池筑山㊁，文酒談詠，以盡平生之志，年八十五。先是和太宗帝京篇，手詔曰：「卿何身之老而才之壯，齒之宿而意之新乎？」子安期，永徽末遷中書舍人。自德林至安期，三代掌制誥。安期孫羲仲，又爲中書舍人。

〔一〕「祖」紀事作「父」。　〔二〕「筑」原作「鑿」，據紀事改。

長孫無忌

無忌嘲歐陽詢形狀猥陋云：「聳膊成山字，埋肩畏出頭。誰令麟閣上，畫此一獼猴？」詢應聲曰：「縮頭連背煖，漫襠畏肚寒。秖緣心渾渾，所以面團團。」太宗笑曰：「詢殊不畏皇后耶？」

王勃

太宗嘗謂唐儉：「酒杯流行，發言可喜。」是時，天下初定，君臣俱欲無爲，酒杯善謔，理亦有之。高宗雖不君，然亦深察事機。當時，諸王鬥雞，王勃在沛王府，戲爲文檄英王。帝見之，大怒，曰：「此殆交鬭之漸。」即日竄勃。以太宗之賢，杯酒一時之樂，何足爲後世戒。及其弊也，中宗詔羣臣曰：「天下無事，欲與羣臣共樂。」於是迴波艷詞，妖冶之舞，作于文字之臣，而綱紀蕩然矣。創業之難也，一觴一詠，足以肇亂，況其甚焉者哉！

馬周

凌朝浮江旅思詩云：「太清初上日，春水送孤舟。山遠疑無樹，潮平似不流。岸花開且落，江鳥没還浮。羈望傷千里，長歌遣四愁。」

李義府

義府初遇，以李大亮劉洎之薦。太宗召令詠烏，義府曰：「日裏颺朝彩，琴中聞夜啼。上林如許樹，不借一枝棲。」帝曰：「與卿全樹，何止一枝。」

杜淹

杜淹始見袁天綱于洛，天綱謂曰：「蘭臺成就，學堂寬廣㊀。」又曰：「二十年外，終恐責黜，暫去即還。」武德六年，以善隱太子，俱配流嶲州。淹至益州，見天綱曰：「洛邑之言，何其神也！」天綱曰：「不久即回。」至九年六月，召入。天綱曰：「杜公至京師，即得三品要職。淹至京，拜御史大夫、檢校吏部尚書。贈天綱詩曰：「伊呂深可慕，松喬定是虚。繫風終不得，脱屣欲安如？且珍紈素美，當與薜蘿疏。既逢楊得意，非復久閒居。」

㊀「寬廣」原作「廣寬」，據紀事改。

蘇味道

趙州蘇味道，與里人李嶠號蘇李。武后朝爲相，世號「模棱手」。上元云：「火樹銀花合，星橋鐵鎖開。暗塵隨馬去，明月逐人來。游妓皆穠李，行歌盡落梅。金吾不禁夜，玉漏莫相催。」

駱賓王

世稱王楊盧駱。楊盈川之爲文，好以古人姓名連用，如「張平子之略談，陸士衡之所記，潘安仁宜其陋矣，仲長統何足知之」，號爲「點鬼簿」。賓王文好以數對，如「秦地重關一百二，漢家離宫三十六」，號爲「算博士」。帝京篇曰：「倏忽摶風生羽翼，須臾失浪委泥沙。」賓王後與徐敬業興兵揚州，大敗逃死，此其讖也。

陳子昂

獨異記載：子昂初入京，不爲人知。有賣胡琴者，價百萬，豪貴傳視，無辨者。子昂突出，顧左右以千緡市之。衆驚問，答曰：「余善此樂。」皆曰：「可得聞乎？」曰：「明日可集宣陽里。」如期偕往，則酒肴畢具，置胡琴于前。食畢，捧琴語曰：「蜀人陳子昂，有文百軸，馳走京轂，碌碌塵土，不爲人知。此樂賤工之役，豈宜留心？」舉而碎之，以其文軸遍贈會者。一日之内，聲華溢都。時武攸宜爲建安王，辟爲書記。

李日知

鄭州李日知，景龍初爲相。初，安樂公主館第成，中宗臨幸，燕從官，賦詩。日知卒章曰：「所願但知居者樂，無使時稱作者勞。」獨以規戒。睿宗他日謂曰：「向時雖朕亦不敢諫，非卿亮直何能爾？」即拜侍郎。

李景伯

景伯，中宗宰相懷遠之子。景龍初，爲諫議大夫。中宗宴侍臣，酒酣，各命爲迴波辭。景伯獨爲箴規語㈠，帝不悦。蕭至忠曰：「真諫官也。」迴波詞曰：「迴波爾時酒卮，微臣職在箴規。侍宴既過三爵，諠譁切恐非儀。」

㈠「語」，據紀事補。

崔融

久視元年，改控鶴府爲奉宸府。張易之爲奉宸令，引詞人爲供奉。佞者奏云：「昌宗，王子晉後身。」令被羽衣，吹簫，乘木鶴，奏樂于庭。融賦詩爲絕唱，有「昔遇浮邱伯，今同丁令威。中郎才貌是，藏史姓名非」之句。後與宰相蘇味道相誚云：「融詩所以不及相公，無銀花合。」蘇有詩云：「火樹銀花合。」味道云：「子詩雖無銀花合，還有金銅丁。」取令威之句也。

李適

初，中宗景龍二年，始于修文館置大學士四員，學士八員，直學士十二員，象四時、八節、十二月。于是李嶠宗楚客趙彥昭韋嗣立爲大學士；李適劉憲崔湜鄭愔盧藏用李乂岑羲劉子玄爲學士；薛稷馬懷素宋之問武平一杜審言沈佺期閻朝隱爲直學士。又召徐堅韋元旦徐彥伯劉允濟等滿員。其後被選者不一。凡天子饗會游豫，惟宰相、直學士得從，春幸黎園並渭水祓除，則賜柳圈辟癘。夏宴蒲萄園，賜朱櫻。秋登慈恩浮圖，獻菊花酒稱壽。冬幸新豐，歷白鹿觀，登驪山，賜浴湯池，給香粉蘭澤，從行給翔麟馬、品官黃衣各一。帝有所感，即賦詩，學士皆屬和，當時人所欽慕。然皆狎猥佻佞，忘君臣禮法，惟以文華取幸，若韋元旦劉允濟沈佺期宋之問閻朝隱等，無他稱。景龍二年七月七夕，御兩儀殿賦詩。李嶠獻詩云：「誰言七襄詠，流入五絃歌。」是日李行言唱步虛歌。九月，幸慈恩寺塔，上官氏獻詩，羣臣並賦。閏九月，幸總持，登浮圖，李嶠等獻詩。十月三日，幸三會寺，十一月十五日，中宗誕辰，内殿聯句爲「柏梁體」。二十一日安樂公主出降武延秀。是月，以婕妤上官氏爲昭容。十二月六日，上幸薦福寺，鄭愔詩先成，「舊邸三乘闢」是也。宋之問後進。「駕象法三歸」是也。立春，侍宴賦詩。二十一日，幸臨渭亭，李嶠等應制。三十日幸長安故城。十二月晦，諸學士入閤守歲，以皇后乳母戲適御史大夫竇從一。往來其家，遂有國爹之號。三年元日，清暉閣登高遇雪。宗楚客詩云「蓬萊雪作山」是也，因賜金綵人勝。李嶠等七言詩。「千鍾聖酒御筵披」是也。是日，甚歡，上令學士遞起屢舞，至沈佺期賦迴波，有「齒録牙緋」之語。晦日，幸昆明池，宋之問詩「自有夜珠來」之句，至今傳之。二月八日，送沙門玄奘等歸荆州，李嶠等賦詩。十一日，幸太平公主南莊。七月，幸望春宮，送朔方節度張仁亶赴軍。八月三日，幸安樂公主西莊。九月九日，幸臨渭亭，分韻賦詩。韋安石先成。十一月一日，安樂公主入新宅，賦詩。十五日，中宗誕辰，長寧公主滿月，李嶠詩「神龍見象日，仙鳳養雛年」是也。二十三日，南郊，徐彥伯上南郊賦。十二月十二日，幸温泉宮，勅蒲州刺史徐彥伯入仗，同學士例，因與武平一等五人獻詩，上官昭容獻七言絶句三首。十四日，幸韋嗣立莊，拜嗣立逍遥公，名其居曰「清虛原」、「幽棲谷」。十五日，幸白鹿觀。十八日，遊秦始皇陵。四年正月朔，賜羣臣柏樹。五日，蓬萊宮宴吐蕃使，因爲柏梁體。吐蕃舍人亦賦。七日，重宴大明殿，賜綵鏤人勝，又觀打毬。八日，立春，賜綵花。二十九日，晦，幸滻水。二月一日，送金城公主。三日，幸司農少卿王光輔莊。是夕，岑羲設茗飲，討論經史，武平一論春秋，崔日用請北面，日用贈武平一歌曰：「彼名流兮左氏癖，意玄遠兮冠今夕。」二十一日，張仁亶至自朔方，宴于桃花園，賦七言詩。明日，宴承慶殿，李嶠等賦桃花園詞，因號桃花行。三月一日，清明，幸梨園，命侍臣爲拔河之戲。三日上巳，祓禊于渭濱，賦七言詩，賜細柳圈。八日，令學士尋勝，同宴于禮部尚書竇希玠㊀亭，賦詩，張説爲之序。十一日，宴于昭容之別院。二十七日，李嶠入都祔廟，徐彦伯等餞之，賦詩。四月一日，幸長寧公主莊。六日，幸興慶池觀競渡之戲。其日，過希玠宅，學士賦詩。二十九日，御宴，祝欽明爲八風舞，諸學士曰：「祝公斯舉，五經掃地盡矣。」睿宗時，道士司馬承禎天台，適贈詩，詞甚美，朝士屬和三百餘人，徐彦伯編爲白雲記。

㊀「玠」原作「琳」，據舊唐書竇希玠傳改，下同。

徐彦伯

徐彦伯爲文，多變易求新，以鳳閣爲鵷閣，龍門爲虬户，金谷爲銑溪，玉山爲瑤岳，竹馬爲篠驂，月兔爲魄兔。進士效之，謂之「澀體」。

李嶠

皮日休松窗録云：「中宗嘗召宰相蘇瓌李嶠之子進見，時皆童年㊀。帝謂曰：『汝等各以所通書，取宜奏者，爲我言之。』頲應曰：『木從繩則正，后從諫則聖。』嶠之子忘其名，亦奏曰：『斮朝涉之脛，剖賢人之心。』帝曰：『蘇瓌有子，李嶠無兒㈡。』」

㈠「童」原作「同」，據紀事改。　㈡「兒」原作「後」，據紀事改。

蘇頲

長安盛春遊，頲製詩云：「飛埃結紅霧，遊蓋飄青雲。」明皇嘉賞，以御花親插其巾上。時榮之。

沈佺期

張燕公説嘗謂佺期曰：「沈三兄詩須還他第一。」佺期，字雲卿，相州人。除給事中、考功郎，受贓劾，未究。會張易之敗，遂長流驩州。稍遷台州録事參軍，入計召見，拜起居郎，兼修文直學士。侍宴，爲弄詞悦帝，賜牙緋，尋爲太子詹事。開元初，卒。佺期迴波樂詞云：「迴波爾時佺期，流向嶺外生歸。身名已蒙齒録，袍笏未復牙緋。」

魏建安後訖江左，詩律屢變。至沈約庾信，以音韻相婉附，屬對精密。及宋之問沈佺期，又加靡麗，回忌聲病，約句準篇，如錦繡成文，學者宗之，號爲沈宋。語曰：「蘇李居前，沈宋比肩。」

謂蘇武李陵也。

李行言

景龍中，中宗引近臣宴集，令各獻伎爲樂。張錫爲談容娘舞，宗晉卿舞渾脱，張洽舞黄麞，杜元琰誦婆羅門咒，行言唱駕車西河，盧藏用效道士上章，國子司業郭山惲請誦古詩兩篇，誦鹿鳴、蟋蟀未畢，李嶠以詩有「好樂無荒」之語，止之。

行言，隴西人，兼文學幹事。函谷關詩爲時人所許。中宗時，爲給事中。能唱步虚歌。帝七月七日御兩儀殿會宴，帝命爲之。行言于御前長跪，作三洞道士青詞歌曲，貌偉聲暢，上頻嘆美。

張元一

武后朝，左司郎中張元一善滑稽。時西戎犯邊，武懿宗統兵禦之，至邠，畏懦而遁。元一嘲曰：「長弓短度箭，蜀馬臨高騗㊀。去賊七百里，隈牆獨自戰。忽前逢著賊，騎猪向南竄。」則天未曉，曰：「懿宗無馬邪？」元一曰：「騎猪，夾豕也。」則天大笑。后嘗問元一，外有何事，曰：「有三慶：旱而雨，洛橋成，郭洪霸死。」洪霸，酷吏也。

㊀高，全唐詩作「階」。

劉希夷

劉希夷，一名庭芝，汝州人。少有文華，好爲宮體詩，詞旨悲苦，不爲時人所重。善彈琵琶。嘗爲白頭翁詠云：「今年花落顏色改，明年花開復誰在？」既而自悔曰：「我此詩讖，與石崇『白首同所歸』何異？」乃更作一聯云：「年年歲歲花相似，歲歲年年人不同！」既而又嘆曰：「此句復仍似向讖矣。然死生有命，豈復由此！」卽兩存之。詩成未周歲，爲奸人所殺。或云宋之問害之。後孫翌撰正聲集，以希夷詩爲集中之最，由是大爲人所稱。或云：之問害希夷以洛陽篇爲己作，至今載此篇在之問集中。

張敬忠

先天中，王主敬爲侍御史，自以才望華妙，當入省臺前行。忽除膳部員外郎，微有悵惋。吏部郎中張敬忠戲詠曰：「有意嫌兵部，專心望考功。誰知脚蹭蹬，幾落省牆東。」蓋膳部在省最東北隅也。

張說

張說謫岳州，常鬱鬱不樂。時宰相以說機辯才略，互相排擯。蘇頲方大用，說與瓌善，說因爲五君詠，致書封其詩以貽頲。誡其使曰：「當候忌日近暮送之。」使者近暮至，弔客多說先公僚舊，頲覽詩，嗚咽流涕。翌日，上對，大陳說忠正謇諤，人望所屬，不宜淪滯遐方。上因降璽書勞問，俄遷荆州長史。由是陸象先韋嗣立張庭珪賈曾，皆以讜逐歲久，因加甄敍。頲以父之執友，事之甚謹。

王泠然上燕公書云：「詩云：『投我以木瓜，報之以瓊琚。』此言雖小，可以喻大。相公五君詠曰：『凄凉丞相府，餘慶在玄成。』蘇公一聞此詩，移公于荆府，積漸至相，由蘇得也。今蘇屈居益部，公坐廟堂，投木報瓊，義將安在？亦可舉蘇以自代，然後爲朔方之行。」泠然書又曰：「相公岳陽樓送別詩云：『誰念三千里？江潭一老翁。』今日忘往日之棲遲，貪暮年之富貴，可乎？」

宋璟

劉禹錫獻權舍人書曰：「昔宋廣平之沉下僚也，蘇公味道時爲繡衣直指使者，廣平投以梅花賦，蘇盛稱之，自是方列于聞人之目，名遂振。嗚呼！以廣平之才，未爲是賦，則蘇公未暇知其人邪！將廣平困于窮，阨于躓，然後爲是文邪！是知英賢卓犖，可外文字，然猶用片言借說于先達之口，席其勢而後驤首當時，矧碌碌者，疇能自異？」

王灣

王灣登先天進士第。開元初，爲滎陽主簿。馬懷素欲校正羣籍，灣在選中，各部撰次。後爲洛陽尉。殷璠㈠云：灣詞翰早著，爲天下所稱，最者不過一二。遊吳中江南意云：「海日生殘夜，江春入舊年。」詩人以來，無聞此句。張公居相府，手題于政事堂，每示能文，令爲楷式。又擣衣篇云：「月華照杵空悲妾，風響傳砧不見君。」所有衆製，咸類若斯㈡，非張蔡輩之未見，覺顏謝之彌遠乎！江南意云：「南國多新意，東行伺早天。潮平兩岸失，風正一帆懸。海日生殘夜，江春入舊年。從來觀氣象，唯向此中偏。」

㈠「殷」原作「商」，據河岳英靈集改。下同。　㈡「咸類」原作「類咸」，據英靈集改。

姚崇

口箴云：「君子欲訥，吉人寡辭。利口作戒，長舌爲詩。斯言不善，千里違之。勿謂可復，駟馬難追。惟靜惟默，澄神之極。去甚去泰，居物之外。多言多失，多事多害。聲繁則淫，音希則大。室本無暗，垣亦有耳。何言者天，成蹊者李。似不能言，爲世所尊。言不出口，冠時之首。無掉爾舌，以速爾咎；無易爾言，亦孔之醜。欽之謹之，可大可久。欽之伊何？三命而走：謹之伊何？三緘其口。勉哉夫子，行矣勉旃。書之屋壁，以代韋弦。」

李德裕舌箴序曰：「予宿于洞庭西，夢與中書令姚公偶坐，如舊相識。問余曰：『君見僕所作口箴乎？』余對曰：『去歲居守東門㊀，于公曾孫諫議合處覩金石之刻㊁。』遂莞爾而笑曰：『孫子猶能藏之。』」又曰：「余感姚公之夢，乃爲舌箴云。」

㊀「東門」，紀事作「東周」。 ㊁「合」原作「郃」，據新唐書姚崇傳改。

趙仁奬

「令乘驄馬去，丞脱繡衣來。」仁奬送上蔡令潘好禮拜御史詩也。或疑其假手。蓋仁奬在王戎墓側，善歌黄麞。景龍中，負薪詣闕云，助國調鼎，即除臺官。中書令姚崇曰：「此是黄麞邪？」授以當州一尉，惟以黄麞自衒。宋務光嘲之曰：「趙仁奬出王戎墓下，入朱博臺中。舍彼負薪，登兹列柏，行人不避驄馬，坐客惟聽黄麞。忽一夫負兩束薪曰：『此合拜殿中。』人問其由，曰：『趙以一束拜監察，此兩束合授殿中。』」

金昌緒

春怨詩云：「打却黄鶯兒，莫教枝上啼。幾回驚妾夢，不得到遼西。」顧陶取此詩爲唐類詩㊀。

㊀紀事作「唐詩類選」。

張九齡

九齡在相位，有謇諤匪躬之誠。明皇既在位久，稍怠庶政，每見帝，極言得失。林甫時方同列，陰欲中之。將加朔方節度使牛仙客實封，九齡稱其不可，甚不叶帝旨。他日，林甫請見，屢陳九齡頗懷誹謗。于時方秋，帝命高力士持白羽扇以賜，將寄意焉。九齡惶恐，因作賦以獻。又爲燕詩以貽林甫，曰：「海燕何微眇，乘春亦暫來。豈知泥滓賤，只見玉堂開。繡户時雙入，華軒日幾回。無心與物競，鷹隼莫相猜。」林甫覽之，知其必退，恚怒稍解。

王維

集異記載：王維未冠，文章得名，妙能琵琶。春試之日，岐王引至公主第，使爲伶人進主前。維進新曲，號鬱輪袍，并出所作。主大奇之，令宫婢傳教，遂召試官至第，諭之，作解頭登第。禄山之亂，李龜年奔放江潭，曾于湘中採訪使筵上唱云：「紅豆生南國，春來發幾枝？願君多採擷，此物最相思。」又：「秋風明月苦相思，蕩子從戎十載餘。征人去日慇懃囑，歸雁來時數附書。」此皆王維所製，而梨園唱焉。

王維年十七時，九日憶山東弟兄云：「獨在異鄉爲異客，每逢佳節倍思親。遥知兄弟登高處，偏插茱萸少一人。」

祿山大會凝碧池，梨園弟子欷歔泣下。樂工雷海清擲樂器，西向大慟，賊支解于試馬殿。維時拘于菩提寺，有詩曰：「萬户傷心生野烟，百僚何日更朝天？秋槐落葉深宫裏，凝碧池頭奏管絃。」後有罪，以此詩獲免。

寧王憲貴盛，寵妓數十人。有賣餅之妻，纖白明媚，王一見屬意，因厚遺其夫求之，寵愛逾等。歲餘，因問曰：「汝復憶餅師否？」使見之，其妻注視，雙淚垂頰，若不勝情。時王坐客十餘人，皆當時文士，無不悽異。王命賦詩，維先成云：「莫以今時寵，難忘舊日恩。看花滿眼淚，不共楚王言。」坐客無敢繼者，王乃歸餅師，以終其志。出本事詩。

或說：維詠終南山詩，譏時也。詩曰：「太一近天都，連山接海隅。」言勢焰盤據朝野也。「白雲回望合，青靄入看無。」言徒有其表也。「分野中峰變，晴陰衆壑殊。」言恩澤偏也。「欲投人處宿，隔水問樵夫。」畏禍深也。

殷璠云㊀：「維詩詞秀調雅，意新理愜。在泉爲珠，着壁成繪，一字一句，皆出常境。至如：『落日山水好，漾舟信歸風。』又『澗芳襲人衣，山月映石壁。』又『天寒遠山静，日暮長河急。』又『賤日豈殊衆，貴來方悟稀。』又『日暮沙漠陲，戰聲烟塵裏。』詎肯慚于古人也？」

㊀「殷」，原作「商」，據紀事改。

王縉

王縉九月九日作云：「莫將邊地比京都，八月嚴霜草已枯。今日登高樽酒裏，不知能有菊花無？」

賀知章

賀知章年八十六，卧病，冥然無知。疾損，上表乞爲道士還鄉，明皇許之。捨宅爲觀，賜名千秋，命其男曾子會稽郡司馬，賜鑑湖剡川一曲。元乞官湖一曲爲放生池㊀，因賜剡川一曲。詔令供帳東門，百僚祖餞。御製送詩，并序云：「天寶三年，太子賓客賀知章，鑒止足之分，抗歸老之疏，解組辭榮，志期入道。朕以其年在遲暮，用循掛冠之事，俾遂赤松之遊。正月五日，將歸會稽，遂餞東路，乃命六卿庶尹大夫供帳青門，寵行邁也。豈惟崇德尚齒，抑亦勵俗勸人，無令二疏，獨光漢册。乃賦詩贈行。詩云：『遺榮期入道，辭老竟抽簪。豈不惜賢達？其如高尚心。寰中得祕要，方外散幽襟。獨有青門餞，羣英悵別深。』又云：『筵開百壺餞，詔許二疏歸。仙記題金籙，朝章换羽衣。悄然承睿藻，行路滿光輝。』」

㊀「一曲」紀事作「數頃」。

李嘉祐

送王牧往吉州謁王使君云：「細草緑汀洲，王孫耐薄遊。年華初冠帶，文體舊弓裘。野渡花争發，春塘水亂流。使君矜小阮，應念倚門愁。」

仲夏江陰官舍寄裴明府云：「萬室邊江次，孤城對海安。朝霞晴作雨，濕氣曉生寒。苔色侵衣桁，潮痕上井欄。題書招茂宰，思爾欲辭官。」

高仲武云：「嘉祐，袁州人。振藻天朝，大收芳譽，中興高流也。與錢郎别爲一體，往往涉于齊梁，綺靡婉麗㊀，蓋吴均何遜之敵也。至于『野渡花争發，春塘水亂流』，『朝霞晴作雨，濕氣曉生寒』，文華之冠冕也。又：『禪心超忍辱，梵語問多羅。』設使許詢更生，孫綽復出，窮思極筆，未到此境。」

㊀「靡」原作「美」，據中興間氣集改。

張均

均，丞相説之子也。説最鍾愛，其情見于岳州别均之詩。説爲丞相，知官考，均時任中書舍人，特注之曰：「父教子忠，古之善訓。祁奚舉午，義不務私。至于潤色王言，彰施帝載，道參墳典，例紀旂常㊀，恭聞前烈，尤難其任。豈以嫌疑，敢撓綱紀，考上下。」均能文，爲大理卿。祿山盜國，爲僞中書令，免死，流合浦。

㊀「紀旂」原作「絕功」，據紀事改。

王諲

除夜云：「今歲今宵盡㊀，明年明日催。寒隨一夜去，春逐五更來。氣色空中改，容顏暗裏回。風光人不覺，已著後園梅。」

㊀「歲」原作「夜」，據祕書改。

孟浩然

皮日休孟亭記云：「明皇世，章句之風，大得建安體。論者推李翰林杜工部爲尤。介其間能不愧者，惟我鄉之孟先生也。先生之作，遇景入詠，不鉤奇抉異㊀，令齷齪束人口者，涵涵然有干霄之興，若公輸氏當巧而不巧者也。北齊美蕭慤『芙蓉露下落，楊柳月中疏』，先生則有『微雲淡河漢，疏雨滴梧桐』。樂府美王融『日霽沙嶼明，風動甘泉濁㊁』，先生則有『氣蒸雲夢澤，波動岳陽城』。謝朓之詩句，精者有『露濕寒塘草，月映清淮流』，先生則有『荷風送香氣，竹露滴清響』。此與古人争勝於毫釐間也。」

建德江宿云：「移舟泊煙渚，日暮客愁新。野曠天低樹，江清月近人。」

㊀「鈎」原作「拘」，據紀事改。　㊁「濁」原作「燭」，據紀事改。

陶峴

陶峴，彭澤之孫也。開元末，家崑山，泛遊江湖，自製三舟，與孟彦深孟雲卿焦遂共載。吴越之士，號爲「水仙」。省親南海，獲崑崙奴名摩訶，善泅水。至西塞山下，泊舟吉祥佛寺，見江水深黑，謂必有怪物，投劍命摩訶下取。久之，支體磔裂，浮于水上。峴流涕迴棹，賦詩自敍，不復遊江湖矣。詩云：「匡廬舊業是誰主，吴越新居安此生。白髮數莖歸未得，青山一望計還成。鴉翻楓葉夕陽動，鷺立蘆花秋水明。從此舍舟何所詣，酒旗歌扇正相迎。」

王昌齡

昌齡，字少伯，江寧人。中第，補校書郎。又中博學宏詞科，遷氾水尉。不護細行，世亂還鄉里，爲刺史閭邱曉所殺。其詩縝密而思清，時謂王江寧。

長信秋詞云㊀：「奉帚平明金殿開，且將團扇共徘徊。玉顔不及寒鴉色，猶帶昭陽日影來。」

㊀「長信秋詞云」，原脱，據紀事補。

李　清

詠石季倫云：「金谷繁華石季倫，只能謀富不謀身。當時縱與綠珠去，猶有無窮歌舞人。」清登天寶十二年進士第。

韓　滉

聽樂悵然自述：「萬事傷心對管絃，一身含淚向春烟。黃金用盡教歌舞，留與他人樂少年。」

王之渙

出塞詩云：「黃沙直上白雲間，一片孤城萬仞山。羌笛何須怨楊柳？春風不過玉門關。」之渙，并州人，與兄之咸之賁皆有文名㊀，天寶間人。樂天作滁州刺史鄭昈墓誌云：「與王昌齡王之渙崔國輔連唱迭和，名動一時。」

㊀「名」，據紀事補。

全唐詩話卷之二

劉長卿

劉長卿，字文房，至德監察御史㈠。以檢校祠部員外郎，爲轉運使判官，知淮南鄂岳轉運留後，鄂岳觀察使。吳仲孺誣奏，貶播州南巴尉。會有爲之辯者，除睦州司馬，終隨州刺史。以詩馳聲上元寶應間。皇甫湜云：「詩未有劉長卿一句，已呼宋玉爲老兵矣；語未有駱賓王一字，已罵宋玉爲罪人矣。」其名重如此。

高仲武云：「長卿員外有吏幹，剛而犯上㈡。兩度遷謫，皆自取之。詩體雖不新奇，甚能鍊飾。十首已上，語意稍同，于落句尤甚，此其短也㈢。然『春風吳草綠，古木剡山深，』『明日滄洲路，歸雲不可尋。』又『沙鷗驚小吏，明月上高枝。』又『細雨濕衣看不見，閒花落地聽無聲。』截長補短，盖玉徵之類與。又『得罪風霜苦，全生天地仁。』傷而不怨，亦足以發揮風雅矣。」

過張明府別業云：「寥寥東郭外，白首一先生。考滿孤琴在，家移五柳成。夕陽臨水釣，春雨向田耕。終日空林下，何人識此情？」

餘干旅舍云：「搖落暮天迥，青楓霜葉稀。孤城向水閉，獨鳥背人飛。渡口月初上，鄰家漁未歸。鄉心正欲絶，何處擣寒衣？」

送李中丞之襄州云：「流落征南將，曾驅十萬師。罷歸無舊業，老去戀明時。獨立三朝盛㊃，輕生一劍知。茫茫江漢上，日暮欲何之？」

送嚴士元云：「春風倚棹闔閭城，水國猶寒陰復晴。細雨濕衣看不見，閒花落地聽無聲。日斜江上孤帆影，草緑湖南萬里程。東道若逢相識問，青袍今已誤儒生。」

㊀「德」，據新唐書藝文志補。　㊁「剛」，據中興間氣集補。　㊂此句間氣集作「此其思鋭才窄也」。

㊃「盛」，《全唐詩》作「識」，又注：「朝識」，一作「邊静」。

章八元

八元題慈恩塔云：「七層突兀在虛空，四十門開面面風。却怪鳥飛平地上，自驚人語半天中。迴梯暗踏如穿洞，絶頂初攀似出籠。落日鳳城佳氣合，滿城春樹雨濛濛。」或云：元白見其詩曰：「不謂嚴維出此弟子。」

高仲武云：「八元嘗于郵亭偶題數句，蓋激楚之音也。會稽嚴維到驛，問八元曰：『爾能從我學詩乎？』曰：『能。』少頃遂發。八元已辭家㊀。維大異之，遂親指喻，數年詞賦擢第㊁。至如

「雪晴山脊見，沙淺浪痕交」，得山水狀貌也。八元，睦州人，登大曆進士第。

㈠「蓋激楚……八元已辭家。」原作「蓋激元楚以辭家」，據間氣集改。㈡「詞」原作「充」，據間氣集改。

韋應物

李肇國史補云：「開元後位卑而名著。李北海邕、王江寧昌齡、李舘陶□、鄭廣文虔、元魯山德秀、蕭功曹穎士、張長史旭、獨孤常州及、崔比部元翰、梁補闕肅、韋蘇州其一也。應物仕宦本末，似止于蘇。按白傅答禹錫云「敢有文章替左司」，謂應物也，官稱亦止此。

郡齋雨中與諸文士燕集詩云：「兵衛森畫戟，燕寢凝清香。海上風雨至，逍遥池閣涼。煩痾近消散，嘉賓復滿堂。自慚居處崇，未睹斯民康。理會是非遣，性達形迹忘。鮮肥屬時禁，蔬果幸見嘗。俯飲一杯酒，仰聆金玉章。神歡體自輕，意欲凌風翔。吴中盛文史，羣彦今汪洋。方知大藩地，豈曰財賦强。」

「欲持一瓢酒，遠寄風雨夕。」句「萬籟自生聽，太空常寂寥。還從静中起，却向静中銷。」詠聲。「山深松子落，幽人應未眠。」句。「舟泊南池雨，簾捲北樓風。」句。右張爲取作主客圖。

應物寄全椒山中道士云：「今朝郡齋冷，忽憶山中客。澗底拾枯松，歸來煮白石。欲持一瓢酒，遠寄風雨夕。落葉徧空山，何處尋行迹？」

朱　放

放字長通，襄州人，隱居剡溪。嗣曹王皋鎮江西，辟節度參謀。貞元中，召爲左拾遺，不就。送著公歸越云：「誰能愁此别？到越會相逢。長憶雲門寺，門前千萬峰。石牀堆積雪，山路倒枯松。莫學白道士，無人知去蹤。」

李　泌

鄴侯家傳云：「泌賦詩譏楊國忠曰：『青青東門柳，歲晏復憔悴。』國忠訴于明皇，上曰：『賦柳爲譏卿，則賦李爲譏朕，可乎？』」

暢　當

當詩平淡多佳句，如釣渚亭云：「花發多遠意，鳧雁有閒情。遲暉耿不暮，平江寂無聲。」天柱隱所云：「荒徑饒松子，深蘿绿鳥聲。陽崖全帶日，寬嶂偶通耕。」山居云：「水定鶴翻去，松欹峰儼如。」又：「寒林苞晚橘㈠，風絮露垂楊。湖畔聞漁唱，天邊數雁行。」皆有遠意。

㈠「橘」原作「菊」，據紀事改。

皇甫冉

高仲武云：「皇甫冉補闕，自擢桂禮闈，遂爲高格。往以世道艱虞，避地江外，每文章一到朝廷，作者變色。于詞場爲先輩，推錢郎爲伯仲㈠，誰家勝負，或逐鹿中原。如：『果熟任霜封，籬疏從水渡。』又：『裛露收新稼，迎寒葺舊廬。』又：『燕知社日辭巢去，菊爲重陽冒雨開。』可以雄視潘張，平揖沈謝。又巫山詩終篇皆麗，自晉宋齊梁陳周隋以來㈡，採掇者無數，而補闕獨獲驪珠，使前賢失步，後輩却立，自非天假，何以迨斯。恨長轡未騁，而芳蘭早凋。悲夫！」

送韓司直云：「遊吴還適楚㈢，來往任風波。復送王孫去，其如春草何？岸明殘雪在，潮滿夕陽多。季子留遺廟，停舟試一過。」

西陵寄一公云：「西陵遇風處，自古是通津。終日空江上，雲山若待人。汀洲寒事早，魚鳥興情新。南望山陰路，吾心有所親。」姚合取四詩爲極玄集。

秋日東林之作云：「閒看秋水心無事，坐對寒松手自栽。廬阜高僧留偈別，茅山道士寄書來。燕知社日辭巢去，菊爲重陽冒雨開。淺薄將何稱獻納？臨岐終日自遲迴。」

㈠「錢郎」原作「薦郎」，據紀事改。　㈡「陳」，據紀事補。　㈢「楚」，紀事作「越」。

皇甫曾

張汾見訪郊居云㊀：「林中雨散早涼生，已有迎秋促織聲。三徑荒蕪羞對客，十年衰老愧稱兄。愁心自惜江蘺短，世事方看木槿榮。君若罷官携手日，尋山莫算白雲程。」

曾與劉長卿友善。曾過長卿碧澗別業詩云：「謝客開山後，郊扉去水通。江湖十年別，衰老一樽同。返照寒川滿，平田暮雪空。滄洲自有趣，不復泣途窮。」長卿和云：「荒村帶晚照，落葉亂紛紛。古路無行客，寒林獨見君。野橋經雨斷，澗水向田分。不爲憐同病，何人到白雲。」

曾又寄長卿云：「南憶新安郡，千江帶夕陽。斷猿知夜久，秋草助江長。鬢髮應成素，青松獨見霜。愛才稱漢主，題柱待田郎㊁。」長卿和云：「離別江南北，汀洲葉再黄。路遥雲共水，砧迥月如霜。歲儉依仁政，姑臧相國初臨郡。年衰憶故鄉。佇看宣室召，漢法倚張綱。」

㊀「張汾」，全唐詩作「張芬」，注：「一作芳」，紀事作「張芳」。　㊁「柱」原作「賦」，據紀事改。

秦系

系呈韋蘇州云：「久卧雲間已息機，青袍忽著狎鷗飛。詩興到來無一事，郡中今有謝玄暉。」

系，字公緒，會稽人，隱泉州南安九日山。張建封聞系不可致，就加校書郎。自號東海釣客，與劉長卿善。權德輿曰：「長卿自以爲五言長城，系用偏師攻之矣。」韋答系云：「知掩山扉三十秋，魚鬚翠碧滿牀頭。莫道謝公方在郡，五言今日爲君休。」蓋系以五言得名久矣㊀。年八十餘歲卒，南安人號其峰爲高士峰。

山中贈張評事時授右衛佐云：「終年常避喧，自註五千言。流水閒過院，春風與閉門。山茶邀上客，桂實落前軒。何事教予起，微官不足論。」

系家剡山，高隱一紀。大曆五年，人或以其文聞于留守薛公。無何，奏系右衛率府倉曹參軍。意所不欲，以疾辭免，因將命者獻詩云：「由來那敢議輕肥，散髮行歌自采薇。逋客未能忘野興，辟書令遣脱荷衣。家中匹婦空相笑，池上羣鷗盡欲飛。更乞大賢容小隱，益看愚谷有光輝。」

㊀「系」，據紀事補。

顧況

況，字逋翁，姑蘇人，至德進士。性詼諧，與柳渾李泌爲方外友。德宗時，渾輔政，以秘書郎召。及泌相，自謂當得達官，久之，遷著作郎。況坐詩語調謔，貶饒州司户。居于茅山，以壽終。

皇甫湜爲況文集序云：「偏于逸歌長句，駿發踔厲，往往若穿天心，出月脅，意外驚人語，非常人

所能及，最爲快也。其爲人類其章句云。」㈠

山中作云：「野人愛向山中宿，況在葛洪丹井西。庭前有箇長松樹，半夜子規來上啼。」又：「汀洲渺渺江蘺短，疑是疑非兩斷腸。」句。「巫峽朝雲暮不歸，洞庭春水晴空滿。」句。「頹垣化爲陂，陸地堪乘舟。」句。「大姑山盡小姑出㈡，月照洞庭行客船。」句。

㈠「章句」，紀事作「詞章」。㈡「小姑」，紀事作「小孤」。

朱絳

春女怨云：「獨坐紗窗刺繡遲，紫荆枝上囀黄鸝。欲知無限傷春意，盡在停針不語時。」顧陶取此詩爲類選。

楊志堅

顏魯公爲臨川内史，邑有楊志堅者，嗜學而貧，妻厭之，一日告離，志堅以詩送之曰：「平生志業在琴詩，頭上如今有二絲。漁父尚知溪谷暗，山妻不信出身遲。荆釵任意撩新鬢，明鏡從他畫别眉。今日便同行路客，相逢卽是下山時。」妻持詩詣州，請公牒求别醮。顏公案其妻曰：「王尊之廩既虚，豈歡黄卷㈠，朱叟之妻必去，寧見錦衣。污辱鄉閭，敗傷風俗，若無褒貶，僥倖者多。」遂箠之，後無棄其夫者。

㈠「尊」，原作「歡」，「歡」，原作「遵」，據汲古閣本紀事改。

劉方平

秋夜泛舟云：「林塘夜泛舟，蟲響荻颼颼。萬影皆因月，千聲各爲秋。歲華空復晚，鄉思不堪愁。西北浮雲外，伊川何處流？」

方平春怨云：「紗窗日落漸黄昏，金屋無人見淚痕。寂寞空庭春又晚，梨花滿地不開門。」

戎昱

憲宗朝，北狄頻寇邊，大臣奏議：古者和親有五利，而無千金之費。帝曰：「比聞有士子能爲詩，而姓名稍僻，是誰？」宰相對以包子虛冷朝陽，皆非也。帝遂吟曰：「山上青松陌上塵，雲泥豈合得相親？世路盡嫌良馬瘦，惟君不棄卧龍貧。千金未必能移性，一諾從來許殺身。莫道書生無感激，寸心還是報恩人。」侍臣對曰：「此是戎昱詩也。」京兆尹李鑾，擬以女嫁昱，令其改姓，昱固辭焉。帝悦，曰：「朕又記得詠史一篇云：『漢家青史内，計拙是和親。社稷因明主，安危託婦人。豈能將玉貌，便欲静胡塵。地下千年骨，誰爲輔佐臣？』」帝笑曰：「魏絳之功，何其懦也！」大臣遂息和戎之論矣。

柳郴

郴與李端盧綸友善，有賊平後送客還鄉詩云：「他鄉生白髮，舊國有青山。」最有思致。

薛曅

曅，德宗時河東詩人也。

勑贈康尚書美人云：「天門喜氣曉氛氳，聖主臨軒召冠軍。欲令從此行霖雨，先賜巫山一片雲。」康尚書，日知也。德宗時，斬李惟岳，以功擢爲深趙節度，遷奉誠軍，陟晉絳。

元載

王忠嗣鎮北京，以女韞秀歸元載，歲久見輕。韞秀勸之游學，元乃游秦，爲詩别韞秀曰：「年來誰不厭龍鍾，雖在侯門似不容。看取海山寒翠樹，苦遭霜霰到秦封。」妻請偕行，曰：「路掃飢寒迹，天哀志氣人。休零别離淚，携手入西秦。」

元到京，屢陳時務，深符上旨，肅宗擢拜中書。韞秀寄諸姊妹詩曰：「相國已隨麟閣貴，家風第一右丞詩。笄年解笑鳴機婦，恥見蘇秦富貴時。」元，肅代兩朝宰相，貴盛無比。復爲一篇以喻之曰：「楚竺燕歌動畫梁㊀，更闌重換舞衣裳㊁。公孫開館招佳客，知道浮雲不久長。」元貪吝被誅，上令王氏入宮，歎曰：「二十年太原節度使女，十六年宰相妻，誰能爲長信昭陽之事，死亦幸矣。」京兆笞斃。

㊀「竺」，祕書作「竹」。㊁「更」，祕書作「春」。

楊郇伯

妓人出家云：「盡出花鈿與四鄰，雲鬟剪落厭殘春。暫驚風燭難留世，便是蓮花不染身。貝葉欲翻迷錦字，梵聲初學誤梁塵。從今艶色歸空後，湘浦應無解珮人。」

梁鍠

詠木老人云：「刻木牽絲作老翁，雞皮鶴髮與真同。須臾弄罷寂無事，還似人生一夢中。」

明皇還西內，每詠此詩。

戴叔倫

戴叔倫字幼公，潤州人。師事蕭穎士，爲門人冠。劉晏管鹽鐵，表主管湖南。至雲安，楊惠琳反，馳客劫之曰：「歸我金幣，可緩死。」叔倫曰：「身可殺，財不可得。」乃捨之。累遷至容管經略。德宗嘗賦中和節詩，遣使者寵賜。代還，卒。

吴明府自遠來留宿云：「出門逢故友，衣服滿塵埃。歲月不可問，山川何處來？倚城容敝宅，散職寄靈臺。自此留君醉，相歡得幾回。」

除夜宿石頭驛云：「旅館誰相問？寒燈獨可親。一年將盡夜，萬里未歸人。寥落悲前事，支離笑此身。愁顏與衰鬢，明日又逢春。」

送友人東歸云：「萬里楊柳色，出關逢故人。輕烟拂流水，落日照行塵。積夢江河闊，憶家兄弟貧。徘徊灞亭上，不語自傷春。」姚合取爲極玄集。

于鵠

鵠，大曆貞元間詩人也。爲諸府從事，居江湖間，有卜居漢陽及荆南陪樊尚書賞花詩，自述曰：「三十無名客，空山獨卧秋。」豈以詩窮者邪？

「老大看花猶未足，沿江正遇一枝紅。日斜人散東風急，吹向誰家明月中？」襄陽座上作。

「送死多于生，幾人得終老？」句。右張爲取作主客圖。

鵠送客遊邊云：「若到并州北，誰人不憶家？寒深無去伴，路盡有平沙。磧冷惟逢雁，天春不見花。莫隨邊將意，垂老事輕車。」

江南曲云：「偶向江邊採白蘋，還須女伴賽江神。衆中不敢分明語，暗擲金錢卜遠人。」韋莊取爲又玄集。

李益

益，姑臧人，字君虞。大曆四年登第。其受降城聞笛詩，教坊樂人取爲聲樂度曲。又有寫征人歌、早行詩爲圖畫者，「迴樂峰前沙似雪」之詩是也。益有心疾，不見用。及爲幽州劉濟營田副使，獻詩有「感恩知有地，不上望京樓」之句，左遷右庶子。年且老，門人趙宗儒自宰相罷免，年七十餘。益曰：「此我爲東府所選進士也。」聞者憐益之困。後遷禮部尚書，致仕，卒。

「閒庭草色能留馬，當路楊花不避人。」句。「笳簫漢恩繁，旌旗邊色故。」句。「馬汗凍成霜。」句。

耿湋一作緯

許州書情寄韓張二舍人云：「謫宦軍城老更悲，近來頻夢到丹墀。乍燃乍滅心中火，惟鑷惟多鬢上絲。遶院綠苔聞雁處，滿庭黃葉閉門時。故人高步雲衢上，肯念前程杳未期。」

贈朗公云：「來自西天竺，持經奉紫薇。年深梵語變，行苦俗人歸。月上安禪久，苔深出院稀。梁間有馴鴿，不去爲無機。」

秋日云：「返照入閭巷，憂來與誰語。古道無人行，秋風動禾黍。」

書情逢故人云：「因君知此事，流恨已忘機。客久多人識，年高衆病歸。連雲潮色遠，度雪雁聲稀。又說家林盡，悽傷淚滿衣。」

贈張將軍云：「寥落邊城暮，重門返照閒。鼓鼙經雨暗，士馬過秋閑。慣守臨邊郡，曾營近海山。關西舊業在，夜夜夢中還。」

酬暢當云：「同游漆沮後，已是十年餘。幾度曾相夢，何時定得書？月高城影盡，霜重柳條疏。且對樽中酒，千般想未如。」書情逢故人以下四篇姚合取爲極玄集㊀。

漳，寶應元年進士，爲左拾遺。詩有「家貧僮僕慢，官罷友朋疏」，世多傳之。

㊀「四篇」據紀事補。

盧綸

長安春望云：「東風吹雨過青山，却望千門草色閒。家在夢中何日到，春來江上幾人還。川原繚繞浮雲外，宮闕參差落照間。誰念爲儒多失意，獨將衰鬢客秦關。」

綸，德宗時爲户部郎中，舅韋渠牟表其才，召見禁中，帝有所作，輒爲賡和。異日，問渠牟：「盧綸李益何在？」答曰：「綸從渾瑊在河中。」驛召之，會卒。文宗尤愛其詩，問宰相：「盧綸文章幾何？亦有子否？」李德裕對：「綸四子，皆擢進士第，在臺閣。」帝遣人悉索家笥，得詩五百篇以聞。

得嶺南故人書云：「瘴海寄雙魚，中宵達我居。兩行燈下淚，一紙嶺南書。地説炎蒸極，人稱老病餘。殷勤祝賈誼，莫共酒盃疏。」

題興善寺後池云：「隔窗栖白鶴，似與鏡湖鄰。月照何年樹，花逢幾度人。岸沙青有路，苔徑緑無塵。顧得容依止，僧中老此身。」

送李端云：「故關衰草遍，離别自堪悲。路出寒雲外，人歸暮雪時。少孤爲客慣，多難識君遲。掩淚空相向，風塵何所期？」得嶺南故人以下四篇㈠，姚合取爲極玄集。

㈠「四篇」據紀事補。

韓翃

侯希逸鎮淄青，翃爲從事。罷府，閒居十年。李勉鎮夷門，辟爲幕屬。時已遲暮，不得意，多家居。一日，夜將半，客叩門急，賀曰：「員外除駕部郎中知制誥。」翃愕然曰：「誤矣。」客曰：

「邸報，制誥闕人，中書兩進名，不從，又請之，曰：『與韓翃。』時有同姓名者，爲江淮刺史。又具二人同進，御批曰：『春城無處不飛花，寒食東風御柳斜。日暮漢宮傳蠟燭，青烟散入五侯家。』又批曰：『與此韓翃。』」客曰：「此員外詩邪？」翃曰：「是也。是不誤。」時建中初也。

南部新書云：「昇平公主宅卽席，李端擅場。送王相之幽鎮，翃擅場。送劉相巡江淮，錢起擅場。」

德宗西幸，有神智驄、如意騮二馬，謂之功臣。一日，有進瑞鞭者，上曰：「朕有二駿，今得此可爲三絕。」因吟翃觀調馬詩云：『鴛鴦赭白齒新齊，晚日花間放碧蹄。玉勒乍迴初噴沫，金鞭欲下不成嘶。』」

高仲武云：「韓員外意放經史，興致繁富，一篇一韻，朝野珍之，多士之選也。至如：『星河秋一雁，砧杵夜千家。』又：『客衣筒布細，山舍荔枝繁。』又：『疏簾看雪捲，深户映花關。』方之前載，則芙蓉出水，未足多也。其比興深於劉員外，筋節減于皇甫冉也。」

題薦福寺衡岳禪師房云㊀：「春城乞食還，高論此中閒。僧臘階前樹，禪心江上山。疏簾看雪捲，深户映花關。晚送門人去，鐘聲杳靄間。」

世傳翃有寵姬柳氏，翃成名，從辟淄青，置之都下。數歲，寄詩曰：「章臺柳，章臺柳㊁，顏色青青今在否？縱使長條似舊垂，也應攀折他人手。」柳答曰：「楊柳枝，芳菲節，可恨年年增離別。

一葉隨風忽報秋，縱使君來豈堪折！」後果爲蕃將沙吒利所劫。翃會入中書，道逢之，謂永訣矣。是日，臨淄太校置酒，疑翃不樂，具告之。有虞候將許俊，以義烈自許，卽詐取得之，以授韓。希逸聞之曰：「似我往日所爲也，俊復能之。」翃後爲夷門幕府，後生共目爲惡詩，輕之。

㊀「寺」，據紀事補。㊁第二個「章臺柳」，據全唐詩補。

錢起

高仲武云：「員外詩體格清奇㊀，理致淸淡。粤從登第，挺冠詞林。文宗右丞，許以高格，右丞沒後，員外爲雄。革齊宋之浮游，削梁陳之靡曼，迥然獨立，莫之與京。且如：『鳥道挂疏雨，人家殘夕陽。』又：『牛羊上山小㊁，烟火隔林深。』又：『長樂鐘聲花外盡，龍池柳色雨中深。』皆特出意表，標準古今。又：『窮達戀明主，耕桑亦近郊。』禮義克全，忠孝兼著，足以弘長名流，爲後楷式。」

送僧歸日本云：「上國隨緣去，東途若夢行。浮天滄海遠，去世法舟輕。水月通禪觀，魚龍聽梵聲。惟憐慧燈影，萬里眼中明。」

送僧自吳遊蜀云：「隨緣忽西去，何日返東林？世路無期別，空門不住心。人烟一飯少，山雪獨行深。天外猿聲夜，誰聞淸梵音。」

送征雁云：「秋空萬里靜，嘹唳獨南征。風急翻霜冷，雲開見月驚。塞長憐去翼，影滅有餘聲。悵望遥天外，鄉愁滿目生。」

裴迪書齋玩月云：「夜來詩酒興，月上謝公樓。影閉重門静，寒生獨樹秋。鵲驚隨葉散，螢起入烟流。今夕遥天末，清暉幾處愁。」

送彈琴李長史赴洪州云：「抱琴爲傲吏，孤棹復南行。幾度秋江水，皆添白雪聲。佳期來客夢，幽興緩王程。佐牧無勞問，心和政自平。」以上四章，姚合取爲極玄集。

贈闕下裴舍人云：「二月黄鶯飛上林，春城紫禁曉陰陰。長樂鐘聲花外盡，龍池柳色雨中深。陽和不改窮途恨㈢，霄漢常懷捧日心。獻賦十年猶未遇，羞將白髮對華簪。」

題玉山村叟壁云：「谷口好泉石，居人能陸沉。牛羊上山小㈣，烟火隔林深。一徑入溪色，數家連竹陰。藏虹辭晚雨，驚隼落殘禽。涉趣皆流目，將歸必在林。却思黄綬事，辜負紫芝心。」

㈠「員外」「體」三字原脱，據中興間氣集補。　㈡「小」，原作「少」，據間氣集改。　㈢「改」間氣集作「散」。

㈣同注㈡。

司空曙

酬張芬有赦後見贈云：「紫鳳朝銜五色書，陽春忽報網羅除。已將心變寒灰後，豈料光生腐草餘。建水風烟收客淚，杜陵花竹夢郊居。勞君故有詩相贈，欲報瓊瑶恨不如。」

經廢寶光寺云：「黄葉前朝寺，無僧寒殿開。池晴龜出曝，松暝鶴飛迴。古砌碑横草，陰廊畫雜苔。禪宫亦銷歇，塵世轉堪哀。」

喜外弟盧綸見宿云：「静夜四無鄰，荒居舊業貧。雨中黄葉樹，燈下白頭人。以我獨沉久㊀，媿君相見頻。平生自有分，況是蔡家親。」

㊀「以」，原作「似」，據全唐詩改。

崔峒

江上書懷云：「骨肉天涯别，江山日落時。淚流襟上血，髮白鏡中絲。胡越書難到，存亡夢豈知。登高回首罷，形影自相隨。」

喜逢妻弟鄭損因送入京詩云：「亂後自孤征，相逢喜復驚。爲經多載别，欲問小時名。對酒悲前事，論文畏後生。遥知盈卷軸，紙貴在江城。」

高仲武云：「峒詩文彩焕發，意思雅淡。如：『清磬度山翠，閒雲來竹房。』又：『流水聲中視公事，寒山影裏見人家。』此亦披沙揀金，時時見寶也。」

峒登進士第，爲拾遺，入爲集賢學士，後終州刺史，或云終玄武令。文藝傳云，終右補闕。

峒寄李明府云：「訟堂寂寂對烟霞，五柳門前集晚鴉。流水聲中視公事，寒山影裏見人家。觀風共美新爲政，計日還應更觸邪。可惜陶潛無限興㊀，不逢籬菊正開花。」

㊀「興」，紀事作「酒」。

李端

贈郭駙馬詩云：郭令公子曖，尚昇平公主，此詩席上成。「青春都尉最風流，二十功成便拜侯。金距鬥雞過上苑，玉鞭騎馬出長楸。薰香荀令偏憐少，傅粉何郎不解愁。日暮吹簫楊柳陌，路人遥指鳳凰樓。」又云：「方塘似鏡草芊芊，初月如鈎未上弦。新開金埒看調馬，舊賜銅山許鑄錢。楊柳入樓吹玉笛，芙蓉出水妬花鈿。今朝都尉如相顧，願脱長裾學少年。」

蜀路有飛泉亭，中詩板百餘篇。後薛能佐李福于蜀，道過此，題云：「賈掾曾空去，題詩豈易哉。」悉去諸板，惟留端巫山高一篇而已。

端賦巫山高云：「巫山十二峰，皆在碧虚中。回合雲藏日，霏微雨帶風。猿聲寒過水，樹色暮連空。愁向高唐望，清秋見楚宫。」

茂陵山行陪韋金部云：「宿雨朝來歇，空山天氣清。盤雲雙鶴下，隔水一蟬鳴。古道黄花落，平蕪赤草生。茂陵雖有病，猶得伴君行。」

燕城懷古云：「風吹城上樹，草没邊城路。城裏月明時，精靈自來去。」

冷朝陽

潞州節度薛嵩，有青衣，善彈阮咸琴，手紋隱起如紅線，因以名之。一日，辭去，朝陽爲詞曰：「採菱歌怨木蘭舟，送客魂消百尺樓。還似洛妃乘霧去，碧天無際水東流。」

竇叔向

叔向，字遺直，京兆人。代宗時，常衮爲相，用爲左拾遺内供奉。及貶，亦出爲溧水令。四子登第。羣以處士隱毗陵，韋夏卿薦之朝，德宗擢爲左拾遺，代武元衡爲中丞，薦吕温羊士諤爲御史。李吉甫以二人躁險，持不下。羣怨吉甫，伺吉甫陰事，幾爲憲宗所誅。羣與兄常牟，弟庠鞏，皆爲郎，工詞章，爲聯珠集，傳于時，義取昆弟若五星然。叔向寒食賜恩火云：「恩光及小臣，華燭忽驚春。電影隨中使，星輝拂路人。幸因榆柳暖，一照草茅貧。」端午日恩賜百索云：「仙宫長命縷，端午降殊私。事盛蛟龍見，恩深犬馬知。餘生儻可續，終冀答明時。」

竇常

常之任武陵寒食日次松滋渡先寄劉員外禹錫云㊀：「杏花榆莢曉風前，雲際離離上峽船。江轉數程淹驛騎，楚曾三戶少人烟。看春又遇清明節，算老重經癸巳年。幸得桂山當郡舍㈡，在朝常詠卜居篇。」

㈠「之」，「禹錫」，據全唐詩補。　㈡「柱」，原作「桂」，據全唐詩及注改，注稱「湘州柱山」。紀事作「佳」。

竇　鞏

代鄰叟云：「年來七十罷耕桑，就暖支羸强下牀。滿眼兒孫身外事，閒梳白髮對殘陽。」寄南遊弟兄云：「書來未報幾時還，知在三湘五嶺間。獨立衡門秋水闊，寒鴉飛去日銜山。」

常　建

「清晨入古寺，初日照高林。竹徑通幽處，禪房花木深。山光悦鳥性，潭影空人心。萬籟此都寂，但餘鐘磬音。」題破山後禪院。歐陽永叔云：「我嘗愛建『竹徑通幽處，禪房花木深。』欲效其語作一聯，竟不可得，始知造意者難爲工也。」丹陽殷璠撰河岳英靈集，首列建詩，愛其「山光悦鳥性，潭影空人心」。殷璠云：「高才而無貴位，誠哉是言也。曩劉楨死于文學，左思終于記室，鮑照卒于參軍，今常建亦淪于一尉，悲夫！建詩似初發通莊，却尋野徑，百里之外，方歸大道，所以其旨遠，其興僻，佳句輒來，惟論意表。至如：『松際露明月，清光猶爲君。』又：『山光悦鳥性，潭影空人心。』此例數十句，並可稱爲警策。一篇盡善者：『戰餘落日黄，軍敗鼓聲死。今與山鬼鄰，殘兵哭遼水。』思既遒古，詞又警絶。潘岳雖云能敍悲怨，未見如此章句也。」

弔王將軍墓云：「嫖姚北伐時，深入强千里。戰餘落日黄，軍敗鼓聲死。嘗聞漢飛將，可奪單于壘。今與山鬼鄰，殘兵哭遼水。」

李約

汧公勉之子也。爲兵部員外郎，與主客員外郎張諗同官，每畢牀静言，達旦不寐。故約贈韋徵君沈詩曰㊀：「我有心中事，不向韋三説。秋夜洛陽城，明月照張八。」

觀祈雨云：「桑條無葉土生烟，簫管迎龍水廟前。朱門幾處耽歌舞，猶恐春陰咽管絃！」

從軍行云：「看圖閒教陣，畫地静論邊。烏一作鳥。壘天西戍，鷹窠塞上川。路長惟算月，書遠每題年。無復生還望，翻思未别前。」又：「堠火起鵰城，塵沙擁戰聲。游軍藏虜幟，降騎説蕃情。霜落滮池淺，秋深太白明。嫖姚方虎視，不覺説添兵。」

約雅度簡遠，有山林之致。在潤州得古鐵一片，擊之清越。又養一猿，名「山公」。月夜泛江，登金山鼓琴，猿必嘯和。曾佐庶人李錡幕，至金陵，屢讚招隱寺標致。一日，庶人宴寺中，明日謂曰：「子嘗稱招隱標致，昨日遊宴，何殊州中？」約曰：「某所賞者，疏野耳。若遠山將翠幕遮，古松用綵物裹，氈腥涴鹿跑泉，音樂亂山鳥聲，此則實不如在叔父大廳也。」性又嗜茶，能自煎。曰：「茶須緩火炙，活火煎。」活火，炭有焰者。曾奉使行陝州硤石縣東，愛渠水清流，旬日忘發。梁武造寺，令蕭子雲飛白大書一「蕭」字。約自江淮竭產致歸洛中，扁于小亭，號曰蕭齋。

㈠「故約」，據紀事補。

陳通方

通方，登貞元進士第，與王播同年。播年五十六，通方甚少，因期集，撫播背曰：「王老奉贈一第。」言其日暮途遠，及第同贈官也。播恨之。後通方丁家難，辛苦萬狀。播捷三科，爲正郎，判鹽鐵。通方窮悴求助，不甚給之。時李虛中爲副使，通方以詩求爲汲引云：「應念路傍憔悴翼，昔年喬木幸同遷。」播不得已，薦爲江西院官。

楊炎

元載末年，納薛瑶英爲姬，處以金絲帳、却塵褥，衣以龍綃衣。載以瑶英體輕，不勝重衣，于異國求此服也。惟賈至與炎雅與載善，往往時見其歌舞。至贈詩曰：「舞怯銖衣重，笑疑桃臉開。方知漢成帝，空築避風臺。」炎亦贈歌云：「雪面淡眉天上女，鳳簫鸞翅欲飛去。玉山翹翠步無塵，楚腰如柳不勝春。」

炎，字公南。常衮長于除書，炎善德音。自開元後，言制詔者稱常楊。元載與炎同郡，炎又元出也，故擢炎禮部侍郎。德宗時，位宰相。

裴度

公赴敵淮西，題名華嶽廟之闕門。大順中，户部侍郎司空圖以一絶紀之曰：「嶽前大隊赴淮西，從此中原息戰鼙。石闕莫教苔蘚上，分明認取晉公題。」

樂天求馬，裴贈以馬，因戲云：「君若有心求逸足，我還留意在名姝。」引妾换馬之事。樂天答曰：「安石風流無奈何，欲將赤驥换青娥。不辭便送東山去，臨老何人與唱歌？」

中書即事云：「有意効承平，無功答聖明。灰心緣忍事，霜鬢爲論兵。道直身還在，恩深命轉輕。鹽梅非擬議，葵藿是平生。白日長懸照，蒼蠅謾發聲。嵩陽舊田地，終使謝歸耕。」

韓愈

「喚起窗全曙，催歸日未西。無心花裏鳥，更與盡情啼。」乃二禽名也。喚起，聲如絡緯，圓轉清亮，偏鳴于春曉，江南謂之春喚。催歸，子規也。

元和十二年，裴度宣慰淮西，奏公行軍司馬，有從軍泊途中諸篇。其間次潼關寄張十二使君詩云：「荆山已去華山來，日照潼關四扇開。刺史莫辭迎候遠，相公新破蔡州迴。」又次潼關上都統相公云：「暫辭堂印執兵權，盡管諸軍破賊年。冠蓋相望催入相，待將功德格皇天。」又桃林夜賀晉公云：「西來騎火照山紅，夜宿桃林臘月中。手把命珪兼相印，一時重疊賞元功。」數篇皆有奥旨。元濟平，遷刑部侍郎。

十四年正月，表乞燒棄佛骨。疏入，貶潮州刺史。有次藍關示姪孫湘詩云：「一封朝奏九重天，夕貶潮陽路八千。欲爲聖明除弊事，豈將衰朽計殘年。雲横秦嶺家何在？雪擁藍關馬不前。知汝遠來應有意，好收吾骨瘴江邊。」是歲十月，量移袁州刺史。酬張韶州詩云：「明時遠逐事何如？遇赦移官罪未除。北望詎令隨塞雁，南遷纔免葬江魚。將經貴郡須留客，先惠高文謝起予。暫欲繫舟韶石下，上賓虞舜整冠裾。」

又留别張使君云：「來往再逢梅柳新，别離一醉綺羅春。久欽江總文才妙，自嘆虞翻骨相屯。鳴笛急吹催落日，清歌緩送感行人。已知奏課當徵拜，那復淹留詠白蘋。」

張　籍

籍宿江上詩云：「楚驛南渡口，夜深來客稀。月明見潮上，江静覺鷗飛。旅次今已遠，此行殊未歸。離家久無信，又聽擣寒衣。」或云，劉長卿餘干旅舍云：「摇落暮天迥，丹楓霜葉稀。孤城向水閉，獨鳥背人飛。渡口月初上，鄰家漁未歸。鄉心正欲絶，何處擣寒衣！」概相類也。

籍，字文昌，和州人。歷水部員外郎，終主客郎中。

「蕃漢斷消息，死生長别離。」句。「常于送人處，憶得别家時。」句。「流光暫出還入地，使我年少不須臾。」句。右張爲取作主客圖。

送裴相公鎮太原云：「盛德雄名遠近知，功高先乞守藩籬。銜恩暫遣分龍節，署敕還同在鳳池。天子親臨樓上送，朝官齊出道邊辭。明年塞北諸蕃落，應起生祠請立碑。」

白樂天讀籍詩集云：「張公何爲者？業文三十春。尤工樂府詞，舉代少其倫。」姚合讀籍詩，有詩云：「妙絶江南曲，凄凉怨女詩。古風無敵手，新語是人知。」

李道昌

道昌，唐大曆十三年爲蘇州觀察使。一日，郡城外虎邱山有鬼題詩二首，隱于石壁之上，云：「青松多悲風，蕭蕭聲且哀。南山接幽隴，幽隴空崔嵬。白日徒昭昭，不照長夜臺。雖知生者樂，魂魄安能迴？況復念所親，慟哭心肝摧。慟哭更何言，哀哉復哀哉！」又曰：「神仙不可學，形化空游魂。白日非我朝，青松爲我門。雖復隔幽顯，猶知念子孫。何以遣悲惋，萬物歸其根。寄語世上人，莫厭臨芳樽。莊生問枯骨，王樂成虛言。」道昌異其事，遂具奏聞，准敕令致祭。道昌爲其文曰：「嗚呼！萬古邱陵，化無再出。君若何人，能閑詩筆？何代而亡？誰人子姪？曾作何官？是誰仙室？寂寞夜臺，悲乎白日。不向紙上，石中隱出。桃源三月，深草垂楊。黄鶯百囀，猿聲斷腸。不題姓字，寧辨賢良？嗚呼哀哉！歎昔先賢，空傳經史，終無再還。青松嶺上，嵯峨碧山。大唐王業㈠，已紀詩言。痛復痛兮何處賓，悲復悲兮萬古墳。能作詩兮動天地，聲悲怨兮淚霑巾。感我皇兮列清酌，願當生兮事明君。」祭後經數日，再有詩一絶于石云：「幽冥雖異路，平昔忝攻文。欲知潛昧處，山北兩孤墳。」後于寺山之北，果有二墳極高大，荆榛叢茂，詢諸耆老，竟不知何姓氏，至今猶存。

皮日休和云：「念爾風雅魂，幽咽能攻文。空令傷魂鳥，啼破山邊墳。」陸龜蒙和云：「靈氣猶不死，尚能成綺文。如何孤窆裏？猶自讀三墳。」

㈠「王」原作「正」，據紀事改。

陸　暢

暢，字達夫，吴郡人。韋皋雅所厚禮。天寶時，李白爲蜀道難以斥嚴武，暢更爲蜀道易以美皋。

又經崔諫議林亭云：「蟬噪入雲樹，風開無主花。」

初爲江西王仲舒從事，拂衣去。後遇雲陽公主下降，百僚舉暢爲儐相，詩皆頃刻而成。詠簾曰：「勞將素手捲蝦鬚，瓊室流光更綴珠。玉漏報來過夜半，可堪潘岳立踟躕。」詠竹帳曰：「碧玉爲竿丁字成，鴛鴦繡帶短長馨。强遮天上花顔色，不隔雲中笑語聲。」

詔作催粧五言曰：「雲陽公主貴，出嫁五侯家。天母親調粉，日兄憐賜花。催鋪百子帳，待障七香車。借問粧成未？東方欲曉霞。」内人以其吴音捷才，以詩嘲之云：「十二層樓倚翠空，鳳鸞相對立梧桐。雙成走報監門衛，莫使吴歈入漢宫。」或曰：宋若蘭姊妹作。陸酬曰：「粉面仙郎選尚朝，偶逢秦女學吹簫。雖教翡翠聞王母，不奈烏鳶噪鵲橋。」六宫大咍，别賜宫錦楞伽瓶、唾盂各一。

暢謁韋皋，作蜀道易詩云：「蜀道易，易于履平地。」皋大喜。皋薨，朝廷欲繩其既往之事，復閲先進兵器，上皆刻定秦二字。不相與者因造成罪名㊀。暢上疏理之曰：「臣在蜀日，見造所進兵器。『定秦者，匠名也。』」由此得釋。

段成式曰：「暢，江東人。語多差誤，人以爲劇語。初娶董溪女，每旦婢進澡豆，暢輒沃水服之。或曰：『君爲貴門女婿，幾多樂事。』陸暢曰：『貴門苦禮法，婢子食辣䴵，殆不可過。』」

㊀「因」原作「皆」，據紀事改。

李翱

翱在潭州，席上有舞柘枝者，顏色憂悴，殷堯藩侍御當筵贈詩曰：「姑蘇太守青娥女，流落長沙舞柘枝。滿座繡衣皆不識，可憐紅臉淚雙垂。」翱詰其事，乃故蘇臺韋中丞愛姬所生之女㊀。夏卿之裔，正卿之姪。曰：「妾以昆弟夭折，委身樂部，恥辱先人。」言訖涕咽，情不能堪。亞相爲之吁歎，且曰：「我韋族姻舊。」速命更其舞衣，飾以袿襦，延與韓夫人相見。夫人，吏部姪女㊁。顧其言語清楚，宛有冠蓋風儀，遂于賓榻中選士而嫁之。舒元輿侍郎聞之，自京馳詩曰：「湘江舞罷忽成悲，便脱蠻靴出絳帷。誰是蔡邕琴酒客，魏公懷舊嫁文姬。」

㊀「故」原作「姑」，據紀事改。　㊁紀事作「吏部之子」。

孟郊

李翱薦孟郊于張建封云：「茲有平昌孟郊，正士也。伏聞執事舊知之。郊爲五言詩，自前漢李都尉蘇屬國及建安諸子，南朝二謝，郊能兼其體而有之。」李觀薦郊于梁肅補闕書曰：「郊之五言詩，其有高處，在古無上，其有平處，下顧兩謝。」韓愈送郊詩曰：「作詩三百首，杳默咸池音。」彼三子皆知言也，豈欺天下之人哉！郊窮餓，不得安養其親，周天下無所遇，作詩曰：「食薺腸亦苦，强歌聲無歡。出門卽有礙，誰謂天地寬！」其窮也甚矣。凡聖人奇士，自以所負，不苟合于世，是以雖見之，難得而知也。見而不能知其賢，如弗見而已矣；知其賢而不能用，如弗知其賢而已矣；用而不能盡其才，如弗用而已矣；盡其才而容讒人之所間者，如弗盡才而已矣。故見賢而能知，知而能用，用而能盡其才而不容讒人之所間者，天下一人而已矣。

郊下第詩曰：「棄置復棄置，情如刀劍傷。」又再下第詩曰：「一夕九起嗟，夢知不到家。兩度長安陌，空將淚見花。」而後及第，有詩曰：「昔日齷齪不足嗟，今朝曠蕩思無涯。青春得意馬蹄疾，一日看盡長安花。」一日之間，花卽看盡，何其速也。果不達。

劉叉

劉叉，節士也。少放肆，爲俠行㊀，因酒殺人亡命。會赦，出，更折節讀書，能爲歌詩。然恃故時所負，不能俯仰貴人。聞韓愈接天下士，步謁之。作冰柱雪車二詩，出盧孟右。樊宗師見，爲獨拜。後以争語不能下賓客，因持愈金數斤去，曰：「此諛墓中人得耳，不若與劉君爲壽。」愈不能止。歸齊魯，不知所終。

㊀「行」原作「酉」，據紀事改。

楊巨源

楊巨源以「三刀夢益州，一箭取遼城」得名，故樂天詩云：「早聞一箭取遼城，相識雖新有故情。清句三朝誰是敵？白鬚四海半爲兄。貧家薙草時時入，瘦馬尋花處處行。不用更教詩過好，折君官職是空名。」巨源後拜省郎，樂天復以詩賀云：「文昌新入有光輝，紫界宫牆白粉闈。曉日雞人傳漏箭，春風侍女護朝衣。雪飄歌曲高難和，鶴拂烟霄老慣飛。官職聲名俱入手，近來詩客似君稀。」

巨源，字景山，大中時，爲河中少尹。

「何事慰朝夕？不踰詩酒情。山河空道路，蕃漢共刀兵。禮樂新朝市，園林舊弟兄。向風一點淚，寒晚暮江平。」右張爲取作主客圖。

歐陽詹

歐陽詹，字行周，泉州人。初見拔于常衮，後見知于退之元賓，終于四門助教。李貽孫序其文曰：「君之文周詳，切于情，故敍事重復，宜其司當代文柄㈠，以變風雅。一命而卒，天其絶乎？」子價，早死。孫澥。途中寄太原所思詩曰：「驅馬漸覺遠，回頭長路塵。高城已不見，況復城中人。去意自未甘，居情諒猶辛。萬里東北晉，千里西南秦。一履不出門，一車無停輪。流萍與匏繫，早晚期相親。」或曰：詹遊太原，悦一妓。將别，約至都相迎，故有「早晚期相親」之句。妓思之不已，得疾且甚，乃刃其髻藏之，謂女弟曰：「歐陽生至，可以爲信。」又作詩曰：「自從别後減容光，半是思郎半恨郎。欲識舊來雲髻樣，爲奴開取縷金箱。」絶筆而逝。及詹至，如其言示之。詹啓函，一慟而卒。孟簡賦詩哭之，序云：「穆玄道訪余，常歎其事，玄道頗惜之。」

（一）「司當」原作「掌」，據全唐文補改。

袁高

「禹貢通遠俗，所圖在安人。后王失其本，職吏不敢陳。亦有奸佞者，因兹欲求伸。動生千金費，日使萬姓貧。我來顧渚源，得與茶事親。甿輟耕農來，疑是「耒」字。採採實苦辛。一夫且當役，盡室皆同臻。捫葛上欹壁，蓬頭入荒榛。終朝不盈掬，手足皆皴鱗。悲嗟徧空山，草木爲不春。陰嶺芽未吐（一），使者牒已頻。心争造化力，先從銀臺笥。選納無晝夜，搗聲昏繼晨。衆工何枯槁，俯視彌傷神。皇帝尚巡狩，東郊路多堙。周迴繞天涯，所獻愈艱勤。況值兵革困，重兹困疲民。未知供御餘，誰合分此珍。顧省忝邦守，又慚復因循。茫茫滄海間，丹憤何由伸！」右高所賦茶山詩也。案唐制：湖州造貢茶最多，謂之「顧渚貢焙」，歲造一萬八千四百斤。大曆後，始有進奉。建中二年，高刺郡，進三千六百串，并此詩一章㊁。刻石在貢焙。故杜鴻漸與楊祭酒書云：「顧渚山中紫笋茶兩片㊂，此物但恨帝未得嘗，實所歎息。一片上太夫人，一片充昆弟同歡。」開成三年，以貢不如法，停刺史裴充官。

㊀「芽」原作「牙」，據紀事改。㊁「此詩」原作「詩此」，據紀事改。㊂「山中」原作「中山」，據南部新書改。

閻濟美

濟美，大曆九年春下第，將出關，獻座主張謂詩六韻，曰：「蹇諤王臣直，文明雅量全。望爐金自躍，應物鏡何偏。南國幽沉盡，東堂禮樂宣。轉令游藝士，更惜至公年。芳樹歡新景，青雲泣暮天。惟愁鳳池拜，孤賤更誰憐？」謂覽之，問失第之因，具以實告。謂深有遺才之歎，乃曰：「所投六韻，必展後效。」明年，濟美自江東繼薦，就試東都，謂後主文。雜文已過，繼欲帖經，濟美辭以不能。謂曰：「禮闈故事，亦許作詩續帖。」遂命天津橋望洛城殘雪題。濟美曰：「新霽洛城端，千家積雪寒。未收清禁色，偏向上陽殘。」既而日勢已晚，詩未就。謂曰：「只據見在將來㊀。」一覽稱賞，遂唱。過盧景莊，謂曰：「前足下試蠟日祈天宗賦，以魯丘對衞賜，則子貢也，乃作駟字，誤矣。」方悔之。明日，謂曰：「天寒急景，諸君文卷不成，未可以呈宰相，請重録送納㊁。」既而索舊卷，則駟字上朱點在焉，易卷之意，蓋有在也。到闕，謁揖濟美曰：「前日春闈遺才，所投六韻，不敢暫忘，幸副素懷矣。」濟美紀其事曰：「前朝公相，許與定分，一面不忘濟美哉㈢！」

㈠「只」據紀事補。　㈡「録」據紀事補。　㈢此句紀事作「一面不忘，美哉！」

裴交泰

長門怨云：「自閉長門經幾秋，羅衣濕盡淚還流。一種蛾眉明月夜，南宮歌吹北宮愁。」范攄曰：「近日舉場詩尤新，章孝標對月云：『長安一夜千家月，幾處笙歌幾處愁？』有類乎裴交泰。」

劉　竈紀事作「皂」㈠。

韋莊載竈長門怨云：「淚滴長門秋夜長，愁心和雨到昭陽。淚痕不學君恩斷，拭却千行更萬行！」

㈠「竈」，全唐詩亦作「皂」。

元　稹

稹聞西蜀薛濤有詞辯，及爲監察使蜀，以御史推鞫，難得見焉。嚴司空潛知其意，每遣薛往。

泊登翰林，以詩寄曰：「錦江滑膩峨眉秀，幻出文君與薛濤。言語巧偷鸚鵡舌，文章分得鳳凰毛。紛紛詞客多停筆，個個公侯欲夢刀。别後相思隔烟水，菖蒲花發五雲高。」後廉問浙東，乃有劉採春自淮甸而來，容華莫比。元贈詩曰：「新粧巧樣畫雙蛾，謾裹常州透額羅。正面偷匀光滑笏，緩行輕踏皺紋波。言詞雅措風流足，舉止低徊秀媚多。更有惱人腸斷處，選詞能唱望夫歌。」望夫歌，卽羅嗊之曲也。元公在浙江七年，因醉題東武亭，其詩曰：「役役行人事，紛紛碎簿書。功夫兩衙盡，留滯七年餘。病痛梅天發，親情海岸疏。因循未歸得，不是戀鱸魚。」盧侍郎簡求戲曰：「丞相雖不爲鱸魚，爲好鏡湖春色耳。」謂採春也。

公先娶京兆韋氏，字蕙叢。韋逝，爲詩悼之曰：「曾經滄海難爲水，除却巫山不是雲。」出本事詩。

樂天在洛，太和中，稹拜左丞相，自越過洛，以二詩别樂天云：「君應怪我留連久，我欲與君辭别難。白頭徒侶漸稀少，明日恐君無此歡。」又云：「自識君來三度别，這回白盡老髭鬚。戀君不去君須會，知得後回相見無？」未幾，死于鄂。樂天哭之曰：「始以詩交，終以詩訣，絃筆相絕，其今日乎！」

「屈指貞元舊朝士，幾人同見太和春。」感興句。「兒歌楊柳葉，妾拂石榴花。」句。「遠路事無限，相逢惟一言。月色照榮辱，長安千萬門。」逢白公句。

白居易

張爲以居易爲廣大教化主，取其讀史詩云：「含沙射人影，雖病人不知。巧言誣人罪，至死人不疑。掇蜂殺愛子，掩鼻戮寵姬。弘恭陷蕭望，趙高謀李斯。陰德既必報，陽禍豈虛施。人事雖可罔，天道終難欺。明卽有刑辟，陰卽有神祇。苟免勿私喜，鬼得而誅之。」又取「得意減別恨，半酣還遠程」之句。又：「人吏留不得，直入故山雲」之句。又「長生不似無生理，休向青山學煉丹」之句。又：「白髮鑷不盡，根在愁腸中」之句。又與薛濤云：「峨眉山勢接雲霓，欲逐劉郎此路迷。若似剡中容易到，春風猶隔武陵溪。」

樂天不爲贊皇公所喜，每寄文章，李緘之一篋，未嘗開。劉夢得或請之，曰：「見詞則迴我心矣。」

樂天未冠，以文謁顧況，況睹姓名，熟視曰：「長安米貴，居大不易。」及披卷讀其芳草詩，至「野火燒不盡，春風吹又生」，歎曰：「我謂斯文遂絕，今復得子矣，前言戲之耳。」

樂天賦性曠達，其詩曰：「無事日月長，不羈天地闊。」此曠達之詞也。孟郊賦性褊狹，其詩曰：「出門卽有礙，誰謂天地寬。」此褊狹之詞也。然則天地又何嘗礙郊，郊自礙耳。

樊素善歌，小蠻善舞，樂天賦詩有曰：「櫻桃樊素口，楊柳小蠻腰。」至于高年，又賦詩曰：「失盡白頭伴，長成紅粉娃。」因爲楊柳詞以託意云：「一樹春風萬萬枝，嫩于金色軟于絲。永豐東角荒園裏，盡日無人屬阿誰。」及宣宗朝，國樂唱是詞，帝問永豐在何處？左右具以對，遂因命取永豐柳兩枝，植于禁中。白感上知，又爲詩云：「一樹衰殘委泥土，雙枝移種植天庭。定知此後天文裏，柳宿光中添兩星。」洛下文士無不繼作。韓常侍琮時爲留守，亦有詩和云：「折柳歌中得翠條，遠移金殿種青霄。上陽宮女吞聲送，不分先歸舞細腰。」盧貞和云：「一樹依依在永豐，兩枝飛去杳無蹤。玉皇曾采人間曲，應逐歌聲入九重。」示意也。

全唐詩話卷之三

牛僧孺

樂天夢得有除夜詩，僧孺和云：「惜歲歲今盡，少年應不知。淒涼數流輩，憔喜見孫兒。暗減一身力，潛添滿鬢絲。莫愁花笑老，花自幾多時。」

元和三年，宣政殿試賢良方正能直言極諫科，一十人登科。其後僧孺李宗閔王起賈餗四人皆相次拜相。先是白居易在翰林爲考校官，後僧孺罷相，出鎮揚州，居易在洛中有詩送云㊀：「北闕至東京，風光十六程。坐移丞相閤，春入廣陵城。紅旆擁雙節，白鬚無一莖。萬人開路看，百吏立班迎。閫外君彌重，樽前我亦榮。何須身自得，將相是門生。」

公始至京，置琴書灞滻間，先以所業謁韓文公皇甫員外。二公披卷，卷首有說樂一章㊁，未閱其詞，遽曰：「且以拍板爲什麽？」對曰：「樂句。」二公相顧大喜，曰：「斯高文必矣。」公因謀所居，二公良久曰：「可于客户坊税一廟院。」公如所教。二公復誨之曰：「某日可遊青龍寺，薄暮而歸。」二公其日聯鑣至彼，因大書其門曰：「韓愈皇甫湜同謁幾官先輩不遇。」翼日，輦轂名士，咸往觀焉，奇章之名，由是赫然矣。或云：「僧孺登第，與同輩登政事堂，宰相曰：『掃廳奉候。』」

樂天求筝于維揚，僧孺先有詩曰：「但愁封寄去，魔物或驚禪。」樂天云：「會教魔女弄，不動是禪心。」樂天云：「思黯自誇前後服鍾乳三千兩，而歌舞之妓甚多，乃譏予衰老，故答思黯詩云：『鍾乳三千兩，金釵十二行。妬他心似火，欺我鬢如霜。慰老資歌笑，消愁仰酒漿。眼看狂不得，狂得且須狂。』」奇章又有詩云：「不是道公狂不得，恨公逢我不教狂。」

㊀「送」據紀事補。　㊁「二」，紀事作「一」。

李紳

紳初以古風求知於吕温，温見齊煦，誦其憫農詩曰㊀：「春種一粒粟，秋收萬顆子。四海無閒田，農夫猶餓死。」「鋤禾日當午，汗滴禾下土。誰知盤中飧，粒粒皆辛苦。」温曰：「此人必爲卿相。」果如其言。

紳，字公垂，中書令敬玄曾孫㊁，號「短李」。穆宗召爲翰林學士，與李德裕元稹同時，號三俊。武宗時爲相，居位四年，出鎮淮南，卒。

憶夜直金鑾奉詔承旨詩云：「月當銀漢玉繩低，深聽簫韶碧落齊。門壓紫垣高綺樹，閣連青瑣近丹梯。墨宣外渥催飛詔，草定新恩促換題。明日獨歸花路近，可憐人世隔雲泥。」

㈠「其」據紀事補。　㈡「曾」據紀事補。

劉禹錫

長慶中，元微之夢得韋楚客同會樂天舍，論南朝興廢，各賦金陵懷古詩。劉滿引一杯，飲已，即成曰：「王濬樓船下益州，金陵王氣黯然收。千尋鐵鎖沉江底，一片降幡出石頭。人世幾回傷往事，山形依舊枕寒流。而今四海爲家日，故壘蕭蕭蘆荻秋。」白公覽詩曰：「四人探驪龍，子先獲珠，所餘鱗爪何用邪？」于是罷唱。

元和十年自朗州召至京戲贈看花君子云：「紫陌紅塵拂面來，無人不道看花回。玄都觀裏桃千樹，盡是劉郎去後栽。」再遊玄都觀絶句并序云：「余貞元二十一年，爲屯田郎，時此觀未有花。是歲，出牧連州，尋貶朗州司馬㈠。居十年，召至京師，人人皆言有道士手植仙桃，滿觀如紅霞，遂有前篇，以志一時之事。旋又出牧。今十有四年，復爲主客郎中，重遊玄都，蕩然無復一樹，惟兔葵燕麥，動摇春風耳。因再題二十八字，以俟後遊，時太和二年三月也。詩云：『百畝中庭半是苔，桃花淨盡菜花開。種桃道士歸何處？前度劉郎今又來。』」

禹錫嘗對賓友每吟張博士籍詩云：「藥酒欲開期好客，朝衣暫脱見閒身。」對花木則吟王右丞詩云：「興闌啼鳥換，坐久落花多。」白二十二好余秋水詠云：「東屯滄海闊，南瀼洞庭寬。」余自知不及韋蘇州「春潮帶雨晚來急，野渡無人舟自横」。嘗過洞庭，雖爲一篇，思杜員外落句云：「年去年來洞庭上，白蘋愁殺白頭人。」鄙夫之言，有愧于杜公也。楊茂卿校書過華山詩曰：「河勢崐崘遠，山形菡萏秋。」此實爲佳句。

白樂天任杭州刺史，攜數妓還洛陽，後却還錢塘，故禹錫戲答云：「其那錢塘蘇小小，憶君淚點石榴裙。」

沈存中曰：禹錫霓裳羽衣曲云：「三鄉陌上望仙山，歸作霓裳羽衣曲。」又王建詩云：「聽風聽水作霓裳。」樂天詩注云：「開元中，西涼府節度使楊敬述造。」鄭愚津陽門詩注云：「葉法善嘗引上入月宫，聞仙樂，及上歸，但記其半，遂于笛中寫之。會西涼府都督楊敬述進婆羅門曲，與其聲調相符，遂以月中所聞爲散序，用敬述所進爲其腔，而名霓裳羽衣曲。」説各不同。今蒲州逍遥樓楣上有唐人横書，類梵字，相傳是霓裳譜，字訓不通，莫知是非。或謂今燕部有獻仙音曲，乃其遺聲。然霓裳本謂之道調法曲，今獻仙音乃小石調耳，未知孰是？

「山圍故國周遭在，潮打空城寂寞回。淮水東邊舊時月，夜深還過女牆來。」樂天掉頭苦吟，歎賞良久，曰：「石頭詩云『潮打空城寂寞回』，我知後之詩人，不復措詞矣。」禹錫金陵五題自序云。

禹錫，字夢得。附叔文，擢度支員外郎。人不敢斥其名，號二王劉柳。憲宗立，禹錫貶連州，未至，斥朗州司馬，作竹枝詞。武元衡初不爲宗元所喜，自中丞下除右庶子。及是執政，禹錫久落魄，乃作問大鈞謫九年等賦，又序張九齡事爲詩，欲感諷權要㈡。久之，召還，宰相欲任南省郎，乃作玄都觀看花君子詩。當路不喜，出爲播州，易連州，徙夔州。由和州刺史入爲主客郎中，復作遊玄都觀詩，有「兔葵燕麥」之語，聞者益薄其行。俄分司東都，裴度薦爲集賢學士。度罷，出刺蘇州，徙汝同二州。會昌朝，檢校禮部尚書，卒。

「故國思如此，若爲天外心。」寄白公句。「湖上收宿雨。」句。「故人日已遠，窗下塵滿琴。坐對一樽酒，恨多無力斟。幕疏螢色迥，露重月華深。萬境與羣籟，此時情豈任。」無題。「禪思何妨在玉琴，真僧不見聽時心。秋堂境寂夜將半，雲去蒼梧湘水深。」聽琴。右張爲取作主客圖。

夢得曰：「柳八駁韓十八平淮西碑云：『左餐右粥』，何如我平淮西雅云『仰父俯子』。韓碑兼有帽子，使我爲之，便説用兵伐叛矣。」夢得曰：「韓碑柳雅，余爲詩云：『城中晨雞喔喔鳴，城中鼓角聲和平。』美愬之入蔡城也，須臾之間，賊無覺者。又落句云：『始于元和十二載，重見天寶昇平時。』以見平淮之年。」

㈠「尋」，據紀事補。　㈡「權要」，據紀事補。

陳　潤

送駱徵君云：「野人膺辟命，溪上掩柴扉。黄卷猶將去，青山豈更歸。馬留苔蘚迹，人脱薜蘿衣。他日相思處，天邊望少微。」

潤，大曆間人，終坊州鄜城縣令，樂天之外祖也。

「丈夫不感恩，感恩寧有淚。心頭感恩血，一滴染天地。」右張爲取作主客圖。

賈　島

島，字浪仙，一作閬仙。范陽人。初爲浮圖，名無本。能詩，獨變格入僻，以矯艷于元白。來洛陽，韓愈教爲文。去浮圖，舉進士，終普州司户。島久不第，吟病蟬之句，以刺公卿。或奏島與平曾等爲「十惡」，逐之。詩曰：「病蟬飛不得，向我掌中行。折翼猶能薄，酸吟尚極清。露華凝在腹，塵點誤侵睛。黄雀并鳥鳥，俱懷害爾情。」

大中末，授遂州長江簿。初之任，届東川，守者厚禮之，島獻感恩詩曰：「匏革奏終非獨樂，軍城未曉啓重門。何時却入三台貴，此日空知八座尊。羅綺舞間收雨點，貔貅闖外卷雲根。逐遷屬吏隨賓列，撥棹扁舟不忘恩。」

自長江遷普州司倉，方干自鏡湖寄詩曰：「亂山重復疊，何處訪先生？豈料多才者，空垂不第名。閒曹猶得醉，薄俸亦勝耕。莫問吟詩苦，年年芳草平。」島至老無子，因啖牛肉得疾，終于傳舍。

島詩有警句，韓退之喜之。其渡桑乾詩曰：「客舍并州已十霜㊀，歸心日夜憶咸陽。無端更渡桑乾水，却望并州是故鄉。」

又赴長江道中詩曰：「策杖馳山驛，逢人問梓州。長江何日到？行客替生愁。」晉公度初立第于街西興化里，鑿池種竹，起臺榭。島方下第，或以爲執政惡之，故不在選，怨憤題詩曰：「破却千家作一池，不栽桃李種薔薇。薔薇花落秋風起，荆棘滿庭君始知。」皆惡其不遜。

島爲僧時，洛陽令不許僧午後出寺。島有詩云：「不如牛與羊，猶得日暮歸。」韓愈惜其才，俾反俗應舉，貽其詩曰：「孟郊死葬北邙山，日月星辰頓覺閒。天恐文章中斷絶，再生賈島在人間。」由是振名。或曰，非退之詩。

題杜司户亭子云：「牀頭枕是溪邊石，井底泉通竹下池。宿客未眠過夜半，獨聞山雨到來時。」

題李款幽居云：「閒居少鄰並，草徑入荒村。鳥宿池中樹，僧敲月下門。過橋分野色，移石動雲根。暫去還來此，幽期不負言。」

哭孟郊云：「身死聲名在，多應萬古傳。寡妻無子息，破宅帶林泉。塚近登山道，詩隨過海船。故人相弔處，斜日下寒天。」

「夜半長安雨，燈前越客吟。」贈吳處士句。「島嶼夏雲起，汀洲芳草深。」句。「秋風吹渭水，落葉滿長安。」句。「山鐘夜渡空江水，汀月寒生古石樓。」句。「舊國別多日，故人無少年。」句。

㊀「已」原作「三」，據紀事改。

李正封

唐文宗好詩，太和中，賞牡丹。上謂陳修已曰㊀：「今京邑人傳牡丹詩，誰爲首？」修已對曰：「中書舍人李正封詩：『天香夜染衣，國色朝酣酒。』」時楊妃侍，上曰：「粧臺前宜飲以一紫金盞酒，則正封之詩見矣。」

退之正封從軍，有晚秋郾城聯句詩。正封云「從軍古云樂，談笑青油幕。燈明夜觀棋，月暗秋城柝。」遂爲警策。

正封，字中護，終監察御史。

㊀「陳」，紀事作「程」。

崔護

護，字殷功。貞元十二年登第，終嶺南節度使。沈存中云：「唐人以詩主人物，故雖小詩，莫不極工而後已，所謂旬鍛月鍊者，信非虛言。小說護題城南詩，其始曰：『去年今日此門中，人面桃花相映紅。人面不知何處去，桃花依舊笑春風。』後以其意未全，語未工，改第三句曰：『人面祇今何處去。』至今所傳有此兩本，惟本事詩作『祇今何處在』。唐人作詩，大率如此，雖有兩今字，不恤也，取語意爲主耳。後人以其有兩今字，故多行前篇。」筆談。

張又新

又新，字孔昭，薦之子。附逢吉，罷貶汀州刺史。又附李訓，訓死，復坐貶，終左司郎中。時號又新張三頭，謂進士狀頭、宏詞敕頭、京兆解頭。

又新嘗作廣陵從事，有佐酒妓，每致情焉。後二十年，罷江南郡，舟道廣陵，適李紳鎮淮南，又新方懼其讎己，而又遇風，漂没二子。紳憫然，復書曰：「端溪不讓之詞，愚罔懷怨；荆浦沈淪之事，鄙實憫然。」宴遇殊厚。前所謂酒妓者猶在席，又新以指染酒，即席爲詞曰：「雲雨分飛二十年，當時求夢不曾眠。今來頭白重相見，還上襄王玳瑁筵㈠。」李即命妓歌以送酒。

㈠「王」原作「陽」，據紀事改。

柳公權

公權，武宗朝在內庭。上嘗怒一宮嬪久之，既而復召，謂公權曰：「朕怪此人，若得學士一篇，當釋然矣。」目御前蜀牋數十幅授之。公權略不佇思而成一絶曰：「不分前時忤主恩，已甘寂寞守長門。今朝却得君王顧，重入椒房拭淚痕。」上大悦，令宮人上前拜謝之。

文宗時，充翰林學士，從幸永安宮，苑中駐驆，謂公權曰：「我有一喜事，邊上衣賜，久不及時，今年二月給春衣訖。」公權前奉賀。上曰：「可賀我以詩。」宮人迫其口進，公權應聲曰：「去歲雖無戰，今年未得歸。皇恩何以報，春日得春衣。」上悦，激賞之。

文宗夏日與諸學士聯句，曰：「人皆苦炎熱，我愛夏日長。」公權續曰：「薰風自南來，殿閣生微涼。」諸學士屬和，帝獨諷公權兩句，詞清意足，不可多得。乃令公權題于壁上，字方圓五寸。帝觀之，歎曰：「鍾王復生，無以加矣。」

公權，字誠懸，卒于太子太保。

陸鴻漸

太子文學陸鴻漸，名羽，其先不知何許人。竟陵龍蓋寺僧姓陸㊀，于堤上得初生兒，收育之，遂以陸爲氏。及長，聰俊多聞，學贍詞逸，詼諧辯捷。性嗜茶，始創煎茶法，至今鬻茶之家，陶爲其像，置于湯器之間，云宜茶足利。至太和中，復州有一老僧，云是陸僧弟子，常諷其歌云：「不羨黄金罍，不羨白玉杯，不羨朝入省，不羨暮入臺。惟羨西江水，長向竟陵城下來㊁。」鴻漸又撰茶經三卷，行于代。今爲鴻漸形，因目爲茶神，有售則祭之，無則以釜湯沃之。

㊀「竟」原作「景」，據因話録改。㊁「竟」原作「金」，據因話録改。

章孝標

孝標，元和十三年下第，時輩多爲詩以刺主司，獨孝標爲歸燕詩留獻。侍郎庾承宣得詩，展轉吟諷。庾重典禮曹，孝標來年登第。詩云：「舊壘危巢泥已落，今年故向社前歸。連雲大厦無棲處，更向誰家門户飛？」

孝標及第，除正字，東歸題杭州樟亭驛云：「樟亭驛上題詩客，一半尋爲山下塵。世事日隨流水去，紅花還似白頭人。」初成落句云：「紅花直笑白頭人㊀」，改爲「還似」，且曰：「我將老成名，似我芳艷，詎能久乎？」及還鄉而逝。或曰：前有八元，後有孝標，皆桐廬人，復同姓而皆不達。

李紳鎮揚州，請孝標賦春雪詩，命題于臺盤上。孝標唯然，索筆一揮云：「六出飛花處處飄，黏窗拂砌上寒條。朱門到晚難盈尺，盡是三軍喜氣消。」長安秋日云：「田家無五行，水旱卜蛙聲。牛犢乘春放，兒孫候暖耕。池塘烟未起，桑柘雨初晴。歲晚香醪熟，村村自送迎。」右二詩韋莊又玄集取之。

㊀「直」原作「真」，據紀事改。

施肩吾

肩吾，洪州人。元和十年登第，以洪州西山羽化之地，慕其真風，高蹈于此。爲詩奇麗，著百韻山居詩，才情富贍。如「荷翻紫蓋摇波面，蒲映青刀插水湄。」又「烟黏薜荔龍鬚軟，雨壓芭蕉鳳翅垂。」

隋曲有疏勒鹽，唐曲有突厥鹽阿鵲鹽。或云：關中人謂好爲鹽，故肩吾詩云：「顛狂楚客歌成雪，媚嫵吴娘笑是鹽。」蓋當時語也。今杖鼓譜中尚有鹽杖聲。

孟簡

元和中，簡將試，詣日者卜之，曰：「近東門坐，即得之矣。」既入，即坐西廊。迫晚，忽得疾，鄰坐請與終篇，見其姓，卽東門也，乃擢上第。

簡，字幾道，德州人。元和中，爲户部侍郎，以贓貶。後以太子賓客分司卒。尤工詩，尚節義。

張蕭遠㈠

觀燈云：「十萬人家火燭光，門門開處見紅粧。歌鐘喧夜更漏暗，羅綺滿街塵土香。星宿別從天畔出，蓮花不向水中芳。寶釵驟馬多遺落，依舊明朝在路傍。」

蕭遠，元和進士登第，與舒元輿聲價俱美。出廣摭言。

「秦雲寂寂僧還定，盡日無人鹿遶牀。」句。「日暮風吹官渡柳，白鴉飛出石頭牆㈡。」廢城句。「雙雙白燕入祠堂。」乳石洞玉女祠句。右張爲取作主客圖。

㈠「蕭」原作「肅」，據全唐詩及紀事改。下同。㈡「石頭牆」，原作「石牆頭」，據紀事改。

許康佐

元稹酬許五康佐詩云：「猿啼三峽雨，蟬報兩京秋。珠玉慚新贈，芝蘭忝舊遊。他年問狂客，須向老農求。」

康佐以中書舍人爲翰林侍講學士，與王起皆爲文宗寵禮。帝讀春秋，至閽弒吳子餘祭，問：

「闇何人耶？」康佐以中官方强，不敢對。帝嬉笑。後問李訓，訓曰：「國君不近刑人，以爲輕死之道。」帝曰：「朕近刑人多矣，得不慮哉！」訓曰：「列聖知而不能遠，惡而不能去，陛下念之，宗廟福也。」于是内謀剪除矣。康佐終禮部尚書。

張南史

南史，字季直，幽州人。以試參軍，避亂居揚州。再召，未赴而卒。

陸滕宅秋雨中探韻云：「同人永日自相將，深竹閒園偶辟疆。已被秋風教憶鱠，更聞寒雨勸飛觴。歸心莫問三江水，旅服徒沾九月霜。醉裏欲尋騎馬路，蕭條幾處有垂楊。」

徐凝

范攄言：樂天爲杭州刺史，令訪牡丹，獨開元寺僧惠澄近于京師得之，植于庭。時春景方深，惠澄設油幕覆其上。會凝自富春來，未識白，先題詩曰：「此花南地知難種，慚愧僧閒用意栽。海燕解憐頻睥睨，胡蜂未識更徘徊。虚生芍藥徒勞妒，羞殺玫瑰不敢開。惟有數苞紅蕚在，含芳直待舍人來。」白尋到寺看花，乃命徐同醉而歸。時張祜榜舟而至，二生各希首薦，白曰：「二君論文，若廉藺之鬭鼠穴，勝負在此一戰也。」遂試長劍倚天外賦、餘霞散成綺詩。試訖解送，凝爲元，祜次耳。祜曰：「祜詩有『地勢遥尊岳，河流側讓關』，又題金山寺詩曰：『樹影中流見，鐘聲兩岸聞。』雖綦毋潛云：『塔影掛青漢，鐘聲和白雲。』此句未爲佳也。」凝曰：「美則美矣，争如老夫『今古長如白練飛，一條界破青山色』。」凝遂擅場。祜歎曰：「榮辱糾紛，亦何常也！」遂行歌而邁，凝亦鼓枻而歸，自是二生不隨鄉賦矣。白又以祜宫詞四句皆數對，未足奇也。後杜牧守秋浦，與祜爲詩酒友，酷吟祜宫詞，以白有非祜之論，常不平之，乃爲詩以高之曰：「睫在眼前人不見，道于身外更何求。誰人得似張公子，千首詩輕萬户侯。」又曰：「如何故國三千里，虚唱歌詞滿六宫。」杜盛言其美者，欲以苟異于白，而曲成于張也。故牧又著論，言近有元白者，喜爲淫言媟語，鼓扇浮囂。吾恨方在下位，未能以法治之，斯亦敷佐于祜耳。

潘若沖郡閣雅談云：「凝官至侍郎，多吟絶句，曾吟廬山瀑布，膾炙人口。又題處州縉雲山黄帝上昇之所鼎湖，蓋黄帝鑄鼎處也，有池在山頂。詩云：『黄帝旌旗去不回，空餘片石碧崔嵬。有時風捲鼎湖浪，散作晴天雨點來。』自後無敢題者。」

凝送馬向遊蜀云：「遊子去咸京，巴山萬里程。白雲連鳥道，青壁遞猿聲。雨露經泥坂，烟花帶錦城。工文人共許，應記蜀中行。」

「青山舊路在，白首醉還鄉。」別白公句。「試到第三橋，便入千頃花。」句。

宿冽上人房云：「浮生不定若蓬飄，林下真僧偶見招。覺後始知身是夢，更聞寒雨滴芭蕉。」

令狐楚

楚自翰林學士拜相，子綯㈠，自湖州召入翰林爲學士，間歲拜相。渭南尉趙嘏獻詩曰：「鶚在卿雲冰在壺，代天才業奉訏謨。榮同伊陟傳朱户，秀比王商入畫圖。昨夜星辰回劍履，前年風月滿江湖。不知機務時多暇，猶許詩家屬和無。」

㈠「綯」原作「淘」，據紀事改。

張仲素

春閨怨云㈠：「桂魄初生秋露微，輕羅已薄未更衣。銀箏夜久殷勤弄，心怯空房不忍歸。」送春詞云：「日日人空老，年年春更歸。相歡在樽酒，不用惜花飛。」閨人思云：「愁見遊空百丈絲，春風惹斷更傷離。閒花落徧蒼苔地，盡日無人誰得知。」仲素，字繪之，建封之子。憲宗以仲素段文昌爲翰林學士，韋貫之曰：「學士所以備顧問，不宜專取詞藝。」罷之。後終中書舍人。

㈠「春閨怨云」四字，據紀事補。

郎士元

送張南史云：「雨餘深巷靜，獨酌送殘春㊀。車馬雖嫌僻，鶯花不棄貧。蟲聲黏户網，鼠迹印牀塵。借問山陽會，如今有幾人？」

士元，字君胄，中山人。寶應中，選畿縣官，詔試中書，補渭南尉，歷拾遺、郢州刺史。高仲武云：「士元員外，河岳英奇，人倫秀異。自家邢國㊁，遂擁大名。右丞已後，與錢郎更長。自丞相以下，出使作牧，二公無詩祖餞，時論鄙之。兩公詞體大約欲同，就中郎公稍更閒雅，近于康樂。如『荒城背流水，遠雁入寒林』。又『去鳥不知倦，遠帆生暮愁』。又『蕭條夜靜邊風吹，獨倚營門望秋月』。可齊衡古人，掩映時輩。又『暮蟬不可聽，落葉豈堪聞』。古人謂謝朓工於發端，比之于今，有慚沮矣。」

送彭將軍云：「雙旌漢飛將，萬里獨横戈。春色臨關盡，黄雲出塞多。鼓鼙悲寂寞，烽火隔長河。莫斷陰山路，天驕已請和。」

㊀「酌」原作「釣」，據紀事改。　㊁「邢國」原作「刑國」，據中興間氣集校文改。

于良史

春山夜月云：「春來多勝事，賞玩夜忘歸。掬水月在手，弄花香滿衣。興來無遠近，欲去惜芳菲。南望鐘鳴處，樓臺深翠微。」

冬日寄李贊府云：「地際朝陽滿，天邊宿霧收。風兼殘雪起，河帶斷冰流。北闕馳心極，南圖尚旅遊。登臨思不已，何處得消憂。」

閒居寄薛據云：「隱几讀黄老，閒齋耳目清。僻居人事少，多病道心生。雨洗山林溼，鴉鳴池館晴。晚來因廢卷，行藥至西城。」

高仲武云：「良史詩清雅，工于形似。如『風兼殘雪起，河帶斷冰流』，吟之未終，皎然在目㊀。」

㊀「皎」原作「較」，據紀事改。

舒元輿

太和九年，誅王涯等，仇士良愈專恣。文宗惡之，雖登臨遊幸，未嘗爲樂，或瞠目獨語，左右莫敢進問。因題詩曰：「輦路生春草，上林花滿枝。憑高何限意，無復侍臣知。」一日，看牡丹，或吟曰：「拆者如語，含者如咽，俯者如愁，仰者如悦。」吟罷，方省元輿詞，不覺歎息，泣下沾衣。

李賀

杜牧之序其文集云：「賀，字長吉，元和中，韓吏部亦頗道其歌詩。雲烟綿聯，不足爲其態也；水之迢迢，不足爲其情也；春之盎盎，不足爲其和也；秋之明潔，不足爲其格也；風檣陣馬，不足爲其勇也；瓦棺篆鼎，不足爲其古也；時花美女，不足爲其色也；荒國陊殿，梗莽邱隴，不足爲其恨怨悲愁也；鯨呿鼇擲，牛鬼蛇神，不足爲其虛荒幻誕也。蓋騷之苗裔㊀，理雖不及，詞或過之。騷有感怨刺懟，言及君臣理亂，時有以激發人意。而賀所爲，得無有是？賀能探尋前事，所以深歎恨今古未嘗經道者。如金銅仙人辭漢歌補梁庾肩吾宮體謠，求取情狀，離絶遠去筆墨畦徑間，亦殊不能知之。賀生二十七年死矣，世皆曰：使賀且未死，少加以理，奴僕命騷可也。」

㊀「苗」，據紀事補。

柳宗元

雪詩云：「千山鳥飛絶，萬逕人踪滅。孤舟蓑笠翁，獨釣寒江雪。」視鄭谷「亂飄僧舍」之句，不侔矣，東坡居士云。

子厚死三年，愚溪無復曩時矣。劉夢得聞之，賦三絶云：「溪水悠悠春自來，草堂無主燕飛回。隔簾惟見中庭草，一樹榴花依舊開。」「草聖數行留壞壁，木奴千樹屬鄰家。惟見里門通德榜，殘陽寂寞出樵車。」「柳門竹巷依依在，野草青苔日日多。縱有鄰人解吹笛，山陽舊侶更誰過！」

邵真

尋人偶題云：「日昃不復午，落花難歸樹。人生能幾何，莫厭相逢遇。」真爲李寶臣成德軍掌書記，寶臣死，其子惟岳與田悅李正己拒命。真諫之，惟岳寤，使真作奏，復爲將吏所沮。德宗詔張孝忠朱滔合兵討惟岳，大敗其衆。惟岳召真議歸順，悅遣扈岌來責惟岳，且欲斬真。惟岳懼，斬真以謝焉。其後，王武俊表其忠，贈戶部尚書。

李宣遠

宣遠，貞元進士登第，并州路作云：「秋日并州路，黃榆落照間。孤城吹角罷，數騎射鵰還。帳幕遥臨水，牛羊自下山。征人正垂淚，烽火起雲間。」

王建

「千牛仗下放朝初，玉案傍邊立起居。每日請來金鳳紙，殿頭無事不教書。」「延英引對碧衣郎，江硯宣毫各別牀。天子下簾親考試，宮人手裏過茶湯。」「少年天子愛邊功，親到凌烟畫閣中。爲見勛臣寫圖本，長教殿裏作屏風。」「新調白馬怕鞭聲，供奉騎來繞殿行。爲報諸王侵早起，隔門催進打毬名。」「羅衫葉葉繡重重，金鳳銀鵝各一叢。每遍舞頭分兩向，太平萬歲字當中。」「魚藻宮中鎖翠娥，先皇行處不曾過。如今池底休鋪錦，菱角雞頭積漸多。」「射生宮女宿紅粧，請得新弓各自張。臨上馬時齊賜酒，男兒跪拜謝君王。」「宮人早起笑相呼，不識階前掃地夫。乞與金錢争借問，外頭還似此間無？」「日高殿裏有香烟，萬歲聲來動九天。妃子院中初降誕，內人争乞洗兒錢。」「銀燭秋光冷畫屏，輕羅小扇撲流螢。天階夜色涼如水，臥看牽牛織女星。」「樹頭樹底覓殘紅，一片西飛一片東。自是桃花貪結子，錯教人恨五更風。」「淚盡羅巾夢不成，夜深前殿按歌聲。紅顏未老恩先斷，斜倚熏籠坐到明。」「鴛鴦瓦上瞥然聲，晝寢宮娥夢裏驚。元是吾皇金彈子，海棠花下打流鶯。」

建初爲渭南尉，值王樞密者，盡宗人之分，然彼我不均，復懷輕謗之色。忽過飲，語及漢桓靈信任中官起黨錮興廢之事㊀，樞密深憾其譏。乃曰：「我弟所作宮詞，天下皆誦于口，禁掖深邃，何以知之？」建不能對。後爲詩以贈之，乃脫其禍。建詩曰：「先朝行坐鎮相隨，今上春宮見長時。脫下御衣偏得著，進來龍馬每教騎。常承密旨還家少，獨對邊情出殿遲。不是當家頻向說，九重争遣外人知。」

㊀此句據紀事補。

朱灣㊀

高仲武云："「朱灣率履真素，放情江湖，郡國交辟，潛耀不起，有唐高人也。詩體幽遠，興致洪深，因詞寫意，窮理盡性，于詠物尤工，如『受氣何曾異，開花獨自遲』。所謂哀而不傷，國風之深者也。」

灣爲李勉永平從事。灣秋夜宴王郎中宅賦得露中菊云："「衆芳春競發，寒菊露偏滋。受氣何曾異，開花獨自遲。晚成猶有分，欲採未過時。忍棄東籬下，看隨秋草衰。」長安喜雪云："「千門萬户雪花浮，點點無聲落瓦溝。全似玉塵消更積，半成冰片結還流。光含曉色清天苑，輕逐微風繞御樓。平地已霑盈尺潤，年豐須荷富人侯。」

㊀「朱灣」，原作「李灣」，注："「紀事作『朱灣』。」間氣集與紀事同，據改。正文同。

蘇郁

鸚鵡詞云："「莫把金籠閉鸚鵡，個個分明解人語。忽然更向君前語，三十六宫愁幾許。」和戎詩云："「關月夜懸青塚鏡，塞雲秋薄漢宫羅。君王莫信和親策，生得胡雛轉更多。」郁，貞元元和間詩人。

「十二樓藏玉堞中，鳳凰雙宿碧芙蓉。流霞淺酌誰同醉，今夜笙歌第幾重。」步虛詞。「吟倚雨殘樹，月收山下村。」

韋丹

丹，字文明㊀，京兆人。幼孤，從外祖顔真卿。元和中，帥江西，功第一。丹與東林靈澈上人爲忘形之契，丹嘗爲思歸絶句以寄澈云：「王事紛紛無暇日，浮生冉冉只如雲。已爲平子歸休計，五老岩前必共聞。」澈奉酬詩曰：「年老身閑無外事，麻衣草坐亦容身。相逢盡道休官去，林下何曾見一人。」

㊀「文」原作「公」，據新唐書韋丹傳改。

王播

王播少孤貧，嘗客揚州惠照寺木蘭院，隨僧齋飡。僧厭怠，乃齋罷而後擊鐘。後二紀，播自重位出鎮是邦，因訪舊遊，向之題者，皆以碧紗幕其詩。播繼以二絶句曰：「三十年前此院遊，木蘭花發院新修。如今再到經行處，樹老無花僧白頭。」又「上堂已了各西東，慚愧闍黎飯後鐘。三十年來塵撲面，而今始得碧紗籠。」出摭言。

周匡物

匡物，字幾本，漳州人。元和十一年，李逢吉下進士及第，時以歌詩著名。家貧，徒步應舉，至錢塘，乏僦船之資，久不得濟，乃題詩公館云：「萬里茫茫天塹遥，秦皇底事不安橋。錢塘江口無錢過，又阻西陵兩信潮。」郡牧見之，乃罪津吏。

劉言史

皮日休劉棗强碑文云：「歌詩之風，蕩來久矣。大抵喪于南朝，壞于陳叔寶。然今之業是者，苟不能求古于建安，即江左矣；苟不能求麗于江左，即南朝矣。或過爲艷傷麗病者，即南朝之罪人也。我唐來有是業者，言出天地外，思出鬼神表，讀之則神馳八極，測之則心懷四溟，磊磊落落真非世間語者㈠，有李太白㈡。百歲有是業者，雕金篆玉，牢奇籠怪，百鍛爲字，千鍊成句，雖不追躅太白，亦後來之佳作也。其與李賀同時，有劉棗强焉。先生姓劉氏，名言史，不詳其鄉里。所有歌詩千首，其美麗恢贍，自賀外，世莫得比。王武俊之節制鎮冀也，先生造之。武俊雄健，頗好詞藝，一見先生，遂加異敬。將置之賓位，先生辭免。武俊善騎射，載先生以貳乘，逞其藝于野。武俊先騎，驚雙鴨起于蒲稗間，武俊控弦，不再發，雙鴨聯斃于地。武俊歡甚，命先生曰：『某之技如是，先生之詞如是，可謂文武之會矣。何不一言以讚耶？』先生由是馬上草射鴨歌以示武俊，議者以爲禰正平鸚鵡賦之類也。武俊益重先生，由是奏請官先生，詔授棗强令，先生辭疾不就。世重之，曰：『劉棗强，亦如范萊蕪之類焉。』故相國隴西公夷簡之節度漢南也，少與先生遊，且思相見，命別將以襄之髹器千事賂武俊，以請先生，武俊許之，先生由是爲漢南相府賓冠。隴西公日與之爲飲宴，具獻酬之儀，歌詩大播于當時。隴西公從事或曰㊂：『以某下走之才，誠不足污辱重地。劉棗强至，衆必以公賓劉于幕吏之上㊃，何抑之如是？』公曰：『愚非惜幕間一足地，不容劉也，然視其狀有不稱者，諸公視某與劉，分豈有間然哉㊄，反爲之惜其壽耳。』後不得已，問先生所欲爲，先生曰：『司功掾甚閑，或可承闕。』相國由是掾之。雖居官曹，宴見與從事儀等。後從事又曰：『劉棗强縱不容在賓署，承乏於掾曹，詘矣。奚不疏整其秩？』相國不得已而表奏焉。詔下之日，先生不恙而卒。相國哀之慟曰：『果然止掾曹，殺我愛客㊅。』葬之有加等。墳去襄陽郭五里，曰柳子關。後先生數十歲，日休始以鄙文稱於襄陽。襄陽邑人劉求㊆，高士也。嘗述先生之道業，嘗詠先生之歌詩，且歎曰：『襄之人只知有浩然墓，不知有先生墓，恐百歲之後，湮滅而無聞，與荆棘凡骨溷，吾子之文，吾當刊焉。』日休曰㊇：『存既撫實，録之何愧？』嗚呼！先生之官卑，不稱其德，宜加私謚。然棗强之號，世已美矣，故不加焉。是爲劉棗强碑。」

㊀「者」原作「也」，據紀事改。　㊁「有」原作「自」，據紀事改。　㊂原作「爲隴西公從事」，「爲」衍，據紀事刪。　㊃「衆」原作「重」，據紀事改。　㊄「然哉」原作「哉然」，據紀事改。　㊅「殺」原作「然」，據皮子文藪改。　㊆「劉求」，紀事作「劉永」。　㊇「日」原作「幸」，據文藪改。

劉猛

「月生十五前，日望光彩圓。月生十五後，日畏光彩瘦。不見夜光色，一尊成暗酒。匣中龍背鏡，光短不照空。不惜補明月，慚無此良工。」月生句。「自念數年間，兩手中藏鉤。於心且無恨，他日爲我羞。古老傳童歌，連淫亦兵象。夜夢戈甲鳴，苦不顧年長。」苦雨句。「朝梳一把白，夜淚千滴雨。可恥垂拱時，老作在家女。」晚句㈠。

元微之酬劉猛見送詩，如云：「神劍土不蝕，異布火不燒。」其推重如此。

㈠「晚」，紀事作「曉」。

李餘

「長安東門別，立馬生白髮。」句。「霽後軒蓋繁，南山瑞烟發。」句。「嘗聞車馬繁，土薄憂水聲。」句。

餘，登長慶二年進士第㈠，蜀人也。張籍送餘歸蜀詩云：「十年人詠好詩章，今日成名出舉場。歸去惟將新誥牒，後來争取舊衣裳。山橋曉上蕉花暗，水店晴看芋葉光。鄉里親情相見日，一時携酒上高堂。」

又賈島送李餘往湖南云："昔去候温涼，秋山滿蜀鄉。今來從辟命，春物變涔陽。岳石挂海雪，野楓堆渚檣。若尋吾祖宅，寂寞在瀟湘。"

㈠"二"，紀事作"三"。

李涉

題鶴林寺僧室云："終日昏昏醉夢間，忽聞春盡强登山。因過竹院逢僧話，又得浮生半日閑。"

晚泊潤州聞角云："孤城吹角水茫茫，曲引邊聲怨思長。驚起暮天沙上鴈，海門斜去兩三行。"

"但將鐘鼓悦私慶，肯以犬羊爲國羞。"句。"尼父未適魯，屢屢倦迷津㈠。徒懷教化心，紆鬱不能伸。一遇知己言，萬方始喧喧。至今百王則，孰不挹其源。"懷古㈡。

㈠"屢屢"。原作"僂僂"，據紀事改。㈡"懷古"原作"句"，據紀事改。

劉昭禹

昭禹，字休明，婺州人也。少師林寬，爲詩刻苦。風雪詩云："句向夜深得，心從天外歸。"

嘗與人論詩曰：「五言如四十個賢人，著一字如屠沽不得。覓句者，若掘得玉合子底，必有蓋，但精心求之，必獲其寶。」在湖南累爲宰㊀，後署天策府學士，嚴州刺史，卒於桂州幕中。有詩三百首。

㊀「宰」紀事作「宰字」。

孫昌胤

和司空曙劉眘虛九日送人云：「京邑歎離羣，江樓喜遇君。開筵當九日，泛菊外浮雲。朗詠山川霽，酣歌物色曛。君看酒中意，未肯喪斯文。」

柳子厚與韋中立書云：「古者重冠禮，將以責成人之道，是聖人所尤用心者也。數百年來，人不復行。近有孫昌胤者，獨發憤行之。既成禮，明日造朝，到外廷，薦笏言於卿士曰㊀：『某子冠畢。』應之者咸憮然。京兆尹鄭叔則怫然曳笏却立曰：『何預我邪？』廷中皆大笑。天下不以非鄭尹而怪孫子，何哉？獨爲所不爲也。」

昌胤，登天寶進士第。

㊀「曰」，據紀事補。

嚴休復

揚州唐昌觀玉蕊花坼有仙人遊悵然成二絶云：「終日齋心禱玉宸，魂消目斷未逢真。不如滿樹瓊瑶蕊，笑對藏花洞裏人。」又：「羽車潛下玉龜山，塵世何由覩𦨴顔㊀。唯有無情枝上雪，好風吹綴緑雲鬟。」

元和中，見一女子，從以二女冠，三小僕，直造花所。佇立良久，命小童折花數枝，謂黄冠者曰：「曩有玉峯之期，自是可以行矣。」行百步許，遂不復見。休復有詩，元微之和云：「弄玉潛歸玉樹時，不教青鳥出花枝。的應未有諸人覺，只恐嚴郎卜得知。」樂天詩云：「嬴女偷乘鳳下時，洞中潛歇弄花枝。不緣啼鳥春饒舌，青瑣仙郎可得知。」

㊀「𦨴」原作「舜」，據全唐詩改。

朱慶餘

慶餘遇水部郎中張籍知音，索慶餘新舊篇，擇留二十六章，置之懷袖而推贊之。時人以籍重名，皆繕録諷詠，遂登科。慶餘作閨意一篇以獻曰：「洞房昨夜停紅燭，待曉堂前拜舅姑。粧罷低聲問夫壻，畫眉深淺入時無？」籍酬之曰：「越女新粧出鏡心，自知明艷更沉吟。齊紈未足時人貴，一曲菱歌敵萬金。」由是朱之詩名，流於海内矣。

又題王侯廢宅云：「古巷戟門誰舊宅？早曾聞説屬官家。更無新燕來巢屋，惟有閑人去看花。空殿欲摧塵滿榧，小池初涸草侵沙。繁華事歇皆如此，立馬踟躕到日斜。」

張籍送慶餘歸越云：「東鄰歸路遠，幾日到鄉中？有寺山皆徧，無家水不通。湖聲蓮葉雨，野氣稻苗風。州縣知名久，争邀與客同。」

楊虞卿

過小妓英英墓云：「凌晨騎馬出皇都，聞説埋花在路隅。别我已爲泉下土，思君猶似掌中珠。四弦品柱聲初絶，三尺孤墳草已枯。蘭質蕙心何所在？焉知過者是狂夫。」樂天夢得皆有和章。樂天云：「人間有夢何曾入，泉下無家豈是歸。墳上少啼留取淚，明年寒食更沾衣。」夢得云：「但見好花皆易落，從來尤物不長生。鸞臺夜直衣衾冷，雲雨無因入禁城。」

虞卿，字師臯，虢州人。佞柔善諧麗。宗閔僧孺相穆宗，引爲右司郎中。宗閔倚之，時號黨魁。爲京兆尹，以罪貶虔州司户參軍，死。

楊汝士

唐名族重京官而輕外任，汝士建節後詩云：「抛却弓刀上砌臺，上方樓殿窣雲開。山僧見我衣裳窄，知道新從戰地來。」又云：「而今老大騎官馬，羞向關西道姓楊。」

寶曆中，楊於陵僕射入覲，其子嗣復率兩榜門生迎於潼關，宴新昌里第。僕射與所執坐正寢，嗣復領諸生翼兩序。元白俱在，賦詩席上。汝士詩後成，元白覽之失色。詩曰：「隔座應須賜御屏，盡將仙翰入高冥。文章舊價留鸞掖，桃李新陰在鯉庭。再歲生徒陳賀宴，一時良史盡傳馨。當年疏廣雖云盛，詎有茲筵醉醁醽。」其日，大醉歸，謂其子弟曰：「吾今日壓倒元白。」時爲刑侍。

裴令公居守東洛，夜宴半酣，公索句，元白有得色㈠。時公爲破題，次至汝士，曰：「昔日蘭亭無豔質，此時金谷有高人。」白知不能加，遽裂之曰：「笙歌鼎沸，勿作冷淡生活。」元顧白曰㈡：「樂天所謂能全其名者也。」

㈠「得」原作「德」，據紀事改。　㈡「白」，據紀事補。

張志和

漁父歌云：「西塞山前白鷺飛，桃花流水鱖魚肥。青箬笠，綠蓑衣，斜風細雨不須歸。」又云：「釣臺漁父褐爲裘，兩兩三三舴艋舟。能縱棹，慣乘流，長江白浪不曾憂。」又云：「霅溪灣裏釣魚翁㈠，舴艋爲家西復東。江上雪，浦邊風，笑著荷衣不歎窮。」又云：「松江蟹舍主人歡，菰飯蓴羹亦共飡。楓葉落，荻花乾，醉宿漁舟不覺寒。」又云：「青草湖中月正圓，巴陵漁父櫂歌連。釣車子，掘頭船，樂在風波不用仙。」

㈠「霅」原作「雪」，據紀事改。

嚴維

維，字正文，越州人。與劉長卿善。長卿對酒寄維云：「陋巷喜陽和，衰顏對酒歌。懶從華髮亂，閑住白雲多。郡簡容垂釣，家貧學弄梭。門前七里瀨，早晚子陵過。」維答云：「蘇耽佐郡時，近出白雲司。藥補清羸疾，窗吟絶妙詞。柳塘春水漫，花塢夕陽遲。欲識懷君意，朝朝訪檝師。」時劉爲睦州司馬。

李播

播以郎中典蘄州，有李生攜詩謁之，播曰：「此吾未第時行卷也。」李曰：「頃於京師書肆百錢得此，游江淮間二十餘年。欲幸見惠。」播遂與之，因問何往，曰：「江陵謁表丈盧尚書。」播曰：「公又錯也，盧是某親表丈。」李慚悚失次，進曰：「誠若郎中之言，與荆南表丈一時乞取。」再拜而出。

李德裕

元和十一年，歲在丙申，李逢吉下三十三人皆取寒素。時有詩曰：「元和天子丙申年，三十三人同得仙。袍似爛銀文似錦，相將白日上青天。」德裕頗爲寒素開路，及謫官南去，或有詩曰：「八百孤寒齊下淚，一時回首望崖州。」出摭言。

鄭還古

還古閑居東都，將入京赴選，柳當將軍者餞之。酒酣，以一詩贈柳氏之妓曰：「冶艷出神仙，清聲勝管弦。詞輕白紵曲，歌遏碧雲天。未擬生裴秀，何如乞鄭玄。不堪金谷水，橫過墜樓前。」柳喜甚，曰：「專俟榮命，以此爲賀。」未幾，還古除國子博士。柳見除目，即遣入京。及嘉祥驛，而還古物故，乃放妓他適。逸史載：還古初娶柳氏女，嘉會之初，夢娶房氏。後柳卒，再娶東都李氏，屬房直温爲東洛少尹，李之舅也，昏禮皆房主之，始知舊夢之前定也。

還古，登元和進士第。

裴休

贈黄蘗山僧希運詩曰：「自從大士傳心印，額上圓珠七尺身。挂錫十年栖蜀水，浮杯今日渡江濱㊀。一千龍象隨高步，萬里香華結勝因。擬欲事師爲弟子，不知將法付何人。」休，會昌中官於鍾陵，請運至郡，以所解一篇示之。師不顧，曰：「若形於紙墨，何有吾宗？」休問其故，曰：「上乘之印，惟是一心，更無別法。心體一空，萬緣俱寂，如大日輪升於虛空，其中照耀，靜無纖埃。證之者無新舊，無淺深，說之者不立義解，不開户牖，直下便是，動念即乖。」其後，休録之，爲傳心法要云。

休，字公美，孟州人。大中六年爲相，能文章，爲人藴藉，進止雍閑。宣宗曰：「休真儒者。」

㊀「江」，紀事作「漳」。

薛宜僚

宜僚以左庶子充新羅册贈使，至青州，悦一妓段東美，賦詩曰：「阿母桃花方似錦，王孫草色正如烟。不須更向滄溟望，惆悵歡情又一年。」到外國，謂判官苗甲曰：「東美何故頻見夢中？」數日而卒。櫬至青，段奠之，一慟而卒。

九老會胡杲

九老會賦詩云：「閑居同會在三春，大抵愚年最出羣。霜鬢不嫌杯酒興，白頭仍愛玉爐薰。徘徊玩柳心猶健，老大看花意却勤。鑿落滿斟拚酩酊，香囊高挂任氤氲。搜神得句題紅紙，望景長吟對白雲。今日交情何不替，齊年同事聖明君。」杲，年八十九，前懷州司馬㊀。

㊀「前」，據紀事補。

吉皎

「休官罷任已閑居，林苑園亭興有餘。對酒最宜花藻發，邀歡不厭柳條初。低腰醉舞垂緋袖，擊筑謳歌任褐裾㈠。寧用管絃來合雜，自親松竹且清虛。飛觥酒到須先酌，賦詠詩成不住書。借問商山賢四皓，不知此後更何如。」皎，衛尉卿致仕，年八十八。

㈠「筑」原作「筯」，據紀事改。

劉真

「垂絲今日幸同筵，朱紫居身是大年。賞景尚知心未退，吟詩猶覺力完全。閑庭飲酒當三月，在席揮毫象七賢。山茗煮時秋霧碧，玉杯斟處彩霞鮮。臨堦花笑如歌妓，傍竹松聲當管絃。雖未學窮生死訣，人間豈不是神仙。」真，前磁州刺史，年八十七。

鄭據

「東洛幽閑日暮春，邀歡多是白頭賓。官班朱紫多相似，年紀高低次第勻。聯句每言松竹意，停杯多説古今人。更無外事來心肺，空有清虛入思神。醉舞兩回迎勸酒，狂歌一曲會閑身㊀。今朝何事偏情重，同作明時列任臣。」據，前龍武軍長史，年八十五。

㊀「閑」，紀事作「娛」。

盧　真

「三春已盡洛陽宮，天氣初晴景象中。千朵嫩桃迎曉日，萬株垂柳逐和風。非論官位皆相似，及至年高亦共同。對酒歌聲猶覺妙，玩花詩思豈能窮。先時共作三朝貴，今日猶逢七老翁。但願醁醽常滿酌，烟霞萬里會能通。」真，前侍御史內供奉官，年八十三。

張　渾

「幽亭春盡共爲歡，印綬居身是大官。遁迹豈勞登遠岫，垂絲何必坐溪磻。詩聯六韻猶應易，酒飲三杯未覺難。每況襟懷同宴會，共將心事比波瀾。風吹野柳懸羅帶，日照庭花落綺紈。此席不須鋪錦帳，斯筵堪作畫圖看。」渾，前永州刺史，年七十七。

白居易

「七人五百八十四，拖紫紆朱垂白鬚。囊裏無金莫嗟嘆，尊中有酒且歡娛。吟成六韻神還壯，飲到三杯氣尚粗。嵬峨狂歌教婢拍，婆娑醉舞遣孫扶。天年高邁二疏傳，人數多於四皓圖。除却三山五天竺，人間此會且應無。」居易，刑部尚書致仕，年七十四。

樂天退居洛中，作尚齒九老之會，其序曰：「胡吉劉鄭盧張等六賢，皆多年壽，余亦次焉。於東都弊居履道坊，爲尚齒之會。七老相顧，既醉且歡。靜而思之，此會希有，因各賦七言六韻詩一章以記之，或傳諸好事者，時會昌五年三月二十四日。」樂天云：「其年夏，又有二老年貌絶倫，同歸故鄉，亦來斯會，續命書姓名年齒，寫其形貌，附於圖右，與前七老，題爲九老圖。仍以一絶贈之云：『雪作鬚眉雲作衣，遼東華表暮雙歸。當時一鶴猶希有，何況今逢兩令威？』」洛中遺老李元爽，年一百三十六，禪僧如滿，年九十五歲。又云：「時秘書狄兼謨、河南尹盧貞，以年未及七十，雖與會而不及列。」

全唐詩話卷之四

項斯

斯，字子遷，江東人。始未爲聞人，因以卷謁楊敬之，楊苦愛之，贈詩云：「幾度見詩詩盡好，及觀標格過于詩。平生不解藏人善，到處逢人說項斯。」未幾，詩達長安，明年擢上第。

蒼梧雲氣詩云：「何年畫作愁，漠漠便難收。數點山能遠，平鋪水不流。濕連湘竹暮，濃蓋舜墳秋。亦有思鄉客，看來盡白頭。」

滕邁

湖州崔芻言郎中，初爲越副戎。宴席中有周德華者，劉採春女，善歌楊柳枝詞，所唱七八篇，皆名流之詠。滕邁郎中一首云：「三條陌上拂金羈，萬里橋邊映酒旗。此日令人腸欲斷，不堪將入笛中吹。」

雲溪子曰：「杜牧舍人云：『巫娥廟裏低含雨，宋玉堂前斜帶風。』滕郎中又云：『陶令門前罥接羅，亞夫營裏拂旌旗。』但不言楊柳二字，最爲妙也。是以姚合郎中吟道旁亭子詩云：『南陌遊人迴首去，東林過者杖藜歸。』不稱亭而意見矣。」

邁，登元和進士第。

裴思謙

思謙及第後，作紅牋名紙十數，詣平康里，因宿于里中。詰旦，賦詩曰：「銀缸斜背解鳴璫，小語偷聲賀一作喚。玉郎。從此不知蘭麝貴，夜來新染桂枝香。」

思謙，開成三年登進士第。

廖有方

有方，元和十年失意遊蜀，至寶雞西界，逢旅逝者，書版記之曰：「余元和乙未歲落第，西征適此，聞呻吟之聲，潛聽而微惙也。問其疾苦住止，對曰：『辛勤數舉，未遇知音。』眄睞叩頭，久而復語，惟以殘骸相託，餘不能言。俄而逝。余乃鬻所乘馬於村豪，備棺瘞之，恨不知其姓字。臨岐凄斷，復爲詩曰：『嗟君没世委空囊，幾度勞心翰墨場。半面爲君申一慟，不知何處是家鄉。』」明年，李逢吉擢有方及第，唐之義士也。交州人，柳子厚以序送之。

姚合

張籍寄合詩云：「病來辭赤縣，案上有丹經。爲客燒茶竈，教兒掃竹亭。詩成添舊卷，酒盡卧空瓶。闕下今遺佚，誰占隱士星？」

武功縣閒居云：「縣去京城遠，爲官與隱齊。馬隨山鹿放，雞雜野禽栖。連舍惟藤架，侵堦是藥畦。更師嵇叔夜，不擬作書題。」又云：「簿書多不會，薄俸亦難消。醉卧慵開眼，閒行懶繫腰。移花兼蝶至，買石得雲饒。且自心中樂，從他笑寂寥。」

方干哭姚監云：「入室幾人成弟子，爲儒是處哭先生。」

宋雍

范攄云：宋雍初無令譽，及嬰瞽疾，其詩名始彰。盧員外綸作擬僧之詩，僧清江作七夕之詠，劉隨州有眼作無眼之句，宋雍無眼作有眼之詩，詩流以爲四背，或云四倒，然詞意悉爲佳致。盧公詩云：「願得遠公知姓字，焚香洗鉢過餘生。」清江詩曰：「惟愁更漏促，離别在明朝。」劉隨州曰：「細雨濕衣看不見，閒花落地聽無聲。」雍詩曰：「黄鳥不堪愁裏聽，緑楊宜向雨中看。」

段文昌

文昌父鍔，爲江陵令㊀。文昌長自渚宫㊁，客游成都，韋南康與奏，釋褐爲賓從。後劉闢逐佐外邑，高崇文收蜀，召復舊職，指其椅曰：「此猶不足與君坐。」文昌遽請歸闕，至興元西鵲鳴驛，有異僧能前識，謂文昌曰：「去日既逢梅蕊綻，來時應見杏花開。」至京屢升擢，自相位拜劍南節度，西至鵲鳴，僧已物故，杏花方盛。

文昌鎮蜀，有題武擔寺西臺詩云：「秋天如鏡空，樓閣盡玲瓏。水暗餘霞外，山明落照中。鳥行看漸遠，松韻聽難窮。今日登臨意，多歡笑語同。」

㊀「令」，汲古閣本紀事作「尉」。㊁「長」，據紀事補。

劉郇伯

郇伯與范酇郎中爲詩友。范曾得一句云「歲盡天涯雨」，久而莫屬。郇伯曰：「何不曰『人生分外愁』。」范甚賞之。出北夢瑣言。

陳彦博

恩賜魏文貞公諸孫舊第以導直臣云：「阿衡隨逝水，池館主他人。天意能酬德，雲孫喜庇身。生前由直道，没後振芳塵。雨露新恩日，芝蘭故里春。勳庸流十代，光彩映諸鄰。共喜升平際，從兹得諫臣。」

白居易爲翰林學士，奏云：「今日奏宣令撰李師道請收贖魏徵宅，還其子孫，甚合朕心，允其來奏。臣伏以魏徵太宗宰相，盡心輔佐，以致太平，在其子孫，宜加優卹。事關激勸，合出朝廷，師道何人，輒掠此美。伏願明敕有司，特以官錢收贖，使還後嗣，以勸忠臣，則事出皇恩，美歸聖德。」憲宗深然之。其後有司以爲詩題試進士。

郭良驥

自蘇州至望亭驛有作云：「南浦菰蒲繞白蘋，東吴黎庶逐黄巾。野棠自發空流水，江燕初歸不見人。遠岫依依如送客，平田渺渺獨傷春。淮中回首長洲苑，烽火年年報虜塵。」觀詩所載，疑李錡叛時事也。

崔　暇

施肩吾與之同年，不睦。暇舊失一目，以珠代之。施嘲之曰：「二十九人及第，五十七眼看花。」元和十五年也。

唐球

球有詩名，如臨池洗硯云：「恰似有龍深處卧，被人驚起黑雲生。」又有「漸寒沙上路，欲暖水邊村」，亦佳句也。

球居蜀之味江山，方外之士也。爲詩撚稿爲圓，納之大瓢中。後卧病，投瓢于江曰：「斯文苟不沈没，得者方知吾苦心爾。」至新渠，有識者曰：「唐山人瓢也。」接得之，十纔二三。其題鄭處士隱居云：「不信最清曠，及來愁已空。數點石泉雨，一溪霜葉風。業在有山處，道成無事中。酌盡一樽酒，老夫顔亦紅。」贈行如上人云：「不知名利苦，念佛老岷峨。衲補雲千片，香焚篆一窠。戀山人事少，憐客道心多。日日齋鐘罷，高懸濾水羅。」題青城觀云：「數里緣山不厭難，爲尋真訣問黄冠。苔鋪翠點山橋滑，松織香梢古道寒。晝傍緑畦薅嫩玉，夜開紅竈撚新丹。孤鐘已斷泉聲在，風動瑶花月滿壇。」

白敏中

敏中詩云：「一詔皇城四海頒，醜戎無數束身還。戍樓吹笛人休戰，牧野嘶風馬自閑。河水九盤收數曲，天山千里鎖諸關。西邊北塞今無事，爲報東南夷與蠻。」魏扶詩云：「蕭關新復舊山川，古戍秦原景象鮮。戎虜乞降歸惠化，皇威漸被懾腥羶。穹廬遠戍烟塵滅，神武光揚竹帛傳。左衽盡知歌帝澤，從兹不更備三關。」崔鉉詩云：「邊陲萬里注恩波，宇宙羣方洽凱歌。右地名王争解辮㊀，遠方戎壘盡投戈。烟塵永息三秋戍，瑞氣遥清九折河。共遇聖明千載運，更覩俗阜與民和。」

王起長慶中再主文柄，意欲以第一人處敏中，恨其與賀拔惎爲友。惎有文而落魄，因密令親知述意，俾與惎絶。敏中忻然曰：「如所教。」既而惎造門，左右紿以敏中他適，惎遲留不言而去。俄頃，敏中躍出見惎，于是悉以實告。乃曰：「一第何門不致，奈輕負至交。」相與歡醉。或語于起，起曰：「我比只得敏中，今當更取惎矣。」遂以第一人處惎，而敏中居三焉。

㊀「辮」，據紀事補。

魏扶

扶，登太和四年進士第。大中初，知禮闈，入貢院，題詩云：「梧桐葉落滿庭陰，鏁閉朱門試院深。曾是當年辛苦地，不將今日負初心。」榜出，無名子削爲五言詩以譏之。

馬植

同華解最利。元和中，令狐楚鎮三峰。時及秋賦，榜云特加試五場，莫有至者，惟盧弘正請試。已試兩場，馬植方下解狀。植將家子，從事竊笑。楚曰：「此未可知。」既而試登山採珠賦㊀。略曰：「文豹且異于驪龍，探斯疏矣；白石又殊于老蚌，剖莫得之。」公大服其精，遂奪解元。後弘正自丞郎將判鹺，俄爲植所據，復以手札戲植曰：「昔日華元，已遭毒手；今來鹺務，又中老拳。」植罷安南都護，及除黔南，殊不得意。維舟峽中古寺，寺前有長堤，夜月明甚，見白衣緩步堤上，吟曰：「截竹爲筒作笛吹，鳳凰池上鳳凰飛。勞君更向黔南去，卽是陶鎔萬類時。」遨問，則失之矣。後自黔南召入爲大理，遷刑部，判鹽鐵，拜相。

植，字存之，爲李德裕所抑，頗怨望。宣宗立，白敏中當國，凡德裕所不善，悉不次用之，故植遂相。

㊀「既」原作「已」，據唐摭言改。

崔鉉

魏公鉉，元略之子也。爲兒時，隨父訪韓晉公滉㊀，滉指架上鷹令詠焉。吟曰：「天邊心膽架頭身，欲擬飛騰未有因。萬里碧霄終一去，不知誰是解縧人？」滉曰：「此兒可謂前程萬里也。」寶曆三年登第，久居廊廟，三擁節麾。宣宗嘗謂侍臣曰：「崔鉉真貴人，裴休真措大。」初，李石鎮江陵，辟爲戎倅。一旦告去。既入京華，俄升翰苑。造朝凡三歲，石未離荆渚。崔既秉鈞衡，石馳牋賀之，曰：「早拜光塵，叨承眷與，深蒙異分，屢接清言，幸曾辱于厚恩，俯見循于末契。去載分麾南楚，拜節西秦，思賢方詠于嘉魚，棲止實慚于威鳳。賓筵初啟，曾陪樽俎之歡；將幕未移，已在陶鎔之下。光生鄰部㊁，喜溢轅門。豈惟九土獲安，斯亦一方多幸。」乃掌記李隲之詞也。

鉉，字台碩。相武宗，與李德裕不叶，罷。復相宣宗，除揚州大都督府長史，封魏國公。宣宗於太液亭上賦詩宴餞，有「七載秉鈞調四序」之句，識者莫不榮之。

㊀「晉」原作「宣」，據新唐書韓滉傳改。　㊁「部」原作「蔀」，據汲古閣本紀事改。

裴夷直

夷直，字禮卿。文宗時爲右拾遺。張克勤以五品官推與其甥，夷直時爲禮部員外郎，劾曰：「是開後日賣爵之端。」詔聽，遂著於令。爲中書舍人。武宗立，視册牒不肯書，出刺杭州，斥驩州司户參軍。宣宗初，復拜江華等州刺史，終散騎常侍。

夷直戲唐仁烈詩云：「自知年紀偏應少，先把屠蘇不讓春。倘更數年逢此日，還應惆悵羨他人。」

楊敬之

敬之，字茂孝。文宗命爲祭酒兼太常少卿，是日，二子戎載登科，時號楊家三喜。敬之華山賦最爲韓愈李德裕所稱，士林一時傳布。

「霜樹鳥栖夜，空街雀報明。」句。「碧山相倚暮，歸雁一行斜。」句。

喻鳧

鳧，毗陵人，開成進士也。卒于烏程令。

「顏凋明鏡覺，思苦白雲知。」句。「滄洲迷釣隱，紫閣負僧期。」句。「酬難塵鬢皓，坐久壁燈青。」句。「滄洲未歸迹，華髮受恩心。」句。

楊衡

初隱廬山，有盜其文登第者，衡因詣闕，亦登第。見其人，盛怒曰：「『一一鶴聲飛上天』在否？」答曰：「此句知兄最惜，不敢偷。」衡笑曰：「猶可恕也。」

「隨雲步入青牛谷，青牛道士留我宿。可憐夜久月明中，惟有壇邊一枝竹。」宿青牛谷。

「都無看花意，偶到樹邊來。可憐枝上色，一一爲愁開。」題花樹。

哭李象云：「白雞黃犬不將去，寂寞空餘葬時路。草死花開更幾年，後人知是何人墓？憶君思君獨不眠，夜寒月照青楓樹。」

王彦威

長安舊俗，以不歷臺省出領廉車節鎮者，率呼爲粗官，大率重内而輕外。今東京皇城乾元門，舊宣武軍鼓角樓也。節度使王彦威有詩刻石在其上，曰：「天兵十萬勇如貔，正是酬恩報國時。汴水波瀾喧鼓角，隋堤楊柳拂旌旗。前驅紅旆關西將，坐間青娥趙國姬。寄語長安舊冠蓋㊀，粗官到底是男兒。」彦威自太常博士出辟使府，至兹鎮，故有是句。後梁氏建國，其石不知所在。薛能亦有謝寄茶詩云：「粗官寄與真抛却，賴有詩情合得嘗。」弘文館舊不置學士，文宗特置一員，以待彦威。爲户部侍郎，邊兵訴所賜不時，縑皆敝惡，貶衛尉卿。俄爲忠武節度，徙宣武，卒。

㊀「語」原作「與」，據紀事改。

繁知一

樂天除蘇州刺史，自峽沿流赴郡。時秭歸縣繁知一聞居易將過巫山，先于神女祠粉壁大書之，曰：「忠州刺史今才子，行到巫山必有詩。爲報高唐神女道，速排雲雨待清詞。」居易覩之悵然，邀知一至，曰：「歷陽劉郎中禹錫三年理白帝，欲作一詩而不能。罷郡經過，悉去千餘詩，但留四詩而已。」沈佺期詩曰：「巫山高不極，合沓狀奇新。闇谷疑風雨，幽崖若鬼神。月明三峽曙，潮滿九江春。爲問陽臺客，應知入夢人。」王無競詩曰：「神女向高唐，巫山下夕陽。徘徊作行雨，婉孌夢荆王。電影江前落，雷聲峽外長。朝雲無處所，臺館曉蒼蒼。」皇甫冉詩曰：「巫峽見巴東，迢迢出半空。雲藏神女館，雨到楚王宮。朝暮泉聲落，寒暄樹色同。清猿不可聽，偏在九秋中。」李端詩曰：「巫山十二峯，皆在碧虛中。迴合雲藏日，霏微雨帶風。猿聲寒度水，樹色暮連空。悲向高唐去，千秋見楚宮。」居易吟四篇，與繁生同濟，卒不賦詩。

雍裕之

「野酌亂無巡，送君兼送春。明年春色至，莫作未歸人。」春晦送客。

裕之，貞元後詩人也。

張祜

題金山寺云：「一宿金山頂，微茫水國分。僧歸夜船月，龍出曉堂雲。樹影中流見，鐘聲兩岸聞。因悲在朝市，終日醉醺醺。」

入潼關云：「都城三百里，雄險此迴環。地勢遥尊嶽，河流側讓關。秦皇曾虎視，漢祖昔龍顔。何處梟兇輩，干戈自不閒。」

「故國三千里，深宫二十年。一聲河滿子，雙淚落君前。」「自倚能歌曲，先皇掌上憐。新聲何處唱，腸斷李延年。」二章，祜所作宫詞也。傳入宫禁，武宗疾篤，目孟才人曰：「我即不諱，爾何爲哉？」才人指笙囊泣曰：「請以此就縊。」上惻然。復曰：「妾嘗藝歌，請對上歌一曲，以泄其憤。」上許。乃歌一聲河滿子，氣亟立殞。上令醫候之，曰：「脉尚温而腸已絶。」帝崩，柩重不可舉。或曰：「非俟才人乎？」爰命其櫬，櫬至乃舉。祜爲孟才人嘆，序曰：「才人以誠死，上以誠命，雖古之義激，無以過也。」歌曰：『偶因歌態詠嬌嚬，傳唱宫中十二春。却爲一聲河滿子，下泉須弔舊才人。』

寧哥來云：「日映宫城霧半開，太真簾下畏人猜。黄翻綽指向西樹，不信寧哥回馬來。」

感王將軍柘枝妓殁云：「寂寞春風舊柘枝，舞人休唱曲休吹。鴛鴦鈿帶抛何處，孔雀羅衫付阿誰。畫鼓不聞招節拍，錦靴空想挫腰肢。今來坐上偏惆悵，曾是堂前教徹時。」

祜長慶中深爲令狐楚所知，楚鎮天平，自草薦表，令以詩三百篇隨狀表進。祜至京，屬元稹在内庭，上問之，稹曰：「祜雕蟲小巧，壯夫不爲，或奬激之，恐變陛下風教。」上頷之。由是失意東歸，有「孟浩然身更不疑」之句。

李商隱

楊大年云：「義山詩，陳恕酷愛一絶云㊀：『珠箔輕明覆玉墀，披香新殿鬥腰肢。不須看盡魚龍戲，終遣君王怒偃師。』歎曰：『古人措詞寓意，如此深妙，令人感慨不已。』」大年又曰：「鄧帥錢若水，舉賈生兩句云㊁：『可憐半夜虛前席，不問蒼生問鬼神。』錢云：『措意如此，後人何以企及？』」鹿門先生唐彥謙爲詩纂，慕玉溪，得其清峭感愴，蓋其一體也，然警絶之句亦多有。

義山少遊，投宿逆旅，主人會客，召與坐，不知其爲義山也。酒酣，席客賦木蘭花詩，義山後就，曰：「洞庭波冷曉侵雲，日日征帆送遠人。幾度木蘭舟上望，不知元是此花身。」坐客覽之大驚，詢之，乃義山也。洪邁萬首唐詩絶句以木蘭花詩屬之陸龜蒙。

㊀以上三句紀事作「楊大年出義山詩示陳恕，酷愛一絶云」，指楊大年酷愛一絶，下文「歎曰」亦楊語，故稱「大年又曰」。本書改作「陳恕酷愛一絶」，則當爲陳恕「歎曰」，與紀事不合，當從紀事。㊁「生」原作「誼」，據全唐詩改。

劉得仁

題邵公禪院云：「無事門多掩，陰階竹掃苔。勁風吹雪聚，渴鳥啄冰開。樹向寒山得，人從瀑布來。終朝天目老，擕錫逐雲回。」

悲老宮人云：「白髮宮娃不解悲，滿頭猶自插花枝。曾緣玉貌君王愛，准擬人看似舊時。」

得仁，貴主之子。自開成至大中三朝，昆弟皆歷貴仕，而得仁苦於詩，出入舉場三十年，卒無成。嘗自述曰：「外家雖是帝，當路且無親。」又云：「外族帝王是，中朝親故稀。翻令浮議者，不許九霄飛。」既終，詩人競爲詩弔之。

「吟苦曉燈暗，露深秋草疏。舊山多夢到，流水送愁餘。」句。「風定一池星。」句。

宿宜義里池亭云：「暮色繞柯亭㊀，南山幽竹青。夜深斜舫月，風定一池星。島嶼無人跡，菰蒲有鶴翎。此中休便得，何必泛滄溟。」

長信宮云：「簟涼秋氣初，長信恨何如。拂黛月生指，解鬟雲滿梳。一從悲畫扇，幾度泣前魚。坐聽南宮樂，清風摇翠裾。」

㊀「柯」原作「桐」，據汲古閣本紀事及全唐詩改。

王智興

智興爲徐州節度，一日，從事于使院會飲賦詩，智興召護軍俱至，從事屏去翰墨。智興曰：「適聞作詩，何獨見智興而罷？」復以牋陳席上，小吏亦置牋于智興前。于是引毫立成曰：「三十年前老健兒，剛被郎官遣作詩。江南花柳從君詠，塞北煙塵獨我知。」四座驚嗟。監軍謂張祐曰：「如此盛事，豈得無言？」祐乃獻詩曰：「十年受命鎮方隅，孝節忠規兩有餘。誰信將壇嘉政外，李陵章句右軍書。」左右曰：「書生諂辭耳。」智興叱曰：「有人道我惡，汝輩又肯否？張生海內名士，篇什豈易得，天下人聞，且以爲王智興樂善矣。」

馬戴

送客南遊云：「擬卜何山隱？高秋指岳陽。葦乾雲夢色，橘熟洞庭香。疏雨殘虹影，回雲背雁行。靈均如可問，一爲哭清湘。」

許棠久困名場，咸通末，戴佐大同軍幕，棠往謁之，一見如舊相識。留連數月，但詩酒而已，未嘗問所欲。一旦，大會賓友，命使者以棠家書授之。棠驚愕，莫知其來。啟緘，即知戴潛遣一介恤其家矣。

戴與姚合善，合有詩云：「天府鹿鳴客，幽山秋未歸。吾知方甚善，衆說以爲非。隔石聞泉細，和風見鶴飛。新詩此處得，清峭比應稀。」又有送戴下第客遊詩云：「昨夜送君處，亦是九衢中。此日殷勤別，前時寂寞同。鳥啼寒食雨，花落暮春風。向晚離人別，筵收樽未空。」戴酬姚合中字韻詩云：「路歧人不見，尚得記心中㊀。日憶瀟湘渚，春生蘭桂叢。鳥啼花半落，客散爵方空。所贈誠難答，泠然一榻風。」

㊀「路歧人不見」原作「歧路非人見」，「記」原作「起」，都據全唐詩改。

鄭顥

顥，宰相絪之孫。登甲科，以起居郎尚主，有器識，宣宗時，恩寵無比。夢中嘗得句云：「石門霧露白，玉殿莓苔青。」續成長韻。此一聯，杜甫集中詩也。大中十年，顥放榜後，謁假覲省於洛，生徒餞長樂驛，俄有紀于屋壁云：「三十驊騮一哄塵，來時不鎖杏園春㊀。楊花滿地如飛雪，應有偷遊曲水人。」舊史云：「顥，絪之子，尚宣宗女萬壽公主。因壽昌節上壽回，夢一宮殿，與十數人納涼聯句。既悟，省石門之句十字，怪其不祥。不數日，宣宗弓劍上仙，方悟其事。乃續爲十韻云：『間歲流虹節，歸軒出禁扃。奔波流畏景㊁，蕭灑夢殊庭。境象非曾到，崇嚴昔未經。日斜烏斂翼，風動鶴梳翎。異苑人爭集，涼臺筆不停。石門霧露白，玉殿莓苔青。若匪災先兆，何緣思入冥。御爐虛仗馬，華蓋負云亭。白日成千古，金縢閟九齡。小臣哀絶筆，湖上泣青萍。』」御爐或作丹墀。未幾，顥亦卒。

㊀「園」原作「花」，據紀事改。　㊁「畏」原作「長」，據紀事改。

李羣玉

得鵝。」

羣玉好吹笙，善急就章，喜食鵝，及授校書郎東歸，盧肇送詩云：「妙吹應諧鳳，工書定

杜丞相悰筵中贈美人云：「裙拖六幅瀟湘水，鬢聳巫山一朵雲。貌態祇應天上有，歌聲豈合世間聞。胸前瑞雪燈斜照，眼底桃花酒半醺。不是相如憐賦客，肯教容易見文君。」

羣玉解天禄之任，而歸涔陽，經二妃廟，題云：「小孤洲北浦雲邊，二女明妝共儼然。野廟向江春寂寂，古碑無字草芊芊。風迴日暮吹芳芷，月落山深哭杜鵑。猶似含嚬望巡狩，九疑凝黛隔湘川。」又曰：「黄陵廟前春已空，子規啼血滴松風。不知精爽落何處，疑是行雲秋色中。」羣玉疑春空遂至秋色，欲易之。恍若有物，告以二年之兆。時潯陽太守段成式志其事。二年後，果死於洪井。段以詩哭之曰：「曾話黄陵事，今爲白日催。老無男女累，誰哭到泉臺。」

羣玉，字文山，澧州人。裴休觀察湖南，厚延至之，及爲相，以詩論薦，授校書郎。

温庭筠

庭筠才思艷麗，工於小賦，每入試，押官韻作賦，凡八叉手而八韻成，時號温八叉。多爲鄰舖假手，日救數人。而士行玷缺，縉紳薄之。李義山謂曰：「近得一聯句云：『遠比召公㊀，三十六年宰輔。』未得偶句。」温曰：「何不云『近同郭令，二十四考中書。』」宣宗嘗賦詩，上句有「金步摇」，

未能對。遣求進士對之，庭筠乃以「玉條脱」續，宣宗賞焉。又藥名有「白頭翁」，温以「蒼耳子」爲對，他皆類此。宣皇愛唱菩薩蠻詞，丞相令狐綯假其新撰密進之㈡，戒令勿泄，而遽言於人，由是疏之。温亦有言云：「中書堂内坐將軍。」譏相國無學也。宣皇好微行，遇於逆旅，温不識龍顔，傲然而詰之曰：「公非長史、司馬之流？」帝曰：「非也。」又曰：「得非六參、簿尉之類？」帝曰：「非也。」謫爲方城尉。其制詞曰：「孔門以德行爲先，文章爲末。爾既德行無取，文章何以稱焉？徒負不羈之才，罕有適時之用。」竟流落而死。杜悰自西川除淮海，庭筠詣韋曲杜氏林亭，留詩云：「卓氏壚前金線柳，隋家堤畔錦帆風。貪爲兩地行霖雨，不見池蓮照水紅。」邠公聞之，遺絹千匹。曾于江淮爲親表辱之，由是改名。

㈠「召」原作「趙」，據北夢瑣言改。　㈡「新」原作「脩」，據瑣言改。

王起

和周侍郎見寄云：「貢院離來二十霜，誰知更忝主文場。楊葉縱能穿舊的，桂枝猶自愛新香。九重每憶同仙禁，六義初吟得夜光。莫道相知不相見，蓮峰之下欲徵黄。」

起，字舉之。元和末，爲中書舍人。穆宗時，錢徽坐貢舉失實貶，詔起覆核。起建言以所試送宰相閲可否，然後付有司。議者謂起失職。李訓爲相，起門生也，引與共政。文宗尚文好古學，時鄭覃以經術進，起以賅博顯。武宗時，自東都召爲尚書，判太常卿。帝患選士不得才，特命起典貢舉，凡四舉，士皆知名者，人服其鑒。

慈恩寺題名云：「進士題名，自神龍之後，過關宴後，率皆期集於慈恩塔下題名。故貞元中，劉太真侍郎，試慈恩寺望杏園花發詩。會昌三年，贊皇公爲上相，其年十一月十九日，敕諫議大夫陳商守本官權知貢舉。後因奏對不稱旨，十二月十七日，宰臣遂奏依前命左僕射兼太常卿王起主文。二十二日，中書覆奏，奉宣旨，不欲令及第進士呼有司爲座主，趨附其門，兼題名局席等條疏進來者。伏以國家設文學之科，求貞正之士㈠，所宜行崇風俗，義本君親，然後升于朝廷，必爲國器。豈可懷賞拔之私惠，忘教化之根源，自謂門生，遂成膠固。所以時風寖壞，臣節何施？樹黨背公，靡不由此。臣等商量，今日已後，進士及第，任一度參見有司，向後不得聚集參謁，有司宅置宴。其曲江大會，朝官及題名局席，並望勒停。緣初獲美名，實皆少雋，既遇春節，難阻良遊，三五人自爲宴樂，並無所禁，惟不得聚集同年進士，廣爲宴會。仍委御史臺察訪聞奏，謹具如前。」奉敕宜依。于是向之題名，各盡削去。蓋贊皇公不由科第，故設法以排之。洎公失意，悉復舊態。

㈠「貞」原作「真」，據紀事改。

丁稜㈠

「公心獨立副天心，三轄春闈冠古今。蘭署門生皆入室，蓮峰太守别知音。」同時人皆有繼和㈡。

㈠原注「原缺」，删。㈡此詩原誤列入蒯希逸名下，今據紀事及全唐詩改。詩共八句，漏去下四句：「同升翰苑時名重，徧歷朝端主意深。新有受恩江海客，坐聽朝夕繼爲霖。」題爲和主司王起。

姚鵠原缺

蒯希逸

希逸，字大隱。希逸詩：「蟾蜍醉裏破，蛺蝶夢中殘。」牛相在揚州嘗稱之。

黄頗

頗爲失第後久方第。摭言曰：黄頗以洪奥文章，蹉跎者一十三載；劉纂以平漫子弟，汩没者二十一年；温岐濫竄於白衣㈠，羅隱負冤於丹桂㈡。由斯言之，可謂命能通性，豈曰性能通命者歟㈢？

韓愈自潮州量移宜春郡，頗學愈爲文，亦振大名。頗嘗覩盧肇爲碑版，則唾之而去。頗，宜春人，與肇同鄉，頗富而肇貧，同日遵路赴舉，郡牧餞頗離亭，肇駐蹇十里以俟。明年，肇以第一名還袁，因競渡即席賦詩云：「向道是龍剛不信，果然奪得錦標歸。」

頗字無頗。

㈠「汨没者」以下十四字據紀事補。㈡「羅隱負寃於丹桂」原作「而折丹桂」，據紀事改。㈢「敕」，據紀事補。

鄭畋

馬嵬，太真縊所，題詩者多悽感。鄭畋爲鳳翔從事日，題云：「玄宗回馬楊妃死，雲雨雖亡日月新。終是聖朝天子事，景陽宫井又何人。」觀者以爲有宰輔之器。

懿宗朝，韋保衡路巖忌宰相劉瞻，誣以罪，黜爲荆州節度。畋爲制詞云：「早以文學，疊中殊科，風稜甚高，恭謹無玷。」又云：「安數畝之居，仍非己有；卻四方之賄，惟恐人知。」韋路大怒，貶畋爲梧州刺史，責劉驩州司户，命舍人李庚爲詞，深文痛詆，必欲加害。屬懿宗厭代，僖宗立，蕭倣輔政，舉瞻自代，召歸朝廷。至湖南，庚典是郡，出迎江次牌亭，致酒。瞻唱竹枝詞，送庚酒，命庚酬和。庚曰：「不閑音律。」瞻曰：「君應只解爲制詞也。」是夕，庚飲鴆而卒。

畋，字台文。相僖宗昭宗。爲人仁恕，姿采如峙玉。

李彙征

彙征客遊閩越，至循州，冒雨求宿。或指韋氏莊居，韋氏杖履迎賓，年八十餘，自稱曰，野人韋思明。每與李生談論，或詩或史，淹留累夕，彙征善談而不能屈也。論數十家之作，次第至李涉詩，主人酷稱善。彙征遂吟曰：「遠別秦城萬里遊，亂山高下出商州。關門不鎖寒溪水，一夜潺湲送客愁。」「華表千年一鶴歸，丹砂爲頂雪爲衣。泠泠仙語人聽盡，却向五雲翻翅飛。」思明復吟二篇曰：「因韓爲趙兩遊秦，十月冰霜渡孟津。縱使雞鳴見關吏，不知余也是何人。」又曰：「滕王閣上唱伊州，二十年前向此遊。半是半非君莫問，西山長在水長流。」李生重詠贈豪客詩㊀，韋叟愀然變色曰：「老身弱齡不肖，浪遊江湖，交結奸徒，爲不平事。後遇李涉博士，蒙簡一詩，因而跧跡。李公待愚，擬陸士衡之薦戴若思，中心藏焉。遂隱羅浮，經於一紀。李既云亡，不復再遊秦楚。追惋今昔，或潸然。乃持觴而酧，反袂而歌云：「春雨瀟瀟江上村，綠林豪客夜知聞。相逢不用相迴避，世上如今半是君。」乾符己亥歲㊁，范攄客于雲川，值彙征，細述其事，云於韋叟之居，覩李博士手翰云。彙征後登進士第。按李涉嘗過九江，至皖口，遇盜，問何人，從者曰：「李博士也。」其豪首曰：「若是李涉博士，不用剽奪，久聞詩名，願題一篇足矣。」涉贈一絶云云。

㈠「李生」以下八字據雲谿友議補。　㈡「己亥」原作「辛丑」，據中華本紀事改。

劉　威

遊東湖處士園林詩云：「偶向東湖更向東，數聲雞犬翠微中。遙知楊柳是門處，似隔芙蓉無路通。樵客出來山帶雨，漁舟過去水生風。物情多與閒相稱，所恨求安計不同。」

威，會昌時詩人也。

崔　郊

郊寓居漢上，有婢端麗，善音律。既貧㈠，鬻婢于連帥，給錢四十一萬，寵眄彌深。郊思慕無已。其婢因寒食來從事家，值郊立於柳陰，馬上漣泣，誓若山河。崔生贈之以詩曰：「公子王孫逐後塵，綠珠垂淚滴羅巾。侯門一入深如海，從此蕭郎是路人。」或有嫉郊者，寫詩于座。公睹詩，令召崔生，左右莫之測也。及見郊，握手曰：「『侯門一入深如海，從此蕭郎是路人。』便是公作耶？」遂命婢同歸。至於幃幌奩匣，悉爲增飾之。

㈠「有婢端麗」三句，雲溪友議作「與姑婢通。其婢端麗，善音律。姑貧」，是。

來鵬

清明日與友人遊玉粒塘莊詩云：「幾宿春山逐陸郎，清明時節好烟光。歸穿細荇船頭滑，醉踏殘花屐齒香。風急嶺雲翻迥野，雨餘田水落方塘。不堪吟罷東回首，滿耳蛙聲正夕陽。」寒食山館書情云：「獨把一杯山館中，每經時節恨飄蓬。侵階草色連朝雨，滿地梨花昨夜風。蜀魄哭來春寂寞，楚魂吟後月朦朧㊀。分明記得還家夢，徐孺宅前湖水東。」鄂渚除夜書懷云：「鸚鵡洲頭夜泊船，此時形影共悽然。難歸故國干戈後，欲告何人雨雪天。篘撥冷灰書悶字，枕陪寒席帶愁眠。自嗟落魄無成事，明日春風又一年。」

㊀「魂」原作「囚」，據汲古閣本紀事及全唐詩改。

杜牧

牧爲御史，分務洛陽。時李司徒愿罷鎮閒居，聲妓豪侈，洛中名士咸謁之。李高會朝客，以杜持憲，不敢邀致。杜遣座客達意，願與斯會，李不得已邀之。杜獨坐南行，瞪目注視，引滿三巵，問李云：「聞有紫雲者孰是？」李指之。杜凝睇良久，曰：「名不虛得，宜以見惠。」李俯而笑，諸妓亦回首破顔。杜又自飲三爵，朗吟而起曰：「華堂今日綺筵開，誰喚分司御史來。忽發狂言驚滿座，兩行紅粉一時回。」氣意閒逸，旁若無人。牧不拘細行，故詩有「十年一覺揚州夢，贏得青樓薄倖名。」吳武陵以阿房宮賦薦于崔郾，遂登第。郾東都放榜，西都過堂，牧詩曰：「東都放榜未花開，三十三人走馬回。秦地少年多釀酒，卽將春色入關來。」

「青山隱隱水遥遥，秋盡江南草未凋。二十四橋明月夜，玉人何處學吹簫？」寄揚州韓綽判官。

許渾

金陵懷古云：「玉樹歌殘王氣終，景陽兵合戍樓空。松楸遠近千官塚，禾黍高低六代宫。石燕拂雲晴亦雨，江豚吹浪夜還風。英雄一去豪華盡，唯有青山似洛中。」

登故洛陽城云：「禾黍離離半野蒿，昔人城此豈知勞。水聲東去市朝變，山勢北來宫殿高。鵶噪暮雲歸古堞，雁迷寒雨下空壕。可憐緱嶺登仙子，猶自吹笙醉碧桃。」

又初春雨中舟次和横江裴使君見迎李趙二秀才同來因書四韻：「芳草渡頭微雨時，萬株楊柳拂波垂。蒲根水暖雁初下，梅逕香寒蜂未知。詞客倚風吹暗淡，使君迴馬濕旌旗。江南仲蔚多情調，悵望春陰幾首詩。」

渾，潤州人，字用晦，圉師之後。大中三年，任監察御史，以疾乞東歸，終郢睦二州刺史。

「水聲東去市朝變，山勢北來宫殿高。」句。「何郎翠鳳雙飛去，三十六宫聞玉簫。」句。「經年未葬家人散，昨日因齋故吏來。」句。「垂釣有深意，望山多遠情。」句。

詠雙白鷺云：「雙鷺應憐水滿池，風飄不動頂絲垂。立當青草人先見，行傍白蓮魚未知。一足獨拳寒雨裏，數聲相叫早秋時。林塘得爾須增價，況與詩家物色宜。」

雍陶

陶，蜀川人也㈠。上第後，稍薄親黨。其舅雲安劉敬之，罷舉歸三峽，責陶不寄書，曰：「山近衡陽雖少雁，水連巴蜀豈無魚㈡？」陶得詩愧赧㈢，乃有狐首之思。後爲簡州牧，自比謝宣城柳吳興，賓至則折之，閽者亦怠，投贄者稀得見。有馮道明下第，請謁，云與員外故舊。閽者以道明言啓之。及引進，陶詢曰：「與公昧平生，何云相識？」道明云：「誦員外之詩，仰員外之德，詩集中日得相見，何隔平生也？」遂吟曰：『立當青草人先見，行傍白蓮魚未知。』又曰：『江聲秋入寺，雨氣夜侵樓。』又曰：『閉門客到常疑病，滿院花開不似貧。』」陶聞吟，欣狎，待道明如曩昔之友。君子以雍君矜誇而好媚，馮子匪藝而求知。

陶，字國鈞。大中八年，自國子毛詩博士出刺簡州。

天津橋春望云：「津橋春水浸紅霞，煙柳風絲拂岸斜。翠輦不來宮殿閉，金鶯銜出上陽花。」

㈠「人也」原脱，據雲谿友議補。　㈡「蜀」原作「字」，據友議改。　㈢「愧」原作「悸」，據友議改。

李遠

失鶴詩云：「秋風吹却九皐禽，一片閒雲萬里心。碧落有情應悵望，青天無路可追尋。來時白雪翎猶短，去日丹砂頂漸深。華表柱頭留語後，更無消息到如今。」

贈寫御容李長史云：「玉座塵消硯水清，龍髯不動綵毫輕。初分龍準山河秀，乍點重瞳日月明。宮女捲簾皆暗認，侍臣開殿盡遥驚。三朝供奉無人敵，始覺僧繇浪得名。」

遠，字求古。大中時爲建州刺史。

趙嘏

長安秋望云：「雲物淒涼拂曙流，漢家宮闕動高秋。殘星幾點雁橫塞，長笛一聲人倚樓。紫艷半開籬菊静，紅衣落盡渚蓮愁。鱸魚正美不歸去，空戴南冠學楚囚。」

嘏曾有詩曰：「早晚粗酬身事了，水邊歸去一閒人。」果卒于渭南尉。嘏嘗家于浙西，有美姬，惑之。洎計偕，會中元鶴林之遊，浙帥窺其姬，遂奄有之。明年，嘏及第，因以一絶箴之，曰：「寂寞堂前日又曛，陽臺去作不歸雲。當時聞說沙吒利，今日青蛾屬使君。」浙帥不自安，遣一介歸之。嘏方出關，逢于橫水驛，姬抱嘏慟哭而卒，葬於橫水之陽。

蝦，字承祐㊀。「二千里色中秋月，十萬軍聲半夜潮。」錢塘。

㊀「祐」原作「祜」，據紀事及全唐詩改。

韋承貽

承貽，字貽之。咸通八年登第。省試夜潛紀長句於都堂西南隅云：「褒衣博帶滿塵埃，獨向都堂納卷回。蓬巷幾時聞吉語，棘籬何日免重來？三條燭盡鐘初動，九轉丹成鼎未開。殘月漸低人擾擾，不知誰是謫仙才。」又云：「白蓮千朵照廊明，一片昇平雅頌聲。報道第三條燭盡，南宮風月寫難成。」

段成式

成式紀云：「武宗癸亥三年夏，余與張君希復善繼同官秘書，鄭君符夢復連職仙署。會暇日遊大興善寺，因問兩京新記及遊目記㊀，多所遺略。乃約一旬尋兩街寺，以街東興善爲首，二記所不具，則別錄之。遊及慈恩，初知官將併寺，僧衆草草，乃泛問一二上人及記塔下畫迹，遊於此遂絕。後三年，余職于京洛，及刺安成，至大中七年歸京，在外一甲周，所留書籍，揃壞居半，於故簡中睹與二亡友遊寺，瀝血淚交。當時造適樂事，邈不可追，復方刊整，纔足續穿蠹，然十亡五六矣。

靖恭坊大興善寺東廊之南，素和尚院，庭有紫桐四株，素之手植。元和中，卿相多遊此院。桐至夏有汗，污人衣如輠脂，不可浣。昭國東門鄭相嘗與丞郎數人避暑，惡其汗，謂素曰：「弟子爲和尚伐此木，各植一松也。」及暮，素戲祝曰：「木，我種汝二十餘年，汝以汗爲人所惡，來歲若復有汗，我必薪汝。」自是無汗。寶曆末，余見説已十五六年無汗矣。素公不出院，轉法華經三萬七千部，夜常有鵮子聽經。齋時，烏鵲就掌取食。長慶初，庭前牡丹一朶合歡，有僧玄幽題此院詩，警句云：「三萬蓮經三十春，半生不踏院門塵。」

長樂坊安國寺紅樓，睿宗在藩時舞榭。東禪院亦曰木塔院，院門西北廊五壁，吴道子弟子釋思道畫釋梵八部，不施彩色，尚有典刑。

常樂坊趙景公寺，隋開皇三年置，本曰弘善寺，十八年改焉。南中三門裏東壁上，吴道玄白畫地獄變，筆力勁怒，變狀陰怪，睹之不覺毛戴，吴畫中得意處。三階院西廊下，范長壽畫西方變，及十六觀寶池，尤妙絶，諦視之，覺水入浮壁。院門上白畫樹石，頗似閻立德。余攜立德行天祠粉本驗之。西中三門裏門南，吴生畫龍及刷天王鬚，筆蹟如鐵。有執爐天女，竊眸欲語。

辭：吴畫聯句：「慘淡十堵内，吴生縱狂跡。風雲將逼人，鬼神如脱壁。柯。其中龍最怪，張甲方汗栗。黑夜窸窣時，安知不霹靂。繼。此際忽仙子，獵獵衣舄奕。妙瞬乍疑生，參差奪人魄。夢。往往乘猛虎，衝梁聳奇石。蒼峭束高泉，角睞警欹側。柯。冥獄不可視，毛戴腋流液㈡。苟能水成河㈢，那更沈火宅？昇上人㈣。」

通政坊寶應寺。韓幹，藍田人。少時常爲酒家送酒。王右丞兄弟未遇，每貰酒漫遊，幹嘗徵債於王家，戲畫地爲人馬。右丞精思丹青，奇其意趣，乃歲與錢二萬，令學畫十餘年。今寺中釋梵天女，悉齊公妓小小等寫真也。寺有韓幹畫下生幀彌勒㈤，衣紫袈裟。右邊仰面菩薩及二獅子尤入神。又有舊鐵石及齊公所喪一歲子，漆之如羅睺羅，每盆供日出之。寺中彌勒殿，齊公寢堂也。東廊北面，楊岫之畫鬼神，齊公嫌其筆蹟不工，故止一堵。

平康坊菩薩寺，佛殿東西障日及諸柱上圖畫，是東廊跡，舊鄭法士畫。開元中，因屋壞，移入大佛殿內槽北壁。食堂前東壁上，吳道玄畫智度論，色偈、變偈是吳自題，筆蹟遒勁，如礫鬼神毛髮。次堵畫禮佛仙人，天衣飛揚，滿壁風動。佛殿內槽後壁，吳道玄畫消災經事，樹石古險。元和中，上欲令移之，慮其摧壞，乃下詔擇畫手寫進。佛殿內槽東壁，維摩變，舍利弗角膝而轉睞㈥。元和末，俗講僧文溆裝之，筆蹟盡矣。故興元鄭公尚書題北壁僧院詩曰：「但慮綵色污，無虞臂胛肥。」寘寺碑陰，琱飾奇巧，相傳鄭法士所起樣也。初，會覺上人以施利起宅十餘畝，工畢，釀酒百石，列瓶甕於兩廡下，引吳道玄觀之，因謂曰：「檀越爲我畫，以是賞之。」吳生嗜酒，且利手也。」

其多，忻然而許。余以蹤跡似不及景公寺畫中三門内東門塑神，善繼云：「是吴生弟子王耐兒之

翊善坊保壽寺，本高力士宅，天寶九載，捨爲寺。初鑄鐘成，力士設齋慶之，舉朝畢至，一擊百千。有規其意，連擊二十杵。經藏閣規創危巧，二塔火珠，受十餘斛。河陽從事李涿，性好奇古，與僧智增善，嘗俱至此寺，覰庫中舊物。忽于破甕中得物如被，幅裂污坌，觸而塵起。涿徐視之，乃畫也。乃以州縣圖三及縑三十獲之，令家人裝治之，大十餘幅。訪於常侍柳公權，方知張萱所畫石橋圖也。玄宗賜力士，因留寺中，後爲鬻畫人宗牧言於左軍，尋有小使領軍卒數十人至宅，宣敕取之，即日進入。先帝好古，見之大悦，命張於雲韶院㊆。寺有先天菩薩幀㊇，本起成都妙積寺。開元初，有尼魏八師者，常念大悲咒。雙流縣百姓劉乙名意兒，年十一，自欲事魏尼，尼遣之不去，常奥室立禪。嘗白魏云，先天菩薩見身此地，遂篩灰於庭㊈。一夕，有巨跡數尺㊉，輪理成就。因謁畫工，隨意設色，悉不如意。有僧楊法成，自言能畫，意兒常合掌仰祝，然後指授之。以近十稔，工方就。後塑先天菩薩。凡二百四十首，首如塔勢，分臂如意蔓其榜子。有一百四十日鳥樹，一鳳四翅，水肚樹。所題深怪，不可詳悉。畫樣凡十五卷。柳七師者，崔寧之甥，分三卷往上都流行。時魏奉古爲長史，進之。後因四月八日賜高力士。今成都者，是其次本。

崇仁坊資聖寺，淨土院門外，相傳吴生一夕秉燭醉畫，就中戟手，視之惡駭。院門裏盧楞伽畫。盧常學吴勢，吴亦授以手訣，乃畫總持三門寺，方半，吴大賞之。謂人曰：「楞伽不得心訣，用思太苦，其能久乎？」畫畢而卒。中門窗間，吴畫高僧，韋述贊，李嚴書。中三門外兩面上層，不知何人畫，人物頗類閻令。寺西廊北隅，楊坦畫，近塔天女，明睇將瞬。團塔院北堂，有鐵觀音，長三丈餘。觀音院兩廊四十二賢聖，韓幹畫，元中書載贊。東廊北頭散馬，不意見者，如將嘶蹀。聖僧中龍樹商那和修㈡，絶妙。團塔上菩薩，李真畫。四面花鳥邊鸞畫。藥師菩薩頂上，莪葵尤佳。塔中藏千部妙法蓮華經。

成式，字柯古，文昌之子。博學强記，多奇篇秘籍。常於私第鑿池，得片鐵，命周尺量之㈢，笑而不言。寘之密室，時窺之，則有金書小字，報十二時也，其博物類此。終太常少卿。

酉陽雜俎云：一夕，余坐客以遞送聯句爲煩，乃命工取細斑竹，以白金錔首，如茶挾，次遞聯名之。余在城時，常與客聯句，初無虚日。小酌求押，或窮韻相角，或押惡韻，或煎茗一盤，爲八韻詩，謂之雜聯。若志於不朽，則汰揀穩韻，無所得輒已，謂之苦聯。聯共押平聲好韻不僻者，出於竹箇，謂之韵牒。出城悉攜行，坐客句挾韻牒之語，必爲好事者所傳矣。因説故相牛公揚州賞秀才蒯希逸詩云：「蟾蜍醉裏破，蛺蝶夢中殘。」每坐吟之。余因請坐客各吟近日爲詩者佳句，有吟賈島「舊國別多日，故人無少年」。馬戴「猨啼洞庭樹，人在木蘭舟」。又「骨消金鏃在」。有吟僧無可「河來當塞斷，一曰盡。山一曰岸。遠與沙平」。又「開門落葉深」。有吟張祜「河流側讓關」。一曰山。又「泉聲到池盡」。有吟僧靈準詩「晴看漢水廣，秋覺峴山高」。有吟朱景玄「塞鴻先秋去，邊草入夏生」⑬。余吟上都僧元礎「寺隔殘潮去」，又「采藥過泉聲」，又「林塘秋半宿，風雨夜深來」。余識蜀中客龐季子，每云：「寒雲生易滿，秋草長難高。」

㊀「新」原作「雜」，據酉陽雜俎改。㊁「戴」原作「截」，據雜俎改。㊂「河」原作「剎」，據雜俎改。㊃「昇上人」原脱，據全唐詩補。㊄「幀」原脱，據雜俎補。㊅「膝」原脱，據紀事補。㊆「雲」雜俎作「盧」，疑誤。㊇「有」上原有「見」，「幀」原作「真」，據雜俎刪改。㊈「遂」原脱，據雜俎補。⑩「巨跡」原作「跡巨」，據紀事改。⑪「修」原作「循」，據紀事改。⑫「周尺」原作「尺周」，據紀事改。⑬「朱景玄」原作「米景元」，據紀事改。

韋蟾

蟾廉問鄂州，罷，賓僚祖餞，蟾曾書文選句云：「悲莫悲兮生別離，登山臨水送將歸。」以牋毫授賓從，請續其句。逡巡，有妓泫然起曰：「某不才，不敢染翰，欲口占兩句。」韋大驚異，令隨念，云：「武昌無限新栽柳，不見楊花撲面飛。」坐客無不嘉嘆。韋令唱作楊柳枝詞。

蟾，字隱桂，下杜人。大中七年進士登第，初爲徐商掌書記，終尚書左丞。

贈商山僧云：「商嶺東西路欲分，兩間茅屋一溪雲。師言耳重知師意，人是人非不欲聞。」

李敬方

天台閒望云：「天台十二旬，一片雨中春。林果垂秋盡，山苗半夏新。陽烏曉展翅，陰魄夜飛輪。坐冀無雲物，分明見北辰。」勸酒云：「不向花前醉，花應解笑人。只憂連夜雨，又過一年春。」汴河直進船云：「汴水通淮利最多，生人爲害亦相和。東南四十三州地，取盡脂膏是此河。」敬方，字中虔，登長慶進士第。太和中，爲歙州刺史。大中時，顧陶集唐詩類選，云：「李歙州敬方，才力周備，興比之間，獨與前輩相近。家集三百首，箇擇律韵八篇而已。雖前後夐絶，或畏多言，而典刑具存，非敢避棄。」

李郢

奉陪裴相公重陽日遊安樂池亭云：「絳霄輕靄翊三台，稽阮情懷管樂才。蓮沼昔爲王儉府，菊籬今作孟嘉杯。寧知北闕元勛在，漢賜蕭何等北闕大第。却引東山舊客來。自笑吐茵還酩酊，日斜空從錦衣回。」

贈羽林將軍云：「虬髯憔悴羽林郎，曾入甘泉侍武皇。鵰没夜雲知御苑，馬隨仙仗識天香。五湖歸去孤舟月，六國平來兩鬢霜。惟有桓伊江上笛，卧吹三弄送殘陽。」

郢，字楚望，大中進士，終於御史。

杜牧之湖南正初招郢云：「行樂及時時已晚，對酒當歌歌不成。千里暮雲重疊翠，一溪寒水淺深清。高人以飲爲忙事，浮世除詩盡强名。看著白蘋芽欲吐，雪舟相訪勝閒行。」

李洞

洞，唐諸王孫也，嘗遊西川，慕賈浪仙爲詩，鑄銅像其儀，事之如神。洞爲終南山詩二十韻，句有「殘陽高照蜀，敗葉遠浮涇」。復曰：「劚竹煙嵐凍，偷湫雨雹腥。遠平丹鳳闕，冷射五侯廳。」

上崇賢曹郎中云：「閒坊宅枕穿宫水，聽水分衾盡蜀僧。藥杵聲中搗殘夢，茶鐺影裏煮孤燈。刑曹樹映千年井，華岳樓開萬里冰。詩句變風官漸緊，夜濤春盡海邊藤。」

贈司空侍郎云：「馬飢餐落葉，鶴病晒殘陽。」又曰：「卷箔清溪月，敲松紫閣書。」又送僧云：「越講迎騎象，蕃齋儭射鵰。」上高僕射曰：「征南破虜漢功臣，提劍歸來萬里身。閒倚凌烟金柱看，形容消瘦老於真。」復曰：「藥杵聲中搗殘夢，茶鐺影裏煮孤燈。」送人歸東南云：「島嶼分諸國，星河共一天。」時人但誚其僻澀，而不能貴其奇峭，惟吴子華深知之。子華才力浩大，八面受敵，以韻著稱，遊刃頗攻騷雅。嘗以百篇示洞。洞曰：「大兄所示百篇中，有一聯絶唱，西昌新亭曰：『暖漾魚遺子，晴遊鹿引麛。』」子華不怨所鄙，而喜所許。

洞三榜，裴公第二榜，策夜簾前獻詩云：「公道此時如不得，昭陵慟哭一生休。」尋卒蜀中。裴公無子，人謂屈洞所致，裴公，贄也。

洞慕賈島，鑄其像頂戴，常念賈島佛。送僧遊南海云：「春往海南邊，秋聞半路蟬。鯨吞洗鉢水，犀觸點燈船。島嶼分諸國，星河共一天。長空却歸日，松偃舊房前。」

長孫翺

長孫翺朱慶餘各有宮詞。翺詞曰：「一道甘泉接御溝，上皇行處不曾秋。誰言水是無情物，也到宮前咽不流。」朱詞曰㊀：「寂寂花時閉院門，美人相對泣瓊軒。含情欲説宮中事，鸚鵡前頭不敢言。」

㊀「詞」，據紀事補。

崔櫓㊀

華清宮詩云：「銀河漾漾月輝輝，樓礙星邊織女機。橫玉叫雲清似水，滿空霜逐一聲飛。」「門橫金鎖悄無人，落日秋聲渭水濱。紅葉下山寒寂寂，濕雲如夢雨如塵。」岸梅云：「含情含怨一枝枝，斜壓漁家短短籬。惹袖尚餘香半日，向人如訴雨多時。初開偏稱琱梁畫，未落先愁玉笛吹。行客見來無去意，解帆烟浦爲題詩。」

㊀「櫓」原作「魯」，據紀事和全唐詩改。

高蟾

鄭谷贈詩云：「張生故國三千里，知者惟應杜紫微。君有君恩秋後葉，可能更羨謝玄暉。」蓋蟾有宮詞云：「君恩秋後葉，日日向人疏。」

蟾初落第詩云：「天上碧桃和露種，日邊紅杏倚雲栽。芙蓉生在秋江上，莫向春風怨未開。」胡曾亦有下第詩云：「翰苑何時休嫁女，文昌早晚罷生兒。上林新桂年年發，不許平人折一枝。」時謂蟾無躁競心，後登第，乾符中爲中丞。

全唐詩話卷之五

于武陵

孤雲詩云：「南北各萬里，有雲心更閒。因風離海上，伴月到人間。洛浦少高樹，長安無舊山。徘徊不可住，漠漠又東還。」客中云：「楚人歌竹枝，遊子淚沾衣。異國久爲客，寒宵頻夢歸。一封書未返，千樹葉皆飛。南渡洞庭水，更應消息稀。」

李頻

過四皓廟云：「東西南北人，高跡自相親。天下已歸漢，山中猶避秦。龍樓曾作客，鶴氅不爲臣。獨有千年後，青青廟木春。」

劉魯風

魯風江南投謁所知，頗爲典客所阻，因賦一絶曰：「萬卷書生劉魯風，烟波萬里謁文翁。無錢乞與韓知客，名紙毛生不肯通。」

自貞元後，唐文甚振，以文學科第爲一時之榮。及其弊也，士子豪氣罵吻，游諸侯門，諸侯望而畏之。如劉魯風姚嵓傑柳棠胡曾之徒，其文皆不足取。余故載之者，以見當時諸侯争取譽于文士，此蓋外重内輕之牙蘖。如李益者，一時文宗，猶曰：「感恩知有地，不上望京樓。」其後如李山甫輩，以一名一第之失，至挾方鎮，劫宰輔，則又有甚焉者矣。一篇一韻，初若虚文，而治亂之萌係焉。余以是知其不可忽也。

褚載

雲詩云：「盡日看雲首不迴，無心都大似無才。可憐光彩一片玉，萬里青天何處來？」

賀趙觀文重試及第云：「一枝仙桂兩迴春，始覺文章可致身。已把色絲要上第，又將綵筆冠羣倫。龍泉再淬方知利，火浣重燒轉更新。今日街頭看御榜，大能榮耀苦心人。」

陸威爲郎官，載以文投獻，數字犯其家諱，威因矍然。載尋以牋致謝，曰：「曹興之圖畫雖精，終慚誤筆；殷浩之矜持太過，翻達空函。」

載，字厚之，登乾寧進士第。

汪遵

遵幼爲吏，許棠應二十餘舉，遵猶在胥徒。善爲絶句詩，而深晦縝密。一旦辭役就貢，會棠送客至灞滻間，遇遵于途，訊曰：「何事至京？」遵曰：「就貢。」棠怒曰：「小吏無禮。」後遵成名五年，棠始登第。

「秦築長城比鐵牢，蕃戎不敢過臨洮。雖然萬里連雲際，爭及堯階三尺高。」遵長城詩也，得名於時。

遵，宣城人，登咸通七年進士第；許棠其鄉人也。

「平泉花木好高樹，嵩少縱横滿目前。惆悵人間不平事，今朝身在海南邊。」遵題李太尉平泉莊詩也。

盧渥

渥，字子章，軒冕之盛，近代無比，伯仲四人，咸居顯列。乾符初，母憂服闋，渥自前中書舍人拜陜府觀察使；弟沼，前長安令，除給事中；弟沆，自前集賢校理除左拾遺；弟治㊀，自畿尉遷監察御史。詔書疊至，士族榮之。及赴任陜郊，自居守分司朝臣已下，爭設祖筵，洛城爲之一空，都人聳觀，亘數十里。渥題嘉祥驛詩曰：「交親榮餞洛城空，秉鉞戎裝上將同。星使自天丹詔下，雕鞍照地數程中。馬嘶静谷聲偏響，旆映晴山色更紅。别後定知人易老，滿街棠樹有遺風。」

渥在舉場，甚有時稱。曾于滻水逆旅，遇宣宗微行，意其貴人，斂身避之。帝呼與相見，乃自稱進士盧渥。帝請詩卷，袖之而去。他日，對宰臣語及渥，令主司擢第。宰臣問渥與主上有何階緣？渥具陳其由，時亦不以爲忝。

㊀「治」原作「沼」，據紀事改。

滕倪

滕倪苦心爲新詩，嘉聲早播。遠之吉州，謁宗人太守郎中邁。邁每吟其句云：「白髮不能容相國，也同閒客滿頭生。」又題鷺鷥障子云：「映水有深意，見人無懼心。」邁曰：「魏文惜陳思之學，潘岳褒正叔之文，貴集一家之盛如此。」

倪逼秋試，捧笈告游，留詩爲别。滕君得之㊀，悵然曰：「是必不祥。」倪至秋，卒于商於館舍，聞者莫不傷焉。倪詩曰：「秋初江上别旌旗，故國無家淚欲垂。千里未知投足處，前程便是聽猿時。誤攻文字身空老，却返樵漁計已遲。羽翼凋零飛不得，丹霄無路接差池。」

㊀「滕君得之」四字據雲谿友議補。

費冠卿

冠卿，字子軍，池州人。久居京師，感懷詩云：「煢獨不爲苦，求名始辛酸。上國無交親，請謁多少難。九月風到面，羞汗成冰片。求名俟公道，名與公道遠。力盡得一名，他喜我且輕。家書十年絶，歸去知誰榮。馬嘶渭橋柳，特地起愁聲。」登元和二年第，母卒，既葬而歸，嘆曰：「干禄，養親耳，得禄而親喪，何以禄爲！」遂隱池州九華山。長慶中，殿院李行修舉其孝節，拜右拾遺。制曰：「前進士費冠卿，嘗預計偕，以文中第，禄不及于榮養，恨每積于永懷。遂乃屏身丘園，絶迹仕進，守其至性㊀，十有五年，峻節無雙，清飈自遠。夫旌孝行，舉逸人，所以厚風俗而敦名教也。宜承高奬，以儆薄夫。擢參近侍之榮，載佇移忠之效。」冠卿竟不應命。

杜荀鶴有詩弔其墓曰：「凡弔先生者，多傷荆棘間。不知三尺墓，高却九華山。天地有何外，子孫無亦閒。當時若徵起，未必得身還。」

冠卿以拾遺召不起，賦詩云：「君親同是先王道，何如骨肉一處老。也知臣子合佐時，自古榮華誰可保。」

㊀「至」原作「志」，據紀事改。

李　廓

廓，李程之子也。登元和進士第。大中中，拜武寧節度使，不能治軍。補闕鄭魯言：「新麥未登，徐必亂。」既而軍亂，果逐廓。按舊史，廓有詩名，大中末，累官至潁州刺史，再爲觀察使。子晝，亦登進士第。

廓落第詩云：「榜前潛拭淚，衆裏自嫌身。氣味如中酒，情懷似別人。暖風張樂席，晴日看花塵。盡是添愁處，深居乞過春。」

薛能

能，字大拙，汾州人。會昌六年進士。大中八年，書判入等，補盩厔尉，辟太原陝虢河陽從事。李福鎭滑州，表觀察判官。歷侍御史都官、刑部員外郎。福徙西川，取爲節度副使。咸通中，攝嘉州刺史。歸朝，遷主客度支刑部郎中。俄刺同州。京兆尹溫璋貶，命權知尹事。出領感化節度，入授工部尙書。復節度徐州，徙忠武。廣明元年，徐兵赴溵水，經許，能以前帥徐軍吏懷恩，館之州內。許軍懼徐人見襲，大將周岌因衆怒逐能，自稱留後。能全家遇害。

獻僕射相公云：「淸如冰玉重如山，百辟嚴趨禮絕攀。强虜外聞應破膽，平人相見盡開顏。朝廷有道靑春好，門館無私白日閒。致却垂衣更何事，幾多詩句詠關關。」

能題集後曰：「詩源何代失澄淸，處處狂波汙後生。常感道孤吟有淚，却緣風壞語無情。難甘惡少欺韓信，枉被諸侯殺禰衡。縱到緱山也無益，四方聯絡盡蛙聲。」「青春背我堂堂去，白髮催人故故生。」此能詩也。然無子美大雅之度。秋夜旅舍寓懷云：「庭鎖荒蕪獨夜吟，西風吹動故人心。三秋木落半年客，滿地月明何處砧？漁唱亂沿汀鷺合，雁聲寒咽隴雲深。平生只有松堪對，露浥霜欺不受侵。」

曹鄴

鄴，字業之，大中進士也。唐末，以祠部郎中知洋州。老圃堂詩云：「邵平瓜地接吾廬，穀雨乾時手自鋤。昨日春風欺不在，就牀吹落讀殘書。」

聶夷中

夷中有公子行云：「種花滿西園，花發青樓道。花下一禾生，去之爲惡草。」又詠田家詩云：「父耕原上田，子劚山下荒。六月禾未秀，官家已修倉。」又云：「二月賣新絲，五月糶新穀。醫得眼前瘡，剜却心頭肉。我願君王心，化作光明燭。不照綺羅筵，只照逃亡屋！」所謂言近意遠，合三百篇之旨也。咸通十二年，高湜知舉，榜内孤寒者夷中公乘億許棠。夷中尤貧苦，精古詩。夷中，字坦之。咸通中爲華陰尉。

張林

林擢進士第，官至御史。爲詩小巧，多采景于園林。亭沼云：「菱葉乍翻人採後，芰荷初没舸行時。」亦佳句也。

林言毁佛寺，時御史有蘇監察者，檢天下廢寺，見銀佛一尺以下者，多袖而歸，時號蘇捏佛。温庭筠遽曰：「好對『蜜陀僧』。」

崔塗

春夕旅懷云：「水流花謝兩無情，送盡東風過楚城。蝴蝶夢中家萬里，杜鵑枝上月三更。故園書動經年絶，華髮春惟滿鏡生。自是不歸歸便得，五湖烟景有誰争。」蜀城春云：「天涯憔悴身，一望一霑巾。在處有芳草，滿城無故人。懷才皆得路，失計自傷春。清鏡不堪照，鬢毛愁更新。」

塗，字禮山，光啟進士也。

章碣

焚書坑詩云：「竹帛烟銷帝業虚，關河空鎖祖龍居。阬灰未冷山東亂，劉項原來不讀書。」

碣，孝標之子。登乾符進士第。

方干

越州使院竹云：「莫見凌雲飄粉籜，須知礙石作盤根。細看枝上蟬吟處，猶是笋時蟲蝕痕。月送綠陰斜上砌，露凝寒色濕遮門。列仙終日逍遙地，鳥雀潛來不敢喧。」「世人如不容，我自縱天慵。落葉憑風掃，香粳倩水舂。花朝連郭霧，雪夜隔湖鐘。身在能無事，頭宜白此峰。」干爲詩如：「鶴盤遠勢投孤嶼，蟬曳殘聲過別枝。」齊梁以來，未有之句也。又貽天目中峰客，有「枯井夜聞鄰果落，廢巢寒見別禽來」之句。

衞準

「莫言閒話是閒話，往往事從閒話來。」又「何必剃頭爲弟子，無家便是出家人。」準，大曆五年登進士第。

司空圖

愚幼嘗自負，既久而愈覺缺然。然得于春早，則有「草嫩侵沙長，冰輕著雨消」。又「人家寒食月，花影午時天」。又「雨微吟思足，花落夢無聊」。得于山中，則有「坡暖冬生筍，松涼夏健人」。又「川明虹照雨，樹密鳥銜人」。得于江南，則有「戍鼓和潮暗，船燈照島幽」。又「曲塘春盡雨，方響夜深船」。又「夜短猿悲減，風和鵲喜靈」。得于塞下，則有「馬色經寒慘，鵰聲帶晚飢」。得于喪亂，則有「驊騮思故第，鸚鵡失佳人」。「鯨鯢人海涸，魑魅棘林幽」。得于道宮，則有「碁聲花院閉，幡影石壇高」。得于夏景，則有「池涼清鶴夢，林靜肅僧儀」。得于佛寺，則有「松日明金像，山風響木魚」。又「解吟僧亦俗，愛舞鶴終卑」。得于郊園，則有「遠坡春旱慘，猶有水禽飛」。得于樂府，則有「晚粧留拜月，春睡更生香」。得于寂寥，則有「孤螢出荒池，落葉穿破屋」。得于愜適，則有「客來當意愜，花發遇歌成」。雖庶幾不濱于淺涸，亦未廢作者之譏訶也。又七言云㊀：「逃難人多分隙地，放生鹿大出寒林」。又「得劍乍如添健僕，亡書久似憶良朋」。又「孤嶼池痕春漲滿，小欄花韻午晴初」。又「故國春歸未有涯，小欄高檻別人家。五更惆悵迴孤枕，猶自殘燈照落花」。又「甲子今重數，生涯只自憐。殷勤元昨日㊁，歌午又明年」。皆不拘一概也。蓋絕句之作，本于詣極，此外，千變萬狀，不知所以神而自神也，豈容易哉！今足下之詩，時輩同有難及，儻復以全美爲上，即知味外旨矣。案：表聖論詩之末，今足下之詩云云，則此條當是與友人論詩之書札，但不知足下謂誰。竊意原書首行，必具姓名，詩話誤删之耳㊂。

與王駕評詩云：「末技之工，雖蒙譽于賢哲，未足自信，必俟推于其類，而後神躍而色揚。今之贄藝者，反是，若卽醫而靳其病也，惟恐彼之善察，藥之我攻耳。是以率人以謾，莫能自振，痛哉！且伎之尤者，莫若工于文章，其能不死于詩者，比他伎尤寡，豈可容易較量哉。今王生五言所得，長于思與境偕，乃詩家之所尚者，則前所謂必推于其類，豈止神躍色揚哉！

王禹偁五代史闕文云：圖，字表聖，自言蒲州人，有俊才。咸通中，登進士第。雅好爲文，躁于進取，頗自矜伐，端士鄙之。從事使府，洎登朝，驟歷清顯。巢賊之亂，車駕播遷。圖有先人舊業在中條山，極林泉之美，圖自禮部員外郎避地焉，日以詩酒自娛。屬天下板蕩，士人多往依之，互相推獎，由是聲名籍甚。昭宗反正，以户部侍郎召至京師。圖既負才慢世，謂己當爲宰輔，時人惡之，稍抑其鋭。圖憤憤，謝病復歸中條。與人書疏，不名官位，但稱知非子，又稱耐辱居士。其所居在禎貽谿之上，結茅屋，命曰：休休亭。嘗自爲亭記云云。已上梁史舊文。謹按：圖，河中虞鄉人，少有文采，未爲鄉里所稱。會王凝自尚書郎出爲絳州刺史，圖以文謁之，大爲凝知。入知制誥，遷中書舍人，知貢舉，擢圖上第。頃之，凝出爲宣州觀察使，辟圖爲從事。既渡江，御史府奏圖監察，下詔追之。圖感凝知己之恩，不忍輕離幕府，滿百日不赴闕，爲臺司所劾，遂以本官分司。久之，召拜禮部員外郎，俄知制誥。故集中有文曰：「戀恩稽命，黜繫洛師，于今十年，方忝綸閣。」此豈躁于進取者邪？舊史不詳，一至于是。圖見唐政多僻，知天下必亂，卽棄官歸中條山。尋以中書舍人召，拜禮部、户部侍郎，皆不起。及昭宗播遷華下，圖以密邇乘輿，即時奔問，復歸還山。故其詩曰：「多病形容五十三，誰憐借笏趁朝參。」此豈有意于相位邪？河中節度使王重榮請圖撰碑，得絹數千匹，圖置于虞鄉市中，恣鄉人所取，一日而盡。是時，盜賊充斥，獨不入王官谷。河中士人，依圖避難，獲免者甚衆。昭宗東遷，又以兵部侍郎召至洛下，爲柳璨所沮，一謝而退。梁祖受禪，以禮部尚書召，辭以老病。卒時年八十餘。又按梁室大臣，乃至有如敬翔李振杜曉楊涉等，皆唐朝舊族，本以忠義立身，重侯累將，三百餘年。一旦委質朱梁，其甚者，贊成弑逆。惟圖以清直避世，終身不仕梁祖，故梁史拾圖小瑕以泯大節者，良有以夫！題休休亭之楹曰：「咄，喏！休休休，莫莫莫！伎倆雖多性靈惡，賴是長教閒處著。休休休，莫莫莫！一局棋，一爐藥，天意時情可料度。白日偏催快活人，黄金難買堪騎鶴。若曰爾何能，答云耐辱莫。」柳璨爲相，臣僚多被放逐，圖爲監察御史，尤加畏慎。昭宗郊禮畢，上章懇乞致仕，曰：「察臣本意，非爲官榮，可驗衰羸，庶全名節。」上特賜歸山，其詔畧曰：「既養高以傲世，類移山以釣名。心惟樂于漱流，仕非顯于食禄。匪夷匪惠，特忘反正之朝；載省載思，當徇遯棲之志。宜放歸中條山。」詔詞，乃璨之文也。時多以四皓二疏譽之。惟僧虛中云：「道裝汀鶴識，春醉野人扶。」言其操履檢身，非傲世者也。又云：「有時看御札，特地掛朝衣。」言其尊戴存誠，非要君也。

華下云：「日炙旱雲裂，迸爲千道血。天地沸一鑊，竟自烹妖孽。堯湯遇災數，災數還中輟。何事奸與邪，古來難撲滅。」僧舍貽友人云：「笑破人間事，吾徒莫自欺。解吟僧亦俗，愛舞鶴終卑。竹上題幽夢，溪邊約敵棋。舊山歸有阻，不是故遲遲。」下方云：「昏旦松軒下，怡然對一瓢。雨微吟思足，花落夢無聊。細事當棋遣，衰容喜鏡饒。溪僧有深趣，書至又相邀。」

㊀「又」，據紀事補。㊁「昨」原作「日」，據司空表聖文集改。㊂按上段見與李生論詩書。

秦韜玉

貧女云：「蓬門未識綺羅香，擬託良媒益自傷。誰愛風流高格調，共憐時世儉梳粧。敢將十指誇纖巧，不把雙眉鬥短長。每恨年年壓金線，爲他人作嫁衣裳！」韜玉，字仲明，京兆人。父爲左軍將。韜玉出入田令孜之門，又與劉曄李嵓士姜垍蔡鋋之徒交遊中貴，各將兩軍書尺，僥求巍科，時謂對軍解頭。僖宗幸蜀，韜玉以工部侍郎爲令孜神策判官。小歸公主文，韜玉准勅及第，仍編入榜中。韜玉以書謝新人，呼同年曰：「三條燭下，雖阻文闈；數仞牆邊，幸同恩地。」

高駢

駢鎮蜀日，以南詔侵暴，築羅城四十里，朝廷雖加恩賞，亦疑其固護。或一日，聞奏樂聲響，知有改移，乃題風箏寄意曰：「夜靜絃聲響碧空，宮商信任往來風。依稀似曲才堪聽，又被移將別調中。」旬日報到，移鎮渚宮。

又二妃廟云：「帝舜南巡去不還，二妃幽怨水雲間。當時珠淚知多少，直到如今竹尚斑。」步虛詞云：「清溪道士人不識，上天下天鶴一隻。洞門深鎖碧窗寒，滴露研硃點周易。」聞河中王鐸加都統云：「鍊汞燒鉛四十年，至今猶在藥爐前。不知子晉緣何事，只學吹簫便得仙。」其驕傲不平如此。

翁承贊

承贊，乾寧進士也。唐語云：「槐花黃，舉子忙。」承贊有詩云：「雨中粧點望中黃，勾引蟬聲送夕陽。憶得當年隨計吏，馬蹄終日爲君忙。」

皮日休

日休賦龜詩嘲歸氏子曰：「硬骨殘形知幾秋，屍骸終是不風流。頑皮死後鑽須徧，都爲平生不出頭。」歸氏子以姓嘲日休云：「八片尖斜砌作毬，火中燖了水中揉。一團閒氣如常在，惹踢招拳卒未休。」

盧延讓㊀

延讓吟詩，多著尋常容易語，如送周太保赴浙西云：「臂鷹健卒懸氈帽，騎馬佳人捲畫衫。」又寄友人云：「每過私第邀看鶴，長著公裳送上驢。」然于數篇見意尤妙，有松寺云㊁：「山寺取涼當夏夜，共僧蹲坐石堦前。兩三條電欲爲雨，七八個星猶在天。衣汗稍停牀上扇，茶香時發澗中泉。通宵聽論蓮華義，不藉松窗一覺眠。」又苦吟云：「莫話詩中事，詩中難更無。吟安一個字，撚斷數莖鬚。險覓天應悶，狂搜海亦枯。不同文賦易，爲著者之乎。」

㊀「讓」原作「遜」，據紀事改。　㊁「有」原作「育」，據紀事改。

裴說

唐舉子先投所業于公卿之門，謂之「行卷」。說只行五言十九首㊀，至來年秋試，復行舊卷。人有譏之者，說曰：「只此十九首苦吟，尚未有人見知，何暇別行卷哉㊁？」識者以爲知言。天復六年，登甲第。其詩以苦吟難得爲工，且拘格律。嘗有詩曰：「苦吟僧入定，得句將成功。」又贈僧貫休云：「總無方是法，難得始爲詩。」又云：「是事精皆易，唯詩會却難。」遭亂，故宦不達。

洛中作云：「莫怪苦吟遲，詩成鬢亦絲。鬢絲猶可染，詩病却難醫。山暝雲橫處，星沉月側時。冥搜不易得，一句至公知。」

棋云：「十九條平路，言平又嶮巇。人心無算處，國手有輸時。勢迥流星遠，聲乾下雹遲。臨軒纔一局，寒日又西垂。」

㈠「十九首」，南部新書作「詩一卷」。㈡「暇」原作「假」，據新書改。

張爲

爲，唐末江南詩人，與周朴齊名。如「到處卽閉户，逢君方展眉」，最有詩稱。

杜光庭載毛仙翁事，名于，字鴻漸。元和間，劉禹錫李紳白樂天輩皆贈詩。至大中戊寅，五十餘年矣。是歲，張爲薄游長沙，不汲汲隨計，獲女奴于岳麓下，惑之，歲餘成羸疾。仙翁一見曰：「子妖氣邪光，浹徧肌骨，苟不相值，殞于旦夕也。」以丹一粒授爲，于香爐焚之，郁烈之氣，聞百步，魅妾一號而斃，乃木偶人也。又吞以丹砂如黍者三，疾遂瘳。爲作詩別之曰：「羸形感神爽，削骨生豐肌。蘭炷飄靈烟，妖怪立誅夷。重睹日月光，何報父母慈。黄河濁滾滾，別淚流澌澌。黄河清有時，別淚無收期。」爲後入釣臺山，訪道而去。

韓偓

苑中云：「上苑離宮處處迷，相風高與露盤齊。金階鑄出狻猊立，玉柱琱成翡翠棲。外使調鷹初得按，五方外案使，以鷹隼初調習㊀，始能擒獲，謂之得案。中官過馬不教嘶。上乘馬必中官鞚以進，謂之過馬。既乘之，而後蹀躞嘶鳴。笙歌錦繡雲霄裏，獨許詞臣醉似泥。」

醉著云：「萬里清江萬里天，一村桑柘一村烟。漁翁醉著無人喚，過午醒來雪滿船。」

卽事云：「書牆暗記移花日，洗瓮先知醖酒期。須信閒人有忙事，早來衝雨覓漁師。」

香奩集，和魯公之詞也。惟其艷麗，故貴後嫁其名于偓。凝平生著述，分爲演論游藝孝悌疑獄香奩籯金六集。自爲游藝集序云：「予有香奩籯金集，不行于世。」凝在政府，避議論，諱其名，又欲後人知，故游藝集序實之，此凝之意也。沈存中云。

㊀「習」據紀事補。

曹松

李肇國史補云：「曲江大會，比爲下第舉人，邇來漸侈靡，皆爲上列所占，向之下第舉人，不復預矣。所以逼大會，則先牒教坊請奏，上御紫雲樓垂簾觀焉。時或擬作樂，則爲之移日。故曹松詩云：『追遊若遇三清樂，行從應妨一日春。』敕下後，人置皮袋，例以圖障、酒器、錢絹實其中，逢花即飲。故張籍詩云：『無人不借花園宿，到處皆携酒器行。』其皮袋，狀元、録事同點檢，闕一則罰金。曲江之宴，行市羅列，闔閭爲之半空。公卿家率以是日揀選東牀，車馬闐塞，莫可殫述。」

松及第敕下宴中獻座主杜侍郎詩云：「得召丘牆淚却頻㊀，若無公道也無因。門前送敕朱衣吏，席上銜杯碧落人。半夜笙歌教洗月，平明桃杏放燒春。南山雖有歸溪路，争那酬恩未殺身。」

春日長安書事云：「浩浩看花晨，六街揚遠塵。城中一丈日，誰是晏眠人。御柳舞著水，野鶯啼破春。徒云還楚客，猶是惜離秦。」

晨起云：「曉色教不睡，垂簾清氣中。林殘數枝月，髮冷一梳風。並鳥聞鐘語，欹荷隔霧空。莫徒嗇白日，道路本無窮。」

松有詩云：「憑君莫話封侯事，一將功成萬骨枯。」可謂諳世故矣。

㊀「頻」原作「傾」，據紀事改。

杜荀鶴

荀鶴有詩名，號九華山人。大順初擢第，授翰林學士、主客員外郎，知制誥。序其文爲唐風集。或曰，荀鶴，牧之微子也。牧之會昌末自齊安移守秋浦，時年四十四，所謂「使君四十四，兩佩左銅魚」者也。時妾有妊，出嫁長林鄉正杜筠，而生荀鶴。擢第年四十六矣。

溪興云：「山雨溪風卷釣絲，瓦甌篷底獨斟時。醉來睡著無人喚，流下前溪也不知。」春宮怨云：「早被嬋娟誤，欲粧臨鏡慵。承恩不在貌，教妾若爲容？風暖鳥聲碎，日高花影重。年年越溪女，相憶采芙蓉。」

鄭綮

古今詩話曰：相國綮善詩，有題老僧詩云：「日照西山雪，老僧門未開。凍瓶黏柱礎，宿火陷爐灰。童子病歸去，鹿麑寒入來。」常云，此詩屬對，可以衡秤，言輕重不偏也。或曰：「相國近爲新詩否？」對曰：「詩思在灞橋風雪中驢子背上。此何以得之？」蓋言平生苦心也。

綮刺廬江，將去，別郡人云：「惟有兩行公廨淚，一時灑向渡頭風。」其滑稽類此。

錢珝

珝，字瑞文，吏部尚書徽之子。善文辭，宰相王溥薦知制誥㊀，進中書舍人。溥得罪，珝貶撫州司馬。

「永巷頻聞小苑遊，舊恩如淚亦難收。君前願報新顏色，團扇須防白露秋。」

㊀「溥」，紀事作「搏」。下同。

嚴惲

皮日休傷嚴子重序云：「余爲童在鄉校時，簡上抄杜舍人牧之集，見有與進士嚴惲詩。後至吳，一日，有客曰嚴某，余志其名久矣，遽懷文見造，於是樂甚。觀其所爲文，工於七字，往往有清便柔媚，時可軼駿於常軌。其佳者曰：『春光冉冉歸何處，更向花前把一杯。盡日問花花不語，爲誰零落爲誰開？』余羡之，諷誦未嘗怠。生舉進士，亦十餘計偕，余方冤之，謂終有得於時也。未幾，歸吳興。後兩期，咸通十年也。霅人至云，生以疾亡於所居矣。噫！生徒以詞聞於士大夫，竟不名而逝，豈止此而堙没耶？江湖間多美材，士君子苟樂退而有文者，死無不爲時惜，可勝言耶？於是哭而爲之詩。魯望，生之友也，當爲我同作詩。」皮詩云：「十哭都門榜上塵，蓋棺終是五湖人。生前有敵唯丹桂，没後無家祇白蘋。箬下斬新醒處月，江南依舊詠來春。知君精爽應無盡，必在酆都頌帝晨。」項梁成酆都宫頌曰：「紂絶摽帝晨。」

王渙

大順中，王渙自左史拜考功員外，同年李德鄰自右史拜小戎，趙光胤自補袞拜小儀，王極自小戎拜小勳。渙首唱長句，感恩上裴公曰：「青衿七十榜三年，建禮含香次第遷。珠影下連星錯落，桂花曾對月嬋娟。玉經磨琢多成器，劍拔沈埋更倚天。應念銜恩最深者，春來爲壽拜樽前。」裴公答曰：「謬持文柄得時賢，粉署清華次第遷。昔歲策名皆健筆，今朝稱職並同年。各懷器業寧推讓，俱上青霄肯後先。何事老夫猶賦詠，欲將酬和永流傳。」

渙，字羣吉，大順二年，侍郎裴贄下登第。德鄰極光胤皆同年也。

「七夕瓊筵往事陳，蓼花蓮蒂共傷神。蜀王殿裏三更月，不見驪山私語人。」

「夢裏分明入漢宮，覺來燈背錦屏空。紫臺月落關山曉，腸斷君恩信畫工。」

張曙

張曙崔昭緯中和初同舉，相與詣日者問命。曙時自負才名籍甚，以爲將來狀元。崔亦分居其下。日者殊不顧曙，第目崔曰：「將來萬全高第。」曙有慍色。日者曰：「郎君亦及第，然須待崔拜相，當此時過堂。」既而曙果不終場，昭緯首冠。曙以篇什別之云：「千里江山陪驥尾，五更風水失龍鱗。昨夜浣花溪上雨，綠楊芳草爲何人？」後七年，昭緯爲相，曙方登第，果于昭緯下過堂。杜荀鶴，同年生也，酬曙詩云：「天上書名天下傳，引來齊到玉皇前。大仙錄後頭無雪，至藥成來竈絕烟。笑躡紫雲金作闕，夢拋塵世鐵爲船。九華山叟驚凡骨，同到蓬萊豈偶然。」

翁綬

詠酒云：「逃暑迎春復送秋，無非綠蟻滿杯浮。百年莫惜千回醉，一盞能消萬古愁。幾爲芳非眠細草，曾因雨雪上高樓。平生名利關身者，不識狂歌到白頭。」

綬，登咸通進士第。

袁皓

皓，宜春人。咸通進士，龍紀集賢殿圖書使，自稱碧池處士。初登第，過岳陽，悅妓蘂珠，以詩寄嚴使君曰：「得意東歸過岳陽，桂枝香惹蕊珠香。也知暮雨生巫峽，爭奈朝雲屬楚王。萬恨只憑期尅手，寸心惟繫別離腸。南亭宴罷笙歌散，回首烟波路渺茫。」嚴君以妓贈之。

李濤

李濤，長沙人也。篇詠甚著。如「水聲長在耳，山色不離門」。又「掃地樹留影，拂牀琴有聲」。又「落日長安道，秋槐滿地花」。膾炙人口。温飛卿任太學博士，主秋試，濤與衞丹張郃等詩賦，皆榜于都堂。

王祝

會昌時，有題三鄉者曰：「余本若耶溪東，與同志者二三，紉蘭佩蕙，每貪幽閒之境，玩花光于松月之亭，竟晝綿宵，往往忘倦，洎乎初筓，至于五换星霜矣。自後不得已，從良人西入函關，寓居晉昌里第。其居迥絶囂塵，花木叢翠，東西鄰二佛宫，皆上國勝遊之最。伺其閒寂，因遊覽焉，亦不辜一時之風月也。不意良人已矣，邈然無依。帝里芳春，弔影東邁，涉滻水，歷渭川，背終南，陟太華，經虢畧，抵陝郊，挹嘉祥之清流，面女几之蒼翠。凡經過之所，皆曩昔譙笑之地。銜寃興歎，舉目魂銷。雖殘骸尚存，而精爽都失，假使潘岳復生，無以悼其幽思也。遂命筆聊題，終不能滌其懷抱，絶筆慟哭而東，時會昌壬戌歲仲春十九日。」詩曰：「昔逐良人西入關，良人身殁妾空還。謝娘衞女不相待，爲雨爲雲歸舊山。」和者十人。祝和三鄉詩云：「女几山前嵐氣低，佳人留恨此中題。不知雲雨歸何處，空使王孫見欲迷。」

祝字不耀，名家子，唐末爲給事中。

韋莊

長安清明云：「早是傷春夢雨天，可堪芳草更芊芊。內官初賜清明火，上相閒分白打錢。紫陌亂嘶紅叱撥，綠楊高映畫鞦韆。遊人記得承平事，暗喜風光似昔年。」感懷詩云：「長年方悟少年非，人道新詩勝舊詩。十畝野塘留客釣，一軒春雨對僧棋。花間醉任黄鶯語，亭上吟從白鷺窺。大道不將爐冶去，有心重築太平基。」或謂此詩包括生成，果爲台輔。

莊，字端己，杜陵人，見素之後。曾祖少微，宣宗中書舍人。莊疏曠不拘小節，李詢爲西川宣諭和協使，辟爲判官。以中原多故，潛欲依王建，建辟爲掌書記。尋召爲起居舍人，表留之。後相建爲僞平章事。

吴融

「漁陽烽火照函關，玉輦忽忽下此山。一曲霓裳聽不盡，至今猶恨水潺潺。」

融，字子華，越州人。昭宗時爲翰林學士。

公乘億

億，字壽仙，魏人，與李山甫皆爲魏博樂彦禎幕府。

億以詞賦著名。咸通十三年，别家十餘年矣。嘗大病，鄉人傳以死，其妻自河北迎喪。會億送客，馬上見婦人粗縗，類其妻也，睇睨不已，妻亦如之。詰之，則是也。相持而哭，路人異之。後旬日登第，億嘗有詩云：「十上十年皆落第，一家一半已成塵」，可知其屈矣。

羅鄴

牡丹云：「落盡春紅始見花，花時比屋事豪奢。買栽池館恐無地，看到子孫能幾家？門倚長衢攢繡轂，幄籠輕日護香霞。歌鐘到此争憔賞，豈信流年鬢有華。」賞春云：「芳草和烟暖更青，閒門要路一時生。年年點檢人間事，惟有春風不世情。」鄴，餘杭人。父則，爲鹽鐵小吏，有二子，俱以文學干進，鄴尤長七言詩。

羅隱

隱，字昭諫，餘杭人。隱池之梅根浦，自號江東生，爲唐相鄭畋李蔚所知。畋女覽隱詩，諷不已。畋疑有慕才意。隱貌寢陋，女一日簾下窺之㈠，自此絶不詠其詩。廣明中，池守竇潏營墅居之。光啟中，錢鏐辟爲從事、節度判官副使，梁祖以諫議召，不行。開平中，魏博羅紹威推爲叔父，表授給事中。年八十餘，終餘杭，有子塞翁㈡。

鍾陵妓雲英，隱舊見之。一日，譏隱猶未第，隱嘲之曰：「鍾陵醉别十餘春，重見雲英掌上身。我未成名君未嫁，可能俱是不如人。」牡丹云：「似共東君别有因，絳羅高捲不勝春。若教解語應傾國，任是無情也動人。」芍藥與君爲近侍，芙蓉何處避芳塵。可憐韓令功成後，辜負穠華過此身。」蜂云：「不論平地與山尖，無限風光盡被沾。采得百花成蜜後，不知辛苦爲誰甜？」

㊀「下」，據紀事補。㊁「蹇翁」原作「塞翁」，據汲古閣本紀事改。

許棠

棠洞庭詩，有「四顧疑無地，中流忽有山」之句。人以題扇。過洞庭云：「驚波常不定，半日鬢堪斑。四顧疑無地，中流忽有山。鳥飛應畏墮，帆遠却如閒。漁父時相引，行歌浩渺間。」

張蠙

送友人赴涇州幕云：「杏園沉飲散，榮别就佳招。日月相期盡，山川獨去遥。府樓明蜀雪，關磧轉胡鵰。縱有烟塵動，應隨上策消。」

蠙，字象文，唐末登第，尉櫟陽。避亂入蜀，王蜀時㊀，爲金堂令。王衍與徐后遊大慈寺，見壁問題云：「牆頭細雨垂纖草，水面迴風聚落花。」問寺僧，僧以蟾對。乃賜霞光牋，令寫詩以進。蟾進二百首，衍善之，召爲知制誥。宋光嗣以蟾輕忽傲物，遂止。卒於官。蟾生穎秀，幼有單于臺詩曰：「白日地中出，黃河天外來。」爲世所稱。

㊀「王蜀」原作「蜀王」，據紀事改。

鄭谷

谷，字守愚㊀，袁州人，故永州刺史之子。幼年，司空圖與刺史同院，見而奇之，曰：「曾吟得丈丈詩否？」曰：「吟得。」「莫有病否？」曰：「丈丈曲江晚望斷篇云：『村南斜日閒回首，一對鴛鴦落渡頭。』卽深意矣。」司空歎息撫背曰：「當爲一代風騷主。」乾寧中，爲都官郎中，卒于家。谷自敍云：「故許昌薛尚書能，爲都官郎中。後數年，建州李員外自憲府內彈，拜都官員外。皆一時騷雅宗師，都官之曹，振盛於此。余早受知，今忝此官，復是正秩，何以相繼前賢耶？」

「濃淡芳春滿蜀鄉㊁，半隨風雨斷人腸㊂。浣花溪上堪惆悵，子美無情爲發揚。」谷蜀中海棠詩也。

「相看臨遠水，獨自上孤舟。」句。「潮平無別浦，木落見他山。」句。「情多最恨花無語，愁破方知酒有權。」句。「關東多事日，天末未歸心。」句。「捲卷斜陽裏，看山落木中。」句。「兩浙尋山徧，孤舟帶鶴歸。」句。「長安一夜殘春雨，右省三年老拾遺。」句。「班趨黄道急，殿揖紫宸深。」句。

題杭州樟亭云：「故國江天外，登臨落照間。潮平無別浦，木落見他山。沙鳥晴飛遠，漁人夜唱閒。歲窮歸未得，心逐片帆還。」

感興云：「禾黍不陽豔，競栽桃李春。翻令力耕者，半作賣花人。」

十日菊云：「節去蜂愁蝶不知，曉庭還繞折殘枝。自緣今日人心薄，未必秋香一夜衰。」

偶題云：「一卷疏蕪一百篇，名成未敢便忘筌。何如海日生殘夜，一句能令萬古傳。」

㈠「守」原作「若」，據新唐書藝文志改。㈡「芳」原作「方」，據全唐詩改。㈢「人」原作「鶯」，據全唐詩改。

温憲

温憲，員外庭筠子也。僖昭之間，就試于有司，值鄭相延昌掌邦貢，以其父文多刺時，復傲毁朝士，抑而不録。既不第，遂題一絶于崇慶寺壁。後滎陽公登大用，因國忌行香，見之，憫然動容。暮歸宅，已除趙崇知舉，即召之，謂曰：「某頃主文衡，以温憲庭筠之子，深怒絶之。今日見一絶，令人惻然，幸勿遺也。」於是成名。詩曰：「十口溝隍待一身，半年千里絶音塵。鬢毛如雪心如死，猶作長安下第人。」

李昌符

秋晚歸故居云：「馬省曾行處，連嘶渡晚河。忽驚鄉樹出，漸識路人多。細徑穿禾黍，頹垣壓薜蘿。乍歸猶似客，鄰叟亦相過。」傷春云：「酒醒鄉關遠，迢迢聽漏終。曙分林影外，春盡雨聲中。鳥思江村路，花殘野岸風。十年成底事，羸馬倦西東。」

昌符，字嵓夢，登咸通四年進士第，歷尚書郎。北夢瑣言云：「咸通中，前進士李昌符有詩名，久不登第，常歲卷軸，怠于裝修。因出一奇，乃作婢僕詩五十首，於公卿間行之。」其間有詩云：「春娘愛上酒家樓，不怕歸遲總不憂。報道那家娘子卧，且留教住待梳頭。」又云：「不論秋菊與春花，個個能噇空肚茶。無事莫教頻入庫，一名閒物要些些。」諸篇皆中婢僕之諱，浹旬京城盛傳，是年登第。與夫挑杖虛靴，事雖不同，用奇即無異也。

李山甫

咸通中，數舉進士，被黜。依魏博樂彥禎幕府㊀。因樂禍，且怨中朝大臣，導彥禎子從訓伏兵殺王鐸，劫其家。嘗有詩云：「勸君莫用誇頭角，夢裏輸贏總未真。」譏執政也。巢寇之亂，翰林待詔王遨者，北遊在鄴，山甫遇于道觀，謂曰：「幽蘭綠水，可得聞乎？」遨應命奏之。曲終潸然，曰：「憶在咸通，玉亭秋夜，供奉至尊，不意流離至此也。」山甫賦詩曰：「幽蘭綠水耿清音，歎息先生枉用心。世上幾時曾好古，人前何必獨霑襟。」句未成，山甫亦自黯然，悲其不遇也。一本云：「情知此事少知音，自是先生枉用心。世上幾時曾好古，人前何必更霑襟。致身不似笙簧巧，悦耳寧如鄭衛淫。三尺枯桐七條線，子期師曠兩沉沉。」

貧女云：「平生不識綺羅裳，閒把荆釵益自傷。鏡裏祇應諳素貌，人間多是重紅粧。當年未嫁還憂老，終日求媒即道狂。兩意定知無説處，暗垂珠淚滴蠶筐。」

國初高英秀者，與贊寧爲詩友㊀，辯捷滑稽，嘗譏古人詩病云：「山甫覽漢史：『王莽弄來曾半破，曹公將去便平沉。』是破船詩。李羣玉詠鷓鴣：『方穿詰曲崎嶇路，又聽鈎輈格磔聲。』是梵語詩。羅隱曰：『雲中雞犬劉安過，月裏笙歌煬帝歸。』是見鬼詩。杜荀鶴：『今日偶題題似著，不知題後更誰題。』此衛子詩也，不然安有四蹄？」

㊀「博」原作「府」，據紀事改。　㊁「寧」原脱，「詩」原作「師」，據紀事補改。

鍾離權

邢州開元寺有唐鍾離權處士二詩，其一云：「得道高僧不易逢，幾時歸去願相從。自言住處連滄海，別是蓬萊第一峰。」其二云：「莫厭追歡笑語頻，尋思離亂可傷神。閒來屈指從頭數，得見清平有幾人？」

張道古

昭宗時，拾遺張道古貢五危二亂表，黜居于蜀。後聞駕走西岐，又遷東洛，皆契五危之事，悉歸二亂之源。因吟一章上蜀主，詩曰：「封章才達冕旒前，黜詔俄離玉座端。二亂豈由明主用，五危終被佞臣彈。西巡鳳府非爲固，東播鑾輿卒未安。諫疏至今如尚在，誰能更與讀來看。」道古，臨淄人。景福中進士，釋褐爲著作郎，遷右拾遺。播遷之後，方鎮阻兵，道古上危亂疏云：「只今劉備孫權，已生於世矣。」謫施州司户參軍。後入蜀，王氏聞而憾之。乃變姓名，賣卜導江青城市中。建開國，召爲武部郎中，至玉壘關，謂所親曰：「我唐室諫臣，終不能拳跽與雞犬同食，雖召必再貶。」于死之日，葬我于關東不毛之地，題曰：『唐佐輔補闕張道古墓』。後遇害，妻亦繼亡，蜀主憫之，俾祔葬焉。鄭雲叟在華聞之，有詩哭之曰：「曾陳章疏忤昭皇，撲落西南事可傷。豈使諫臣終屈辱，直疑天道惡忠良。生前賣卜居三蜀，死後馳名遍大唐。誰是後來修使者，言君力死正頽綱。」

胡曾

王衍五年，宴飲無度，衍自唱韓琮柳枝詞曰：「梁苑隋堤事已空，萬條猶舞舊春風。何須思想千年事，惟見楊花入漢宮。」內侍宋光溥詠曾詩曰：「吴王恃霸棄雄才，貪向姑蘇醉緑醅。不覺錢塘江上月，一宵西送越兵來。」衍怒罷宴。曾有詠史詩百篇行于世。

伍唐珪

寒食日獻郡守云：「入門堪笑復堪憐，三徑苔荒一釣船。慚愧四鄰教斷火，不知廚裏久無烟。」

唐珪，唐末進士也。

全唐詩話卷之六

韓定辭

定辭爲鎭州王鎔書記，聘燕帥劉仁恭，舍于賓館，命幕客馬彧延接。馬有詩贈韓云：「燧林芳草綿綿思，盡日相攜陟麗譙。別後巏嵍山上望，羡君時復見王喬。」彧詩清秀，然意在試其學問。韓于座酬之曰：「崇霞臺上神仙客，學辨癡龍藝最多。盛德好將銀筆述，麗詞堪與雪兒歌。」座賓靡不欽訝。然亦疑銀筆之僻也。他日，彧持燕帥之命，答聘常山，亦命定辭接于公館。彧從容問韓以「雪兒」「銀管」之事。韓曰：「昔梁元帝爲湘東王時，好學著書，常紀忠臣義士及文章之美者。筆有三品，或以金銀琱飾，或以斑竹爲管。忠孝全者用金管書之，德行清粹者用銀筆書之，文章贍麗者以斑竹書之，故湘東之譽，振於江表。雪兒者，李密之愛姬，能歌舞。每見賓僚文章，有奇麗入意者，即付雪兒叶音律以歌之。」又問「癡龍」出自何處？定辭曰：「洛下有洞穴，曾有人誤墮於穴中，因行數里，漸見明曠，見有宮殿人物，凡九處。又見有大羊，羊髯有珠，人取而食之，不知何所。後出以問張華，華曰：『此地仙九館也，大羊者，名曰癡龍耳。』」定辭復問或嶕嶢山當在何處，或曰：「此隋郡之故事，何謙光而下問？」由是兩相悅服，結交而去。

同谷子

昭宗播岐，何后用事，有同谷子者，詠五子之歌，何后潛令秦王誅之，事未行而奔去。詩曰：「邦惟固本自安寧，臨下長須馭朽驚。何事十旬遊不反，禍胎從此召殷兵。」「酒色聲禽號四荒，那堪峻宇又雕牆？靜思今古爲君者，未或因兹不滅亡。」「惟彼陶唐有冀方，少年都不解思量。如今算得當年事，首爲盤游亂紀綱。」「明明我祖萬邦君，典則貽將示子孫。惆悵太康荒墜後，覆宗絕祀滅其門。」「仇讎萬姓遂無依，顏厚何曾解忸怩。五子既歌邦已失，一場前事悔難追。」

沈彬

彬，字子文，高安人也。天性狂逸，好神仙之事。少孤，西遊，以三舉爲約。常夢著錦衣，貼月而飛，識者言雖有虛名，不入月矣。洪州解至長安，初舉，納省卷，夢仙謠云：「玉殿大開從客入，金桃爛熟没人偷。鳳驚寶扇頻翻翅，龍悟金鞭忽轉頭。」第二舉憶仙謠云：「白榆風颯九天秋，王母朝回宴玉樓。日月漸長雙鳳睡，桑田歌變六鼇愁。雲翻簫管相隨去，星觸旌幢各自流。詩酒近來狂不得，騎龍却憶上清遊。」第三舉納省卷，贈劉象一首云：「曾應大中天子舉，四朝風月鬢蕭疏。不隨世祖重攜劍，却爲文皇再讀書。十載戰塵銷舊業，滿城春雨壞貧居。一枝何事於君惜，仙桂年年幸有餘。」時劉象孤寒，三十舉無成。主司覽彬詩，其年特放象及第。彬，乾符中值駕遷三峯，四方多事，南遊嶺表二十餘年。回吴中，江南僞命吏部郎中，致仕。彬詩有「九衢冠蓋暗争路，四海干戈多異心」之句。

周朴

朴，唐末詩人。寓于閩中僧寺，假丈室以居，不飲酒茹葷，塊然獨處。諸僧晨粥卯食，朴亦攜巾盂，厠諸僧下，畢飯而退，率以爲常。郡中豪貴設供，率施僧錢，朴即巡行拱手，各丐一錢，有以三數錢與者，朴止受其一耳。得千錢以備茶藥之費，將盡復然，僧徒亦未嘗厭也。性喜吟詩，尤尚苦澀，每遇景物，搜奇抉思，日旰忘返。苟得一聯一句，則欣然自快。嘗野逢一負薪者，忽持之，且厲聲曰：「我得之矣。」樵夫矍然驚駭，掣臂棄薪而走。遇巡徼卒，疑樵者爲偷兒，執而訊之。朴徐往告卒曰：「適見負薪，因得句耳。」卒乃釋之。其句云：「子孫何處閒爲客，松柏被人伐作薪。」閩有一士人，以朴僻于詩句，欲戲之。一日，跨驢於路，遇朴在旁，士人乃欹帽掩頭吟朴詩云：「禹力不到處，河聲流向東。」朴聞之忿㊀，遽隨其後，且行。士但促驢而去，略不迴首。行數里追及，朴告之曰：「僕詩『河聲流向西』，何得言流向東？」士人頷之而已。閩中傳以爲笑。或曰：「曉來山鳥鬧，雨過杏花稀。」亦朴詩也。

「古陵寒雨絶，高鳥夕陽明。」句。「高情千里外，長嘯一聲初。」句。

黄巢至福州，求得朴，問曰：「能從我乎？」答曰：「我尚不仕天子，安能從賊？」巢怒殺之。

㊀「忿」原作「忽」，據紀事改。

孫魴

潤州金山寺，張祐孫魴留詩，爲第一。山居大江中，迥然孤秀，詩意難盡。羅隱云：「老僧齋罷關門睡，不管波濤四面生。」孫生句云：「結宇孤峰上，安禪巨浪間。」又曰：「萬古波心寺，金山名日新。天多剩得月，地少不生塵。過櫓妨僧定，驚濤濺佛身。誰言張處士，題後更無人。」魴夜坐句云：「劃多灰漸冷，坐久席成痕。」沈彬曰：「此田舍翁火爐頭之作爾。」

魴，南昌人。唐末鄭谷避亂歸宜春，魴往依之，頗爲誘掖。後有能詩聲，終於南唐。魴父，畫工也。王徹爲中書舍人，草魴誥詞云：「李陵橋上，不吟取次之詩；顧凱筆頭，豈畫尋常之物。」魴終身恨之。

王易簡

易簡，唐末進士。梁乾化中及第，名居榜尾，不看榜，却歸華山。尋就山釋褐，授華州幕職。

後召入拜左拾遺，及辭官歸隱，留詩一絶曰：「汩没朝班愧不才，誰能低折向塵埃。青山得去且歸去，官職有來還自來。」及再召，爲郎，遷諫垣臺閣三十年，歸華山，十年而終。

范攄之子

吴人范攄處士之子，七歲能詩。贈隱者云：「掃葉隨風便，澆花趁日陰。」方干曰：「此子他年必成名。」又吟夏日云：「閒雲生不雨，病葉落非秋。」干曰：「惜哉，必不享壽。」果十歲卒。

鄭雲叟

鄭徵君爲詩，皆袪淫靡，迥絶囂塵。如富貴曲云：「美人梳洗時，滿頭間珠翠。豈知兩片雲，戴却數鄉稅。」有詠西施云：「素面已云妖，更著花鈿飾。臉横一寸波，浸破吴王國。」又七言傷時云：「帆力劈開滄海浪，馬蹄踏破亂山青。浮名浮利過于酒，醉得人心死不醒。」又題霍山秦尊師云：「老鶴玄猿伴採芝，有時長嘯獨移時。翠娥紅粉嬋娟劍，殺盡世人人不知。」又偶題：「似鶴如雲一箇身，不憂家國不憂貧。擬將枕上日高睡，賣與世間富貴人。」又思山詠：「因賣丹砂下白雲，鹿裘怕惹九衢塵。不如將爾入山去，萬是千非愁殺人。」又景福中作云：「悶見戈鋋匝四溟，恨無奇策救生靈。如何飲酒得長醉，直到太平時節醒。」又招友遊春云：「難把長繩繫日烏，芳時偷取醉工夫。任堆金璧摩星斗，買得花枝不老無。」又山居云：「閒見有人尋，移庵更入深。落花流澗水，明月照松林。醉勸頭陀酒，閒教孺子吟。身同雲外鶴，斷得世塵侵。」又詩云：「冥心棲太室㊀，散髮浸流泉。採柏時逢麝，看雲忽見山。夏狂衝雨戲，春醉戴花眠。絶頂登雲望，東都一點烟。」又詩：「不求朝野知，卧見歲華移。采藥歸侵夜，聽松飯過時。荷竿尋水釣，背局上嵓棋。祭廟人來說，中原正亂離。」

㊀「太」原作「本」，據紀事改。

僧子蘭

太平里尋兵部裴郎中故宅云㊀：「不語淒涼無限情，荒階行盡又重行。昔年住此人何在，空見槐花秋草生。」

㊀「故宅」據紀事補。

僧靈澈

生於會稽，本湯氏，字澄源。與吴興詩僧皎然遊。然薦之包吉李紓，以是上人之名，由二公而颺。貞元中，遊京師，緇流嫉之，造飛語，激動中貴人，侵誣得罪，徙汀州，後歸會稽。元和十一年，終於宣州。

劉夢得曰：「詩僧多出江右，靈一導其源，護國襲之，清江揚其波，法振沿之。如么絃孤韻，瞥入人耳，非大音之樂。獨吳興晝公，能備衆體，澈公承之。至如芙蓉園新寺詩曰：『經來白馬寺，僧到赤烏年。』謫汀州云：『青蠅爲弔客，黄犬寄家書。』可謂入作者閫域，豈獨雄於詩僧間耶？」

九日和于使君思上京親故云：「清晨有高會，賓從出東方。楚俗風烟古，汀州草木涼。山情來遠思，菊意在重陽。心憶華池上，從容鴛鷺行。」

僧靈一

新泉詩云：「泉源新湧出，洞澈映纖雲。稍落芙蓉沼，初淹苔蘚文。了將空色淨，素與衆流分。若對清宵月，泠然夢裏聞。」劉長卿和云：「東林一泉水，復與遠公期。石淺寒流處，山空夜落時。夢闌聞細響，慮澹向清漪。動静皆無意，惟應道者知。」

高仲武云：「自齊梁以來，道人爲文者多矣，少有入其流。一公乃能尅意精妙，與士大夫更唱遞和，不其偉與？『泉湧階前地，雲生户外峰。』則道猷寶月，曾何及此。」

靈一，大曆貞元間僧也。

酬皇甫冉西陵見寄云：「西陵潮信滿，島嶼没中流。越客依風水，相思南渡頭。寒光生極浦，落日映滄洲。何事揚帆去，空驚海上鷗。」

溪行卽事云：「近夜山更碧，入林溪轉清。不知伏牛地，潭洞何縱橫。曲岸烟初合，平湖月未生。孤舟屢失道，但聽秋泉聲。」

重還宜豐寺云：「再尋招隱寺，重會宿心期。樵客問歸日，山僧記別時。野雲陰遠甸，秋水漲前池。勿謂探形勝，吾今不好奇。」酬皇甫冉以下三章，姚合取爲極玄集。

酬皇甫冉將赴無錫于雲門寺贈別云：「湖南通古寺，來往意無涯。欲識雲門路，千峰到若耶。春山子猷宅㊀，古木謝敷家。自可長偕隱，那云相去賒。」

宿天柱觀詩云：「石室初投宿，仙翁幸見容。花源隨水遠，洞府過山逢。泉湧階前地，雲生户外峰。中宵自入定，非是欲降龍。」

㊀「猷」原作「敬」，據紀事改。

僧清江

病起云：「身世足堪悲，空房卧病時。捲簾槐雨滴，掃室竹陰移。已覺生如夢，那堪壽不知。未能通法性，詎可見支離。」

僧廣宣

王起於會昌中放第二榜，宣以詩寄賀曰：「從辭鳳閣掌絲綸，便向青雲領貢賓。再闢文場無枉路，兩開金榜絕冤人。眼看龍化門前水，手放鶯飛谷口春。明日定歸台席去，鶺鴒原上共陶鈞。」起和云：「延英面奉入春闈，亦選工夫亦選奇。在冶只求金不耗，用心空學秤無私。龍門變化人皆望，鶯谷飛鳴自有時。獨喜向公誰是證，彌天上士與新詩。」時劉夢得元微之皆和之。宣與夢得最善。

退之有廣宣上人頻見過詩云：「三百六旬常擾擾，不衡風雨即塵埃。久慚朝士無裨補，空愧高僧數往來。學道窮年何所得，吟詩竟日未能迴。天寒古寺遊人少，紅葉窗前有幾堆。」

僧法振

趙使君生子晬日詩云：「毛骨貴天生，肌膚玉雪明。見人空解笑，弄物不知名。國器嗟猶小，風姿望亦清。抱來芳樹下，時引鳳凰聲。」

僧皎然

僧皎然一日嘗於舟中抒思，作古體十數篇，求合韋蘇州，韋大不喜。明日，獻其舊製，乃極稱賞云：「何不但以所工見投，而猥希老夫之意？人各有所得，非卒能致。」晝大服其鑒裁之精。

同裴録事樓上望云：「退食高樓上，湖山向晚晴。桐花落萬井，月影出重城。水竹涼風起，簾帷暑氣清。蕭蕭獨無事，因見蒞人情。」

皎然詩式著偷語詩例云：「如陳後主詩：『日月光天德』，取傅長虞『日月光太清』，上三字語同，下二字義同。」偷意詩例云：「如沈佺期詩：『小池殘暑退，高樹早涼歸。』取柳渾『太液滄波起，長楊高樹秋。』」偷勢詩例云：「如王昌齡詩：『手攜雙鯉魚，目送千里鴈。悟彼飛有適，嗟此罹憂患。』取嵇康『目送歸鴻，手揮五絃。俯仰自得，遊心太玄』。」詩式云：「詩有跌宕格二品，一曰越俗。其道如黃鶴臨風，貌逸神王，杳不可羈。郭景純遊仙詩：『左把浮丘袖，右拍洪崖肩。』鮑明遠詩：『舉頭四顧望，但見松柏繁。荆棘鬱叢叢，中有一鳥名杜鵑，言是古時蜀帝魂。聲音哀苦鳴不息，羽毛憔悴似人髠。飛走樹間啄蟲蟻，豈憶往日天子尊。念兹死生變化非常理，中心惻愴不能言。』二曰駭俗，其道如楚有接輿，魯有原壤，外示驚俗之貌，内藏達人之度。郭景純遊仙詩：『嫦娥揚妙音，洪崖頷其頤。』王梵志道情詩：『我昔未生時，冥冥無所知。天公强生我，生我復何爲。無衣使我寒，無食使我飢。還你天公我，還我未生時。』賀知章放達詩云：『落花真好些，一醉一回顛。』盧照鄰漫作云：『城狐尾獨速，山鬼面參覃。』淈没格一品，曰澹俗。此道如夏姬當爐，似可憐女子來照影，不照其餘照斜領。』調笑格一品，曰戲俗。漢書云：『匡鼎來，解人頤。』蓋說詩也。此一品非雅作，足以爲談笑之資矣。李白狂詠：『女媧弄黃土，摶作愚下人。散在六合間，濛濛若埃塵。』」賦得猿啼送客三峽云：「萬里巴江外，三聲月峽深。何年有此路，幾客共霑襟。斷壁分垂影，流泉入苦吟。淒淒離別後，聞此更傷心。」

蕩而貞。采吳楚之風，雖俗而正。古歌曰：『華陰山頭百尺井，下有流泉徹骨冷。

僧文秀

端午詩云：「節分端午自誰言？萬古傳名爲屈原。堪笑楚江空浩浩，不能洗得直臣冤。」秀，唐末詩僧也。

鄭谷喜秀上人相訪，有「他夜松堂宿，論詩更入微」之句。又次韻秀上人長安寺居言懷云：「舊齋松老別多年，香社人稀喪亂間。出寺只如趨內殿，閉門長似在深山。」又重訪秀上人云：「展畫長懷吳寺殿，宜茶偏賞霅溪泉。」又寄題詩僧秀公云：「靈一心傳清塞心，可公吟後楚公吟。近來雅道相親少，惟仰吾師所得深。好句未停無暇日，舊山歸老有東林。吟曹孤宦甘寥落，多謝携筇數訪尋。」秀，南僧也，而居長安，以文章應制，故谷送遊五臺詩云：「內殿評詩切，身迴心未迴。」

僧棲白

中秋夜月云：「尋常三五夕，不是不嬋娟。及到中秋滿，還勝別夜圓。清光凝有露，皓色爽無烟。自古人皆玩，年來更一年。」

哭劉得仁云：「爲愛詩名吟到此，風魂雪魄去難招。直教桂子落墳上，生得一枝冤始銷。」

僧無可

冬日寄僧友云：「斂屨入寒竹，安禪過漏聲。高杉殘葉落，深井凍痕生。罷磬松枝動，懸燈雪屋明。何當招我友，乘月上方行。」

秋夜宿西林寄賈島云：「暗蟲喧暮色，默思坐西林。聽雨寒更盡，開門落葉深。昔因京邑病，併起洞庭心。亦是吾兄事，遲迴直至今。」

秋日寄厲玄云：「楊柳起秋色，故人猶未還。別離何自苦，少壯豈能閒。夜雨吟殘燭，秋城憶遠山。何當同一見，語默此林間。」

廬山寺云：「千峰盤磴盡，林寺昔年名。步步入山影，房房聞水聲。多年人迹絶，殘月石陰清。更可求居止，安閒過此生。」

金州別姚合云：「日日西亭上，春留到夏殘。言之離別易，允矣道途難。山出一千里，溪行三百灘。松間樓月裏，秋入五陵寒。」姚合送無可往越州云：「清晨相訪門前立，麻履方袍一少年。懶讀經文求作佛，願攻詩句覓成仙。芳春山影花連寺，獨夜潮聲月滿船。今日送行偏惜別，共師文字有因緣。」

僧懷濬

秭歸郡僧懷濬，不知何所人。乾寧初，知來識往，皆有神驗。刺史于公以其惑衆，繫而詰之。乃以詩代通狀云：「家在閩山西復西，其中歲歲有鶯啼。如今不在鶯啼處，鶯在舊時啼處啼。」又詰之，復有詩云：「家在閩山東復東，其中歲歲有花紅。而今不在花紅處，花在舊時紅處紅。」守異而釋之。詳其詩意，似在海中，得非杯渡之流乎？出北夢瑣言。

僧可朋

可朋，丹陵人。少與盧延讓爲風雅之交，有詩千餘篇，號玉壘集。曾題洞庭詩曰：「水涵天影闊，山拔地形高。」贈友人曰：「來多不似客，坐久却垂簾。」歐陽炯以此比孟郊賈島。言其好飲酒，貧無以償酒債。故時賙之。可朋自號醉髡。贈方干詩云：「月裏豈無攀桂分，湖中剛愛釣魚休。」杜甫舊居云：「傷心盡日有啼鳥，獨步殘春空落花。」寄齊己云：「雖陪北楚三千客，多話東林十八賢。」

劉公詩話云：「有詩僧讀洪州滕王閣詩，謂守者：『詩總不佳，何不除却？』守曰：『僧能佳乎？』卽吟曰：『洪州太白方，積翠滿空蒼。萬古遮新月，半江無夕陽。』守異之。然南方浮圖，能詩者多矣。予嘗見可朋詩云：『虹收千嶂雨，潮落半江天。』又云：『詩因試客分題僻，棋爲饒人下著低。』不減古人。」

㊀「曾」原作「會」，據紀事改。

僧雲表

寒食詩云：「寒食時看郭外春，野人無處不傷神。平原累累添新塚，半是去年來哭人。」

僧貫休

姓姜氏，字德隱，婺州蘭溪人。錢鏐自稱吳越國王，休以詩投之曰：「貴逼身來不自由，幾年勤苦踏林丘。滿堂花醉三千客，一劍霜寒十四州。萊子衣裳宫錦窄，謝公篇詠綺霞羞。他年名上凌烟閣，豈羡當時萬户侯？」鏐諭改爲四十州，乃可相見。曰：「州亦難添，詩亦難改。然閒雲孤鶴，何天而不可飛？」遂入蜀，以詩投王建曰：「河北河南處處災，惟聞全蜀少塵埃。一瓶一鉢垂垂老，千水千山得得來。秦苑幽棲多勝景，巴歈陳貢愧非才。自慚林藪龍鍾者，亦得親登郭隗臺。」建遇之甚厚。建二年春，令誦近詩。時貴戚皆坐，休欲諷之，乃稱公子行云：「錦衣鮮華手擎鶻，閒行氣貌多輕忽。稼穡艱難總不知，五帝三皇是何物？」建稱善，貴倖皆怨之。休與齊已齊名，有西岳集十卷，吳融爲之序。卒于蜀。

「赤旃檀塔六七級，白菡萏花三四枝。禪客相逢只彈指，此心能有幾人知？」石霜問云：「如何是此心？」休不能答。石霜云：「汝問我答。」休即問之，霜云：「能有幾人知。」

春山行云：「重疊太古色，濛濛花雨時。好山行恐盡，流水語相隨。黑壤生紅黍㊀，黃猿領白兒。因思石橋月，曾與道人期。」

晚泊湘江懷古云：「煙浪漾秋色，高吟似得鄰。一輪湘渚月，千古獨醒人。岸濕穿花遠，風香禱廟頻。只應諛佞者，到此不傷神。」

天台老僧云：「獨住無人處，松龕岳雪侵。僧中九十臘，雲外一生心。白髮垂不剃，青眸笑更深。猶能指孤月，爲我暫開襟。」

寒夜思廬山賈生云㊁：「山兄詩僻甚㊂，寒夜更何爲。覓句如頑坐，嚴霜打不知。石膏黏木屐，崖栗落冰池。近見禪僧說，生涯勝往時。」

題嶧桐律師禪院云：「律中麟角者，高夐出塵埃。芳草不曾觸，幾生如此來。壑風吹磬斷，杉露滴花開。如結林中社，伊余願一陪。」

言詩云：「經天緯地物，動必是仙才。竟日覓不得，有時還自來。真風含素髮，秋色入靈臺。吟向霜蟾下，終須神鬼哀。」

休糧僧云：「不食更何求，自由終自由㈣。身輕嫌衲重，天旱爲民愁。供器誰將去，生臺螘不遊。會須傳此術，歸去老林丘。」

「詎是言休卽便休，清吟孤坐碧溪頭。三間茅屋無人到，十里松門獨自遊。明月清風宗炳社，夕陽秋色庾公樓。修心未到無心地，萬種千般逐水流。」

「心心心不住希夷，石室巉嵓白髮垂。惜竹不除當路筍，愛松留得礙人枝。焚香開卷雲生砌，捲箔冥心月在池。無限故人頭盡白，不知頭白更何之。」

古意云：「乾坤有清氣，散入詩人脾。聖賢遺清風，不在惡木枝。千人萬人中，一人兩人知。憶在東溪日，花開葉落時。幾擬以黃金，鑄作鍾子期。」

㈠「黍」原作「朮」，據全唐詩改。　㈡「夜」，據紀事補。　㈢「兄」原作「深」，據紀事改。　㈣「終」原作「中」，據紀事改。

僧齊己

「自古浮華能幾幾，逝波今日去滔滔。漢王廢苑生秋草，吴主荒宫入夜濤。滿屋黄金機不息，一頭白髮氣猶高。豈知物外金仙子，甘露天香滴毳袍。」

戊辰歲湖中寄鄭谷郎中云：「白髮久慵簪，常聞病亦吟。瘦應成鶴骨，閒想似禪心。上國楊花亂，滄洲荻笋深。不堪思翠蓋㊀，西望獨沾襟。」

山寺喜道士至云：「閏年春過後，山寺始花開。還有無心者，閒尋此境來。鳥幽聲忽斷，茶好味重迴。知在南嵩久，冥心坐緑苔。」

登祝融峯云：「猨鳥共不到，我來身欲浮。四邊空碧落，絶頂正清秋。宇宙知何極，華夷見細流。壇西獨立久，斜日轉神州。」

宿簡寂觀云：「萬壑雲霞影，千峰松桂聲。如何教下士，容易信長生。月共虚無白，香和沆瀣清。閒尋古廊畫，記得列仙名。」

㊀「蓋」原作「華」，據紀事改。

僧栖蟾

短歌行云：「蟾光堪自笑，浮世懶思量。身得幾時活？眼開終日忙。千金無壽藥，一鏡有愁霜。早向塵埃外，光陰任短長。」

僧清塞

贈王道士云：「藥力資蒼鬢，應非舊日身。一爲嵩岳客，幾葬洛陽人。冰縫瓢探水，雲根斧劚薪。關西往來熟，誰得水銀銀。」

贈幼羣法師㊀云：「北京從別後，南越幾聽砧。住久白髭出，講長黃葉深。香連鄰舍像，磬徹遠巢禽。寂寞應關道，何人見此心。」

送耿逸人南歸云：「南行隨越僧，舊業一池菱。兩鬢已如雪，五湖歸掛罾。夜濤鳴柵鎖，寒葦露船燈。此去應無事，却來期未能。」

早秋過郭勁書齋云：「暑消岡舍清，閒坐有餘情。石水生茶味，松風減扇聲。遠雲收海雨，静角掩山城。此地清吟苦，時來遶菊行。」

送康沼歸建業云：「南朝秋色滿，歸去思如何。帝業空城在，民耕壞塚多。月明臺獨上，栗綻寺頻過。籬下西江闊，相思見白波。」

贈柏嵓禪師云：「野寺絶依念，空山曾徧行。老來披衲重，病起讀經生。乞食嫌村遠，尋溪愛路平。多年柏嵓住，不記柏嵓名。」

贈胡僧云：「瘦形無血色，草履著從穿。閒語似持咒，不眠同坐禪。背經來漢地，袒膊過冬天。情性人難會，遊方應信緣。」

贈絶粒僧云：「一齋難過日，況復更休糧。養力時行道，聞鐘不上堂。惟留煨藥火，不寫化金方。舊有山廚在，從僧請作房。」

晚秋江館云：「病寄泗州居帶城，傍門高柳一蟬鳴。澄江月上見魚擲，荒徑葉乾聞犬行。越嶠夜無侵閣色，寺鐘涼有隔原聲。故園賣盡休歸去，湖水秋來空自平。」

贈李道士云：「布褐高眠石竇春，迸泉多濺黑紗巾。昂頭說易當閒客，落手圍棋對俗人。自算天年窮甲子，誰同雨夜守庚申。擬歸太華何時去，他日相逢乞藥銀。」

秋日同朱慶餘懷少室舊隱云：「曾居少室黄河畔，秋夢長懸未得迴。扶病十年離水石，思歸一夜隔風雷。荒齋幾度僧眠起，晚菊頻經塵路來。燈下此心誰共說，傍松幽徑已多苔。」

師東洛人，姓周氏。少從浮圖法，遇姚合而反初㊀，乃易名賀。初與賈長江無可齊名。賀哭柏嵓師云：「林徑西風急，松枝構杪餘。凍鬚亡夜剃，遺偈疾時書。地燥焚身後，堂空卧影初。此時頻下淚，曾省到吾廬。」時島亦有詩云：「苔覆石牀新，師曾過幾春。寫留行道影，焚却坐禪身。塔院關松雪，經房鎖隙塵。自嫌雙淚下，不是解空人。」時謂相侔云。

「兩鬢已垂雪，五湖歸釣魚。」送人句。「夜濤鳴柵鎖，寒葦露船燈。」句。「石水生茶味，松風滅扇聲。」句。「磬徹遠巢禽。」句。「伊流背行客，岳響答清猨。」句。

唐有周賀詩，即清塞也。秋宿洞庭云：「洞庭秋葉下，旅客不勝愁。明月天涯夜，青山江上秋。一官成白首，萬里寄滄洲。只被浮名繫，寧無愧海鷗。」

巴陵秋思云：「楊柳已寒色，楚田方刈禾。歸心病起切，敗葉夜來多。細雨城蟬噪，殘陽嶠客過。故鄉餘業在，杳隔洞庭波。」

岳陽樓云：「平楚起寒色，杪秋猶未還。世情何處淡，湘水向人閒。空翠隱高鳥，夕陽歸遠山。孤舟萬里外，惆悵洞庭間。」三詩作周賀。

㈠「羣」原作「郡」，據紀事改。㈡「初」原脫，據紀事補。

僧文益

看牡丹云：「擁毳對芳叢，由來趣不同。髮從今日白，花是去年紅。豔色隨朝露，馨香逐晚風。何須待零落，然後始知空。」

僧修睦

秋日閒居云：「是事不相關，誰人似此閒。捲簾當白晝，移榻對青山。野鶴眠松上，秋苔長雨間。嶽僧頻有信，昨日得書還。」睡起作云：「長空秋雨歇，睡起覺清神。看水看山坐，無名無利身。偈吟諸祖意，茶碾去年春。此外誰相識，孤雲到砌頻。」題東林云：「欲去不忍去，徘徊吟繞廊。水光秋淡蕩，僧好語尋常。碑古苔文疊，山晴鐘韻長。翻思南嶽上，欠此白蓮香。」

僧景雲

畫松云：「畫松一似真松樹，且待尋思記得無。曾在天台山上見，石橋南畔第三株。」

僧可止

哭賈島云：「燕生松雪地，蜀死葬山根。詩癖降今古，官卑誤子孫㊀。塚欄寒月色，人哭苦吟魂。暮雨滴碑字，年年添蘚痕。」

㊀「官」原作「宫」，據秘書改。

僧卿雲

長安言懷寄沈彬侍郎云：「故園梨嶺下，歸路接天涯。生作長安草，勝爲邊地花。雁南飛不到，書北寄來賒。堪羨神仙客，青雲早致家。」

舊國里云：「舊居梨嶺下，風景近炎方。地暖生春早，家貧覺歲長。石房雲過溼，松徑雨餘香。日久竟無事，詩書聊自彊。」

僧處默

題聖果寺云：「路自中峰上，盤迴出薜蘿。到江吳地盡，隔岸越山多。古木叢青靄，遥天浸白波。下方城郭近，鐘磬雜笙歌。」

螢云：「熠熠與娟娟，池塘竹樹邊。亂飛如拽火，成聚却無烟。微雨灑不滅，輕風吹欲然。昔時書案上，頻把作囊懸。」

遠烟云：「靄靄前山上，凝光滿薜蘿。高風吹不斷，遠樹得偏多。翠與晴雲合，輕將淑氣和。正堪流野目，休問意如何。」

織婦云：「蓬鬢蓬門積恨多，夜闌燈下不停梭。成縑猶自陪錢納，未值青樓一曲歌。」

僧澹交

病後作云：「未得身亡法，此身終未安。病腸猶可洗，瘦骨不禁寒。藥少心神餌，經無氣力看。悠悠片雲質，獨坐夕陽殘。」

寫真云：「圖形期自見，自見却傷神。已是夢中夢，更逢身外身。水花凝幻質，墨彩聚空塵。堪笑余兼爾，俱爲未了人。」

僧若虛

古鏡云：「軒后洪爐獨鑄成，蘚痕磨落月輪呈。萬般物象皆能鑒，一個人心不可明。匣内乍開鸞鳳活，臺前高挂鬼神驚。百年肝膽堪將比，只怕頻看素髮生。」

僧曇域

贈島雲禪師云：「遠菴枯葉滿，羣鹿亦相隨。頂骨生新髮，庭松長舊枝。禪高太白月，行出祖師碑。亂後潛來此，南人總不知。」

僧懷浦

初冬旅舍早懷云：「枕上角聲微，離情未息機。夢回三楚寺，寒入五更衣。月没棲禽動，霜晴凍葉飛。自慚于役早，深與道相違。」

僧幕幽

燈云：「鐘斷危樓鳥不飛，熒熒何處最相宜。香燃水寺僧開卷，筆寫春闈客著詩。忽爾思多穿壁處，偶然心盡斷纓時。孫康勤苦誰留念，少減餘光借與伊。」

僧尚顔

寄陳陶處士云：「鍾陵城外住，喻似玉沉泥。道直貧嫌殺，神清語亦低。雪深加酒債，春盡減詩題。記得曾遊宿，山茶又更擕。」

開元宮人

開元中，賜邊軍纊衣，製於宮中。有兵士於短袍中得詩曰：「沙場征戍客，寒苦若爲眠。戰袍經手作，知落阿誰邊？蓄意多添線，含情更著綿。今生已過也，重結後生緣。」兵士以詩白帥，帥進呈。玄宗以詩偏示宮中，曰：「作者勿隱，不汝罪也。」有一宮人自言萬死。上深憫之，遂以嫁得詩者，謂曰：「吾與汝結今生緣。」邊人感泣。

崔氏

盧校書年暮，娶崔氏，結褵之後，爲詩曰：「不怨盧郎年紀大，不怨盧郎官職卑。自恨妾身生較晚，不及盧郎年少時。」

劉氏

杜羔不第，將至家，其妻劉氏先寄詩云：「良人的的有奇才，何事年年被放回。如今妾面羞君面，君若來時近夜來。」羔卽回。尋登第，又寄詩云：「長安此去無多地，鬱鬱葱葱佳氣浮。良人得意正年少，今夜醉眠何處樓。」或云趙氏。

薛媛

濠梁南楚材，旅游陳潁，受潁牧之眷，無返舊意。其妻薛媛寫真寄之，曰：「欲下丹青筆，先拈寶鏡端。已驚顏索寞，漸覺鬢凋殘。淚眼描將易，愁腸寫出難。恐君渾忘却，時展畫圖看。」夫婦遂偕老焉。時人嘲之曰：「當時婦棄夫，今日夫棄婦。若不逞丹青，空房應獨守。」雲溪友議。

李季蘭

寄韓校書云：「無事烏程縣，蹉跎歲月餘。不知芸閣吏，寂寞意何如。遠水浮仙棹，寒星伴使車。因過大雷岸，莫忘八分書。」

季蘭五六歲，其父抱於庭，蘭作詩詠薔薇云：「經時未架却，心緒亂縱橫。」父恚曰：「此必爲失行婦也。」後竟如其言。

高仲武云：「士有百行，女有四德。季蘭則不然。形器既雌，詩意亦蕩。自鮑令暉以下，罕有其倫。如『遠水浮仙棹，寒星伴使車。』此五言之佳境也。上方班婕妤則不足，下比韓蘭英則有餘，不以遲暮，亦一俊媼㊀。」劉長卿謂季蘭爲女中詩豪。

㊀「媼」原作「異」，據中興間氣集改。

如意中女子

如意中女子，年九歲能吟詩，則天試之，皆應聲而就。其兄辭去，則天令作詩送兄，遂賦云：「別路雲初起，離亭葉正飛。所嗟人異雁，不作一行歸。」

魚玄機

玄機，咸通中西京咸宜觀女道士也，字幼微。善屬文，其詩有「綺陌春望遠，瑤徽秋興多」。又「殷勤不得語，紅淚一雙流」。又「焚香登玉壇，端簡禮金闕」。又「雲情自鬱爭同夢，仙貌長芳又勝花」。後以笞殺女童綠翹事下獄，獄中有詩云：「易求無價寶，難得有情郎。」又云：「明月照幽隙，清風開短襟。」

僖宗宮人

唐僖宗自內出袍千領，賜塞外吏士。神策軍馬真於袍中得金鎖一枚，詩一首，云：「玉燭製袍夜，金刀呵手裁。鎖寄千里客，鎖心終不開。」真就市貨鎖，爲人所告。主將得其詩，奏聞。僖宗令赴闕，以宮人妻真。後僖宗幸蜀，真晝夜不解衣，前後捍禦。

張建封妓

樂天有和燕子樓詩，其序云：「徐州張尚書有愛妓盼盼，善歌舞，雅多風態。余爲校書郎時，遊淮泗間，張尚書宴余。酒酣，出盼盼以佐飲，歡甚。余因贈詩，落句云：『醉嬌勝不得，風嫋牡丹花。』盡歡而去。爾後絕不復知，茲一紀矣。昨日司勳員外郎張仲素繪之訪余，因吟新詩，有燕子樓詩三首，詞甚婉麗。詰其由，乃盼盼所作也。繪之從事武寧軍累年，頗知盼盼始末，云：張尚書既没，彭城有張氏舊第，中有小樓，名燕子。盼盼念舊愛而不嫁，居是樓十餘年，于今尚在。」盼盼詩云：『樓上殘燈伴曉霜，獨眠人起合歡牀。相思一夜情多少，地角天涯未是長。』又云：『北邙松栢鎖愁煙，燕子樓中思悄然。自埋劍履歌塵散，紅袖香消一十年。』又云：『適看鴻雁岳陽回，又覩玄禽逼社來。瑶瑟玉簫無意緒，任從蛛網任從灰。』余嘗愛其新作，乃和之云：『滿窗明月滿簾霜，被冷燈殘拂卧牀。燕子樓中寒月夜，秋來祇爲一人長。』『鈿帶羅衫色似煙，幾回欲起卽潸然。自從不舞霓裳曲，疊在空箱十二年。』又：『今春有客洛陽迴，曾到尚書墓上來。見説白楊堪作柱，爭教紅粉不成灰。』又贈之絶句：『黄金不惜買蛾眉，揀得如花四五枝。歌舞教成心力盡，一朝身去不相隨。』後仲素以余詩示盼盼，乃反覆讀之，泣曰：『自公薨背，妾非不能死，恐百載之後，以我公重色，有從死之妾，是玷我公清範也，所以偷生耳。』乃和云：『自守空樓斂恨眉，形同春後牡丹枝。舍人不會人深意，訝道泉臺不去隨。』盼盼得詩後，怏怏旬日，不食而卒。但吟云：『兒童不識沖天物，漫把青泥汙雪毫。』出長慶集。

女郎宋若昭㈠

若昭，貝州人。父廷芬，生五女皆警慧，善屬文。長若莘，次若昭若倫若憲若荀。若昭尤高。皆性素潔，鄙薰澤靚粧，不願歸人，欲以學名家，家亦不欲與寒鄉凡裔爲姻對。貞元中，昭義節度使李抱真表其才，德宗詔入禁中，試文章並問經史大義，帝咨美，悉留宫中。帝能詩，每與侍臣賡和，五人者皆與。又高其風標，不以妾侍命之，呼學士。自貞元七年，秘禁圖籍，詔若莘總領。元和末卒。後穆宗拜若昭尚宫，嗣其秩。歷穆敬文三朝，皆呼先生。若憲，文宗時以讒死。倫荀蚤卒。廷芬男獨愚，不可教，爲民終身。

㊀「昭」原作「照」，據新唐書宣懿韋太后傳改。下同。

女郎張窈窕

寄故人云：「澹澹春風花落時，不堪愁望更相思。無金可買長門賦，有恨空吟團扇詩。」

女郎劉媛

「學畫蛾眉獨出羣，當時人道便承恩。經年不見君王面，花落黄昏空掩門。」

鶯鶯

鶯鶯姓崔氏，有張生者，託其婢紅娘以春詞二篇誘之。崔答曰：「待月西廂下，迎風户半開。拂牆花影動，疑是故人來。」張喜其意，既遇而别，崔命琴，鼓霓裳羽衣之曲。張文戰不利，崔貽書以廣其意。又有竹茶碾亂絲之贈曰：「淚痕在竹，愁緒縈絲，因物達情，永以爲好。」楊巨源元稹善張生，見其意，歎賞之。巨源賦崔娘一篇云：「清潤潘郎玉不如，中庭蕙草雪銷初。風流才子多春思，腸斷蕭娘一紙書。」元稹亦續生會真詩三十韻。張後以爲妖於身也，絶之。既而崔託其所親潛寄一詩云：「自從消瘦減容光，萬轉千回懶下牀。不爲旁人羞不起，因郎顦顇却羞郎。」張將行，賦一章以絕之云：「棄置今何道，當時且自親。還將舊來意，憐取眼前人。」自是遂絕。

不知名

江陵有士子遊交廣，五年未還，愛姬爲太守所取，納於高麗坊邸。及歸，寄詩曰：「陰雲羃羃下陽臺，惹著襄王更不回。五度看花空有淚，一心如結不曾開。纖蘿自合依芳樹，覆水寧思反舊杯。惆悵高麗坊邸宅，春光無復下山來。」守遂遣還。

有爲御史分務洛京者，其愛姬爲李逢吉一閱，遂不復出。明日，以詩投之云：「三山不見海沉沉，豈有仙蹤尚可尋。青鳥去時雲路斷，嫦娥歸處月宮深。紗窗暗想春相憶，書幌誰憐夜獨吟。料得此時天上月，只應偏照兩人心。」李得詩含笑曰：「大好詩。」遂絕。

唐人及第後，或遇舊題名處，即加前字，故詩曰：「曾題名處添前字，送出城人乞舊詩。」姚合及第後，詩云：「新銜添一字，舊友讓前途。」

長安木塔院，有進士房魯題名處㊀，有人題詩曰：「姚家新婿是房郎，未解芳顏意欲狂。見說正調穿羽箭，莫教射破寺家牆。」

丹陽焦山瘞鶴銘小碣刻詩云：「江外水不凍，今年寒苦遲。三山在何處，欲到引風歸。」後題云：「丹陽掾王瓚作。」後復題小石云：「縱步不知遠，夕陽猶未回。好花隨意發，流水逐人來。」不知誰爲之。

「忽聞天子訪沉淪，萬里懷書西入秦。早知不用無媒客，恨別江南楊柳春。」奇鯤，南詔大酋之心膂也。僖宗時來朝，高駢自淮海飛章曰：「蠻酋用事，惟奇鯤等數人，請止而鴆之。」帝用其策。奇鯤有詞藻，途中詩云：「風裏浪花吹又白，雨中峰影洗還青。沙鷗聚處窗前見，林狖啼時枕上聽。」出瑣言。

雜調云：「勸君莫惜金縷衣，勸君須惜少年時。有花堪折直須折，莫待無花空折枝。」

「空賜羅衣不賜恩，一薰香後一銷魂。雖然舞袖何曾舞，長對春風裛淚痕。」

「眼想心思夢裏驚，無人知我此時情。不如池上鴛鴦鳥，雙宿雙飛過一生。」

「鶯啼露冷酒初醒，罨畫樓西曉角鳴。翠羽帳中人夢覺，寶釵斜墮枕函聲。」

「兩心不語暗知情，燈下裁縫月下行。行到階前知未睡，夜深聞放剪刀聲。」

乾符末，有客訪僧，僧却之，題門而去，云：「龕龍去東海，時日隱西斜。敬文今不在，碎石入流沙。」忽一僧曰：「大駡我曹，乃合寺苟卒四字。」

㊀「曾」，紀事作「曾」。

權龍褒 褒一作襄。

景龍中，爲左武衛將軍，好賦詩，而不知聲律。中宗與學士賦詩，輒自預焉，帝戲呼爲權學士。初以親累遠貶，洎歸，獻詩云：「龍褒有何罪，天恩放嶺南。敕知無罪過，追來與將軍。」上大笑。嘗吟夏日詩：「嚴霜白皓皓，明月赤團團。」或曰：「豈是夏景？」答曰：「趁韻而已。」通天中，刺滄州。初到，呈同官曰：「遥看滄州城，楊柳鬱青青。中央一羣漢，聚坐打杯觥。」諸公謝曰：「公有逸才。」曰：「不敢。趁韻而已。」嘗作秋日詠懷詩曰：「檐前飛七百，雪白後園僵。飽食房裏側，家糞集野蜋。」參軍不曉，問之，權曰：「鷂子簾前飛，直七百；洗衫掛後園白如雪；飽食房中側卧，家裏便轉集得野澤蜣蜋。」聞者笑之。始賦夏日嚴霜明月之句，乃皇太子宴賦詩。太子援筆譏之：「龍褒才子，秦州人氏。明月晝耀，嚴霜夏起。如此詩章，趁韻而已。」

龍褒爲瀛州刺史，歲暮，京中人附書云：「改年多感。」乃將書呈判司以下云：「有司改年爲多感元年。」一日，謂府吏：「何名私忌？」對曰：「父母亡日，請假。」偶房中静坐，有青狗突入，大怒曰：「衝破我忌日，更牒改到明日，好作忌日。」談者笑之。

六一詩話

六一詩話　宋　歐陽修著

居士退居汝陰，而集以資閒談也。

李文正公進永昌陵挽歌詞云：「奠玉五回朝上帝，御樓三度納降王。」當時羣臣皆進，而公詩最爲首出。所謂三降王者，廣南劉鋹、西蜀孟昶及江南李後主是也。若五朝上帝則誤矣。太祖建隆盡四年，明年初郊，改元乾德。至六年再郊，改元開寶。開寶五年又郊，而不改元。九年已平江南，四月大雩，告謝于西京。蓋執玉祀天者，實四也。李公當時人，必不繆，乃傳者誤云五耳。

仁宗朝，有數達官，以詩知名。常慕「白樂天體」，故其語多得於容易。嘗有一聯云：「有祿肥妻子，無恩及吏民。」有戲之者云：「昨日通衢遇一輜軿車，載極重，而羸牛甚苦，豈非足下『肥妻子』乎？」聞者傳以爲笑。

京師輦轂之下，風物繁富，而士大夫牽於事役，良辰美景，罕獲宴遊之樂。其詩至有「賣花擔上看桃李，拍酒樓頭聽管絃」之句。西京應天禪院有祖宗神御殿，蓋在水北，去河南府十餘里。歲時朝拜官吏，常苦晨興，而留守達官簡貴，每朝罷，公酒三行，不交一言而退。故其詩曰：「正夢寐中行十里，不言語處喫三杯。」其語雖淺近，皆兩京之實事也。

梅聖俞嘗於范希文席上賦河豚魚詩云：「春洲生荻芽，春岸飛楊花。河豚當是時，貴不數魚蝦。」河豚常出於春暮，羣遊水上，食絮而肥。南人多與荻芽爲羹，云最美。故知詩者謂祇破題兩句，已道盡河豚好處。聖俞平生苦於吟詠，以閑遠古淡爲意，故其構思極艱。此詩作於樽俎之間，筆力雄贍，頃刻而成，遂爲絶唱。

蘇子瞻學士，蜀人也。嘗於淯井監得西南夷人所賣蠻布弓衣，其文織成梅聖俞春雪詩。此詩在聖俞集中，未爲絶唱。蓋其名重天下，一篇一詠，傳落夷狄，而異域之人貴重之如此耳。子瞻以余尤知聖俞者，得之，因以見遺。余家舊蓄琴一張，乃寶曆三年雷會所斵，距今二百五十年矣。其聲清越如擊金石，遂以此布更爲琴囊，二物真余家之寶玩也。

吳僧贊寧，國初爲僧録。頗讀儒書，博覽强記，亦自能撰述，而辭辯縱横，人莫能屈。時有安鴻漸者，文詞雋敏，尤好嘲詠。嘗街行遇贊寧與數僧相隨，鴻漸指而嘲曰：「鄭都官不愛之徒，時時作隊。」贊寧應聲答曰：「秦始皇未坑之輩，往往成羣。」時皆善其捷對。鴻漸所道，乃鄭谷詩云：「愛僧不愛紫衣僧」也。

鄭谷詩名盛於唐末，號雲臺編，而世俗但稱其官，爲「鄭都官詩」。其詩極有意思，亦多佳句，但其格不甚高。以其易曉，人家多以教小兒，余爲兒時猶誦之，今其集不行於世矣。梅聖俞晚年，官亦至都官，一日會飲余家，劉原父戲之曰：「聖俞官必止于此。」坐客皆驚。原父曰：「昔有鄭都官,今有梅都官也。」聖俞頗不樂。未幾,聖俞病卒。余爲序其詩爲宛陵集,而今人但謂之「梅都官詩」。一言之謔,後遂果然,斯可歎也!

陳舍人從易,當時文方盛之際,獨以醇儒古學見稱,其詩多類白樂天。蓋自楊劉唱和,西崑集行,後進學者爭效之,風雅一變,謂「西崑體」。由是唐賢諸詩集幾廢而不行。陳公時偶得杜集舊本,文多脱誤,至送蔡都尉詩云:「身輕一鳥」,其下脱一字。陳公因與數客各用一字補之。或云「疾」,或云「落」,或云「起」,或云「下」,莫能定。其後得一善本,乃是「身輕一鳥過」。陳公歎服,以爲雖一字,諸君亦不能到也。

國朝浮圖,以詩名於世者九人,故時有集號九僧詩,今不復傳矣。余少時聞人多稱之。其一曰惠崇,餘八人者,忘其名字也。余亦畧記其詩,有云:「馬放降來地,鵰盤戰後雲。」又云:「春生桂嶺外,人在海門西。」其佳句多類此。其集已亡,今人多不知有所謂九僧者矣,是可歎也!當時有進士許洞者,善爲詞章,俊逸之士也。因會諸詩僧分題,出一紙,約曰:「不得犯此一字。」其字乃山、水、風、雲、竹、石、花、草、雪、霜、星、月、禽、鳥之類,于是諸僧皆閣筆。洞咸平三年進士及第,時無名子嘲曰「張康渾裹馬,許洞鬧裝妻」者是也。

孟郊賈島皆以詩窮至死,而平生尤自喜爲窮苦之句。孟有移居詩云:「借車載家具,家具少於車。」乃是都無一物耳。又謝人惠炭云:「暖得曲身成直身。」人謂非其身備嘗之不能道此句也。賈云：「鬢邊雖有絲，不堪織寒衣。」就令織得，能得幾何？又其朝飢詩云：「坐聞西牀琴，凍折兩三絃。」人謂其不止忍饑而已，其寒亦何可忍也。

唐之晚年，詩人無復李杜豪放之格，然亦務以精意相高。如周朴者，構思尤艱，每有所得，必極其雕琢，故時人稱朴詩「月鍛季煉，未及成篇，已播人口」。其名重當時如此，而今不復傳矣。余少時猶見其集，其句有云：「風暖鳥聲碎，日高花影重。」又云：「曉來山鳥鬧，雨過杏花稀。」誠佳句也。

聖俞嘗語余曰：「詩家雖率意，而造語亦難。若意新語工，得前人所未道者，斯爲善也。必能狀難寫之景，如在目前，含不盡之意，見於言外，然後爲至矣。賈島云：『竹籠拾山果，瓦瓶擔石泉。』姚合云：『馬隨山鹿放，雞逐野禽栖。』等是山邑荒僻，官況蕭條，不如『縣古槐根出，官清馬骨高』爲工也。」余曰：「語之工者固如是。狀難寫之景，含不盡之意，何詩爲然？」聖俞曰：「作者得於心，覽者會以意，殆難指陳以言也。雖然，亦可畧道其髣髴：若嚴維『柳塘春水漫，花塢夕陽遲』，則天容時態，融和駘蕩，豈不如在目前乎？又若温庭筠『雞聲茅店月，人跡板橋霜』，賈島『怪禽啼曠野，落日恐行人』，則道路辛苦，羈愁旅思，豈不見於言外乎？」

聖俞子美齊名於一時，而二家詩體特異。子美筆力豪儁，以超邁橫絶爲奇；聖俞覃思精微，以深遠閒淡爲意。各極其長，雖善論者不能優劣也。余嘗於水谷夜行詩畧道其一二云：「子美氣尤雄，萬竅號一噫，有時肆顛狂，醉墨洒滂霈。譬如千里馬，已發不可殺。盈前盡珠璣，一一難揀汰。梅翁事清切，石齒漱寒瀨。作詩三十年，視我猶後輩。文詞愈精新，心意雖老大。有如妖韶女，老自有餘態。近詩尤古硬，咀嚼苦難嘬。又如食橄欖，真味久愈在。蘇豪以氣轢，舉世徒驚駭。梅窮獨我知，古貨今難賣。」語雖非工，謂粗得其彷彿，然不能優劣之也。

呂文穆公未第時，薄遊一縣，胡大監旦方隨其父宰是邑，遇呂甚薄。客有譽呂曰：「呂君工於詩，宜少加禮。」胡問詩之警句。客舉一篇，其卒章云：「挑盡寒燈夢不成。」胡笑曰：「乃是一渴睡漢耳。」呂聞之，甚恨而去。明年，首中甲科，使人寄聲語胡曰：「渴睡漢狀元及第矣。」胡答曰：「待我明年第二人及第，輸君一籌。」既而次榜亦中首選。

聖俞嘗云：「詩句義理雖通，語涉淺俗而可笑者，亦其病也。如有贈漁父一聯云：『眼前不見市朝事，耳畔惟聞風水聲。』說者云：『患肝腎風。』又有詠詩者云：『盡日覓不得，有時還自來。』本謂詩之好句難得耳，而說者云：『此是人家失卻猫兒詩。』人皆以爲笑也。」

王建宮詞一百首，多言唐宮禁中事，皆史傳小說所不載者，往往見于其詩，如「內中數日無呼喚，傳得滕王蛺蝶圖。」滕王元嬰，高祖子，新舊唐書皆不著其所能，惟名畫錄畧言其善畫，亦不云其工蛺蝶也。又畫斷云：「工於蛺蝶。」及見於建詩爾。或聞今人家亦有得其圖者。唐世一藝之善，如公孫大娘舞劍器，曹剛彈琵琶，米嘉榮歌，皆見于唐賢詩句，遂知名於後世。當時山林田畝，潛德隱行君子，不聞於世者多矣，而賤工末藝得所附託，乃垂於不朽，蓋其各有幸不幸也。

李白戲杜甫云：「借問別來太瘦生，總爲從前作詩苦。」「太瘦生」，唐人語也，至今猶以「生」爲語助，如「作麽生」、「何似生」之類是也。陶尚書穀嘗曰：「尖簷帽子卑凡厮，短靿靴兒末厥兵。」「末厥」，亦當時語。余天聖景祐間已聞此句，時去陶公尚未遠，人皆莫曉其義。王原叔博學多聞，見稱于世，最爲多識前言者，亦云不知爲何説也。第記之，必有知者耳。

詩人貪求好句，而理有不通，亦語病也。如「袖中諫草朝天去，頭上宮花侍宴歸」，誠爲佳句矣，但進諫必以章疏，無直用稿草之理。唐人有云：「姑蘇臺下寒山寺，半夜鐘聲到客船。」説者亦云，句則佳矣，其如三更不是打鐘時！如賈島哭僧云：「寫留行道影，焚卻坐禪身。」時謂燒殺活和尚，此尤可笑也。若「步隨青山影，坐學白塔骨」，又「獨行潭底影，數息樹邊身」，皆島詩，何精粗頓異也？

松江新作長橋，制度宏麗，前世所未有。蘇子美新橋對月詩所謂「雲頭灔灔開金餅，水面沉沉臥彩虹」者是也。時謂此橋非此句雄偉不能稱也。子美兄舜元，字才翁，詩亦遒勁多佳句，而世獨罕傳。其與子美紫閣寺聯句，無媿韓孟也，恨不得盡見之耳。

晏元獻公文章擅天下，尤善爲詩，而多稱引後進，一時名士往往出其門。聖俞平生所作詩多矣，然公獨愛其兩聯，云：「寒魚猶著底，白鷺已飛前。」又「絮暖鮆魚繁，露添蒓菜紫。」余嘗于聖俞家見公自書手簡，再三稱賞此二聯。余疑而問之，聖俞曰：「此非我之極致，豈公偶自得意於其間乎？」乃知自古文士不獨知己難得，而知人亦難也。

楊大年與錢劉數公唱和，自西崑集出，時人争效之，詩體一變。而先生老輩患其多用故事，至於語僻難曉，殊不知自是學者之弊。如子儀新蟬云：「風來玉宇烏先轉，露下金莖鶴未知。」雖用故事，何害爲佳句也。又如「峭帆横渡官橋柳，疊鼓驚飛海岸鷗。」其不用故事，又豈不佳乎？蓋其雄文博學，筆力有餘，故無施而不可，非如前世號詩人者，區區於風雲草木之類，爲許洞所困者也。

西洛故都，荒臺廢沼，遺跡依然，見于詩者多矣。惟錢文僖公一聯最爲警絶，云：「日上故陵烟漠漠，春歸空苑水潺潺。」裴晉公緑野堂在午橋南，往時嘗屬張僕射齊賢家，僕射罷相歸洛，日與賓客吟宴於其間，惟鄭工部文寶一聯最爲警絶，云：「水暖鳬鷖行哺子，溪深桃李卧開花。」人謂不減王維杜甫也。錢詩好句尤多，而鄭句不惟當時人莫及，雖其集中自及此者亦少。

閩人有謝伯初者，字景山，當天聖景祐之間，以詩知名。余謫夷陵時，景山方爲許州法曹，以長韻見寄，頗多佳句，有云：「長官衫色江波緑，學士文華蜀錦張。」余答云：「參軍春思亂如雲，白髮題詩愁送春。」蓋景山詩有「多情未老已白髮，野思到春如亂雲」之句，故余以此戲之也。景山詩頗多，如「自種黄花添野景，旋移高竹聽秋聲」，「園林換葉梅初熟，池館無人燕學飛」之類，皆無愧於唐諸賢。而仕宦不偶，終以困窮而卒。其詩今已不見於世，其家亦流落不知所在。其寄余詩，逮今三十五年矣，余猶能誦之。蓋其人不幸既可哀，其詩淪棄亦可惜，因録于此。詩曰：「江流無險似瞿塘，滿峽猨聲斷旅腸。萬里可堪人謫宦，經年應合鬢成霜。長官衫色江波緑，學士文華蜀錦張。異域化爲儒雅俗，遠民争識校讐郎。才如夢得多爲累，情似安仁久悼亡。下國難留金馬客，新詩傳與竹枝娘。典詞懸待修青史，諫草當來集皂囊。莫謂明時暫遷謫㊀，便將纓足濯滄浪。」

㊀「明」，歐陽文忠公文集作「平」。

石曼卿自少以詩酒豪放自得，其氣貌偉然，詩格奇峭，又工於書，筆畫遒勁，體兼顔柳，爲世所珍。余家嘗得南唐後主澄心堂紙，曼卿爲余以此紙書其籌筆驛詩，詩，曼卿平生所自愛者，至今藏之，號爲三絶，真余家寶也。曼卿卒後，其故人有見之者，云恍惚如夢中，言我今爲鬼仙也，所主芙蓉城，欲呼故人往遊，不得，忿然騎一素騾去如飛。其後又云，降於亳州一舉子家，又呼舉子去，不得，因留詩一篇與之。余亦畧記其一聯云：「鶯聲不逐春光老，花影長隨日脚流。」神仙事怪不可知，其詩頗類曼卿平生，舉子不能道也。

王建霓裳詞云：「弟子部中留一色，聽風聽水作霓裳。」霓裳曲，今教坊尚能作其聲，其舞則廢而不傳矣。人間又有望瀛洲獻仙音二曲，云此其遺聲也。霓裳曲，前世傳記論説頗詳，不知

「聽風聽水」爲何事也？白樂天有霓裳歌甚詳，亦無「風水」之説，第記之，或有遺亡者爾。

龍圖學士趙師民，以醇儒碩學名重當時。爲人沈厚端默，羣居終日，似不能言，而於文章之外，詩思尤精，如「麥天晨氣潤，槐夏午陰清」。前世名流，皆所未到也。又如「曉鶯林外千聲囀，芳草階前一尺長」，殆不類其爲人矣。

退之筆力，無施不可，而嘗以詩爲文章末事，故其詩曰：「多情懷酒伴，餘事作詩人」也。然其資談笑，助諧謔，敘人情，狀物態，一寓於詩，而曲盡其妙。此在雄文大手，固不足論，而余獨愛其工於用韻也。蓋其得韻寬，則波瀾橫溢，泛入傍韻，乍還乍離，出入迴合，殆不可拘以常格，如此日足可惜之類是也。得韻窄，則不復傍出，而因難見巧，愈險愈奇，如病中贈張十八之類是也。余嘗與聖俞論此，以謂譬如善馭良馬者，通衢廣陌，縱橫馳逐，惟意所之。至於水曲蟻封，疾徐中節，而不少蹉跌，乃天下之至工也。聖俞戲曰：「前史言退之爲人木强，若寬韻可自足而輒傍出，窄韻難獨用而反不出，豈非其拗强而然與？」坐客皆爲之笑也。

自科場用賦取人，進士不復留意於詩，故絶無可稱者。惟天聖二年省試采侯詩，宋尚書祁最擅場，其句有「色映堋雲爛，聲迎羽月遲一作馳㊀」，尤爲京師傳誦，當時舉子目公爲「宋采侯」。

㊀「一作馳」三字原缺，據叢書集成本補。

温公續詩話

温公續詩話

宋　司馬光著

詩話尚有遺者，歐陽公文章名聲雖不可及，然記事一也，故敢續書之。

文德殿，百官常朝之所也。宰相奏事畢，乃來押班，常至日旰。守堂卒好以厚朴湯飲朝士，朝士有久無差遣，厭苦常朝者，戲爲詩曰：「立殘階下梧桐影，喫盡街頭厚朴湯。」亦朝中之實事也。

惠崇詩有「劍静龍歸匣，旗閒虎繞竿」。其尤自負者，有「河分岡勢斷，春入燒痕青」。時人或有譏其犯古者，嘲之：「河分岡勢司空曙，春入燒痕劉長卿。不是師兄多犯古，古人詩句犯師兄。」進士潘閬嘗謔之曰：「崇師，爾當憂獄事，吾去夜夢爾拜我，爾豈當歸俗邪？」惠崇曰：「此乃秀才憂獄事爾。惠崇，沙門也，惠崇拜，沙門倒也，秀才得毋詣沙門島邪？」

梅聖俞之卒也，余與宋子才選㊀、韓欽聖宗彦、沈文通遘，俱爲三司僚屬，共痛惜之。子才曰：「比見聖俞面光澤特甚，意爲充盛，不知乃爲不祥也。」時欽聖面亦光澤，文通指之曰：「次及欽聖矣。」衆皆尤其暴謔。不數日，欽聖抱疾而卒。余謂文通曰：「君雖不爲咒咀，亦戲殺耳。」此雖無預時事，然以其與聖俞同時，事又相類，故附之。

㊀「子」原作「之」，據百川學海本改。

鄭工部詩有「杜曲花香醲似酒，灞陵春色老於人」，亦爲時人所傳誦，誠難得之句也。

科場程試詩，國初以來，難得佳者。天聖中，梓州進士楊諤，始以詩著。其天聖八年省試蒲車詩云：「草不驚皇轍，山能護帝輿。」是歲，以策用清問字下第。景祐元年，省試宣室受釐詩云：「願前明主席，一問洛陽人。」諤是年及第，未幾卒。慶曆二年，韓欽聖試勳門賜立戟詩云：「凝峰畫旛轉，交綴彩支繁。」范景仁云，曾見真本如此。傳欽聖作「迎風畫旛轉，映日彩支繁」，故兩存之。蘇州進士丁偃，試邇英延講藝詩云：「白虎前芳掩，金華舊事輕。天心非不寤，垂意在蒼生。」有古詩諷諫之體。偃是歲奏名甚高，御前下第。自是二十年始及第，尋卒。滕元發甫，皇祐五年御試律聽軍聲詩云：「萬國休兵外，羣生奏凱中。」以是得第三人，最爲場屋所稱。

鮑當善爲詩，景德二年進士及第，爲河南府法曹。薛尚書映知府，當失其意，初甚怒之，當獻孤雁詩云：「天寒稻粱少，萬里孤難進。不惜充君庖，爲帶邊城信。」薛大嗟賞，自是游宴無不預焉，不復以掾屬待之。時人謂之「鮑孤雁」。薛嘗暑月詣其廨舍，當方露頂，狼狽入，易服，把板而出，忘其幞頭。薛嚴重，左右莫敢言者。坐久之，月上，當顧見髮影，大慚，以公服袖掩頭而走。

林逋處士，錢塘人，家于西湖之上，有詩名。人稱其梅花詩云「疏影橫斜水清淺，暗香浮動月黃昏」，曲盡梅之體態。

魏野處士，陝人，字仲先，少時未知名。嘗題河上寺柱云：「數聲離岸櫓，幾點別州山。」時有幕僚，本江南文士也，見之大驚，邀與相見，贈詩曰：「怪得名稱野，元來性不羣。借冠來謁我，倒屣起迎君。」仍爲延譽，由是人始重之。其詩效白樂天體。真宗西祀，聞其名，遣中使召之，野閉户踰垣而遁。王太尉相且從車駕過陝，野貽詩曰：「昔年宰相年年替㊀，君在中書十一秋。西祀東封俱已了，如今好逐赤松遊。」王袖其詩以呈上，累表請退，上不許。野又嘗上寇萊公準詩云：「好去上天辭將相，却來平地作神仙。」又有啄木鳥詩云：「千林蠹如盡，一腹餒何妨。」又竹杯珓詩云：「吉凶終在我，反覆謾勞君。」有詩人規戒之風。卒，贈著作郎，仍詔子孫租稅外，其餘科役，皆無所預。仲先詩有「妻喜栽花活，童誇門草贏。」真得野人之趣，以其皆非急務也。仲先詩有「燒葉爐中無宿火，讀書窗下有殘燈」。仲先既没，集其詩者嫌「燒葉」貧寒太甚，故改「葉」爲「藥」，不惟壞此一字，乃併一句亦無氣味，所謂求益反損也。仲先贈先公詩，有「文雖如貌古，道不似家貧」。先公監安豐酒稅，赴官，嘗有行色詩云：「冷于陂水淡于秋，遠陌初窮見渡頭。猶賴丹青無處畫，畫成應遣一生愁。」豈非狀難寫之景也。

㊀「昔年」學海類編本作「昔時」。

丁相謂善爲詩，在珠崖猶有詩近百篇，號知命集，其警句有「草解忘憂憂底事，花能含笑笑何人」。少時好蹴踘，長韻其二聯云：「鷹鶻騰雙眼，龍蛇繞四肢。躡來行數步，蹺後立多時。」

寇萊公詩，才思融遠。年十九進士及第，初知巴東縣，有詩云：「野水無人渡，孤舟盡日橫。」又嘗爲江南春云：「波渺渺，柳依依，孤村芳草遠，斜日杏花飛。江南春盡離腸斷，蘋滿汀洲人未歸。」爲人膾炙。

陳文惠公堯佐能爲詩。世稱其吴江詩云：「平波渺渺烟蒼蒼，菰蒲纔熟楊柳黄。扁舟繫岸不忍去，秋風斜日鱸魚香。」又嘗有詩云：「雨網蛛絲斷，風枝鳥夢搖。詩家零落景，采拾合如樵。」

龐潁公籍喜爲詩，雖臨邊典藩，文案委積，日不廢三兩篇，以此爲適。及疾亟，余時爲諫官，以十餘篇相示，手批其後曰：「欲令吾弟知老夫病中嘗有此思耳。」字已慘淡難識，後數日而薨。

韓退處士，絳州人，放誕不拘，浪跡秦晉間，以詩自名。嘗跨一白驢，自有詩云：「山人跨雪精，上便不論程。嗅地打不動，笑天休始行。」爲人所稱。好著寬袖鶴氅，醉則鶴舞，石曼卿贈詩曰：「醉狂玄鶴舞，閒卧白驢號。」

章獻太后上仙，羣臣進挽歌數百首，惟曼卿一聯首出，曰：「震出坤柔變，乾成太極虚。」太后稱制日，仁宗端拱，至是始親萬幾，曼卿詩切合時宜，又不卑長樂也。

李長吉歌「天若有情天亦老」，人以爲奇絶無對。曼卿對「月如無恨月長圓」，人以爲勍敵。

詩云：「牂羊墳首，三星在罶。」言不可久。古人爲詩，貴于意在言外，使人思而得之，故言之者無罪，聞之者足以戒也。近世詩人，惟杜子美最得詩人之體，如「國破山河在，城春草木深。感時花濺淚，恨別鳥驚心」。山河在，明無餘物矣；草木深，明無人矣；花鳥，平時可娛之物，見之而泣，聞之而悲，則時可知矣。他皆類此，不可徧舉。

劉槩字孟節，青州人。喜爲詩，慷慨有氣節。舉進士及第，爲幕僚。一任不得志，棄官隱居冶原山㊀，去人境四十里。好遊山，常獨挈飯一甖，窮探幽險，無所不至，夜則宿于巖石之下，或累日乃返，不畏虎豹蛇虺。富丞相甚禮重之，嘗在府舍西軒有詩云：「昔年曾作瀟湘客，憔悴東秦歸未得。西軒忽見好溪山，如何尚有楚鄉憶。讀書誤人四十年，有時醉把闌干拍。」

㊀「冶原」原作「野原」，據澠水燕談録改。

唐之中葉，文章特盛，其姓名湮没不傳于世者甚衆。如河中府鸛雀樓有王之渙、暢諸一云暢當。詩㊀，暢詩曰：「迥臨飛鳥上，高謝世人間。天勢圍平野，河流入斷山。」王詩曰：「白日依山盡，黄河徹海流。欲窮千里目，更上一層樓。」二人者，皆當時賢士所不數，如後人擅詩名者，豈能及之哉！

㊀「渙」原作「美」，據全唐詩改。

陳亞郎中性滑稽，嘗爲藥名詩百首。其美者有「風雨前湖夜，軒窗半夏涼」，不失詩家之體。其鄙者有贈乞雨自曝僧云：「不雨若令過半夏，定應曒作胡蘆巴。」又詠上元夜遊人云：「但看車前牛領上，十家皮没五家皮。」蔡君謨嘗嘲之曰：「陳亞有心終是惡。」亞應聲曰：「蔡襄除口便成衰。」

楊朴，字契玄，鄭州人，善爲詩，不仕。少時嘗與畢相同學，畢薦之，太宗召見，面賦蓑衣詩云：「狂脱酒家春醉後，亂堆漁舍晚晴時。」除官不受，聽歸山，以其子從政爲長水尉。朴嘗爲七夕詩云：「年年乞與人間巧，不道人間巧已多。」

劉子儀與夏英公同在翰林，子儀素爲先達。章獻臨朝時，子儀主文，在貢院，聞英公爲樞密副使，意頗不平，作堠子詩云：「空呈厚貌臨官道，大有人從捷逕過。」先朝春月，多召兩府、兩制、三館于後苑賞花、釣魚、賦詩。自趙元昊背誕，西陲用兵，廢缺甚久。嘉祐末，仁宗始復修故事，羣臣和御製詩。是日，微陰寒，韓魏公時爲首相，詩卒章云：「輕雲閣雨迎天仗，寒色留春入壽杯。二十年前曾侍宴，台司今日喜重陪。」時内侍都知任守忠，嘗以滑稽侍上，從容言曰：「韓琦詩譏陛下。」上愕然，問其故。守忠曰：「譏陛下游宴太頻。」上爲之笑。

熙寧初，魏公罷相，留守北京，新進多陵慢之。魏公鬱鬱不得志，嘗爲詩云：「花去曉叢蜂蝶亂，雨勻春圃桔槔閒。」時人稱其微婉。

元豐初，宦者王紳，效王建作宫詞百首，獻之，頗有意思。其太皇太后生日詩云：「太皇生日最尊榮，獻壽宫中未五更。天子捧觴仍再拜，寶慈侍立到天明。」寶慈，皇太后宫名也。太后幸景靈宫，駕前露面雙童女詩曰：「平明彩仗幸琳宫，紫府仙童下九重。整頓瓏璁時駐馬，畫工暗地貌真容。」

歐陽公云，九僧詩集已亡。元豐元年秋，余遊萬安山玉泉寺，于進士閔交如舍得之。所謂九詩僧者：劍南希晝、金華保暹、南越文兆、天台行肇、沃州簡長、貴城惟鳳、淮南惠崇、江南宇昭、峩眉懷古也。直昭文館陳充集而序之。其美者亦止于世人所稱數聯耳。交如好治經，所爲奇僻，自謂得聖人微旨，先儒所不能到。貧無妻兒，不應舉，常寄食僧舍，僧亦不厭苦之。始居龍門山，猶苦遊人往來多，徙居萬安山，屏絶人事，專以治經爲事，凡數十年，用心益苦，而去人情益遠，衆非笑之。交如不變益堅。雖非中行，其志亦可憐也。

范景仁鎮喜爲詩，年六十三致仕。一朝思鄉里，遂徑行入蜀。故人李才元大臨知梓州，景仁枉道過之。歸至成都，日與鄉人樂飲，散財于親舊之貧者，遂遊峩眉青城山，下巫峽，出荆門，凡朞歲乃還京師。在道作詩凡二百五篇，其一聯云：「不學鄉人誇駟馬，未饒吾祖泛扁舟。」此二事他人所不能用也。

嘉祐中，有劉諷都官，簡州人，亦年六十三致仕，夫婦徙居賴山。景仁有詩送之云：「移家尚恐青山淺，隱几惟知白日長。」時有朱公綽送諷詩云：「疏草焚來應見史，橐金散盡只留書。」皆爲時人所傳誦。

大名進士耿仙芝，以詩著，其一聯云：「淺水短蕪調馬地，淡雲微雨養花天。」爲人所稱。

唐明皇以諸王從學，命集賢院學士徐堅等討集故事，兼前世文詞，撰初學記。劉中山子儀愛其書，曰：「非止初學，可爲終身記。」

宗衮嘗曰：「殘人矜才，逆詐恃明，吾終身不爲也。」猶唐相崔涣曰：「抑人以遠謗，吾所不爲。」

杜甫終于耒陽，藁葬之。至元和中，其孫始改葬于鞏縣，元微之爲誌。而鄭刑部文寶謫官衡州，有經耒陽子美墓詩，豈但爲誌而不克遷，或已遷而故塚尚存邪？

北都使宅，舊有過馬廳。按唐韓偓詩云：「外使進鷹初得按，中官過馬不教嘶。」注云：「乘馬必中官馭以進，謂之過馬。既乘之，然後蹀躞嘶鳴也。」蓋唐時方鎮亦傚之，因而名廳事也。

中山詩話

中山詩話

宋　劉攽著

太宗好文，每進士及第，賜聞喜宴，常作詩賜之，累朝以爲故事。仁宗在位四十二年，賜詩尤多，然不必盡上所自作。景祐初，賜詩落句云：「寒儒逢景運，報德合如何？」論者謂質厚宏壯，真詔旨也。

劉子儀贈人詩云：「惠和官尚小，師達禄須干。」取柳下惠聖之和，師也達，而子張學干禄之事。或有除去官字示人曰：「此必番僧也，其名達禄須干。」聞者大笑。詩有詩病俗忌，當避之。此偶自諧合，無若輕薄子何，非筆力過也。

景祐中，宋宣獻上楊太妃挽詩云：「神歸梁小廟，禮祔漢餘陵。」文士稱其用事精當。梅昌言詩曰：「先帝遺弓劍，排雲上紫清。同時受顧託，今日見升平。」雖不用事，意思宏深，足爲警語。景祐末，元昊叛，夏鄭公出鎮長安，梅送詩曰：「亞夫金鼓從天落，韓信旌旗背水陳。」時獨刻公詩於石。

僧惠崇詩云：「河分岡勢斷，春入燒痕青。」然唐人舊句。而崇之弟子吟贈其師詩曰：「河分岡勢司空曙，春入燒痕劉長卿。不是師偷古人句，古人詩句似師兄。」杜工部有「峽束蒼江起，巖排石樹圓」，頃蘇子美遂用「峽束蒼江，巖排石樹」作七言句。子美豈竊詩者，大抵諷古人詩多，則往往爲己得也。

王元之謫黄州詩曰：「又爲太守黄州去，依舊郎官白髮生。」在朝與執政不相能，作江豚詩以譏之曰：「江雲漠漠江雨來，天意爲霖不干汝。」俗云，豚出則有風雨。又曰：「餐啗蝦魚頗肥腯。」譏其肥大。

人多取佳句爲句圖，特小巧美麗可喜，皆指詠風景，影似百物者爾，不得見雄材遠思之人也。梅聖俞愛嚴維詩曰：「柳塘春水漫，花塢夕陽遲。」固善矣，細較之，夕陽遲則繫花，春水漫何須柳也。工部詩云：「深山催短景，喬木易高風。」此可無瑕纇。又曰：「蕭條九州內，人少豺虎多。少人慎莫投，多虎信所過㊀。飢有易子食，獸猶畏虞羅。」若此等句，其含蓄深遠，殆不可模倣。

㊀「多虎」原作「虎多」，據百川學海本改。

詩以意爲主，文詞次之，或意深義高，雖文詞平易，自是奇作。世效古人平易句，而不得其意義，翻成鄙野可笑。盧仝云「不卽溜鈍漢」，非其意義，自可掩口，寧可效之邪？韓吏部古詩高卓，至律詩雖稱善，要有不工者，而好韓之人，句句稱述，未可謂然也。韓云：「老公真箇似童兒，汲水埋盆作小池。」直諧戲語耳。歐陽永叔江鄰幾論韓雪詩，以「隨車翻縞帶，逐馬散銀杯」

爲不工，謂「坳中初蓋底，凸處遂成堆」爲勝，未知真得韓意否也？永叔云：「知聖俞詩者莫如某，然聖俞平生所自負者，皆某所不好；聖俞所卑下者，皆某所稱賞。」知心賞音之難如是，其評古人之詩，得毋似之乎！

潘閬字逍遥，詩有唐人風格。有云：「久客見華髮，孤棹桐廬歸。新月無朗照，落日有餘輝。漁浦風水急，龍山烟火微。時聞沙上雁，一一皆南飛。」歲暮自桐廬歸錢塘。僕以爲不減劉長卿。太宗晚年，燒煉丹藥，潘閬嘗獻方書。及帝升遐，懼誅，匿舒州潛山寺爲行者，題詩於鐘樓云：「繞寺千千萬萬峯，忘第二句。頑童趁暖貪春睡，忘卻登樓打曉鐘。」孫僅爲郡官，見詩曰：「此潘逍遥也。」告寺僧呼行者，潘已亡去。

王益柔勝之爲館職，年少意頡頏。張揆叔文亦新貼職，年長而官已高，每羣聚輒居上座。王密于屏風題云：「四十餘年老健兒。」此唐徐州節度王智興自詠詩句。翼日會食，張正坐詩下，衆無不哂。

李絢公素有詩贈同姓人曰：「吾宗天下著。」王勝之輒取注之曰：「居甘泉者以謳著，京師名倡李氏居甘泉坊善謳。賣藥者以木牛著，京師李家賣藥，以木牛自表，人呼爲李木牛。圍棋者以憨著，李乃國手，而神思昏濁，人呼爲李憨子。裁幞頭者以拗著，李家幞頭，天下稱善，而必與人乖剌，歲久自以拗李呼。作詩者以豁達著。」豁達老人喜爲詩，所至輒自題寫，詩句鄙下而自稱豁達李老。嘗書人新素牆壁，主人憾怒，訴官杖之，拘執使市石灰更杇漫訖，告官乃得縱舍，聞者哂之。」此數人因勝之有云，遂自託不朽。

梅昌言出鎮太原，黄覺送詩曰：「五馬雍容出鎮時，都人争看好風儀。文章一代喧高價，忠直三朝受聖知。帳下軍容森劍戟，門前行色擁旌旗。雲籠古戍黄榆暗，雪滿長郊白草衰。出去暫開貔虎幕，歸來須占鳳凰池。鬢間未有一莖白，陶鑄蒼生固不遲。」梅雅自修飾，容狀偉如，大喜之。

黄覺仕宦不遂，嘗送客都門外，不及寓邸舍，會一道士取所携酒炙呼飲之，既而道士舉杯摭水寫「吕」字，覺始悟其爲洞賓也。又曰：「明年江南見君。」覺果得江南官。及期見之，出懷中大錢七，其次十，又小錢三，曰：「數不可益也㊀。」予藥數寸許，告覺曰：「一以酒磨服之，可保一歲無疾。」覺如其言，至七十餘，藥亦垂盡，作詩曰：「牀頭曆日無多子，屈指明年七十三。」果是歲卒。

㊀「益」原作「溢」，據學海本改。

李商隱有錦瑟詩，人莫曉其意，或謂是令狐楚家青衣名也。

祥符天禧中，楊大年錢文僖晏元獻劉子儀以文章立朝，爲詩皆宗尚李義山，號「西崑體」，後進多竊義山語句。賜宴，優人有爲義山者，衣服敗敝，告人曰：「我爲諸館職挦撦至此。」聞者懽笑。

大年漢武詩曰：「力通青海求龍種，死諱文成食馬肝。待詔先生齒編貝，忍令索米向長安。」

義山不能過也。元獻王文通詩曰：「甘泉柳苑秋風急，卻爲流螢下詔書。」子儀畫義山像，寫其詩句列左右，貴重之如此。

楊大年不喜杜工部詩，謂爲村夫子。鄉人有强大年者，續杜句曰「江漢思歸客」，楊亦屬對，鄉人徐舉「乾坤一腐儒」，楊默然若少屈。歐公亦不甚喜杜詩，謂韓吏部絶倫。吏部於唐世文章，未嘗屈下，獨稱道李杜不已。歐貴韓而不悦子美，所不可曉；然于李白而甚賞愛，將由李白超趠飛揚爲感動也。

孟東野詩，李習之所稱：「食薺腸亦苦，强歌聲不懽。出門如有礙，誰謂天地寬。」可謂知音。今世傳郊集五卷，詩百篇。又有集號咸池者，僅三百篇，其間語句尤多寒澀，疑向五卷是名士所删取者。東野與退之聯句詩，宏壯博辯，若不出一手。王深父云：「退之容有潤色也。」

張籍樂府詞，清麗深婉，五言律詩亦平澹可愛，至七言詩，則質多文少。材各有宜，不可强飾。文昌有謝裴司空馬詩曰：「乍離華廐移蹄澀，初到貧家舉眼驚。」此馬卻是一遲鈍多驚者，詩詞微而顯，亦少其比。

白樂天詩云：「請錢不早朝。」「請」作平聲，唐人語也。今人不用廝字，唐人作斯音，五代已作入聲，陶穀云「尖簷帽子卑凡廝」是也。白曰：「金屑琵琶槽，雪擺胡騰衫。」琵琶與今人同。杜曰「皂鵰寒始急」，白曰「千呼萬喚始出來」，人皆謂語病。事之終始，音上聲，有所宿留，今甫然者音去聲。二公詩自非語病。

唐詩賡和，有次韻，先後無易。有依韻，同在一韻。有用韻，用彼韻不必次。吏部和皇甫陸渾山火是也，今人多不曉。劉長卿餘干旅舍云：「搖落暮天迥，丹楓霜葉稀。孤城向水閉，獨鳥背人飛。渡口月初上，鄰家漁未歸。鄉心正欲絶，何處搗征衣。」張籍宿江上館云：「楚驛南渡口，夜深來客稀。月明見潮上，江靜覺鷗飛。旅宿今已遠，此行殊未歸。離家久無信，又聽擣砧衣。」兩詩偶似次韻，皆奇作也。

管子曰：「事無終始，無務多業。」此言學者貴能成就也。唐人爲詩，量力致功，精思數十年，然後名家。杜工部云：「更覺良工用心苦。」然豈獨畫手心苦耶！

真宗問近臣：「唐酒價幾何？」莫能對。丁晉公獨曰：「斗直三百。」上問何以知之，曰：「臣觀杜甫詩：『速須相就飲一斗，恰有三百青銅錢。』」亦一時之善對。

海陵人王綸女，輒爲神所馮，自稱仙人。字善數品，形製不相犯。吟雪詩云：「何事月娥欺不在，亂飄瑞葉落人間。」一說云：天上有瑞木，開花六出。他詩句詞意飄逸，類非世俗可較。題金山云：「濤頭風捲雪，山脚石蟠虬。」常謂綸爲清非孺子，不曉其義。亦有詩贈曰：「君爲秋桐，我爲春風。春風會使秋桐變，秋桐不識春風面。」居數歲，神舍女去，懵然無知。嫁爲廣陵呂氏妻。

鞠，皮爲之，實以毛，蹙蹋而戲。見霍去病傳注：「穿城蹋鞠。」晚唐已不同矣。歸氏子弟嘲皮日休云：「八片尖皮砌作毬，火中燀了水中揉。一包閒氣如常在，惹踢招拳卒未休。」今柳三復能之，述曰：「背裝花屈膝，屈，口勿反。白打大廉斯。進前行兩步，蹺後立多時。」柳欲見晉公無由，會公蹴毬後園，偶迸出，柳挾取之，因懷所業，戴毬以見公。出書再拜者三，每拜，毬起復于背脊幞頭間，公乃笑而奇之，遂延于門下。然弟子拜師，常禮也，獨毬多賤人能之，每見勞于富貴子弟，莫不拜謝而去，此師拜弟子也。術不可不慎，此亦可喻大云。

洪州西山與滕王閣相對，一僧盡覽詩板，告郡守曰：「盡不佳。」因朗吟曰：「洪州太白方，積翠倚穹蒼。萬古遮新月，半江無夕陽。」守異之，遣出。閩僧有朋多詩，如「虹收千嶂雨，潮展半江天。」又曰：「詩因試客分題僻，棋爲饒人下著低。」亦巧思也。

王丞相嗜諧謔。一日，論沙門道，因曰：「投老欲依僧。」客遽對曰：「急則抱佛脚。」王曰：「『投老欲依僧』，是古詩一句。」客亦曰：「『急則抱佛脚』，是俗諺全語。上去投，下去脚，豈不的對也。」王大笑。

孟蜀時，花蕊夫人號能詩，而世不傳。王平父因治館中廢書，得一軸八九十首，而存者纔三十餘篇，大約似王建句。若「廚船進食簇時新，列坐無非侍從臣。日午殿頭宣索鱠，隔花催喚打魚人。」「月頭支給買花錢，滿殿宮娥近數千。遇著唱名都不語，含羞急過御牀前。」

山東二經生同官，因舉鄭谷詩曰：「任是深山更深處，也應無計避王徭。」一生難之曰：「野鹿安得王揺？」一生解之曰：「古人寧有失也？是年必當索翎毛耳！」

刁景純有見無類，必往復，歸每至三鼓。宋祁判館，集僚屬，而刁或連日不赴，因邀而譙讓之。王原叔戲改杜贈鄭廣文云：「景純過官舍，走馬不曾下。驀地趁朝歸，便遭官長罵。」李獻臣曰：「我爲足之云：『多羅四十年，偶未識摩氊。時西戎喃氏子名摩氊。近有王宣政，時時與紙錢。』」刁嘗爲王宣政作墓銘。以古文篆隸加褾軸，密掛刁聽事。會一日大雨，不出，周步廳廡間，始見此圖。問之從者。曰：「挂此已數日矣，先造者往往能通念也。」

蘇子美魁偉，與宋中道並立，下視之，笑曰：「交不著。」京師市井語也。號爲「錐宋」，爲其顯利而么麼云。贈詩曰：「譬如利錐末，所到物已破。」後倅洛州。洛本趙地，有毛遂塚，聖俞遂舉處囊事爲送行詩戲之。

司馬温公論九旗之名，旗與旂相近。詩曰：「言觀其旂。」左傳：「龍尾伏辰，取虢之旂。」然則此旂當爲芹音。周人語轉，亦如關中以中爲蒸，蟲爲塵，丹青之青爲萋也。五方語異，閩以高爲歌，荆楚以南爲難，荆爲斤。昔閩士作清明象天賦，破題云：「天道如何，仰之彌高。」會考官同里，遂中選。荆楚士題雪用先字，後曰「十二峯巒旋旋添」。反讀添爲天字也。向敏中鎮長安，土人不敢賣蒸餅，恐觸中字諱也。

楊安國判監，集學官飲，必誦詩譜以侑酒。舉杯屬客，曰：「詩之興也，諒不于上皇之世，且飲酒。」裴如晦亦舉盃曰：「古者伏羲氏之王天下也，不能飲矣。」一座皆笑，而楊不悟。

泗州塔，人傳下藏真身，後閣上碑道興國中塑僧伽像事甚詳。退之詩曰：「火燒水轉掃地空。」則真身焚矣。塔本喻都料造，極工巧。俗謂塔頂爲天門，蘇國老詩曰：「上到天門最高處，不能容物只容身。」以譏在位者。

古詩云：「袖中有短書，欲寄雙飛燕。」以燕時物，故寓言爾。蜀人自京以鴿寄書，不浹旬而達船，船浮海，亦以鴿通信，非虛言也。史以陸機「黃耳」爲犬，能寄書，恐不然。自洛至吴，更歷江淮，殆數千里，安能諭人而從舟楫乎？或者爲奴名，不然，當爲神犬也。

史著赫連勃勃之暴，蒸土築城，意謂釜甑熟之。然不知北方土工，用春首聚土，陽氣蒸發，用築則堅牢特甚故爾。近有獻策築吴江爲甕堤，土人欲以巨甕實土，稍稍下之。不思土實則甕重不可致，虛致水中則泛，泛曷可止。雖執政亦惑之。然治河皆有甕堤，形似甕耳，不用陶器也。

汪白爲平糴詩刺時病云：「穴垣補牆隙，牆成垣已隳。斷屨補穿履，履成屨亦虧。」

晏元獻尤喜江南馮延巳歌詞。其所自作，亦不減延巳。樂府木蘭花皆七言詩，有云：「重頭歌詠響璁琤，入破舞腰紅亂旋。」重頭、入破，皆絃管家語也。

歐陽文忠公見張安陸，迎謂曰：「好，雲破月來花弄影。」

韓吏部集有李習之兩句云：「前之詎灼灼，此去信悠悠。」若無可取，鄭州掘一石，刻刺史李翺詩曰：「縣君愛磚渠，繞水恣行遊。鄙性樂山野，掘地便池溝。兩岸植芳草，中間漾清流。所向既不同，磚鑿名自修。從他後人見，景趣誰爲幽。」王深父編次入習之集。此別一李翺爾，而習之不能詩也。吏部讀皇甫湜詩，亦譏其掎摭糞壤。梅聖俞謂尹師魯以古文名而不能詩。

陳亞以藥名詠白髮云：「若是道人頭不白，老人當日合烏頭。」

員外郎上官佖嘗勸石少傅中立愼緘，石勃然曰：「上官佖如下官口何！」

韓吏部贈玉川詩曰：「水北山人得聲名，去年去作幕下士。水南山人又繼往，鞍馬僕從塞閭里。少室山人索價高，兩以諫官徵不起。」又曰：「先生抱材須大用，宰相未許終不仕。」王向子直謂韓與處士作牙人商度物價也。古稱駔儈，今謂牙，非也。劉道原云：「本稱互郎，主互市。唐人書互爲㸦，因訛爲牙。」理或信然。今言萬爲方，千爲撇，非訛也，若隱語爾。

陳文惠堯佐以使相致仕，年八十，有詩云：「青雲岐路遊將徧，白髮光陰得最多。」構亭號佚老，後歸政者往往多效之。公喜堆墨書，遊長安佛寺題名，從者誤側硯污鞋，公性急，遂窒筆於其鼻，客笑失聲，若皇甫湜怒其子，不暇取杖，遂齕臂血流。

今人呼禿尾狗爲厥尾，衣之短後者亦曰厥，故歐公記陶尚書詩語末厥兵，則此兵正謂末賊爾[一]。世語虛僞爲何樓，蓋國初京師有何家樓，其下賣物皆行濫者，非沽濫稱也。世語優人爲何市樂，說者謂南都石駙馬家樂甚盛，詆誚南市中樂人，非也。蓋唐元和時燕吳行役記，其中已有河市字，大抵不隸名軍籍而在河市者，散樂名也。世謂事之陳久爲瓚，蓋五代時有馬瓚，爲府幕，其人魯戇，有所聞見，他人已厭熟，而乃甫爲新奇道之，故今多稱瓚爲厭熟。京師人貨香印者，皆擊鐵盤以示衆人，父老云，以國初香印字逼近太祖諱，故托物默喻。

㊀「末賊爾」下學海本有注「末厥對卑凡字」六字。

梁周翰，真宗即位，始知誥，贈柳開詩曰：「九重城闕新天子，萬卷詩書老舍人。」時楊大年朱昂同在禁掖，楊未及滿三十，而二公皆老，數見靳侮。梁謂之曰：「公毋侮我老，此老亦將留與公爾。」朱昂聞之，背面搖手掖下，謂梁曰：「莫與，莫與！」大年死不及五十。

余靖兩使契丹，虜情益親，能胡語，作胡語詩。虜主曰：「卿能道，吾爲卿飲。」靖舉曰：「夜宴設邏厚盛也。臣拜洗，受賜。兩朝厥荷通好。情感勤。厚重。微臣雅魯拜舞。祝若統，福祐。聖壽鐵擺嵩高。俱可忒。無極。」主大笑，遂爲釂觴。漢史有槃木白狼詩，譯出夷語，殆不若靖真胡語也㊀。劉沆亦使虜，使凌壓之，契丹館客曰：「有酒如澠，繫行人而不住。」沆應聲曰：「在北曰狄，吹出塞以何妨。」仁宗待虜有禮，不使纖微迕之，二公俱謫官。

㊀「胡」原作「夷」，據學海改。

古人多歌舞飲酒，唐太宗每舞，屬羣臣。長沙王亦小舉袖，曰：「國小不足以回旋。」張燕公詩云：「醉後懽更好，全勝未醉時。動容皆是舞，出語總成詩。」李白云：「要須回舞袖，拂盡五松山。」

醉後涼風起，吹人舞袖環。」今時舞者必欲曲盡奇妙，又恥效樂工藝，益不復如古人常舞矣。古人重歌詩，自隋以前，南北舊曲頗似古，如公莫舞丁督護，亦自簡澹。唐來是等曲又不復入聽矣。近世樂府爲繁聲加重疊，謂之纏聲，促數尤甚，固不容一倡三歎也。胡先生許太學諸生鼓琴吹簫，及以方響代編磬，所奏惟采蘋鹿鳴數章而已，故稍曼延，傍遍鄭衛聲，或問之，曰：「無他，直纏聲鹿鳴采蘋爾。」

梅聖俞幼戲謝師直詩曰：「古錦裁詩句，斑衣戲坐隅。木奴今正熟，肯效陸郎無？」師直小名錦衣奴，至十歲讀此，方悟之。

石曼卿獨行京師，一豪士揖之而語曰：「公幸過我家。」石許之，同入委巷，抵大第，藻飾宏麗，錦繡珠翠，殆非人間所擬。歌舞歡醉，丐書，爲揮籌筆驛詩數篇。以金帛數百千贈之，復使騶從送還，恍然不知其誰。翼日，殆無復省所居矣。他日，遇諸塗，又遺以白金數兩，謂曰：「詩中『意中流水遠，愁外舊山青』，最爲佳句。」

趙少師初在漣水守館，不數年後，以學士知漣水，繼來者名其堂爲豹隱。曼卿有詩曰：「熊非清渭逢何暮？龍卧南陽去不還。年少官游今郡守，蔚然疑在立談間。」後莫偕者。

曹參嘗爲功曹，而杜詩云「功曹無復歎蕭何」，誤矣㊀。按光武嘗謂鄧禹，「何以不掾功曹」？陳子昂云：「吾聞中山相，乃屬放麑翁。」放麑，本秦西巴，孟孫氏之臣，謂之中山，亦誤矣。唐韓皐鼓廣陵散，其說謂毌丘儉諸葛誕刺揚州，舉兵討晉，不成而散于廣陵爾。劉道原謂漢魏時揚州刺史治壽春，儉誕皆死壽春，是時廣陵屬徐州，至隋唐始爲揚州，不可不察也。

㊀藏海詩話稱「『功曹非復漢蕭何』（杜甫奉寄別馬巴州），不特見漢書注，兼三國志云『爲功曹當如蕭何也』。」

景祐中，羌人叛，詔遺士獻方畧，率皆得官。有題關西驛舍曰：「弧星熒熒照寒野，漢馬蕭蕭五陵下。廟堂不肯用奇謀，天子徒勞聘賢者。萬里危機入燕薊，八方殺氣衝靈夏。逢時還似不逢時，已矣吾生真苟且。」

宋次道次西都詩，以野狐落對五鳳樓，言野狐落，唐人名宮人所聚也。

太宗時，同年數輩取名似姓者爲句云：「郭鄭鄭東東野絳，馬張張夏夏侯璘。」熙寧初，有崔度崔公度，王韶王子韶，又有章君陳陳君章，如以西門豹對東方虬也。王丞相云：「馬子山騎山子馬。」馬給事字子山。穆王八駿有山子馬之名。久之，人對曰：「錢衡水盜水衡錢。」錢某爲衡水令。人謝之曰：「正欲作對爾，實非有盜也。」

永州何仙姑，不飲食，無漏泄，世傳其神異。岳州天慶觀柱以震折，有倒書「謝仙火」字。仙姑云：「雷部夫婦二人，長闊各三尺，銀色。」莫不駭信。有熟于江湖間事者，曰：「南方賈人各以火自名，一火猶一部也。此賈名仙，刻木記己物耳。」是亦不可知也。嘗有道人，自言隋唐間人，談黃巢事甚悉，因曰：「黃六晚節至此。」張安道尚書云：「巢六兄弟，而巢最小，當第六。」由是推之，則道人之言信然乎？

江州琵琶亭，前臨江，左枕湓浦，地尤勝絕。夏梅詩最佳。英公公儀。夏云：「年光過眼如車轂，職事羈人似馬銜。若遇琵琶應大笑，何須涕泣滿青衫！」梅云：「陶令歸來爲逸賦，樂天謫宦起悲歌。有絃應被無絃笑，何況臨絃泣更多！」又有葉氏女名桂女，字月流。詩曰：「樂天當日最多情，淚滴青衫酒重傾。明月滿船無處問，不聞商女琵琶聲。」

詞人以也字作夜音，杜云：「青袍也自公。」白公云：「也向慈恩寺裏遊。」不可如字讀也。

張湍爲河南司錄府，當祭社，買猪以呈尹，而猪輒突入湍家，湍即捉殺之。湍對尹云：「律云，猪無故夜入人家，主人登時殺之勿論。」尹笑之，爲別市猪。

張介以命術游公卿間，寓居錢塘西湖上。嘗自京師南歸，士大夫率爲詩贈之。呂許公王沂公時方執政，亦皆有詩。夏鄭公留守南京，爲詩寄二公曰：「上公詩筆千金重，逋客歸裝一舸輕。莫到青山更招隱，且留賢哲爲蒼生。」鄭公在朝，數爲御史糾劾，疑時宰諷旨，作青雀詩：「青雀孤飛毛羽單，穼棲豈敢礙鵷鸞。明珠自有千金價，莫爲他人作彈丸。」

自唐以來，試進士詩，號省題。近年能詩者，亦時有佳句。蜀人楊諤宣室受釐落句云：「願前明主席，一問洛陽人。」滕甫西旅來王云：「寒日邊聲斷，春風塞草長。傳聞漢都護，歸奉萬年觴。」謂有詩名，題驪山詩云：「行人問宮殿，耕者得珠璣。」最爲警策。

唐人飲酒，以令爲罰，韓吏部詩云：「令徵前事爲。」白傅詩云：「醉翻襴衫抛小令。」今人以絲管歌謳爲令者，即白傅所謂。大都欲以酒勸，故始言送，而繼承者辭之，摇首挼舞之屬，皆卻之也，至八遍而窮，斯可受矣。其舉故事物色，則韓詩所謂耳。近歲有以進士爲舉首者，其黨人意侮之，會其人出令，以字偏傍爲率，曰：「金銀釵釧鋪。」次一人曰：「絲綿紬絹網。」至其黨人，曰：「鬼魅魍魎魁。」俗有謎語曰：「急打急圓，慢打慢圓，分爲四段，送在窨前。」初以陶瓦乃爲令耳。

陳文惠善爲四句詩，在江湖有詩云：「平波渺渺烟蒼蒼，菰蒲纔熟楊柳黄。扁舟繫岸不忍去，秋風斜日鱸魚鄉。」文惠年六十餘，纔爲知制誥，其後遂至真宰使相致仕。文惠喜堆墨書，深自矜負，號前無古人，後無來者。與石少傅同在政府，石欲戲之，政事堂有黑漆大飯牀，長五六尺許，石取白堊，横晝其中，可尺餘，而謂陳曰：「我頗學公堆墨字。」陳聞之歡甚。石顧小吏二人，舁飯牀出，曰：「我已能寫口字。」陳爲悵然。

江鄰幾善爲詩，清淡有古風。蘇子美坐進奏院事謫官，後死吴中。江作詩云：「郡邸獄冤誰與辯？臯橋客死世同悲。」用事甚精當。嘗有古詩云：「五十踐衰境，加我在明年。」論者謂莫不用事，能令事如己出，天然渾厚，乃可言詩，江得之矣。江天質淳雅，喜飲酒、鼓琴、圍棋。人以酒召之，未嘗不往，飲未嘗不醉，已醉眠，人强起飲之，亦不辭也。或不能歸，即留宿人家，商度風韻，陶靖節之比。江嘗通判廬州，有酒官善琴，以坐局不得出，江日就之，郡中沙門、羽士及里氓能棋者數人，呼與同往。郡人見之習熟，因畫爲圖：前列騶導，有一人騎馬青蓋，其後沙門、羽士、褐衣數人，葛巾芒屩累累相尋，意思蕭散。惜時無名手，此畫不足傳後，何必減嵇阮也。

道人張無夢，在真宗朝，以處士見除校書郎。無夢善攝生。梅昌言知蘇州，無夢求見之，先與詩云：「壺中一粒長生藥，待與蘇州太守分。」好爲大言，處之不疑，自比李少君。然無夢年九十死。無夢語人，少時絶欲，屏居山中十餘歲，自以爲不動。及出見婦人美色，乃復歘然。又入山十餘年，乃始寂定。勸人飲食毋用鹽醋，煮餅淡食，更自有天然味。無夢老病耳聾，其死亦無他異。

蜀人李士寧，好言鬼神詭異事。爲予言，嘗泛海值風，廣利王使存問己。又嘗一夜，有人傳相公命己，及往，燕設甚盛，飲食醉飽。既寤，乃在梁門外。疑所謂相公者，二相神也。人皆言士寧能佗心通。士寧過余，余故默作念，侮戲之竟日，士寧不知，烏在其通也！士大夫多遺其金帛錢物，士寧以是財用常饒足。人又以爲有術能歸錢，與李少君類矣。

後山詩話

後山詩話

宋　陳師道著

王師圍金陵，唐使徐鉉來朝㈠。鉉伐其能，欲以口舌解圍，謂太祖不文，盛稱其主博學多藝，有聖人之能。使誦其詩。曰，秋月之篇，天下傳誦之，其句云云。太祖大笑曰：「寒士語爾，我不道也！」鉉内不服，謂大言無實，可窮也。遂以請㈡。殿上驚懼相目。太祖曰：「吾微時自秦中歸，道華山下㈢，醉卧田間，覺而月出，有句曰：『未離海底千山黑，纔到天中萬國明。』」鉉大驚，殿上稱壽。

㈠「朝」原脱，據適園叢書本補。　㈡「遂」原脱，據同上補。　㈢「吾」「山」原脱，據適園本補。

孟嘉落帽，前世以爲勝絶。杜子美九日詩云：「羞將短髮還吹帽，笑倩旁人爲正冠。」其文雅曠達，不減昔人。故謂詩非力學可致，正須胸肚中泄爾㈠。

㈠「故」原脱，「胸肚中泄」，原作「胸中度世」，據適園本補改。

望夫石在處有之。古今詩人，共用一律，惟劉夢得云㈠：「望來已是幾千歲，只似當年初望時。」語雖拙而意工。黄叔達㈡，魯直之弟也，以顧況爲第一云：「山頭日日風和雨，行人歸來石應語。」語意皆工。江南有望夫石，每過其下，不風卽雨，疑況得句處也。

㈠「劉」原脱，據適園本補。　㈡「達」，原作「度」，據適園本改。

歐陽永叔不好杜詩，蘇子瞻不好司馬史記，余每與黃魯直怪歎，以爲異事。

費氏，蜀之青城人，以才色入蜀宮，後主嬖之，號花蕊夫人，效王建作宮詞百首。國亡，入備後宮。太祖聞之，召使陳詩。誦其國亡詩云：「君王城上豎降旗，妾在深宮那得知。十四萬人齊解甲，更無一個是男兒。」太祖悅。蓋蜀兵十四萬，而王師數萬爾。

韓退之南食詩云：「鱟實如惠文。」山海經云：「鱟如惠文。」惠文，秦冠也。蠔相黏爲山。蠔，牡蠣也。

白樂天云：「笙歌歸院落，燈火下樓臺。」又云：「歸來未放笙歌散，畫戟門前蠟燭紅。」非富貴語，看人富貴者也。

楊蟠金山詩云：「天末樓臺橫北固，夜深燈火見揚州。」王平甫云：「莊宅牙人語也，解量四至。」吳僧錢塘白塔院詩曰：「到江吳地盡，隔岸越山多。」余謂分界堠子語也。

黃魯直云：「杜之詩法出審言，句法出庾信，但過之爾。」杜之詩法，韓之文法也。詩文各有體，韓以文爲詩，杜以詩爲文，故不工爾。

黃魯直謂白樂天云「笙歌歸院落，燈火下樓臺」㈠，不如杜子美云「落花遊絲白日靜，鳴鳩乳燕青春深」也。孟浩然云「氣蒸雲夢澤，波撼岳陽城」，不如九僧云「雲中下蔡邑，林際春申君」也㈡。

㈠「云」原脫，據適園本補。　㈡「不如九僧云……」，適園本作「不如『光涵太虛室，波動岳陽樓』爲雄渾也」。

蘇子瞻云：「子美之詩，退之之文，魯公之書，皆集大成者也。」學詩當以子美爲師，有規矩故可學。退之於詩，本無解處，以才高而好爾。淵明不爲詩，寫其胸中之妙爾。學杜不成，不失爲工。無韓之才與陶之妙，而學其詩，終爲樂天爾。

退之詩云：「長安衆富兒，盤饌羅羶葷。不解文字飲，惟能醉紅裙。」然此老有二妓，號絳桃柳枝，故張文昌云「爲出二侍女，合彈琵琶箏」也。又爲李于志叙當世名貴，服金石藥，欲生而死者數輩，著之石，藏之地下，豈爲一世戒耶！而竟以藥死。故白傅云「退之服硫黄，一病竟不痊」也。

荆公詩云：「力去陳言誇末俗，可憐無補費精神。」而公平生文體數變，暮年詩益工，用意益苦㊀，故知言不可不慎也。

㊀「平生」、「工，用意益」原脱，據適園本補。

子美懷薛據云：「獨當省署開文苑，兼泛滄浪學釣翁。」「省署開文苑，滄浪憶釣翁」，據之詩也。

王摩詰云：「九天閶闔開宮殿㊀，萬國衣冠拜冕旒。」子美取作五字云：「閶闔開黄道，衣冠拜紫宸」，而語益工。

㊀原作「宮殿開閶闔」，據適園本改。

楊大年傀儡詩云：「鮑老當筵笑郭郎，笑他舞袖太郎當。若教鮑老當筵舞，轉更郎當舞袖長。」語俚而意切，相傳以爲笑。

吴越後王來朝，太祖爲置宴，出内妓彈琵琶。王獻詞曰：「金鳳欲飛遭掣搦，情脉脉，看取玉樓雲雨隔㊀。」太祖起，拊其背曰：「誓不殺錢王。」

㊀「取」原作「卽」，據適園本改。

武才人出慶壽宫，色最後庭，裕陵得之。會教坊獻新聲㊀，爲作詞，號瑶臺第一層。

㊀「才」「壽」原脱，「坊」原作「場」，據適園本補改。

宋玉爲高唐賦，載巫山神遇楚襄王，蓋有所諷也。而文士多效之者，又爲傳記以實之，而天地百神舉無免者。余謂欲界諸天，當有配偶，其無偶者，則無欲者也。唐人記后土事，以譏武后爾。

黄詩韓文，有意故有工，左杜則無工矣。然學者先黄後韓，不由黄韓而爲左杜㊀，則失之拙易矣。

㊀「左杜」原作「老杜」，「後」字衍，「爲」原作「由」，據適園本删改。

永叔謂爲文有三多：看多、做多、商量多也。

余以古文爲三等：周爲上，七國次之，漢爲下。周之文雅；七國之文壯偉，其失騁；漢之文華贍，其失緩；東漢而下無取焉。

陳繹批答曾魯公表云：「爰露乞骸之請。」黃裳爲曾侍讀制曰：「備員勸講。」乞骸，備員，乃表語，非詔語也。曾魯公謂人曰：「使布何所道。」

詩欲其好，則不能好矣。王介甫以工，蘇子瞻以新，黃魯直以奇。而子美之詩，奇常、工易、新陳莫不好也。

熙寧初，有人自常調上書，迎合宰相意，遂丞御史。蘇長公戲之曰：「有甚意頭求富貴，没些巴鼻使姦邪。」有甚意頭、没些巴鼻，皆俗語也。

某公用事，排斥端士，矯飾僞行。范蜀公詠僧房假山：「倏忽平爲險，分明假奪真。」蓋刺之也。

魯直謂荆公之詩，暮年方妙，然格高而體下。如云：「似聞青秧底，復作龜兆坼。」乃前人所未道。又云：「扶輿度陽燄，窈窕一川花。」雖前人亦未易道也。然學二謝，失于巧爾。

蘇詩始學劉禹錫，故多怨刺，學不可不慎也。晚學太白，至其得意，則似之矣。然失于粗，以其得之易也。

王荆公暮年喜爲集句，唐人號爲四體，黃魯直謂正堪一笑爾。司馬温公爲定武從事，同幕私幸營妓，而公諱之。嘗會僧廬，公往迫之，使妓踰牆而去，度不可隱，乃具道。公戲之曰：「年去年來來去忙，暫偷閒卧老僧牀。驚回一覺遊仙夢，又逐流鶯過短牆。」又杭之舉子中老榜第，其子以緋裹之，客賀之曰：「應是窮通自有時，人生七十古來稀。如今始覺爲儒貴，不著荷衣便著緋。」壽之醫者，老娶少婦，或嘲之曰：「偎他門户傍他牆，年去年來來去忙。采得百花成蜜後，爲他人作嫁衣裳。」真可笑也。

熙寧初，外學置官師，職簡地親，多在幕席。徐有學官喜諢語，同府苦之，詠蠅以刺之曰：衣服有時遭點染，盃盤無日不追隨。」

唐人不學杜詩，惟唐彦謙與今黄亞夫庶、謝師厚景初學之。魯直，黄之子，謝之婿也。其于二父，猶子美之于審言也。然過于出奇，不如杜之遇物而奇也。三江五湖，平漫千里，因風石而奇爾。

謝師厚廢居於鄧。王左丞存，其妹婿也，奉使荆湖，枉道過之。夜至其家，師厚有詩云：「倒著衣裳迎户外，盡呼兒女拜燈前。」

世稱杜牧「南山與秋色，氣勢兩相高」爲警絶。而子美才用一句，語益工，曰「千崖秋氣高」也。

魯直有癡弟，畜漆琴而不御，蟲蝨入焉。魯直嘲之曰：「龍池生壁蝨。」而未有對。魯直之兄大臨，且見牀下以溺器畜生魚，問知其弟也，大呼曰：「我有對矣。」乃「虎子養溪魚」也。

歐陽公謫永陽，聞其倅杜彬善琵琶，酒間取之，杜正色盛氣而謝不能，公亦不復强也。後杜置酒數行，遽起還內，微聞絲聲，且作且止而漸近。久之，抱器而出，手不絕彈，盡暮而罷，公喜甚過所望也。故公詩云：「座中醉客誰最賢？杜彬琵琶皮作絃。自從彬死世莫傳。」皮絃世未有也。

尚書郎張先善著詞，有云「雲破月來花弄影」，「簾幕捲花影」，「墮輕絮無影」，世稱誦之，號張三影㊀。王介甫謂「雲破月來花弄影」，不如李冠「朦朧澹月雲來去」也。冠，齊人，爲六州歌頭，道劉項事，慷慨雄偉。劉潛，大俠也，喜誦之。

㊀「之」原作「云」，「號」脫，據適園本改補。

往時青幕之子婦，妓也，善爲詩詞。同府以詞挑之，妓答曰：「清詞麗句，永叔子瞻曾獨步；似恁文章，寫得出來當甚强。」

黄詞云：「斷送一生惟有，破除萬事無過。」蓋韓詩有云：「斷送一生惟有酒，破除萬事無過酒。」才去一字，遂爲切對，而語益峻。又云：「杯行到手更留殘，不道月明人散。」謂思相離之憂，則不得不盡。而俗士改爲「留連」，遂使兩句相失。正如論詩云，「一方明月可中庭」，「可」不如「滿」也。

子瞻謂孟浩然之詩，韻高而才短，如造內法酒手而無材料爾。

魯直乞猫詩云：「秋來鼠輩欺猫死，窺甕翻盤攪夜眠。聞道貍奴將數子，買魚穿柳聘銜蟬。」雖滑稽而可喜，千載而下，讀者如新。

龍圖孫學士覺，喜論文，謂退之淮西碑，叙如書，銘如詩。

子瞻謂杜詩、韓文、顏書、左史，皆集大成者也。

少游謂元和聖德詩，于韓文爲下，與淮西碑如出兩手，蓋其少作也。

王夫人，晁載之之母也。謂庶子功名貴富，有如韓魏公，而未有文事也㊀。

㊀「事」，原作「士」，據適園本改。

退之作記，記其事爾；今之記乃論也。少游謂醉翁亭記亦用賦體。

莊荀皆文士而有學者，其説劍成相賦篇，與屈騷何異。

揚子雲之文，好奇而卒不能奇也，故思苦而詞艱。善爲文者，因事以出奇，江河之行，順下而已。至其觸山赴谷，風搏物激，然後盡天下之變。子雲惟好奇，故不能奇也。

歐陽公謂退之爲樊宗師志，便似樊文，其始出于司馬子長爲長卿傳如其文，惟其過之，故兼之也。

退之以文爲詩，子瞻以詩爲詞，如教坊雷大使之舞，雖極天下之工，要非本色。今代詞手，惟秦七黄九爾，唐諸人不迨也。

韓退之上尊號表曰：「析木天街，星宿清潤，北嶽醫閭，神鬼受職。」曾子固賀赦表曰：「鈎陳太微，星緯咸若，崑崙渤澥，波濤不驚。」世莫能輕重之也。後當有知之者。

國初士大夫例能四六，然用散語與故事爾。楊文公刀筆豪贍，體亦多變，而不脫唐末與五代之氣。又喜用古語，以切對爲工，乃進士賦體爾。歐陽少師始以文體爲對屬，又善敘事，不用故事陳言而文益高，次退之云。王特進暮年表奏亦工，但傷巧爾。

元祐初，起范蜀公于家，固辭。其表云：「六十三而致仕，固不待年；七十九而造朝，豈云知禮！」是時文潞公八十餘，一召而來，人各有所志也。

昔之黠者，滑稽以玩世。曰彭祖八百歲而死，其婦哭之慟。其鄰里共解之曰：「人生八十不可得，而翁八百矣，尚何尤！」婦謝曰：「汝輩自不諭爾，八百死矣，九百猶在也。」世以癡爲九百，謂其精神不足也。又曰，令新視事而不習吏道，召胥魁問之，魁具道笞十至五十，及折杖數。令遽止之曰：「我解矣，笞六十爲杖十四邪？」魁笑曰：「五十尚可，六十猶癡邪！」長公取爲偶對曰：「九百不死，六十猶癡。」

〔一〕「問之，魁」原脱，據適園本補。

唐語曰：「二十四考中書令。」謂汾陽王也，而無其對。或以問平甫，平甫應聲曰：「萬八千戶冠軍侯。」不惟對偶精切，其貴亦相當也。

范文正公爲岳陽樓記，用對語說時景，世以爲奇。尹師魯讀之曰：「傳奇體爾。」傳奇，唐裴鉶所著小說也。

柳三變遊東都南、北二巷，作新樂府，骫骳從俗，天下詠之，遂傳禁中。仁宗頗好其詞，每對酒㊀，必使侍從歌之再三。三變聞之，作宮詞號醉蓬萊，因內官達後宮，且求其助。仁宗聞而覺之，自是不復歌其詞矣。會改京官，乃以無行黜之，後改名永，仕至屯田員外郎。

㊀「酒」原脱，據同上補。

寧拙毋巧，寧樸毋華，寧粗毋弱，寧僻毋俗，詩文皆然。

魏文帝曰：「文以意爲主，以氣爲輔，以詞爲衞。」子桓不足以及此，其能有所傳乎？

魯直與方蒙書：「頃洪甥送令嗣二詩，風致灑落，才思高秀，展讀賞愛，恨未識面也。然近世少年，多不肯治經術及精讀史書，乃縱酒以助詩，故詩人致遠則泥㊀。想達源自能追琢之，必皆離此諸病，漫及之爾。」與洪朋書云：「龜父所寄詩，語益老健，甚慰相期之意。方君詩，如鳳雛出𣪍，雖未能翔于千仞，竟是真鳳凰爾㊁。」與潘邠老書曰：「大受今安在？其詩甚有理致，語又工也。」又曰：「但詠五言，覺翰墨之氣如虹，猶足貫日爾㊂。」

㊀「書」「酒」「詩人」原脱，據適園本補。㊁「凰」原脱，據適園本補。㊂「與潘邠老書曰……」原在「余評李白詩」下，據適園本補移。

老杜云：「長鑱長鑱白木柄，我生託子以爲命。黄獨無苗山雪盛，短衣數挽不掩脛。」往時儒者不解黄獨義，改爲黄精，學者承之。以余考之，蓋黄獨是也。本草赭魁注：「黄獨，肉白皮黄，巴漢人蒸食之，江東謂之土芋。」余求之江西，謂之土卵，煮食之類芋魁云。

余讀周官月令云：「反舌有聲，佞人在側。」乃解老杜百舌「過時如發口，君側有讒人」之句。韋蘇州詩云：「憐君卧病思新橘，試摘才酸亦未黄。書後欲題三百顆，洞庭須待滿林霜。」余往以爲蓋用右軍帖中「贈子黄甘三百」者，比見右軍一帖云：「奉橘三百枚。霜未降，未可多得。」蘇州蓋取諸此。

余評李白詩，如張樂于洞庭之野，無首無尾，不主故常，非墨工槧人所可擬議。吾友黄介讀李杜優劣論曰：「論文正不當如此。」余以爲知言。

禮部員外郎裴説寄邊衣詩曰：「深閨乍冷開香篋，玉筯微微濕紅頰。一陣霜風殺柳條，濃煙半夜成黄葉。重重白練明如雪，獨下閑階轉凄切。祇知抱杵搗秋砧，不覺高樓已無月。時聞塞雁聲相喚，紗窗只有燈相伴。幾展齊紈又懶裁，離腸恐逐金刀斷。細想儀形執牙尺，回刀剪破澄江色。愁捻金針信手縫，惆悵無人試寬窄。時時舉手勻殘淚，紅牋漫有千行字。書中不盡心中事，一半殷勤託邊使。」裴説詩句甚麗。零陵總記載説詩一篇，尤詼詭也。

世語云：「蘇明允不能詩，歐陽永叔不能賦。曾子固短於韻語，黄魯直短於散語。蘇子瞻詞如詩㊀，秦少游詩如詞。」

㊀「曾子固」三句原作「曾子開」三字，據適園本補。

韓詩如秋懷別元協律南溪始泛，皆佳作也。

鮑照之詩，華而不弱。陶淵明之詩，切於事情，但不文耳。

子厚謂屈氏楚詞，知離騷乃效頌，其次效雅，最後效風。

右丞蘇州，皆學於陶王，得其自在。

眉山長公守徐，嘗與客登項氏戲馬臺，賦詩云：「路失玉鈎芳草合，林亡白鶴野泉清。」廣陵亦有戲馬臺，其下有路號「玉鈎斜」。唐高宗東封，有鶴下焉㊀，乃詔諸州爲老氏築宮，名以白鶴。公蓋誤用，而後所取信，故不得不辯也。

㊀「下」原作「一」，據適園本改。

裕陵常謂杜子美詩云：「勛業頻看鏡，行藏獨倚樓。」謂甫之詩，皆不逮此。

呂某公歸老於洛，嘗遊龍門還，閽者執筆歷請官稱，公題以詩云：「思山乘興看山回，烏帽綸巾入帝臺。門吏不須詢姓氏，也曾三到鳳池來。」

曹南院爲秦帥，唃氏舉國入寇，公自出禦之。戰于三都谷，大敗之，唃氏遂衰。其幕府獻詩云：「賢守新成蓋代功，臨危方始見英雄。三都谷路全師入，十萬胡塵一戰空。殺氣尚疑橫塞外，捷音相繼遍寰中。君王看降如綸命，旌節前驅馬首紅。」

太祖夜幸後池，對新月置酒，問：「當直學士爲誰？」曰：「盧多遜。」召使賦詩。請韻，曰：「些子兒。」其詩云：「太液池邊看月時，好風吹動萬年枝。誰家玉匣開新鏡？露出清光些子兒。」太祖大喜，盡以坐間飲食器賜之。

韓魏公爲陝西安撫，開府長安。李待制師中過之。李有詩名，席間使爲官妓賈愛卿賦詩，云：「願得貔貅十萬兵，犬戎巢穴一時平。歸來不用封侯印，只問君王乞愛卿。」

某守與客行林下，曰：「柏花十字裂。」願客對。其倅晚食菱，方得對云：「菱角兩頭尖。」皆俗諺全語也。

杭妓胡楚龍靚，皆有詩名。胡云：「不見當時丁令威，年來處處是相思㈠。若將此恨同芳草，却恐青青有盡時。」張子野老于杭，多爲官妓作詞，與胡而不及靚㈡。靚獻詩云：「天與羣芳十樣葩，獨分顏色不堪誇。牡丹芍藥人題徧，自分身如鼓子花。」子野于是爲作詞也。

㈠「年來」原作「年年」，據適園本改。　㈡「與胡」原脫，據適園本補。

王岐公詩喜用金玉珠璧，以爲富貴，而其兄謂之至寶丹。

閩士有好詩者，不用陳語常談。寫投梅聖俞，答書曰：「子詩誠工，但未能以故爲新，以俗爲雅爾。」

蘇公居潁，春夜對月。王夫人曰：「春月可喜，秋月使人愁耳。」公謂前未及也。遂作詞曰：「不似秋光，只與離人照斷腸。」老杜云：「秋月解傷神。」語簡而益工也。

余登多景樓，南望丹徒，有大白鳥飛近青林，而得句云：「白鳥過林分外明。」謝朓亦云：「黄鳥度青枝。」語巧而弱。老杜云：「白鳥去邊明。」語少而意廣。余每還里，而每覺老，復得句云「坐下漸人多」，而杜云「坐深鄉里敬」，而語益工。乃知杜詩無不有也。

周盤龍以武功爲散騎常侍，齊武帝戲之曰：「貂蟬何如兜鍪？」對曰：「貂蟬生于兜鍪。」外大父潁公罷相建節，出帥太原，其詩曰：「兜鍪卻自貂蟬出㊀，敢用前言戲武夫！」李待制師中以相業自任，嘗帥秦，以事去，其詩曰：「兜鍪不勝任，猶可冠貂蟬。」

㊀「卻」原作「出」，據津逮秘書本改。

東坡居惠，廣守月饋酒六壺，吏嘗跌而亡之。坡以詩謝曰：「不謂青州六從事，翻成烏有一先生。」

王斿㊀，平甫之子，嘗云：「今語例襲陳言，但能轉移爾。」世稱秦詞「愁如海」爲新奇，不知李國主已云：「問君能有幾多愁？恰似一江春水向東流。」但以江爲海爾。

㊀「斿」原作「游」，據津逮本改。

臨漢隱居詩話

臨漢隱居詩話

宋　魏泰著

神宗皇帝以天縱聖智，旁工文章。其於詩，雖穆王黄竹、漢武秋風之詞，皆莫可擬其彷彿也。秦國大長公主薨，帝賜挽詩三首曰：「海闊三山路，香輪定不歸。帳深空翡翠，佩冷失珠璣。明月留歌扇，殘霓散舞衣。「霓」一作「霞」。都門送車返，宿草自春菲。」「曉發西城道，「西城」一作「城西」。靈車望更遥。春風空魯館，明月斷秦簫。塵入羅幃暗，「幃」一作「衣」。香隨玉篆消。芳魂飛北渚，那復一爲招。」一作「可爲招」。「慶自天源發，恩從國愛申。歌鐘雖在館，桃李不成春。水折空環沁，「環」一作「還」。樓高已隔秦。區區會稽市，無復獻珠人。」噫，豈特帝王，蓋古今詞人無此作也。按此條冷齋夜話述之。

李光弼代郭子儀入其軍，號令不更而旌旗改色。及其亡也，杜甫哀之曰：「三軍晦光彩，烈士痛稠疊。」前人謂杜甫句爲「詩史」，蓋謂是也。非但叙塵迹摭故實而已。

古樂府中，木蘭詩焦仲卿詩皆有高致。蓋世傳木蘭詩爲曹子建作，似矣。然其中云：「可汗問所欲」，漢魏時，夷狄未有「可汗」之名，不知果誰之詞也？杜牧之木蘭廟詩云：「彎弓征戰作男兒，夢裏曾驚學畫眉。幾度思歸還把酒，拂雲堆上祝明妃。」殊有美思也。

劉攽詩話載杜子美詩云：「蕭條六合內，人少豺虎多。少人慎勿投，多虎信所過。飢有易子食，獸猶畏虞羅。」言亂世人惡甚于豺虎也。予觀老杜潭州詩云：「岸花飛送客，檣燕語留人。」與前篇同。意喪亂之際，人無樂善喜士之心，至于一將一迎，曾不若岸花檣燕也。詩主優柔感諷，不在逞豪放而致怒張也。「怒張」一作「訢怒」。老杜最善評詩，觀其愛李白深矣，至稱白則曰：「李侯有佳句，往往似陰鏗。」又曰：「清新庾開府，俊逸鮑參軍。」信斯言也，而觀陰鏗鮑照之詩，則知予所謂主優柔而不在豪放者爲不虛矣。

竹有黑點，謂之斑竹，非也。湘中斑竹方生時，每點上有苔錢封之甚固。土人斫竹浸水中，用草穰洗去苔錢，則紫暈斕斑可愛，此眞斑竹也。韓愈曰「剥苔弔斑林，角黍餌沈塚」是也。按胡仔漁隱叢話云：「斑竹惟清湘有之，鮮紫，倒暈如血色，天生如此，未嘗每點上苔錢封之。若廣右藤梧之間，別有一種斑竹，極大，而斑色紫黑，不甚佳，間有苔蘚封之，非盡有也。」

韓愈南溪始汎詩，將死病中作也。句有「足弱不能步，自宜收朝蹟。」又云：「餘年懍無幾，休日愴已晚。」張籍哭退之詩略云：「去夏公請告，養病城南莊。籍時休官罷，兩月同游翔。移船入南溪，東西縱篙撑。」公作游溪詩，詠唱多慨慷。」又曰：「偶有賈秀才，來兹亦同并。」秀才，謂賈島也。島有攜文謁張籍韓愈詩曰：「袖有新成詩，欲見張韓老也」。

世言韓愈白居易無往來之詩，非也。退之招樂天詩云：「曲江水滿花千樹，有底忙時不肯來。」又送靈師詩云：「開忠二州牧，詩賦時多傳。失職不把筆，珠璣爲誰編。」按韓集作「爲君編」。是時韋處厚守開州，白樂天守忠州也。按韓文考異方云：魏道輔謂二牧，韋處厚白居易也。二公出守在元和末，此詩作于貞元二十年間，考其時，非也。近席氏刻昌黎詩，以二語注題下，竟似韓自注矣，謬甚。趙甌江云：開牧，謂唐次；忠牧，李吉甫也。又有「放朝曾不報，半夜踏泥歸」之句。樂天和云：「仍聞放朝夜，誤出到街頭。」樂天有寄退之詩云：「近來韓閣老，疏我我先知。量大嫌甜酒，才高笑小詩。」

元稹作李杜優劣論，按此是工部墓誌，非論也。先杜而後李。韓退之不以爲然，詩曰：「李杜文章在，光燄萬丈長。不知羣兒愚，何用故謗傷。蚍蜉撼大木，可笑不自量。」爲微之發也。

李肇國史補載：「韓愈游華山，窮極幽險，心悸目眩，不能下，發狂號哭，投書與家人別。華陰令百計取之，方能下。」沈顏作聱書，以爲肇妄載，豈有賢者輕命如此。余觀退之答張徹詩云：「洛邑得休告，華山窮絕陘。倚巖睨海浪，引袖拂天星。磴蘚澾拳跼，梯飆颭伶俜。悔狂已咋指，垂戒乃鐫銘。」則知肇記爲信然，而沈顏爲妄辨也。

韓退之李花詩云：「夜領張徹投盧仝，乘雲共至玉皇家。長姬香御四羅列，縞裙練帨無等差。」及贈盧仝詩云：「買羊沽酒謝不敏，偶逢明月曜桃李。」即此時也。

李固謂處士純盜虛聲。韓愈雖與石洪溫造李渤游，而多侮薄之，所謂「水北山人得名聲，去年去作幕下士。水南山人今又往，按韓集作「又繼往」。鞍馬僕從照閭里。按集作「塞閭里」。少室山人索價高，兩以諫官徵不起。彼皆刺口論時事，按集作「論世事」。有力未免遭驅使。」夫爲處士，乃刺口論時事，希聲名，顧驅使，又要索高價，以至飾僕御以夸閭里，此何等人也？其侮薄之甚矣！又送石洪詩曰：「長把種樹書，人言避世士。忽騎將軍馬，自號報恩子。去去事方急，酒行可以起。」此尤可笑也。

班固云：「春秋五傳，謂左丘明公羊高穀梁赤鄒氏夾氏也。」又云：「鄒氏無書，夾氏未有書。」而韓愈贈盧仝詩曰：「春秋五傳束高閣，獨抱遺經究終始。」不知此二傳果何等書也？按韓文考異，本云「春秋三傳束高閣」。朱子云：「三」方作「五」，或作「左」，俱非。

元稹自謂知老杜矣。其論曰：「上該曹劉，下薄沈宋。」至韓愈則曰：「引手拔鯨牙，舉瓢酌天漿。」夫高至于酌天漿，幽至于拔鯨牙，其思贖深遠宜如何，而詎止于曹劉、沈宋之間耶？

孟郊詩蹇澀窮僻，琢削不假，真苦吟而成。觀其句法、格力可見矣。其自謂「夜吟曉不休，苦吟神鬼愁。如何不自閑，心與身爲讎。」而退之薦其詩云：「榮華肖天秀，捷疾愈響報。」何也？

韋絢集劉禹錫之言爲嘉話録，載劉希夷詩云：「年年歲歲花相似，歲歲年年人不同。」希夷之舅宋之問愛此句，欲奪之，希夷不與。之問怒，以土囊壓殺希夷。世謂之問末節貶死，乃劉生之報也。吾觀之問集中，儘有好處，而希夷之句，殊無可採，不知何至壓殺而奪之，真枉死也。

詩者述事以寄情，事貴詳，情貴隱，及乎感會于心，則情見于詞，此所以入人深也。如將盛氣直述，更無餘味，則感人也淺，烏能使其不知手舞足蹈；又況厚人倫，美教化，動天地，感鬼神乎？「桑之落矣，其黄而隕。」「瞻烏爰止，于誰之屋。」其言止于烏與桑爾，及緣事以審情，則不知涕之無從也。「采薜荔兮江中，搴芙蓉兮木末」，「沅有芷兮澧有蘭，思公子兮未敢言」，「我所思兮在桂林，欲往從之湘水深」之類，皆得詩人之意。至于魏晉南北朝樂府，雖未極淳，而亦能隱約意思，有足吟味之者。唐人亦多爲樂府，若張籍王建元稹白居易以此得名。其述情叙怨，委曲周詳，言盡意盡，更無餘味。及其末也，或是詼諧，便使人發笑，此曾不足以宣諷。愬之情況，欲使聞者感動而自戒乎？甚者或譎怪，或俚俗，所謂惡詩也，亦何足道哉！

池州齊山石壁，有刺史杜牧、處士張祜題名，其旁又刊一聯云：「天下起兵誅董卓，長沙子弟最先來。」與題名一手書也。此句乃吕温詩，前篇曰㊀：「恩驅義感即風雷，誰道南方乏武才」，云云。

㊀「前」原作「全」，據歷代詩話本改。

歐陽文忠公作詩話，稱周朴之詩曰「風煖鳥聲碎，日高花影重」，以爲佳句。此乃杜荀鶴之句，非朴也。

梅堯臣贈朝集院鄰居詩云：「壁隙透燈光，籬根分井口。」徐鉉亦有喜李少保卜鄰云：「井泉分地脈，砧杵共秋聲。」此句尤閒遠也。

熙寧庚戌冬，王荆公安石自參知政事拜相。是日，官僚造門奔賀者相屬于路，公以未謝，皆不見之。獨與余坐于西廡之小閣，荆公語次，忽顰蹙久之，取筆書窗曰：「霜筠一作「松」。雪竹鍾山寺，投老歸歟寄此生。」放筆揖余而入。元豐己未，按漁隱叢話作「癸亥」。公已謝事，爲會靈觀使，居金陵白下門外。余謁公，公欣然邀余同遊鍾山，憩法雲寺，偶坐于僧房。是時，雖無霜雪，而虛窗松竹皆如詩中之景。余因述昔日題窗，并誦此詩，公憮然曰：「有是乎？」頷首微笑而已。

沈括存中、呂惠卿吉父、王存正仲、李常公擇，治平中，同在館下談詩。存中曰：「韓退之詩乃押韻之文爾，雖健美富贍，而格不近詩。」吉父曰：「詩正當如是，我謂詩人以來未有如退之者。」正仲是存中，公擇是吉父，四人交相詰難，久而不決。公擇忽正色謂正仲曰：「君子羣而不黨，公何黨存中也？」正仲勃然曰：「我所見如是，顧豈黨邪？以我偶同存中，遂謂之黨，然則君非吉父之黨乎？」一坐大笑。予每評詩，多與存中合。按此條亦見冷齋夜話。

頃年嘗與王荆公評詩，予謂：「凡爲詩，當使挹之而源不窮，咀之而味愈長。至如永叔之詩，才力敏邁，句亦清健，「清健」一作「雄健」，一作「新美」。但恨其少餘味爾。」荆公曰：「不然，如『行人仰頭飛鳥驚』之句，亦可謂有味矣。」然余至今思之，不見此句之佳，亦竟莫原荆公之意。「原」一作「曉」。

信乎，所見之殊，不可强同也。

鼎澧道中有甘泉寺，過客多酌泉淪茗。天禧末，寇萊公準南遷，題名寺壁。天聖初，丁晉公復南遷，又題名而行。其後范諷爲湖南安撫，感二相連斥，遂作詩云：「平仲酌泉方頓轡，謂之禮佛向南行。層巒下瞰炎荒路，轉使高僧薄寵榮。」

王沆游金陵昇元寺僧房，見壁閒繪一金紫丈夫，上題一絕云：「陣前金琕生無愧，「金琕」一作「仙琕」。鼓下蠻奴死合羞。三尺吳縑暗塵土，凜然蒼鶻欲横秋。」沆不能辨，卷畫歸示其父。王安國平甫曰：「此劉仁瞻象，袁陟詩也。」陟，洪州人，一本云：「袁世弼詩也。世弼，汝州人。」慶曆初登進士第，官至太常博士，壽不滿四十，少有文學，古詩尤佳，惜乎早死，文章多流落。此詩在陟未爲佳句，然亦俊拔可喜。「琕」，實音「蠙」，陟誤呼也。

唐人詠馬嵬之事者多矣。世所稱者，劉禹錫曰：「官軍誅佞倖，天子捨妖姬。羣吏伏門屏，貴人牽帝衣。低回轉美目，風日爲無輝。」白居易曰：「六軍不發争奈何，宛轉蛾眉馬前死。」此乃歌詠祿山能使官軍皆叛，逼迫明皇，明皇不得已而誅楊妃也。噫！豈特不曉文章體裁，而造語蠢拙，抑已失臣下事君之禮矣。老杜則不然，其北征詩曰：「憶昨狼狽初，事與古先別。一本云：「惟昔艱難初，事與前世別。」不聞夏商衰，中自誅褒妲。」乃見明皇鑒夏商之敗，畏天悔過，賜妃子死，官軍何預焉？按苕溪漁隱曰：「予觀冷齋夜話所論與此相同，但隱居詩話乃魏泰道輔所撰，道輔與覺範爲前輩，必覺範述其説耳。然老杜謂夏商誅褒妲，褒姒，周幽王后也，疑『夏』字爲誤，當云『商周』可也。」唐闕史載鄭畋馬嵬詩，命意似矣，而詞句凡下，比説無狀，不足道也。按畋詩云：「終是聖明天子事，景陽宮井又何人？」

孟浩然入翰苑訪王維，適明皇駕至，浩然倉黄伏匿，維不敢隱而奏知。明皇曰：「吾聞此人久矣。」召使進所業，浩然誦：「北闕休上書，南山歸敝廬。不才明主棄，多病故人疏。」明皇曰：「我未嘗棄卿，卿自不求仕，何誣之甚也？」因命放歸襄陽。世傳如此，而摭言諸書載之尤詳。且浩然布衣，闌入宮禁，又犯行在所，而止於放歸，明皇寬假之亦至矣，烏在以一棄字而議罪乎？

夏鄭公竦評老杜初月詩：「微升紫塞外，已隱暮雲端。」以爲意主肅宗，此鄭公善評詩也。吾觀退之「煌煌東方星，奈此衆客醉」，其順宗時作乎？「東方」，謂憲宗在儲也。

杜牧好用故事，仍于事中復使事，若「虞卿雙璧截肪鮮」是也。亦有趁韻撰造非事實者，若「珊瑚破高齊，作婢春黄麋」是也。李詢得珊瑚，其母令衣青衣而春，初無「黄麋」字。其晚晴賦云：「忽引舟于青灣，覩八九之紅芰。按樊川集云：「復引舟于深灣，忽八九之紅芰。」姹然如婦，嫣然如女。」芰，菱也，牧乃指爲荷花。其爲阿房宮賦云：「長橋卧波，未雩何龍？」牧謂龍見而雩，故用龍以比橋，殊不知龍者，龍星也。春秋書「龍鬬于鄭之時門」。退之詩云：「庚午憩時門，臨泉觀鬬龍。」韓自河陽還汴，但道經時門，豈復覩當日之鬬龍耶？按春秋書「龍鬬」云云，似宜别爲一則。

劉禹錫詩：「賈生王佐才，衞綰工車戲。同遇漢文時，何人居重位？」賈生當文帝時流落不偶而死，是也。衞綰以車戲事文帝爲郎爾。及景帝立，稍見親用。久之，爲御史大夫，封建陵侯。景帝末年，始拜丞相。在文帝時，實未嘗居重位也。

人豈不自知耶？及自愛其文章，乃更大謬，何也？劉禹錫詩固有好處，及其自稱平淮西詩云：「城中喔喔晨雞鳴，城頭鼓角聲和平。」爲盡李愬之美。又云：「始知元和十四載，四海重見昇平年。」爲盡憲宗之美。吾不知此兩聯爲何等語也？賈島云：「獨行潭底影，數息樹邊身。」其自注云：「二句三年得，一吟雙淚流。知音如不賞，歸臥故山秋。」不知此二句有何難道，至於「三年始成」，而一吟淚下也？楊衡自愛其句云「一一鶴聲飛上天」，此尤可笑也。

韋應物古詩勝律詩，李德裕武元衡律詩勝古詩，五字句又勝七字。張籍王建詩格極相似，李益古律詩相稱，然皆非應物之比也。

杜甫善評詩，其稱薛稷云：「驅車越陝郊，北顧臨大河。」美矣。又稱李邕六公篇恨不見之。皇甫湜題浯溪頌云：「次山有文章，可惋只在碎。」亦善評文者。若白居易殊不善評詩，其稱徐凝瀑布詩云：「千古長如白練飛，一條界破青山色。」又稱劉禹錫「雪裏高山頭白早，海中仙果子生遲。」「沉舟側畔千帆過，病樹前頭萬木春。」此皆常語也。禹錫自有可稱之句甚多，顧不能知之爾。按「皇甫湜」云云，至「亦善評文者」二十三字，元本自爲一條，今據漁隱叢話入此則。

黃庭堅喜作詩得名，好用南朝人語，專求古人未使之事，又一二奇字，漁隱叢話無「事」字、「又」字。綴葺而成詩，自以爲工，其實所見之僻也。漁隱叢話「僻」作「狹」。故句雖新奇，而氣乏渾厚。吾嘗作詩題其編後，略云：「端求古人遺，琢抉手不停。方其拾璣羽，往往失鵬鯨。」漁隱叢話「抉」作「削」，「拾」作「得」。蓋謂是也。

石延年長韻律詩善叙事，其他無大好處，籌筆驛銅雀臺留侯廟詩爲一集之冠。五言小詩，如「海雲含雨重，江樹帶蟬疏」，「平蕪遠更綠，斜日寒無輝」者，幾矣。白居易亦善作長韻叙事，但格制不高，局於淺切，又不能更風操，雖百篇之意，只如一篇，故使人讀而易厭也。

蘇舜欽以詩得名，學書亦飄逸，然其詩以奔放豪健爲主。梅堯臣亦善詩，雖乏高致，而平淡有工，世謂之蘇梅，其實與蘇相反也。舜欽嘗自歎曰：「平生作詩被人比梅堯臣，寫字被人比周越，良可笑也。」周越爲尚書郎，在天聖景祐間以書得名，輕俗不近古，無足取也。

元豐癸亥春，予謁王荊公於鍾山。因從容問公：「比作詩否？」公曰：「久不作矣，蓋賦詠之言亦近口業。然近日復不能忍，亦時有之。」予曰：「近詩自何始，可得聞乎？」公笑而口占一絕云：「南圃東岡二月時，物華撩我有新詩。含風鴨綠鱗鱗起，弄日鵝黃嫋嫋垂。」真佳句也。

蘇丞相頌嘗云：「館中見王平甫題壁有『宮殿影搖河漢外，江湖夢斷鼓鐘邊。』使人吟想不已。」平甫尤工用事，而復對偶親切。在京師有病中答予秋日詩曰：「忽吟佳客詩消暑，一作「驅暑」。

遠勝前人檄愈風。」又曰：「北海知天諭牛馬，東方傲俗任龍蛇。」王繹學士葬以九月，平甫爲挽詞云：「九月清霜送陶令，千年白日見滕公。」時挽詞甚多，無出此句。

章丞相惇自少喜修養服氣，辟穀飄然，有仙風道骨。在東府栽桐竹，戲作詩云：「種竹期龍至，栽桐待鳳來。他年跨遼海，經此一徘徊。」

寇萊公七月十四日生，魏野詩云：「何時生上相，明日是中元。」李文定公迪八月十五日生，杜默作中秋月詩以獻，僅數百言，皆以月況文定。其中句有：「蟾輝吐光育萬種，我公蟠屈爲心胸。老桂根株撼不折，我公得此爲清節。孤輪碾空周復圓，我公得此爲機權。餘光燭物無洪細，我公得此爲經濟。」漁隱叢話云：「餘光燭物施洪恩，我公得此爲經綸。」終篇大率皆如此。雖造語粗淺，然亦豪爽也。默少以歌行自負，石介贈三豪詩，謂之「歌豪」，以配石曼卿歐陽永叔。晚節益縱酒落魄，文章尤狂鄙。熙寧末，以特奏名得同出身，一命得臨江軍新淦縣尉，年近七十卒。

楊億劉筠作詩務積故實，而語意輕淺。一時慕之，號「西崑體」，識者病之。歐陽文忠公云：「大年詩有『峭帆橫渡官橋柳，疊鼓驚飛海岸鷗』，此何害爲佳句！」予見劉子儀詩句有「雨勢宮城闊，秋聲禁樹多」，亦不可誣也。

詩惡蹈襲古人之意，亦有襲而愈工若出於己者。蓋思之愈精，則造語愈深也。魏人章疏云：「福不盈身，禍將溢世。」韓愈則曰：「歡華不滿眼，咎責塞兩儀。」李華弔古戰場文曰：「其存其没，家莫聞知。人或有言，將信將疑。漁隱叢話作「蓋將信疑」。娟娟心目，夢寐見之。」陳陶則云：「可憐無定河邊骨，猶是春閨夢裏人。」蓋愈工於前也。

王禹偁橄欖詩云：「南方多果實，橄欖稱珍奇。北人將就酒，食之先顰眉。皮核苦且澀，歷口復棄遺。良久有回味，始覺甘如飴。」蓋六句說回味。歐陽文忠公曰：「甘苦不相入，初争久方知。」漁隱叢話「争」作「憎」。極快健也，勝前句多矣。按末句據漁隱叢話補入。

詩豈獨言志，往往讖終身之事。范仲淹小官時，詠十四夜月詩云：「天意將圓夜，人心待滿時。已知千里共，猶訝一分虧。」希文久負人望，世期以爲相，而止于參知政事。王荆公爲殿中丞羣牧判官時，作郢州白雪樓詩，略云：「折楊黄華笑者多，陽春白雪和者少。知音四海無幾人，況復區區郢中小。千載相傳始欲慕，一時獨唱誰得曉？古心以此分冥冥，俚耳至今徒擾擾。」荆公，大儒也，孟子後一人而已。雖萬世之下，聞其風宜企慕之。及作相更新天下之務，而一時沮毁之者蜂起，皆合白雪之句也。按漁隱叢話無「荆公，大儒也」至「企慕之」數語。

晏元獻殊作樞密使，一日雪中退朝，客次有二客，乃永叔與學士陸經。元獻喜曰：「雪中詩人見過，不可不飲酒也。」因置酒共賞，卽席賦詩。是時西師未解，永叔句有：「主人與國同休戚，「同」一作「共」。不惟喜樂將豐登。須憐鐵甲冷透骨，四十餘萬屯邊兵。」元獻怏然不悦。後嘗語人曰：「裴度也曾宴賓客，韓愈也會做文章，但言『園林窮勝事，鍾鼓樂清時』，却不曾恁地作鬧。」按潘子真詩話云：「永叔頗聞晏因賦雪詩有語。其後歐守青社，晏亦出鎮宛邱，歐乃作啟，敍平生出處，以致謝悃。其略曰：『伏念曩者，相公始掌貢舉，脩以進士而被選掄；及當鈞衡，又以諫官而蒙奬擢。出門館不爲不舊，受恩知不爲不深。』晏得書，即於書尾作數語，授掌記謄本答之，甚滅裂。坐客怪而問焉，晏徐曰：『作答知舉時一門生書也。』意終不平」云云。考之侯鯖錄，因歐公此詩，明日蔡襄遂言其事，晏坐此罷相，固宜有「作鬧」之語，並如子真所云也。

前輩詩多用故事，其引用比擬，對偶親切，亦甚有可觀者。楊察謫守信州，及其去也，送行至境上者十有二人。隱父於餞筵作詩以謝，皆用十二故事。其詩曰：「十二天辰數，今宵席客盈。位如星占野，人若月分卿。極醉巫峰倒，聯吟嶰琯清。他年爲舜牧，協力濟蒼生。」用故事亦恰好。一無此六字。

慶曆中，李淑罷翰林學士，知鄭州。會奉祠柴陵，作詩三絶，其恭帝詩最涉嫌忌，曰：「弄楯牽車晚鼓催，不知門外倒戈回。荒墳斷壠逾三尺，猶認房陵半仗來。」既爲仇家陳述古抉其事以聞，褫一職。

至和中，阮逸爲王宮記室。王能詩，一本云「爲王宮教授。有宗室能詩」。多與逸唱和。逸有句曰：「易立泰山石，難枯上林柳。」有言其事者，朝廷方治之。會逸坐他事，因廢斥之。一本云「會逸復以請求受賄事，因廢斥之。」

溫成皇后初薨，會立春進詩帖子。是時，永叔禹玉同在翰林院，以其虛閣，故不進。俄而有旨，令進温成閤帖子。永叔未能成，禹玉遽口占一首云：「昔聞海上有仙山，煙鎖樓臺日月閒。花下玉容長不老，只應春色勝人間。」永叔深歎其敏麗。按此條亦見冷齋夜話。又按曲洧舊聞云：「歐公與王禹玉范忠文同在禁林，故事進春帖子，自皇后、貴妃以下諸閤皆有。是時，温成薨未久，詞臣闕而不進。仁宗語近侍曰：『詞臣觀望，温成獨無有。』色甚不懌。諸公聞之惶駭，禹玉忠文倉卒作，不成。歐公徐云：「某有一首，但寫進本時偶忘之耳。」乃取小紅箋自錄其詩云：『忽聞海上有仙山，煙鎖樓臺日月閒。花下玉容長不老，只應春色勝人間。』既進，上大喜。禹玉拊歐公背曰：『君文章真是含香丸子也。』」此說與道輔所紀小異，因附錄于此。

大臣有少時雖修謹，然亦性通侻，有數小詞傳于世，可見矣。慶曆中，簽書滑州節度判官行縣，至韋城，飲于縣令家，復以邑倡自隨。逮曉，畏人知，以金釵贈倡，期緘口，亦終不能祕也。嘉祐中，大臣爲館職，奉使契丹，歸語同舍吴奎曰：「世言雨逢甲子則連陰，信有之。昨夜，契丹至長垣，往來無不沾濕。」長文戲曰：「『長垣逢甲子』，可對『韋縣贈庚申』也。」大臣終無悔恨。

下澤漥水處多蚊蚋，秦州西溪尤甚。每黄昏如烟霧晦合，聲如殷雷。無貧富，皆以紗絹、蒲疏、蕉葛爲厨罩，老幼皆不能露坐，至以泥塗牛馬，不爾亦傷害。范希文嘗以大理寺丞監秦州西溪鹽務，爲蚊蚋所苦，有詩曰：「飽去櫻桃重，飢來柳絮輕。但知離此去，不要問前程。」

張鑄，健吏也。性亦滑稽，爲河北轉運使，以事謫知信州。是時，以屯田員外郎葛源新得提舉銀銅坑冶，信州在所提舉。源欲爲鑄發舉狀，移牒令鑄供歷任脚色狀。鑄不平，作詩寄之曰：

「銀銅坑冶是新差，職任催綱勝一階。更使下官供脚色，下官蹤跡轉沉埋。」源有慚色。

「昨夜陰山吼賊風，帳中驚起紫髯翁。平明不待全師出，連把金鞭打鐵驄。」不知何人之詩，頗爲邊人傳誦。有張師雄者，居洛中，好以甘言悦人，晚年尤甚，洛人目爲「蜜翁翁」。會官于塞上，一夕，傳胡騎犯邊，師雄蒼惶振恐，衣皮裘兩重，伏于土穴中，神如癡矣。秦人呼「土窟」爲「土空」，遽爲無名子改前詩以嘲之曰：「昨夜陰山賊吼風，帳中驚起蜜翁翁。平明不待全師出，連著皮裘入土空。」張亢嘗謂：「蜜翁翁無可對者。」一日，亢有姪不率教，亢方詰責，欲杖之。姪倚醉大言曰：「安能杖我，爾但堂伯伯。」亢笑曰：「『糖伯伯』可對『蜜翁翁』也。」釋而不問。按張亢一段漁隱叢話不録。

永叔詩話載陶穀詩云：「『尖簷帽子卑凡厮，短靿靴兒末厥兵。』不曉『末厥』之義，又嘗問王洙，亦不曉。」予頃在真定觀大閲，有一卒植五方旗，少不正，大校恚曰：「你可末豁如此！」予遽召問之，大校笑曰：「北人謂粗疏也。」豈「厥」之音「豁」乎？亦莫知孰是。

楚州有官妓王英英，善筆札，學顏魯公體，蔡襄復教以筆法，晚年作大字甚佳。梅聖俞贈之詩云：「山陽女子大字書，不學常流事梳洗。親傳筆法中郎孫，妙作蠶頭魯公體。」「妙作」一本作「妙畫」。英英貌甚陋，固云「不事梳洗」。一云：「故有『不事梳洗』之句。」中郎孫，君謨也。

呂士隆知宣州，好以事笞官妓，妓皆欲逃去而未得也。會杭州有一妓到宣，其色藝可取，士隆喜之，留之使不去。一日，郡妓復犯小過，士隆又欲笞之，妓泣愬曰：「某不敢辭罪，但恐杭妓不能安也。」士隆憫而舍之。梅聖俞因作莫打鴨一篇曰：「莫打鴨，打鴨驚鴛鴦。鴛鴦新向池中落，不比孤洲老禿鶬。禿鶬尚欲遠飛去，何況鴛鴦羽翼長？」蓋謂此也。

苗振，熙寧初知明州，致仕歸鄆，自明州造一堂極華壯，載以歸。或言：「鄆州置田亦多機數而得。」是時，王逵亦居鄆，作詩嘲之曰：「伯起雄豪世莫偕，官高禄重富於財。田從汶上天生出，堂自明州地架來。十隻畫船風破浪，兩行紅粉夜傳杯。自憐憔悴東鄰叟，草舍茅簷真可咍。」伯起，振字。東鄰，逵自謂。是時，王荆公秉政，聞此詩，遽遣王子韶爲浙路察訪，於明州廉得其實，遂起大獄，振竟至削奪。

近世婦人多能詩，往往有臻古人者。王荆公家最衆，張奎妻長安縣君，荆公之妹也，佳句最爲多。著者「草草杯盤供語笑，昏昏燈火話平生」。吴安持妻蓬萊縣君，荆公之女也。有句曰：「西風不入小窗紗，秋意應憐我憶家。極目江山千萬恨，依前和淚看黄花。」劉天保妻，平甫女也。句有：「不緣燕子穿簾幙，春去春來那得知。」一作「春去秋來」。荆公妻吴國夫人，亦能文，嘗有小詞約諸親遊西池句云：「待得明年重把酒，攜手，那知無雨又無風。」皆脱灑可喜也。

老杜云：「美名人不及，佳句法如何。」蓋詩欲氣格完邃，終篇如一，然造句之法亦貴峻潔不凡也。

永叔詩話稱謝伯初之句㈠，如「園林換葉梅初熟」，不若「庭草無人隨意綠」也；「池館無人燕學飛」，不若「空梁落燕泥」也。蓋伯景句意凡近，似所謂「西崑體」，而王胄薛道衡峻潔可喜也。

㈠「謝伯初」原作「謝伯景」，據六一詩話改。

白樂天海圖詩漁隱叢話作海圖屏風詩。略曰：「或者不量力，謂茲鼇可求。贔屭牽不動，綸絶沉其鈎。一鼇既頓頷，諸鼇齊掉頭。噴風激飛廉，鼓波怒陽侯。遂使百川心，一作「遂使江漢水」。朝宗意亦休。」吾讀此詩，感劉隗李訓薛文通等事，爲之太息。

蘇子美監進奏紙，因秋賽會同舍，各醵金以飲。時洪州人李定欲預此會，禱堯臣以干，舜欽不從。定大怒，遂暴其席上之事于言路，一時俊寀皆坐斥逐。聖俞有客至詩曰：「有客十人至，共食一鼎珍。一客不得食，覆鼎傷衆賓。」謂定也。

國初，官舟數少，非達官不可得。太宗時，朱嚴第三人及第，稅舟赴任至。王禹偁送詩曰「賃舟東下歷陽湖，榜眼科名釋褐初」是也。天禧末，李迪自宰相謫衡州副使，至儀真。是時，鄭載爲發運使，假張駝子客舟赴貶所，尤可怪也。

陸起，性滑稽，宰吉州廬陵，劇邑，訴訟尤多。起既才短，率五鼓視事，至夜分猶不能辦。自作一絶題廳壁云：「驅雞政府本來無，剛被人呼邑大夫。及至五更侵早起，算來却是被雞驅。」

杭州，天下之佳郡，衣冠之所樂處，故退之云「東吳游宦鄉」，是也。入幕尤多佳士。慶曆中，方楷守杭，會三幕客，皆年近七十，其間又有經生，于郡政殊無所補，衆所鄙笑，而方亦惡之。有無名子嘲之曰：「綠水紅蓮客，青衫白髮精。過廳無一事，咳嗽兩三聲。」

葛稚川神仙傳載：「王方平麻姑降蔡經家。方平謂姑曰：『不見姑已有五百年矣。』擘麟脯行酒。而蔡經竊視麻姑手如鳥爪，心念曰：『背癢時正可爬背。』方在念，而方平已知，責經曰：『麻姑，神人。汝何忽謂其手可爬背？』于是鞭經背。」皇祐中，江西有一事正類此。李覯題麻姑壇記以嘲之曰：「五百年來別恨多，東征重得見青蛾。擘麟方擬窮歡樂，不奈閒人背癢何。」

永叔詩話載：本朝詩僧九人，時號「九僧詩」。其間惠崇尤多佳句，有百句圖刊石於長安，甚有可喜者。嘉祐熙寧間，吳僧文瑩尤能詩，其詞句飄逸，尤長古風，其可喜者不可概舉。有渚宮集兩卷，鄭獬爲之序，行於世，可見也。

楊文公談苑載：「本朝武人多能詩，若曹翰句有『曾經國難穿金甲，不爲家貧賣寶刀』。劉吉父詩云：『一箭不中鵠，五湖歸釣魚。』大年稱其豪。」近世有張師正本進士及第，換武爲遙郡防禦使，亦能詩。有昇平詞云：「舊將封侯盡，降王賜姓歸。」又有：「蝸角功名時不與，澗松材幹老甘休。」「分鹿是非皆委夢，落花貴賤不由人。」他句皆類此。

有武士方圭好作惡詩，極有可笑者，有旁見集行於世，多爲士大夫之口實。慶曆初，宋丞相庠守揚州，會圭經過赴會，至于席上談詩，嘲哳可厭。宋公厭之，因顧望野外有牛繫樹下，牛拽樹將折，宋公謂坐客胡恢曰：「青牛恃力狂挨樹。」恢已曉公意，應聲對曰：「怪鳥啼春不避人。」公大笑，圭亦慚怒。

馬遵責守宣州，及其去也，郡僚軍民爭欲駐留，玉以鐵鎖絶江㊀。遵於餞筵倚醉令官妓剥榧實而食，眷眷若留連狀。又以所乘驄馬寄梅聖俞家，郡人皆不疑其去也。遵夜使人絶鎖解舟，以水沃櫓牙，使之不鳴。逮曉，舟去遠矣。聖俞寄遵詩云：「三更醉下陵陽峰，扁舟江上去無蹤。「扁」一作「仙」。又牙鐵鏁漫橫絶，濕櫓不驚潭底龍。斷腸吴姬指如笋，欲剥玉榧將何從？短翎水鴨飛不遠，那經細雨山重重。却顧舊埒病驄馬，塵沙歷盡空龍鍾。」蓋謂是也。

㊀「玉」，疑當作「至」。

洪武九年，歲在丙辰，閏九月壬辰、癸巳兩日，在華亭集賢外波草舍雨窗寫，映雪老人誌。時年八十歲。

王摩詰「閉户著書多歲月，種松皆作老龍鱗」。一本作「皆老作龍鱗」，尤佳㊀。

㊀此條據奇晉齋叢書本補。

竹坡詩話

竹坡詩話

宋　周紫芝著

杜少陵遊何將軍山林詩，有「雨抛金鎖甲，苔卧綠沉槍」之句，言甲抛於雨，爲金所鎖，槍卧於苔，爲綠所沉，有「將軍不好武」之意。余讀薛氏補遺，乃以綠沉爲精鐵，謂隋文帝賜張奫以綠沉之甲是也，不知金鎖當是何物。又讀趙德麟侯鯖録，謂綠沉爲竹，乃引陸龜蒙詩：「一架三百竿，綠沉森杳冥。」此尤可笑。

戴良少所推服，每見黃憲，必自降薄，悵然若有所失。母問：「汝何不樂乎，復從牛醫兒所來耶？」王履道詩：「不見牛醫黃叔度，即尋馬磨許文休。」語雖工，然牛醫，叔度之父耳，非叔度也。

聰聞復，錢塘人，以詩見稱於東坡先生。余遊錢塘甚久，絶不見此老詩。松園老人謂余言：「東坡倅錢塘時，聰方爲行童試經。坡謂坐客言，此子雖少，善作詩，近參寥子作昏字韻詩，可令和之。聰和篇立成，云：『千點亂山橫紫翠，一鈎新月掛黃昏。』坡大稱賞，言不減唐人，因笑曰：『不須念經也做得一個和尚。』是年，聰始爲僧。」

東坡詩云：「君欲富餅餌，會須縱牛羊。」殊不可曉。河朔土人言，河朔地廣，麥苗彌望，方其盛時，須使人縱牧其間，踐蹂令稍疏，則其收倍多，是縱牛羊所以富餅餌也。

維揚之擾，衣冠皆南渡。王邦憲客宛陵，與其鄉人相遇，作集句云：「揚子江頭楊柳春，衣冠南渡多崩奔。柳條弄色不忍見，東西南北更堪論。誰謂他鄉各異縣，豈知流落復相見。青春作伴好還鄉，爲問淮南米貴賤。」其敍事有情致爲可喜，近時集句所未有也。

集句近世往往有之，惟王荆公得此三昧。前人所傳，如「雨荒深院菊，風約半池萍」之句，非不切律，但苦無思耳。

孔毅父喜集句，東坡嘗以「指呼市人如使兒」戲之。觀其寄孫元忠詩云：「不恨我衰子貴時，經濟實藉英雄姿。君有長才不貧賤，莫令斬斷青雲梯。驊騮作駒已汗血，坐看千里當霜蹄。省郎京君必俯拾㊀，軍符侯印取豈遲。」殆不減胡笳十八拍也。

㊀「君」原作「軍」，據百川學海本改。

紹興初，有退相寓永嘉，獨陳用中彥才雖鄰不謁。及再相，有薦之者，止就部注邑連江，戲作小詩云：「命賤安能比鉅公，偶然年月與時同。只因日上爭些子，笑向連江作釣翁。」蓋其所生年月時適與時宰同，但日差異耳。

東坡遊西湖僧舍，壁間見小詩云：「竹暗不通日，泉聲落如雨。春風自有期，桃李亂深塢。」問誰所作，或告以錢塘僧清順者，卽日求得之。一見甚喜，而順之名出矣。余留錢塘七八年，間有能誦順詩者，往往不逮前篇，政以所見之未多耳。然而使其止於此，亦足傳也。

米元章少時作邑，會歲大旱，遣吏捕蝗甚急。有鄰邑宰忽移文責之，謂吏驅蝗入境。元章取公牒作一絶句，書其背而遣之，云：「蝗蟲本是天災，不由人力擠排。若是敝邑遣去，卻煩貴縣發來。」見者大笑。

東萊蔡伯世作杜少陵正異，甚有功，亦時有可疑者。如「峽雲籠樹小，湖日落船明」，以「落」爲「蕩」，且云非久在江湖間者，不知此字之爲工也。以余觀之，不若「落」字爲佳耳。又「春色浮山外，天河宿殿陰」，以「宿」爲「没」字。「没」字不若「宿」字之意味深遠甚明。大抵五字詩，其邪正在一字間㊀，而好惡不同乃如此，良可怪也。

㊀「邪正」，百川本作「點化」。

客有誦淵明閑情賦者，想其於此亦自不淺。或問坐客：「淵明有侍兒否？」皆不知所對。一人言有之。問其何以知，曰：「所謂『雍端年十三，不識六與七』，此豈非有侍兒耶？」于是坐客皆發一笑。

杜少陵之子宗武，以詩示阮兵曹，兵曹答以斧一具，而告之曰：「欲子砍斷其手，不然天下詩名，又在杜家矣。」余嘗觀少陵作宗武生日詩云：「自從都邑語，已伴老夫名。詩是吾家事，人傳世上情。」則宗武之能詩爲可知矣。惜乎其不可得而見也。

士大夫學淵明作詩，往往故爲平淡之語，而不知淵明制作之妙，已在其中矣。如讀山海經云「亭亭明玕照，落落清瑶流」，豈無雕琢之功？蓋明玕謂竹，清瑶謂水，與所謂「紅皺檐曬瓦，黄團繫門衡」者，奚異。

余讀秦少游擬古人體所作七詩，因記頃年在辟雍，有同舍郎澤州貢士劉剛爲余言，其鄉里有一老儒，能效諸家體作詩者，語皆酷似。效老杜體云：「落日黄牛峽，秋風白帝城。」尤爲奇絶。他皆類此，惜乎今不復記其姓名矣。

賀方回嘗作青玉案詞，有「梅子黄時雨」之句，人皆服其工，士大夫謂之賀梅子。郭功父有示耿天隲一詩，王荆公嘗爲之書其尾云：「廟前古木藏訓狐，豪氣英風亦何有？」方回晚倅姑孰，與功父遊甚歡。方回寡髮，功父指其髻謂曰：「此真賀梅子」也。方回乃捋其鬚曰：「君可謂郭訓狐。」功父髯而鬍，故有是語。

鄭谷雪詩，如「江上晚來堪畫處，漁人披得一蓑歸」之句，人皆以爲奇絶，而不知其氣象之淺俗也。東坡以謂此小學中教童蒙詩，可謂知言矣。然谷亦不可謂無好語，如「春陰妨柳絮，月黑見梨花」，風味固似不淺，惜乎其不見賞于蘇公，遂不爲人所稱耳。

世傳楊文公方離襁褓，猶未能言，一日，其家人攜以登樓，忽自語如成人。因戲問之：「今日上樓，汝能作詩乎？」即應聲曰：「危樓高百尺，手可摘星辰。不敢高聲語，怕驚天上人。」舊見古今詩話載此一事，後又見一石刻，乃李太白夜宿山寺所題，字畫清勁而大，且云布衣李白作。而此又以爲楊文公作何也？豈好事者竊太白之詩，以神文公之事與，抑亦太白之碑爲僞耶？

韓退之城南聯句云：「紅皺曬簷瓦，黃團繫門衡。」「黃團」當是瓜蔞，「紅皺」當是棗，退之狀二物而不名，使人瞑目思之，如秋晚經行，身在村落間。杜少陵北征詩云：「或紅如丹砂，或黑如點漆。」此亦是說秋冬間籬落所見，然比退之頗是省力。

有作陶淵明詩跋尾者，言淵明讀山海經詩有「形夭無千歲，猛志固有在」之句，竟莫曉其意。後讀山海經云：「刑天，獸名也，好銜干戚而舞。」乃知五字皆錯。「形夭」乃是「刑天」，「無千歲」乃是「舞干戚」耳。如此乃與下句相協。傳書誤繆如此，不可不察也。

樞密張公嵇仲，喜談兵論邊事，面目極嚴冷，而作小詩有風味。岐王宮有侍兒出家爲比丘尼者，公賦詩云：「六尺輕羅染麴塵，金蓮步穩襯緗裙。從今不入襄王夢，剪盡巫山一朶雲。」殊可喜也。

徐陵玉臺新詠序云：「南都石黛，最發雙蛾；北地燕支，偏開兩靨。」崔正熊古今注云：「燕支出西方，土人以染，中國謂之紅藍，以染粉爲婦人色。」而俗乃用烟脂或臙脂字，不知其何義也？杜少陵「林花著雨臙脂溼」，亦用此二字，而白樂天「三千宮女燕支面」，卻用此二字，殊不可曉。

潮州韓文公祠有異木，世傳退之手植。去祠十數步，種之輒死。有題文公祠者，云「韓木有情春谷暖，鱷魚無種海潭清」者是也。

余頃年遊蔣山，夜上寶公塔，時天已昏黑，而月猶未出，前臨大江，下視佛屋峥嶸，時聞風鈴，鏗然有聲。忽記杜少陵詩：「夜深殿突兀，風動金琅璫。」恍然如己語也。又嘗獨行山谷間，古木夾道交陰，惟聞子規相應木間，乃知「兩邊山木合，終日子規啼」之爲佳句也。又暑中瀕溪，與客納涼，時夕陽在山，蟬聲滿樹，觀二人洗馬于溪中。曰，此少陵所謂「晚涼看洗馬，森木亂鳴蟬」者也。此詩平日誦之，不見其工，惟當所見處，乃始知其爲妙。作詩正要寫所見耳，不必過爲奇險也。

夔峽道中，昔有杜少陵題詩一首，以「天」字爲韻，榜之梁間，自唐至今，無敢作詩者。有一監司過而見之，輒和少陵韻，大書其側，後有人嘲之云：「想君吟詠揮毫日，四顧無人膽似天。」過者無不笑之。

大梁羅叔共爲余言：「頃在建康士人家，見王荆公親寫小詞一紙，其家藏之甚珍。其詞云：『留春不住，費盡鶯兒語。滿地殘紅宮錦污，昨夜南園風雨。小憐初上琵琶，曉來思繞天涯，不肯畫堂朱户，東風自在楊花。』荆公平生不作是語，而有此何也？」儀真沈彦述爲余言：「荆公詩如『濃緑萬枝紅一點，動人春色不須多』，『春色惱人眠不得，月移花影上闌干』等篇，皆平甫詩，非荆公詩也。」沈乃元龍家婿，故嘗見之耳。叔共所見，未必非平甫詞也。

余家藏山谷謝李邦直送畬雲龍茶詩，所謂「畬雲從龍小蒼璧，元豐至今人未識」者是也。用川麻矮紙作鉅軸書，如拳許大，字畫飛動，可與瘞鶴銘離堆記爭雄。政和甲午，攜以示李端叔。端叔和山谷韻，又用此韻作詩見貽，且跋其尾云：「元豐八年九月，魯直入館。是月裕陵發引，前一日，百官集朝堂，與余適相值邂逅，邦直送茶。居兩日，聞有詩，又數日，相見於文德班中，爲余口占。政和四年中元前一日，宣城周少隱出此詩相示，蓋二十有九年矣。感舊愴然，因借其韻，書於卷尾。是日太旱，久不雨而雨，黃昏月出，已而復雨。」紹興兵至，姑谿詩帖兩牛腰，併與山谷墨妙爲之一空。

李石柳公權俱與唐文宗論詩。李石云：「『人生不滿百，常懷千歲憂』，畏不逢也。『晝短苦夜長』，暗時多也。『何不秉燭遊』，勸之照也。古人作詩之意未必爾，然人臣進言，要當如此。」及文宗有「人皆苦炎熱，我愛夏日長」之句，公權但云「薰風自南來，殿閣生微涼」而已，殊不寓規諫之意何也？蓋責文宗享殿閣之涼，而不知人間之苦，所以譏之深矣，曉人豈不當如是耶？

「冰肌玉骨清無汗，水殿風來暗香滿。繡簾一點月窺人，欹枕釵橫雲鬢亂。起來庭户悄無聲，時見疏星渡河漢。屈指西風幾時來，不道流年暗中換。」世傳此詩爲花蕊夫人作，東坡嘗用此詩作洞仙歌曲。或謂東坡託花蕊以自解耳，不可不知也。

王荆公作集句，得「江州司馬青衫濕」之句，欲以全句作對，久而未得。一日問蔡天啟：「『江州司馬青衫溼』，可對甚句？」天啟應聲曰：「何不對『梨園弟子白髮新。』」公大喜。

梁太祖受禪，姚垍爲翰林學士。上問及裴延裕行止曰：「頗知其人，文思甚捷。」垍曰：「向在翰林號爲下水船。」太祖應聲曰：「卿便是上水船。」議者以垍爲急灘頭上水船。魯直詩曰：「花氣薰人欲破禪，心情其實過中年。春來詩思何所似，八節灘頭上水船。」山谷點化前人語，而其妙如此，詩中三昧手也。

東南之有臘梅，蓋自近時始。余爲兒童時，猶未之見。元祐間，魯直諸公方有詩，前此未嘗有賦此詩者。政和間，李端叔在姑谿，元夕見之僧舍中，嘗作兩絶，其後篇云：「程氏園當尺五天，千金争賞凭朱欄。莫因今日家家有，便作尋常兩等看。」觀端叔此詩，可以知前日之未嘗有也。

近世士大夫家所藏杜少陵逸詩，本多不同。余所傳古律二十八首，其間一詩，陳叔易記云，得於管城人家册子葉中。一詩，洪炎父記云，得之江中石刻。又五詩，謝仁伯記云，得于盛文肅家故書中，猶是吴越錢氏所録。要之皆得于流傳，安得無好事者亂真？然而如巴西聞收京云：「傾都看黄屋，正殿引朱衣。」又云：「克復誠如此，安危在數公。」又舟過洞庭一篇云：「蛟室圍青草，龍堆擁白砂。護江蟠古木，迎棹舞神鴉。」又一篇云：「説道春來好，狂風太放顛。吹花隨水去，翻却釣魚船。」此决非他人可到，其爲此老所作無疑。

西湖諸寺，所存無幾，惟南山靈石，猶是舊屋。寺僧言：「頃時有數道人來丐食，拒而不與，乃題詩屋山而去，至今猶存。」字畫頗類李北海，是唐人書也。其詩云：「南塢數回泉石，西峯幾疊烟雲。登携孰以爲侶，顏寓李甲蕭耘。」後好事者譯之，前一句乃吕字，第二句洞字，第三句賓字，是洞賓與三人者來耳。李甲近世人，東坡以比郭恕先，善畫而有文。餘不知其爲何人？當是神仙也。

東平王興周爲余言：「東平人有居竹間自號竹谿翁者，一夕，有鬼題詩竹間云：『墓前古木號秋風，墓尾幽人萬慮空。惟有詩魂銷不得，夜深來訪竹谿翁』。」世傳鬼詩甚多，常疑其僞爲，此詩傳於興周鄉里，必不妄矣。鬼之能詩，是果然也。

凡詩人作語，要令事在語中而人不知。余讀太史公天官書：「天一、槍、棓、矛、盾動摇，角大，兵起。」杜少陵詩云：「五更鼓角聲悲壯，三峽星河影動摇。」蓋暗用遷語，而語中乃有用兵之意。詩至於此，可以爲工也。

白樂天長恨歌云：「玉容寂寞淚闌干，梨花一枝春帶雨。」人皆喜其工，而不知其氣韻之近俗也。東坡作送人小詞云：「故將别語調佳人，要看梨花枝上雨。」雖用樂天語，而别有一種風味，非點鐵成黄金手，不能爲此也。

自古詩人文士，大抵皆祖述前人作語。梅聖俞詩云：「南隴鳥過北隴叫，高田水入低田流。」歐陽文忠公誦之不去口。魯直詩有「野水自添田水滿，晴鳩卻喚雨鳩來」之句，恐其用此格律，而其語意高妙如此，可謂善學前人者矣。

林和靖賦梅花詩，有「疏影橫斜水清淺，暗香浮動月黃昏」之語，膾炙天下殆二百年。東坡晚年在惠州，作梅花詩云：「紛紛初疑月掛樹，耿耿獨與參橫昏。」此語一出，和靖之氣遂索然矣。張文潛云：「調鼎當年終有實，論花天下更無香。」此雖未及東坡高妙，然猶可使和靖作衙官。政和間，余見胡份司業和曾公袞梅詩云：「絕豔更無花得似，暗香惟有月明知。」亦自奇絶，使醉翁見之，未必專賞和靖也。

世所傳退之遺文，其中載嘲鼾睡二詩，語極怪譎。退之平日未嘗用佛家語作詩，今云「有如阿鼻尸，長喚忍衆罪」，其非退之作決矣。又如「鐵佛聞皺眉，石人戰搖腿」之句，大似鄙陋，退之何嘗作是語，小兒輩亂真，如此者甚衆，烏可不辨。

有數貴人遇休沐，攜歌舞燕僧舍者。酒酣，誦前人詩：「因過竹院逢僧話，又得浮生半日閒。」僧聞而笑之。貴人問師何笑，僧曰：「尊官得半日閒，老僧卻忙了三日。」謂一日供帳，一日燕集，一日掃除也。

羅叔共言：頃歲錢塘有葛道人者，無他技能，以業屨爲生，得金卽沽酒自飲，往來湖山間數歲矣，人無知之者。一日，爲寺僧修屨，口中微有聲，狀若哦詩者。僧怪而問之，葛生笑曰：「今日偶得句耳。」問之，乃云：「百囀已休鶯哺子，三眠初罷柳飛花。」自是始知其爲詩人。世之露才揚己，急於人知者，聞斯人之風，亦可稍愧矣。

詩人造語用字，有著意道處，往往頗露風骨。如滕元發月波樓詩「野色更無山隔斷，天光直與水相連」是也。只一「直」字，便是著力道處，不惟語稍崢嶸，兼亦近俗。何不云「野色更無山隔斷，天光自與水相連」爲微有蘊藉，然非知之者不足以語此。

有明上人者，作詩甚艱，求捷法於東坡，作兩頌以與之。其一云：「字字覓奇險，節節累枝葉。咬嚼三十年，轉更無交涉。」其一云：「衡口出常言，法度法前軌。人言非妙處，妙處在于是。」乃知作詩到平淡處，要似非力所能。東坡嘗有書與其姪云：「大凡爲文，當使氣象崢嶸，五色絢爛，漸老漸熟，乃造平淡。」余以不但爲文，作詩者尤當取法於此。

劉元素名博文，與余爲同郡。其爲人靜退有守，好作詩而語不妄發。內子朱，賢而善事其夫，每舉案齊眉，則相敬如賓。一日，元素與客飲，分韻得柳眉，其詩云：「青眼相看君可知，精神渾在豔陽時。只因嫁得東君後，兩淚相看是別離。」詩成，坐客皆不悅。後數日而其妻亡，蓋詩讖也。

郭功父晚年，不廢作詩。一日，夢中作遊采石二詩，明日書以示人，曰：「余決非久於世者。」人問其故，功父曰：「余近詩有『欲尋鐵索排橋處，只有楊花慘客愁』之句，豈特非余平日所能到，雖前人亦未嘗有也。忽得之不祥。」不踰月，果死。李端叔聞而笑曰：「不知杜少陵如何活得許多時？」

詩中用雙疊字易得句。如「水田飛白鷺，夏木囀黃鸝」，此李嘉祐詩也。王摩詰乃云「漠漠水田飛白鷺，陰陰夏木囀黃鸝。」摩詰四字下得最爲穩切。若杜少陵「風吹客衣日杲杲，樹攪離思花冥冥」，「無邊落木蕭蕭下，不盡長江滾滾來」，則又妙不可言矣。

楊次翁守丹陽，米元章過郡，留數日而去。元章好易他人書畫，次翁作羹以飯之，曰：「今日爲君作河豚。」其實他魚。元章疑而不食，次翁笑曰：「公可無疑，此贋本耳。」其行，送之以詩，有「淮海聲名二十秋」之句。林子中見之，謂次翁曰：「公言無乃過與？」次翁笑曰：「二十年來，何處不知有米顛子邪？」余遊濡須，識次翁之孫侃，爲余道此。

杜牧之嘗爲宣城幕，游涇溪水西寺，留二小詩，其一云：「李白題詩水西寺，古木回嵓樓閣風。半醒半醉遊三日，紅白花開山雨中。」此詩今載集中。其一云：「三日去還住，一生焉再遊。含情碧溪水，重上粲公樓。」此詩今榜壁間而集中不載，乃知前人好句零落多矣。

晁以道家，有宋子京手書杜少陵詩一卷，如「握節漢臣歸」乃是「禿節」，「新炊間黃粱」乃是「聞黃粱」。以道跋云：前輩見書自多，不如晚生少年但以印本爲正也。不知宋氏家藏爲何本，使得盡見之，想其所補亦多矣。

韓退之城南聯句云：「庖霜鱠玄鯽，淅玉炊香粳。」語固奇甚。魯直云：「庖霜刀落鱠，執玉酒同調也。

明船。」雖依退之，而騣騣直與少陵分路而揚鑣矣。若明眼人見之，自當作兩等看，不可與退之

錢塘關子東爲余言，熙寧中有長老重喜，會稽人，少以捕魚爲生，然日誦觀世音菩薩不少休。舊不識字，一日輒能書，又能作偈頌，嘗作頌云：「地爐無火一囊空，雪似楊花落歲窮。乞得苧麻縫破衲，不知身在寂寥中。」此豈捕魚者之所能哉。解悟如此，蓋得觀音智慧力也。

余讀東坡和梵天僧守詮小詩，所謂「但聞烟外鐘，不見烟中寺。幽人行未已，草露濕芒屨。唯應山頭月，夜夜照來去。」未嘗不喜其清絶過人遠甚。晚遊錢塘，始得詮詩云：「落日寒蟬鳴，獨歸林下寺。松扉竟未掩，片月隨行屨。時聞犬吠聲，更入青蘿去。」乃知其幽深清遠，自有林下一種風流。東坡老人雖欲回三峽倒流之瀾，與溪壑争流，終不近也。

杜牧之華清宮三十韻，無一字不可人意。其敘開元一事，意直而詞隱，曄然有騷雅之風。至「一千年際會，三萬里農桑」之語，置在此詩中，如使伶優與嵇阮輩並席而談，豈不敗人意哉。

錢塘強幼安爲余言，頃歲調官都下，始識博士唐庚，因論坡詩之妙，子美以來，一人而已。其敘事簡當，而不害其爲工。如嶺外詩，敘虎飲水潭上，有蛟尾而食之，以十字説盡云：「潛鱗有飢蛟，掉尾取渴虎。」虎著渴字便見飲水意，且屬對親切，他人不能到也。

韓退之薦士詩云：「孟軻分邪正，眸子看瞭眊。杳然粹而清，可以鎮浮躁。」蓋謂孟東野也。

余嘗讀孟東野下第詩云：「棄置復棄置，情如刀劍傷。」及登第，則自謂「春風得意馬蹄疾，一日看盡長安花」。一第之得失，喜憂至於如此，宜其雖得之而不能享也。退之謂「可以鎮浮躁」，恐未免于過情。

東坡喜食燒猪，佛印住金山時，每燒猪以待其來。一日爲人竊食，東坡戲作小詩云：「遠公沽酒飲陶潛，佛印燒猪待子瞻。采得百花成蜜後，不知辛苦爲誰甜。」

東坡性喜嗜猪，在黄岡時，嘗戲作食猪肉詩云：「黄州好猪肉，價賤等糞土。富者不肯喫，貧者不解煮。慢著火，少著水，火候足時他自美。每日起來打一盌，飽得自家君莫管。」此是東坡以文滑稽耳。後讀雲仙散録，載黄昇日食鹿肉三斤，自晨煮至日影下西門，則曰「火候足」。乃知此老雖煮肉亦有故事，他可知矣。

福唐黄文若言：「南徐刁氏子字鱗游，十歲賦竹馬詩云：『小兒騎竹作驊騮，猶是東西意未休。我已童心無一在，十年渾付水東流。』後十歲果卒。客有誌其墓者，以比李長吉。」蓋文章早成，古人有之，然亦天所忌也。

道士林靈素，以方術顯於時。有附之而得美官者，頗自矜有驕色。或作戲靈素畫像詩云：「當日先生在市廛，世人那識是真仙？只因學得飛昇後，雞犬相隨也上天。」

「銀燭秋光冷畫屏，輕羅小扇撲流螢。天階夜色涼如水㈠，卧看牽牛織女星。」此一詩，杜牧之王建集中皆有之，不知其誰所作也。以余觀之，當是建詩耳。蓋二子之詩，其流婉大略相似，而牧多險側，建多工麗，此詩蓋清而平者也。

㈠「階」原缺，據百川本補。

「兩京作斤賣，五谿無人采。」此高力士詩也。魯直作食筍詩，云「尚想高將軍，五谿無人采」是也。張文潛作薺羹詩，乃云：「論斤上國何曾飽，旅食江城日至前。嘗慕藜羹最清好，固應加糝愧吾緣。」則是高將軍所作，乃薺詩耳，非筍詩也。二公同時，而用事不同如此，不知其故何也。

承議郎任隨成，字師心，劉景文甥也。嘗爲余言，景文昔爲忻州守，間數日，率一謁晉文公祠。既至祠下，必與神偶語，久之乃出。文公亦時時來謁景文，景文閉閤若與客語者，則神之至也。一日，於廣坐中謂一掾曰：「天帝當來召君，我亦當繼往。」坐客皆相視失色，已而掾果無疾而逝，劉亦相繼而亡云。後一日，死而復甦，起作三詩，乃復就暝。其一云：「中宮在天半㈡，其上乃吾家。紛紛鸞鳳舞，往往芝木華。揮手謝世人，聳身入雲霞。公暇詠天海，我非世人譁。」其二云：「仙都非世間，天神繞樓殿。高低霞霧匀，左右蛇龍徧。雲車山岳聳，風聲天地顫。從茲得舊渥，萬物毫端變。」其三云：「從來英傑自消磨，好笑人間事更多。艮上巽宮爲進發，千車安穩渡銀河。」詩成，謂其家人曰：「我今掌事雷部中，不復爲世間人矣。」

㈡「宮」原作「官」，據百川本改。

馮均州爲余言，頃年平江府雍熙寺，每深夜月明，有婦人歌小詞於廊廡間者，就之不見。其詞云：「滿目江山憶舊遊，汀洲花草弄春柔。長亭艤住木蘭舟。好夢易隨流水去，芳心猶逐曉雲愁。行人莫上望京樓。」或有聞而録之者，姑蘇士子慕容嵓卿見而驚曰：「君何從得此詞？」客語之故，嵓卿悲哭，久之，曰：「此余亡妻之詞，無知之者。」明日視之，乃其妻旅櫬所在。

大梁景德寺峨眉院，壁間有吕洞賓題字。寺僧相傳，以爲頃時有蜀僧號峨眉道者，戒律甚嚴，不下席者二十年。一日，有布衣青裘，昂然一偉人來㊀，與語良久，期以明年是日復相見於此，願少見待也。明年是日，日方午，道者沐浴端坐而逝。至暮，偉人果來，問道者安在，曰亡矣。偉人嘆息良久，忽復不見。明日書數語於堂壁間絶高處，其語云：「落日斜，西風冷。幽人今夜來不來，教人立盡梧桐影。」字畫飛動，如翔鸞舞鳳，非世間筆也。宣和間，余遊京師，猶及見之。

㊀「來」原作「求」，據百川本改。

李京兆諸父中，有一人嘗爲博守者，不得其名，其人極廉介。一日，迓監司於城門，吏報酉時，守急命閉關。已而使者至，不得入，相與語於門隙。使者請入見，曰：「法當閉鑰，不敢啟關。」請以詰朝奉迎。又京遞至，發緘視之。中有家問，即令滅官燭，取私燭閲書。閲畢，命秉官燭如初。當時遂有「閉關迎使者，滅燭看家書」之句。廉白之節，昔人所高，矯枉太過，則其弊遂至於此。

東坡在黄州時，嘗赴何秀才會，食油果甚酥。因問主人，此名爲何。主人對以無名。東坡又問爲甚酥，坐客皆曰：「是可以爲名矣。」又潘長官以東坡不能飲，每爲設醴，坡笑曰：「此必錯著水也。」他日忽思油果，作小詩求之云：「野飲花前百事無，腰間惟繫一葫蘆。已傾潘子錯著水，更覓君家爲甚酥。」李端叔嘗爲余言，東坡云：「街談市語，皆可入詩，但要人鎔化耳。」此詩雖一時戲言，觀此亦可以知其鎔化之功也。

唐人作樂府者甚多，當以張文昌爲第一。近時高郵王觀亦可稱，而人不甚知。觀嘗作游俠曲云：「雪擁燕南道，酒闌中夜行。千里不見警，怒須如立釘。出門氣吹霧，南山雞未啼。腰間解下聶政刀，袖中擲下朱亥椎。冷笑邯鄲乳口兒。」此篇詞意，大似李太白，恨未入文昌之室耳。至莫惱翁篇云：「穀垂乾穗豆垂角，兩足年登不勝樂。烏巾紫領銀鬚長，白酒滿盃翁自酌。翁醉不知秋色涼，兒捋翁鬚孫撼牀。莫惱翁，翁年已高百事慵。」遂與文昌爭衡矣。

本朝樂府，當以張文潛爲第一。文潛樂府刻意文昌，往往過之。頃在南都，見倉前村民輸麥行，嘗見其親稿，其後題云：「此篇效張文昌，而語差繁。」乃知其喜文昌如此。輸麥行云：「余過宋，見倉前村民輸麥，止車槐陰下，其樂洋洋也。晚復過之，則扶車半醉，相招歸矣。感之，因作輸麥行，以補樂府之遺。『場頭雨乾場地白，老稺相呼打新麥。半歸倉廩半輸官，免教縣吏相催迫。羊頭車子毛布囊，淺泥易涉登前岡。倉頭買券槐陰涼，清嚴官吏兩平量。出倉掉臂呼同伴，旗亭酒美單衣換。半醉扶車歸路涼，月出到家妻具飯。一年從此皆閒日，風雨閉門公事畢。射狐罝兔歲蹉跎，百壺社酒相經過。』」

元微之作李杜優劣論，謂太白不能窺杜甫之籓籬，況堂奥乎？唐人未嘗有此論，而稹始爲之。至退之云：「李杜文章在，光焰萬丈長。不知羣兒愚，那用故謗傷。」則不復爲優劣矣。洪慶善作韓文辨證，著魏道輔之言，謂退之此詩爲微之作也。微之雖不當自作優劣，然指稹爲愚兒，豈退之之意乎？

黄師是赴浙憲，東坡與之姻家，置酒餞其行，使朝雲侍飲。坐間賦詩，有「緑衣有公言」之句。後人乃謂緑衣小官，猶惜其不留，是有公言也。時朝雲語師是曰：「他人皆進用，而君數補外，何也？」是謂公言。而「緑衣」則東坡指朝雲也。

吕舍人作江西宗派圖，自是雲門臨濟始分矣。東坡寄子由云：「贈君一籠牢收取，盛取東軒長老來。」則是東坡子由爲師兄弟也。陳無己詩云：「鄉來一瓣香，敬爲曾南豐。」則陳無己承嗣鞏和尚爲何疑。余嘗以此語客，爲林下一笑，無不撫掌。

古今詩人，多喜效淵明體者，如和陶詩非不多，但使淵明愧其雄麗耳。韋蘇州云：「霜露悴百草，而菊獨妍華。物性有如此，寒暑其奈何。掇英泛濁醪，日入會田家。盡醉茅檐下，一生豈在多。」非唯語似，而意亦太似。蓋意到而語隨之也。

頃歲朝廷多事，郡縣不頒曆，所至晦朔不同。朱希真避地廣中，作小盡行一詩云：「藤州三月作小盡，梧州三月作大盡。哀哉官曆今不頒，憶昔昇平淚成陣。我今何異桃源人，落葉爲秋花作春。但恨未能與世隔，時聞喪亂空傷神。」與夫「山中無曆日，寒盡不知年」，無間然矣。

江淮間有水禽號魚虎，翠羽而紅首，顏色可愛，人罕識之。崔德符通羊道中詩所謂「翠裘錦帽初相識，魚虎彎環略岸飛」是也。余至興國數月，郡去通羊二百里，猶未及識，詢之土人，亦無識者，每誦德符詩，想像一見而已。

張文潛中興碑詩，可謂妙絶今古。然「潼關戰骨高於山，萬里君王蜀中老」之句，議者猶以肅宗即位靈武，明皇既而歸自蜀，不可謂老于蜀也。雖明皇有老于劍南之語，當須說此意則可，若直謂老于蜀則不可。

揚子雲好著書，固已見誚于當世，後之議者紛紛，往往詞費而意殊不盡。惟陳去非一詩，有識有評，而不出四十字：「揚雄平生書，肝腎間琱鎸。晚于玄有得，始悔賦甘泉。使雄早大悟，亦何事于玄。賴有一言善，酒箴真可傳。」後之議雄者，雖累千萬言，必未能出諸此。

柳子厚別弟宗一詩云：「零落殘紅倍黯然，雙垂別淚越江邊。一身去國六千里，萬死投荒十二年。桂嶺瘴來雲似墨，洞庭春盡水如天。欲知此後相思夢，長在荊門郢樹烟。」此詩可謂妙絶一世，但夢中安能見郢樹烟，烟字只當用邊字，蓋前有江邊故耳。不然，當改云「欲知此後相思處，望斷荆門郢樹烟」，如此卻似穩當。

汪内相將赴臨川，曾吉父以詩送之，有「白玉堂中曾草詔，水晶宫裏近題詩」之句。韓子蒼改云：「白玉堂深曾草詔，水晶宫冷近題詩。」吉父聞之，以子蒼爲一字師。

柳子厚與浩初上人看山詩云：「海畔尖山似劍鋩，秋來處處割愁腸。若爲化得身千億，散上山頭望故鄉。」議者謂子厚南遷，不得爲無罪，蓋未死而身已在刀山矣。

杜子美北征詩云：「海圖拆波濤，舊繡移曲折。天吴及紫鳳，顛倒在短褐。」可謂窮矣。及賦韋偃畫古松詩，則云：「我有一匹好東絹，重之不減錦繡段。已令拂拭光零亂，請君放筆爲直幹。」子美乃有餘絹作畫材，何也？余嘗戲作小詩，用少陵事云：「百尺寒松老幹枯，韋郎筆妙古今無。何如莫掃鵝溪絹，留取天吴紫鳳圖。」使少陵尚無恙，當爲我一捧腹也。

今日校譙國集，適此兩卷皆公在宣城時詩。某爲兒時，先人以公真稿指示，某是時已能成誦。今日讀之，如見數十年前故人，終是面熟。但句中時有與昔時所見不同者，必是痛遭俗人改易耳。如病起一詩云：「病來久不上層臺，謂宣城疊嶂雙溪也。窗有蜘蛛逕有苔。多少山茶梅子樹，未開齊待主人來。」此篇最爲奇絶。今乃改云：「爲報園花莫惆悵，故教太守及春來。」非特意脈不倫，然亦是何等語。又如「櫻桃欲破紅」改作「綻紅」，「梅粉初墜素」改作「梅葩」。殊不知綻葩二字，是世間第一等惡字，豈可令入詩來。又喜雨晴詩云：「豐穰未可期，疲瘵何日起。」乃易「疲瘵」爲「瘦飢」，當時果有瘦飢二字，此老則大段窘也。

紫微詩話

紫微詩話

宋　呂本中著

晁伯禹載之，學問精確，少見其比，嘗作昭靈夫人祠詩云：「殺翁分我一杯羹，龍種由來事杳冥。安用生兒作劉季？暮年無骨葬昭靈。」

晁知道詠之西池唱和詩有「旌旗太一三山外，車馬長楊五柞中。柳外雕鞍公子醉，水邊紈扇麗人行。」殆絶唱也。

高秀實茂華，人物高遠，有出塵之姿，其爲文稱是。嘗和余高郵道中詩，有「中途留眼占星聚，一宿披顏覺霧收」之句，便覺余詩急迫，少從容閒暇處。

汪信民革，嘗作詩寄謝無逸云：「問訊江南謝康樂，溪堂春木想扶疏。高談何日看揮麈，安步從來可當車。但得丹霞訪龐老，何須狗監薦相如？新年更勵於陵節，妻子同鋤五畝蔬。」饒德操節見此詩，謂信民曰：「公詩日進，而道日遠矣。」蓋用功在彼而不在此也。

洪龜父朋寫韻亭詩云：「紫極宮下春江横，紫極宮中百尺亭。水入方州界玉局，雲映連山羅翠屏。小楷四聲餘翰墨，主人一粒盡仙靈。文簫采鸞不復返，至今神界花冥冥。」作詩至此，殆無遺恨矣㊀。

㊀「恨」，據百川學海本補。

宣和末，林子仁斂功寄夏均父倪詩云：「嘗憶他年接緒餘，饒三落托我迂疏。谿橋幾換風前柳，僧壁今留醉後書。」忘記下四句。饒三，德操也。

表叔范元實既從山谷學詩，要字字有來處。嘗有詩云：「夷甫雌黄須倚閣，君卿唇舌要施行。」

從叔知止少年作詩云：「彭澤有琴嘗無絃，大令舊物惟青氊。我亦四壁對默坐，中有一牀供晝眠。」元實深賞愛之云：「殆似山谷少時詩。」

從叔大有少時詩云：「范雎才拊穰侯背，蔡澤聞之又入秦」，不減王荆公得意時也㊀。

㊀此條原缺，據百川本補。

外弟趙才仲少時詩「夕陽緑澗明」等句，精確可喜。才仲少學柳文，曾内相肇、晁丈以道説之皆以才仲能爲古人之文也。

㊀「丈」據百川本補。

夏均父倪文詞富贍，儕輩少及。嘗以「天寒霜雪繁，游子有所之」爲韻，作十詩留别饒德操，不愧前人作也。

晁季一貫之嘗訪杜子師輿不遇，留詩云：「草堂不見浣谿老，折得青松度水歸。」

衆人方學山谷詩時，晁叔用沖之獨專學老杜；衆人求生西方，高秀實獨求生兜率。

叔用嘗戲謂余云：「我詩非不如子，我作得子詩，只是子差熟耳。」余戲答云：「只熟便是精妙處。」叔用大笑，以爲然。

王立之直方病中盡以書畫寄交舊，余亦得書畫數種。與余書云：「劉玄德生兒不象賢。」蓋譏其子不能守其圖書也。余初未與立之相識，而相與如此。夏均父嘗寄立之詩云：「書來整整復斜斜。」蓋謂其病中作字如此。

饒德操酷愛徐師川俯雙廟詩「開元天寶間，袞袞見諸公。不聞張與許，名在臺省中」之句。

張先生子厚與從祖子進，同年進士也。張先生自登科不復仕，居毗陵。紹聖中，從祖自中書舍人出知睦州，子厚小舟相送數程，别後寄詩云：「籬鷃雲鵬各有程，匆匆相别未忘情。恨君不在篷籠底，共聽蕭蕭夜雨聲。」先生少有異才，多異夢，嘗作夢録，記夢中事，余舊寶藏，今失之。先生夢中詩，如：「楚峽雲嬌宋玉愁，月明溪淨印銀鈎。襄王定是思前夢，又抱霞衾上玉樓。」又「無限寒鴉冒雨飛」、「紅樹高高出粉牆」之句，殆不類人間語也。紹聖初，嘗訪祖父滎陽公於歷陽，既歸，乘小舟泝江至烏江，還書云：「今日江行，風浪際天，嘗記往在京師作詩云：『苦厭塵沙隨馬足，却思風浪拍船頭』也。

汪信民於文無不精到，嘗代滎陽公作張先生哀詞云：「惟古制行必中庸兮，降及末世戾不通兮，首陽柱下更拙工兮。」其餘忘之矣。

紹聖初，滎陽公自浙中赴懷州，叔祖赴睦州，邂逅于鎮江。别後，叔祖寄絶句云：「江南江北來，昨夜同枝宿。平明一聲起，四顧已極目。」

江西諸人詩，如謝無逸富贍，饒德操蕭散，皆不減潘邠老大臨精苦也。然德操爲僧後，詩更高妙，殆不可及。嘗作詩勸余專意學道云：「向來相許濟時功，大似頻伽餉遠空。我已定交木上座，君猶求舊管城公。文章不療百年老，世事能排雙頰紅。好貸夜窗三十刻，胡牀趺坐究幡風。」

邠老嘗寄德操均父詩云：「文如二稚徒懷璧，武似三明却報弓。松檜參天西邑路，時時騎馬訪龐公。」「文如二稚」謂德操，「武似三明」謂均父也。後德操爲僧，名如璧，殆詩之讖也。

吴春卿參政，以資政殿大學士知河南，過郭店，謁文靖公墓詩云：「漢相巖巖真國英，門庭曾是接諸生。陽秋談論四時具，河嶽精神一座傾。」議者以爲頗盡文靖儀觀論議云。

滕元發甫賀正獻公拜相啟云：「玉璜釣瀨，家傳渭水之符；金鼎調元，代出山東之相。」又云：「寰區大抃，盡還仁祖之風；朝野一辭，復見申公之政。」當時稱誦之。

劉師川，莘老丞相幼子，力學有文，嘗贈舍弟詩云：「大阮平生余所愛，小阮相逢亦傾蓋。濟陰未識情更親，信手新詩落珠貝。楊氏作公誰料理，臧孫有後誠可喜。長亭水落風雨多，無酒飲君如别何？」余時爲濟陰縣主簿，大阮謂知止也。

曾子固舍人爲太平州司户時，張伯玉瑑作守，歐公王荆公諸人，皆與伯玉書，以子固屬之，伯玉殊不爲禮。一日，就設廳召子固，作大排，唯賓主二人，亦不交一談也。既而召子固於書室，謂子固曰：「人謂公爲曾夫子，必無所不學也。」子固辭避而退。一日，請子固作六經閣記，子固屢作，終不可其意，乃謂子固曰：「吾試爲之。」即令子固書曰：「六經閣者，諸子百家皆在焉，不書，尊經也。」其下文不能具載。又令子固問書傳中隱晦事，其應答如流，子固大服，始有意廣讀異書矣。

晁丈以道言：「劉斯立跂初登科㊀，以賢稱。就亳州見劉貢父，所稱引皆劉所未知，於是始有意讀書。」以道又言：「少年讀書時，嘗鄙薄蔭補得官，以蔭補得官不是作官。後從李德操遊，德操更輕賤科名，議論高遠，方有意於爲學矣。」

㊀「跂」原作「跛」，據宋史劉摯列傳改。

叔祖待制公嘗與賓客飲酒，時大有尚幼，侍側。叔祖令大有作四聲，大有應聲云：「微雨變雪。」

元祐中，諸阮族人居榆林，甚盛。嘗一日，同遊西池，有士子方遊觀，歎曰：「紈袴不餓死，儒冠多誤身。」從叔叔巽應聲問曰：「秀才，汝『讀書破萬卷，下筆如有神』也未？」士子甚驚歎。

東萊公嘗與羣從出城，至村寺中，寺僧設冷淘，止具酢，無他物。令衆對「入寺冷淘惟有酢」，叔巽應聲對云：「出門蒸餅便無鹽。」衆服其敏。

崇寧初，晁以道居登封，滎陽公嘗寄詩云：「將謂清風全掃地，世間今復有盧鴻。」以道和詩云：「渭濱人老釣綸中，晚達那知有早窮㊀？顧我巖栖終作底，謾將病目送飛鴻。」

㊀「達」原作「歲」，據百川本改。

崇寧末，東萊公迎侍滎陽公，居真州船場，晁以道赴官明州，來訪公，留連數日而去。別後，以詩寄公云：「鳳老不行食，子復將衆雛。一門三世行，名數文章俱㊀。自可不富貴，天德公已餘。公乎默終日，誰言得親疏。人間亦何事，前賢重作書。公豈不窮愁，聊爲筆墨娛。掩卷長歎息，曷不巖廊與？却慙小人計，不當君子居。可恨空江水㊁，潮生明月初。捩柂響北客，別去敢踟躕。回首望丹穴，涕泣日漣如。」

㊀「數」，百川本作「教」。　㊁「空」，百川本作「只」。

曾元嗣續政和間嘗作十友詩，蓋謂顏平仲岐、關止叔沼、饒德操節、高秀實茂華、韓子蒼駒及余諸人共十人也。其稱余詩云：「呂家三相盛天朝，流澤於今有鳳毛。世業中微誰料理？却收才具入風騷。」

崇寧初，滎陽公守曹州，陳無己以詩寄公云：「往時三呂共修途，擬上青雲近玉除。中道勒回奔電足，今年還值邇英廬。縱談尚記華嚴夜，枉道難隨刺史車。遺與寬爲七字句，逢人聊代一行書㊀。」紹聖初，滎陽公罷經筵，出舍城東華嚴寺，無己與晁伯禹載之、唐季實之問皆來訪公。每晨興，公未起，三人者皆揖於門外。及寢，公就枕，三人者皆揖于門外，如親弟子云。

㈠「一行」，百川本作「八行」。

崇寧初，滎陽公自曹州與相州太守劉壽臣唐老學士兩易會於滑州。滑守陳伯修師錫，殿院也，坐中有詩云：「金馬舊遊三學士，玉麟交政兩諸侯。」蓋記當時事也。

楊廿三丈道孚克一，吕氏重甥，張公文潛之甥也。少有才思，爲舅所知。年十五時，在鄂渚作詩云：「洞庭無風時，上下皆明月。微波不敢興，甚静蛟蜃穴。」

元符初，滎陽公謫居歷陽，道孚爲州法曹掾。嘗從公出遊，以職事遽歸，遺公詩云：「雨緑霜紅郭外田，山濃水澹欲寒天。參軍抱病陪清賞，一檄呼歸亦可憐。」公甚稱之。

李方叔廌嘗作寒食詩：「千株蜜炬出嚴闉，走馬天街賜近臣。我亦茅簷自鑽燧，煨針燒艾檢銅人。」又嘗贈汝州太守詩云：「安得吾皇四百州，皆如此邦二千石。」

方叔祭東坡文云：「皇天后土，實表平生忠義之心；名山大川，復收自古英靈之氣。」

滎陽公紹聖中謫居歷陽，閉户却掃，不交人物。嘗有詩云：「老讀文書興易闌，須知養病不如閑。竹牀瓦枕虚堂上，卧看江南雨外山。」

滎陽公元符末起知單州，登城樓詩云：「斷霞孤鶩欲寒天，無復青山礙目前。世路崎嶇飽經歷，始知平地是神仙。」

東萊公元祐中西池詩云：「遊人初避熱，多傍柳陰行。」崇寧中閒居符離，嘗步至村寺，作詩贈僧云：「柳外陰中檐鐸鳴，老僧拄杖出門行。自言老病難看讀，只坐蒲團到五更。」

饒德操初見潘邠老和山谷中興碑詩，讀至「天下寧知再有唐，皇帝紫袍迎上皇」，歎曰：「潘十後來做詩，直至此地位耶？」

邠老送山谷貶宜州詩：「可是中州著不得，江南已遠更宜州。」山谷極稱賞之。

何斯舉頡嘗和余詩云：「秋水因君話河伯，接䍦持酒對山公。」斯舉即無己詩所謂「黃塵投老得何郎，準擬明年共我長」者也，然斯舉與余初不相識。

晁叔用嘗作廷珪墨詩，脱去世俗畦畛，高秀實深稱之。其詩云：「我聞江南墨官有諸奚㊀，老超尚不如廷珪，後來承晏頗秀出，喧然父子名相齊。百年相傳紋破碎，彷彿尚見蛟龍背。電光屬天星斗昏，雨痕倒海風雷晦。却憶當年清暑殿，黃門侍立才人見。銀鉤洒落桃花牋，牙牀磨試紅絲硯。同時書畫三萬軸，二徐小篆徐熙竹，御題四絶海内傳，秘府毫芒惜如玉。君不見，建隆天子開國初，曹公受詔行掃除，王侯舊物人今得，更寫西天貝葉書。」

㊀「我聞」，百川本作「君不見」。

東萊公嘗言，少時作詩，未有以異於衆人，後得李義山詩，熟讀規摹之，始覺有異。

東萊公深愛義山「一春夢雨常飄瓦，盡日靈風不滿旗」之句，以爲有不盡之意。

楊道孚深愛義山「嫦娥應悔偷靈藥，碧海青天夜夜心」，以爲作詩當如此學。

仲姑清源君嘗言，前身當是陶淵明，愛酒不入遠公社，故流轉至今耳㊀。

㊀「耳」原作「耶」，據百川本改。

吴正憲夫人最能文㊀，嘗雪夜作詩云：「夜深人在水晶宫。」吴正憲夫人知識過人，見元祐初諸公進用人才之盛，歎曰：「先公作相，要進用一個好人，費盡無限氣力；如今日用人，可謂無遺才矣。」吴正憲作相時，蓋元豐間也。

㊀「憲」原作「獻」，據百川本、宋史吴充傳改，下同。

孔毅甫平仲學士，建中靖國間作吴正憲夫人輓詩云：「贊夫成相業，聽子得忠言。」其子蓋傳正安詩舍人也。傳正有賢行，紹聖初，以左史權中書舍人，欲論事而懼其親老未敢。夫人聞之，屢促其子論列時事，傳正由此遂貶，夫人不以爲恨也。輓詩乃蘇子由作。

紹聖初，蘇子由罷門下侍郎知汝州，吴傳正當制，行詞云：「薄責尚期改過，原情本出愛君。」

李彭去言，公擇尚書猶子，少能文詞，年十七八時作詩云：「去國春城桃李花，楓林葉病尚天涯。今年九日風前帽，北客南舟雨後沙㊀。」忘下四句。汪信民甚稱之，以爲有過其姪商老處。然商老詩文富贍宏博，非後生容易可到。方臘之亂，去言有詩：「蒼黄避地小兒女，漂泊連牀老弟兄。」亦佳句也。

㊀「南」原作「李」，據百川本改。

夏均父稱張彦實詩出江西諸人。彦實送均父作江守詩云：「平時袞袞向諸公，投老猶推作郡公。未覺朝廷疏汲黯，極知州郡要文翁。」均父每諷誦之。

張子厚先生紹聖中蘇常道中題余授讀書卷後云：「一水帝鄉路，片雲師子山。」不知此何人詩也。

正憲公自同知樞密院出知定州，謝上表有云：「特以百年舊族，荷累朝不貲之恩；一介微軀，辱上主非常之遇。」又云：「謂臣世服近僚，有均休共戚之義，察臣旁無厚援，絶背公死黨之嫌。」又云：「進不敢希功而生事，退不敢弛備以曠官。」

正憲公自中司罷後，數年起知河陽，謝上表云：「三學士之職，嘗忝兼榮；中執法之司，亦蒙真授。」蓋公嘗爲翰林學士，兼侍讀學士、寶文閣學士，官至侍郎，拜中丞，銜内不帶權字。公爲中丞時，官已至侍郎，故云「亦蒙真授」也。

正憲公知揚州，賀景靈宫成表有云：「卽上都之福地，再廣真庭；會列聖之晬容，益嚴昭薦。」又云：「迴廊曼衍，圖拱極之近僚；祕殿重深㊀，列儀坤之正位。」

㊀「祕」字原缺，據百川本補。

正憲公守河陽，范蜀公司馬温公往訪，公具燕設口號，有云：「玉堂金馬，三朝侍從之臣；清洛洪河，千古圖書之奥。」

夏英公賀文靖公兼樞密使啟云：「三公之尊，古無不統；五代多故，政乃有歸。」又云：「部分諸將，獨出于禁中；制決奇謀，不關于公府。」又云：「當清明之盛旦，布焜煌之册書。」啟事乃宋子京作。

孫廣伯衍謝東萊公舉改官啟云㈠：「清朝薦士，寒門蒙座主特達之知；絳帳傳經，賤子辱侍講非常之遇。」蓋孫公莘老受知正獻公，廣伯嘗從滎陽公學也㈡。

㈠「衍」，原作「術」，據百川本改。　㈡「公」原脱，據百川本補。

朱巽子權，荊門人，崇寧初嘗客余家，未有聞也。其後赴舉，滎陽公送之以詩。子權後見胡康侯給事，康侯問：「朱子久從吕公，亦嘗聞吕公議論乎？」朱曰：「未也，獨記公有送行詩卒章云：『他日稍成毛義志㈠，再求師友究淵源。』」康侯曰：「是乃吕公深教子，以子學問爲未至㈡，故勉子再求師友爾。」子權由是發憤爲學，與兄震子發俱從師請問焉。

㈠「稍」原作「稱」，據百川本改。　㈡「學問」原作「問學」，據百川本改。

叔祖待制，尊德樂道，以父師禮事滎陽公，嘗寄公詩，有「久矣摳衣闕過庭」之句。

汪信民嘗和余欲晴詩云：「釜星晚雜出，雨脚晨可歇。」又嘗和余春日絶句云：「晏坐黌堂一事無，居官蕭散似相如。偶違濁酒風前約，不見繁英雨後疏。」

張丈文潛大觀中歸陳州，至南京，答余書云：「到宋冒雨，時見數花淒寒，重裘附火端坐，略不類季春氣候也。」

顏夷仲岐，舊嘗從滎陽公問學。余爲濟陰主簿，夷仲適在曹南，嘗贈余詩：「念昔從學日，同升夫子堂。」夫子蓋謂滎陽公也。余罷官歸，作詩留別夷仲云：「昔者同升夫子堂，如今俱是鬢蒼浪。」蓋用其語也。

饒德操作僧後，有送別外弟蔡伯世詩云：「要做仲尼真弟子，須參達磨的兒孫。」時諸說禪者不一，故德操專及之。

未改科已前，有吳儔賢良爲廬州教授，嘗誨諸生，作文須用倒語，如「名重燕然之勒」之類，則文勢自然有力。廬州士子遂作賦嘲之云：「教授于廬，名儔姓吳。大段意頭之沒，全然巴鼻之無。」

前輩有士人登科作太原職官，能文輕脱，嘲侮同官，爲衆所怨。太原帥戒之㈠，因作啟事謝云：「才非一鶚，難居累百之先；智異衆狙，遂起朝三之怒。」副總管武人嘗戲之，使對句云：「快咬鹽虀窮措大。」其人應聲對曰：「善餐倉米老衙官。」雖云輕佻，然自改科後，士人亦不能爲此語矣。

㈠「太原帥」原作「太師」，據百川本改。

李尚書公擇，向見秦少游上正憲公投卷詩云㊀：「雨砌墮危芳，風軒納飛絮。」再三稱賞云：「謝家兄弟得意詩，只如此也。」

㊀「上」原作「予」，據百川本改。

余舊藏秦少游上正憲公投卷，張丈文潛題其後云：「余見少游投卷多矣，黄樓賦哀鐏鐘文，卷卷有之，豈其得意之文歟？少游平生爲文不多，而一一精好可傳，在嶺外亦時爲文。此卷是投正憲公者，今藏居仁處。居仁好其文，出以示余，覽之令人愴恨。時大觀改元二月也。」

文潛嘗爲其甥楊道孚作真贊云：「其氣揚以善動，其神騖以思用。盍觀老氏之言乎？君子行不離輜重。」蓋規之也。

楊十七學士應之國賓力行苦節，學問贍博，而弘致遠識，特異流俗。嘗題所居壁云：「有竹百竿，有香一爐，有書千卷，有酒一壺，如是足矣。」伊川正叔先生嘗以爲交游中惟楊應之有些英氣。

邢和叔尚書嘗以丹遺伊川先生，先生以詩謝之云：「至神通化藥通神，遠寄衰翁救病身。我亦有丹君信否？用時還解壽斯民。」

司馬温公既辭樞密副使，名重天下。韓魏公元臣舊德，倍加欽慕，在北門與温公書云：「多病寢劇，闕于修問。但聞執事以宗社生靈爲意，屢以直言正論，開悟上聽，懇辭樞弼，必冀感動，大忠大義，充塞天地，橫絕古今，固與天下之人歎服歸仰之不暇，非于紙筆一二可言也。」又書云：「音問罕逢，闕于致問。但與天下之人欽企高誼，同有執鞭忻慕之意㊀，未嘗少忘也。」又書云：「伏承被命，再領西臺，在於高識，固有優游之樂，其如蒼生之望何？此中外之所以鬱鬱也。」

㊀「同」原作「問」，據百川本改。

王荊公嘗寄正憲公書云：「備官京師二年，鄙吝積于心，每不自勝。一詣長者，即廢然而反。夫所謂德人之容，使人之意消者，於晦叔得之矣。以安石之不肖，不得久從左右，以求其放心，而稍近于道。猥以私養竊祿，所以重貪污之罪，惓惓企望，何以勝懷？因書見教，千萬之望。」

崇寧初，楊丈道孚見寄數絕，有云：「東平佳公子，好學到此郎。別去今幾日，結交皆老蒼。」又一絕云：「不知更事多，但覺拜人少。」其餘忘之。

張子厚先生嘗遊山寺，詩有「凍僕堆堆依竈燎，山僧草草具盤飧。井丹已厭嘗葱葉，庾亮何勞惜薤根」之句，蓋寺僧具食極疏畧也。

晁丈以道嘗以所爲易解示謝丈顯道。他日，顯道還其書，因批其後云：「事忙不及相難。」

以道嘗令子弟門人學易，先治李鼎祚集解。或以語楊丈中立。中立問其故，其人曰：「以其集衆說。」楊丈笑曰：「集衆說不好者。」

潘郊老哭東坡絶句十二首，其最盛傳者：「元祐絲綸兩漢前，典刑意得寵光宣。裕陵聖德如天大，誰道微臣敢議天？」「公與文忠總遇讒，讒人有口直須緘。聲名百世誰常在？公與文忠北斗南。」

歐陽季默嘗問東坡：「魯直詩何處是好？」東坡不答，但極口稱重黄詩。季默云：「如『臥聽疏疏還密密，曉看整整復斜斜。』豈是佳邪？」東坡云：「正是佳處。」

山谷贈晁无咎詩云：「執持荆山玉，要我琱琢之。」蓋无咎初從山谷理會作詩，故无咎舊詩往往似山谷。

僧守訥，圓照師門人，本衣冠家子弟，後從圓照師祝髮，辯博能文。元符末，上皇踐阼，遠近稱頌新政，守訥以詩寄滎陽公：「野夫生長仁皇世，再見仁皇御太平。」是時天下稱上皇爲小仁宗云。

劉跂斯立，莘老丞相長子，賢而能文。建中靖國間，丞相追復，斯立以啟謝諸公云：「晚歲離騷，旋招魂于異域；平生精爽，猶見夢于故人。」

李光祖元亮，野夫學士之孫，少有俊聲，與蔡薿同學舍。薿既貴，元亮猶蹉跎場屋。薿在金陵，以同舍故，先謁之，元亮以啟事謝之云：「跣足而見長者，古猶非之；輕身以先匹夫，今無是也。」

知止叔少時，嘗作初涼詩云：「西風吹木葉，庭户乍涼時。夜有愁人嘆，寒先病骨知。」余每喜誦此句。邇來少年能爲此詩者蓋少矣。

范正平子夷，丞相忠宣公長子，少有高節，專務靜退。紹聖中，欽聖向后爲其家作功德寺，爲屋數百間。百姓訴其地民間地也，朝廷下其事開封府，府尹王震、户部尚書蔡京皆定以爲官地。民訴不已，再委開封尉覈實。時子夷適爲開封尉，驗治實民間地。哲宗問正平何人家，執政對曰：「純仁子也。」上曰：「名家。」有手詔改寺城外。王震蔡京各贖金，用事者怒之。開封縣有兩尉，一尉治内，一尉治外。子夷，治外尉也，治内尉失囚被譴，遂并子夷銜替，子夷不恤也。常以爲好事到手難得，豈可不做，做而被罪，其庸多矣。後益連蹇不進，恬如也。常乘一馬卑小，謝公定贈詩云：「一官如馬小，衆眼似衫青。」

崇寧間，談命術者多言叔祖待制子進與曾内翰子開，皆宰相命也。或有以吉凶占於紫姑神者，代書村童即書于紙云：「待曾吕相方發。」人皆以二公可必相也，然皆不驗。豈鬼神亦但聞人所説，而遂以爲然乎？叔祖有詩云：「夢寐西山結草廬㊀，逝將臨水詠游魚。何人見卵求時夜，更著閒言問紫姑。」

㊀「寐」原作「寢」，據百川本改。

崇寧初，叔祖待制自瀛帥改知潁州，過曹南，省滎陽公，見學院諸生作詩，因和之：「騏驥方騰踏，蚊蝱敢撲緣。明年小期集，請看十廬鞭。」紹聖間，謫知歸州，過太平州，亦和諸生詩，其末句有「何處孤城號秭歸」之句。

彦周詩話

彥周詩話

宋　許顗著

詩話者，辨句法，備古今，紀盛德，録異事，正訛誤也。若含譏諷，著過惡，誚紕繆，皆所不取。僕少孤苦而嗜書，家有魏晉文章及唐詩人集，僅三百家。又數得奉教，聞前輩長者之餘論。今書籍散落，舊學廢忘，其能記憶者，因筆識之，不忍棄也。嗟乎，僕豈足言哉！人之于詩，嗜好去取，未始同也，强人使同己則不可，以己所見以俟後之人，烏乎而不可哉㈠！

㈠此句後百川本有「建炎戊申六月初吉日襄邑許顗序」十四字。

詩壯語易，苦語難，深思自知，不可以口舌辯。

「燕燕于飛，差池其羽。之子于歸，遠送於野。瞻望弗及，泣涕如雨！」此真可泣鬼神矣。張子野長短句云：「眼力不知人，遠上溪橋去。」東坡送子由詩云：「登高回首坡隴隔，惟見烏帽出復没。」皆遠紹其意。

李太白作草創大還詩云：「髣髴明窗塵，死灰同至寂。」初不曉此語，後得李氏鍊丹法云：「明窗塵，丹砂妙藥也。」

老杜北征詩曰：「微爾人盡非，於今國猶活。」獨以「活」、「國」許陳玄禮，何也？蓋禍亂既作，惟賞罰當則再振，否則不可支持矣。玄禮首議太真國忠輩，近乎一言興邦，宜得此語。倘無此舉，雖有李郭，不能展用。

淮陰勝而不驕，乃能師李左車，最奇特事。荆公詩云：「將軍北面師降虜，此事人間久寂寥。」李廣誅霸陵尉，薄於德矣，東坡詩云：「今年定起故將軍，未肯説誅霸陵尉。」用事當如此向背。

笠篌狀如張箕，探手摘絃出聲。盧玉川詩云「捲却羅袖彈笠篌」，此語亦未可譏誚。司馬温公嘗語程正叔云：「辯證古人誤處，當兩存之，勿加詆訾也。」

韓退之詩云：「銀燭未銷窗送曙，金釵半醉座添香。」殊不類其爲人。乃知能賦梅花，不獨宋廣平。退之見神仙亦不伏云：「我能屈曲自世間，安能從汝巢神山？」賦謝自然詩曰：「童騃無所識。」作誰氏子詩曰：「不從而誅未晚耳。」惟華山女詩頗假借，不知何以得此？

凡作詩若正爾填實，謂之「點鬼簿」，亦謂之「堆垛死屍」。能如猩猩毛筆詩曰：「平生幾兩屐？身後五車書」。又如「管城子無食肉相，孔方兄有絶交書。」精妙明密，不可加矣，當以此語反三隅也。

詩人寫人物態度，至不可移易。元微之李娃行云「髻鬟峨峨高一尺，門前立地看春風」，此定是娼婦；退之華山女詩云「洗粧拭面著冠帔，白咽紅頰長眉青」，此定是女道士；東坡作芙蓉城詩亦用「長眉青」三字，云「中有一人長眉青，炯如微雲淡疏星」，便有神仙風度。

季父仲山，先大夫同祖弟也。讀書精苦，作詩有源流。昔嘗上書，晚以特奏名得一官。政和間，御製宮詞三百首，嘗和進，今録一絶於此，染指可以知鼎味也。其詞曰：「輕寒慘慘透衾羅，玉箭銅壺漏水多。常是未明供御服，夢回頻問夜如何。」時道君皇帝在睿思殿，宣進甚急，意謂得美官。翼日，臺章論列，作詩書經旨，遂報罷，調南劍州順昌縣尉，後卒于揚州云。

先伯父治平四年舉進士第一，少從丁寶臣，以文字爲歐陽文忠公王岐公所稱重。其試公生明賦曰：「依違牽制者既已去矣，則明白洞達者乃其自然。」此不刊之語也。嘗作詠史詩曰：「天下有誅賞，固非君所私。太宗泣君集，意恐勞臣疑。至公一以廢，智術相維持。哀哉功名士，汲汲尚趨時。」推斯志也，雖蹈滄海餓西山可也。在熙寧間，爲荆公薦，竟不委曲得貴達，然亦爲司馬温公呂獻可呂微仲范堯夫諸公所知。元豐七年，自都官外郎奔祖父喪，卒于黄州，東坡解衣賻之。

有李氏女者，字少雲，本士族。嘗適人，夫死無子，棄家著道士服，往來江淮間。僕頃年見之金陵。其詩有云：「幾多柳絮風翻雪，無數桃花水浸霞。」殊無脂澤氣。又喜煉丹砂，僕亦得其方，大抵類魏伯陽法，而有銖兩加精詳者也。嘗語僕曰：「我命薄，政恐不能成此藥耳。」後二年再見之，其瘦骨立，蓋丹未成而少雲已病。僕問曰：「子丹成欲仙乎？惟甚瘦則鶴背能勝也。」笑曰：「忍相戲耶！」病中作梅花詩云：「素艶明寒雪，清香任曉風。可憐渾似我，零落此山中！」尋卒。後檢方書，見丹法及此詩，録之。

晦堂心禪師初退黄龍院，作詩云：「不住唐朝寺，閒爲宋地僧。生涯三事衲，故舊一枝藤。乞食隨緣過，逢山任意登。相逢莫相笑，不是嶺南能。」此詩深静平實，道眼所了，非世間文士詩僧所能彷彿也。

僧義了，字廓然，本士族鍾離氏，事佛慈璣禪師爲侍者。僕頃年追見佛慈老人，廓然與僕在嵩山遊甚久，頗能詩。僕愛其兩句云：「百年休問幾時好，萬事不勞明日看。」不獨喜其語，蓋取其學道休歇灑落自在如此。

東坡作妙善師寫御容詩，美則美矣，然不若丹青引云「將軍下筆開生面」，又云「褒公鄂公毛髮動，英姿颯爽來酣戰」。後説畫玉花驄馬，而曰「至尊含笑催賜金，圉人太僕皆惆悵」。此語微而顯，春秋法也。

李太白詩云：「玉窗青青下落花。」花已落，又曰下，增之不贅，語益奇。

請紫姑神，大抵能作詩，然不甚過人。舊傳一士人家請之，既降，偶書院中子弟作雨詩，因率爾請賦，頃刻書滿紙，其警句云：「簾捲滕王閣，盆翻白帝城。」可喜也。

近時僧洪覺範頗能詩，其題李愬畫像云：「淮陰北面師廣武，其氣豈止吞項羽。公得李祐不肯誅，便知元濟在掌股。」此詩當與黔安並驅也。頃年僕在長沙，相從彌年。其他詩亦甚佳，如云：「含風廣殿聞棋響，度日長廊轉柳陰。」頗似文章巨公所作，殊不類衲子。又善作小詞，情思婉約，似少游。至如仲殊參寥，雖名世，皆不能及。

東坡贈陳季常詩，戒其殺生，末云：「君勿棄此篇，嚴詩編杜集。」謂嚴武也。工部集中有武倡和數首。又梅花詩云：「憑仗幽人收艾蒳，國香和雨入莓苔。」艾蒳，香名，正松上莓苔也，出本草及沈氏香譜。又紅梅詩云：「玉人頩頰固多姿。」頩，怒色，普更切，見神女賦，婦人怒則面赤。

杜詩：「飯抄雲子白。」雲子，雨也，言如雨點爾，出荀子雲賦。又，葛洪丹經用「雲子」，碎雲母也。今蜀中有碎礫，狀如米粒圓白，雲子石也。又杜詩云：「萬里戎王子㊀，何年別月支？異花開絶域，幽蔓匝清池。漢使徼空到，神農竟不知。露翻兼雨打，開坼漸離披。」不曉此詩指何物。張騫徼空到，又本草不收，定非蒲萄也。

㊀「戎王」原作「明玉」，據杜甫陪鄭廣文游何將軍山林十首之三改。

齊梁間樂府詞云：「護惜加窮袴，防閑託守宮。」「今日牛羊上邱隴，當時近前面發紅。」老杜作麗人行云：「賜名大國虢與秦。」其卒曰：「慎勿近前丞相嗔！」虢國秦國何預國忠事，而近前即嗔耶？東坡言老杜似司馬遷，蓋深知之。

司空圖，唐末竟能全節自守，其詩有「緑樹連村暗，黃花入麥稀」，誠可貴重。又曰：「四座賓朋兵亂後，一川風月笛聲中。」句法雖可及，而意甚委曲。

鮑明遠松柏篇悲哀曲折，其末不以道自釋，僕竊恨之。

明遠行路難，壯麗豪放，若決江河，詩中不可比擬，大似賈誼過秦論。

老杜作曹將軍丹青引云：「一洗萬古凡馬空。」東坡觀吳道子畫壁詩云：「筆所未到氣已吞。」吾不得見其畫矣，此兩句，二公之詩，各可以當之。

李長吉詩云：「楊花撲帳春雲熱。」才力絕人遠甚。如「柳塘春水漫，花塢夕陽遲」，雖爲歐陽文忠所稱，然不逮長吉之語。

古人文章，不可輕易，反復熟讀，加意思索，庶幾其見之。東坡送安惇落第詩云：「故書不厭百回讀，熟讀深思子自知。」僕嘗以此語銘座右而書諸紳也。東坡在海外，方盛稱柳柳州詩。後嘗有人得罪過海，見黎子雲秀才，說海外絕無書，適渠家有柳文，東坡日夕玩味。嗟乎，雖東坡觀書，亦須著意研窮，方見用心處耶！

柳柳州詩，東坡云在陶彭澤下，韋蘇州上，若晨詣超師院讀佛經詩，即此語是公論也。

六朝詩人之詩，不可不熟讀。如「芙蓉露下落，楊柳月中疏」。鍛鍊至此，自唐以來，無人能及也。退之云：「齊梁及陳隋，衆作等蟬噪。」此語我不敢議，亦不敢從。

陶彭澤詩，顏謝潘陸皆不及者，以其平昔所行之事，賦之於詩，無一點愧詞，所以能爾。

東坡海南詩、荊公鍾山詩，超然邁倫，能追逐李杜陶謝。

荆公愛看水中影，此亦性所好，如「秋水寫明河，迢迢藕花底」。又桃花詩云：「晴溝漲春淥周遭，俯視紅影移魚舠。」皆觀其影也。其後云：「攀條弄芳畏晼晚，已見黍雪盤中毛。」事見家語。

李邯鄲公作詩格，句自三字至九字、十一字，有五句成篇者，盡古今詩之格律，足以資詳博，不可不知也。

伯父娶邯鄲孫女，嘗聞邯鄲公與小宋飲酒，舉一物隸僻事，以多者爲勝，飲不勝者，他人莫敢造席。

梅聖俞詩，句句精鍊，如「焚香露蓮泣，聞磬清鷗邁」之類，宜乎爲歐陽文忠公所稱。其他古體，若朱絃疏越，一倡三嘆，讀者當以意求之。寵嬖曹氏，作一日曲，爲曹氏也。

孟浩然王摩詰詩，自李杜而下，當爲第一。老杜詩云「不見高人王右丞」，又云「吾憐孟浩然」，皆公論也。

東坡祭柳子玉文：「郊寒島瘦，元輕白俗。」此語具眼。客見詰曰：「子盛稱白樂天孟東野詩，又愛元微之詩，而取此語，何也？」僕曰：「論道當嚴，取人當恕，此八字東坡論道之語也。」

歐陽文忠公重讀徂徠集詩，英辯超然，能破萬古毁譽；食糟民詩，忠厚愛人，可爲世訓。

作詩壓韻是一巧，中秋夜月詩，押尖字數首之後，一婦人詩云：「蚌胎光透殼，犀角暈盈尖。」又記人作七夕詩，押潘、尼字，衆人竟和，無成詩者。僕時不曾賦，後因讀藏經，呼喜鵲爲芻尼，乃知讀書不厭多。

寫生之句，取其形似，故詞多迂弱。趙昌畫黄蜀葵，東坡作詩云：「檀心紫成暈，翠葉森有芒。」揣摸刻骨，造語壯麗，後世莫及。

杜牧之題桃花夫人廟詩云：「細腰宮裏露桃新，脉脉無言度幾春。畢竟息亡緣底事？可憐金谷墜樓人！」僕謂此詩爲二十八字史論。

宣和之初，何栗文縝丞相爲中書舍人，道君皇帝以御畫雙鵲賜之。諸公賦詩，韓駒子蒼待制時爲校書郎，賦詩二章曰：「君王妙畫出神機，弱羽争巢並占時。想見春風鳷鵲觀，一雙飛上萬年枝。」「舍人簪筆上蓬山，輦路春風從駕還。天上飛來兩烏鵲，爲傳喜色到人間。」

韋蘇州詩云：「落葉滿空山，何處尋行跡？」東坡用其韻曰：「寄語菴中人，飛空本無跡。」此非才不逮，蓋絶唱不當和也。如東坡羅漢贊云「空山無人，水流花開」八字，還許人再道否？

張籍王建，樂府宮詞皆傑出，所不能追逐李杜者，氣不勝耳。

孟東野詩苦思深遠，可愛不可學。僕尤嗜愛者，「長安無緩步」一詩。

蘇大監文饒作鴻溝詩云：「置俎均牢彘，峩冠信沐猴。方矜几上肉，已墮幄中籌。海岳歸三尺，衣冠閟一丘。路人猶指似，山下是鴻溝。」

陳無己賦宗室畫詩云：「滕王蛺蝶江都馬，一紙千金不當價。」又作曾子固挽詞云：「丘園無起日，江漢有東流。」近世詩人莫及。

外祖父邵安簡公，布衣時上平元昊策，又嘗勸仁廟早立太子。晚年自樞府出知越州，又移知鄆州。其薨也，岐公作挽詞云：「被褐曾陳定羌策，汗青猶著立儲書。春風澤國吟牋落，夜雨溪堂燕豆疏。」前輩詩不獨語句精鍊，且是著題。

鄭周卿，僕鄉人也，公肅右丞之孫，能詩。一日，鄭之他郡，而愛妾死，作詩云：「鶴歸空有恨，雲散本無心。」於情念中猶稍自在也。後娶熊氏，晉如之女。丙午、丁未年，知鄆州中都縣，連年與盜賊鏖戰，巋然獨存，權朝美曾録其功上之，後不報。今不知消息，可憐哉！

曹景宗探韻得「競病」字詩云：「去時兒女啼，歸來笳鼓競。借問路傍人，何如霍去病？」沈約詩人嗟賞之。

李衞公作步虚詞云：「仙家一本無「家」字。女侍董雙成，桂殿夜寒吹玉笙。曲終却從仙官去，萬户千門空月明。」「河漢女主能鍊顔，一本作「河漢玉女能鍊顔」。雲軿往往到人間。九霄有路去無迹，裊裊天風吹珮環。」嗚呼，人傑也哉！

季父仲山在揚州時，事東坡先生。聞其教人作詩曰：「熟讀毛詩國風與離騷，曲折盡在是矣。」僕嘗以謂此語太高，後年齒益長，乃知東坡先生之善誘也。

韓退之詩云：「酩酊馬上知爲誰？」此七字用意哀怨，過於痛哭。

阮步兵醉六十日而停婚，雖似智矣，然禮法之士，憎之如仇，幾至于死，幸武帝保護之耳。而老杜詩云：「遂令阮籍輩，熟醉爲身謀。」此工部善看史書，當有解此意者。

「春秋三傳束高閣，獨抱遺經究終始」，此詩退之稱盧玉川也。玉川子春秋傳，僕家舊有之，今亡矣。詞簡而遠，得聖人之意爲多，後世有深於經而見盧傳者，當知退之之不妄許人也。

夢中賦詩，往往有之。宣和己亥，僕在洪州，宿城北鄭和叔家。夜夢行大路中，寒沙没足，其旁皆田苗丘隴。一婦人皂衣素裳行田間，曰：「此中無沙易行。」僕從之不能登，婦人援僕手登焉。月明如畫，彌望皆野田麥苗。婦人求詩，引僕藉草坐。有矮磚臺一，上有紙筆，僕題詩四句云：「閒花亂草春春有，秋鴻社燕年年歸。青天露下麥苗溼，古道月寒人迹稀。」拍筆磚上有聲，驚覺宛然記憶，是歲大病，後亦無他故。

聯句之盛，退之東野李正封也。城南聯句云：「紅皺晒簷瓦，黄團掛門衡。」是説乾棗與瓜蔞，讀之猶想見西北村落間氣象。征蜀聯句云：「刑神詫犛旄，陰焰颭犀札。」盡雕刻之功，而語仍壯。李正封善押韻，如從軍聯句「押水沙囊涸」，皆不可及。

畫山水詩，少陵數首後，無人可繼者。惟荆公觀燕公山水詩前六句差近之，東坡烟江叠嶂圖一詩，亦差近之。

退之桃源行云：「種桃處處皆開花，川原遠近蒸紅霞。」狀花卉之盛，古今無人道此語。

本朝王元之詩可重，大抵語迫切而意雍容，如「身後聲名文集草，眼前衣食簿書堆」。又云：「澤畔騷人正憔悴，道旁山鬼謾揶揄。」大類樂天也。

玉川子送伯齡詩云：「努力事干謁，我心終不平。」玉川子在王涯書院中，會食，不能自別，枉陷於禍，哀哉！

柏舟，仁人之詩也，「憂心悄悄，慍於羣小。」簡兮，賢者之詩也，「碩人俁俁，公庭萬舞。」赫如渥赭，公言錫爵。」能容忍如此，宜乎賢矣。

鍾山有一詩云：「當年睥睨此山阿，欲著紅樓貯綺羅。今日重來無一事，却騎羸馬下坡陀。」此王雱許直，不爲荆公所喜，然此詩實可傳也。

詩有力量，猶如弓之鬬力：其未挽時，不知其難也；及其挽之，力不及處，分寸不可强。若出塞曲云：「落日照大旗，馬鳴風蕭蕭。嗚笳三四發，壯士慘不驕。」又八哀詩云：「汝陽讓帝子，眉宇真天人。虬髯似太宗，色映塞外春。」此等力量，不容他人到。

洪覺範在潭州水西小南臺寺。覺範作冷齋夜話，有曰：「詩至李義山，爲文章一厄。」僕至此蹙頞無語，渠再三窮詰，僕不得已曰：「夕陽無限好，只是近黄昏。」覺範曰：「我解子意矣。」即時删去。今印本猶存之，蓋已前傳出者。

僕年十七歲時，先大夫爲江東漕，李端叔高秀實皆父執也，適在金陵。二公遊蔣山，僕雖年少，數從杖屨之後。在定林説元微之詩，引事皆有出處㊀，屈曲隱奥，高秀實皆能言之，僕不覺自失。因思古人讀書多，出語皆有來處，前輩亦讀書多，能知之也。

㊀「皆」原作「當」，據百川本改。

高秀實又云：「元氏艷詩，麗而有骨，韓偓香奩集麗而無骨。」時李端叔意喜韓渥詩，誦其序云：「咀五色之靈芝，香生九竅；咽三危之瑞露，美動七情。」秀實云：「動不得也，動不得也。」

李太白詩云：「問余何事棲碧山，笑而不答心自閒。桃花流水窅然去，别有天地非人間。」東坡嶺外詩云：「老父争看烏角巾，應緣曾現宰官身。溪邊古路三叉口，獨立斜陽數過人。」賀知章呼李白爲謫仙人，世傳東坡是戒禪師後身，僕竊信之。

白樂天詩云：「春色辭門柳，秋聲到井梧。」此語未易及。「誰人把醆慰深憂？開自無憀落更愁。幸有清溪三百曲，不辭相送到黄州。」「南枝北枝春事休，榆錢可寄柳帶柔。定是沈郎作詩瘦，不應春能生許愁。」此東坡魯直梅詩二章，作詩名貎不出者，當深攷二詩。

宣和癸卯年，僕遊嵩山峻極中院，法堂後檐壁間有詩四句云：「一團茅草亂蓬蓬，驀地燒天驀地空。争似滿爐煨榾柮㊀，慢騰騰地熱烘烘。」字畫極草草，其旁隸書四字云：「勿毁此詩。」寺僧指示僕曰：「此四字司馬相公親書也。」嗟乎！此言豈有感於公耶？又於柱間大字隸書曰：「旦光頤來。」其上一字，公兄也；第三字，程正叔也。又題壁云：「登山有道，徐行則不困，措足於實地則不危。」皆公隸書。

㈠「柮」原作「椺」，據貴耳集改。

林和靖梅詩云：「疏影横斜水清淺，暗香浮動月黄昏。」大爲歐陽文忠公稱賞。大凡和靖集中，梅詩最好，梅花詩中此兩句尤奇麗。東坡和少游梅詩云：「西湖處士骨應槁，只有此詩君壓倒。」僕意東坡亦有微意也。然和靖詩屬對清切，如贈煅藥秀才詩云：「鷗鵬懶擊三千水，龍虎閒封六一泥。」

小杜作華清宫詩云：「雨露偏金穴，乾坤入醉鄉。」如此天下焉得不亂？

宋顔延之問己與靈運優劣于鮑照，照曰：「謝五言如初發芙蓉，自然可愛；君詩鋪錦列繡，亦雕繢滿眼。」此明遠對面褒貶，而人不覺，善論詩也，特出之。

韓熙載仕江南，每得俸給，盡散後房歌姬。熙載披衲持鉢，就諸姬乞食，率以爲常。東坡以玉帶贈寳覺，寳覺酬以舊衲，東坡作詩謝之曰：「病骨難堪玉帶圍，鈍根仍落箭鋒機。欲教乞食諸姬院，故與雲山舊衲衣。」江南野史亦載韓事，與此小異。

錢希白内翰作擬唐詩百篇，備諸家之體。自序曰：「今之所擬，不獨其詞，至于題目，豈欲拋離本集，或有事迹，斯亦見之本傳。」故其擬張籍上裴晉公詩曰：「午橋莊上千竿竹，緑野堂中白日春。富貴極來惟歎老，功名高後轉輕身。嚴更未報皇城裏，勝賞時遊洛水濱。昨日庭趨三節度，淮西曾是執戈人。」擬古當如此相似，方可傳。

王晉卿得罪外謫，後房善歌者名囀春鶯，乃東坡所見也，亦遂爲密縣馬氏所得。後晉卿還朝，尋訪微知之，作詩云：「佳人已屬沙吒利，義士今無古押衙。」僕在密縣與馬縉輔遊甚久，知之最詳。縉輔在其兄處猶見之，國色也。西清詩話中載此事，云過潁昌見之，傳誤也。

李義山詩，字字鍛鍊，用事婉約，仍多近體，惟有韓碑詩一首是古體。有曰：「塗改堯典舜典字，點竄清廟生民詩。」豈立段碑時躁詞耶？

岑參詩亦自成一家，蓋嘗從封常清軍，其記西域異事甚多。如優鉢羅花歌熱海行，古今傳記所不載者也。

黄魯直愛與郭功父戲謔嘲調，雖不當盡信，至如曰：「公做詩費許多氣力做甚？」此語切當，有益於學詩者，不可不知也。

「春水滿四澤，夏雲多奇峰。秋月揚明輝，冬嶺秀孤松。」此顧長康詩，誤編入陶彭澤集中。元撰作樹萱録，載有人入夫差墓中，見白居易張籍李賀杜牧諸人賦詩，皆能記憶，句法亦各相似。最後老杜亦來賦詩。記其前四句云：「紫領寬袍漉酒巾，江頭蕭散作閒人。秋風有意吹蘆葉，落日無情下水濱。」嗟乎！若數君子，皆不能脱然高蹈，猶爲鬼耶？殊不可曉也。若以爲元撰自造此詞，則數公之詩，尚可庶幾，而少陵四句，非元所能道也。

唐時，有清遠道士同沈恭子遊虎丘，詩曰：「余本長殷周，遭罹歷秦漢。」計之至唐，則二千餘歲矣。顏魯公愛而刻之，且有詩曰：「客有神仙者，於兹雅麗傳。」蓋指爲神仙也。李衞公追和魯公刻清遠道士詩曰：「逸人綴清藻，前哲留篇翰。」則逸人指清遠，而前哲謂魯公也。其後皮日休陸龜蒙輩皆和之。仙耶？鬼耶？則不必問。然僕獨深愛其詩中數句云：「吟眺川之陰，步上山之岸。山川共澄澈，光彩交凌亂。白雲蓊欲歸，青霧忽消半。」嗚呼！借使非神仙，亦一才鬼也。

「天棘蔓青絲」，洪覺範硬差「天棘」作「顛柳」。高秀實云：「天棘，天門冬也。」當以秀實之言爲正。顛天聲相近，又酷似青絲。又江南徐鉉家本云：「天棘蔓青絲。」若蔓生如青絲，尤見是天門冬。秦州詩云：「無風雲出塞，不夜月臨關。」無風雲動，不夜而月，當細思之。句法至此，古今一人而已。

杜牧之作赤壁詩云：「折戟沉沙鐵未消，自將磨洗認前朝。東風不與周郎便，銅雀春深鎖二喬。」意謂赤壁不能縱火，爲曹公奪二喬置之銅雀臺上也。孫氏霸業，繫此一戰，社稷存亡，生靈塗炭都不問，只恐捉了二喬，可見措大不識好惡。

韓退之聽穎師彈琴詩云「浮雲柳絮無根蒂，天地闊遠隨飛揚」，此泛聲也，謂輕非絲重非木也；「喧啾百鳥羣，忽見孤鳳凰」，泛聲中寄指聲也；「躋攀分寸不可上」，吟繹聲也；「失勢一落千丈强」，順下聲也。僕不曉琴，聞之善琴者云，此數聲最難工。自文忠公與東坡論此詩，作聽琵琶詩之後，後生隨例云云。柳下惠則可，我則不可，故特論之，少爲退之雪冤。

黄嗣徽少年時，讀書有俊聲，不幸爲後母訴於官，隸軍籍。王岐公丞相宣籍得之，聞其識字，使抄書。一日，觀宋復古郎中所畫山水，使子弟賦詩，嗣徽亦請賦，公頷之。頃刻成一絶句曰：「匣有瑶琴篋有書，棲遲猶未卜吾廬。主人況是丹青手，乞取生涯似畫圖。」岐公大嗟賞之，及問知曲折，以故人子奏於朝，乞以門客恩澤承務郎，特補之。命下之日，暴卒，窮命如此哉！

王君玉内翰初登第，調揚州江都縣令，題九曲池詩云：「越調隋家曲，當年亦九成。哀音已亡國，廢沼尚留名。儀鳳終沉影，鳴蛙祗沸聲。淒凉不可問，落日背蕪城。」晏元獻閱詩賞歎，薦爲館職。又嘗乞夢于后土祠，夜得報云：「君年二十七，官至四品。」時年正二十七，大惡之，過歲乃稍自安。後以禮部侍郎樞密直學士致仕，未改官制時正四品，年七十二云。

「五年不出青門道，邂逅尋春此一回。忽憶秦川貴公子，桃花落盡合歸來。」此高秀實城東寄王越州詩。

羅隱詩云：「只知事逐眼前過，不覺老從頭上來。」此語殊有味。

「若有人兮坐山楹，雲衮兮霞纓。秉芳兮欲寄，路漫兮難征。獨惆悵而狐疑，蹇獨立兮忠貞。」此寒山語，雖使屈宋復生，不能過也。

蜀陝路間有溪曰韓溪，蕭酇侯追淮陰處也。劉涇巨濟題詩一絶云：「豪傑相從意氣中，憐才傾倒獨蕭公。後來可是無奇客？東閣投名尚不通。」

李義山錦瑟詩曰：「錦瑟無端五十絃，一絃一柱思華年。莊生曉夢迷蝴蝶，望帝春心託杜鵑。滄海月明珠有淚，藍田日暖玉生烟。此情何待成追憶，只是當時已惘然！」古今樂志云：「錦瑟之爲器也，其柱如其絃數，其聲有適怨清和。」又云：「感怨清和㈠，昔令狐楚侍人能彈此四曲，詩中四句，狀此四曲也。」章子厚曾疑此詩，而趙推官深爲説如此。

㈠「感」，似當從上文作「適」。

老杜詩不可議論，亦不必稱讚。苟有所得，亦不可不記也。如唐太宗，相者見之云：「龍鳳之姿，天日之表。」而杜詩云「真氣驚户牖」，可謂簡而盡。又經昭陵詩曰：「文物多師古，朝廷半老儒。直辭寧戮辱，賢路不崎嶇。」太宗智勇英特，武定天下，而能如此，最盛德也。

古樂府云「藁砧今何在」，言夫也；「山上復有山」，言出也；「何當大刀頭？破鏡飛上天」，言月半當還也。王明之在姑蘇，嘗有所愛。比至京師，爲岐公丞相强留之。逾時作詩云：「黄金零落大刀頭，玉箸歸期畫到秋。紅錦寄魚風逆浪，碧簫吹鳳月當樓。伯勞知我經春別，香蠟窺人一夜愁。好去渡江千里夢，滿天梅雨是蘇州。」此詩之巧可傳也。

段成式與温庭筠雲藍紙詩序曰：「余在九江，出意造雲藍紙，輒分送五十枚。」其詩曰：「三十六鱗充使時，數番猶得表相思。」蓋龍八十一鱗，鯉三十六鱗也。至宋景文詩云：「君軒結戀蕭蕭馬，尺素愁憑六六魚」，又使六六三十六也。

南齊羊侃性豪侈，舞人張静婉，腰圍一尺六寸，能掌上舞。唐人作楊柳枝詞云：「認得羊家静婉腰。」後人除却家字，只使羊静婉，誤矣。

元稹微之樂府古題序云：「詩之爲體，二十四名：賦、頌、銘、贊、文、誄、箴、詩、行、詠、吟、題、怨、歎、篇、章、操、引、謡、謳、歌、曲、辭、調，皆詩人六義之餘。」

王筠爲沈約作草木十詠，直寫文詞，不加篇題。約曰：「此詩指物呈形，無假題注。」東坡作竹鼦鼠詩，模寫肥腯醜濁之態，讀之亦足想見風彩。

漁陽參撾，起於禰衡，「參」字，音七覽反。徐鍇引古歌詞以證此字云：「邊城晏開漁陽摻，黄塵蕭蕭白日暗。」

李義山賦云：「豈如河畔牛星？隔年祇闘一度。不及苑中人柳，終朝剩得三眠。」注：「漢苑中有人形柳，一日三起三倒。」

楊炎歌云：「雪面淡蛾天上女，鳳簫鸞翅欲飛去。玉釵翹碧步無塵，楚腰如柳不勝春。」爲元載侍姬瑶英作也。

五馬事，無知者。陳正敏云：「孑孑干旟，在浚之都。素絲組之，良馬五之。」以謂州長建旟，作太守事。又漢官儀注駟馬加左驂右騑，二千石有左驂，以爲五馬。然前輩楊劉李宋最號知僻事，豈不知讀漢官儀注而疑之耶？故俱存之，不敢以爲是，以俟後之知者。

李太白云「子夜吴歌動君心」㊀，李義山詩「鶯能子夜歌」，云晉有子夜者善歌，非時數也。

㊀「吴」原作「無」，據百川本改。

先伯父熙寧九年四月二十七日，夜夢至一處，榜曰清香館。東邊有别院，東壁有詩牌云：「題冀公功德院，山東李白。」其詩曰：「秋風吹桂子，只在此山中。待得春風起，還應生桂叢。桂叢日以滿，清香何時斷？只爲愛清香，故號清香館。」伯父自作記夢一篇，書之甚詳。嘗記季父説㊀，元豐五年，自房陵召還，一日，忽獨言曰：「清香館。」自後多不屑世間事，或默坐終日，人莫敢問其曲折。

㊀百川本「説」下有「少張」二字。

古詩云：「上山采交藤。」交藤，何首烏也，服之令人多慾生子，有「采采芣苢」之意。衞風云：「伊其相謔，贈之以芍藥。」陸農師説芍藥破血，欲其不成子姓耳。不知真有此意否？

季父仲山，病中夢至一處泛舟，環水皆奇峰可愛，賦詩云：「山色濃如滴，湖光平如席。風月不相識，相逢便相得。」既寤而言之，後數日卒。叔父楚若，先大夫母弟，甫壯而亡。少時獨不爲時學，愛穀梁春秋與柳柳州文。作詩用事，無一言蹈襲者。其所著撰號阨奇集，自序曰：「水激之以亂石則有聲，罍藏之以褻器則罄。齊不下者二城，田單因而縱兵。文獨不待阨而後奇乎？」兵火間散亂不可復得，略記其敍數句，以見其措意如此。

長安慈恩寺有數女仙夜遊，題詩云：「皇子陂頭好月明，强踏華筵到曉行。烟波山色翠黛横，折得落花還恨生。」化爲白鶴飛去。明日又題一首云：「湖水團團夜如鏡，碧樹紅花相掩映。北斗闌干移曉柄，有似佳期常不定。」長安南山下一書生，作小圃蒔花，才一日，有犢車麗女來飲於庭，邀書生同席，既去，作詩云：「相思無路莫相思，風裹楊花只片時。惆悵深閨獨歸處，曉鶯啼斷緑楊枝。」皆鬼仙詩，婉約可愛。

司馬公諱池，仁廟朝待制，温國文正公之父也。作行色詩云：「冷於陂水淡於秋，遠陌初窮見渡頭。賴得丹青無畫處，畫成應遣一生愁。」又黄公諱庶，魯直之父，作大孤山詩云：「銀山巨浪獨夫險，比干一片崔嵬心。」人傳温公家舊有琥璃盞，爲官奴所碎，洛尹怒，令糾録聽温公區處。公判云：「玉爵弗揮，典禮雖聞于往記；彩雲易散，過差宜恕于斯人。」又魯直作詩，用事壓韻，皆超妙出人意表，蓋其傳襲文章，種性如此。

饒德操爲僧，號倚松道人，名曰如璧。作詩有句法，苦學副其才情，不愧前輩。尤善作銘贊古文，其作佛米贊，謂武將念佛，以米記數，得三升也。將軍念佛，難于遣詞，而曰：「時平主聖，萬國自靖，不殺而武，不征而正，矯矯虎臣，無所用命。移將東南，介我佛會，久聞我曹，念佛三味。唶嗚叱吒，化爲佛聲，三令五申，易爲佛名。一佛一米，爲米三升。自升而斗，自斗而斛，念之無窮，太倉不足。」觀此，雖柳子厚曲折，不過是矣。

柳子厚守柳州日，築龍城，得白石，微辨刻畫，曰：「龍城柳，神所守。驅厲鬼，山左首。福土氓，制九醜。」此子厚自記也。退之作羅池廟碑云：「福我兮壽我，驅厲鬼兮山之左。」蓋用此事。

唐高宗御羣臣宴，賞雙頭牡丹詩。上官昭容一聯云：「勢如連璧友，情若臭蘭人。」計之必一英奇女子也。

東坡受知神廟，雖謫而實欲用之，東坡微解此意，論賈誼謫長沙事，蓋自況也。後作神廟挽詞云：「病馬空思櫪，枯葵已泫霜。」此非深悲至痛不能道此語。在元祐間獲鬼章，作告裕陵文云：「將帥用命，爭酬未報之恩；神靈在天，難逃不漏之網。」後人輒謂東坡以微文謗訕，天乎，寧有是哉！

俞秀老紫芝詩有云：「有時俗事不稱意，無限好山都上心。」雖峭然中實人情也。

有客泊湘妃廟前，夜半偶不寐，見輿衞入廟中，置酒鼓琴，心悸不敢窺。迨明方散，隱隱絶水浮空去。因入廟中，見詩四句，墨色猶未乾，云：「碧杜紅蘅縹緲香，冰絲彈月弄新涼。峰巒向曉渾相似，九處堪疑九斷腸。」神怪不足言，但詩殊佳，故録之。

錢昭度能詩，嘗作呂申公夷簡生日詩云：「磻溪重得呂，維嶽再生申。」當時詩格律止此，然可謂著題也已。

晁无咎在崇寧間次李承之長短句，以弔承之，曰：「射虎山邊尋舊迹，騎鯨海上追前約，便與江湖永相忘，還堪樂。」不獨用事的確，其指意高古深悲，而善怨似離騷，故特録之。

韓退之云：「横空盤硬語，妥帖力排奡。」蓋能殺縛事實，與意義合，最難能之，知其難則可與論詩矣，此所以稱孟東野也。

楊舜韶友夔，長僕十餘歲，向同在姑蘇。時盜發孫堅墓，楊作詩云：「闔廬城邊荒古丘，昔誰葬者孫豫州。久無行客爲下馬，時有牧童來放牛。」嗚呼！舜韶今已矣，他詩皆工，必傳於世也。

楊華既奔梁，元魏胡武靈后作楊白華歌，令宮人連臂踏足歌之，聲甚凄斷。柳子厚樂府云：「楊白華，風吹渡江水，坐令宮樹無顔色，摇蕩春心幾千里。回看落日下長秋，哀歌未斷城烏起。」言婉而情深，古今絶唱也。魏舊歌云：「陽春二三月，楊柳齊作花。春風一夜入閨闥，楊花飄落入南家。含情出户脚無力，拾得楊花淚沾臆。秋去春來雙燕子，願銜楊花入巢裏。」此詞亦自奇麗，録之以存古樂府題云。

「風定花猶舞，鳥鳴山更幽。」世傳荆公改「舞」字作「落」字，其語頓工。然「風定花猶落」乃梁謝貞八歲時所作春日閒居詩也，從舅王筠奇之，曰：「追步惠連矣。」

會老堂口號曰：「金馬玉堂三學士，清風明月兩閒人。」初謂「清風」「明月」古通用語，後讀南史謝譓傳曰：「入我室者，但有清風；對我飲者，惟當明月。」歐陽文忠公文章雖優，詞亦精緻如此。

老杜衡州詩云：「悠悠委薄俗，鬱鬱回剛腸。」此語甚悲。昔蒯通讀樂毅傳而涕泣，後之人亦當有味此而泣者也。

陳克子高作贈別詩云：「淚眼生憎好天色，離觴偏觸病心情。」雖韓渥温庭筠，未嘗措意至此。

王豐父待制，岐公丞相之子，少年詞賦登科，文章世其家。我先伯父狀元實岐公客，僕亦獲事待制公。世所見者，表章序記應用之文耳，其詩精密，人鮮知者。如「白髮衰天癸，丹砂養地丁。」意脉貫串，尚勝三甲六丁之語，此所謂參禪中參活句也。又作拄杖詩云：「老境得爲丘壑伴，醉鄉還勝子孫扶。」其風味雍容如此，天下有公論，僕不敢私。豐父嘗與僕言，班孟堅兩都賦，華壯第一，然只是文詞。若叔皮北征賦云：「劇蒙公之疲民兮，爲强秦而築怨。」此語不可及。僕嘗三復玩味之，知前輩觀書，自有見處。

李夫人賦序云，帝悲感爲作詩曰：「是耶？非耶？立而望之偏。」僕曰，因此，則退之「走馬來看立不正」之所祖述也。

陶彭澤歸去來辭云：「既自以心爲形役，奚惆悵而獨悲？」是此老悟道處。若人能用此兩句，出處有餘裕也。

東坡詩，不可指摘輕議，詞源如長河大江，飄沙卷沫，枯槎束薪，蘭舟繡鷁，皆隨流矣。珍泉幽澗，澄澤靈沼，可愛可喜，無一點塵滓，只是體不似江湖，讀者幸以此意求之。

鮮于子駿作九誦，東坡大稱之，云友屈宋於千載之上。觀堯祠舜祠二章，氣格高古，自東漢以來鮮及。前輩稱贊人略緣實也。

世間花卉，無踰蓮花者，蓋諸花皆藉暄風暖日，獨蓮花得意于水月。其香清涼，雖荷葉無花時亦自香也。梁江從簡爲采荷調云：「欲持荷作柱，荷弱不勝梁；欲持荷作鏡，荷暗本無光。」此語嘲何敬容，而波及蓮荷矣。春時穠麗，無過桃柳。「桃之夭夭」，「楊柳依依」，詩人言之也。老杜云：「顛狂柳絮隨風去，輕薄桃花逐水流。」不知緣誰而波及桃花與楊柳矣。

樂府記大言小言詩，録昭明詞，而不書始于宋玉，何也？豈誤耶？有説耶？

梁武帝作白紵舞詞四句，令沈約改其詞爲四時白紵之歌。帝詞云：「朱絃玉柱羅象筵，飛管促節舞少年，短歌留目未肯前，含笑一轉私自憐。」嗟乎麗矣！古今當爲第一也。

作詩淺易鄙陋之氣不除，大可惡。客問何從去之，僕曰：「熟讀唐李義山詩與本朝黃魯直詩而深思焉，則去也。」客言：「李杜詩中説馬如相馬經，有能過之者乎？」僕曰：「毛詩過之。」曰：「六經固不可擬，然亦未嘗子細説馬相態行步也。」僕曰：「願熟讀之，『兩驂如舞』，此䭾語所謂花踏羊行是也；『兩驂如手』，此䭾語所謂熟使喚是也。思之，便覺『走過掣電傾城知』與『神行電邁涉恍惚』爲難騎耳。」

韓退之元和聖德詩云：「駕龍十二，魚魚雅雅。」其深于詩者耶？

裴休題溈潭云：「溈潭形勝地，祖塔在雲湄。浩劫有窮日，貞風無墜時。歲華空自老，消息竟誰知？到此輕塵慮，功名自可遺。」詩格律止此。然裴參黄檗，其語不誇不怨不怒也。

「孤村芳草遠，斜日杏花飛。」大丞相萊國公寇忠愍之語。

蜀道觀中，鑿井得一碑，刻文似賦似贊，曰：「有物有物，可大可久。採乎蠶食之前，用乎火化之後。成湯自上而臨下，夸父虚中而見受。氣應朝光，功參夜漏。白英聚而雪慚，黄酥凝而金醜。轉制不已，神趣鬼驟。金與？玉與？天年上壽。無著于文，訣之在口。」後有隱士言：「是漢時陰真人所著鍊丹法，後雜著于子玉碑。」僕恨不得其門户，聊復存之。

石林詩話

石林詩話卷上

宋　葉夢得著

趙清獻公以清德服一世，平生畜雷氏琴一張，鶴與白龜各一，所向與之俱。始除帥成都，蜀風素侈，公單馬就道，以琴、鶴、龜自隨，蜀人安其政，治聲藉甚。元豐間，既罷政事守越，復自越再移蜀，時公將老矣。過泗州渡淮，前已放鶴，至是復以龜投淮中。既入見，先帝問：「卿前以匹馬入蜀㊀，所携獨琴、鶴，廉者固如是乎？」公頓首謝。故其詩有云「馬尋舊路如歸去，龜放長淮不再來」者，自紀其實也。

㊀「以」原作「已」，據葉石林遺書改。

劉貢父天資滑稽，不能自禁，遇可諧謔，雖公卿不避。與王荆公素厚，荆公後當國，亦屢謔之，雖每爲絶倒，然意終不能平也。元豐末，爲東京轉運使，貶衡州監酒，雖坐他累，議者或謂嘗以時相姓名爲戲惡之也㊀。元祐初，起知襄州。淳于髡墓在境内，嘗以詩題云：「微言動相國，大笑絶冠纓。流轉有餘智，滑稽全姓名。師儒空稷下，衡蓋盡南荆。贅婿不爲辱，旅墳知客卿。」又有續謝師厚善謔詩云㊁：「善謔知君意，何傷衛武公。」蓋記前事，且以自解云。

㊀「嘗」原作「常」，據遺書改。　㊁「謝」原作「陳」，據遺書改。

晏元獻公留守南郡，王君玉時已爲館閣校勘，公特請于朝，以爲府簽判，朝廷不得已，使帶館職從公。外官帶館職，自君玉始。賓主相得，日以賦詩飲酒爲樂，佳詩勝日，未嘗輒廢也。嘗遇中秋陰晦，齋廚夙爲備，公適無命，既至夜，君玉密使人伺公，曰：「已寢矣。」君玉亟爲詩以入，曰：「只在浮雲最深處，試憑絃管一吹開。」公枕上得詩，大喜，即索衣起，徑召客治具，大合樂。至夜分，果月出，遂樂飲達旦。前輩風流固不凡，然幕府有佳客，風月亦自如人意也。

歐陽文忠公記梅聖俞河豚詩：「春洲生荻芽，春岸飛楊花。」破題兩句，已道盡河豚好處。謂河豚出于暮春，食柳絮而肥，殆不然。今浙人食河豚始于上元前，常州江陰最先得。方出時，一尾至直千錢，然不多得，非富人大家預以金噉漁人未易致。二月後，日益多，一尾纔百錢耳。柳絮時，人已不食，謂之斑子，或言其腹中生蟲，故惡之，而江西人始得食。蓋河豚出于海，初與潮俱上，至春深，其類稍流入于江㈠。公，吉州人，故所知者江西事也。

㈠「類」原作「數」，據遺書改。

姑蘇州學之南，積水瀰數頃，旁有一小山，高下曲折相望，蓋錢氏時廣陵王所作。既積土山，因以其地瀦水，今瑞光寺即其宅，而此其別圃也。慶曆間，蘇子美謫廢，以四十千得之爲居。旁水作亭，曰滄浪，歐陽文忠公詩所謂「清風明月本無價，可惜祇賣四萬錢」者也。子美既死，其後不能保，遂屢易主，今爲章僕射子厚家所有。廣其故址爲大閣，又爲堂山上，亭北跨水復有山，名洞山，章氏併得之。既除地，發其下，皆嵌空大石，又得千餘株，亦廣陵時所藏，益以增累其隙，兩山相對，遂爲一時雄觀。土地蓋有所歸也。

王荆公晚年詩律尤精嚴，造語用字，間不容髮。然意與言會，言隨意遣，渾然天成，殆不見有牽率排比處。如「含風鴨緑鱗鱗起，弄日鵝黄裊裊垂」，讀之初不覺有對偶。至「細數落花因坐久，緩尋芳草得歸遲」，但見舒閒容與之態耳。而字字細考之，若經檃括權衡者，其用意亦深刻矣。嘗與葉致遠諸人和頭字韻詩，往返數四，其末篇有云：「名譽子真矜谷口，事功新息困壺頭。」以谷口對壺頭，其精切如此。後數日㊀，復取本追改云：「豈愛京師傳谷口，但知鄉里勝壺頭。」至今集中兩本並存。

㊀「日」，遺書作「月」。

蔡天啓云：「荆公每稱老杜『鉤簾宿鷺起，丸藥流鶯囀』之句，以爲用意高妙，五字之模楷。他日公作詩，得『青山捫蝨坐，黄鳥挾書眠』，自謂不減杜語，以爲得意，然不能舉全篇。」余頃嘗以語薛肇明，肇明後被旨編公集，求之，終莫得。或云，公但得此一聯，未嘗成章也。

禪宗論雲間有三種語：其一爲隨波逐浪句，謂隨物應機，不主故常；其二爲截斷衆流句，謂超出言外，非情識所到；其三爲函蓋乾坤句，謂泯然皆契，無間可伺。其深淺以是爲序。余嘗戲謂學子言，老杜詩亦有此三種語，但先後不同。「波漂菰米沉雲黑，露冷蓮房墜粉紅」爲函蓋乾坤句；以「落花游絲白日静，鳴鳩乳燕青春深」爲隨波逐浪句；以「百年地僻柴門迥，五月江深草閣寒」爲截斷衆流句。若有解此，當與渠同參。

歐陽文忠公詩始矯「崑體」，專以氣格爲主，故其言多平易疏暢，律詩意所到處，雖語有不倫，亦不復問。而學之者往往遂失於快直㊀，傾囷倒廩，無復餘地。然公詩好處豈專在此？如崇徽公主手痕詩：「玉顔自古爲身累，肉食何人與國謀。」此自是兩段大議論，而抑揚曲折，發見于七字之中，婉麗雄勝，字字不失相對，雖「崑體」之工者，亦未易比。言意所會，要當如是，乃爲至到。

㊀「失於快直」，原作「失真」，據遺書改。

許昌西湖與子城密相附，緣城而下，可策杖往來，不涉城市。云是曲環作鎮時，取土築城，因以其地道潩水瀦之。略廣百餘畝，中爲横堤。初但有其東之半耳，其西廣于東增倍，而水不甚深。宋莒公爲守時，因起黄河春夫浚治之，始與西相通，則其詩所謂「鑿開魚鳥忘情地，展盡江湖極目天」者也。其後韓持國作大亭水中，取其詩名之曰展江。然水面雖闊，西邊終易堙塞，數十年來，公厨規利者，遂涸以爲田，歲入纔得三百斛，以佐釀酒，而水無幾矣。余爲守時，復以還舊，稍益開浚，渺然真有江湖之趣。莒公詩更有一篇，中云：「向晚舊灘都浸月，遇寒新水便生煙。」尤風流有味，而世不傳，往往但記前聯耳。

賈文元曲水園在許昌城北，有大竹三十餘畝，潩河貫其中，以入西湖，最爲佳處。初爲本州竹亦殘毀過半矣。

民所有，文潞公爲守，買得之。潞公自許移鎭北門，而文元爲代。一日，挈家往遊，題詩壁間云：「畫船載酒及芳辰，丞相園林溴水濱。虎節麟符抛不得，卻將淸景付閑人。」遂走使持詩寄北門。潞公得之大喜，卽以地券歸賈氏。文元亦不辭而受。然文元居京師後，亦不復再至，園今荒廢，竹亦殘毀過半矣。

杜正獻公自少淸羸，若不勝衣，年過四十，鬢髮卽盡白。雖立朝孤峻，凜然不可屈，而不爲奇節危行，雍容持守，不以有所不爲爲賢，而以得其所爲爲幸。歐陽文忠公素出其門。公謝事居宋，文忠適來爲守，相與歡甚。公不甚飲酒，惟賦詩倡酬，是時年已八十，然憂國之意，猶慷慨不已，每見于色。歐公嘗和公詩，有云：「貌先年老因憂國，事與心違始乞身。」公得之大喜，常自諷誦。當時以爲不惟曲盡公志，雖其形貌亦在摹寫中也。

元豐初，虜人來議地界，韓丞相名縝自樞密院都承旨出分畫。玉汝有愛妾劉氏，將行，劇飲通夕，且作樂府詞留別。翼日，神宗已密知，忽中批步軍司遣兵爲搬家追送之㊀。玉汝初莫測所因，久之，方知其自樂府發也。蓋上以恩澤待下，雖閨門之私，亦恤之如此，故中外士大夫無不樂盡其力。劉貢父，玉汝姻黨，卽作小詩寄之以戲云：「嫖姚不復顧家爲，誰謂東山久不歸？卷耳幸容攜婉孌，皇華何啻有光輝。」玉汝之詞，由此亦遂盛傳於天下。

㊀「爲」原作「馬」，據遺書改。

神宗皇帝天性儉約，奉慈壽宮尤盡孝道。慈聖太后嘗以乘輿服物未備，因同天節作珠子鞍轡爲壽。神宗一御于禁中，後藏去不復用。一日，與兩宮幸後苑賞花，慈聖輦至㊀，神宗卽降步親扶慈聖出輦，屢卻不從，聞者太息。慈聖上仙，李奉世時爲侍郎，進挽詩，有「珠韉昔御恩猶在，玉輦親扶事已非。」蓋記此二事，神宗覽之泣下。

㊀「聖」原作「壽」，據遺書改。

蔡天啓云：「嘗與張文潛論韓柳五言警句，文潛舉退之『暖風抽宿麥，清雨卷歸旗』，子厚『壁空殘月曙，門掩候蟲秋』，皆爲集中第一。」

司馬温公熙寧間自長安得請留臺歸，始至洛中，嘗以詩言懷云：「三十餘年西復東，勞生薄宦等飛蓬。所存舊業惟清白，不負明君有樸忠。早避喧煩真得策，未逢危辱早收功。太平觸處農桑滿，贏取閭閻鶴髮翁。」出處大節，世固不容復議。是時雖以論不合去，而神宗眷禮之意愈厚，然猶以避煩畏辱爲言，況其下者乎！元祐初，起相，至是十七年矣，度公之意，初蓋未嘗以自期也。

外祖晁君誠善詩，蘇子瞻爲集序，所謂「温厚静深如其爲人」者也。黄魯直常誦其「小雨愔愔人不寐，卧聽贏馬齕殘蔬」㊀，愛賞不已。他日得句云：「馬齕枯萁喧午夢，誤驚風雨浪翻江。」自以爲工，以語舅氏无咎曰：「我詩實發於乃翁前聯。」余始聞舅氏言此，不解風雨翻江之意。一日，憩於逆旅，聞旁舍有澎湃鞺鞳之聲，如風浪之歷船者，起視之，乃馬食於槽，水與草齟齬於槽間，而為此聲，方悟魯直之好奇。然此亦非可以意索，適相遇而得之也。

㈠「蔬」疑當作「芻」。

元豐間，蘇子瞻繫大理獄。神宗本無意深罪子瞻，時相進呈，忽言蘇軾於陛下有不臣意。神宗改容曰：「軾固有罪，然於朕不應至是，卿何以知之？」時相因舉軾檜詩「根到九泉無曲處，世間惟有蟄龍知」之句，對曰：「陛下飛龍在天，軾以為不知己，而求之地下之蟄龍，非不臣而何？」神宗曰：「詩人之詞，安可如此論，彼自詠檜，何預朕事！」時相語塞。章子厚亦從旁解之，遂薄其罪。子厚嘗以語余，且以醜言詆時相㈠，曰：「人之害物，無所忌憚，有如是也！」時相，王珪也㈡。

㈠「醜」原作「危」，據遺書改。　㈡此注據葉先生詩話補。

「開簾風動竹，疑是故人來」，與「徘徊花上月，空度可憐宵」，此兩聯雖見唐人小說中，其實佳句也。鄭谷詩「睡輕可忍風敲竹，飲散那堪月在花」，意蓋與此同。然論其格力，適堪揭酒家壁，與市人書扇耳。天下事每患自以為工處著力太過，何但詩也。

蜀人石異，黃魯直黔中時從游最久。嘗言見魯直自矜詩一聯云：「人得交游是風月，天開圖畫卽江山。」以為晚年最得意，每舉以教人，而終不能成篇，蓋不欲以常語雜之。然魯直自有「山圍燕坐圖畫出，水作夜窗風雨來」之句，余以為氣格當勝前聯也。

詩下雙字極難，須使七言五言之間除去五字三字外，精神興致，全見於兩言，方爲工妙。唐人記「水田飛白鷺，夏木囀黃鸝」爲李嘉祐詩，王摩詰竊取之，非也。此兩句好處，正在添漠漠陰陰四字，此乃摩詰爲嘉祐點化，以自見其妙，如李光弼將郭子儀軍，一號令之，精彩數倍。不然，如嘉祐本句，但是詠景耳，人皆可到，要之當令如老杜「無邊落木蕭蕭下，不盡長江滾滾來」，與「江天漠漠鳥雙去，風雨時時龍一吟」等，乃爲超絶。近世王荊公「新霜浦漵綿綿白，薄晚林巒往往青」㈠，與蘇子瞻「浥浥爐香初泛夜，離離花影欲摇春」，皆可以追配前作也。

㈠遺書作「新秋浦漵綿綿靜，薄晚園林往往青」。

詩終篇有操縱，不可拘用一律。蘇子瞻「林行婆家初閉户，翟夫子舍尚留關」。始讀殆未測其意，蓋下有「娟娟缺月黃昏後，嫋嫋新居紫翠間。繫懣豈無羅帶水，割愁還有劍鋩山」四句，則入頭不怕放行，寧傷於拙也！然繫懣羅帶、割愁劍鋩之語，大是險諢，亦何可屢打。

長篇最難，晉魏以前，詩無過十韻者。蓋常使人以意逆志，初不以序事傾盡爲工。至老杜述懷北征諸篇，窮極筆力，如太史公紀、傳，此固古今絶唱。然八哀八篇，本非集中高作，而世多尊稱之不敢議，此乃揣骨聽聲耳，其病蓋傷於多也。如李邕蘇源明詩中極多累句，余嘗痛刊去，僅各取其半，方爲盡善，然此語不可爲不知者言也。

江干初雪圖真蹟，藏李邦直家，唐蠟本。世傳爲摩詰所作，末有元豐間王禹玉蔡持正韓玉汝章子厚王和甫張邃明安厚卿七人題詩。建中靖國元年，韓師朴相，邦直厚卿同在二府，時前七人者所存惟厚卿而已，持正貶死嶺外，禹玉追貶，子厚方貶，玉汝和甫邃明則死久矣。故師朴繼題其後曰：「諸公當日聚巖廊，半謫南荒半已亡。惟有紫樞黄閣老，再開圖畫看瀟湘。」是時邦直在門下，厚卿在西府，紫樞黄閣，謂二人也。厚卿復題云：「曾遊滄海困驚瀾，晚涉風波路更難。從此江湖無限興，不如祇向畫圖看。」而邦直亦自題云：「此身何補一豪芒，三辱清時政事堂。病骨未爲山下土，尚尋遺墨話存亡。」余家有此摹本，并録諸公詩續之，每出慨然。自元豐至建中靖國幾三十年，諸公之名宦亦已至矣，然始皆有願爲圖中之遊而不暇得，故禹玉云：「何日扁舟載風雪，却將蓑笠伴漁人。」玉汝云：「君恩未報身何有，且寄扁舟夢想中。」其後廢謫流竄，有雖死不得免者，而江湖間此景無處不有，皆不得一償。厚卿至爲危詞，蓋有激而云，豈此景真不可得，亦自不能踐其言耳。

韓持國雖剛果特立，風節凜然，而情致風流，絶出流輩㊀。許昌崔象之侍郎舊第，今爲杜君章家所有，廳後小亭僅丈餘，舊有海棠兩株，持國每花開時，輒載酒日飲其下，竟謝而去，歲以爲常，至今故老猶能言之。余嘗於小亭柱間得公二絶句，其一云：「濯錦江頭千萬枝，當年未解惜芳菲。而今得向君家見，不怕春寒雨溼衣。」尚可想見當時氣味。韓忠憲公嘗帥蜀，持國兄弟皆侍行，尚少，故前兩句云爾。其二云：「長條無風亦自動，柔豔著雨更相宜。」漫其後句。曾存之家池中島上亦有海棠十許株，余爲守時，歲亦與王幼安諸人席地屢飲，然此公勝處，不能繼也。

㈠「絶出」原作「高其」，據遺書改。

詩之用事，不可牽强，必至於不得不用而後用之，則事詞爲一，莫見其安排鬭湊之迹。蘇子瞻嘗爲人作挽詩云：「豈意日斜庚子後，忽驚歲在己辰年。」此乃天生作對，不假人力。温庭筠詩亦有用甲子相對者，云：「風卷蓬根屯戊已，月移松影守庚申。」兩語本不相類。其題云：「與道士守庚申，時聞西方有警事。」邂逅適然，固不可知，然以其用意附會觀之，疑若得此對而就爲之題者。此蔽於用事之弊也㈠。

㈠此句下遺書有「東軒筆録載梅聖俞作劉丞相挽詩：『秋逢庚子日，夢異戊丁時』」句。

前輩詩材，亦或預爲儲蓄，然非所當用，未嘗强出。余嘗從趙德麟假陶淵明集本，蓋子瞻所閱者，時有改定字，末手題兩聯云：「人言盧杞有奸邪，我覺魏公真嫵媚。」又「槐花黄，舉子忙；促織鳴，懶婦驚」。不知偶書之邪，或將以爲用也？然子瞻詩後不見此語，則固無意於必用矣。王荆公作韓魏公挽詞云：「木稼曾聞達官怕，山頹今見哲人萎。」或言亦是平時所得。魏公之薨，是歲適雨木冰，前一歲華山崩，偶有二事，故不覺爾。

世言社日飲酒治聾，不知其何據。五代李濤有春社從李昉求酒詩云：「社公今日没心情，爲乞治聾酒一瓶。惱亂玉堂將欲徧，依稀巡到第三廳。」昉時爲翰林學士，有日給内庫酒㈠，故濤從乞之，則其傳亦已久矣。社公，濤小字也。唐人在慶侍下，雖達官高年㊁，皆稱小字。濤性疏達不羈，善諧謔，與朝士言，亦多以社公自名，聞者無不以爲笑。然亮直敢言，後官亦至宰相。

㊀「日」遺書作「月」。　㊁「達」字據葉先生詩話補。

韓退之雙鳥詩，殆不可曉。頃嘗以問蘇丞相子容，云：「意似是指佛老二學。」以其終篇本末考之，亦或然也。

杜子美病柏病橘枯椶枯楠四詩，皆興當時事。病柏當爲明皇作，與杜鵑行同意。枯椶比民之殘困，則其篇中自言矣。枯楠云：「猶含棟梁具，無復霄漢志。」當爲房次律之徒作。惟病橘始言「惜哉結實小，酸澀如棠梨」，末以比荔枝勞民，疑若指近倖之不得志者。自漢魏以來，詩人用意深遠，不失古風，惟此公爲然，不但語言之工也。

劉貢父以司空圖詩中咄喏二字，辯晉書所載石崇豆粥咄嗟而辦，謂誤以喏爲嗟，非也。孫楚詩自有「三命皆有極，咄嗟不可保」之語，此亦豈是以喏爲嗟？古今語言，固有各出於一時，本不與後世相通者。咄，嗟，皆聲也。自晉以前，未見有言咄，殷浩所謂咄咄逼人，蓋拒物之聲，嗟乃嘆聲，咄嗟猶言呼吸，疑是晉人一時語，故孫楚亦云爾。

頃見晁无咎舉魯直詩：「人家園橘柚，秋色老梧桐。」張文潛云：「斜日兩竿眠犢晚，春波一頃去鳧寒。」皆自以爲莫能及。

王荆公詩有「老景春可惜，無花可留得。莫嫌柳渾青，終恨李太白」之句，以古人姓名藏句中，蓋以文爲戲。或者謂前無此體，自公始見之。余讀權德輿集，其一篇云：「藩宣秉戎寄，衡石崇位勢。年紀信不留，弛張良自媿。樵蘇則爲愜，瓜李斯可畏。不顧榮宦尊，每陳農畝利。家林類巖巘，負郭躬斂積。忌滿寵生嫌㈠，養蒙恬勝智。疏鍾皓月曉，晚景丹霞異。澗谷永不諼，山梁冀無累。頗符生肇學，得展禽尚志㈡。從此直不疑，支離疏世事。」則德輿已嘗爲此體，乃知古人文章之變，殆無遺藴。德輿在唐不以詩名，然詞亦雅暢，此篇雖主意在立別體，然亦自不失爲佳製也。

㈠「忌」原作「志」，據遺書改。㈡「山」下原有「川景」兩字，衍；「生」下原脱「肇」字，「展」上原脱「得」字，據權載之文集古人名詩删補。

石林詩話卷中

楊大年劉子儀皆喜唐彦謙詩，以其用事精巧，對偶親切。黄魯直詩體雖不類，然亦不以楊劉爲過。如彦謙題漢高廟云：「耳聞明主提三尺，眼見愚民盜一抔㊀」。雖是著題，然語皆歇後。一抔事無兩出，或可略土字；如三尺，則三尺律㊁、三尺喙皆可，何獨劍乎？「耳聞明主」，「眼見愚民」，尤不成語。余數見交游，道魯直語意殊不可解㊂。蘇子瞻詩有「買牛但自捐三尺，射鼠何勞挽六鈞」，亦與此同病。六鈞可去弓字，三尺不可去劍字，此理甚易知也。

㊀葉先生詩話此句下有「每稱賞不已，多示學詩者以爲模式。三尺一抔」十八字。㊁「則三尺」三字原無，據葉詩話補。㊂「語」字據葉詩話補。

蘇子瞻嘗兩用孔稚圭鳴蛙事，如「水底笙簧蛙兩部，山中奴婢橘千頭」。雖以笙簧易鼓吹，不礙其意同。至「已遣亂蛙成兩部，更邀明月作三人」，則成兩部不知爲何物，亦是歇後。故用事寧與出處語小異而意同，不可盡牽出處語而意不顯也。

學者多議子瞻「木杪見龜趺」，以爲語病，謂龜趺不當出木杪。殊未之思。此題程筠光墓歸真亭也，東南多葬山上，碑亭往往在半山間㊀，未必皆平地，則下視之龜趺出木杪，何足怪哉！

㊀「碑亭」下原有「柱」字，據遺書删。

李廌，陽翟人，少以文字見蘇子瞻，子瞻喜之。元祐初知舉，廌適就試，意在必得廌以魁多士。及考，章援程文，大喜，以爲廌無疑，遂以爲魁。既拆號，悵然出院。以詩送廌歸，其曰㊀：「平時謾識古戰場，過眼終迷日五色。」蓋道其本意。廌自是學亦不進，家貧，不甚自愛，嘗以書責子瞻不薦己，子瞻後稍薄之，竟不第而死。

㊀「其」原脱，據葉詩話補。

劉季孫，平之子，能作七字，家藏書數千卷，善用事。送孔宗翰知揚州詩有云：「詩書魯國真男子，歌吹揚州作貴人。」多稱其精當。爲杭州鈐轄，子瞻作守，深知之。後嘗以詩寄子瞻云：「四海共知霜滿鬢，重陽曾插菊花無？」子瞻大喜。在潁州和季孫詩，所謂「一篇向人寫肝肺，四海知吾霜鬢斑」。蓋記此也。

文同，字與可，蜀人，與蘇子瞻爲中表兄弟，相厚㊀。爲人靖深，超然不攖世故。善畫墨竹，作詩騷亦過人。熙寧初，時論既不一，士大夫好惡紛然，同在館閣，未嘗有所向背。時子瞻數上書論天下事，退而與賓客言，亦多以時事爲譏誚，同極以爲不然，每苦口力戒之，子瞻不能聽也。出爲杭州通判，同送行詩有「北客若來休問事，西湖雖好莫吟詩」之句。及黄州之謫，正坐杭州詩語，人以爲知言。

㊀遺書無「爲中表兄弟，相」六字。

楊文公在翰林，以讒佯狂去職，然聖眷之不衰。聞疾愈，即起爲郡，未幾，復以判秘監召。既到闕，以詩賜之曰：「瑣闥往年司制誥，共嘉藻思類相如。蓬山今日詮墳史，還仰多聞過仲舒。報政列城歸覲後，疏恩高閣拜官初。諸生濟濟彌瞻望，鉛槧諧詢辨魯魚。」祖宗愛惜人材，保全忠賢之意如此。文公後卒與寇萊公力排宮闈，協定大策，功雖不終，其盡力於國者，亦可以無愧也。

古詩有離合體，近人多不解。此體始於孔北海㊀，余讀文類，得北海四言一篇云：「漁父屈節，水潛匿方，與時進止，出寺弛張。呂公磯釣，闔口渭旁，九域有聖，無土不王。好是正直，女回于匡，海外有截，隼逝鷹揚。六翮將奮，羽儀未彰，龍蛇之蟄，俾也可忘。玟琁隱曜，美玉韜光。無名無譽，放言深藏，按轡安行，誰謂路長。」此篇離合「魯國孔融文舉」六字。徐而考之，詩二十四句，每四句離合一字。如首章云：「漁父屈節，水潛匿方，與時進止，出寺弛張。」第一句漁字，第二句水字，漁犯水字而去水，則存者爲魚字。第三句有時字，第四句有寺字，時犯寺字而去寺，則存者爲日字。離魚與日而合之，則爲魯字。下四章類此。殆古人好奇之過，欲以文字示其巧也。

㊀「始於孔北海」五字原無，據遺書補。

劉丞相莘老殿試時，蘇丞相子容爲詳定官。子容後尹南京，莘老復僉判在幕中，相與歡甚。

元祐初，莘老自中司入爲左丞，子容猶爲翰林學士承旨，及莘老遷黄門，子容始爲左丞。莘老宿東省，嘗以詩寄子容云：「膺門早歲預登龍，僉幕中間託下風。敢謂彈冠煩貢禹，每思移疾避胡公。」蓋記前事。而子容答之，有「末路自驚黄髮老，平時曾識黑頭公」之句，當時以爲盛事。又三年，莘老既相而罷，子容始踐其位云。

王荆公少以意氣自許，故詩語惟其所向，不復更爲涵蓄。如「天下蒼生待霖雨，不知龍向此中蟠」，又「濃緑萬枝紅一點，動人春色不須多」，「平治險穢非無力，潤澤焦枯是有材」之類，皆直道其胸中事。後爲羣牧判官，從宋次道盡假唐人詩集，博觀而約取，晚年始盡深婉不迫之趣。乃知文字雖工拙有定限，然亦必視初壯，雖此公，方其未至時，亦不能力强而遽至也。

高荷，荆南人，學杜子美作五言，頗得句法。黄魯直自戎州歸，荷以五十韻見，魯直極愛賞之，嘗和其言，有云：「張侯海内長句，晁子廟中雅歌，高郎少加筆力，我知三傑同科。」張謂文潛，晁謂无咎也。无咎聞之，頗不平。荷晚爲童貫客，得蘭州通判以死。既不爲時論所與，其詩亦不復傳云。

雪浪齋日記云：高子勉上山谷詩云：「點檢金閨彦，飄零玉筍班。尚令清廟器，猶隔鬼門關。」爲谷所喜。又子勉詩云：「沙軟緑頭相並鴨，水深紅尾自跳魚。」怪麗之甚㊀。

㊀此則據葉詩話補。

杜牧詩：「清時有味是無能，閒愛孤雲靜愛僧。擬把一麾江海去，樂游原上望昭陵。」此蓋不滿於當時，故末有「望昭陵」之句。汪輔之在場屋，能作賦，略與鄭毅夫滕達道齊名，以意氣自負。既登第，久不得志，常鬱鬱不樂，語多譏刺。元豐初，始爲河北轉運使，未幾，坐累謫官累年，遇赦幸復知處州，謝表有云：「清時有味，白首無能。」蔡持正爲侍御史，引杜牧詩爲證，以爲怨望，遂復罷。

古今人用事有趁筆快意而誤者，雖名輩有所不免。蘇子瞻「石建方欣洗腧厠，姜龐不解歎蚰蜒」，據漢書，腧厠本作厠腧，蓋中衣也，二字義不應可顛倒用。魯直「啜羹不如放麑，樂羊終愧巴西」，本是西巴，見韓非子，蓋貪於得韻，亦不暇省爾。

寇萊公南遷，道過襄州，嘗留一絶句於驛亭，曰：「沙堤築處迎丞相，驛吏催時送逐臣。到了輸他林下客，無榮無辱自由身。」林下客，大概言之，初無所主名也。胡祕監旦素不爲公所喜，時適居郡下，既聞之，遂以林下客謂公爲己發，且有稱快之語，聞者無不皆笑。

詩人以一字爲工，世固知之，惟老杜變化開闔，出奇無窮，殆不可以形迹捕。如「江山有巴蜀，棟宇自齊梁」。遠近數千里，上下數百年，祇在「有」與「自」兩字間，而吞納山川之氣，俯仰古今之懷，皆見於言外。滕王亭子「粉牆猶竹色，虛閣自松聲」，若不用「猶」與「自」兩字，則餘八言凡亭子皆可用，不必滕王也。此皆工妙至到，人力不可及，而此老獨雍容閒肆，出於自然，略不字皆可用也。

見其用力處。今人多取其已用字模放用之，偃蹇狹陋，盡成死法。不知意與境會，言中其節，凡

讀古人詩多，意所喜處，誦憶之久，往往不覺誤用爲己語。「緑陰生晝寂，孤花表春餘」，此韋蘇州集中最爲警策，而荆公詩乃有「緑陰生晝寂，幽草弄秋妍」之句。大抵荆公閲唐詩多，於去取之間，用意尤精，觀百家詩選可見也。如蘇子瞻「山圍故國城空在，潮打西陵意未平」，此非誤用，直是取舊句縱横役使，莫彼我爲辨耳！

慶曆八年，王則叛貝州㊀，既誅，始析河北大名定武真定高陽爲四路，置帥，更命儒臣以輯邊備。韓魏公自鄆州徙鎮武定㊁，則大興方略㊂，事無不自親。嘗有題養真亭詩云：「所期清策慮，不是愛精神。」又云：「吏民還解否，吾豈苟安人？」其志可見矣。郡圃號衆春，會歲饑，涉春未嘗一遊。陳薦在幕府，以詩請公云：「水底魚龍思鼓吹，沙頭鷗鷺望旌旗。」公亟答之云：「細民溝壑方援手，别館鶯花任送春。」在鎮五年，政聲流聞，自是天下遂屬以爲相。

㊀「貝州」原作「真定」，據葉詩話改。㊁「韓」、「武定」原無，據葉詩話補。「武定」承上文疑當作「定武」。

㊂「則」原作「各」，據葉詩話改。

王荆公在鍾山，有馬甚惡，蹄嚙不可近。一日，兩校牽至庭下告公，請鬻之。蔡天啓時在坐，曰：「世安有不可調之馬，第久不騎，驕耳！」即起捉其鬉，一躍而上，不用銜勒，馳數十里而

還。荊公大壯之，即作集句詩贈天啓，所謂「蔡子勇成癖，能騎生馬駒」者。後又有「身著青衫騎惡馬，日行三百尚嫌遲。心源落落堪爲將，卻是君王未備知」。士大夫自是盛傳荊公以將帥之材許天啓㊀。紹聖初，章申公當國，首欲進天啓侍從，會執政有不悦者，乃出爲永興軍路提舉常平，因欲稍遷爲帥，會丁内艱，不果，猶是用荊公遺意也。

㊀「自是」據葉詩話補。

元豐間，嘗久旱不雨，裕陵禁中齋禱甚力。一日，夢有僧乘馬馳空中，口吐雲霧，既覺而雨大作。翼日，遣中貴人尋夢中所見，物色於相國寺三門五百羅漢中，第十三尊像仿佛，即迎入内視之，正所夢也。王丞相禹玉作喜雨詩云：「良弼爲霖辜宿望㊀，神僧作霧應精求。」元參政厚之云：「仙驥籲雲穿仗下，佛花吹雨匝天流。」蓋記此事㊁。相國寺羅漢，本江南李氏時物，在廬山東林寺。曹翰下江南，盡取其城中金帛寶貨，連百餘舟，私盜以歸，無以爲之名，乃取羅漢，每舟載十許尊獻之，詔因賜於相國寺，當時謂之押載羅漢云。

㊀此句原作「良弼爲孤霖雨望」，據葉詩話改。　㊁「事」字據葉詩話補。

荊公詩用法甚嚴，尤精於對偶。嘗云，用漢人語，止可以漢人語對，若參以異代語，便不相類。如「一水護田將緑去，兩山排闥送青來」之類，皆漢人語也。此法惟公用之不覺拘窘卑凡㊀。如「周顒宅在阿蘭若，婁約身隨窣堵波」，皆以梵語對梵語，亦此意。嘗有人面稱公詩「自喜田園安五柳，但嫌尸祝擾庚桑」之句㊁，以爲的對。公笑曰：「伊但知柳對桑爲的，然庚亦自是數。」蓋以十干數之也。

㊀「法」字據葉詩話補。　㊁「面稱公詩」原作「向公稱」，無「詩」字，據葉詩話改補。

舊中書南廳壁間，有晏元獻題詠上竿伎一詩云：「百尺竿頭褭褭身，足騰跟挂駭旁人。漢陰有叟君知否？抱甕區區亦未貧。」當時固必有謂。文潞公在樞府，嘗一日過中書，與荆公行至題下，特遲留誦詩久之，亦未能無意也。荆公他日復題一篇於詩後云：「賜也能言未識真，誤將心許漢陰人。桔槔俯仰何妨事，抱甕區區老此身。」

張景修字敏叔，常州人，余大父客也。少刻苦作詩，至老不衰，典雅平易，時多佳句。元豐末，爲饒州浮梁令，邑子朱天錫以神童應詔，景修作詩送之。天錫到闕，會忘取本州公據，爲禮部所卻，因擊登聞鼓，院繳景修所送詩爲證，神宗一見，大稱賞之。翌日，以語宰相王禹玉，恨四方有遺材，即令召對。禹玉言不欲以一詩召人，恐長浮競，不若俟其秩滿赴部命之，遂止，令中書籍記姓名。比景修罷官任，神宗已升遐，亦云命矣。大觀中，始與余同爲祠曹郎中，年已幾七十，有詩數千篇。大父元祐間自湖南憲請宮祠歸，景修嘗以詩寄曰：「聞說年來請洞霄，江湖奉使久勤勞，有神仙處閒方得，用老成時退更高。借宅但須新種竹，尋仙想見舊栽桃。浮梁居士塵埃甚，鬢髮而今也二毛。」其詩大抵類此。流落無聞，亦可惜也。

常待制秩，居汝陰，與王深父皆有盛名於嘉祐治平之間，屢召不至，雖歐陽文忠公亦重推禮之，其詩所謂「笑殺潁川常處士，十年騎馬聽朝雞」者是也。熙寧初，荆公當國，力致之，遂起判國子監太常禮院，聲譽稍減於前。嘗一日，大雪趨朝，與百官待門於仗舍，時秩已衰，寒甚不可忍，喟然若有所恨者，乃舉文忠詩以自戲曰：「凍殺潁川常處士，也來騎馬聽朝雞。」

前輩詩文，各有平生自得意處，不過數篇，然他人未必能盡知也。毘陵正素處士張子厚善書，余嘗於其家見歐陽文忠子棐以烏絲欄絹一軸，求子厚書文忠明妃曲兩篇，廬山高一篇。略云：「先公平日，未嘗矜大所爲文，一日被酒，語棐曰：『吾廬山高，今人莫能爲，惟李太白能之。明妃曲後篇，太白不能爲，惟杜子美能之；至於前篇，則子美亦不能爲，惟我能之也。』因欲别録此三篇也。」

余居吴下，一日出閶門，至小寺中，壁間有題詩一絶云：「黄葉西陂水漫流，籧篨風急滯扁舟。夕陽暝色來千里，人語雞聲共一丘。」句意極可喜。初不書名氏，問寺僧，云吴縣寇主簿所作，今官滿去矣。歸而問之吴下士大夫，云寇名國寶，蓋與余同年，然皆莫知其能詩。余與國寶榜下未嘗往來，亦漫不省其爲人。已而數爲好事者舉此詩，乃有言國寶徐州人，久從陳無己學，始知文字淵源有所自來，亦不難辨，恨不得多見之也。

宋景文公子京，不甚爲韓魏公所知，故公當國，子京多補外。嘉祐末，始再入爲翰林學士。

偶朝會，子京因病謁告，以表自陳云：「不獲預率舞之列。」魏公見之，殊不樂。

元祐初，駕幸太學，吕丞相微仲有詩，中間押行字韻，館閣諸人皆和。秦學士觀一聯云：「涵天璧水遥迎仗，映月深衣不亂行。」諸生聞之，亦闃然。觀爲人喜傲謔，然此句實迫於趁韻，未必有意也。

高麗自太宗後，久不入貢，至元豐初，始遣使來朝。神宗以張誠一館伴，令問其復朝之意。云：其國與契丹爲鄰，每因契丹誅求，藉不能堪，國主王徽常誦華嚴經，祈生中國。一夕，忽夢至京師，備見城邑宫闕之盛，覺而慕之，乃爲詩以記曰：「惡業因緣近契丹，一年朝貢幾多般。移身忽到京華地，可惜中宵漏滴殘。」余大觀間，館伴高麗人，嘗見誠一語録，備載此事。故事，使人到闕不過月許日，即遣發，余館伴時，上欲留觀殿試放榜及上巳，遂幾七十日。使者頗修謹詳雅，余撫之既厚，每相感，餞行至占雲館而别。其副韓繳如，馬上忽使人持一大玉帶贈余云：「此唐故物，其家世傳以爲寶，今以爲獻。」且於笏上自書一詩相别云：「泣涕沈瀾欲别離，此生無復再來期。謾將寶玉陳深意，莫忘思人見物時。」余以高麗使故事無解挽例，力辭之。其詞雖樸拙，然亦可見其意也。

唐詩僧，自中葉以後，其名字班班爲當時所稱者甚多，然詩皆不傳，如「經來白馬寺，僧到赤烏年」數聯，僅見文士所録而已。陵遲至貫休齊己之徒，其詩雖存，然無足言矣。中間惟皎然最爲傑出，故其詩十卷獨全，亦無甚過人者。近世僧學詩者極多，皆無超然自得之氣，往往反拾掇摹倣士大夫所殘棄。又自作一種僧體，格律尤凡俗，世謂之酸餡氣。子瞻有贈惠通詩云：「語帶烟霞從古少，氣含蔬筍到公無。」嘗語人曰：「頗解蔬筍語否？爲無酸餡氣也。」聞者無不皆笑。

「池塘生春草，園柳變鳴禽。」世多不解此語爲工，蓋欲以奇求之耳。此語之工，正在無所用意，猝然與景相遇，借以成章，不假繩削，故非常情所能到。詩家妙處，當須以此爲根本，而思苦言難者，往往不悟。鍾嶸詩品論之最詳，其略云：「『思君如流水』，既是卽目，『高臺多悲風』，亦惟所見，『清晨登隴首』，羌無故實，『明月照積雪』，非出經史。古今勝語，多非補假，皆由直尋。顏延之謝莊尤爲繁密，於時化之，故大明泰始中，文章殆同書抄。近任昉王元長等，辭不貴奇，競須新事。邇來作者，寖以成俗，遂迺句無虛語，語無虛字，牽攣補衲，蠹文已甚，自然英旨，罕遇其人。」余每愛此言簡切，明白易曉，但觀者未嘗留意耳。自唐以後，既變以律體，固不能無拘窘，然苟大手筆，亦自不妨削鐻於神志之間，斲輪於甘苦之外也。

「姑蘇城外寒山寺，夜半鐘聲到客船。」此唐張繼題城西楓橋寺詩也。歐陽文忠公嘗病其夜半非打鐘時。蓋公未嘗至吳中，今吳中山寺，實以夜半打鐘。繼詩三十餘篇，余家有之，往往多佳句。

王荆公編百家詩選，嘗從宋次道借本，中間有「暝色赴春愁」，次道改「赴」字作「起」字，荆公復定爲赴字，以語次道曰：「若是起字，人誰不能到。」次道以爲然。

張文定安道未第時，貧甚，衣食殆不給，然意氣豪舉，未嘗稍貶。與劉潛李冠石曼卿往來山東諸郡，任氣使酒，見者皆傾下之。沛縣有漢高祖廟并歌風臺，前後題詩人甚多，無不推頌功德，獨安道高祖廟詩曰：「縱酒疏狂不治生，中陽有土不歸耕。偶因亂世成功業，更向翁前與仲争。」又歌風臺曰：「落魄劉郎作帝歸，樽前感慨大風詩。淮陰反接英彭族，更欲多求猛士爲？」蓋自少已不凡矣。

京師職事官，舊皆無公廨，雖宰相執政，亦僦舍而居，每遇出省或有中批外奏急速文字，則省吏徧持於私第呈押，既稽緩，又多漏泄。元豐初，始建東西府於右掖門之前，每府相對爲四位，俗謂之八位。裕陵幸尚書省，駐輦環視久之。時張侍郎文裕以詩慶宰執，元參政厚之和云：「黄閣勢連東鳳闕，紫樞光直右銀臺。」蓋東府與西闕相近，西府正直右掖門。崇寧末，蔡魯公罷相，始賜第於梁門外；大觀初再入，因不復還府居。自是相繼，何丞相伯通、鄭丞相達夫與今王丞相將明，皆賜第，援魯公例，皆於私第治事，而二府往往多虛位，或爲書局官指射以置局，與元豐本意稍異也。

俞紫芝字秀老，揚州人，少有高行，不娶，得浮圖心法，所至翛然，而工於作詩。王荆公居鍾山，秀老數相往來，尤愛重之，每見於詩，所謂「公詩何以解人愁，初日芙蓉映碧流。未怕元劉争獨步，不妨陶謝與同遊」是也。秀老嘗有「夜深童子喚不起，猛虎一聲山月高」之句，尤爲荆公所賞，亟和云：「新詩比舊仍增峭，若許追攀莫太高。」秀老卒於元祐初，惜時無發明之者，不得與林和靖一流，概見於隱逸。其弟澮，字清老，亦不娶，滑稽善諧謔，洞曉音律，能歌。荆公亦善之，晚年作漁家傲等樂府數闋，每山行，即使澮歌之。然澮使酒好駡，不若秀老之恬靜。一日見公云：「我欲去爲浮圖，但貧無錢買祠部爾。」公欣然爲置祠部，澮約日祝髮。既過期，寂無耗，公問其然，澮徐曰：「我思僧亦不易爲，公所贈祠部，已送酒家償舊債矣。」公爲之大笑。黄魯直嘗作三詩贈澮，其一云：「有客夢超俗，去髮脱塵冠。平明視清鏡，正爾良獨難。」蓋述荆公事也㊀。

㊀「述」字據遺書補。

石林詩話卷下

姑蘇南園，錢氏廣陵王之舊圃也。老木皆合抱，流水奇石，參錯其間，最爲上㊀。王翰林元之爲長洲縣宰時，無日不攜客醉飲，嘗有詩曰：「他年我若功成後，乞取南園作醉鄉。」今園中大堂，遂以醉鄉名之。大觀末，蔡魯公罷相，欲東還，詔以園賜公，公即戲以詩示親黨云：「八年帷幄竟何爲，更賜南園寵退師。堪笑當時王學士，功名未有便吟詩。」

㊀「上」原作「工」，據遺書改。

至和嘉祐間，場屋舉子爲文尚奇澀，讀或不能成句。歐陽文忠公力欲革其弊，既知貢舉，凡文涉雕刻者，皆黜之。時范景仁王禹玉梅公儀韓子華同事㊀，而梅聖俞爲參詳官，未引試前，唱酬詩極多。文忠「無譁戰士銜枚勇，下筆春蠶食葉聲」，最爲警策。聖俞有「萬蟻戰時春晝永㊁，五星明處夜堂深」，亦爲諸公所稱。及放榜，平時有聲，如劉輝輩，皆不預選，士論頗洶洶。未幾，詩傳，遂鬨鬨然㊂，以爲主司耽於唱酬，不暇詳考校，且言以五星自比，而待吾曹爲蠶蟻，因造爲醜語。自是禮闈不復敢作詩，終元豐末幾三十年。元祐初，雖稍稍爲之，要不如前日之盛。

然是榜得蘇子瞻爲第二人，子由與曾子固皆在選中，亦不可謂不得人矣。

㊀「韓子華」，原作「等」，據葉廷琯楙花庵本改。　㊁「晝永」，原作「日暖」，據苕溪漁隱叢話引改。

㊂「詩」原作「時」，據遺書改。

蘇明允至和間來京師，既爲歐陽文忠公所知，其名翕然。韓忠憲諸公皆待以上客。嘗遇重陽，忠憲置酒私第，惟文忠與一二執政，而明允乃以布衣參其間，都人以爲異禮。席間賦詩，明允有「佳節屢從愁裏過，壯心時傍醉中來」之句，其意氣尤不少衰。明允詩不多見，然精深有味，語不徒發，正類其文。如讀易詩云：「誰爲善相應嫌瘦，後有知音可廢彈。」婉而不迫，哀而不傷，所作自不必多也。

張先郎中字子野，能爲詩及樂府，至老不衰。居錢塘，蘇子瞻作倅時，先年已八十餘，視聽尚精強，家猶畜聲妓，子瞻嘗贈以詩云：「詩人老去鶯鶯在，公子歸來燕燕忙。」蓋全用張氏故事戲之。先和云：「愁似鰥魚知夜永，嬾同蝴蝶爲春忙。」極爲子瞻所賞。然俚俗多喜傳詠先樂府，遂掩其詩聲，識者皆以爲恨云。

元厚之知荆南，嘗夢至仙府，與三人者聯書名，旁有告之曰：「君三人蓋兄弟也。」覺而思之，莫知所謂。未幾，召入爲學士。時韓持國維、楊元素繪先已在院，一日因書奏列名，三人名皆從絞絲，始悟夢中兄弟之意。豈造物以是爲戲邪！已而持國元素皆外補，厚之尹京。後三年，復與元素還職，而鄧文約相繼爲直院，則三人之名又皆從絞絲，蓋終始皆同，決非偶然。以此推之，仕宦升沉進退，亦何可以人力計。許大夫選嘗作四翰林詩記其事，厚之和云：「聯名適似三株樹，傳玩驚看五朵雲。」此亦一時之異也。

晉魏間詩，尚未知聲律對偶，然陸雲相謔之詞，所謂「日下荀鳴鶴，雲間陸士龍」者，乃指爲的對。至「四海習鑿齒，彌天釋道安」之類不一。乃知此體出於自然，不待沈約而後能也。舊不解「四海」「彌天」爲何等語，因讀梁慧皎高僧傳，載鑿齒與道安書云：「夫不終朝而雨六合者，彌天之雲也；宏淵源而潤八極者，四海之流也。」故摘其語以爲戲耳。始晉初爲佛學者，皆從其師姓，如支遁本姓關，從支謙學，故爲支。道安以佛學皆本釋迦爲師，請以釋命氏，遂爲定制。則釋道安者，亦其姓也。

詩語固忌用巧太過，然緣情體物，自有天然工妙，雖巧而不見刻削之痕。老杜「細雨魚兒出，微風燕子斜」，此十字殆無一字虛設。雨細著水面爲漚，魚常上浮而淰，若大雨則伏而不出矣。燕體輕弱，風猛則不能勝，唯微風乃受以爲勢，故又有「輕燕受風斜」之語。至「穿花蛺蝶深深見，點水蜻蜓款款飛」，深深字若無穿字，款款字若無點字，皆無以見其精微如此。然讀之渾然，全似未嘗用力，此所以不礙其氣格超勝。使晚唐諸子爲之，便當如「魚躍練波拋玉尺，鶯穿絲柳織金梭」體矣。

七言難於氣象雄渾，句中有力，而紆徐不失言外之意。自老杜「錦江春色來天地，玉壘浮雲變古今」，與「五更鼓角聲悲壯，三峽星河影動搖」等句之後，嘗恨無復繼者。韓退之筆力最爲傑出，然每苦意與語俱盡。和裴晉公破蔡州回詩所謂「將軍舊壓三司貴，相國新兼五等崇」，非不壯也，然意亦盡於此矣。不若劉禹錫賀晉公留守東都云：「天子旌旗分一半，八方風雨會中州」，語遠而體大也。

人之材力，信自有限，李翺皇甫湜皆韓退之高弟，而二人獨不傳其詩，不應散亡無一篇存者，計是非其所長，故不多作耳。退之集中有題湜公安園池詩後云：「爾雅注蟲魚，定非磊落人。」又有「用將濟諸人，捨得業孔顏」。意若譏其徒爲無益，而勸之使不作者。翺見於遠遊聯句，惟「前之詎灼灼，此去信悠悠」。一出之後，遂不復見，亦可知矣。然二人以非所工而不作，愈於不能而强爲之，亦可謂善用其短矣。

元豐既行官制，準唐故事，定宰相上事儀，以御史中丞押百官班，拜於階下，宰相答拜於阼階上。時王禹玉除左僕射，蔡持正右僕射，神宗命卽尚書省行之。二人力辭，帝不可，曰：「既以董正治官，不得不正其名分於始，此國體，非爲卿設也。」二人乃受命。時元厚之已致仕居吳，以詩賀王禹玉，有「前殿聽宣中禁制，南宮看集外朝班。星辰影落三階下，桃李陰成四海間」之句，時最爲盛事。自是相繼入相者，皆不復再講此禮，信不可常行也。

劉季孫初以左班殿直監饒州酒，王荆公爲江東提刑，巡歷至饒，按酒務。始至廳事，見屏間有題小詩曰：「呢喃燕子語梁間，底事來驚夢裏閒？說與旁人應不解，杖藜攜酒看芝山。」大稱賞之。問專知官誰所作，以季孫言。即召與之語，嘉歎升車而去，不復問務事。既至傳舍，適郡學生持狀立庭下，請差官攝州學事，公判監酒殿直，一郡大驚，遂知名云。

舊說徐敬業敗，與駱賓王俱不死，皆去爲浮圖以免。賓王居杭州靈隱寺，因續宋之問詩，人始知之，而新唐書不載㊀。今宋詩乃見賓王集中，惟題「鷲嶺鬱岧嶢，龍宫隱寂寥」兩句是宋作，自「樓觀滄海日，門聽浙江潮」以後五韻，皆賓王所續。方武后初革命，天下所共疾，敬業與賓王首倡義，則世哀之而爲隱藏，理或有之。此詩不知後人因其傳而録之賓王集邪，或本集固自爲賓王作而收之也？然賓王集乃古本，非後人所裒次者，若此詩當時已自録於集中，則賓王之不死，亦一證也。

㊀「新唐書」原作「唐新書」，據葉詩話改。

魏晉間人詩，大抵專工一體，如侍宴從軍之類，故後來相與祖習者，亦但因其所長取之耳。謝靈運擬鄴中七子與江淹雜擬是也。梁鍾嶸作詩品，皆云某人詩出於某人，亦以此。然論陶淵明乃以爲出於應璩，此語不知其所據。應璩詩不多見，惟文選載其百一詩一篇，所謂「下流不可處，君子慎厥初」者，與陶詩了不相類。五臣注引文章録云：「曹爽用事，多違法度，璩作此詩，以刺在位，意若百分有補於一者。」淵明正以脫畧世故，超然物外爲意，顧區區在位者何足累其心哉？且此老何嘗有意欲以詩自名，而追取一人而模放之，此乃當時文士與世進取競進而争長者所爲，何期此老之淺，蓋嶸之陋也。

江淹擬湯惠休詩曰：「日暮碧雲合，佳人殊未來。」古今以爲佳句。然謝靈運「圓景早已滿，佳人猶未還」，謝玄暉「春草秋更緑，公子未西歸」，卽是此意。嘗怪兩漢間所作騷文，未嘗有新語，直是句句規模屈宋，但换字不同耳。至晉宋以後，詩人之詞，其弊亦然。若是雖工，亦何足道！蓋當時祖習共以爲然，故未有譏之者耳。

嵇康幽憤詩云：「性不傷物，頻致怨憎。昔慚下惠，今愧孫登。」蓋志鍾會之悔也。吾嘗讀世說，知康乃魏宗室壻。審如此，雖不忤鍾會，亦安能免死邪！嘗稱阮籍口不臧否人物，以爲可師，殊不然。籍雖不臧否人，而作青白眼，亦何以異？籍得全於晉，直是早附司馬師，陰託其庇耳。史言禮法之士，嫉之如讐，賴司馬景王全之。以此而言，籍非附司馬氏，未必能脫禍也。今文選載蔣濟勸進表一篇，乃籍所作，籍忍至此，亦何所不可爲！籍著論鄙世俗之士，以爲猶虱處乎褌中；籍委身於司馬氏，獨非褌中乎？觀康尚不屈於鍾會，肯賣魏而附晉乎？世俗但以迹之近似者取之，概以爲嵇阮，我每爲之太息也。

晉人多言飲酒有至於沈醉者，此未必意真在於酒。蓋時方艱難，人各懼禍，惟託於醉，可以粗遠世故。蓋自陳平曹參以來，已用此策。漢書記陳平於劉呂未判之際，日飲醇酒，戲婦人，是豈真好飲邪？曹參雖與此異，然方欲解秦之煩苛，付之清淨，以酒杜人，是亦一術。不然，如蒯通輩無事而獻説者，且將日走其門矣。流傳至嵇阮劉伶之徒，遂全欲用此爲保身之計。此意惟顏延年知之，故五君詠云：「劉伶善閉關，懷情滅聞見。韜精日沈飲，誰知非荒宴。」如是，飲者未必劇飲，醉者未必真醉也。後世不知此，凡溺於酒者，往往以嵇阮爲例，濡首腐脅，亦何恨於死邪！

古今論詩者多矣，吾獨愛湯惠休稱謝靈運爲「初日芙渠」，沈約稱王筠爲「彈丸脱手」兩語，最當人意。「初日芙渠」，非人力所能爲，而精彩華妙之意，自然見於造化之妙，靈運諸詩，可以當此者亦無幾。「彈丸脱手」，雖是輸寫便利，動無留礙，然其精圓快速，發之在手，筠亦未能盡也。然作詩審到此地，豈復更有餘事。韓退之贈張籍云：「君詩多態度，靄靄春空雲。」司空圖記戴叔倫語云：「詩人之詞，如藍田日暖，良玉生煙。」亦是形似之微妙者，但學者不能味其言耳。

王介字中甫，衢州人，博學善譏謔。嘗舉制科不中，與王荆公遊，甚歘曲，然未嘗降意少相下。熙寧初，荆公以翰林學士被召，前此屢召不起，至是始受命。介以詩寄云：「草廬三顧動幽蟄，蕙帳一空生曉寒。」用蕙帳事，蓋有所諷。荆公得之大笑。他日作詩，有「丈夫出處非無意，猿鶴從來自不知」之句，蓋爲介發也。

詩禁體物語，此學詩者類能言之也。歐陽文忠公守汝陰，嘗與客賦雪於聚星堂，舉此令，往往皆閣筆不能下。然此亦定法，若能者，則出入縱横，何可拘礙。鄭谷「亂飄僧舍茶煙濕，密灑歌樓酒力微」，非不去體物語，而氣格如此其卑。蘇子瞻「凍合玉樓寒起粟，光摇銀海眩生花」，超然飛動，何害其言玉樓銀海。韓退之兩篇，力欲去此弊，雖冥搜奇譎，亦不免有縞帶銀杯之句。杜子美「暗度南樓月，寒生北渚雲」，初不避雲月字。若「隨風且開葉，帶雨不成花」，則退之兩篇，工殆無以愈也。

韓魏公初鎮定武時，年纔四十五，德望偉然，中外莫不傾屬。公亦自以天下爲己任，御事不憚勤勞㊀。晚作閱古堂，嘗爲八詠，其疊石藥圃溝泉三篇，卒章云：「主人未有銘功處，日視崔嵬激壯懷，吾心盡欲醫民病，長得憂民病不消。誰知到此幽閒地，多少餘波濟物來。」其意氣所懷，固已見於造次賦詠之間，終成大勳，豈徒言之而已哉！

㊀「御」原作「遇」，據遺書改。

五代王仁裕知貢舉，王丞相溥爲狀元，時年二十六。後六年，遂相周世宗，猶及本朝以太子太保罷歸班，年纔四十二，前此所未有也。溥初拜相，仁裕猶致仕無恙，嘗以詩賀溥云：「一戰文場拔趙旗，便調金鼎佐無爲。白麻驟降恩何極，黄髮初聞喜可知。跋敕案前人到少，築沙堤上馬歸遲。立班始得遥相見，親洽争如未貴時。」溥在位，每休沐必詣仁裕，從容終日。蓋唐以來，座主門生之禮尤厚。今王丞相將明、霍侍郎端友榜南省奏名時，知舉四人，安樞密處厚、劉尚書彥修，與今鄧樞密子常、范右丞謙叔。我亦忝點檢試卷官。鄧范不惟及見其登庸，可以繼仁裕，且同在政府，則仁裕所不及也。

石林詩話拾遺

王明之懷所愛詩

王明之，岐公之子，在姑蘇有所愛。比至京師，爲公强留之逾時，作詩云：「黄金零落大刀頭，玉筯歸期畫到秋。紅錦寄魚風逆浪，碧簫吹鳳月當樓。伯勞知我經春別，香蠟窺人一夜愁。好去渡江千里夢，滿天梅雨是蘇州。」句甚工。葉廷琯輯自范成大吳郡志。

韋蘇州詩

蘇州詩律深妙，白樂天輩固皆尊稱之，而行事略不見唐史爲可恨。以其詩語觀之，其人物亦當高勝不凡。劉禹錫集中有大和六年舉自代一狀，然應物温泉行云：「北風慘慘投温泉，忽憶先皇巡幸年。身騎廐馬引天仗，直至華清列御前。」則嘗逮事天寶間也，不應猶及大和時，蓋别是一人或集之誤。葉廷琯輯自趙與旹賓退録。葉廷琯按：賓退録引此條作葉石林南宫詩話，似别是一書而佚不傳者，以其同爲詩話，坿采於此。是録又引漁隱叢話指此條爲蔡寛夫語，與旹夾注云：南宫詩話世誤傳蔡寛夫作，漁隱故云。

子雲清自守今日起爲官

葉石林曰：「杜工部詩對偶至嚴，而送楊六判官云：『子雲清自守，今日起爲官。』獨不相對。竊意『今日』字當是『令尹』字傳寫之訛耳。」余謂不然。此聯之工，正爲假「雲」對「日」，兩句一意，乃詩家活法。若作「令尹」字，則索然無神，夫人能道之矣。且送楊姓人，故用子雲爲切題，豈應又泛然用一令尹耶？如「次第尋書札，呼兒檢贈篇」之句，本是假以「第」對「兒」，詩家此類甚多。葉德輝輯自宋羅大經鶴林玉露。

唐子西文録

唐子西文録記

宣和元年，行父自錢塘罷官如京師，眉山唐先生同寓于城東景德僧舍，與同郡關注子東日從之遊，實聞所未聞，退而記其論文之語，得數紙以歸。自己亥九月十三日盡明年正月六日而別。先生北歸還朝，得請宫祠歸瀘南，道卒於鳳翔，年五十一。自己亥距今紹興八年戊午，二十年矣，舊所記，更兵火無復存者。子東書來，屬余追録，且欲得僕自書，云：「將置之隅坐，如見師友。」衰病廢忘，十不省五六，乃爲書所記，得三十五條。先生嘗次韻行父冬日旅舍詩：「殘歲無多日，此身猶旅人。客情安枕少，天色舉盃頻。桂玉黄金盡，風塵白髮新。異鄉梅信遠，誰寄一枝春。」又次留別韻云：「白頭重踏軟紅塵，獨立鶩行覺異倫。往事已空誰敍舊，好詩乍見且嘗新。細思寂寂門羅雀，猶勝纍纍冢卧麟。力請宫祠知意否，漸謀歸老錦江濱。」蓋絶筆于是矣。集者逸之，故並記云。三月癸巳，餘杭强行父幼安記。

唐子西文録

宋　强幼安述

古樂府命題皆有主意，後之人用樂府爲題者，直當代其人而措詞，如公無渡河須作妻止其夫之詞，太白輩或失之，惟退之琴操得體。

六經已後，便有司馬遷；三百五篇之後，便有杜子美。六經不可學，亦不須學，故作文當學司馬遷，作詩當學杜子美，二書亦須常讀，所謂「何可一日無此君」也。

司馬遷敢亂道却好，班固不敢亂道却不好。不亂道又好是左傳，亂道又不好是唐書。八識田中，若有一毫唐書，亦爲來生種矣。

三謝詩，靈運爲勝，當就文選中寫出熟讀㊀，自見其優劣也。

㊀「文」，據學海類編補。

唐人有詩云：「山僧不解數甲子，一葉落知天下秋。」及觀陶元亮詩云：「雖無紀曆志，四時自成歲。」便覺唐人費力。如桃源記言「尚不知有漢，無論魏晉。」可見造語之簡妙。蓋晉人工造語，而元亮其尤也。

杜子美秦中紀行詩，如「江間饒奇石」，未爲極勝；到「暝色帶遠客」，則不可及已。

子美詩云：「天欲今朝雨，山歸萬古春。」蓋絶唱也。余惠州詩亦云：「雨在時時黑，春歸處處青。」又云：「片雲明外暗，斜日雨邊晴。山轉秋光曲，川長暝色横。」皆閒中所得句也。

子美云：「舜舉十六相，身尊道何高。秦時用商鞅，法令如牛毛。」其於治道深矣。

東坡作病鶴詩，嘗寫「三尺長脛瘦軀」，缺其一字，使任德翁輩下之，凡數字。東坡徐出其藁，蓋「閣」字也。此字既出，儼然如見病鶴矣。

琴操非古詩，非騷詞，惟韓退之爲得體。退之琴操，柳子厚不能作；子厚皇雅，退之亦不能作。

東坡詩，叙事言簡而意盡。忠州有潭，潭有潛蛟，人未之信也。虎飲水其上，蛟尾而食之，俄而浮骨水上，人方知之。東坡以十字道盡云：「潛鱗有饑蛟，掉尾取渴虎。」言「渴」則知虎以飲水而召災，言「饑」則蛟食其肉矣。

謝固爲綿州推官，推官之廨，歐陽文忠公生焉。謝作六一堂，求余賦詩。余雅善東坡以約詞紀事，冥搜竟夕㈠，僅得句云：「卽彼生處所，館之與周旋。」然深有愧于東坡矣。

㈠「夕」原作「久」，據類編改。

韓退之作古詩，有故避屬對者，「淮之水舒舒，楚山直叢叢」是也。

杜子美祖木蘭詩。

晚學遽讀新唐書，輒能壞人文格。舊唐書贊語云：「人安漢道之寬平，不厭高皇之嫚罵。」其論唐亡云：「注江海以救焚，焚收而溺至；引鴆爵以止渴，渴止而身亡。」亦自有佳處。

詩在與人商論，深求其疵而去之，等閒一字放過則不可，殆近法家，難以言恕矣，故謂之詩律。東坡云：「敢將詩律鬭深嚴。」余亦云：律傷嚴，近寡恩。大凡立意之初，必有難易二塗，學者不能強所劣，往往捨難而趨易，文章罕工，每坐此也。作詩自有穩當字，第思之未到耳。皎然以詩名于唐，有僧袖詩謁之，然指其御溝詩云：「『此波涵聖澤』，波字未穩當改。」僧艴然作色而去。僧亦能詩者也，皎然度其去必復來，乃取筆作「中」字掌中，握之以待。僧果復來，云欲更爲「中」字如何，然展手示之，遂定交。要當如此乃是。

近世士大夫習爲時學，忌博聞者，率引經以自強。余謂挾天子以令諸侯，諸侯必從，然謂之尊君則不可；挾六經以令百氏，百氏必服，然謂之知經則不可。

王荆公五字詩，得子美句法，其詩云：「地蟠三楚大，天入五湖低。」

文選三賦，月不如雪，雪不如風。

東坡隔句對：「著意尋彌明，長頸高結喉，無心逐定遠，燕頷飛虎頭。」或云：「結」，古「髻」字也。退之序，是「長頸高結喉」，中又作楚語。

余作南征賦，或者稱之，然僅與曹大家輩爭衡耳。惟東坡赤壁二賦，一洗萬古，欲彷彿其一語，畢世不可得也。

凡爲文，上句重，下句輕，則或爲上句壓倒。晝錦堂記云：「仕宦而至將相，富貴而歸故鄉。」下云：「此人情之所榮，而今昔之所同也。」非此兩句，莫能承上句。居士集序云：「言有大而非誇。」此雖只一句，而體勢則甚重。下乃云：「達者信之，衆人疑焉。」非用兩句，亦載上句不起。韓退之與人書云：「泥水馬弱不敢出，不果鞠躬親問，而以書。」若無「而以書」三字，則上重甚矣。此爲文之法也。

東坡赴定武，過京師，館于城外一園子中。余時年十八，謁之。問余：「觀甚書？」余云：「方讀晉書。」卒問：「其中有甚好亭子名？」余茫然失對，始悟前輩觀書用意蓋如此。

關子東一日寓辟雍，朔風大作，因得句云：「夜長何時旦？苦寒不成寐。」以問先生云：「夜長對苦寒，詩律雖有剉對，亦似不穩。」先生云：「正要如此。一似藥中要存性也。」

蜀道館舍壁間題一聯云：「天不生仲尼，萬古如長夜。」不知何人詩也。

蘇黃門云：「人生逐日，胸次須出一好議論。若飽食煖衣，惟利欲是念，何以自別于禽獸？予歸蜀，當杜門著書，不令廢日，只效温公通鑑樣，作議論商畧古人，歲久成書，自足垂世也。」

張文昌詩：「六宮才人大垂手，願君千年萬年壽，朝出射麋暮飲酒。」古樂府大垂手小垂手獨摇手，皆舞名也。

南征賦「時廓舒而浩蕩，復收斂而淒涼。」詞雖不工，自謂曲盡南遷時情狀也。

讀退之羅池廟碑「北方之人兮爲侯是非，千秋萬歲兮侯無我違」，輒流涕有感。

樂府解題，熟讀大有詩材。余詩云：「時難將進酒，家遠莫登樓。」用古樂府名作對也。

過岳陽樓觀杜子美詩，不過四十字爾，氣象閎放，涵蓄深遠，殆與洞庭爭雄，所謂富哉言乎者。

太白退之輩率爲大篇，極其筆力，終不逮也。杜詩雖小而大，餘詩雖大而小。

凡作詩，平居須收拾詩材以備用。退之作范陽盧殷墓誌云「於書無所不讀，然止用以資爲詩」是也。

詩疏不可不閱，詩材最多，其載諺語，如「絡緯鳴，懶婦驚」之類，尤宜入詩用。

謝玄暉詩云：「寒城一以眺，平楚正蒼然。」「平楚」，猶平野也。呂延濟乃用「翹翹錯薪，言刈其楚」，謂楚，木叢。便覺意象殊窘，凡五臣之陋，類若此。

古之作者，初無意于造語，所謂因事以陳詞，如杜子美北征一篇，直紀行役爾，忽云「或紅如丹砂，或黑如點漆，雨露之所濡，甘苦齊結實。」此類是也。文章只如人作家書乃是。

珊瑚鉤詩話

珊瑚鉤詩話卷一

宋　張表臣著

古之聖賢，或相祖述，或相師友，生乎同時，則見而師之；生乎異世，則聞而師之。仲尼祖述堯舜，憲章文武，顏回學孔子，孟軻師子思之類是也。羲易成於四聖，詩書歷平帝王，晉之乘，楚之檮杌，魯之春秋，其義一也。孔子曰：「其事則齊桓晉文，其文則史，其義則丘竊取之矣。」揚雄作太玄以準易，法言以準論語，作州箴以準虞箴；班孟堅作二京賦擬上林子虛；左太沖作三都賦擬二京；屈原作九章，而宋玉述九辯；枚乘作七發，而曹子建述七啓；張衡作四愁，而仲宣述七哀；陸士衡作擬古，而江文通述雜體。雖華藻隨時，而體律相倣。李唐羣英，惟韓文公之文、李太白之詩，務去陳言，多出新意。至於盧仝貫休輩效其顰，張籍皇甫湜輩學其步，則怪且醜，僵且仆矣。然退之南山詩，乃類杜甫之北征，進學解乃同於子雲之解嘲，鄆州溪堂之什依於國風，平淮西碑之文近於小雅，則知其有所本矣。近代歐公醉翁亭記步驟類阿房宮賦，晝錦堂記議論似盤谷序。東坡黃樓賦氣力同乎晉問，赤壁賦卓絕近於雄風，則知有自來矣。而韓文公廟記鍾子翼哀詞，時出險怪，蓋游戲三昧，間一作之也。善學者當先量力，然後措詞。未能祖述憲章，便欲超騰飛翥，多見其嚄唶而狼狽矣。

杜甫云「軒墀曾寵鶴」，杜牧云「欲把一麾江海去」，皆用事之誤。蓋衞懿公好鶴，鶴有乘軒者，則軒車之軒耳，非軒墀也。顏延年詩云：「屢薦不入官，一麾乃出守。」則麾，麾去耳，非麾旄也。然子美讀萬卷書，不應如是，殆傳寫之繆。若云軒車，則善矣。牧之豪放一時，引用之誤，或有之邪？

東坡讀隋書地理誌云：「黄州永安郡，州東有永安城，圖經謂春申君故城，蓋非是。春申之居，乃在吴國，今無錫惠山有春申君廟，庶幾是乎？余謂楚都申郢，故黄歇封于春申，如齊之孟嘗、魏之信陵、趙之平原，各在其地也。黄之永安爲春申故城，蓋始封也。謂之「春」者，蘄春壽春是也；謂之「申」者，申光之間是也，其必兼二城而封焉，猶田文之食嘗薛耳。後楚併吴，秦侵申郢，楚遷壽春，黄歇始請吴之故宫都焉，然行相事未嘗去國。所以有廟者，後人作之也。」

東坡作詩，歎賈梁道爲魏忠臣，然不能紹其子於後，而使充懷姦附晉，以首成濟之禍。徐世勣爲唐佐命，乃不能正其君於初，而使敬業發憤僞周，以倡誅武之謀。嗚呼！豈忠孝之道，父不能傳之於其子，子不能獻之於其父耶？熙豐間，王氏變法，新進附之，而仲弟平甫譏焉，不其賢乎？吕公守正，舊交佐之，而子弟背焉，不其戾乎？噫！是是非非，非是是非，人各有心，不可革而化耶？安得嵇卞二家世濟忠誠者乎？

黄帝史倉頡四目神明，觀察衆象，始爲古文。古文者，科斗是也。周宣史籀，變古文而爲大篆，是謂籀文。秦焚詩書，丞相李斯始變籀文而爲小篆，是名玉箸。獄吏程邈創作新書，法務徑便，是名隸書。後漢王次仲初作八分，是爲楷法。楷法之變，行草生焉，張伯英王右軍之徒善之，此古今通行之書體也。篆法又有「繆書」者，不知所起，用以書符印，取綢繆糾纏之象。有「倒薤」者，世傳務光辭湯之禪，居清泠之陂，植薤而食，清風時至，見葉交偃，像爲此書，以寫道經。有「鳥書」者，周史佚作，所寫赤雀丹書之祥，以書旂幡，取飛翔之狀。有「懸針」者，漢曹喜所作，象針鋒纖抽之勢，以書五經篇目，取貫穿經指之義。有「垂露」者，亦喜所創，取草木婀娜垂露之象，皆出新意。有「飛白」者，生於隸法，漢靈帝時，修鴻都門，蔡邕見役人以堊成字，心有悦焉，歸而作之，用以題宮殿門榜。有「散隸」者，小變隸體，晉黄門郎衛巨山所作也。又云兼善「蟲書」。或云「蟲書」即蟲鳥之書，余疑鳥書自爲雀烏之祥，專作禽鳥之象，當别有蟲篆。如孫臏斬龐涓于古木之下，作「蟲書」以揭之。今人傳寫蟲蛾之狀，殆其遺法耶？

東坡云：「董如郎中㊀，安丘人，能詩於寶元康定間。其書尤工，而人莫知，僕以爲勝李西臺也。」豫章與李端叔書云：「比得荆州一詩人高荷，極有篆力。使之凌厲中州，恐不減晁張，恨公不識耳。」夫高董之詞翰，二公稱道如此，必非尋常者，而人或不知識，矧今之世，抱負材術而嗟不遇者，可勝數哉！

㊀「董如」，百川本作「董儲」。

東坡先生，人有尺寸之長，瑣屑之文，雖非其徒，驟加獎借，如曇秀「吹將草木作天香」、妙總「知有人家住翠微」之句，仲殊之曲，惠聰之琴，皆咨嗟歎美，如恐不及。至於士大夫之善，又可知也。觀其措意，蓋將攬天下之英才，提拂誘掖，教裁成就之耳。夫馬一聯驥坂，則價十倍，士一登龍門，則聲烜赫，足以高當時而名後世矣。嗚呼！惜公逝矣，而吾不及見之矣。

予讀杜詩云：「江漢思歸客，乾坤一腐儒」、「功業頻看鏡，行藏獨倚樓」，歎其含蓄如此；及云「虎氣必騰上，龍身寧久藏」、「蛟龍得雲雨，鵰鶚在秋天」，則又駭其奮迅也。「草深迷市井，地僻懶衣裳」、「經心石鏡月，到面雪山風」，愛其清曠如此；及云「退朝花底散，歸院柳邊迷」、「君隨丞相後，我住日華東」，則又怪其華艷也。「久客得無淚，故妻難及晨」、「囊空恐羞澀，留得一錢看」，嗟其窮愁如此；及云「香霧雲鬟濕，清輝玉臂寒」、「笑時花近靨，舞罷錦纏頭」，則又疑其侈麗也。至讀「讖歸龍鳳質，威定虎狼都」、「風塵三尺劍，社稷一戎衣」，則又見其發揚而蹈厲矣；「五聖聯龍袞，千官列鴈行」、「聖圖天廣大，宗祀日光輝」，則又得其雄深而雅健矣；「許身一何愚，自比稷與契」、「雖乏諫諍姿，恐君有遺失」，則又知其許國而愛君也；「對食不能餐，我心殊未諧」、「人生無家別，何以爲烝黎」，則知其傷時而憂民也；「未聞夏商衰，中自誅褒妲」、「堂堂太宗業，樹立甚宏達」，斯則隱惡揚善而春秋之義耳；「巡非瑶水遠，迹是雕牆後」、「天王守太白，竚立更搔首」，斯則憂深思遠而詩人之旨耳；至於「上有蔚藍天，垂光抱瓊臺」、「風帆倚翠蓋，暮把東皇衣」，乃神仙之致耶？「惟有摩尼珠，可照濁水源」，「欲聞第一義，回向心地初」，乃佛乘之義耶？嗚呼！有能窺其一二者，便可名家，況深造而具體者乎？此予所以稚齒服膺，華顛未至也。

韓退之作羅池廟碑迎饗送神詩，蓋出於離騷，而晁无咎效之，作楊府君碣系云：「范之山兮石如砥㊀，木蕭蕭兮草靡靡，侯愛我邦兮歸萬里。山中人兮春復秋，日慘慘兮雲幽幽，侯壯長兮所居游。侯之來兮民喜，風飄帷兮雨霑几，鼓淵淵兮舞侯⿰阝巴，紛進拜兮侯鄰里。侯不可見兮德可思，侯行不來兮民心悲，謂侯飲食兮無去斯，福爾之士兮以慰民之思。」余謂雜之韓文中，豈復可辨邪？

㊀「如」原作「水」，據百川本改。

度世古玄歌云：「始青之下月與日，兩半銅斗合成一。大如彈丸黄如橘，就中佳味甜如蜜。出彼玉堂入金室，子若得之慎勿失。」退之樊宗師銘云：「惟古於詞必己出，降而不能乃剽賊。後皆指前公相襲，從漢迄今用一律。寥寥久哉莫覺屬，神徂聖伏道絶塞。既極乃通發紹述，文從字順各識職，有欲求之此其躅。」宋子京唐姦臣贊云：「三宰嘯凶牝奪晨，林甫將蕃黄屋奔。鬼質敗謀興元蹙，崔柳倒持李宗覆。」韓宋之文，皆宗於古，然退之爲之則有餘，子京勉之則不足，又施於史詞，似非所宜矣。

高郵陸仲仁畫王右軍支道林許遠游三高圖，以獻晁以道。以道命予題詩其後，中有云：「已乘雲氣翳鳳麟，六百餘歲無斯民。想像璧月何當親，虎頭摩詰俱泯淪。誰其畫者陸仲仁，遠紹乃祖高無倫。」以道歎曰：「後世視陸生爲何等人耶？」余觀高郵寺壁曹仁熙畫水，感事傷時，呈以道舍人。舍人先有題詠，高不可及。余詩云：「曹生畫手信有神，毫端風雨生瀰沄。波濤不合來翻屋，鮫鱷何須欲噬人？湯湯此水勢方割，陽侯鬱怒馮夷搏。鼉擲鯨呿海岳驚，霧塞雲昏光景薄。開元將軍愛驊騮，拳奇滅沒隘九州。時危此物豈易得？寫此尚可消人憂。末有乃孫工畫水，遣客見之心欲死。雷奔電擊走中原，魚怖龍愁寧忍視？先生道眼高崑崙，聊將妙語破迷津。中流險絕待舟楫，四海浩蕩須經綸。我衰甘作淮海客，身脱垂涎頭雪白。驚心未定畏湍湍，欲覓平波泛家宅。此身端的老江湖，雨笠烟蓑是所圖。他年但飽揚州米，今日寧論甓社珠。」以道覽之云：「此詩波瀾，亦可駭矣。」因舉昔人云：「斯文可愛可畏亦可妬也。」

詩以意爲主，又須篇中鍊句，句中鍊字，乃得工耳。以氣韻清高深眇者絕，以格力雅健雄豪者勝。元輕白俗，郊寒島瘦，皆其病也。

篇章以含蓄天成爲上，破碎雕鎪爲下。如楊大年西崑體，非不佳也，而弄斤操斧太甚，所謂七日而混沌死也。以平夷恬淡爲上，怪險蹶趨爲下。如李長吉錦囊句，非不奇也，而牛鬼蛇神太甚，所謂施諸廊廟則駭矣。

精粗不可不擇也，不擇則龍蛇蛙蚓，往往相雜矣；瑕瑜不可不知也，不知則瓊盃玉斝，且多玷缺矣。

斯文盛於漢魏之前，而衰於齊梁之後。杜老云：「縱使盧王操翰墨，劣于漢魏近風騷。」又云：「竊攀屈宋宜方駕，恐與齊梁作後塵。」意謂是耳。

退之作南海神廟碑，序祀事之大，神次之尊，固已讀之令人生肅恭之心。其述孔公嚴天子之命必躬必親云：「遂陞舟，風雨少弛，雲陰解駮，日光穿漏。」又云：「省牲之夕，載暘載陰；將事之夜，天地開除，月星明概㈠。五鼓既作，牽牛正中，公乃盛服，以入卽事。」又云：「牲肥酒香，神具醉飽，百靈祕怪，慌惚畢出，蜿蜿虵虵，來饗飲食。」又云：「祥飈送颿，旗纛旄麾，飛揚晻靄，穹龜長魚，踴躍後先。」其造語用字，一至如此，不知何物爲五臟，何物爲心胸耶？

㈠「月」原作「日」，據百川本改。

又退之大理評事王適墓誌云：「聞金吾李將軍年少喜士，乃躪門告曰：『天下奇男子王適願見白事。』一見，語合意。盧從史節度昭義軍，張甚，奴視法度士，欲聞無顧忌大語。有以君平生告者，卽遣客鉤致。君曰：『狂子不足以共事。』立謝客。仕至鳳翔判官，不樂，去。王涯獨孤郁欲薦，不可，病卒。銘曰：『鼎也不可以拄車，馬也不可使守閭。佩玉長裾，不利走趨。祇繫其逢，不繫巧愚。不諧其須，有銜不袪。鑽石埋辭，以列幽墟。』」予歎曰：「斯文中之虎耶？」晁无咎爲其季父沈丘縣令端中作誌，亦無甚行事㈠，但嗟其不遇，而云「詩文草隸㈡，則元和以前勝士也。」黃庭堅見而歎曰：「永懷而善怨，鬱然類騷。」黃未嘗以此許人也。銘曰：「目賤耳貴，藍田之璞以爲塊，東家尚爾，而況乃雄輩？虎炳不玩，以遠没身，雜蓀茝以爲詞兮，以慰夫離散之魂。舉斯世而一人知兮，則吾不既以聞，尚遺此後昆。」余曰：「斯文中之鳳邪？不然，何魁雄如彼，而煥爛若是乎？」

㊀「甚」原作「茝」，據百川本改。　㊁「草」原作「章」，據百川本改。

金陵鳳凰臺，在城之東南，四顧江山，下窺井邑，古題詠惟謫仙爲絕唱。其詩曰：「鳳凰臺上鳳凰游，鳳去臺空江自流。吳宮花草埋幽徑，晉代衣冠成古丘。三山半落青天外，二水中分白鷺洲。總爲浮雲能蔽日，長安不見使人愁。」予遊覽，壁間刻宋齊丘詩與梁棟間懸今人詩，而乃無此篇。予作絕句曰：「騎鯨仙伯已淩波，奈爾三山二水何？地老天荒成脉脉，鳳凰臺上獨來過。」

睢陽雙廟，俗謂之五侯廟。雙廟者，爲張許忠烈而始建廟也。五侯者，南雷賈與同功，皆受封爵，亦作其像於廊廡耳。古今歌詠，惟王荆公黃豫章爲警策。王詩云：「就死得處所，至今猶耿光。此獨身如在，誰令國不亡。」黃詩云：「縱使賀蘭非長者，未妨南八是男兒。」余官宋城，題詩云：「張許昭鴻烈，南雷賈共靈。無瑕雙白璧，有曜五華星。懷哲音容在，傷時涕淚零。向來丹鳳闕，猶帶犬羊㊀腥。」蓋當是時，金人始去城下之役㊁，故云耳。又絕句云：「漁陽突騎滿關東，百戰孤城挫賊鋒。唐室興亡繫公等，九原可作更誰從！」自以爲無愧前人。

㊀「犬羊」原缺，據百川本補。　㊁「金人」原缺，據百川本補。

劉禹錫作金陵詩云：「千尋鐵鎖沈江底，一片降旗出石頭。」當時號爲絶倡。又六朝中石頭城詩云：「山圍故國周遭在，潮打空城寂寞回。」白樂天讀之曰：「我知後人不復措筆矣。」其自矜云：「餘雖不及，然亦不孤樂天之賞耳。」

前人作詩，未始和韻。自唐白樂天爲杭州刺史，元微之爲浙東觀察，往來置郵筒倡和，始依韻，而多至千言，少或百數十言，篇章甚富。其自耀云：「曹公謂劉玄德曰：『天下英雄，惟使君與操耳。』予於微之亦云。」豈詩人豪氣，例愛矜誇邪？安知後世士有異論？

陳叔易居陽翟澗上村，號澗上丈人，無仕宦意。崇觀間，朝廷召之，郡守勸駕，不得已而起。晁以道時致仕居嵩山，有詩云：「處士誰人爲作牙？盡攜猨鶴到京華。從今林壑堪惆悵，六六峯前只一家。」而叔愈過澗上丈人陳恬故居詩云：「北山去已遠，南山去已近。驅車兩山間，擧策聊一問。昔有隱君子，出處頗矛盾。平生勇且剛，垂老畏而慎。」皆譏之也。後靖康間，以道亦起，而女第四娘適唐氏者，頗復誚其出焉。

長松之名，前世未有。以道居嵩少，叔易作詩求之云：「松上花兮松下根，食之年貌與松鄰。君今既是松間客，采送衰翁亦可人。」以道答云：「長松不經黃帝手，小劚漫翻嵩室雲。縱有何堪寄夫子，鼎頭竇氣自氤氳。」余亦和之云：「暫隱嵩高六六峯，未乘雲氣御飛龍。自餐白石求黃石，更采長松寄赤松。」

東坡稱陶靖節詩云：「『平疇交遠風，良苗亦懷新。』非古之耦耕植杖者，不能識此語之妙也。」僕居中陶，稼穡是力。秋夏之交，稍旱得雨，雨餘徐步，清風獵獵，禾黍競秀，濯塵埃而泛新綠，乃悟淵明之句善體物也。

白樂天有西省北院新作小軒東通騎省與李常侍飲詩。東坡爲中書舍人，歎本省不得來往，謂執政曰：「說公應使簡要道通，何必樹籬插棘？」蓋謂此也。大抵近世爲禁太密，問人則疏。晁以道書楊大年館宿詩示余曰：「嚴更初道爭傳鼓，下直朱門對掩關。夜半不聞宣室召，水沉香斷漆書閒。」且云：「嘗宿閣下矣，乃在司馬門外，使人恨生身之晚，不得見太平之風也。」余因和其詩云：「翰林歷歷侵華蓋，禁掖明明侍紫微。自昔詞臣最清切，帝宸高拱借光輝。」

退之雙鳥詩，或云謂佛老，或云謂李杜。東坡李太白贊云：「天人幾何同一漚，謫仙非謫乃其游。揮斥八極隘九州。化爲兩鳥鳴相酬，一鳴一止三千秋。開元有道爲少留，縻之不可矧肯求？」乃知謂李杜也。

珊瑚鉤詩話卷二

劉仲原得銅斛二於左馮翊㊀，其一云「始元四年造」，其二云「甘露元年十月造」，數量皆同，云「容十斗」。後刻云「重四十觔」。以今權量校之，容三斗，重十有五觔，乃知古今不同。漢書于定國飲酒至一石不亂，晉劉伶一飲一石，五斗解酲。則是飲三斗，而一斗五升扶頭耳。魏志云：「曹公帳下有典君，持一雙戟八十觔。」則是一戟重十五觔，兩戟共重三十觔耳。

㊀「翊」原作「掖」，據百川本改。

「五馬」之事，不見于書。以詩言之，「孑孑干旟，在浚之都。素絲組之，良馬五之。」周禮注云：「州長建旟，太守視之。漢御五馬。」或云：「古乘駟馬車，至漢太守出則加一馬。」見漢官儀注。

退之有言曰：「清而容物，恕以及入。」蘇子美進邸之會，謂人曰：「食中無饅羅畢夾，座上安得有國舍虞比？」竟以此語招覆鼎之禍。畢氏羅氏，蕃人之好以羊彘之肉餅異而食者，因號「畢羅」。或問：「湯餅謂之不托，何也？」曰：「未有刀机時，以手托之；既用刀机，則不托矣。」出李濟翁資暇集。

飲酒痛釂，謂之「舉白」。唐人云「卷白波」，義起于漢擒白波賊戮之，言意氣之快耳。如今人稱文字警絶，謂之「掃凡馬」，取杜甫「一掃萬古凡馬空」也。

呼驢曰「衞」，未知所本。豈衞地多驢，故云爾耶？命龜曰「蔡」，亦是意也。

樂部中有促拍催酒，謂之「三臺」。唐士云：「蔡邕自侍書御史累遷尚書，不數日間，遍歷三臺。樂工以邕洞曉音律，故製曲以悦之。」又始作樂，必曰「絲抹將來」，蓋絲竹在上，鐘鼓在下，絲以起之，樂乃作，亦唐以來如是，非古所謂合止柷敔也。

寒食之名，起于禁火；拜掃之儀，因于禮經。昔者，宗子去在他國，庶子無廟，孔子許望墓爲壇，以時祭祀，此其本也。端午之號，同于重九；角黍之事，肇于風俗。昔日屈原懷沙忠死，後人每年以五色絲絡粔敉而弔之，此其始也。後世以「五」字爲「午」，則誤矣。

弈棋取一道，人行五子，謂之「蹙融」。「融」者，戎也，生于黄帝蹙鞠戎旅之間爲戲耳。庚元規曰：「蹙戎者，今之蹙融也。漢謂之『格五』，取五子相格之義以名之耳。」樗蒱起自老子，今謂之「呼盧」，取純色而勝之之義以名之耳。

唐開元中，教舞馬四百蹄，衣以文繡，飾以珠玉，和鸞金勒，星粲霧駁，俯仰赴節，曲盡其妙。每舞，藉以巨榻。杜詩云：「鬥雞初賜錦，舞馬既登牀。」初，明皇命五方小兒，分曹鬥雞，勝者纏以錦段。舞馬則藉之以榻耳。禄山之亂，散徙四方。魏博田承嗣一日享軍，樂作而馬舞不休，以爲妖而殺之，後人嗟其不遇。顔太初曰：「引重致遠，馬之職也。變其性而爲倡優，其謂之妖而死也，宜矣。」

余年十五時，感傷寒，至六七日，困重將斃，父母環而泣之。忽夢二皂持馬呼余乘之，自成武東北，道濟兗郡縣，直抵嶽祠。入西偏門，列諸曹院，至一所，見紫衣人據案云：「爾安得殺某？」命取鏡燭之，非是，遣余去。若一僧相引，巡觀諸院，囚徒甚衆。既而復出廟門，二皂持馬在焉。已據鞍，於街東民居若茶肆者，覩胥吏十輩，内一人乃姑丈惠澤，字愼微，亟下馬揖之。渠已蔽身簾箔間，挽而出之，問何似，且云：「姑丈棄世數年矣，安得在此爲吏？」渠唯唯。叩之主何事，曰戶案。「還知某之壽命有官祿否乎？」曰：「非某所司。然嘗竊見之，公有年在，他日當來作監河侯。」乃相別上馬，復遵舊塗歸焉。至城北，墮一池，瞤然寤，汗出徧體，而疾去矣。嘗誌之。豈余不偶于世，而將官于地下乎？今潦倒流離，從人貸粟，生不爲監河侯，而死乃爲之，可發一笑。

新官併宿，謂之「爆直」，或云「豹直」。南山有文豹，霧雨七日不下食者，欲以澤其毛衣，而成其文章。取豹伏之象，非爆迸之義。

杜牧詩云：「南朝四百八十寺，多少樓臺烟雨中。」帝王所都，而四百八十寺，當時已爲多，而詩人侈其樓閣臺殿焉。近世二浙福建諸州，寺院至千區，福州千八百區。秔稻桑麻，連亙阡陌，而游惰之民，竄籍其間者十九。非爲落髮修行也，避差役爲私計耳。以故居積貨財，貪毒酒色，鬭毆争訟，公然爲之，而其弊未有過而問者。有識之士，每歎息于此。

盧秉侍郎，嘗爲江南郡掾，于傳舍中題詩云：「青衫白髮病參軍，旋糶黄粱置酒樽。但得有錢留客醉，也勝騎馬傍人門。」王荆公見而稱之，立薦于朝，不數年登貳卿。近時韓駒待制、董耘尚書以詩文見知貴近，聞于天子，自諸生三四年至法從。嗚呼！士有片文隻字，而遭遇如此者。

靖康元年冬十一月，虜騎長驅薄王畿㊀，無一障之阻。春，爲城下盟，歸渡大河，莫或邀擊。余竊料其知我無謀，審我無勇，必且再至。冬十月，作將歸賦，以書投胡少汲，欲求侍養。公以啓事見答曰：「伏承主簿秘書，寵以華牋，副之佳什，屬詞近古，陳義甚高。横槊賦詩，不廢軍中之樂；登高舒嘯，少賒社下之歸。祝頌之深，敷染奚既。」遂堅留在帥幕下。數日，淵聖手詔沓至，曰：「金人分兩道深入，必犯京師，卿可提所部兵，前來捍虜㊁。」又曰：「金人分兩道深入，已渡大河，卿可將見在兵，速來赴援。」公即日出次于郊，不三四日，遇敵于杞，力戰敗績。余傷之以詩曰：「選將他年重，作師此日難。傷心閔東道，白首戴南冠。」公宿儒，戎事非長，庶幾以禮與人相終始者。

㊀「虜騎」原作「金人」，據百川本改。　㊁「虜」原作「禦」，據百川本改。

外祖陳公大雅，爲人剛果，文章似之。再舉不第，裂冠文身，示不復踐場屋。能詩，爲清獻趙公所知，逾八十乃死。死翌日復蘇，索筆題詩曰：「胡柳陂中過，令人念戰功。兵交千騎没，血染一川紅。朱氏皆豚犬，唐家盡虎龍。壯圖成慷慨，擲劍向西風。」題畢乃逝。味其言，豈葛從周王彦章之徒與？英雄之氣，毅然猶在也。

陳無己先生語余曰：「今人愛杜甫詩，一句之内，至竊取數字以髣像之，非善學者。學詩之要，在乎立格命意用字而已。」余曰：「如何等是？」曰：「冬日謁玄元皇帝廟詩，敍述功德，反復外意，事核而理長，閬中歌，辭致峭麗，語脉新奇，句清而體好，兹非立格之妙乎？江漢詩，言乾坤之大，腐儒無所寄其身，縛雞行，言雞蟲得失，不如兩忘而寓于道，兹非命意之深乎？贈蔡希魯詩云『身輕一鳥過』，力在一過字，徐步詩云『蕊粉上蜂鬚』，功在一上字，兹非用字之精乎？學者體其格，高其意，鍊其字，則自然有合矣。何必規規然髣像之乎！」

王臨川詩云：「細數落花因坐久，緩尋芳草得歸遲。」此與杜詩「見輕吹鳥毳，隨意數花鬚」，命意何異？余詩云：「雲移鳥滅没，風霽蝶飛翻」，此與東坡「飛鴻羣往，白鳥孤没」，作語何異？兹可爲知者道，不可與愚者説也。

余挈家過吴江，有詞云：「垂虹亭下扁舟住，松江烟雨長橋暮。白紵聽吴歌，佳人淚臉波。勸傾金鑿落，莫作思家惡。緑鴨與鱸魚，如何可寄書？」有士人覽之曰：「不聞鴨解附書，云何言鴨？」余不答。信乎柳子厚云：「作之難，知之又難。」「雌霓」之賞爲少也！

晁元升作田直儒墓表云：「故承議郎田君既葬八年，其連姻宣德郎晁端智來治茲城，拜君墓下，感松櫝就荒，阡陌蕭然，謂其里人曰：『君有德于爾鄉，而不加敬，其流風餘烈，尚接人耳目，而封域遽至此。況歷世之久，拱木盡矣，宜無有知者，奈何？』迺屬其族兄晁端中爲文以表之。」將託于金石，未刻也。无咎見之，意若未快，曰：「敢以一字易叔父之未安者乎？」曰：「云何？」曰：「欲換連姻二字爲婭，可否？」蓋姊妹之夫曰「婭」也。

唐周邯自蜀買奴，曰水精，善沉水，乃崑崙奴之屬也。邯疑瞿塘之險，必有怪，使水精入之。久乃出，曰：「下有關，不可渡。」得珠貝而還。每遇潭洞，多令探求，輒得珍寶。至汴，或云八角井有神龍，時游水面，意有頷下物。復使覘之，經夕始出，躍于井口，有金爪拏而入焉，遂亡奴。又有農夫耕地得劍，磨洗適市，值賈胡，售以百千，未可；至百萬，約來旦取之。夜歸語妻子：「此何異而價至是？」庭中有石，偶以劍指之，立碎。詰旦，胡人載鏹至，則歎叱曰：「劍光已盡。」不復買。農夫苦問之，曰：「此是破山劍，惟可一用，吾欲持之破寶山耳。」農夫惋恨，旬月不能已。余有詩云：「采玉應求破山劍，探珠仍遣水精奴。」用此事耳。

杜詩云：「虎氣必騰上，龍身寧久藏？」蕃劍詩也。世傳虎丘常有劍氣，狀如虎，延津劍躍化爲龍也。晉元康三年，武庫火，咸見漢高祖斬白蛇劍穿屋壁飛去。許真人令旌陽，有蛟害人㊀，投劍斬之。至唐復出，漁者網而獲之。又武勝之知靜江縣事，忽于灘中見雷公踐微雲逐一小蛇，勝之以石投焉，得一銅劍，有文曰「許旌陽斬蛟第三劍」云。余作劍詩曰：「蛇蛟已盡定飛去，雷電欻驚重下來。」

㈠「蛟」原作「蛇」，據百川本改。

開元中，河西將宋青春驍猛，虜畏之㈠。西戎犯邊，每戰運劍大呼，執馘而旋，未嘗中鋒鏑。後獲吐蕃主帥，問曰：「衣大蟲皮者，爾輩何不能害？」曰：「常見青龍突陣而來，兵刃所及，如擊銅鐵，我以爲神助將軍也。」乃知劍之異。澶淵之役，安牀子弩于城上，使卒守之，困著弩邊，忽寤驚起，擊而發之，遂中敵酋，軍退。余曾戲作詩曰：「牀弩天誅韓闥覽，劍鋒神助宋將軍。」

㈠「虜」原作「敵」，據百川本改。

韓嫣以佞倖竊富貴，作金彈射飛鳥，長安人常逐之，曰：「苦饑寒㈠，逐彈丸。」荆山下多美玉，居人以璞抵鵲。符載蓄寶劍，水斷蛟龍。他日，截飯裁而食，劍乃頑頓。西戎獻寶刀，割玉如泥，周穆王嘗藏之。余曾戲題曰：「射飛何必捐金彈？抵鵲虛煩用夜光。切玉昆吾寧刺豕，斷蛟干越豈刲羊？」

㈠「苦」，百川本作「家」。

李衞公鎮南徐，甘露寺僧有戒行，公贈以方竹杖，出大宛國，蓋公之所寶也。及公再來，問：「杖無恙否？」僧欣然曰：「已規圓而漆之矣。」公嗟惋彌日。余近在沿江攝帥幕，暇日與同僚遊甘露寺，偶題近作小詞于壁間云：「樓橫北固，盡日厭厭雨。欸乃數聲歌，但渺漠江山烟樹，寂寥風物三五。過元宵，尋柳眼，覓花英，春色知何處？落梅嗚咽，吹徹江城暮。脉脉數飛鴻，杳歸期東風凝佇。長安不見，烽起夕陽間，魂欲斷，酒初醒，獨下危梯去。」其僧頑俗且瞶，愀然謂同官曰：「方泥得一堵好壁，可惜寫了。」余知之，戲曰：「近日和尚耳明否？」曰：「背聽如舊。」余曰：「恐賢眼目亦自來不認得物事。」壁間之題，謾圬墁之，便是甘露寺祖風也。」聞者大笑。

晁以道贈余詩曰：「春去欣搜粟，秋來謾護軍。」以余勸率鄉人，捐貲助國，及募河東兵赴援也㊀。又曰：「迷樓賦就夢何處？雙廟詩成淚不孤。」以余嘗作是賦，陳古義以刺今，及作此詩，哀往事以傷時耳。又曰：「顧我何堪鳴玉佩？如君不得侍金華㊁。」余乃戲之曰：「公鳴玉佩來幾何時耶？」蓋公元祐黨人之家，上書邪等，禁錮不得仕二十餘年，靖康中，始落致仕，爲中書舍人兼太子詹事，後得待制，已暮齡矣。

㊀「河東」，百川本作「畿東」。　㊁「君」，百川本作「今」。

世傳丹砂煉爲黄金，碎以染筆，入石不去，名曰「紅沫」。余侍先人官歷陽，嘗覽李翔作白字，書霸王廟碑，而其法不傳，亦「紅沫」之類與？

武侯創八陣圖與木牛流馬法，後人俱不能得。故余八陣圖詩云：「八陣功成妙用藏，木牛流馬法俱亡。後來識得常山勢，縱有桓温恐未詳。」東坡死，李方叔誄之曰：「道大不容，才高爲累。皇天后土，知平生忠義之心；名山大川，還千古英豪之氣。」可謂簡而當矣。晁无咎死，張文潛銘之曰：「車堅馬良，不得出門，策駑駕朽，道上紛紛。」兹亦可悲矣。

珊瑚鉤詩話卷三

杜詩第一篇贈韋左丞丈云：「今欲東入海，即將西去秦。」或問云何，曰：道不行故也。又云：「尚憐終南山，回首清渭濱。嘗擬報一飯，況懷辭大臣。白鷗没浩蕩，萬里誰能馴？」何謂也？曰：鳥獸不可與同羣，終南、清渭，且徘徊而不忍别，況辭大臣而欲去國哉！自以爲得詩之解。

遊龍門奉先寺云：「天闕象緯逼，雲卧衣裳冷。」余曰：星河垂地，空翠濕衣。「欲覺聞晨鐘，令人發深省。」余曰：鐘磬清心，欲生緣覺。

又老杜玄都壇歌云：「王母晝下雲旗翻。」余解云：味道集虚，仙真降焉。故秋興詩曰：「西望瑶池降王母。」

同諸公登慈恩寺塔詩云：「回首叫虞舜，蒼梧雲正愁。」余解曰：周滿瑶池樂未央。卒云：「黄鵠去不息，哀鳴何所投？君看隨陽雁，各有稻粱謀。」解曰：黄鵠譬高舉遠引，莫知所如往者。隨陽雁譬志在隨人，拘于禄仕者。天寶十三載，先生始得官，時上荒淫，天下且亂，故有虞舜之思，周滿之戒。且歎識者見幾而作，吾人懷禄未決也。

示從孫濟云：「權門多噂嗒，且欲尋諸孫。」解曰：噂噂嗒嗒，言不忠信貌，詩所以言背憎也。且復尋諸孫，則莫如我同姓。「萱草秋已死，竹枝霜不繁。淘米少汲水，汲多井水渾。刈葵莫放手，放手傷葵根。所來爲宗族，亦不爲盤飧。小人利口實，薄俗難可論。勿受外嫌猜，同姓古所敦。」解曰：萱忘憂而已死，竹可愛而不蕃，則荒落甚矣。水濁而不復其清源，葵傷而不庇其根本，則宗族乖離之況也。此詩人因物而興。飲中八仙歌云：「李白一斗詩百篇，長安市上酒家眠。天子呼來不上船，自稱臣是酒中仙。」解曰：范傳正李白碑云：「白多陪侍從之遊。他日泛白蓮池，公不在宴，皇情既洽，召公作序。公時被酒，高力士扶以登舟。」世云「不上船，襟紐㊀。」何穿鑿如此？

㊀「船，襟紐」，原脱，據百川本補。

曲江三章云：「即事非今亦非古。」余曰：在今古間。「長歌激越捎林莽。」余曰：振響林谷。「比屋豪華固難數，吾人甘作心似灰，弟姪何傷淚如雨？」余曰：按先生作雕賦表云：「今賈馬之徒，得排金門上玉堂者衆矣，獨臣衣不蓋體，常寄食于人。」夫衆豪華而已貧賤，所謂士賢能而不用，國之恥也。吾雖甘心若死灰，然而弟姪之傷涕零如雨何耶？蓋行成而名不彰，友朋之罪也；親戚不能致其力，聞長歌之哀，所以涕洟也耶？又曰：「短衣匹馬隨李廣，看射猛虎終殘年。」余曰：猶足以消英豪之氣。凡如是者甚衆，詞多不載。

曹王臯封于曹，濟陰濟北諸李，皆其裔也。有貞觀開元兩朝賜書五千卷，世寶而讀之，仕者蟬聯不絕。沈立諫議藏書萬卷，爲閣以居之，而子孫不能肄業。有士人題詩曰：「莫遺中有蠹書魚。」蓋恐其壞而不能世也。

「蓋巖者，徐之永安鎮邵氏僕也，朴魯有絕力，能兼衆人之役，其主不以爲異。一夕，有豪賊六人，劫持其家，舉室莫禦，恣所取。傷五人，殺首者一人，將出，巖手刃追之。衆謂一夫不足畏。巖力戰，賊駭汗，伺其困，益奮，俄仆一賊，餘乃引去。然終無一人助之。復追追賊，曰：『還爾物。』因擲金帛道上。巖不知其計也，却顧逗遛，遂遠莫及。巖齧臂指，自恨無人主其財，而使己盡滅賊。明日，邑吏至，邏近郊，獲餘黨，徵巖于邑。邑白大府，賞以法。聞巖之勇者，莫不驚異。或曰：『彼偶然奮不顧死耳。』余曰：『非也，人惟處死之難，徒勇無義，雖死不貴。巖之勇以衞其主，奮一身，當衆賊，卒以取勝，可謂難矣。嗚呼！巖，僕隸也，以寡敵衆，見義必爲，以視居朝廷，尸祿位，以士夫自名，一持于患害，反畏縮求免，不欲一毫損于己者，豈不相懸萬萬哉㊀』！因傳其事，以爲當世富貴者勸焉。濟北晁端中元升記。」余讀元升書蓋巖事，知君子之用心。善善惡惡，所以風天下耶？惜乎巖之絕力，始不蒙主人之異視，巖之忠勇，終不聞主人之厚賞。天下事每每如此，君子所爲歎息也。

㊀此段百川本作「巖僕隸也，今之爲僕者或聚千指，緩急鮮有爲用，況以寡敵衆，如巖之忠勇者，身居賤隸而

其爲凜然適於義。彼有居朝廷，尸祿位，而以士大夫自名，一持於患害，反畏縮求免，不欲一毫損于己者，況能死忠以自見乎？然則巖非特異於童僕也。」

天寶末，祿山陷西京，大搜文武朝臣及異僚樂工。不旬日，得梨園弟子數百人，大會于凝碧池。樂作，梨園舊人不覺欷歔，相對泣下，羣逆露刃脅之，而悲不已。有雷海清者，投器于地，西向慟哭，支解于庭，聞之者莫不傷痛。時王維被拘于菩提寺，賦詩曰：「萬户傷心生野烟，百僚何日再朝天？秋槐葉落深宮裏，凝碧池頭奏管絃。」他日緣此詩得不死，然愧于雷海清多矣。

杜牧之息夫人詩曰：「細腰宮裏露桃新，脉脉無言幾度春。至竟息亡緣底事？可憐金谷墮樓人！」與所謂「莫以今朝寵，能忘舊日恩。看花滿眼淚，不共楚王言。」語意遠矣。蓋學有淺深，識有高下，故形于言者不同矣。

「春回上林苑，花滿洛陽城。」崔湜詩也。湜弱冠登科，不十年掌貢舉。父揖，同省爲侍郎。及登宰輔，始三十有七，容止端雅，文辭清麗。嘗暮出端門，下天津橋，馬上吟此句。時張説爲工部侍郎，望之杳然而歎曰：「此句可效，此位可得，其年不可及也。」使湜令終，當時朝士，豈能出其右哉？故杜詩云：「文章一小技，於道未爲尊。」或以此也。

李抱真鎮潞州，軍資匱乏。有僧爲衆所信，公謂曰：「假和尚之道以濟吾軍，如何？」僧曰：「無不可者。」公曰：「但言請于毬場焚身，某當自使宅穿一地道通連，火作即潛入。」僧喜從之。遂陳狀積薪貯油，因爲七日道場，晝夜香燈梵唄，公亦引僧視穴，使不疑。公率監軍僚吏膜拜，以俸入檀施，堆于其旁。由是士女駢闐，捨財億計。七日，遂擊鐘舉火，已塞地道矣。須臾灰燼，明日籍所施，得數十萬，軍資取足。別求所謂「舍利」者，選地造塔葬焉。出尚書故實。

林甫張燕公遭姚元之奏，明皇怒曰：「卿與御史共按其事。」急呼中丞李林甫，以詔付之。林甫曰：「說多智謀，是必困之，處于劇地。」崇曰：「丞相得罪，未宜太逼。」曰：「公必不忍，卽說害林甫。」以詔付餘御史。中路以墜馬告。初，說旬月前有門下生竊寵婢，將置于法。生呼曰：「公無緩急用人乎？見色不能禁，人之常情，何靳于一婢邪？」說奇其語，釋之，且付以婢㊀。生去，杳不聞問。忽一日，直詣說，有憂色，曰：「感公之恩，欲報久矣。今聞公爲姚相所讒，禍且至，願得公平生所寶以免難。」公歷指數之。曰：「未也。」又凝思良久，忽曰：「近有以雞林夜明簾爲獻者。」生曰：「足矣。」因請手札數行，懇求于九公主，且曰：「上獨不念在東宮時恩，始終其惠，乃反以讒見怒邪？」明日，公主謁上，具奏之㊁。上感動，敕高力士就御史臺宣所按事並罷，書生亦不復見。昔留侯致白璧以謝項仇，孟嘗獻狐裘以脱秦難，蔡昭愛佩刀無辜見留，虞叔捐圭則庶幾免罪，張說之事近之。若書生者，不護小行，而能排難解紛，殆俠士之流乎？亦聰明疏通，善知人矣。

㊀「以」原作「已」，據百川本改。　㊁「之」原作「云」，據百川本改。

客有獻李衛公以古木者，云：「有異。」公命剖之，作琵琶槽，其文自然成白鴿。余嘗語晁次膺曰：「公綠頭鴨琵琶詞誠妙絶，蓋自曉風殘月之後，始有移船出塞之曲，然某亦曾有一詩。」公曰：「云何？」曰：「白鴿潛來入紫槽，朱鸞飛去唳青霄。江邊塞上情何限，瀛府霓裳曲再調。謾道靈妃鼓瑶瑟，虚傳仙子弄雲璈。小憐破得春風恨，何似今宵月正高。」曰：「詩亦不惡。」

酒有「若下春」，謂烏程也；「九醖」，謂宜城也；「千日」，中山也；「蒲桃」，西涼也，「竹葉」，豫北也；「土窟春」，滎陽也；「石凍春」，富平也；「燒春」，劍南也；「桑落」，陝右也。烏孫國有青田核，莫知其木與實，而核如五六斤瓠，空之盛水，俄而成酒。劉章曾得二焉，集賓設之，一核才盡，一核又熟，可供二十客，名曰「青田壺」。歷城北有使君林，魏正始中，鄭公慤三伏避暑于此，取大蓮葉置硯格上，盛酒三升，以簪刺葉，令酒與柄通，屈莖吸之，香氣清冽，名曰「碧筩酒」。余詩曰：「釀憶青田核，觴宜碧藕筩。直須千日醉，莫放一盃空。」近時以黄柑醖酒，號「洞庭春色」，以糯米藥麴作白醪，號「玉友」，皆奇絶者。

余暇日曾作酒具詩三十首，有引曰：「咸通中，皮襲美著酒中十詠，其自序云：『夫聖人之誡酒禍也深矣，在書爲沈湎，在詩爲童羖，在禮爲豢豕，在史爲狂藥。余飲至酣，徒以爲融肌柔神，消沮迷喪。頽然無思，以天地大順爲提封；傲然不持，以洪荒至化爲爵賞。抑無懷氏之民乎？葛天氏之民乎？噫，天之不全余也多矣！獨以麴蘖全之。於是徵其具，悉爲之詠，以繼東皋子酒譜之後，而有酒星酒泉酒篘酒牀酒壚酒樓酒旗酒樽酒城酒鄉之詠。以示吳中陸魯望，魯望和之，且曰：昔人之于酒，有注爲池而飲之者，有象爲龍而吐之者，親盜甕間而臥者，將實舟中而浮者。徐景山有酒鎗，嵇叔夜有酒杯，皆傳于世。故復添六詠。』余覽之，慨然歎曰：余亦嗜酒而好詩者也。昔退之有言送王含曰：『少時讀醉鄉記，私怪隱居者無所累于世，而猶有是言，豈誠旨于味耶？及讀阮籍陶潛詩，然後知彼雖偃蹇，不欲與世接，然猶未能平其心，或爲事物是非相感發，于是有託而逃焉者也。』雖然，尚有未盡者。中古之時，未知麴糵。杜康肇造，爰作酒醴，可名酒后。近世以來，人徒酣酗，李白一斗，爲詩百篇，自名酒仙。酈食其，辯士也，初見沛公，稱高陽酒徒。杜根，賢者也，逃難宜城，爲酒家傭保。鄭廣文貧而好飲，蘇司業送酒錢，杜子美無錢賒酒，而詩言酒債。周官有酒正，則掌之者必有其人。以法式授酒材，則醞之者必有其物。翰林詩曰：『鸕鷀杓，鸚鵡杯。』夫杓者，勺也，勺酒而錯之杯中者也。工部詩曰：『莫笑田家老瓦盆，自從盛酒長兒孫。』夫盆者，槃也，載酒而置之座中也。韓奕詩云：『顯父餞之，清酒百壺。』壺便提挈，故陶令挂之於車上，呂公負之于杖頭，遇興則傾之。鴟夷之異名者耳。絲衣詩云：『兕觥其觩，旨酒思柔。』觥爲罰爵，而于定國飲至一石不亂。劉伯倫既醉，以五斗解酲，快飲痛酬則用之。蓋觚角之出類者耳。注云：觚受二升，觶三升，角四升，散五升，而觥七升。又兕角爲之，形器特異。于是更作酒后酒仙酒徒酒保酒錢酒債酒正酒材酒杓酒盆酒壺酒觥一十二詩，而附益之，庶古今同志而終始相成之義耶？」詩多不載。

古今詩體不一，太師之職，掌教六詩，風、賦、比、興、雅、頌備焉。三代而下，雜體互出。漢唐以來，鐃歌鼓吹，拂舞矛渝，因斯而興。晉宋以降，又有回文反復，寓憂思展轉之情；雙聲疊韻，狀連駢嬉戲之態。郡縣藥石名六甲八卦之屬，不勝其變。古有采詩官，命曰「風人」，以見風俗喜怒好惡。皮日休云：「疏杉低通洞，冷鷺立亂浪。」此雙聲也。陸龜蒙嘗曰：「膚愉吳都姝，眷戀便殿宴。」此疊韻也。劉禹錫曰：「東邊日出西邊雨，道是無晴却有晴。」杜詩曰：「俱飛蛺蝶元相逐，並蔕芙蓉本自雙。」又曰：「滿目飛明鏡，歸心折大刀。」此皆風言。又戲作俳優體二首，純用方語云：「異俗吁可怪，斯人難並居。家家養烏鬼，頓頓食黃魚。舊識難爲態，新知已暗疏。瓦卜傳神語㊀，畬田費火耕。是非何處定？高枕笑浮生。」「西歷青羌坂，南留白帝城。於菟侵客恨，粔籹作人情。治生且耕鑿，只有不關渠。」余嘗有語云：「碧藕連根絲不斷，紅蕖著子意何多。」亦風人類也。又婺州山中詩云：「作咖捉詹卸，呼田欸乃儂。山塘莫車水，梅雨正分龍。」亦方語也。

㊀「神」原作「人」，據百川本改。

余近作示客云：刺美風化，緩而不迫謂之風；采摭事物，摛華布體謂之賦；推明政治，莊語得失謂之雅；形容盛德，揚厲休功謂之頌；幽憂憤悱，寓之比興謂之騷；感觸事物，託于文章謂之辭；程事較功，考實定名謂之銘；援古刺今，箴戒得失謂之箴；猗遷抑揚，永言謂之歌；非鼓非鐘，徒歌謂之謠；步驟馳騁，斐然成章謂之行；品秩先後，敍而推之謂之引；聲音雜比，高下短長謂之曲；吁嗟慨歎，悲憂深思謂之吟；吟詠情性，總合而言志謂之詩；蘇李而上，高簡古澹謂之古；沈宋而下，法律精切謂之律：此詩之語衆體也。帝王之言，出法度以制人者謂之制；絲綸之語，若日月之垂照者謂之詔；制與詔同，詔亦制也；道其常而作彝憲者謂之典；陳其謀而成嘉猷者謂之謨；順其理而廸之者謂之訓；屬其人而告之者謂之誥；卽師衆而申之者謂之誓；因官使而命之者謂之命；出于上者謂之教；行于下者謂之令；時而戒之者勅也；言而喻之者宣也；諮而揚之者贊也；登而崇之者册也；言其倫而析之者論也；度其宜而揆之者議也；别嫌疑而明之者辨也；正是非而著之者説也；記者，記其事也；紀者，紀其實也；纂者，纘而述焉者也；策者，條而對焉者也；傳者，傳而信之也；序者，緒而陳之也；碑者，披列事功而載之金石也；碣者，揭示操行而立之墓隧也；誄者，累其素履，而質之鬼神也；誌者，識其行藏，而謹其終始也；檄者，激發人心，而喻之禍福也；移者，自近移遠，使之周知也；表者，布臣子之心，致君父之前也；牋者，修儲后之問，申宮闈之儀也；簡者，質言之而略也；啓者，文言之而詳也；狀者，言之于公上也；牒者，用之于官府也；捷書不緘，插羽而傳之者，露布也；尺牘無封，指事而陳之者，箚子也；青黄黼黻，經緯以相成者，總謂之文也，此文之異名也。客有問古今體制之不一者，勞于應答，乃著之篇以示焉。

余以百司從車駕止建康。一日，謁内相朱子發，論文甚洽。適有數清貴俱在座，顧不肖而謂諸人曰：「玆人文學該贍，尤長于詩，然坐是以窮耳。」意謂古人有言，「詩能窮人」故也。余奮然答曰：「内翰之言誤矣。夫『詩非能窮人，待窮者而後工耳。』此歐陽文忠公之語也。以不肖觀之，猶爲未當。詩三百六篇，其精深醇粹，博大宏遠者，莫如雅頌。然鴟鴞之詩，周公所作也；泂酌之詩，召公所作也。詩云：『吉甫作誦，穆如清風。其詩孔碩，其風肆好。』顧不美乎？數君子者，顧不達而在上，功名富貴人乎？何詩能窮人？又何必待窮者而後工邪？漢唐以來，不暇多舉。近時歐陽公王荆公蘇東坡號能詩，三人者，亦不貧賤，又豈碌碌者所可追及？然則謂詩能窮人者，固非矣，謂待窮者而後工，亦未是也。夫窮通者，時也。達則行于天下，窮則獨善其身，政不在能詩與不能詩也。」座客爲之憮然。

中國文學研究典籍叢刊

歷代詩話

下

〔清〕何文焕　輯

中華書局

韻語陽秋

韻語陽秋序

隆興元年，常之由天官侍郎罷七年矣，於是韻語陽秋之書成，貽書謂余敍之，會予以病未暇也。明年常之卒。乾道改元，三月九日，夜夢常之如平生。既寤，愴念疇昔，泫然流涕，乃題其首，而歸其書於其孤。曰：詩三百篇，上而公卿大夫歌於朝廷，薦于郊廟，下而小夫賤隸詠于閭衖，播于田野，莫不傳焉。達者以理，昧者以情，皆成於自然者也。文從字順，宜乎無得而議矣。至其不可通，則猶當以意逆志。理與情者，志所寓也，苟通矣，辭爲可略。詩亡之後，作者蓋寡，將卽其辭而求其志之所在，義之當否，則思之何可以不熟，講之何可以不詳，而責之何可以不恕哉。然去古益遠，學者之蔽甚多，且因物以索句，因句以命題，以至賡和之習盛，則又因韻以造語，因語以命意，言之支離，體之骫骳，情之抑鬱，理之乖悖，凡以此也。今欲求風雅之正，探本而遺末，讀常之之書，庶乎進於是哉。常之傳家學，故其源深；貫羣書，故其論辯；稟秀質，故其詞華。既嘗登禁掖代王言矣，天不使之從容從官之內，賦雲漢常武以贊中興，頌清廟思文以揚先烈，流落江湖之上，而見於遺文者如此，此有識所屢歎，非余獨爲之深惜也！常之葛氏，清孝之孫，文康之子，余先大夫之從姪也。八月十二日，敷文閣直學士左朝議大夫致仕武夷徐林序。

韻語陽秋序

韓愈疑石鼓之篇不入於詩，而杜子美之詩世或稱爲詩史。夫以詩三百篇皆出聖人之手，其不合於禮義者，固已删而弗取，豈容致疑其間。子美詩雖比物敍事，號爲精確，然其憂喜怨懟，感激憤歎之際，亦豈容無溢言。余以是知觀古人文詞者，必先質其事而揆之以理。言與事乖，事與理違，則雖記言之史，如書之武成，或謂不可盡信；質於事而合，揆之理而然，則雖閭巷之談，童稚之謡，或足傳信于後世，而況文士之詞章哉。吏部侍郎葛公博極羣書，以文章名一世，暇日嘗著韻語陽秋廿卷，自漢魏以來，詩人篇詠，咸參稽抉摘，以品藻其是非，不以名取人，亦不以人廢言，質事揆理，而惟當之爲貴。至於有益名教，若悖理傷道者，則反覆評論，折衷取予，以示勸戒。振六義於古詩既亡之後，發奥賾於靈均未睹之先，又豈若世之評詩者，徒揣其句語之工拙，格律之高下，而屑屑於月露風雲、花木蟲魚形狀之間而已哉！公既殁，或請其書鏤板以傳世，輒掇其大旨，書於篇末，使覽者得詳焉。乾道二年八月既望，右朝請郎行秘書省校書郎兼權户部員外郎沈洵題。

韻語陽秋自序

懶眞子旣上宜春之印，歸休於吳興，泛金溪，上我先人之弊廬，歸愚識夷塗，游宦泯捷徑，湛然胸次，不挂一絲。而多生習氣，尚牽蠹簡，雖不能如毛萇鄭康成泥蟲魚之注，又不能如虞卿李德裕著窮愁之書。未諳王氏之青箱，懶問董生之朱墨，獨喜讀古今人韻語，披咏紬繹，每畢景忘倦。凡詩人句義當否，若論人物行事，高下是非，輒私斷臆處而歸之正。若背理傷道者，皆爲説以示勸戒。書成，號韻語陽秋。昔晉人褚裒爲皮裏陽秋，言口絶臧否，而心存涇渭，余之爲是也，其深愧於斯人哉！若孫盛檀道鸞鄧粲各有晉陽秋，是皆不畏人禍天刑，率意而作，如昌黎公所云者也。余也，非惟不敢，亦不暇。隆興甲申中元，丹陽葛立方書。

韻語陽秋卷第一

宋　葛立方著

「謝朝華之已披，啓夕秀於未振」，學詩者尤當領此。陳腐之語，固不必涉筆，然求去其陳腐不可得，而翻爲怪怪奇奇不可致詰之語以欺人，不獨欺人，而且自欺，誠學者之大病也。詩人首二謝，靈運在永嘉，因夢惠連，遂有「池塘生春草」之句。玄暉在宣城，因登三山，遂有「澄江靜如練」之句。二公妙處，蓋在於鼻無堊、目無膜爾。鼻無堊，斤將曷運？目無膜，篦將曷施？所謂混然天成，天球不琢者與？靈運詩，如「矜名道不足，適己物可忽。」「清暉能娛人，游子澹忘歸。」玄暉詩，如「春草秋更綠，公子未西歸」。「大江流日夜，客心悲未央」等語，皆得三百五篇之餘韻，是以古今以爲奇作，又曷嘗以難解爲工哉。東坡跋李端叔詩卷云：「暫借好詩消永夜，每逢佳處輒參禪。」蓋端叔作詩，用意太過，參禪之語，所以警之云。

陶潛謝脁詩皆平淡有思致，非後來詩人怵心劌目琱琢者所爲也。老杜云「陶謝不枝梧，風騷共推激。紫燕自超詣，翠駮誰翦剔」是也。大抵欲造平淡，當自組麗中來，落其華芬，然後可造平淡之境，如此則陶謝不足進矣。今之人多作拙易語，而自以爲平淡，識者未嘗不絕倒也。梅聖俞和晏相詩云：「因今適性情，稍欲到平淡。苦詞未圓熟，刺口劇菱芡。」言到平淡處甚難也。

所以贈杜挺之詩有「作詩無古今，欲造平淡難」之句。李白云：「清水出芙蓉，天然去雕飾。」平淡而到天然處，則善矣。

老杜寄身於兵戈騷屑之中，感時對物，則悲傷係之。如「感時花濺淚」是也。故作詩多用一自字。田父泥飲詩云：「步屧隨春風，村村自花柳。」遣懷詩云：「愁眼看霜露，寒城菊自花。」憶弟詩云：「故園花自發，春日鳥還飛。」日暮詩云：「風月自清夜，江山非故園。」滕王亭子云：「古牆猶竹色，虛閣自松聲。」言人情對境，自有悲喜，而初不能累無情之物也。

杜甫觀安西過兵詩云：「談笑無河北，心肝奉至尊。」故東坡亦云：「似聞指揮築上郡，已覺談笑無西戎。」蓋用左太沖詠史詩「長嘯激清風，志若無東吳」也。王維云：「虜騎千重只似無。」句則拙矣。

杜子美曹將軍丹青引云：「將軍魏武之子孫，於今爲庶爲清門。」元微之去杭州詩亦云：「房杜王魏之子孫，雖及百代爲清門。」則知老杜於當時已爲詩人所欽服如此。殘膏賸馥，霑丐後代，宜哉！故微之云：「詩人以來，未有如子美者。」

老杜詩以後二句續前二句處甚多。如喜弟觀到詩云：「待爾嗚烏鵲，拋書示鶺鴒。枝間喜不去，原上急曾經。」晴詩云：「啼烏爭引子，鳴鶴不歸林。下食遭泥去，高飛恨久陰。」江閣臥病云：「滑憶雕胡飯，香聞錦帶羹。溜匙兼煖腹，誰欲致盃罌。」寄張山人詩云：「曹植休前輩，張芝更後身。數篇吟可老，一字買堪貧。」如此類甚多。此格起於謝靈運廬陵王墓下詩云：「延州協心許，楚老惜蘭芳。解劍竟何及，撫墳徒自傷。」李太白詩亦時有此格，如「毛遂不墮井，曾參寧殺人！虛言誤公子，投杼感慈親」是也。

梅聖俞云：「作詩須狀難寫之景於目前，含不盡之意於言外。」真名言也。觀其送蘇祠部通判於洪州詩云：「沙鳥看來没，雲山愛後移。」送張子野赴鄭州云：「秋雨生陂水，高風落廟梧」之類，狀難寫之景也。送馬殿丞赴密州云：「危帆淮上去，古木海邊秋。」和陳祕校云：「江水幾經歲，鑑中無壯顏」之類，含不盡之意也。

梅聖俞五字律詩，於對聯中十字作一意處甚多。如碧瀾亭詩云：「危樓喧晚鼓，鷩鷺起寒汀。」初見淮山云：「朝來汴口望，喜見淮上山。」送俞駕部云：「何時鷁舟上，遠見爐峰迎。」送張子野云：「不知從此去，當見復何如。」和王尉云：「度鳥不曾下，新文誰寄評。」晝寢詩云：「及爾寂無慮，始知機盡空。」如此者不可勝舉。詩家謂之「十字格」，今人用此格者殊少也。老杜亦時有此格，放船詩云：「直愁騎馬滑，故作泛舟迴。」對雨云：「不愁巴道路，恐濕漢旌旗。」江月云：「天邊長作客，老去一霑巾。」杜甫客夜詩云：「客睡何曾著，秋天不肯明。」陪王使君泛江詩云：「山豁何時斷，江平不肯流。」不肯二字，含蓄甚佳，故杜兩言之。與淵明所謂「日月不肯遲，四時相催迫」同意。

退之贈崔立之前後各一篇，皆譏其詩文易得。前詩曰：「才豪氣猛易語言，往往蛟螭雜螻蚓。」後詩曰：「文如翻水成，初不用意爲。」二詩皆數十韻，豈非欲銜博於易語之人乎？前詩曰：「深藏篋笥時一發，戢戢已多如束筍。」後詩曰：「每旬遺我書，竟歲無差池。」有以知崔於韓情義之篤如此也。

杜甫李白以詩齊名，韓退之云：「李杜文章在，光燄萬丈長。」似未易以優劣也。然杜詩思苦而語奇，李詩思疾而語豪。杜集中言李白詩處甚多，如「李白一斗詩百篇」，如「清新庾開府，俊逸鮑參軍」，「何時一尊酒，重與細論文」之句，似譏其太俊快。李白論杜甫，則曰：「飯顆山頭逢杜甫，頭戴笠子日卓午。爲問因何太瘦生，只爲從來作詩苦。」似譏其太愁肝腎也。杜牧云：「杜詩韓筆愁來讀，似倩麻姑癢處搔。天外鳳凰誰得髓，何人解合續弦膠。」則杜甫詩，唐朝以來一人而已，豈白所能望耶！

選詩駢句甚多，如：「宣尼悲獲麟，西狩涕孔丘。」「千憂集日夜，萬感盈朝昏。」「萬古陳往還，百代勞起伏。」「多士成大業，羣賢濟洪績」之類，恐不足爲後人之法也。

近時論詩者，皆謂偶對不切，則失之粗；太切，則失之俗。如江西詩社所作，慮失之俗也，則往往不甚對，是亦一偏之見爾。老杜江陵詩云：「地利西通蜀，天文北照秦。」秦州詩云：「水落魚龍夜，山空鳥鼠秋。」「叢篁低地碧，高柳半天青。」豎子至云：「柤棃且綴碧，梅杏半傳黃。」如此之類，可謂對偶太切矣，又何俗乎？如「雜蕊紅相對，他時錦不如」。「磨滅餘篇翰，平生一釣舟」之類，雖對不求太切，而未嘗失格律也。學詩者當審此。

許渾呈裴明府詩云：「江村夜漲浮天水，澤國秋生動地風。」漢水傷稼，亦全用此一聯。郊居春日詩云：「花前更謝依劉客，雪後空懷訪戴人。」和杜侍御云：「因過石城先訪戴，欲朝金闕暫依劉。」又送林處士云：「鏡中非訪戴，劍外欲依劉。」寄三州守云：「花深穉榻迎何客，月在膺舟醉幾人？」陪崔公讌又云：「賓館盡開徐穉榻，客帆空戀李膺舟。」題王隱居云：「隨蜂收野蜜，尋麝采生香。」呈李明府云：「洞花蜂聚蜜，岩柏麝留香。」松江詩云：「晚色千帆落，林聲一雁飛。」深春詩云：「故里千帆外，深春一雁飛。」又寄盧郎中并贈閑師皆以庾樓對蕭寺。見於其它篇詠，以楊柳對蒹葭，以楊子渡對越王臺者甚多。蓋其源不長，其流不遠，則波瀾不至於汪洋浩渺，宜哉。杜甫云：「讀書破萬卷，下筆如有神。」欲下筆，當自讀書始。

韋應物詩平平處甚多，至于五字句，則超然出於畦徑之外。如遊溪詩「野水烟鶴唳，楚天雲雨空。」南齋詩「春水不生烟，荒崗筠翳石」。詠聲詩「萬物自生聽，太空常寂寥」。如此等句，豈下於「兵衛森畫戟，燕寢凝清香」哉。故白樂天云：「韋蘇州五言詩，高雅閑淡，自成一家之體。」東坡亦云：「樂天長短三千首，却愛韋郎五字詩。」

孟郊詩「楚山相蔽虧，日月無全輝。萬株古柳根，拏此磷磷溪。大行橫偃脊，百里方崔嵬」

等句，皆造語工新，無一點俗韻。然其他篇章，似此處絶少也。李翺評其詩云：「高處在古無上，平處下覲二謝。」許之亦太甚矣。東坡謂「初如食小魚，所得不償勞。又似食蟛蜞，竟日嚼空螯」。貶之亦太甚矣。

太平廣記載，宋之問於靈隱寺夜吟，詩未就，聞有人云，何不道「樓觀滄海日，門對浙江潮」。莫知何人。人有識之者，曰：「此駱賓王也。」是時賓王與徐敬業俱隱名同逃，已暮年矣。而集中有江南送之問詩云：「秋江無緑芷，寒汀有白蘋。采之將何遺？故人漳水濱。」兗州餞之問詩云：「淮沂泗水北，梁甫汶陽東。别路青驪遠，離尊緑蟻空。」其相習如此，不應暮年相遇於靈隱寺云不相識也。蓋是賓王逃難之時，之問不欲顯其姓名爾。

杜荀鶴鄭谷詩，皆一句内好用二字相疊，然荀鶴多用於前後散句，而鄭谷用於中間對聯。荀鶴詩云：「文星漸見射台星」，「非謁朱門謁孔門」，「常仰門風維國風」，「忽地晴天作雨天」，「猶把中才謁上才」。皆用於散聯。鄭谷「那堪流落逢摇落，可得潸然是偶然」，「身爲醉客思吟客，官自中丞拜右丞」，「初塵芸閣辭禪閣，却訪支郎是老郎」，「誰知野性非天性，不扣權門扣道門」。皆用於對聯也。

梅聖俞早有詩名，故士能詩者，往往寫卷投擲，以質其是非。梅各有報章，未嘗輕許之也。讀黄莘詩卷則云：「鳳凰養雛飛未高，雞鶩成羣翅終短。」讀蕭淵詩卷則云：「野雉五色且非鳳，知時善鳴雞若何。」讀孫且言詩卷則云：「汲井欲到深，磨鑑欲盡塵。」讀張令詩卷則云：「讀之不敢倦，十未能一曉。」讀邵不疑詩卷則曰：「既觀坐長歎，復想李杜韓。」皆因其短而教誨之也。東坡喜奬與後進，有一言之善，則極口褒賞，使其有聞於世而後已。故受其奬者，亦踴躍自勉，樂於修進，而終爲令器。若東坡者，其有功於斯文哉，其有功於斯人哉！

律詩中間對聯，兩句意甚遠，而中實潛貫者，最爲高作。如介甫示平甫詩云：「家世到今宜有後，士才如此豈無時。」答陳正叔云：「此道未行身有待，古人不見首空回。」魯直答彦和詩云：「天於萬物定貧我，智效一官全爲親。」上叔父夷仲詩云：「萬里書來兒女瘦，十月山行冰雪深。」歐陽永叔送王平甫下第詩云：「朝廷失士有司恥，貧賤不憂君子難。」送張道州詩云：「身行南雁不到處，山與北人相對愁。」如此之類，與規規然在於媲青對白者，相去萬里矣。魯直如此句甚多，不能概舉也。

韓愈以瀑布爲「天紳」，所謂「懸瀑垂天紳」是也。孟郊以簷溜爲「天紳」，所謂「簷溜擲天紳」是也。東坡次韻王定國倅潁詩，亦有「餘波猶足挂天紳」之句。

「水田飛白鷺，夏木囀黃鸝。」李嘉祐詩也。王摩詰衍之爲七言曰：「漠漠水田飛白鷺，陰陰夏木囀黃鸝。」而興益遠。「九天閶闔開宫殿，萬國衣冠拜冕旒。」王摩詰詩也。杜子美删之爲五言句，「閶闔開黃道，衣冠拜紫宸。」而語益工。近觀山谷黔南十絶，七篇全用樂天花下對酒渭川舊居東城尋春西樓委順竹窗等詩，餘三篇用其詩略點化而已。樂天云：「相去六千里，地絶天邈然。十書九不到，何以開憂顏。」山谷則云：「相望六千里，天地隔江山。十書九不到，何用一開顏。」樂天云：「霜降水反壑，風落木歸山。冉冉歲華晚，昆蟲皆閉關。」山谷云：「霜降水反壑，風落木歸山。冉冉歲華晚，昆蟲皆閉關。」樂天詩云：「渴人多夢飲，饑人多夢餐。春來夢何處？合眼到東川。」山谷云：「病人多夢醫，囚人多夢赦。如何春來夢，合眼見鄉社。」葉少藴云：「詩人點化前作，正如李光弼將郭子儀之軍，重經號令，精彩數倍。」今觀三公所作，此語殆誠然也。

歸叟詩話載鼾睡詩一篇，以爲韓退之遺文，其實非也。所謂「有如阿鼻尸，長喚忍衆罪」，「鐵佛聞皺眉，石人戰摇腿」等句，皆不成語言，而厚誣退之，不亦寃乎？歐陽永叔有謝人送枕簟詩，因及喜睡，其曰「少壯喘息人莫聽，中年鼻鼾尤惡聲。癡兒掩耳謂雷作，竈婦驚窺疑釜鳴」，與前詩不侔矣。

人言居富貴之中者，則能道富貴語，亦猶居貧賤者工於説饑寒也。王岐公被遇四朝，目濡耳染，莫非富貴，則其詩章雖欲不富貴得乎？故岐公之詩，當時有至寶丹之喻。如「寶藏發函金作界，仙醪傳羽玉爲臺」，「夢回金殿風光别，吟到銀河月影低」等句甚多。李慶孫富貴曲云：「軸裝曲譜金書字，樹記花名玉篆牌。」晏元獻云：「太乞兒相。若諳富貴者，不爾道也。」元獻詩云：「梨花院落溶溶月，柳絮池塘淡淡風。」此自然有富貴氣。吾曾伯祖侍郎諱宫，雖起於寒微，而論富貴若固有之。嘗有詩云：「翩翩燕子朱門静，狼藉梨花小院閒。」又云：「西樓月上簾簾静，後苑花開院院香。」其視晏公真不愧矣。若孟郊「借車載家具，家具少於車」。陶潛「敝襟不掩肘，藜羹常乏斟」。杜甫「天吴與紫鳳，顛倒在短褐」。皆巧於説貧者也。

歐公一世文宗，其集中美梅聖俞詩者，十幾四五。稱之甚者，如：「詩成希深擁鼻謳，師魯卷舌藏戈矛。」又云：「作詩三十年，視我猶後輩。」又云：「少低筆力容我和，無使難追韻高絶。」又云：「嗟哉吾豈能知子，論詩賴子能指迷。」聖俞詩佳處固多，然非歐公標榜之重，詩名亦安能至如此之重哉。歐公後有詩云：「梅窮獨我知，古貨今難賣。」而聖俞贈滁州謝判官詩亦云：「我詩固少愛，獨爾太守知。」皆言識之者鮮矣。張芸叟評其詩云：「如深山道人，草衣捆屨，王公大人見之屈膝。」

蔡君謨娶余祖姑清源君，而赴漳南幕。余曾祖通議嘗贈之詩曰：「藻思舊傳青管夢，哲科新試碧雞才。乍依仲寶蓮花幕，更下温郎玉鏡臺。」可謂佳句矣。韓退之送陸暢詩云：「一來取高第，官佐東宫軍。迎婦丞相府，誇映秀士羣。鳴鸞桂樹間，觀者何繽紛。」此二詩，事相類而語皆奇也。

韻語陽秋卷第二

荆公嘗有詩曰：「功謝蕭規慚漢第，恩從隗始詑燕臺。」或謂公曰：「蕭何萬世之功，則功字固有來處，若恩字未見有出也。」荆公答曰：「韓集鬬雞聯句，則孟郊云『受恩慚始隗』。」則知荆公詩用法之嚴如此。然「一水護田將緑繞，兩山排闥送青來」之句，乃以樊噲排闥事對護田，豈護田亦有所出邪？有好事者爲余言，一日，有人面稱公詩，謂「自喜田園安五柳，但嫌尸祝擾庚桑」。以爲的對。公笑曰：「伊但知柳對桑爲的對，然庚亦是數，蓋以十日數之也。」余謂荆公未必有此意，使果如好事者之説，則作詩步驟亦太拘窘矣。錢起送屈突司馬詩云：「星飛龐統驥，箭發魯連書。」人多稱其工。余恨龐統驥出處無星字，而魯連書有箭字也。趙給事中晚歸不遇詩：「忽看童子掃花處，始愧夕郎題鳳來。」前句不用事，後句用二事，皆非律也。

錢起集前八卷後五卷。鮑欽止謂昭宗時有中書舍人錢珝，亦起之諸孫，今起集中恐亦有珝所作者。余初未知其所據也。比見前集中有同程七蚤入中書一篇云：「不意雲霄能自致，空驚鴛鷺忽相隨。臘雪新晴柏子殿，春風欲上萬年枝。」和王員外雪晴早朝云：「紫微晴雪帶恩光，繞仗偏隨鴛鷺行。長信月留寧避曉，宜春花滿不飛香。」二詩皆珝所作無疑，蓋起未嘗入中書也。

集中又有登彭祖樓一詩，而薛能集亦載，則知所編甚駁也。

陳去非嘗爲余言：「唐人皆苦思作詩，所謂『吟安一箇字，撚斷數莖鬚』，『句向夜深得，心從天外歸』，『吟成五字句，用破一生心』，『蟾蜍影裏清吟苦，舴艋舟中白髮生』之類是也。故造語皆工，得句皆奇，但韻格不高，故不能參少陵逸步。後之學詩者，倘或能取唐人語而掇入少陵繩墨步驟中，此連胸之術也。」余嘗以此語似葉少蘊，少蘊云：「李益詩云：『開門風動竹，疑是故人來』，沈亞之詩云：『徘徊花上月，虛度可憐宵』，皆佳句也。鄭谷掇取而用之，乃云：『睡輕可忍風敲竹，飲散那堪月在花』，真可與李沈作僕奴。」由是論之，作詩者興致先自高遠，則去非之言可用；倘不然，便與鄭都官無異。

杜甫讀蘇渙詩，則曰：「餘髮喜却變，白間生黑絲。」高適覩陳十六史碑，則曰：「我來覩雅製，慷慨變毛髮。」

方干詩，清潤小巧，蓋未升曹劉之堂，或者取之太過，余未曉也。王贊嘗稱之曰：「鋟肌滌骨，冰瑩霞絢，嘉肴自將，不吮餘雋。麗不芬葩，苦不癯棘，當其得志，倏與神會。」孫郃嘗稱之曰：「其秀也，仙蕊於常花；其鳴也，靈鼉於衆響。」觀其作登靈隱峰詩云：「山疊雲霞際，川傾世界東。」送喻坦之詩云：「風塵辭帝里，舟楫到家林。」此真兒童語也。寄喻鳬云：「寒蕪隨楚盡，落葉渡淮稀。」而送喻坦之下第又云：「過楚寒方盡，浮淮月正沉。」贈路明府詩云：「吟成五字句，用破一生心。」而贈喻鳧又云：「纔吟五字句，又白幾莖鬢。」湖心寺中島云：「雪折停猿樹，花藏浴鶴泉。」而寄越上人又云：「窗接停猿樹，岩飛浴鶴泉。」于使君詩云：「月中倚棹吟漁浦，花底垂鞭醉鳳城。」而送伍秀才詩又云：「倚棹寒吟漁浦月，垂鞭醉入鳳城春。」觀其語言重復如此，有以見其窘也。至於「野渡波搖月，空城雨翳鐘」、「白猨垂樹窗邊月，紅鯉驚鈎竹外溪」、「義行相識處，貧過少年時」等句，誠無愧於孫王所賞。

李長吉云：「我當二十不得意，一心愁謝如枯蘭。」至二十七而卒。陳無己除夜詩云：「七十已强半，所餘能幾何。遥知暮夜促，更覺後生多。」至四十九而卒。語意不祥如此，豈神明者先授之邪？

連緜字不可挑轉用，詩人間有挑轉用者，非爲平側所牽，則爲韻所牽也。羅昭諫以泬寥爲寥泬，是爲平側所牽，秋風生桂枝詩所謂「寥泬工夫大」是也。又以汍瀾爲瀾汍，是爲韻所牽，哭孫員外詩所謂「故侯何在淚瀾汍」是也。

老杜詠螢火詩云：「幸因腐草出，敢近太陽飛。未足臨書卷，時能點客衣。」似譏當時閹人用事於人君之前，不能主張文儒，而乃如青蠅之點素也。説者乃謂喻小有才而侵侮大德，豈不誤哉。羅隱竊取其意，乃曰：「不思曾腐草，便擬倚孤光。若道通文翰，車公照肯長。」其視前作愧矣。

沈存中云：「退之城南聯句云：『竹影金瑣碎。』金瑣碎者，日光也，恨句中無日字爾。」余謂不然，杜子美云：「老身倦馬河堤永，踏盡黃榆綠槐影。」亦何必用日字？作詩正欲如此。

詩家有換骨法，謂用古人意而點化之，使加工也。李白詩云：「白髮三千丈，緣愁似箇長。」荆公點化之，則云：「繰成白髮三千丈。」劉禹錫云：「遥望洞庭湖水面，白銀盤裏一青螺。」山谷點化之，則云：「可惜不當湖水面，銀山堆裏看青山。」孔稚圭白苧歌云：「山虚鐘磬徹。」山谷點化之，則云：「山空響管弦。」盧仝詩云：「草石是親情。」山谷點化之，則云：「小山作朋友，香草當姬妾。」學詩者不可不知此。

魯直謂陳後山學詩如學道，此豈尋常琱章繪句者之可擬哉。客有爲余言後山詩，其要在於點化杜甫語爾。杜云「昨夜月同行」，後山則云「勤勤有月與同歸」。杜云「林昏罷幽磬」，後山則云「林昏出幽磬」。杜云「古人去已遠」，後山則云「斯人日已遠」。杜云「中原鼓角悲」，後山則云「風連鼓角悲」。杜云「暗飛螢自照」，後山則云「飛螢元失照」。杜云「秋覺追隨盡」，後山則云「林湖更覺追隨盡」。杜云「文章千古事」，後山則曰「文章平日事」。杜云「乾坤一腐儒」，後山則曰「乾坤著腐儒」。杜云「孤城隱霧深」，後山則曰「寒城著霧深」。杜云「寒花只暫香」，後山則云「寒花只自香」。如此類甚多，豈非點化老杜之語而成者？余謂不然。後山詩格律高古，真所謂「碌碌盆盎中，見此古罍洗」者。用語相同，乃是讀少陵詩熟，不覺在其筆下，又何足以病公。

五代史補載羅隱題牡丹云：「雖然不語應傾國，任是無情也動人。」曹唐曰：「此迺詠子女障子爾。」隱曰：「猶勝足下作鬼詩。」乃誦唐漢武宴王母詩曰㊀：「洞裏有天春寂寂，人間無路月茫茫。」豈非鬼詩。南史載孝武嘗問顏延之曰：「謝莊月賦何如？」答曰：「莊始知『隔千里兮共明月』。」帝召莊，以延之語語之。莊應聲曰：「延之作秋胡詩，始知『生爲久離別，没爲長不歸。』」典論云：「文人相輕，自古而然。」

㊀「宴」原作「要」，據類編改。

高適別鄭處士云：「興來無不愜，才大亦何傷。」寄孟五詩云：「秋氣落窮巷，離憂兼暮蟬。」送蕭十八云：「常苦古人遠，今見斯人古。」題陸少府書齋云：「散帙至棲鳥，明鐙留故人。」皆佳句也。上陳左相云：「天地莊生馬，江湖范蠡舟。」亦有含蓄。但莊子謂天地一指，萬物一馬，而以天地爲馬，誤矣。

晉張翰憶吴中蒓菜鱸膾而歸，而高適屢作越上用。如送崔功曹赴越云：「今朝欲乘興，隨爾食鱸魚。」送李九赴越云：「鏡水君所憶，蓴羹余舊便。」人以爲疑。余考地理志，漢吴縣隷今會稽郡，則以鱸魚作越上，亦無傷也。

山谷詩多用「稻田衲」，亦云「田衣」。王摩詰詩云：「乞飯從香積，裁衣學水田。」又云：「手巾花氎淨，香帔稻畦成。」豈用是邪？

魯直謂東坡作詩，未知句法。而東坡題魯直詩云：「每見魯直詩，未嘗不絕倒。然此卷甚妙，而殆非悠悠者可識。能絕倒者已是可人。」又云：「讀魯直詩，如見魯仲連李太白，不敢復論鄙事。雖若不適用，然不爲無補。」如此題識，其許之乎，其譏之也？魯直酷愛陳無己詩，而東坡亦不深許。魯直爲無己揚譽無所不至，而無己乃謂「人言我語勝黃語」何邪？

自古工詩者，未嘗無興也。覩物有感焉，則有興。今之作詩者，以興近乎訕也，故不敢作，而詩之一義廢矣！老杜萵苣詩云：「兩旬不甲坼，空惜埋泥滓。野莧迷汝來，宗生實於此。」皆興小人盛而掩抑君子也。至高適題張處士菜園則云：「耕地桑柘間，地肥菜常熟。爲問葵藿資，何如廟堂肉。」則近乎訕矣。作詩者苟知興之與訕異，始可以言詩矣。

張籍，韓愈高弟也。愈嘗作此日足可惜贈之，八百餘言。又作喜侯喜至之篇贈之，二百餘言；又有贈張籍一篇，二百言，皆不稱其能詩。獨有調張籍一篇大尊李杜，而末章有「顧語地上友，經營無太忙」之句。病中贈張籍一篇有「半塗喜開鑿，派別失大江。吾欲盈其氣，不令見麾幢」之句。醉贈張徹有「張籍學古淡，軒鶴避雞羣」之句。則知籍有意於慕大，而實無可取者也。及取其集而讀之，如送越客詩云：「春雲剡溪口，殘月鏡湖西。」逢故人詩云：「海上見花發，瘴中聞鳥飛。」送海客詩云：「入國自獻寶，逢人多贈珠。」「紫掖發章句，青闈更詠歌。」如此之類，皆駢句也。至於語言拙惡，如：「寺貧無施利，僧老足慈悲。」「收拾新琴譜，封題舊藥方。」「多申請假麋，祇送賀官書。」此尤可笑。至於樂府，則稍超矣。姚祕監嘗稱之曰：「妙絶江南曲，淒涼怨女詩。」白太傅嘗稱之曰：「尤攻樂府詞，舉代少其倫。」由是論之，則人士所稱者非以詩也。

應制詩非他詩比，自是一家句法，大抵不出於典實富艷爾。夏英公和上元觀燈詩云：「魚龍曼衍六街呈，金鎖通宵啓玉京。冉冉遊塵生輦道，遲遲春箭入歌聲。寶坊月皎龍燈淡，紫館風微鶴燄平。宴罷南端天欲曉，回瞻河漢尚盈盈。」王岐公詩云：「雪消華月滿仙臺，萬燭當樓寶扇開。雙鳳雲中扶輦下，六鼇海上駕山來。鎬京春酒霑周燕，汾水秋風陋漢材。一曲昇平人共樂，君王又進紫霞杯。」二公雖不同時，而二詩如出一人之手，蓋格律當如是也。丁晉公賞花釣魚詩云：「鶯驚鳳輦穿花去，魚畏龍顏上釣遲。」胡文公云：「春暖仙蓂初霢霂，日斜芝蓋尚徘徊。」鄭毅夫云：「水光翠繞九重殿，花氣濃薰萬壽杯。」皆典實富艷有餘。若作清癯平淡之語，終不近爾。

翰苑作春帖子，往往秀麗可喜。如蘇子容云：「璇霄一夕斗標東，瀲灩晨曦照九重。和氣薰風靡蓋壤，競消金甲事春農。」鄧温伯云：「晨曦瀲灩上簾櫳，金屋熙熙歌吹中。桃臉似知宮宴早，百花頭上放輕紅。」蔣穎叔云：「昧旦求衣向曉雞，蓬萊仗下日將西。花添漏鼓三聲遠，柳映春旗一色齊。」梁君貺云：「東方和氣斗迴杓，龍角中星轉紫霄。聖主問安天未曉，求衣親護玉宸朝。」皆佳作也。余觀鄭毅夫新春詞四首，其一云：「春色應隨步輦還，珠旒玉几照龍顏。紫雲殿下朝元龍，使令東風到世間。」其二云：「春風細拂綠波長，初過層城度建章。草色未迎雕輦翠，柳梢先學赭衣黃。」其三云：「晴暉散入鳳凰樓，一桁珠簾不下鉤。漢殿門簪雙彩燕，併和春色上釵頭。」其四云：「小池春破玉玲瓏，聲觸簾鉤漸好風。閒繞闌干掐花樹，春痕已著半梢紅。」觀此四詩，與帖子格調何異？豈久於翰苑而筆端自然習熟邪？

咸平景德中，錢惟演劉筠首變詩格，而楊文公與王鼎王綽號「江東三虎」，詩格與錢劉亦絕相類，謂之「西崑體」。大率效李義山之爲豐富藻麗，不作枯瘠語，故楊文公在至道中得義山詩百餘篇，至於愛慕而不能釋手。公嘗論義山詩，以謂包蘊密緻，演繹平暢，味無窮而炙愈出，鎮彌堅而酌不竭，使學者少窺其一斑，若滌腸而洗骨。是知文公之詩，有得於義山者爲多矣。又嘗以錢惟演詩二十七聯，如「雪意未成雲著地，秋聲不斷雁連天」之類，劉筠詩四十八聯，如「溪牋未破冰生硯，罏酒新燒雪滿天」之類，皆表而出之，紀之於談苑。且曰二公之詩，學者爭慕，得其格者，蔚爲佳詠。可謂知所宗矣。文公鑽仰義山於前，涵泳錢劉於後，則其體製相同，無足怪者。小說載優人有以義山爲戲者，義山服藍縷之衣而出。或問曰：「先輩之衣何在？」曰：「爲館中諸學士撏扯去矣。」人以爲笑。

顏延之謝靈運各被旨擬北上篇，延之受詔卽成，靈運久而方就。梁元帝云：「詩多而能者沈約，少而能者謝朓，雖有遲速多寡之不同，不害其俱工也。」

米元章賦詩絶妙，而人罕稱之者，以書名掩之也。如不及陪東坡往金山作水陸詩云：「久陰障奪佳山川，長瀾四溢魚龍淵。衆看李郭渡浮玉，晴風掃出清明天。頗聞妙力開大施，足病不列諸方仙，想應蒼壁有垂露，照水百怪愁寒煙。」柄雲閣云：「雲出救世旱，澤浹雲尋歸。入石了不見，豐功已如遺。龍驁荐復起，抱石明幽姿。雲乎無定所，隱者何當棲。」如此二詩，殆出翰墨畦徑之表，蓋自邁往凌雲之氣流出，非尋規索矩者所可到也。

余襄公靖嘗在契丹作胡語詩云：「夜筵没邏臣拜洗㊀，兩朝厥荷情幹勒。微臣雅魯祝君統，聖壽鐵擺俱可忒。」没邏言後，盛拜洗言受賜，厥荷言通好，幹勒言厚重，鐵擺言嵩高也。沈存中筆談載刁約使契丹戲爲詩云：「押燕移離畢，看房賀跋支。餞行三匹裂，密賜十貔貍。」移離畢，如中國執政官；賀跋支，執衣防閤人；匹裂，小木罌；貔貍，形如鼠而大，狄人以爲珍饌。二詩可作對，故表而出之。

㊀「没邏」，類編作「設邏」。

詩之有思，卒然遇之而莫遏，有物敗之則失之矣。故昔人言覃思、垂思、抒思之類，皆欲其思之來，而所謂亂思、蕩思者，言敗之者易也。鄭綮詩思在灞橋風雪中驢子上，唐求詩所游歷不出二百里，則所謂思者，豈尋常咫尺之間所能發哉！前輩論詩思多生於杳冥寂寞之境，而志意所如，往往出乎埃壒之外。苟能如是，於詩亦庶幾矣。小説載謝無逸問潘大臨云：「近日曾作詩否？」潘云：「秋來日日是詩思。昨日捉筆得『滿城風雨近重陽』之句，忽催租人至，令人意敗，輒以此一句奉寄。」亦可見思難而敗易也。

韓退之調張籍詩曰：「刺手拔鯨牙，舉瓢酌天漿。」魏道輔謂高至酌天漿，幽至於拔鯨牙，其用思深遠如此。佊獨未讀送無本詩爾。其曰：「我嘗示之難，勇往無不敢。蛟龍弄牙角，造次欲手攬。衆鬼囚大幽，下覷襲元窖。」言手攬蛟龍之角，下覷衆鬼之窖，皆難事，而無本勇往無不敢，蓋作文以氣爲主也。則調張籍之句，無乃亦是意乎？

孟郊詩云：「食薺腸亦苦，强歌聲無歡。出門卽有礙，誰謂天地寬。」許渾詩云：「萬里碧波魚戀釣，九重青漢鶴愁籠。」皆是窮蹙之語。白樂天詩云：「無事日月長，不羈天地闊。」與二子殆霄壤矣。青箱雜記載李泰伯一絶云：「人言落日是天涯，望極天涯不見家。已恨碧山相掩映，碧山還被暮雲遮。」識者曰，此詩意有重重障礙，李君其不偶乎！後果如其言。

韻語陽秋卷第三

元白齊名，有自來矣。元微之寫白詩於閬州西寺，白樂天寫元詩百篇，合爲屏風，更相傾慕如此。而樂天必言微之詩得己格律更進，所謂「每被老元偷格律」是也。然微之江陵放言與送客嶺南詩，樂天皆擬其作何邪？東坡嘗效山谷體作江字韻詩，山谷謂坡收斂光芒，入此窘步。余於樂天亦云。

詩人讚美同志詩篇之善，多比珠璣、碧玉、錦繡、花草之類，至杜子美則豈肯作此陳腐語邪？寄岑參詩云：「意愜關飛動，篇終接混茫。」夜聽許十一誦詩云：「精微穿溟涬，飛動摧霹靂。」贈盧琚詩曰：「藻翰惟牽率，湖山合動摇。」贈鄭諫議詩云：「毫髮無遺憾，波瀾獨老成。」寄李白詩云：「筆落驚風雨，詩成泣鬼神。」贈高適詩云：「美名人不及，佳句法如何。」皆驚人語也。視餘子其神芝之與腐菌哉！

李太白杜子美詩皆掣鯨手也。余觀太白古風、子美偶題之篇，然後知二子之源流遠矣。李云：「大雅久不作，吾衰竟誰陳！王風委蔓草，戰國多荆榛。」則知李之所得在雅。杜云：「文章千古事，得失寸心知。騷人嗟不見，漢還盛于斯。」則知杜之所得在騷。然李不取建安七子，而杜獨取垂拱四傑何邪？南皮之韻，固不足取，而王楊盧駱亦詩人之小巧者爾。至有「不廢江河萬古流」之句，褒之豈不太甚乎？

賈島攜新文詣韓愈云：「青竹未生翼，一步萬里道。安得西北風，身願變蓬草。」可見急於求師。愈贈詩云：「家住幽都遠，未識氣先感。來尋吾何能，無味嗜昌歜。」可見謙於授業。此皆島未儒服之時也。洎愈教島爲文，遂棄浮圖，學舉進士。摭言載島初赴名場，于驢上吟「鳥宿池邊樹，僧敲月下門」。遇權京尹韓吏部呼唱而不覺，洎擁至馬前，則曰：「欲作敲字，又欲作推字，神遊詩府，致衝大官。」愈曰：「作敲字佳矣。」是時島識韓已久矣，使未相識，愈豈肯教其作敲字邪！

余讀許渾詩，獨愛「道直去官早，家貧爲客多」之句。非親嘗者，不知其味也。贈蕭兵曹詩云：「客道恥搖尾，皇恩寬犯鱗。」「直道去官早」之實也。將離郊園詩云：「久貧辭國遠，多病在家希。」「家貧爲客多」之實也。

蘇養直清江曲見賞於東坡，以爲與李太白無異。所謂「屬玉雙飛水滿塘，菰蒲深處浴鴛鴦」是也。既爲前輩所賞，名已不没。而又作後清江曲一篇，豈養直尚惡其少作邪？所謂「呼兒極浦下笭箵，社甕欲熟浮蛆香。」「輕蓑浙瀝鳴秋雨，日暮乘流自相語。」如此等句，前清江曲似未到也。

作詩貴彫琢，又畏有斧鑿痕，貴破的，又畏黏皮骨，此所以爲難。李商隱柳詩云：「動春何限葉，撼曉幾多枝。」恨其有斧鑿痕也。石曼卿梅詩云：「認桃無緑葉，辨杏有青枝。」恨其黏皮骨也。能脱此二病，始可以言詩矣。劉夢得稱白樂天詩云：「郢人斤斲無痕迹，仙人衣裳棄刀尺。世人方内欲相從，行盡四維無處覓。」若能如是，雖終日斲而鼻不傷，終日射而鵠必中，終日行於規矩之中，而其迹未嘗滯也。山谷嘗與楊明叔論詩，謂以俗爲雅，以故爲新，百戰百勝。如孫吴之兵，棘端可以破鏃；如甘蠅飛衞之射，捏聚放開，在我掌握，與劉所論，殆一轍矣。

杜牧赤壁詩云：「折戟沉沙鐵未消，自將磨洗認前朝。東風不與周郎便，銅雀春深鎖二喬。」李義山集中亦載此詩，未知果何人所作也。

自古文人，雖在艱危困踣之中，亦不忘於製述。蓋性之所嗜，雖鼎鑊在前不恤也，況下於此者乎？李後主在圍城中，可謂危矣，猶作長短句。所謂「櫻桃落盡春歸去，蝶翻金粉雙飛。子規啼月小樓西」，文未就而城破。蔡約之嘗親見其遺稿。東坡在獄中作詩贈子由云：「是處青山可埋骨，他年夜雨獨傷神。」猶有所託而作。李白在獄中作詩上崔相云：「賢相燮元氣，再欣海縣康。應念覆盆下，雪泣拜天光。」猶有所訴而作。是皆出於不得已者。劉長卿在獄中，非有所託訴也，而作詩云：「斗間誰與看冤氣，盆下無由見太陽。」一詩云：「壯志已憐成白髮，餘生猶待發青春。」一詩云：「治長空得罪，夷甫不言錢。」又有獄中見畫佛詩，豈性之所嗜？則縲絏之苦，不能易雕章續句之樂與？

黄庶字亞夫，嘗有怪石一絶傳於世云：「山鬼水怪著薜荔，天禄辟邪眠莓苔。鈎簾坐對心語口，曾見漢家池館來。」人士膾炙，以爲奇作。唐張碧詩亦不多見，嘗有池上怪石詩云：「寒姿數片奇突兀，曾作秋江秋水骨。先生應是厭風雷，著向池邊塞龍窟。我來池上傾酒尊，半酣書破青烟痕。參差翠縷擺不落，筆頭驚怪黏秋雲。我聞吴中項容水墨有高價，邀得將來倚松下。鋪却雙繒直道難，掉手空歸不成畫。」二詩殆未易甲乙也。

杜子美詩喜用文選語，故宗武亦習之不置，所謂「熟精文選理，休覓綵衣輕」、又云「呼婢取酒壺，續兒誦文選」是也。唐朝有文選學，而時君尤見重，分別本以賜金城，書絹素以屬裴行儉是也。外史檮杌載，鄭奕嘗以文選教其子，其兄曰：「何不教讀論語，免學沈謝嘲風弄月，污人行止。」鄭兄之言，蓋欲先德行而後文藝，亦不爲無理也。

元和十一年六月，武元衡將朝，夜漏未盡三刻，騎出里門，遇盜，薨於牆下。許孟容謂國相横尸而盜不得，爲朝廷恥。遂下詔募捕竟得。始得張晏者，王承宗所遣；訾珍者，李師道所遣也。初，元衡策李錡之必反。已而錡果反就誅。由是諸鎮桀驁者，皆不自安，以致於是。劉夢得有代靖安佳人怨詩云：「寶馬鳴珂踏曉塵，魚文匕首犯車茵。適來行哭里門外，昨夜華堂歌舞人。」又云：「秉燭朝天遂不回，路人彈指望高臺。牆東便是傷心地，夜夜秋螢飛去來。」余考夢得爲司馬時，朝廷欲澡濯補郡，而元衡執政，乃格不行。夢得作詩傷之而託於靖安佳人，其傷之也，乃所以快之與？

裴度平淮西，絶世之功也。韓愈平淮西碑，絶世之文也。非度之功不足以當愈之文，非愈之文不足以發度之功。碑成，李愬之子乃謂没父之功，訟之於朝。憲宗使段文昌别作。此與舍周鼎而寶康瓠何異哉？李義山詩云：「碑高三丈字如斗，負以靈鼇蟠以螭。句奇語重喻者少，讒之天子言其私。長繩百尺拽碑倒，粗砂大石相磨治。公之斯文若元氣，先時已入人肝脾。」愈書愬曰：「十月壬申，愬用所得賊將，自文城因天大雪，疾馳百二十里到蔡，取元濟以獻。」與文昌所謂「郊雲晦冥，寒可墮指。一夕卷旆，淩晨破關」等語，豈不相萬萬哉！東坡先生謫官過舊驛壁間，見有人題一詩云：「淮西功業冠吾唐，吏部文章日月光。千古斷碑人膾炙，世間誰數段文昌。」坡喜而誦之。

裴度在朝，憲宗委任不疑，使破三賊。已而吴元濟授首，王承宗割二州遣子入侍，李師道被擒。兩河諸侯，忠者懷，强者畏，克融廷湊皆不敢桀驁，勛烈之盛，一時無與比肩者。惟李義山指爲聖相，詩曰「帝得聖相相曰度」，又曰「嗚呼聖皇及聖相」，亦過矣哉。荀卿曰：「得聖臣者帝。」若舜禹伊尹周公皆聖臣也，謂四人爲聖臣則可，謂裴度爲聖相，其可哉？

李翺皇甫湜集中皆無詩。世傳翺有縣君好磚渠一詩，并傳燈録載答藥山一偈，湜祗有浯溪留題一篇而已。

劉叉愛金使酒，不拘細行，士類鄙之。史載叉持韓愈金數斤去，曰：「此諛墓中人得爾，不若與劉君爲壽。」是愛金者。又載少爲俠行，因酒殺人亡命，會赦出。是使酒者。而其集有烈士詠云：「烈士或愛金，愛金不爲貧。義死天亦許，利生天亦嗔。胡爲輕薄兒，使酒殺平人。」豈叉自以爲烈士邪？

劉叉詩酷似玉川子，而傳於世者二十七篇而已。冰柱雪車二詩，雖作語奇怪，然議論亦皆出於正也。冰柱詩云：「不爲四時雨，徒於道路成泥阻㊀。不爲九江浪，徒能汨没天之涯。」雪車詩謂「官家不知民餒寒，盡驅牛車盈道載屑玉。載載欲何之？祕藏深宮，以禦炎酷。」如此等句，亦有補於時，與玉川月蝕詩稍相類。

㊀「阻」原作「祖」，據類編本改。

東坡拈出陶淵明談理之詩，前後有三：一曰「采菊東籬下，悠然見南山」。二曰「笑傲東軒下，聊復得此生」。三曰「客養千金軀，臨化消其寶」。皆以爲知道之言。蓋摛章繪句，嘲弄風月，雖工亦何補。若覩道者，出語自然超詣，非常人能蹈其軌轍也。山谷嘗跋淵明詩卷云：「血氣方剛時，讀此詩如嚼枯木。及綿歷世事，如決定無所用智。」又嘗論云：「謝康樂庾義城之詩，鑪錘之功，不遺餘力，然未能窺彭澤數仞之牆者，二子有意於俗人贊毁其工拙，淵明直寄焉。」持是以論淵明詩，亦可以見其關鍵也。

省題詩自成一家，非他詩比也。首韻拘於見題，則易於牽合，中聯縛於法律，則易於駢對，非若游戲於烟雲月露之形，可以縱横在我者也。王昌齡錢起孟浩然李商隱輩皆有詩名，至於作省題詩，則疎矣。王昌齡四時調玉燭詩云：「祥光長赫矣，佳號得温其。」錢起巨魚縱大壑詩云：「方快吞舟意，尤殊在藻嬉。」孟浩然騏驥長鳴詩云：「逐逐懷良馭，蕭蕭顧樂鳴。」李商隱桃李無言詩云：「夭桃花正發，穠李蕊方繁。」此等句與兒童無異，以此知省題詩自成一家也。

詩人比雨，如絲如膏之類甚多，至爲此恐未盡其形似。念昔遊云：「雲門寺外逢猛雨，林黑山高雨脚長。曾奉郊宫爲近侍，分明攙攙羽林槍。」大雨行云：「四面崩騰玉京仗，萬里横亙羽林槍。」豈去國悽斷之情，不能忘雞翹豹尾中邪？

武元衡詩不多，集中有酬嚴司空荆南見寄詩兩篇，一云：「金貂再領三公府，玉帳連封萬户侯。」一云：「漢家征鎮委條侯，虎節龍旌居上頭。」皆續以「簾捲青山巫峽曉，烟開碧樹渚宫秋。」第三聯一云：「劉琨坐嘯風清塞，謝朓題詩月滿樓。」一云：「金笳盡掩故人淚，麗句初傳明月樓。」皆續以「白雪調高歌不得，美人相顧翠蛾愁」。人訝其太同。余謂乃元衡删潤之本，集中兩存之爾。當以前篇爲正，後篇誠未工也。

詩體如八音歌、建除體之類，古人賦詠多矣。用十二神爲詩者，始見於沈炯，山谷亦嘗效爲之。余友人莫之用，其祖戩，嘗以辯舌説賊，脱百人於死，意其後必昌，而之用乃貧不能以自存，天理殆難曉也。余嘗以此格作詩贈之云：「抱犬高眠已云足，更得牛衣有餘燠。起來敗絮擁懸鶉，誰羨龍髯織冰縠。踏翻菜園底用羊，從他春雷吼枯腸。擊鐘烹鼎莫渠愛，小毛自許猴葵香。半世饑寒孔移帶，鼠米占來身漸泰。吉雲神馬日匝三，樗蒱肯作豬奴態。虎頭食肉何足誇，陰德由來報宜奢。丹竈功成無躍兔，玉函方祕緣青蛇。」

仲長統云：「垂露成幃，張霄成幄。沆瀣當餐，九陽代燭。」蓋取無情之物作有情用也。自後竊取其意者甚多。張志和則云：「太虛爲室，明月爲燭。」王康琚則云：「華條當圜屋，翠葉代綺窗。」吴筠則云：「緑竹可充食，女蘿可代裙。」劉伶則云：「日月爲扃牖，八荒爲庭衢。」皆是意也。李義山無題詩云：「春蠶到死絲方歇，蠟炬成灰淚始乾。」此又是一格。今效此體爲俚語小詞傳於世者甚多，不足道也。

東坡在儋耳時，余三從兄諱延之，自江陰擔簦萬里，絶海往見，留一月。坡嘗誨以作文之法曰：「儋州雖數百家之聚，州人之所須，取之市而足，然不可徒得也，必有一物以攝之，然後爲己用。所謂一物者，錢是也。作文亦然，天下之事，散在經子史中，不可徒使，必得一物以攝之，然後爲己用。所謂一物者，意是也。不得錢不可以取物，不得意不可以明事，此作文之要也。」吾兄拜其言而書諸紳。嘗以親製龜冠爲獻，坡受之，而贈以詩云：「南海神龜三千歲，兆叶朋從生愛喜。智能周物不周身，未免人鑽七十二。誰能用爾作小冠，岣嶁耳孫琡其製。今君此去寧復來，欲慰相思時整視。」今集中無此詩，余嘗見其親筆。後坡歸宜興，道由無錫洛社，嘗至孫仲益家。仲益年在齠齔，坡曰：「孺子習何藝？」孫曰：「學對屬。」坡曰：「試對看。」徐曰：「衡門稚子璠璵器。」孫應聲曰：「翰苑神仙錦繡腸。」坡撫其背曰：「真璠璵器也！異日不凡。」二事皆吾鄉人士所知，輒記於此。

唐王建以宮詞名家。本朝王岐公亦作宮詞百篇，不過述郊祀、御試、經筵、翰苑、朝見等事，至於宮掖戲劇之事，則祕不可傳，故詩詞中亦罕及。若建者，乃內侍王守澄之宗姪，得宮中之事爲詳。如「叢叢洗手繞金盆，旋拭紅巾入殿門。衆裏遥抛新橘子，在前收得便承恩。」又云「避暑昭陽不擲盧，井邊含水噴鴉雛。內中數日無呼唤，搨得滕王蛺蝶圖。」如此之類，非守澄說似，則建豈能知哉。初，守澄讀建宮詞，謂之曰：「宮掖之事，而子昌言之，儻得罪，將奚贖？」建與之詩曰：「三朝行坐鎮相隨，今上春宮見小時。脫下御衣先賜著，進來龍馬每教騎。長承密旨歸家少，獨奏邊機出殿遲。不是當家親說向，九重争遣外人知。」自是守澄不敢有言。花蕊夫人亦有宮詞百篇，如「月頭支給買花錢，滿殿宮人近數千。遇著唱名多不語，含羞急過御牀前」之類，亦可喜也。

郭子稍學作小詩，嘗賦梅花云：「玉屑裝龍腦，雲衣覆麝臍。何堪夜來雪，香色兩淒迷。」留友人詩云：「良友問何闊，春事遽如許。勞君下鷗沙，一葉繫春渚。昨夢墮前世，再見欣欲舞，聊呼花底杯，酒面點紅雨。狂歌謝貫珠，清論雜揮塵。驪駒未可歌，妙句須君吐。」觀此數語，似粗知詩家畦徑，學之不已必佳，但恐其中墮爾。

韻語陽秋卷第四

唐盧綸與吉中孚韓翃錢起司空曙苗發崔峒耿湋夏侯審李端皆能詩齊名，號「大曆十才子」。憲宗尤愛綸文，至詔張仲素訪其遺稿，故綸集中往往有贈諸人詩，所謂「舊錄藏雲穴，新詩滿帝鄉」者，送中孚之詩也；「引水忽驚冰滿磵，向田空見石和雲」者，寄湋端之詩也；「擁褐覺霜下，抱琴聞鴈來」者，同湋宿旅舍之詩也；「風傾竹上雪，山對酒邊人」者，題苗發竹間亭詩也；「桂樹曾同折，龍門幾共登」者，寄端峒曙湋之詩也。司空曙亦有送中孚詩云：「聽猿看楚岫，隨雁到吳洲。」耿湋寄曙云：「老醫迷舊疾，朽藥誤新方。」李端寄綸云：「熊寒方入樹，魚樂稍離淵。」錢起答苗發龍池詩云：「暫別迎車雉，還隨護法龍。」又贈夏侯審云：「詩成流水上，夢盡落花間。」諸人更倡迭和，莫非佳句。蓋草木臭味既同，則金蘭契分彌篤爾。史載郭曖進官，大集名士，李端賦詩最工。錢起曰：「素爲爾。請以起姓別賦。」端立獻一章，又工於前。起之妬賢徒增愧，而端之捷思爲可服也。古辭云：「藁砧今何在，山上復有山。何當大刀頭，破鏡飛上天。」藁砧，砆也，謂夫也。山上有山，出也。大刀頭，刀上鐶也。破鏡，言半月當還也。此詩格非當時有釋之者，後人豈能曉哉。古辭又云：「圍棋燒敗襖，著子故衣然。」陸龜蒙皮日休問嘗擬之。陸云：「旦日思雙屐，明時顧早諧。」皮云：「莫言春繭薄，猶有萬重思。」是皆以下句釋上句，與藁砧異矣。樂府解題以此格爲「風人詩」，取陳詩以觀民風，示不顯言之意。至東坡無題詩云：「蓮子劈開須見薏，楸枰著盡更無棋。破衫却有重縫處，一飯何曾忘却匙。」是文與釋並見於一句中，與「風人詩」又小異矣。

觀楚國先賢傳，言汝南應璩作百一詩，譏切時事，偏以示在事者，皆怪愕以爲應焚棄之。及觀文選所載璩百一篇，略不及時事何邪？又觀郭茂倩雜體詩，載百一詩五篇，皆璩所作，首篇言馬子侯解音律，而以陌上桑爲鳳將雛。二篇傷翳桑二老，無以葬妻子，而已無宣孟之德，可以賙其急。三篇言老人自知桑榆之景，斗酒自勞，不肯爲子孫積財。末篇卽文選所載是也。第四篇似有諷諫，所謂「苟欲娛耳目，快心樂腹腸。我躬不悅懽，安能慮死亡」。此豈非所謂應焚棄之詩乎？方是時，曹爽事多違法，而璩爲爽長史，切諫其失如此。所謂百一者，庶幾百分有一補於爽也。而爽卒不悟，以及於禍。或謂以百言爲一篇者，以字數而言也；或謂百者數之始，七有百行，終始如一者，以士行而言也。然皆穿鑿之說，何足論哉？後何遜亦有擬百一體，所謂「靈輒困桑下，於陵食李螬」。其詩一百十字，恐出於或者之說。然璩詩每篇字數各不同，第不過一百字爾。

皮日休雜體詩序曰：「詩云『螮蝀在東』，又曰『鴛鴦在梁』，雙聲起於此也。」陸龜蒙詩序曰，

「疊韻起自梁武帝云『後牖有朽柳』。當時侍從之臣皆倡和：劉孝綽云『梁王長康强』，沈休文云：『偏眠船舷邊』，庾肩吾云『載碓每礙埭』。自後用此體作爲小詩者多矣，如王融所謂『園蘅炫紅蘤，湖荇曄黃華』，温庭筠所謂『棲息消心象，檐楹溢艷陽』，皆傚雙聲而爲之者也。」陸龜蒙所謂「瓊英輕明生，竹石滴瀝碧」，皮日休所謂「康莊傷荒涼，土虜部伍苦」，皆傚疊韻而爲之者也。南北朝人士多喜作雙聲疊韻，如謝莊羊戎魏收崔巖輩，戲謔談諧之語，往往載在史册，可得而攷焉。

錢起與郎士元齊名，時人語曰：「前有沈宋，後有錢郎。」然郎豈敢望錢哉？起中書遇雨詩云：「雲銜七曜起，雨拂九門來。」宴李監宅云：「晚鐘過竹靜，醉客出花遲。」罷官後云：「秋堂入閑夜，雲月思離居。」對雨云：「生事萍無定，愁心雲不開。」亦可謂奇句矣。士元詩豈有如此句乎？贈蓋少府新除江南尉云：「客路尋常隨竹影，人家大抵傍山嵐。」題王季友半日村別業云：「長溪南路當羣岫，半景東鄰照數家。」此何等語？余讀其詩，盡帙未見有可喜處，以是知不及起遠甚。

僧祖可，俗蘇氏，伯固之子，養直之弟也。作詩多佳句。如懷蘭江云「懷人更作夢千里，歸思欲迷雲一灘」，贈端師云「窗間一榻篆煙碧，門外四山秋葉紅」等句，皆清新可喜。然讀書不多，故變態少。觀其體格，亦不過煙雲、草樹、山水、鷗鳥而已。而徐師川作其詩引，乃謂自建安七子，南朝二謝，唐杜甫韋應物柳宗元，本朝王荆公蘇黃妙處，皆心得神解，無乃過乎？師川作畫虎行末章云：「憶昔余頑少小時，先生教誦荆公詩。即今耆舊無新語，尚有廬山病可師。」不知何故愛其詩如是也。

韋應物詩擬陶淵明，而作者甚多，然終不近也。答長安丞裴稅詩云：「臨流意已悽，采菊露未晞。舉頭見秋山，萬事都若遺。」蓋效淵明「采菊東籬下，悠然見南山。此懷有真意，欲辨已忘言」之句也。然淵明落世紛深入理窟，但見萬象森羅，莫非真境，故因見南山而真意具焉。應物乃因意悽而采菊，因見秋山而遺萬事，其與陶所得異矣㊀。

㊀此條「答長安丞」以下原缺，據詩話總龜後集卷二十五補。

唐竇常牟羣庠鞏兄弟五人，四人擢進士，獨羣客隱毗陵，因韋夏卿屢薦，始入仕，皆詩人也。牟晚從昭義盧從史，從史寖驕，牟度不可諫，即移疾歸東都，故其秋夕閑居詩云：「燕燕辭巢蟬蜕枝，窮居積雨壞藩籬。」羣嘗爲黔中觀察使，故其詩云：「佩刀看日晒，賜馬旁江調。言語多重譯，壺觴每獨謠。」而鞏詩中乃有自京師將赴黔南之所，謂「風雨荆州二月天，問人初雇峽中船。西南一望雲和水，猶道黔南有四千㊀。」此詩疑羣所作而誤置鞏集中爾。常歷武陵夔江撫四州刺史，所謂「看春又過清明節，算老重經癸巳年」者，將之武陵到松滋渡之所作也。庠詩不見，其巡內一絶云：「愁雲漠漠草離離，太乙鈎陳處處疑㊁。薄暮毁垣春雨裏，殘花猶發萬年枝。」造句亦可謂秀整矣。兄弟中獨羣詩稍低，又不得舉進士，而位反居上。羣詩有放魚詩云：「好去長江千萬里，不須辛苦上龍門㊂。」豈非爲羣而言乎？史載翚平居與人言，若不出口，世號「囁嚅翁」，乃肯爲是耶？

㊀此詩全唐詩作竇羣作。㊁「太乙」原作「太液」，據全唐詩改。㊂此條自「唐竇常」至「好去長江千」原缺，據總龜後集卷三十七補。

張祜喜遊山而多苦吟，凡歷僧寺，往往題詠。如題僧壁云：「客地多逢酒，僧房却獻花。」萬道人禪房云：「殘陽過遠水，落葉滿疏鐘。」題金山寺云：「僧歸夜船月，龍出曉堂雲。寺影中流見，鐘聲兩岸聞。」題孤山寺云：「不雨山長潤，無風水自陰。斷橋荒蘚澀，空院落花深。」如杭之靈隱天竺，蘇之靈巖楞伽，常之惠山善卷，潤之甘露招隱，皆有佳作。李涉在岳陽嘗贈其詩曰：「岳陽西南湖上寺，水閣松房遍文字。新釘張生一首詩，自餘吟著皆無味。」信知僧房佛寺賴其詩以標榜者多矣。

張祜詩云：「故國三千里，深宮二十年。」杜牧賞之，作詩云：「可憐故國三千里，虛唱歌詞滿六宮。」故鄭谷云：「張生故國三千里，知者惟應杜紫微。」諸賢品題如是，祜之詩名安得不重乎？其後有「解道澄江靜如練，世間惟有謝玄暉」，「解道江南斷腸句，世間惟有賀方回」等語，皆祖其意也。

唐朝人士，以詩名者甚衆，往往因一篇之善，一句之工，名公先達爲之游談延譽，遂至聲聞四馳。「曲終人不見，江上數峯青」，錢起以是得名。「故國三千里，深宫二十年」，張祜以是得名。「微雲淡河漢，疏雨滴梧桐」，孟浩然以是得名。「兵衞森畫戟，宴寢凝清香」，韋應物以是得名。「野火燒不盡，東風吹又生」，白居易以是得名。「敲門風動竹，疑是故人來」，李益以是得名。「鳥宿池邊樹，僧敲月下門」，賈島以是得名。「畫棟朝飛南浦雲，珠簾暮捲西山雨」，王勃以是得名。「華裾織翠青如葱，入門下馬氣如虹」，李賀以是得名。然觀各人詩集，平平處甚多，豈皆如此句哉？古人所謂嘗鼎一臠，可以盡知其味，恐未必然爾。杜子美云：「爲人性僻耽佳句，語不驚人死不休。」則是凡子美胸中流出者，無非驚人之語矣。讀其集者，當知此言不妄，殆非前數公之可比倫也。

劉禹錫嘉話録載楊祭酒贈項斯詩曰：「幾度見詩詩總好，今觀標格勝於詩。平生不解藏人善，到處相逢説項斯。」斯集中絶少佳句，如晚春花云：「疏與香風會，細將泉影移。」别張籍云：「子城西並宅，御水北同渠。」拙惡有餘，宜祭酒公謂標格勝於詩也。祭酒乃敬之也。其贈斯詩，鄙俗如此，與斯亦奚遠哉？

趙嘏長安秋望詩云：「殘星幾點雁横塞，長笛一聲人倚樓。」當時人誦詠之，以爲佳作，遂有「趙倚樓」之目。又有長安月夜與友人話歸故山詩云：「楊柳風多潮未落，蒹葭霜在雁初飛。」亦不減倚樓之句。至於獻李僕射詩云：「新諾似山無力負，舊恩如水滿身流。」則謬矣。

恃恩私。

或云韋應物乃韋后之族，憑恃恩私作里中横。故韋集載逢楊開府詩云：「少事武皇帝，無賴恃恩私。身作里中横，家藏亡命兒。武皇升仙去，把筆學題詩，兩府始收迹，南宫謬見推。」夫武皇平内亂，殺韋后，不應后之族敢於武皇之時豪横若此，正恐非后族爾。李肇國史補言應物性高潔，鮮食寡欲，所居焚香掃地而坐。與楊開府詩所述不同，豈非武皇仙去之後，折節悔過之時邪？

竹未嘗香也，而杜子美詩云：「雨洗娟娟静，風吹細細香。」雪未嘗香也，而李太白詩云：「瑶臺雪花數千點，片片吹落春風香。」

韋應物奉謝處士叔詩云：「高齋樂宴罷，清夜道相存。」東坡次王鞏韻云：「那能廢詩酒，亦未妨禪寂。」子由春盡詩云：「楞嚴十卷幾回讀，法酒三升是客同㊀。」道貴冲寂，宴主懽暢，二者恐不能相兼也。白樂天延樂命醻之時，不忘於佛事，達者至今譏之。

㊀「法」原脱，據蘇轍欒城集補。

古人詩勉人行樂，未嘗不以日月迅駛爲言。謝惠連云：「四節競闌候，六龍引頹機。」沈約云：「馳蓋轉祖龍，回星引奔月。」陸機云：「出西門，望天庭，陽谷既虚崦嵫盈。逝者若斯安得停。」司空圖云：「女媧只解補青天，不解煎膠黏日月。」孟郊云：「生隨昏曉中，皆被日月驅。」皆佳語也。至盧仝歎昨日詩則曰：「上帝版版主何物，日車劫劫西何没。自古聖賢無奈何，道行不得皆白骨。」則又以不得行道爲歎，非止欲行樂而已也㊀。

㊀「止」原作「正」，據類編本改。

七哀詩起曹子建，其次則王仲宣張孟陽也。釋詩者謂病而哀、義而哀、感而哀、悲而哀、耳目聞見而哀、口歎而哀、鼻酸而哀，謂一事而七者具也。子建之七哀，哀在於獨棲之思婦；仲宣之七哀，哀在於棄子之婦人；張孟陽之七哀，哀在於已毀之園寢。唐雍陶亦有七哀詩，所謂「君若無定雲，妾作不動山。雲行出山易，山逐雲去難。」是皆以一哀而七者具也。老杜之八哀，則所哀者八人也。王思禮李光弼之武功，蘇源明李邕之文翰，汝陽鄭虔之多能，張九齡嚴武之政事，皆不復見矣。蓋當時盜賊未息，歎舊懷賢而作者也。司馬温公亦有五哀詩，謂楚屈原、趙李牧、漢晁錯馬援、齊斛律光皆負才竭忠，卒困於讒而不能自脱，蓋有激而云爾。

李正封與韓退之鄽城聯句云：「從軍古云樂，談笑青油幕。燈明夜觀棋，月暗秋城柝。」言樂而不及苦。陸士衡從軍行云：「朝食不免胄，夕息常負戈。苦哉遠征人，撫心悲奈何。」言苦而不及樂。至於王仲宣作從軍詩，則曰：「從軍有苦樂，但問所從誰。所從神且武，焉得久勞思。」謂從曹操也。其詩有「昔人從公旦，一徂輒三齡。今我神武師，暫往必速平。」似非擬人必於其倫之義。蓋仲宣時爲操軍謀祭酒，則亦無所不至矣。

老杜雨詩云：「紫崖奔處黑，白鳥去邊明。」而「江碧鳥逾白，山青花欲燃」之句似之。贈王侍御云：「曉鶯工迸淚，秋月解傷神。」而「感時花濺淚，恨別鳥驚心」之句似之。殆是同一機軸也。

孟郊詩云：「借車載家具，家具少於車。借者莫彈指，貧窮何足嗟。」可見其素窶。後有詩云：「賓秩已覺厚，私儲常恐多。」是古人恐富求歸之義，則貧亦何足怪。按郊爲溧陽尉，縣有投金瀨平陵城，林薄蓊蔚，郊往來其間，曹務都廢，至遣假尉代之，而分其半俸，則安得有私儲哉。退之贈郊詩云：「陋室有文史，高門有笙竽。何能辨榮辱，且欲分賢愚。」蓋言貧者文史之樂，賢於富者笙竽之樂也。

韻語陽秋卷第五

永和中，王羲之修禊事於會稽山陰之蘭亭，羣賢畢至，少長咸集，序以謂雖無絲竹管絃之盛，一觴一詠亦足以暢敍幽情。則當時篇詠之傳可考也。今觀羲之謝安謝萬孫綽孫統王彬之凝之肅之徽之徐豐之袁嶠之十有一人，四言五言詩各一首。王豐之元之蘊之渙之郗曇華茂庾友虞説魏滂謝繹庾蘊孫嗣曹茂之曹華桓偉十有五人㊀，或四言，或五言，各一首。王獻之謝瑰卞迪卓旄羊模孔熾劉密虞谷勞夷后綿華耆謝藤任凝呂系呂本曹禮十有六人㊁，詩各不成，罰酒三觥。謝安五言詩曰：「萬殊混一象，安復覺彭殤。」而羲之序乃以一死生爲虚誕，齊彭殤爲妄作，蓋反謝安一時之語耳。而或者遂以爲未達，此特未見當時羲之之詩爾。其五言詩曰：「仰視碧天際，俯瞰淥水濱。寥閴無涯觀，寓目理自陳。大矣造化功，萬殊莫不均。羣籟雖參差，適我無非親。」此詩則豈未達者邪？史載獻之嘗與兄徽之操之俱詣謝安，二兄多言，獻之寒温而已。既出，客問優劣，安曰：「小者佳。吉人之辭寡，以其少言，故知之。」今王氏父子昆季畢集，而獻之之詩獨不成，豈亦吉人之辭寡邪？景祐中，會稽太守蔣堂修永和故事，嘗有詩云：「一派西園曲水聲，水邊終日會冠纓。幾多詩筆無停綴，不似當年有罰觥。」蓋爲獻之等發也。

㊀「曹華」原作「華平」，「桓偉」原作「亘偉」，皆據類編本改。㊁「任凝」原作「王凝」，據類編本改。又「曹禮」，類編本作「曹譓」。

貞觀中，尚藥求杜若，敕下，度支省郎判送坊州貢之，本州曹官判云：「坊州不出杜若，應讀謝朓詩誤。郎官如此判事，豈不畏二十八宿笑人邪？」余觀屈平九歌曰：「采芳洲兮杜若。」謝朓詩乃用九歌語。晉書天文志：郎位十五星在帝坐東北，依烏郎府是也。曹官徒知有謝朓詩而不知有九歌，徒知郎官上應列宿而不知非二十八宿也。

劉禹錫嘉話録云：「作詩押韻，須要有出處。近欲押一餳字，六經中無此字，惟周禮吹簫處注有此一字，終不敢押。」余按禹錫歷陽書事詩云：「湖魚香勝肉，官酒重於餳。」則何嘗按六經所出邪？

洛陽伽藍記載：河東人劉白墮善釀酒，盛暑曝之日中，經旬不壞，當時謂之「鶴觴」。白墮乃人名。子瞻詩云：「獨看紅渠傾白墮。」石林避暑録云：「若以『白墮』爲酒，則醋浸曹公，湯燖右軍可也。」余按文選魏武帝短歌行云：「何以解憂，惟有杜康。」康亦作酒人，而選詩遂以爲酒用。東坡豈祖是邪？

會稽臨安金陵三郡，皆有東山，俱傳以爲謝安攜妓之所。按謝安本傳，初，安石寓居會稽，與王羲之許詢支遁遊處，被召不至，遂棲遲東山。唐裴勉與□渭等鑑湖聯句㊀，有「興裏還尋戴，東山更問東。」此會稽之東山也。本傳又云：「安石嘗往臨安山中，坐石室，臨濬谷，悠然歎曰：此與伯夷何遠。」今餘杭縣有東山，東坡有遊餘杭東西巖詩，注云：即謝安東山。所謂「獨攜縹緲人，來上東西山」者是也。此臨安之東山也。本傳又謂「及登台輔，於土山營墅，樓館林竹甚盛，每攜中外子姪遊集。」今土山在建康上元縣崇禮鄉。建康事迹云「安石於此擬會稽之東山」，亦號東山。此金陵之東山也。李白有憶東山二絶云：「不向東山久，薔薇幾度花？白雲還自散，明月落誰家？」「我今攜謝妓，長嘯絶人聲。欲報東山客，開關掃白雲。」不知所賦者何處之東山。陳軒乃録此詩於金陵集中，將別有所據邪？南史載宋劉緬經始鍾嶺，以爲棲息，亦號東山。金陵遂有兩東山矣。

㊀「勉」，類編作「冕」。又，全唐詩張謂有送裴侍御歸上都詩。裴冕曾歷殿中侍御史，且與張謂同時代人，疑此句應爲「唐裴冕與張謂等鑑湖聯句」。

羊叔子鎮襄陽，嘗與從事鄒湛登峴山，慨然有湮滅無聞之歎。峴山亦因是以傳，古今名賢賦詠多矣。吴興東陽二郡，亦有峴山。吴興峴山去城三里，有李適之窪尊在焉。東坡守吴興日，嘗登此山，有詩云：「苕水如漢水，鱗鱗鴨頭青。吴興勝襄陽，萬瓦浮青冥。我非羊叔子，愧此峴山亭。悲傷意則同，歲月如流星。從我兩王子，高鴻插修翎。湛輩何足道，當以德自銘。」

東陽峴山去東陽縣亦三里，舊名三邱山。晉殷仲文素有時望，自謂必登台輔，忽除東陽太守，意甚不樂，嘗登此山，悵然流涕。郡人愛之，如襄陽之於叔子，因名峴山。二峯相峙，有東峴西峴。唐寶曆中，縣令於興宗結亭其下，名曰涵碧。劉禹錫有詩云：「新開潭洞疑仙府，還寫丹青到雍州。」即其所也。

荆公以詩賦決科，而深不樂詩賦。試院中五絶，其一云：「少年操筆坐中庭，子墨文章頗自輕。聖世選才終用賦，白頭來此試諸生。」後作詳定官，復有詩云：「童子常誇作賦工，暮年羞悔有揚雄。當年賜帛倡優等，今日掄才將相中。細甚客卿因筆墨，卑於爾雅注魚蟲。漢家故事真當改，新詠知君勝弱翁。」熙寧四年，既預政，遂罷詩賦，專以經義取士，蓋平日之志也。元祐五年，侍御史劉摯等謂治經者專守一家，而略諸儒傳記之學，爲文者惟務訓釋，而不知聲律體要之詞，遂復用詩賦。紹聖初，以詩賦爲元祐學術，復罷之。政和中，遂著於令，士庶傳習詩賦者，杖一百。畏謹者至不敢作詩。時張芸叟有詩云：「少年辛苦校蟲魚，晚歲雕蟲恥壯夫。自是諸生猶習氣，果然紫詔盡驅除。酒間李杜皆投筆，地下班揚亦引車。唯有少陵頑鈍叟，靜中吟撚白髭鬚。」蓋芸叟自謂也。

韓愈自監察御史貶連州陽山令，所坐之因，傳記各異。唐書本傳謂上書論宮市，德宗怒，故貶。李翱行狀謂爲幸臣所惡，故貶。皇甫湜作神道碑謂貞元十九年關中旱饑，公請寬民徭，專政者惡之，故貶。按文公集宮市之疏不傳，而文公歷官記及年譜以謂京師旱，民饑，詔蠲租半，有司征求反急，愈與同列上疏言狀，爲幸臣所讒。幸臣者，李實也。余考退之自陽山移江陵詩云：「孤臣昔放逐，泣血追愆尤。汗漫不省識，恍如乘桴浮。或自疑上疏，上疏豈其由。」則所坐之因，雖退之猶疑之也。集中有上京兆李實書，盛稱其能曰：「愈來京師，所見公卿大臣，未有赤心事上，憂國如閤下者。」又云：「今年以來，不雨者百餘日，種不入土，而盜賊不敢起，穀價不敢貴，老姦宿贓銷縮摧沮。」亹亹百餘言，皆敍其歌慕之意。其後實出爲華州。又有書云：「愈於久故游從之中，蒙恩奬知遇最厚，無與比者。」愈既爲實所讒，不應此書拳拳如是。及觀江陵塗中詩云：「同官盡才俊，偏善柳與劉。或慮語言洩，傳之落冤讎。」又岳陽別竇司直云：「愛才不擇行，觸事得讒謗。前年出官日，此禍最無妄。」又和張十一憶昨行云：「伾文未揃崖州熾，雖得赦宥恒愁猜。近者三姦悉破碎，羽窟無底幽黃能。眼中了了見鄉國，知有歸日眉方開。」又有永貞行以快伾文之貶，其末云：「郎官清要爲世稱，荒郡僻野嗟可矜。具書目見非妄徵，嗟爾既往宜爲懲。」則知陽山之貶，伾文之力，而劉柳下石爲多，非爲李實所讒也。

長慶四年，退之爲吏部侍郎，薨於靖安里第。李翺行狀載屬纊之語云：「伯兄德行高，曉方藥，食必視本草，年止四十二。某位爲侍郎，年出伯兄十五歲，且獲終於牖下，幸不失大節，以下見先人，可謂榮矣。」翺祭文曰：「人情樂生，皆惡其凶。兄之在病，則齊其終。順化以盡，靡憾於中。」張籍祭詩亦曰：「公有曠達識，生死爲一綱。及當臨終辰，意色亦不荒。贈我珍重言，傲然委衾裳。」蓋其聰明之所照了，德力之所成就，故於生死之際，超然如此。宣室志載，威粹骨蓖國世與韓氏爲仇，神人以帝命召公討事。愈曰：「臣願從大王討之。」未幾而愈卒。公神道墓志行狀俱不載，而止見於小説者如此，豈東坡所謂其生也有自來，其死也有所爲乎！李肇國史補謂愈登華山絶頂，度不可返，至於發狂慟哭。今觀易簀之際，神色不亂如此，不應於此而至於發狂慟哭也。

韓偓香奩集百篇，皆艷詞也。沈存中筆談云：「乃和凝所作，凝後貴，悔其少作，故嫁名於韓偓爾。」今觀香奩集有無題詩序云：「余辛酉年，戲作無題詩十四韻，故奉常王公、内翰吴融、舍人令狐涣相次屬和。是歲十月末，一旦兵起，隨駕西狩，文稿咸棄。丙寅歲，在福建，有蘇暐以稿見授，得無題詩，因追味舊時，闕忘甚多。」予按唐書韓偓傳：偓嘗與崔胤定策誅劉季述，昭宗反正爲功臣，與令狐涣同爲中書舍人。其後韓全誨等劫帝西幸，偓夜追及鄠，見帝慟哭。至鳳翔，遷兵部侍郎。天祐二年，挈其族依王審知而卒。以紀運圖考之，辛酉乃昭宗天復元年，丙寅乃哀帝天祐二年，其序所謂丙寅歲在福建，有蘇暐授其稿，則正依王審知之時也。稽之於傳與序，無一不合者。則此集韓偓所作無疑，而筆談以爲和凝嫁名於偓，特未考其詳爾。筆談云：「偓又有詩百篇，在其四世孫奕處見之。」豈非所謂舊詩之闕忘者乎？

石林詩話載，元豐間，東坡繫獄，神宗本無意罪之。時相因舉軾檜詩「根到九泉無曲處，歲寒惟有蟄龍知。」且云：「陛下龍飛在天，軾以爲不知己，而求知地下之蟄龍，非不臣而何？」得章子厚從而解之，遂薄其罪。而王定國見聞録云：「東坡在黄州時，上欲復用，王禹玉以『歲寒惟有蟄龍知』激怒上意，章子厚力解，遂釋。」余觀東坡自獄中出與章子厚書云：「某所以得罪，其過惡未易一二數，平時惟子厚與子由極口見戒，反復甚苦，某强很自不以爲然。」又云：「異時相識，但過相稱譽，以成吾過，一旦有患難，無復相哀者。惟子厚平居遺我以藥石，及困急又有以救卹之，真與世俗異矣。」則知坡繫獄時，子厚救解之力爲多，石林詩話不妄也。

世言團茶始於丁晉公，前此未有也。慶曆中，蔡君謨爲福建漕，更製小團以充歲貢。元豐初，下建州，又製密雲龍以獻。其品高於小團，而其製益精矣。曾文昭所謂「莆陽學士蓬萊仙，製成月團飛上天」，又云「密雲新様尤可喜，名出元豐聖天子」是也。唐陸羽茶經於建茶尚云未詳，而當時獨貴陽羡茶，歲貢特盛。茶山居湖常二州之間，修貢則兩守相會山椒，有境會亭，基尚存。盧仝謝孟諫議茶詩云「天子須嘗陽羡茶，百草不敢先開花」是已。然又云：「開緘宛見諫議面，手閲月團三百片。」則團茶已見於此。當時李郢茶山貢焙歌云：「蒸之護之香勝梅，研膏架動聲如雷。茶成拜表貢天子，萬人争喊春山摧。」觀研膏之句，則知嘗爲團茶無疑。自建茶入貢，陽羡不復研膏，祇謂之草茶而已。

張籍嘗勸韓愈，排釋老不若著書。而愈以爲化當世莫若口，傳來世莫若書，懼吾力未至，至之未能也。請待五六十，然後爲之。外集有愈答侯生問論語書云：「昔注解其書，不敢求其意，意取聖人之旨而合之。」愈既死，籍祭詩有「魯論未訖注，手跡今微茫。」則知愈晚年嘗注論語未訖而絕筆。小說載愈子昶爲集賢校理，有金根之訛，則未必能卒父業，所望者籍湜輩爾。籍祭詩曰「爲文先見草」，又云「公比欲爲書，遺約有修章」。愈將死，亦喻湜曰：「死能令我躬所以不磨滅者，惟子是屬。」則所望於二公至矣，惜乎此書不全也。

東坡與子由論書云：「吾雖不善書，曉書莫如我。苟能通其意，常謂不學可。」故其子叔黨跋公書云：「吾先君子豈以書自名哉？特以其至大至剛之氣，發於胸中而應之以手，故不見其有刻畫嫵媚之態，而端乎章甫，若有不可犯之色。少年喜二王書，晚乃喜顏平原，故時有二家風氣。俗手不知，妄謂學徐浩，陋矣。」觀此則知初未嘗規規然出於翰墨積習也。

陳後主起臨春結綺望仙三閣，極其華麗。後主與張麗華孔貴妃各居其一，與狎客賦詩，互相贈答，采其艷麗者被以新聲，奢淫極矣。隋克臺城，後主與張孔坐視無計，遂俱入井，所謂胭脂井是也。楊炯詩云㊀：「擒虎戈矛滿六宮，春花無樹不秋風。蒼黃益見多情處，同穴甘心赴井中。」李白亦云：「天子龍沉景陽井，誰歌玉樹後庭花！」今胭脂井在金陵之法寶寺，井有石欄，紅痕若胭脂，相傳云，後主與張孔淚痕所染。石欄上刻後主事跡，八分書，乃大曆中張著文。又有篆書戒哉戒哉數字。其它題刻甚多，往往漫滅不可考。寺卽景陽宮故地也，以井在焉；好事者往來不絕，寺僧頗厭苦之。張芸叟嘗有詩戲僧云：「不及馬嵬襪，猶能致萬金。」

〔一〕「炯」原作「脩」，據類編改。

樂天以長慶二年，自中書舍人爲杭州刺史。冬十月至治時，仍服緋，故遊恩德寺詩序云：「俯視朱紱，仰睇白雲，有愧於心。」及觀自歎詩云：「實事漸銷虛事在，銀魚金帶繞腰光。」戊申詠懷云：「紫泥丹筆皆經手，赤紱金章盡到身。」以今觀之，金帶不應用銀魚，而金章不應用赤紱，人皆以爲疑，而不知唐制與今不同也。按唐制，紫爲三品之服，緋爲四品之服，淺緋爲五品之服，各服金帶。又制，衣紫者魚袋以金飾，衣緋者魚袋以銀飾。樂天時爲五品，淺緋金帶佩銀魚宜矣。劉長卿有袁郎中喜章服詩云：「手詔來筵上，腰金向粉闈。勳名傳舊閤，舞蹈著新衣。」郎中亦是五品，故其身章與樂天同。

杜甫累不第，天寶十三載，明皇朝獻太清宮，饗廟及郊。甫奏賦三篇，帝奇之。使待制集賢院，命宰相試文章，故有贈集賢崔于二學士詩云：「昭代將垂白，途窮乃叫閽。氣衝星象表，詞感帝王尊。天老書題目，春官驗討論。倚風遺鶂路，隨水到龍門。」舊注陳希烈韋見素爲宰相，而崔國輔于休烈者皆集賢院學士也，故末句云：「謬稱三賦在，難述二公恩。」可謂不忘於藻鑒之重者矣。按唐史，是歲陳希烈爲相，至八月見素代之。而甫集有上見素詩云：「持衡留藻鑒，聽履上星辰。」則甫之文章爲見素所賞，非希烈也。

世人論淵明自永初以後，不稱年號，祗稱甲子，與思悅所論不同。觀淵明讀史九章，其間皆有深意。其尤章章者，如夷齊箕子魯二儒三篇。夷齊云：「天人革命，絶景窮居。正風美俗，爰感懦夫。」箕子云：「去鄉之感，猶有遲遲。矧伊代謝，觸物皆非。」魯二儒云：「易代隨時，迷變則愚。介介老人，時爲正夫。」由是觀之，則淵明委身窮巷，甘黔婁之貧而不自悔者，豈非以恥事二姓而然邪！

漢文欲輕刑而反重，議者以爲失本惠而傷吾仁，固也。或又咎帝短喪爲傷於孝。余觀遺詔，率皆言爲己損制，未嘗使士庶皆短喪也。厥後丞相翟方進與薛宣服母喪，皆三十六日而除。而顏師古注云：「漢制自文帝遺詔，國家遵以爲常。」則咎不在文帝矣。而王荆公詩云：「輕刑死人衆，短喪生者偷。仁孝自此薄，哀哉不能謀。」輕刑死人衆，則固然矣；短喪生者偷，則似誣文帝也。

韻語陽秋卷第六

老杜卒於大曆五年，享年五十九，當生於先天元年。觀其獻大禮賦表云：「臣生陛下淳樸之俗，行四十載矣。」以此推之，天寶十載始及四十，則是獻大禮賦當在天寶九載也。本傳以謂天寶十三載，因獻三賦，帝奇之，待制集賢院，誤矣。其後又進西嶽賦序云：「上旣封泰山之後三十年。」按史，開元十三年乙丑封泰山，至天寶十三載始及三十年，則是進西嶽賦在天寶十三載也。老杜有贈獻納使田舍人詩云：「舍人退食收封事，宮女開函近御筵。曉漏追隨青瑣闥，晴窗點檢白雲篇。」末句云：「揚雄更有河東賦，惟待吹噓送上天。」其云「更有河東賦」，當是獻西嶽賦時也。

李白古風云：「燕昭延郭隗，遂築黃金臺。劇辛方趙至，鄒衍復齊來。」余攷史記不載黃金臺之名，止云昭王爲郭隗改築宮而師事之。孔文舉與曹公書曰：「昭王築臺，以尊郭隗。」亦不著黃金之名。上谷郡圖經乃云：「黃金臺在易水東南十八里，燕昭王置千金於臺上，以延天下士，遂因以爲名。」皇甫松有登黃金臺詩云：「燕相謀在兹，積金黃巍巍。上者欲何顏，使我千載悲。」其迹尚可得而考也。

陳子昂感遇詩云：「樂羊爲魏將，食子徇軍功。骨肉且相薄，他人安得忠！」又曰：「吾聞中山相，乃屬放麑翁。孤獸猶不忍，況以奉君終！」一則忍於其子，一則不忍於麑，故魯直懷荆公詩有「啜羹不如放麑，樂羊終愧巴西。」陳無己啟亦用此事，所謂「中山之相，仁於放麑；亂世之雄，疑於食子」是也。然屬麑於秦西巴，孟孫也，非中山相也。子昂徒見樂羊中山事，遂誤作中山用。無己亦遂襲之，魯直以西巴爲巴西，亦誤矣。

何彼穠矣之詩，美王姬而作也。周，姬姓，故王女皆稱姬，如陳媯楚芈齊姜之類是也。後世凡婦人皆稱姬，誤矣。南朝人士皆謂姬人，如蕭綸見姬人詩，所謂「狂夫不妬妾，隨意晚還家。」劉孝綽詠姬人未出詩，所謂「帷開見釵影，簾動聞釧聲」。梁王僧孺爲姬人怨詩，所謂「還君與妾珥，歸妾與君裘」。江總爲姬人怨服散詩，所謂「妾家邯鄲好輕薄，特忿仙童一丸藥」是也。

縣字有平去二音：如宮縣之縣者，樂架也；若州縣之縣，則別無他音。嘗觀顏延之侍皇太子釋奠宴詩曰：「獻終襲吉，郎官廣宴，堂設象筵，庭宿金縣。」沈約侍宴詩曰：「回鑾獻爵，摐金委奠，肆士辨儀，胥人掌縣。」二人押韻，皆作州縣之縣用何邪？沈佺期哭蘇眉州詩云：「家憂方休杼，皇慈更轍縣。」則當作平聲押。

韓退之詩曰：「離騷二十五。」王逸序天問亦曰屈原凡二十五篇。今楚辭所載二十三篇而已，豈非并九辯大招而爲二十五乎？九辯者，宋玉所作，非屈原也。今楚辭之目，雖以是篇併注屈宋，然九辯之序，止稱屈原弟子宋玉所作。大招雖疑原文，而或者謂景差作。若以宋玉痛屈原而作九辯，則招魂亦當在屈原所著之數，當爲二十六矣。不知退之王逸之言，何所據邪？

東坡詩云：「玉奴弦索花奴手。」玉奴謂楊妃，花奴謂汝陽王璡也。及觀和楊公濟梅花詩，乃言「玉奴終不負東昏」何邪？按南史東昏妃潘玉兒，當時筆誤爾。

近世作文者，多以紫荷囊作侍從事用，如宋景文詩所謂「榮觀聳麟族，賦筆助荷囊」之類。承襲而用者非一，而不知其誤也。按晉書輿服志云：「文武百官皆有囊綬，八座尚書則荷紫，以生紫爲袷囊，綴之服外，加於左肩。」則所謂荷紫者，非芰荷之荷，乃負荷之荷也。南史載周捨嘗問劉杳曰：「著紫荷橐㊀，相傳云挈囊，竟何所出？」杳曰：「張安世傳云，持橐簪筆，事孝武帝數十年。注曰，橐，囊也。」蓋人徒見南史有著紫荷囊四字，遂作一句讀之，殊未知晉書「荷紫」之義也。

㊀「橐」原作「囊」，據南史劉杳傳改。

元結刺道州，承兵賊之後，徵率煩重，民不堪命，作舂陵行。其末云：「何人采國風，吾欲獻此詩。」以傳考之，結以人困甚不忍加賦，嘗奏免税租及和市雜物十三萬緡，又奏免租庸十餘萬緡，困乏流亡盡歸。乃知賢者所存，不特空言而已。

王儉少年，以宰相自命，嘗有詩云：「稷契康虞夏，伊呂翼商周。」又字其子曰元成，取仍世作相之義。至其孫訓亦作詩云：「旦奭康世功，蕭曹佐甿俗。」大率追儉之意而爲之。後官亦至侍中。

史載宋之問冉祖雍並賜死於桂州。之問得詔，震汗不引決。祖雍請於使者曰：「之問有妻子，幸聽訣。」使者許之，而之問荒悸不能處家事。及考之文集，有登大庾嶺詩云：「兄弟遠謫居，妻子咸異域。」則之問赴貶時，未嘗以妻子行也。又有發藤州及昭州二詩，二州皆在桂州之南，則賜死之地，非桂州明矣。豈史之誤與？

黄魯直詩云：「世有捧心學，取笑如東施。」梅聖俞云：「曲眉不想西家樣，餧腹還如二子清。」太平寰宇記載西施事云，施其姓也。是時有東施家、西施家。故李太白效古云：「自古有秀色，西施與東鄰。」而東坡代人留别詩乃云：「絳蠟燒殘玉斝飛，離歌唱徹萬行啼。他年一舸鴟夷去，應記儂家舊姓西。」似與寰宇記所言不同，豈爲韻所牽邪？

杜子美柏中丞除官制詩舊注以爲柏耆，又以爲貞節。按杜詩云：「紛然喪亂際，見此忠孝門。蜀中寇亦甚，柏氏功彌存。三止錦江沸，獨清玉壘昏。」當是有功於蜀者。方是時，段子璋反于上元，徐知道反於寶應，而貞節爲邛州刺史，數有功，則是貞節無疑矣。杜集又有柏學士茅屋柏大兄弟山居詩，議者皆以謂貞節之居，然詩中殊不及功名之事，但皆稱其爲學讀書爾。茅屋云：「古人已用三冬足，年少今開萬卷餘。」山居云：「山居精典籍，文雅涉風騷。」疑是邛州立功之前。

張籍居韓門弟子之列，又以愈薦爲國子博士。東坡所謂「汗流籍湜走且僵，滅没倒景不得望」者。而籍作祭愈詩乃云：「公文爲時師，我亦有微聲。」而後之學者，或號爲「韓張」何邪？

張籍送區弘詩云：「韓公國大賢，道德赫已聞。昨出爲陽山，爾區來趨奔。韓官遷法曹，子隨至荆門。韓入爲博士，崎嶇從羈輪。」觀其游從之久，疑得于韓者深也。然考其文章議論之際，乃不得預籍湜之列何邪？韓集有送區弘南歸詩云：「我遷於南日周圍，來見者衆莫依稀。爰有區子熒熒暉，觀以彝訓或從違。我念前人譬葑菲，落以斧引以纆徽。雖有不逮驅騑騑。」觀此數語，則韓雖以師道自任，而區受道之質，蓋有所未至也。其後又勉之以「行行正直勿脂韋，業成志立來頎頎。」其誨之者至矣。集中又有送區册序，韓文辯證云：「册卽弘也。」未知孰據爾。

韓退之雙鳥詩多不能曉。或者謂其詩有「不停兩鳥鳴，百物皆生愁。不停兩鳥鳴，大法失九疇。周公不爲公，孔丘不爲丘」之句，遂謂排釋老而作，其實非也。前云「一鳥落城市，一鳥巢岩幽。」後云「天公怪兩鳥，各捉一處囚。」則豈謂釋老邪？余嘗觀東坡作李白畫像詩云：「天人幾何同一漚，謫仙非謫乃其游。揮斥八極隘九州，化爲二鳥鳴相酬。一鳴一息三千秋，靡之不得矧肯求。」則知所謂雙鳥者，退之與孟郊輩爾。所謂「不停兩鳥鳴」等語，乃雷公告天公之言，甚其詞以讚二鳥爾。落城市退之自謂，落岩幽謂孟郊輩也。各捉一處囚，非囚禁之囚，止言韓孟各居天一方爾。末云：「還當三千秋，更起鳴相酬。」謂賢者不當終否，當有行其言者。

李白贈崔侍御詩云：「黃河三尺鯉，本在孟津居。點額不成龍，歸來伴凡魚。何當赤車使，再往召相如。」相如蓋自謂也。觀此則白不可謂無心於仕進者。然當時慢侮力士，畧不爲身謀，旋致貶逐，而曾不悔，使其欲仕之心切必不如是。先是，蘇頲爲益州長史，見白異之，曰：「是子天才英特，少益以學，可比相如。」故白詩中每以相如自比。贈從弟之遥曰：「漢家天子馳駟馬，赤車蜀道迎相如。」自漢陽病酒歸曰：「聖主還聽子虛賦，相如却欲論文章。」贈張鎬曰：「十五觀奇書，作賦凌相如。」白自比爲相如，非止一詩也。

杜子美褒稱元結春陵行兼賊退後示官吏二詩云：「兩章對秋水，一字偕華星。致君唐虞際，淳朴憶大庭。」又云：「今盜賊未息，得結輩數十公，落落然參錯爲天下邦伯，天下少安，可立待已。」蓋非專稱其文也。至於李義山，乃謂次山之作以自然爲祖，以元氣爲根，無乃過乎？秦少游漫郎詩云：「字偕華星章對月，漏泄元氣煩揮毫。」蓋用子美義山語也。

西京雜記載司馬相如將聘茂陵人女爲妾，卓文君作白頭吟以自絕，相如乃止。樂府詩集謂白頭吟者，疾人以新間舊，不能至白首，故以爲名。余觀張籍白頭吟云：「春天百草秋始衰，棄我不待白頭時。羅襦玉珥色未暗，今朝已道不相宜。」李白白頭吟云：「妾有秦樓鏡，照心勝照井。願持照新人，雙對可憐影。」其語感人深矣！至劉希夷作白頭吟乃云：「寄言全盛紅顏子，須憐半死白頭翁。此翁白頭真可憐，伊昔紅顏美少年。」則是言男爲女所棄而作，與文君白頭吟之本意異矣。

老杜當干戈騷屑之時，間關秦隴，負薪采梠，餔糒不給，困躓極矣。自入蜀依嚴武，始有草堂之居，觀其經營往來之勞，備載於詩，皆可攷也。其曰「萬里橋西宅，百花潭北莊」者，言其地也。「經營上元始，斷手寶應年」者，言其時也。「雪裏江船渡，風前逕竹斜。寒魚依密藻，宿鷺起圓沙」者，言其景物也。至於「草堂塹西無樹林，非子誰復見幽深。」則乞榿本於何少府之詩也。「草堂少花今欲栽，不問緑李與黄梅」，則乞果木於徐少卿之詩也。王侍御攜酒草堂，則喜而爲詩曰：「故人能領客，攜酒重相看。」王録事許草堂貲不到，則戲而爲詩曰：「爲嗔王録事，不寄草堂貲。」蓋其流離貧窶之餘，不能以自給，皆因人而成也，其經營之勤如此。然未及黔突，避成都之亂，入梓居閬，其心則未嘗一日不在草堂也。遣弟檢校草堂則曰：「鵝鴨宜長數，柴荆莫浪開。」寄題草堂則曰：「尚念四松小，蔓草易拘纏。」送韋郎歸成都則曰：「爲問南溪竹，抽梢合過牆。」塗中寄嚴武則曰：「常苦沙崩損藥欄，也從江檻落風湍。」每致意如此。及成都亂定，再依嚴武，爲節度參謀，復歸草堂，則曰：「不忍竟舍此，復來薙榛蕪。入門四松在，步屧萬竹疏。」則其喜可知矣。未幾，嚴武卒。徬徨無依，復舍之而去。以史及公詩攷之，草堂斷手於寶應之初，而永泰元年四月嚴武卒，是年秋，公寓夔州雲安縣，有此草堂者，始終祇得四載。而其間居梓閬三年，公詩所謂「三年奔走空皮骨」是也。則安居草堂者，僅閱歲而已。其起居寢興之適，不足以償其經營往來之勞，可謂一世之羈人也。然自唐至宋已數百載，而草堂之名與其山川草木皆因公詩以爲不朽之傳。蓋公之不幸，而其山川草木之幸也。

韓退之作李干墓志云：「余不知服食之説自何起，殺人不可計，而慕尚之益至，臨死乃悔其爲。」而退之乃躬自蹈之，以至於死。白樂天所謂「退之服硫黄，一病訖不痊」是已。陳後山作嗟哉行云：「張生服石爲石奴，下潦上乾如渴烏。韓子作志還自屠，自笑未竟人復吁。」蓋謂此也。然樂天與刑部李侍郎詩云：「金丹同學都無益，姹女丹砂燒卽飛。」則樂天深知服食之無驗，其肯以身試藥以自斃乎？則「自笑未竟人復吁」之句，未必然爾。山谷在貶所，曾公衮有書勸其勿服金石藥，山谷報云：「公衮疽根在旁，乃不可食。庭堅服之，如晴雲之在川谷，安得有霹靂火也。」則知服金石者，尤當屏去粉白黛緑之輩；或者用以資色力，其斃宜哉。

韻語陽秋卷第七

杜牧張祜皆有春申君絶句。杜云：「烈士思酬國士恩，春申誰與快冤魂。三千賓客總珠履，欲使何人殺李園？」張云：「薄俗何心議感恩，諂容卑迹賴君門。春申還道三千客，寂寞無人殺李園！」二詩語意太相犯。嗚呼！朱英之言盡矣，而春申不能必用；李園之計巧矣，而春申不能預防；春申之客衆矣，而無一人爲春申殺李園者，所以起二子之論也。余亦嘗有一絶云：「朱英若在彊黄歇，黄歇如何弱李園。一旦棘門奇禍作，自詒伊戚向誰論！」又「先秦豈謂嬴爲吕，東晉那知馬作牛。不悟春申亦如許，敢憑宫掖妻邪謀。」

孔子謂：「甯武子，邦有道則智，邦無道則愚。其智可及也，其愚不可及也。」所謂及者，繼也，非企及之及。謂甯武之愚，而後人不可繼爾。居亂世而愚，則天下塗炭將孰拯？屈原事楚懷王，不得志則悲吟澤畔，卒從彭咸之居。究其初心，安知拯世之意不得伸，而至於是乎？賈生謫長沙傅，渡湘水爲賦以弔之，所遭之時，雖與原不同，蓋亦原之志也。白樂天詠史詩，乃謂「士生一代間，誰不有浮沉。良時真可惜，亂世何足欽。乃知汨羅恨，未抵長沙深。」信如樂天言，則是以亂世爲不足拯也，而可乎？識者謂誼所欲爲，文帝不能用者，以絳灌東陽之屬譏之爾，故誼之賦有云：「鏌鋣爲鈍，鉛刀爲銛，斡棄周鼎，寶康瓠兮。」觀此是有憾於絳灌東陽者。雖然，勃也，嬰也，敬也，皆素有長者之譽，必不肯害賢而利己。楚漢春秋別有絳灌，豈其是邪？

李太白至邯鄲，登城樓詩云：「提攜袴中兒，杵臼及程嬰。空孤獻白刃，必死耀丹誠。」是有取於二子甚重。袴中兒，謂趙武也。然司馬遷作趙晉二世家，自相矛盾，左氏所書，又復不同，將何以取信於後世邪？晉世家之説曰：景公十七年，誅趙同趙括，令庶子武爲後。趙世家之説曰：景公三年，屠岸賈攻殺趙朔趙括等，朔之友人程嬰匿趙武於山中。至十五年，景公有疾，立趙武。左氏之説曰：魯成公八年六月，晉討趙同趙括。武從姬氏畜於公宮。以其田與祁奚。韓厥言於晉侯曰：「成季之勳，宣孟之忠，而無後，爲善者懼矣。」乃立武，歸其田。按成公八年，即晉景公十七年也。或云匿武於山中，或云畜武於宮中，或云十五年而後立武，或云未踰月而立武，皆未知所據也。

陽城德行道義，爲士林之所敬服。德宗以銀印赤紱，起於隱所，驟拜諫官，可謂賢且遇矣。故學生聞道州之貶，投業而叫閽，賢士愴驛名之同，摛詞而頌德，可以知其賢不誣也。然韓退之諍臣論乃極口貶之，何哉？其言曰：「今陽子實一匹夫，在諫位不爲不久，而未嘗一言及於政。視政之得失，若越人視秦人之肥瘠。問其官，則曰諫議也。問其政，則曰我不知也。有道之士固如是乎！」考之本傳，以謂他諫官論事苛細，帝厭苦。城浸聞得失且熟，猶未肯言。客屢諫之，第醉以酒而不答，蓋其意有所待也。至德宗逐陸贄，欲相裴延齡，而城伏蒲之疏始上。廷爭懇至，累日不解。故元微之詩云：「貞元歲云暮，朝有曲如鉤。飛章八九上，皆若珠暗投。且曰事不止，臣諫誓不休。」而白樂天亦云：「陽城爲諫議，以正事其君。其手如屈軼，舉必指佞臣。卒使不仁者，不得秉國鈞。」柳子厚亦云：「抗志厲義，直道是陳。」蓋退之諍臣論乃在止裴延齡爲相之前，而三子頌美之言乃在陽城極諫之後爾。

唐明皇以英銳身致極治，以荒淫身致極亂，自古人君成敗之速，未有如明皇者。鄭毅夫詩云：「四海不搖草，九重藏禍根。十年傲堯舜，一笑破乾坤。」蓋是意也。開元之盛，能致兵寢刑措之治者，實姚宋輔政之功，明皇可以無疑矣。不三四年，遽使去位。及李林甫用事，則盤旋糾固至十八九年，敗國蠹賢，無所不至，猶以爲未足也。晚年顧力士曰：「海內無事，朕將吐納導引，以天下事付林甫。」天下安得而不亂乎！

宋之問方其諂事太平公主也，則爲賦以美之曰：「孕靈娥之秀彩，輝婺女之淳精。」及安樂公主權盛，復往諧結，至宴飲其園亭，爲詩以美之曰：「賓至星槎落，仙來月宇空。玳梁翻賀燕，金埒倚晴虹。」姦傾既露，慝問遂生，而太平不樂矣。匿張仲之之家，而告其私，規以贖罪。之問亦含齒戴髮者，所爲何至如是乎！

張均張垍兄弟承襲父寵，致位嚴近，皆自負文才，覬覦端揆。明皇欲相均而抑於李林甫，欲相垍而奪於楊國忠，自此各懷觖望。安祿山盜國，垍相祿山，而均亦受僞命。肅宗反正，兄弟各論死。非房琯力救，豈能免乎？老杜贈均詩云：「通籍踰青瑣，亨衢照紫泥。靈虬傳夕箭，歸馬散霜蹄。」言均爲中書舍人刑部尚書時也。贈垍詩云：「翰林逼華蓋，鯨力破滄溟。天上張公子，宮中漢客星。」言垍尚寧親公主禁中置宅時也。二人恩寵烜赫如是，則報國當如何，而乃戮亂天理，下比逆賊，反噬其主，夫豈人類也哉！

晉盧諶先爲劉琨從事中郎將，段匹磾領幽州，求諶爲別駕。故琨答諶詩云：「情滿伊何，蘭桂移植，茂彼春林，瘁此秋棘。」言諶棄己而就匹磾也。厥後琨命箕淡攻石勒，一軍皆没。由是窮蹙不能自守，乃率衆赴匹磾。繼爲匹磾所拘，知其必死矣。豈無望於諶哉！觀再贈諶云：「朱實隕勁風，繁英落素秋。何意百鍊剛，化爲繞指柔。」其詩託意，欲以激諶而救其急，而諶殊不顧也。琨既被害，諶始上表以雪其冤，終亦何所補邪！

五王之誅二張也，張柬之啟其謀，桓彥範任其事，敬暉崔元暐袁恕己各効其力，坐使天后還政，中宗卽祚，所謂「取日虞淵，洗光咸池，潛授五龍，夾之以飛」者，誠爲社稷之奇勳。然尚有可恨者焉，薛季昶勸除武三思，而彥範乃謂如几上肉，留爲天子藉手，彥範輩豈不知中宗非剛斷之主乎？彼之意，以謂三思方烝亂韋氏，而中宗孱懦，一聽其所爲，苟誅三思，必不利於己，故不肯誅耳。不旋踵而自罹殺身之禍，實自取之也。張文潛云：「繫狗不繫首，反噬理必然。智勇忽迷方，脱匣授龍泉。區區薛季昶，先事僅能言。留禍啓臨淄，敗謀豈非天！」

漢成帝時，張禹用事，朱雲對上曰：「臣願賜尚方斬馬劍，斷佞臣一人，以厲其餘。」上問誰也，對曰：「安昌侯張禹。」上大怒曰：「居下訕上，罪死不赦。」御史將雲下，雲攀殿檻折曰：「臣願從龍逢比干遊於地下。」如雲者可謂忠直有餘矣！後世思其人而不可得，則作爲韻語，以聲其美。肅宗時，元載用事，故杜子美詩云：「千載少似朱雲人，至今折檻空嶙峋。」武后時，傅游藝用事，故盧照鄰詩云：「昔有平陵男，姓朱名阿游。願得斬馬劍，先斷佞臣頭。」言當時立朝之士，不能如雲以二人之惡而告於上也。若二人者，姦諛百倍張禹矣，腥臊之血，豈足以污尚方之劍乎！宋景文云：「朱游英氣凜生風，瀕死危言悟帝聰。殿檻不修旌直諫，安昌依舊漢三公。」信乎去佞如拔山也。

漢史載韓信教陳豨反，有挈手步庭之議。且曰：「我爲汝從中起。」漢十年，豨果反。高祖自將兵出。張文潛曰：「方是時，蕭相國居中，而信欲以烏合不教之兵，從中起以圖帝業，雖使甚愚，必知無成，信豈肯出此哉！」故其詩曰：「何待陳侯乃中起，不思蕭相在咸陽。」又一詩云：「平生蕭相真知己，何事還同女子謀！」則又責蕭相不爲信辨其枉也。余觀班史，呂后與蕭相國謀，詐令人從帝所來，稱豨已破，羣臣皆賀，相國紿信曰：「雖病强入賀。」信入，呂后使武士縛信斬之。則斬信者，相國計也。縱使其枉，相國其肯爲辨之哉！信死則劉氏安，不死則劉氏危，相國豈肯以平日相善之故而誤社稷大計乎！文潛後有一絶云：「登壇一日冠羣雄，鐘室倉皇念蒯通。能用能誅誰計策，嗟君終自愧蕭公。」

韻語陽秋卷第八

蘇武李陵在武帝時同爲侍中，金蘭之義素篤。武拘於匈奴，明年而陵始降，雖逆順之勢殊，悲歡之情異，然朋友之誼，此心常炯炯也。觀陵海上勸武使降之言，非不切至，而武之所以告陵者，不過明吾忠義之心而已，而未嘗一語及陵之叛。若告衞律者則不然，盡詞詬詈，歸之於不忠不臣之科，而此以節義臨之，幾使惡死，此亦可以見於陵厚也。後武得歸，陵置酒賀武曰：「今足下還歸，揚名於匈奴，功顯於漢室，雖古竹帛所載，丹青所畫，何以過子卿！」故李太白蘇武詩云：「渴飲丹窟冰，饑飡天上雪。東還沙塞遠，北愴河梁別。泣把李陵衣，相看淚成血。」蓋亦是意爾。

張祜觀狄梁公傳詩云：「失運廬陵厄，乘時武后尊。五丁扶造化，一柱正乾坤。」而山谷有「鯨波横流砥柱，虎口亂國宗臣」之句，可謂善論仁傑者。余謂仁傑不畏武后羅織之獄，三族之夷，强犯逆鱗，敢以廬陵王爲請者，非特天資忠義，亦以先得武后之心故也。且張易之昌宗，后之嬖臣也，欲歸廬陵，事大體重，非二嬖之言，后孰信之。吉頊能以危言撼二嬖，陳易弔爲賀之計，故二嬖敢從容以請，而后意遂定。於是仁傑之諫得行。卒之遣徐彦伯迎廬陵王於房州者，由仁傑之言也。故史援吕温之言，稱之曰：「取日虞淵，洗光咸池，潛授五龍，夾之以飛。」嗚呼，仁傑其忠且賢哉！按仁傑傳，始后欲立武三思。而李昭德傳乃云：洛陽人王慶之請以武承嗣爲皇太子，昭德力爭。今考三思本傳，不載爲皇太子之說。而承嗣傳云：洛州人請立承嗣爲皇太子，岑長倩格輔元皆爭不從。而不及昭德，豈有抵梧邪？

漢元帝時，弘恭石顯用事，京房劉向皆深嫉之，嘗上書力詆。蓋薰蕕冰炭，不能以共處，理之必然也。然房欲淮陽王爲己助，代王作求朝奏章；向令外親上疏，謂小人在朝，以致地動；雖嫉惡之心切，然於中實亦少貶矣。使二子果輸忠於漢，當明目張膽論至再三可也，何暇爲身謀而假之於他人哉！故荆公詩云：「京房劉向各稱忠，詔獄當年迹自窮。畢竟論心異恭顯，不妨迷國畧相同。」後之論人物者，倘取其心而畧其迹，則善矣。

東漢李固，忠直鯁亮，志在討國，不爲身謀。爭立清河，遂忤梁冀，以致身首異處。當時有提鈇上章，乞收固尸，如汝南郭亮者；有星行至洛，守衛尸，如陳留楊羌者；亦可見固以忠獲罪矣。唐李華嘗觀黨錮傳，撫卷而悲之，且作詩曰：「古墳襄城野，斜徑横秋陂。況不禁樵采，茅莎無孑遺。」嗚呼，生不能保其身，死又不能保其藏骨之地，天之不相善人，何至是邪！梅聖俞詩云：「漢家誅黨人，誰與李杜死。死者有范滂，其母爲之喜。喜死名愈彰，生榮同犬豕。」故史臣以胡廣趙戒爲糞土，而馬融真犬豕哉！

司馬遷游江淮汶泗之境，紬金匱石室之書而作史記。上下數千年，殆如目睹，可謂孤拔。

初遭李陵之禍，不肯引決而甘腐刑者，實欲效離騷呂覽說難之書，以抒憤悱。故荆公詩云：「嗟子刀鋸間，悠然止而食。成書與後世，憤悱聊自釋。」觀史記評贊，於范睢蔡澤則曰：「二子不困戹，烏能激乎？」於季布則曰：「彼自負才，故受辱而不羞。」於虞卿則曰：「虞卿非窮愁，則不能著書以自見。」於伍員則曰：「隱忍以就功名。」至於作貨殖游俠二傳，則以「家貧不能自贖，左右親戚不爲一言」而寄意焉。則荆公釋憤悱之言，非虛發也。

老杜高自稱許，有乃祖之風，上書明皇云：「臣之述作，沉鬱頓挫，揚雄枚皐可企及也。」壯游詩則自比於崔魏班揚，又云：「氣劘屈賈壘，目短曹劉牆。」贈韋左丞則曰：「賦料揚雄敵，詩看子建親。」甫以詩雄於世，自比諸人，誠未爲過。至竊比稷與契則過矣。史稱甫好論天下大事，高而不切，豈自比稷契而然邪？至云「上感九廟焚，下憫萬民瘡，斯時伏青蒲，廷爭守御牀」，其忠藎亦可嘉矣。

文選載王粲公讌詩，注云：此侍曹操宴也。操未爲天子，故云公讌耳。操以建安十八年春，受魏公九錫之命，公知衆情未順，終其身不敢稱尊。而粲詩已有「願我賢主人，與天享巍巍」之語，則粲豈復有心於漢邪！粲嘗說劉表之子琮曰：「曹公人傑也，將軍卷甲倒戈以歸曹公，長享福祚，萬全之策也。」厥後操以粲爲軍謀祭酒，則以腹心委之矣。

陸希聲隱居宜興君陽山，今金沙寺，其故宅也。自著君陽山記，敍其景物亭館如輞川，尚可得其髣髴。初，僧晉光從希聲受筆法，繼以善書得幸於昭宗。希聲祈使援己，以詩寄之云：「筆下龍蛇似有神，天池雷雨變逡巡。寄言昔日不龜手，應念江湖洴澼人。」遂得召，隱操蓋不足觀也。嘗著易傳十卷。觀其自序，以謂夢在大河之陽，有三人偃臥東首，上伏羲，中文王，下孔子，下以易道畀余，遂悟八卦小成之位，質以象數有符契。且云：今年四十有七，已及聖人之年，於是作易傳以授門人崔徹王贊之徒，復自爲注。今觀其書無可取者，而怪誕如此，其人亦可知。後避難死於道路，蓋不能終君陽之居也。

荆公作商鞅詩云：「今人未可非商鞅，商鞅能令政必行。」余竊疑焉。孔子論爲君難，有曰：「如其善而莫予違也，不亦善乎？如不善而莫予違也，不幾乎一言而喪邦乎？」蓋人君操生殺之權，志在使人無違於我，其何所不至哉！商鞅助秦爲虐，而乃稱其使政必行何邪？後又有謝安詩云：「謝公才業自超羣，誤長清談助世紛。秦晉區區等亡國，可能王衍勝商君。」則知前篇有激而云也。杜子美云：「舜舉十六相，身尊道何高。秦時用商鞅，法令如牛毛。」則知所去取矣。

謝靈運在永嘉臨川，作山水詩甚多，往往皆佳句。然其人浮躁不羈，亦何足道哉！方景平天子踐祚，靈運已扇搖異同，非毀執政矣。及文帝召爲秘書監，自以名輩應參時政，而王曇首王華等名位踰之，意既不平，多稱疾不朝，則無君之心已見於此時矣。後以游放無度，爲有司所糾，朝廷遣使收之，而靈運有「韓亡子房奮，秦帝魯連恥」之詠，竟不免東市之戮。而白樂天乃謂

「謝公才廓落，與世不相遇。壯志鬱不用，須有所洩處。洩爲山水詩，逸韻諧奇趣」何也？武帝文帝兩朝遇之甚厚，內而卿監，外而二千石，亦不爲不逢矣，豈可謂與世不相遇乎？少須之，安知不至黄散，而褊躁至是，惜哉！其作登石門詩云：「心契九秋幹，目翫三春荑。居常以待終，處順故安排。」不知桃墟之洩，能處順乎，五年之禍，能待終邪？亦可謂心語相違矣。

揚雄之迹，曲諂新室，議之者衆矣，此置而不論。雄之心如何哉？觀法言之書，似未明乎大道之指也。王荆公乃深許之，何邪？詩云：「寥寥鄒魯後，於此歸先覺。」又云：「儒者陵夷此道窮，千秋止有一揚雄。」又云：「道真沉溺九流渾，獨泝頹波討得源。」又云：「揚雄平生人莫知，知者乃獨稱其辭。」今尊子雲者皆是，得子雲心亦無幾，是以聖人許雄也。東坡謂雄以艱深之辭，文淺易之説，與公矛盾矣。

宋彭城王義康忌檀道濟之功，會文帝疾動，乃矯詔送廷尉誅之。故時人歌云：「可憐白浮鳩，枉殺檀江州。」當時人痛之蓋如此。奈何王綱下移，主威莫立，洎魏軍至瓜步，帝方登石頭以思之，又何補哉！劉夢得嘗過其墓而悲之曰：「萬里長城壞，荒雲野草秋。秣陵多士女，猶唱白浮鳩。」蓋傷痛之深，雖歷二三百年而猶不泯也。

馬少游常哀兄援多大志，曰：「士生一世，但取衣食裁足，乘下澤車，御欵段馬，鄉里稱善人，斯可矣。致求贏餘，但自苦爾。」故援在浪泊西里，當下潦上霧，毒氣薰蒸，仰視飛鳶跕跕墮水中之時，輒思其言，以謂念少游語，何可得也！洎武陵五溪蠻作亂，劉尚軍没，而援貪進不止，方且據鞍矍鑠，被甲請行，遂底壺頭之困。劉夢得經伏波神祠詩，有「一以功名累，翻思馬少游」之句，可謂名言矣。壺頭在武陵，當是夢得爲司馬時經歷。故篇首言「蒙蒙篁竹下，有路上壺頭。」

西伯將出獵，卜之曰：「所獲非龍非彲，非虎非羆，所獲霸王之輔。」於是果遇太公于渭之陽，載與俱歸。此司馬遷之説也。文王至磻溪，見吕尚釣，釣得玉璜，刻曰：「姬受命，吕佐檢，德合於今昌來提。」此尚書大傳之説也。太公釣於滋泉，文王得而王。此吕不韋之説也。吕望年七十，釣于渭渚，初下得鮒，次得鯉，刳腹得書，書文曰：「吕望封於齊。」此劉向之説也。太公避紂，居東海之濱，聞文王作，興曰：「盍歸乎來！」由文王至於孔子，五百有餘歲，若太公望則見而知之，此孟子之説也。是數説者，皆言天産英輔以興周，蓋非碌碌佐命者之可擬也。而司馬遷乃摭或者之論，謂西伯拘羑里，散宜生閎夭招吕尚求美女奇物，獻於紂而贖西伯。西伯既脱，三人又陰謀修德以傾商政。此豈所以待太公哉！歐陽詹云：「論兵去商虐，講德興周道。居沽未遇時，何異斯州老。」余比赴官宜春，於壽昌道中，見壁間題一詩云：「漁翁何事亦從戎，變化神奇抵掌中。莫道直鉤無所取，渭川一釣得三公。」一以爲傾商政，一以爲釣三公，皆非知聖賢者。

唐淄青李師道，倚蔡爲重，稱兵不軌。洎蔡平，師道乃始震悸。憲宗命削其官，詔諸軍進討，於是六節度之兵興矣。故劉夢得嘗爲天齊行二篇，以快李師道之死。夫師道猖獗狂悖，反噬其主，人怨神怒，豈能居覆載之中乎？故夢得云：「牙門大將有劉生，夜半射落欃槍星。」又云：「泰山沉寇六十年，旅祭不饗生愁烟。今逢聖君欲封禪，神使陰兵來助戰。」夫劉悟，本軍之將也，方爲師道屯陽穀以當魏將，迺倒戈以攻其主。泰山，本土之神也，宜神其地，而乃以陰兵助敵。則人怨神怒可知矣。將叛其君，神叛其主，豈非以此始者以此終乎！天之所報速矣。

唐明皇時，陳希烈爲左相，李林甫爲右相，高適各有詩上之，以陳爲吉甫子房，以李爲傅說蕭何，其比擬不倫如是。上陳詩云：「天地莊生馬，江湖范蠡舟。逍遥堪自樂，浩蕩信無憂。」則無意於依陳。上李詩云：「莫以才難用，終期善易聽。未爲門下客，徒謝少微星。」則有意於干李。按希烈傳，林甫顓朝，以希烈柔易，乃薦之共政，則權在林甫而不在希烈，故適不依陳而干李也。

余觀漁父告屈原之語曰：「聖人不凝滯於物，而能與世推移。」又云：「衆人皆濁，何不淈其泥而揚其波；衆人皆醉，何不餔其糟而啜其醨。」此與孔子和而不同之言何異。使屈原能聽其説，安時處順，置得喪於度外，安知不在聖賢之域！而仕不得志，狷急褊躁，甘葬江魚之腹，知命者肯如是乎！故班固謂露才揚己，忿懟沉江。劉勰謂依彭咸之遺則者，狷狹之志也。揚雄謂遇不遇命也，何必沉身哉！孟郊云：「三黜有慍色，即非賢哲模。」孫郃云：「道廢固命也，何事葬江魚。」皆貶之也。而張文潛獨以謂「楚國茫茫盡醉人，獨醒惟有一靈均。餔糟更使同流俗，漁父由來亦不仁。」

韻語陽秋卷第九

徐師川詩云：「楚漢紛争辯士憂，東歸那復割鴻溝。鄭君立義不名籍，項伯何顏肯姓劉。」謂項伯籍之近族，乃附劉而背項，鄭君已爲漢臣，乃違漢而思楚也。余嘗論之曰㊀，方劉項之勢，雌雄未決也，其間豈無容容狡詐之士，首鼠兩端，以觀成敗，而爲身謀者乎，項伯是也。其意以謂項氏得天下，則吾嘗以宗族從軍，策畫定計，豈吾廢哉？劉氏得天下，則鴻門之會，吾嘗舞劍以蔽沛公矣，廣武之會，吾嘗勸勿烹太公矣，劉氏豈吾廢哉？高祖之封項伯，殆以此也。至鄭君則不然。事籍，籍死屬漢，高祖令諸故楚臣名籍，鄭君獨不奉詔，乃盡拜名籍者爲大夫，而逐鄭君。觀此則鄭君與項伯賢佞可見。高祖或逐或封，皆徇情之好惡，則知戮丁公者，一時矯激之爲也。

㊀「余」字類編本作「徐」。

王儉七志曰：宋高祖遊張良廟，並命僚佐賦詩。謝瞻所賦，冠於一時，今載於文選者是也。其曰「鴻門銷薄蝕，陔下隕欃槍。爵仇建蕭宰，定都護儲皇。肇允契幽叟，翻飛指帝鄉」，則子房輔漢之策，盡于此數語矣。王荆公云：「素書一卷天與之，穀城黄石非吾師。固陵解鞍聊出口，捕取項羽如嬰兒。從來四皓招不得，爲我立棄商山芝。」亦用此數事。而議論格調，出瞻數等。東坡論子房袖椎之事，以謂良不爲伊呂之謀，而特出於荆軻聶政之計。以余觀之，此良少年之鋭氣，未足以咎良也。圯上授書之後，所見豈前比哉！

左太沖陶淵明皆有荆軻之詠，太沖則曰：「雖無壯士節，與世亦殊倫。」淵明則曰：「惜哉劍術疏，奇功遂不成。」是皆以成敗論人者也。余謂荆軻功之不成，不在荆軻，而在秦舞陽；不在秦舞陽，而在燕太子。舞陽之行，軻固心疑其人，不欲與之共事，欲待它客與俱，而太子督之不已，軻不得已遂去，故羽歌悲愴，自知功之不成。已而果膏刃秦庭，當時固已惜之。然概之於義，雖得秦王之首，於燕亦未能保終吉也。故揚子云：「荆軻爲丹奉於期之首、燕督亢之圖，入不測之秦，實刺客之靡也，焉可謂之義也！」可謂善論軻者。

盜殺武元衡也，白樂天爲京兆掾，初非言責，而請捕盜，以必得爲期。時宰惡其出位，坐賦新井篇，逐之九江。故因聞琵琶，乃有天涯流落之感，至於淚濕青衫之上，何憊如此哉！余先文康公嘗有詩云：「平生趣操號安恬，退亦怡然進不貪。何事潯陽恨遷謫，輕將清淚濕青衫。」又云：「及泉曾改莊公誓，勝母終回曾子車。素綆銀牀堪淚墮，更能賦詠獨何如。」

李義山詩云：「本爲留侯慕赤松，漢庭方識紫芝翁。蕭何只解追韓信，豈得虛當第一功。」是以蕭何功在張良下也。王元之詩云：「紀信生降爲沛公，草荒孤壘想英風。漢家青史緣何事，却道蕭何第一功？」是以蕭何功在紀信下也。余謂炎漢創業，何爲宗臣，高祖設指蹤之喻盡之矣，他人豈容議邪！

韋蘇州睢陽感懷有詩曰：「宿將降賊庭，儒生獨全義。」宿將謂許遠，儒生謂張巡也。蓋當時物議，以爲巡死而遠就虜，疑遠畏死，辭服於賊，故應物云爾。然韓愈嘗有言曰：「遠誠畏死，何苦守尺寸之地，食其所愛之肉，以與賊抗而不降乎！」斯言得矣。巡死後，賊將生致遠於偃師，遠亦以不屈死。則是遠亦終死賊也。

三良以身殉秦繆之葬，黄鳥之詩哀之。序詩者謂國人刺繆公以人從死，則咎在秦繆而不在三良矣。王仲宣云：「結髪事明君，受恩良不貲。臨没要之死，焉得不相隨。」陶元亮云：「厚恩固難忘，君命安可違。」是皆不以三良之死爲非也。至李德裕則謂爲社稷死則死之，不可許之死，欲與梁邱據安陵君同議，則是罪三良之死非其所矣。然君命之於前，而衆驅之於後，爲三良者，雖欲不死得乎！惟柳子厚云：「疾病命故亂，魏氏言有章。從邪陷厥父，吾欲討彼狂。」使康公能如魏顆不用亂命，則豈至陷父於不義如此哉！東坡和陶亦云：「顧命有治亂，臣子得從違。魏顆真孝愛，三良安足希。」似與柳子之論合。而過秦繆墓詩乃云：「繆公生不誅孟明，豈有死之日而忍用其良，乃知三子徇公意，亦如齊之二子從田横。」則又言三良之殉，非繆公之意也。

唐大和末，閹尹恣横，天子以擁虚器爲恥。而元和逆黨未討，帝欲夷絶其類，李訓謂在位操權者皆碌碌，獨鄭注可共事，遂同心以謀。已而殺陳宏志於青泥驛，相繼王守澄楊承和韋元素王踐言皆不保首領。又劚崔潭峻之棺而鞭其尸。剪除逆黨幾盡，亦可謂壯矣！意欲誅宦尹，乃復河湟歸河朔諸鎮，天子向之。鄭注雖招權納賄，然出節度隴右，欲因王守澄之葬，乘羣宦臨送，以鎮兵悉誅之，謀亦未必不善。會李訓先五日舉事，遂成「甘露」之禍。世以成敗論人物，故訓注不得爲忠，至李德裕謂不可與徒隸齒，亦太甚矣。按唐史李甘與李中敏皆嘗論鄭注不可爲相，故甘有封州之謫，而中敏有潁陽之歸。杜牧之贈甘詩云：「大和八九年，訓注極虓虎。吾君不省覺，二兇日威武。喧喧皆傳言，明辰相登注。和鼎顧予云：『我死有處所。』明日詔書下，謫斥南荒去。」又有贈中敏詩云：「元禮去歸緱氏學，江充來見犬臺宮㊀。曲突徙薪人不會，海邊今作釣魚翁。」蓋深痛二公之言不行，而訓注得恣其謀也。蓋當是時，仇士良竊國柄，勢燄薰灼，士大夫於議論之間，不敢以訓注爲是，以賈殺身之禍，故牧之之詩如此。嗚呼，東漢之季，柄在宦官，陳蕃之徒，以忠勇之資，謀殪其黨，而事亦不遂，史載其名，殆如日星。而訓注以當時士夫畏懾士良輩，遂加以姦兇之目，而史亦以爲亂人，萬世之下，無以自白，其深可痛哉！余家舊藏甘露野史二卷，及乙卯記一卷，二書之說，時相矛盾，甘露野史言上令訓等誅宦官，事覺反爲所擒，而乙卯記乃謂訓等有逆謀。蓋甘露史出於朝廷公論，而乙卯記附會士良之私情也。乙卯記後有朱實跋尾數百言，以乙卯所記爲非是，其說與野史同，余故表而出之。

㊀「犬」原作「大」，據樊川集改。

杜牧之集有李給事詩二首，其中有「紛紛白晝驚千古，鐵鑕朱殷幾一空」之句，謂鄭注「甘露」之事也。又有「可憐劉校尉，曾訟石中書」之句，牧之自注云，給事曾忤仇士良，人遂以爲給事者李石也。余嘗攷之，李石雖嘗爲給事，然劾鄭注之事，史所不載。雖載語言忤仇士良，然亦在石拜相之後。石既拜相，則牧之詩題，不應以給事爲稱，其非李石明矣。當時惟有李中敏與牧之厚善，嘗因旱欲乞斬注，以申宋申錫之冤，帝不省，遂以病告歸潁陽。今牧之詩有「元禮去歸緱氏學」之句，牧之自注云：因論鄭注告歸潁陽。又史云：注誅，遷給事。其後仇士良以開府蔭其子，中敏曰：「內謁者安得有子。」士良慚恚，由是復棄官去。由是論之，則是中敏無疑矣。

杜牧之作李和鼎詩云：「鵩鳥飛來庚子直，謫去日蝕辛卯年。由來枉死賢才士，消長相持勢自然。」蓋言鄭注事也。方是時，和鼎論注不可爲相，旋致貶責，故牧之作詩痛之如此。議者謂辛卯年在憲宗之時，而憲宗未嘗謫李甘。李甘仕文宗之時，而文宗時無辛卯也。豈牧之誤乎？余謂牧之所云，非謂實庚子辛卯也。鵩集於舍，班固書庚子之日，日有蝕之，詩人有辛卯之詠，借是事以明李甘之冤爾。

唐穆宗時，令狐楚爲相，爲景陵使，以傭錢獻羨餘，怨聲載路，致有衡州之貶。觀發潭州寄李寧常侍詩云：「君今侍紫垣，我已墮青天。委廢從茲日，旋歸在幾年。」又有答竇鞏中丞詩末句云：「何年相贈答，却得在中臺。」亦可見其去國慘傷之情矣。孔子曰：「苟患失之，無所不至。」其楚之謂乎？觀「甘露」之中，則可見矣。當是時也，王涯等被繫神策，仇士良白涯與李訓謀逆，將立鄭注。楚時以舊相在闕下，文宗召楚至，帝對楚悲憤，因付涯訊牒曰：「果涯書邪？」楚曰：「然。涯誠有謀，罪應死。」嗚呼，觀望腐夫閹人，而誣置人於死地，楚忍爲是乎！甘露野史乃言尚賴舊相令狐楚獨爲辯明，若以史爲證，則野史之言未必公也。

安祿山反，永王璘有窺江左之意，子瑒勸其取金陵，史稱薛繆李臺卿等爲璘謀主而不及李白。白傳止言永王璘辟爲府僚，璘起兵遂逃還彭澤。審爾，則白非深於璘者。及觀白集有永王東巡歌十一首，乃曰：「初從雲夢開朱邸，更取金陵作小山。」又云：「我王樓艦輕秦漢，却似文皇欲度遼。」若非贊其逆謀，則必無是語矣。白既流夜郎，有書懷詩云：「半夜水軍來，尋陽滿旌旃。空名適自誤，迫脅上樓船。徒賜五百金，棄之若浮烟。辭官不受賞，翻謫夜郎天。」宋中丞薦白啓云：「遇永王東巡，脅行中道。」乃用白述懷意，以扙拭其過爾。孔巢父亦爲永王所辟，巢父察其必敗，潔身潛遁，由是知名。使白如巢父之計，則安得有夜郎之謫哉！老杜送巢父歸江東云：「巢父掉頭不肯住，東將入海隨烟霧。」其序云，兼呈李白。恐不能無微意也。

韻語陽秋卷第十

李白樂府三卷，於三綱五常之道，數致意焉。慮君臣之義不篤也，則有君道曲之篇，所謂「風后爪牙常先太山稽，如心之使臂。小白鴻翼於夷吾，劉葛魚水本無二。」慮父子之義不篤也，則有東海勇婦之篇，所謂「淳于免詔獄，漢主爲緹縈。津妾一櫂歌，脱父於嚴刑。十子若不肖，不如一女英。」慮兄弟之義不篤也，則有上留田之篇，所謂「田氏倉卒骨肉分，青天白日摧紫荆。交柯之木本同形，東枝顦顇西枝榮。無心之物尚如此，參商胡乃尋天兵！」慮朋友之義不篤也，則有箜篌謡之篇，所謂「貴賤結交心不移，惟有嚴陵及光武。」「輕言託朋友，對面九疑峰。」「管鮑久已死，何人繼其蹤？」慮夫婦之情不篤也，則有雙燕離之篇，所謂「雙燕復雙燕，雙飛令人羨。玉樓珠閣不獨棲，金窗繡户長相見。」徐究白之行事，亦豈純於行義者哉！永王之叛，白不能潔身而去，於君臣之義爲如何？既合於劉，又合於魯，又娶于宋，又攜昭陽金陵之妓，于夫婦之義爲如何？至於友人路亡，白爲權窆，及其糜潰，又收其骨，則朋友之義庶幾矣。送蕭三十一之魯兼問稚子伯禽，有「高堂倚門望伯魚，魯中正是趨庭處。君行既識伯禽子，應駕小車騎白羊」之句，則父子之義庶幾矣。如弟凝錞濟況綰各贈詩，以致其雍睦之情，則兄弟之義庶幾矣。

惜乎，二失既彰，三美莫贖，此所以不能爲醇儒也。

人之事親，當以敬爲主，故孔子告子游曰：「至於犬馬，皆能有養，不敬何以別乎？」束晳作補亡詩，於南陔白華二篇，每以爲言。南陔曰：「養隆敬薄，惟禽之似。」白華曰：「竭誠盡敬，亹亹忘劬。」可謂得孔子之旨矣。今之人恃親之愛己，而忘其敬者多，故表而出之，以爲事親之戒。

王稚川調官京師，母老留鼎州，久不歸侍。嘗閱貴人歌舞，有詩云：「畫堂玉珮縈雲響，不及桃源欸乃歌。」山谷和韻諷之云：「慈母每占烏鵲喜，家人應賦扊扅歌。」可謂盡朋友責善之義。山谷至孝，奉母安康君至爲親滌厠牏，浣中裙，未嘗頃刻不供子職。洎貶黔南，不能與親俱，則贈王郎詩云：「留我左右手，奉承白髮親。」至贛上食蓮有感則曰：「蓮實大如指，分甘念母慈。」亦可見其孝誠矣。余聞無瑕者可以戮人，則其告稚川之語未爲過也。老杜送李舟詩非不歸重，而其中亦不能無譏焉。所謂「舟也衣綵衣，告我欲遠適。倚門固有望，斂衽就行役。南登吟白華，已見楚山碧。何時太夫人，堂上會親戚。」豈非譏其無方之遊邪？孔子云：「父母在，不遠遊；遊必有方。」則山谷少陵之詩，皆有孔子之意也。

王勃嘗言，爲人子者不可以不知醫。時長安曹元有祕術，勃從之游，盡得其要。又以虢州多藥草，求補參軍。故示助弟詩云：「自予反初服，無情想高蓋。報國情豈忘，從親心所大。」則勃於親亦可謂厚矣。然不能立身持己，私匿官奴而殺之，以致其父從坐，遠謫交阯，豈得爲孝乎？

孟子曰：「縱耳目之欲，以爲父母僇。」勑其近之矣。

陳繹奉親至孝，嘗作慶老堂以娱其母。介甫贈之詩云「種竹常疑出冬笋」，暗用孟宗事，「開池故合涌寒泉」，暗用姜詩事。

張劍州以太夫人喪劍州歸，荆公予之詩并示女弟云：「烏辭反哺顛毛黑，烏引思歸口舌丹。」又有張劍州至劍一日以親憂罷詩云：「白頭反哺秦烏側，流血思歸蜀鳥前。」所賦皆一時之事，而語意重複如此何邪？

荆公初去臨川詩云：「馬頭西去百霑襟，一望親庭更苦心。已覺省煩非仲叔，安能養志似曾參。」赴調西去時詩也。㊀非仲叔則自傷不能養口體，不如曾參則自傷不能養志也。人自一官所驅，乃爾爲志，亦豈得已哉！後又有詩云：「古人一日養，不以三公换。」正爲此爾。

㊀「去」原脱，據詩句「西去」補。

唐人與親别而復歸，謂之「拜家慶」。盧象詩云：「上堂家慶畢，顧與親恩邇。」孟浩然詩云：「明朝拜家慶，須著老萊衣。」

謝師厚生女，梅聖俞與之詩曰：「生男衆所喜，生女衆所醜。生男走四鄰，生女各張口。男大守詩書，女大逐雞狗。」又云：「何時某氏郎，堂上拜媪叟。」蓋戲師厚也。陳琳杜甫詩及楊妃外傳其説異焉。琳痛長城之役，則曰：「生男戒勿舉，生女哺用脯。」杜甫傷關西之戍，則曰：「生女猶是嫁比鄰，生男埋没隨百草。」楊妃專寵帝室，金印盭綬，寵偏於銛釗；象服魚軒，榮均於秦虢。當時遂有「生女勿悲酸，生男勿喜歡。男不封侯女作妃，君看女却爲門楣」之詠。而樂天長恨歌亦云：「遂令天下父母心，不重生男重生女。」今師厚之女，毓質儒門，不過求賢士以爲之配爾，縱不至負薪如翟婦，餉舂如孟光，亦豈能預知其必大富貴，光宗榮族如蒲津之婦人乎！宜其聖俞以爲戲也。

老杜北征詩云：「經年至茅屋，妻子衣百結。慟哭松聲回，悲泉共幽咽。平生所嬌兒，顏色白勝雪。見爺背面啼，垢膩脚不襪。」方是時，杜方脱身於萬死一生之地，得見妻兒，其情如是。洎至秦中，則有「曬藥能無婦，應門亦有兒」之句。至成都則有「老妻憂坐痹，幼女問頭風」之句。觀其情悰，已非北征時比也。及觀進艇詩，則曰：「晝引老妻乘小艇，晴看稚子浴清江。」江村詩則曰：「老妻畫紙爲棋局，稚子敲針作釣鈎。」其優游愉悦之情，見於嬉戲之間，則又異於在秦益時矣。

白樂天元微之皆老而無子，屢見于詩章。樂天五十八歲始得阿崔，微之五十一歲始得道保，同時得嗣，相與酬唱喜甚。樂天詩云：「膩剃新胎髮，香綳小繡襦。玉牙開手爪，蘇顆點肌膚。」微之云：「且有承家望，誰論得力時。」又云：「嘉名稱道保，乞姓號崔兒。」後崔兒三歲而亡，白賦詩曰：「懷抱又空天默默，依前仍作鄧攸身。」傷哉微之，五十三而亡。按墓誌有子道護，年三歲而卒。以歲月攷之，卽道保也。孟東野連産三子，不數日皆失之，韓退之嘗有詩，假天命以寬其憂。三人者皆人豪，而不能忘情如此，信知割愛爲難也。若使學道者遭此，則又何必黑衣巾者闖然入其户，而後喻哉？

陶淵明命子篇則曰：「夙興夜寐，願爾之才；爾之不才，亦已焉哉！」其責子篇則曰：「雖有五男兒，總不好紙筆。天運苟如此，且進盃中物。」告儼等疏則曰：「鮑叔管仲，同財無猜；歸生伍舉，班荆道舊；而況同父之人哉！」則淵明之子未必賢也。故杜子美論之曰：「有子賢與愚，何其掛懷抱。」然子美於諸子，亦未爲忘情者。子美遣興詩云：「驥子好男兒，前年學語時。世亂憐渠小，家貧仰母慈。」又憶幼子詩云：「別離驚節換，聰慧與誰論。憶渠愁只睡，炙背俯晴軒。」得家書云：「熊兒幸無恙，驥子最憐渠。」元日示宗武云：「汝啼吾手戰。」觀此數詩，於諸子鍾情尤甚於淵明矣。山谷乃云：「杜子美困於三蜀，蓋爲不知者詬病，以爲拙於生事，又往往譏宗武失學，故寄之淵明爾。俗人不知，便爲譏病。」所謂癡人面前，不得説夢也。

李義山作嬌兒詩時，衮師方三四歲爾，其末乃云：「兒應勿學耶，讀書求甲乙。況今西與北，羌戎正狂悖。兒當速成大，探雛入虎窟。當爲萬户侯，勿守一經袠。」夫兵連禍結，生民塗炭，以日爲歲之時，而乃望三四歲兒立功於二十年後，所謂俟河之清，人壽幾何者耶！

元微之誨姪書云：「吾生長京城，朋從不少，然而未嘗識倡優之家，不曾於喧嘩縱觀。」至陝府詩，迺有一生自恣之語，至云「那知我少年，深解酒中事。能唱犯聲歌，偏精變籌義。含詞待殘拍，叫噪擲投盤」等語，則誨婬之言，殆虛語也。

錢起題杜牧林亭詩云：「不須耽小隱，南阮在平津。」南阮謂杜悰也。史載悰更歷將相，而牧困躓不自振，怏怏不平，以至於卒。審爾，則牧之豈肯受其料理哉？然宗族貴官河潤者非一，枯菀升沉，時命存焉，何至怏怏如是。可以知牧之量不宏也。

文選載嵇叔夜贈秀才入軍詩，李善注，謂兄喜秀才入軍，而張銑謂叔夜弟，不知其名。考五詩，或曰「攜我好仇」，或曰「思我良朋」，或曰「佳人不在」，皆非兄弟之稱。善銑所注，恐未必然爾。

楊六尚書，白樂天妻兄也。初除東川節度，代妻賀兄云：「覓得黔婁爲妹婿，可能空寄蜀茶來。」又寒食寄詩曰：「鑾旗似火行隨馬，蜀妓如花坐繞身。不使黔婁夫婦看，誇張富貴向何人。」皆責望之言也。

王福畤之子勔勮勃皆有才名，故杜易簡稱爲「三珠樹」。其後助劼勸又皆以文顯。勃於兄弟之間極友愛，自鄉還號詩曰：「人生忽如客，骨肉知何常。願及百年內，華萼常相將。無使棠棣廢，取譬人無良。」觀此語意，豈兄弟中有不相能者邪？及覩誡功勁云：「欲不可縱，爭不可常，勿輕小忿，將成大殃。」此二人者，似非處於禮義之域者。棠棣廢之詩，疑爲此二人設也。

陸機作詩贈賈謐，幾三百言，無非極其褒讚。方謐用事，生死榮辱人如反覆手，其褒讚亦何足怪。然其間亦有寄意譏誚，人未能推其意者。按臧榮緒晉書，謐父韓壽，母賈充少女也。充平生不議立後，後妻郭槐輒以外孫韓謐襲封，帝許之，遂以謐爲魯公。則是賈謐非充子也。故機詩云：「誕育洪胄，纂戎於魯。」言誕育則以譏非己生也。又曰：「惟漢有木，曾不踰境。」謂橘踰淮則化爲枳，言與螟蛉之化果蠃無異也。夫謐勢燄熏灼如此，而機敢爲廋辭以狎侮之，真文人之習氣哉！

晉嵇康贈弟秀才四言詩云：「感悟馳情，思我所欽。」則以所欽爲弟。陸機贈從兄車騎詩云：「寤寐靡安豫，願言思所欽。」則以所欽爲兄。又贈馮文羆詩云：「慷慨誰爲感，願言懷所欽。」則以所欽爲友。

魏武於諸子中獨愛植，丁儀丁廙楊脩之徒爲植羽翼，幾代太子丕，而植狂性不自雕勵，又太子御之有術，故易宗之計不行，蓋非遜丕，性也。洎文帝即位，植屢求試用，不報，益怏怏。帝欲害之，卞太后曰：「汝已殺任城，不得復殺東阿。」故止從貶爵。則植豈能無怨懟乎？嘗觀植所作豫章行云：「他人雖同盟，骨肉天性然。周公穆康叔，管蔡則流言。子臧遜千乘，季札慕其賢。」意謂己素爲武帝所愛，忌之者衆，故有管蔡流言之說。然乃自以季札爲比，亦誣矣。豈其掠美之言哉？

月輪當空，天下之所共視，故謝莊有「隔千里兮共明月」之句，蓋言人雖異處，而月則同瞻也。老杜當兵戈騷屑之際，與其妻各居一方，自人情觀之，豈能免閨門之念，而他詩未嘗一及之。至於明月之夕，則遐想長思，屢形詩什。月夜詩云：「今夜鄜州月，閨中只獨看。」繼之曰：「香霧雲鬟濕，清輝玉臂寒。」一百五日夜對月云：「無家對寒食，有淚如金波。」繼之曰：「仳離放紅蕊，想像顰青蛾。」江月詩云：「江月光於水，高樓思殺人。」繼之曰：「誰家挑錦字，燭滅翠眉顰。」其數致意於閨門如此，其亦謝莊之意乎？顏延之對孝武，乃有莊始知「隔千里兮共明月」之說，是莊才情到處，延之未能曉也。

余曾祖通議兄弟四人，取「良辰美景，賞心樂事」之義，作四并堂於東園，故通議詩云：「華圃控弦秋習射，寒窗留燭夜鈔書。良辰美景饒心事，覩日相并樂起予。」先祖清孝公兄弟六人，取三荆同株之義，作倍荆亭於西園，當時篇詠無存者。清孝安遇集中有倍荆亭記，其畧云：「西園舊無亭觀㊀，□□□□□欲糾合叔季，同耳目之適，於是基盈尺之高，宇一筵之廣，列楹爲亭，號曰倍荆。至先人文康公罷官南陽，適當兵擾，復還復棲㊁，奉伯父工部居焉。別建二老堂於宅南，眷望田里，諸山皆在目，植花竹於四隅，命某日治饌，往往樂飲竟日。某嘗賦詩云：『去家纔隔水一股，二老堂成三百弓。鴿原暮下沙水暖，雁行夜落霜天空。竹根酌酒不妨醉，花蕚斷詩如許工。坐久與闌筇竹杖，出門人指兩仙翁。』」

㊀「園舊」原作「推輪」，據類編本改。　㊁「復棲」，疑當作「舊棲」。

韻語陽秋卷第十一

韓退之秋懷詩十一篇，其一云：「斂退就新懦，趨營悼前猛。」此陶淵明覺今是昨非之意，似有所悟也。然考他篇，有曰：「低心逐時趨，苦勉祇能暫。」又曰：「尚須勉其頑，王事有朝請。」則進退之事尚未決也。至第十篇云：「世累忽進慮，外憂遂侵誠。詰屈避語穽，冥茫觸心兵。敗虞千金棄，得比寸草榮。」其籌慮世故尤深。至第十一篇云：「鮮鮮霜中菊，既晚何用好。揚揚弄芳蝶，爾生還不早。」則似有不遇時之歎也。

李太白古風兩卷，近七十篇，身欲爲神仙者，殆十三四：或欲把芙蓉而躡太清，或欲挾兩龍而凌倒景，或欲留玉舄而上蓬山，或欲折若木而遊八極，或欲結交王子晉，或欲高挹衛叔卿，或欲借白鹿於赤松子，或欲飡金光於安期生。豈非因賀季真有謫仙之目，而固爲是以信其說邪？抑身不用，鬱鬱不得志，而思高舉遠引邪？嘗觀其所作梁父吟，首言釣叟遇文王，又言酒徒遇高祖，卒自歎己之不遇。有云：「我欲攀龍見明主，雷公砰訇震天鼓。帝旁投壺多玉女，三時大笑開電光，倏爍晦冥起風雨。閶闔九門不可通，以額扣關閽者怒。」人間門户尚不可入，則太清倒景，豈易凌躡乎？太白忤楊妃而去國，所謂玉女起風雨者，乃怨懟妃子之詞也。其後又有飛龍引二首，當是明皇仙去之後，又有綵女玉女之句，則怨之深矣。

白樂天號爲知理者，而於仕宦升沈之際，悲喜輒係之。自中書舍人出知杭州，未甚左也。而其詩曰：「朝從紫禁歸，暮出青門去。」又曰：「委順隨行止。」又曰：「退身江海應無用，憂國朝廷自有賢。」自江州司馬爲忠州刺史，未爲超也。而其詩曰：「正聽山鳥向陽眠，黄紙除書落枕前。」又云：「五十專城未是遲。」又云：「三車猶夕會，五馬已晨裝。」及被召中書，則曰：「紫微今日煙霄地，赤嶺前年泥土身。得水魚還動鱗鬣，乘軒鶴亦長精神。」觀此數詩，是未能忘情於仕宦者。東坡謫瓊州有詩云：「平生學道真實意，豈與窮達俱存亡。」要當如是爾。

老杜省宿詩云：「明朝有封事，數問夜如何？」蓋憂君諫政之心切，則通夕爲之不寐。想其犯顏逆耳，必不爲身謀也。杜牧之詩云：「昔事文皇帝，叨官在諫垣。奏章爲得地，齗齒負明恩。金虎知難動，毛釐亦耻言。撩頭雖欲吐，到口却成吞。」至與人論諫尤可怪。謂諫殺人者殺人愈多，諫畋獵者畋獵愈甚。是欲箝天下忠義之口，有臣如牧，國家奚望哉！然唐史乃謂牧之剛直有奇節，敢論列大事，指陳利病尤切何邪？

郎官之選，唐朝尤重。順宗初政，柳子厚爲禮部郎，與蕭俛書云：「僕年三十三，年甚少，自御史裏行得禮部員外，超取顯美，欲免世之求進者怪怒媢嫉，其可得乎！」杜子美一檢校工部爾，而詩中數及之，衒詫不已。如贈蘇徯云：「爲郎未爲賤，其奈疾病攻。」寄薛據云：「雖云尚書郎，不及村野人。」復愁云：「才覺省郎在，家須農事歸。」而入六弟宅云：「令弟雄軍佐，凡才污省郎。」如此類不可勝數。鄭谷自好稱老郎，贈秀上人詩云：「惟恐興來飛錫去，老郎無路更追攀。」訪策禪者詩云：「初塵芸閣辭禪閣，却訪支郎是老郎。」春陰詩云：「舞燕歌鶯莫相認，老郎心是老僧心」是也。至於轉正郎則云：「止陪鴛鷺居清秩，濫應星辰泛上天。」省中作則云：「未如何遜無佳句，若比馮唐是壯年。」是亦未免於衒詫者。

晉樂廣曰：「人未嘗夢乘車入鼠穴，搗齏噉鐵杵。以無想因也。」自樂論之，則凡夢皆出於想爾。而殷浩乃曰：「官本臭腐，故將官而夢尸。」是豈出於想邪？周官有六夢，夢非止於思而已。劉發方赴舉也，秦少游夢有發殯而葬之者，云是劉發之柩，是歲發首薦。少游以詩賀之曰：「世傳夢凶常得吉，神物戲人良有旨。全美聲名海縣聞，閉久當開乃其理。」少游所原，乃一時褒美贊喜之詞，非殷浩之意也。東坡云：「世衰道微士失己，得喪悲歡反其故。草袍蘆箠相嫵媚，飲食嬉遊事群聚。曲江船舫月燈毬，是謂舞殯而歌墓。」其末又有「故令將仕夢發棺，勸子勿爲官所腐」之語。全篇二百餘言，皆用浩意，可謂巧於遣詞者矣。

柳子厚可謂一世窮人矣。永貞之初，得一禮部郎，席不暖即斥去爲永州司馬。在貶所歷十一年，至憲宗元和十年，例召至京師，喜而成詠。所謂「投荒垂一紀，新詔下荆扉。」又云「十一年前南渡客，四千里外北歸人」是也。既至都，乃復不得用，以柳州去。由永至京已四千里，自京徂柳又復六千，往返殆萬里矣。故贈劉夢得詩云：「十年顦顇到秦京，誰料翻爲嶺外行。」贈宗一詩云：「一身去國六千里，萬里投荒十二年。」是也。嗚呼，子厚之窮極矣！觀贈李夷簡書云：「曩者，齒少心鋭，徑行高步，不知道之艱，以陷於大阨，窮躓隕墜，廢爲孤囚，日號而望，十四年矣。」當時同貶之士，程异爲宰相，而夢得亦得召用，則子厚望歸之心爲如何？然竟不生還，畢命於蛇虺瘴癘之區，可勝歎哉！韓退之有言曰：「子厚斥不久，窮不極，雖有出於人，其文學詞章，必不能自力以致必傳於後，如今無疑也。雖使得所願於一時，以彼易此，孰得孰失？」

韋應物燕李録事詩云：「與君十五侍皇闈，曉拂爐烟上赤墀。花開漢苑經過處，雪下驪山沐浴時。」驪山感懷詩云：「我念綺繻歲，扈從當太平。小臣職前驅，馳道出灞亭。」温泉行云：「北風慘慘投温泉，忽憶先皇遊幸年。身騎廐馬引天仗，直入華清列御前。」則天寶巡幸之時，應物已在扈從之數，年始十五爾。王欽臣疑爲三衛官，然史無有。及觀應物白沙亭逢吴叟歌云：「問之執戟亦先朝，零落艱難却負樵。親觀文物蒙雨露，見我昔年侍丹霄。」謂之執戟，則亦三衛之類，欽臣豈據是邪？

歐陽永叔詩文中好説金帶，初寒詩云：「若能知此樂，何必戀腰金。」寄江十詩云：「白髮垂兩鬢，黄金腰九環。」答王禹玉詩云：「喜君所賜黄金帶，故我宜爲白髮翁。」而謝表又云：「頭垂兩鬢之霜毛，腰束九環之金帶。」或謂未免矜服銜寵，而況下於金帶者乎！杜子美白樂天皆詩豪，器識皆不凡，得一緋衫何足道，而詩句及之不一何邪？子美詩云：「挈帶看朱紱，開箱覩黑裘。」贈盧參謀云：「素髮乾垂領，銀章破在腰。」江村詩云：「扶病垂朱紱，歸休步紫苔。」樂天寄荔子詩云：「映我緋衫渾不見，對公銀印最相鮮。」初除忠州云：「魚綴白金隨步躍，鵠銜紅綬繞身飛。」又云：「徒使花袍紅似火，其如蓬鬢白成絲。」脫刺史緋云：「便留朱紱還鈴閤，却著青袍侍玉除。」加朝散大夫得品緋云：「五品足爲婚嫁主，緋袍著了好歸田。」又云：「那知垂白日，始是著緋年。」蓋命服章身，人情所甚喜，故心聲所發如是。退之云：「峩峩進賢冠，耿耿水蒼珮。服章非不好，不與德相對。」其必有以稱之哉。

觀王昌齡詩，仕進之心，可謂切矣。贈馮六元二云㊀：「雲龍未相感，干謁亦已屢。」從軍行云：「雖投定遠筆，未坐將軍樹。」至於沙苑渡之作，乃有「孤舟未得濟，入夢在何年」之句。是以傅說自期也，一何愚哉！按史，昌齡爲汜水尉，以不護細行，謫龍標尉。傅說所爲，顧如是乎？昌齡未第時，岑參贈之詩曰：「潛虯且深蟠，黃鶴舉未晚。」既登第而謫官也，參又贈之詩曰：「王兄尚謫宦，屢見秋雲生。黃鶴垂兩翅，徘徊但悲鳴。」後昌齡以世亂還鄉，爲閭邱曉所殺，則所謂黃鶴者，竟不能高舉矣。

㊀「馮」、「元二」三字據類編本補。

蘇子由自績溪被召，除校書郞，元祐之初年也。山谷和王定國詩云：「后皇蒔嘉橘，中歲多成枳。佳人來何時，天爲啟玉齒。」言欲子由變熙豐人才也。和子由病起被召詩云：「方來立本朝，獻納繼晨暝。」必開曲突謀，滿慰傾耳聽。」言欲子由變熙豐法度也。其措意如此，然官不得至侍從，謫黔移戎，流離困躓，豈非命哉！至建中靖國之初，雜用熙豐元祐人才，山谷喜而成詩云：「維摩老子五十七，天子大聖初元年。傳聞有意用幽仄，病著不能朝日邊。」後雖有銓曹之召，不旋踵又有宜州之行，有才無命，如山谷者，眞可憫也！

孔子曰：「富貴在天。」則所謂富貴者，豈可以倖取乎？潘岳急於進取，乾沒不休，與石崇等諂事賈謐，每候其出，輒望塵而拜，其爲人何如也。觀其作閒居賦曰：「岳讀汲黯傳，至司馬安四至九卿，而良史書之，題爲巧宦之目。遂慨然歎曰：巧誠有之，拙亦宜然。」觀岳此語，尚恨巧之未至邪？其作河陽縣詩則曰：「誰謂晉京遠，室邇身實遼。誰謂邑宰輕，令名患不劭。」其作懷縣詩則曰：「自我違京輦，四載迄於斯。器非廊廟姿，屢出固其宜。」其坐馳京闕，渴心固已生塵矣。而仕宦卒不達，誠可以爲馳騖者之戒也。嘗自敍云：「自弱冠涉於知命之年，八徙官，一進階再免，一除名，一不拜職，遷者三而已。雖通塞有命，抑拙者之效也。」岳誠知此，豈肯遽下賈謐之拜哉？

李商隱九日詩云：「曾共山翁把酒時，霜天白菊繞堦墀。十年泉下無消息，九日尊前有所思。不學漢臣栽苜蓿，空教楚客詠江蘺。郎君官貴施行馬，東閤無因再得窺。」蓋令狐楚與商隱素厚，楚卒，子綯位致通顯，畧不收顧，故商隱怨而有作。然實商隱自取之也。且商隱妻父王茂元與所依鄭亞皆李德裕黨也。商隱與二人暱甚，故綯以爲忘家恩，放利偷合者，是綯惡其異己也。後綯當國，商隱亦歸窮自解，綯雖與一太學博士，然商隱亦厚顏矣。唐之朋黨，延及縉紳四十年，而二李爲之首，至綯而滋熾。綯之忘商隱，是不能念親，商隱之望綯，是不能揆己也。

杜子美云：「鐘鼎山林各天性。」天性之所欲，夫豈可強也哉！白樂天前有讀史詩云：「馬遷下蠶室，嵇康就囹圄。當彼戮辱時，奮飛無翅羽。商山有黃綺，潁川有巢許。何不從之游，超然離網罟。」後又有詠史詩云：「秦磨利刀斬李斯，齊燒沸鼎烹酈其。可憐黃綺入商洛，閒卧白雲歌紫芝。」二詩意絕相類，但未知樂天果能舍彼而就此不？世之人乾没於名利之場，鮮不陷於禍難，樂天之論，真可書紳。

意在退處者，雖饑寒而不辭；意在進爲者，雖沓貪而不顧：皆一曲之士也。高適嘗云：「吾謀適可用，天路豈寥廓。不然買山田，一身與耕鑿。」可仕則仕，可止則止，何常之有哉？適有贈別李少府云：「余亦愜所從，漁樵十二年。種瓜漆園裏，鑿井廬門邊。」贈韋參軍云：「布衣不得干明主，東過梁宋無寸土。兔苑爲農歲不登，雁池垂釣心長苦。」其生理可謂窄矣。及宋州刺史張九皋奇其人，舉有道科中第，調封邱尉，則曰：「此時也得辭漁樵，青袍裹身荷聖朝。牛犁釣竿不復見，縣人邑吏來相邀。」則是不堪漁樵之艱窘，而喜末官之微禄也。一不得志則舍之而去何邪？

封邱詩云：「我本漁樵孟瀦野，一生自是悠悠者。乍可狂歌草澤中，寧堪作吏風塵下。」其末句云：「乃知梅福徒爲爾，轉憶陶潛歸去來。」則不堪作吏之卑辱，而復思孟瀦之漁樵也。韓退之云：「居閒食不足，從仕力難任。」其此之謂乎！

元和中，討蔡數不利，羣臣爭請罷兵，錢徽蕭俛力請於前，逢吉王涯力請於後，惟裴度以一病在腹心，不時去且爲大患。又自請以身督戰，誓不與賊俱存。王建所謂「桐柏水西賊星落，梟雛夜飛林木惡。相國刻日波濤清，當朝自請東西征」是也。憲宗御通化門，臨遣賜度通天御帶，發神策騎三百爲衞。王建詩所謂「同時賜馬并賜衣，御樓看帶弓刀發。馬前猛士三百人，金書左右紅旗新」是也。未幾，李愬夜入縣瓠城，縛吳元濟，度遣馬總先入蔡。明日，統洄曲降卒萬人，徐進撫定。則韓愈平淮西碑言之詳矣。桃林夜捷，愈賀度詩云：「手把命珪兼相印，一時重疊賞元功。」度自蔡入覲，途中重拜台司。愈作詩云：「鵷鷺欲歸仙仗裏，熊羆還入禁營中。」觀度雋功如此，憲宗倘能終始用之，諸藩當股栗不暇，而敢桀驁乎？乃信用程异皇甫鎛之徒，乘釁鐫詆，使度卒不能安於相位。故度嘗有詩云：「有意效承平，無功答聖明。灰心緣忍事，霜鬢爲論兵。道直身還在，恩深命轉輕。鹽梅非擬議，葵藿是平生。白日長懸照，蒼蠅慢發聲。嵩陽舊田里，終使謝歸耕。」觀此則已無經世之意也。

李白贈王歷陽詩云：「有身莫犯飛龍鱗，有手莫辮猛虎鬚。君看昔日汝南市，白頭仙人隱玉壺。」則意在隱遁也。又行路難云：「有耳莫洗潁川水，有口莫食首陽蕨。含光混世貴無名，何用孤高比雲月。」則意在進爲也。達人大觀，流行坎止，何常之有哉？

東坡以侍讀爲禮部尚書，時正得志之秋，而陳無己寄其詩，乃云：「經國向來須老手，有懷何必到壺頭。遥知丹地開黄卷，解記清波没白鷗。」是勸其早休也。洎坡知定州，時事變矣，又爲詩勸之曰：「功名不朽聊通袖，海道無違具一舟。」坡未能用其語，而已有南遷絶海之禍矣。所謂「海道無違具一舟」者，蓋用坡所作八聲甘州「約他年東還海道，願謝公雅志莫相違」之意以動公，而不知二句皆成讖也。

烏重胤之節度河陽也，求賢者以爲之屬，乃得石洪處士爲參謀。韓退之送之序，又爲詩曰：「長把種樹書，人云避世士。忽騎將軍馬，自號報恩子。」蓋吏非吏，隱非隱，故於洪有譏焉。後有寄盧仝詩云：「水北山人得名聲，去年去作幕下士。」其意與前詩同。昔人有「門一杜其可開」之語，宜乎韓子以洪與温造同科，而獨尊盧仝也。

方干隱居鑑湖，任情於漁釣，似無心於仕宦者。觀山中言事詩云「山陰釣叟無知己，窺鏡撏多鬢欲空」，别胡中丞云「吹噓若自毫端出，羽翼應從肉上生」等語，豈全能忘情者邪？羅隱題其詩云：「九霄無鶴版，雙鬢老漁樵。」蓋亦惜其隱遁之言爾。

王績作被召謝病詩云：「横裁桑節杖，直剪竹皮巾。鶴警琴亭夜，鶯啼酒甕春。顔回惟樂道，原憲豈傷貧。」觀此數語，又豈以招聘爲喜乎？獨坐詩云：「託身千載下，聊游萬物初。欲令無作有，翻覺實成虛。」詠懷詩云：「故鄉行處是，虛室坐間同。日落西山暮，方知天下空。」贈薛收詩云：「賴有此山僧，教我以真如。使我視聽遺，自覺塵累祛。」則又知績有得於佛氏者甚深也。

昔太公釣於渭水之濱，而李白以爲釣位。所謂「廣張三千六百釣，風雅時與文王親」是也。嚴光釣於七里之瀨，而滕白以爲釣名。所謂「祇將溪畔一竿竹，釣却人間萬古名」是也。是又烏足以語聖賢。

韻語陽秋卷第十二

不立文字，見性成佛之宗，達磨西來方有之，陶淵明時未有也。觀其自祭文，則曰：「陶子將辭逆旅之館，永歸於本宅。」其擬挽詞，則曰：「有生必有死，早終非命促。」其作飲酒詩，則曰：「采菊東籬下，悠然見南山。此中有真意，欲辨已忘言。」其形影神三篇，皆寓意高遠，蓋第一達磨也。而老杜乃謂「淵明避俗翁，未必能達道」何邪？東坡諗陶子自祭文云：「出妙語於纊息之餘，豈涉生死之流哉？」蓋深知淵明者。

世稱白樂天學佛，得佛光如滿旨趣，觀其「吾學空門不學仙，歸則須歸兜率天」之句，則豈解脫語邪！元微之詩雖不及樂天遠甚，然其得處豈樂天所能及哉？其遣病詩云：「況我早師佛，屋宅此身形。舍彼復就此，去留何所縈。前身爲過迹，來世即前程。蛻骨龍不死，蛻皮蟬自鳴。」則與賈誼「忽然爲人，何足控摶，化爲異物，又何足患」之語何遠邪？孟郊未嘗留意於此，而弔元魯山詩有「苟含天地秀，皆是天地身」之句，亦可嘉矣。

杜牧之郡齋獨酌詩云：「屈指千萬世，過如霹靂忙。人生落其內，何者爲彭殤？」非心地明了貫穿道釋者，不能道也。及觀其自譔墓誌，又忍死作別裴相之章，則知獨酌之詠豈空言哉！

李白跌宕不羈，鍾情於花酒風月則有矣，而肯自縛於枯禪，則知淡泊之味賢於啖炙遠矣。白始學於白眉空，得「大地了鏡徹，回旋寄輪風」之旨；中謁太山君，得「冥機發天光，獨照謝世氛」之旨；晚見道崖，則此心豁然，更無疑滯矣。所謂「啟開七窗牖，託宿掣電形」是也。後又有談玄之作云：「茫茫大夢中，惟我獨先覺。騰轉風火來，假合作容貌。問語前後際，始知金仙妙。」則所得於佛氏者益遠矣。

許渾送栖元棄釋奉道詩云：「仙骨本微靈鶴遠，法心潛動毒龍驚。」送勤尊師自邊將入道詩云：「蒼鷹出塞胡塵滅，白鶴還鄉楚水深。」送李生棄官入道詩云：「水深魚避釣，雲迴鶴辭籠。」皆獎之也。至送僧南歸詩，則云：「憐師不得隨師去，已戴儒冠事素王。」豈渾亦有逃儒之意邪？

錢起投南山佛寺云：「洗足解塵纓，忽覺天形寬。」庶將鏡中像，盡作無生觀。」蓋知百骸九竅，本非天形。至悟真寺詩云：「更聞東林磬，可聽不可說。興中尋覺花，寂爾諸象滅。」蓋知妙明真心，不屬諸象，起於是理，亦可謂超然者矣。

蘇子由病酒，肺疾發，東坡告之以修養之道，有曰：「寸田可治生，誰勸耕黃糯。探懷得真藥，不待君臣佐。初如雪花積，漸作櫻珠大。隔牆聞三嚥，隱隱如轉磨。」此鍊氣法也。後至海上，有道人傳以神守氣之訣云：「但向起時作，還從作處收。」故天慶觀乳泉賦及養生論龍虎鉛汞論皆析理入微，則知東坡於養生之道深矣。

子由誦楞嚴經，悟一解六亡之義，自言於此道更無疑。然其作風痺詩，乃有「數盡吾則行，未應墮冥漠」之句，則於理尚有礙也。而東坡乃謂子由聞道先我何邪？東坡奉新別子由詩云：「首斷故應無斷者，冰消那復有冰知。主人苦苦令儂認，認主人人竟是誰！」又云：「有主還須更有賓，不知無鏡自無塵。只從半夜安心後，失却當年覺痛人。」贈東林總老詩云：「溪聲便是廣長舌，山色豈非清淨身。夜來四萬八千偈，他日如何舉似人。」如此等句，雖宿禪老衲，不能屈也。

柳展如，東坡甥也。不問道於東坡而問道於山谷，山谷作八詩贈之，其間有「寢興與時俱，由我屈伸肘。飯羹自知味，如此是道否」之句，是告之以佛理也；其曰「咸池浴日月，深宅養靈根。胸中浩然氣，一家同化元」，是告之以道教也；「聖學魯東家，恭惟同出自。乘流去本遠，遂有作書肆」，是告之以儒道也。

歐陽永叔素不信釋氏之說，如酬淨照師云「佛說吾不學，勞師忽欵關。我方仁義急，君且水雲閒」；酬惟悟師云「子何獨吾慕，自忘夷其身。」韓子亦嘗謂，收斂加冠巾」是也。既登二府，一日被病亟，夢至一所，見十人端冕環坐，一人云：「參政安得至此，宜速反舍。」公出門數步，復往問之，曰：「公等豈非釋氏所謂十王者乎？」曰然。因問：「世人飯僧造經，爲亡人追福，果有益乎？」答云：「安得無益。」既寤，病良已。自是遂信佛法。文康公得之於陳去非，去非得之於公之孫恕，當不妄。葉少蘊守汝陰，謁見永叔之子棐，久之不出。已而棐持數珠出，謝曰：「今日適與家人共爲佛事。」葉問其所以，棐曰：「先公無恙時，薛夫人已如此，公弗之禁也。」

歐公常爲感事詩曰：「仙境不可到，誰知仙有無。或乘九斑虯，或駕五雲車。往來幾萬里，誰復遇諸途。」又爲仙草詩曰：「世説有仙草，得之能隱身。仙書已怪妄，此事況無文。」則凡神仙之説，皆在所麾也。而贈石唐山人詩，乃云「我昔曾爲洛陽客，偶向岩前坐盤石。四字丹書萬仞崖，神清之洞鎖樓臺。雲深路絶無人到，鸞鶴今應待我來」何邪？蔡約之云：「公守亳社日，有許昌齡者，得神仙之術，來游太清宮，公邀致州舍與語，豁然有悟。一日，公問道，許告以公屋宅已壞，難復語此，但明了前境，猶庶幾焉。」所謂石唐山人詩，乃公臨終寄許之作也。

余曾祖通議，楊寘榜登科，未四十致政，享年八十七。居江陰軍青陽之上湖，自號草堂逸老。參佛日契嵩，遂悟真諦。嘗與嵩詩云：「山禽啼曉四時別，林藪戰秋千里空。」又云：「我悟儻來空世界，師知休去忘形骸。」又與智能上人詩云：「色空了了空還執，體相如如相卽非。」則知所得深矣。又讀道藏一過，故見於篇詠者，多真仙語。如：「仙莖屢隕三危露，真館常開四照花。鵲渚曉煙飛玉洞，琅池秋水接星槎。」又云：「鍊成真氣發雙華，還向囊中祕玉霞。咒水夜潭龍怖劍，弄雲秋嶺鶴看家。」皆佳句也。有注證道歌方外言詮行於世。上湖集二十卷、弋陽酬倡三卷、隱居唱和十卷藏於家。

王勃示知己詩云：「客書同十奏，臣劍已三奔。」則不爲無意於功名者；夢游仙詩云：「乘月披金枝，連星解瓊珮。」則不爲無意於神仙者；是以登葛嶧山而思武侯之功㊀，宿仙居觀而思霓衣之侶也。又觀述懷擬古詩云：「僕生二十祀，有志十數年。下策圖富貴，上策懷神仙。」而二志竟不遂，可勝歎哉！

㊀「嶧」字原缺，據類編補。

漢武好大喜功，黷武嗜殺，而乃齋戒求仙，畢生不倦，亦可謂癡絶矣。李頎王母歌云：「武皇齋戒承華殿，端拱須臾王母見。手指元梨使帝食，可以長生臨宇縣。」又云：「若能鍊魄去三尸，後當見我天皇所。」觀武帝所爲，是能鍊魄去三尸者乎？善哉東坡之論也，「安期與羨門，乘龍安在哉！茂陵秋風客，勸爾麾一杯。帝鄉不可期，楚些招歸來。」言武帝非得仙之姿也。又有安期生詩云：「嘗干重瞳子，不見龍準翁。茂陵秋風客，望祀猶蟻蜂。海上如瓜棗，可聞不可逢。」言安期尚不見高祖，而肯見武帝乎？其薄武帝甚矣。吴筠覽古詩云：「嘗稽真仙道，清淑祕衆煩。秦皇及漢武，焉得游其藩。既欲先宇宙，仍規後乾坤。崇高與久遠，物莫能兩存。矧乃恣所欲，荒淫伐靈根。安期反蓬萊，王母還崑崙。」此詩殆與東坡之旨合。

遠師作白蓮社，與謝靈運陸修静等十八人爲社客，獨陶淵明不肯入社，視衆人固已高矣。無爲子楊次公又從而笑之，其作廬山五笑，於陶有曰：「我笑陶彭澤，聞鐘暗皺眉。籃輿息回去，已是出山遲。」視彭澤又高一著矣。

佛氏經律論，合五千四十八卷，置之大藏，所以傳佛心印，作將來眼，所補大矣。樂天詩詞，其間何所不有，而置大藏何邪？東都聖善寺、蘇州南禪院各有之，且自著集序。李公垂作詩美之曰：「永添鴻寶集，莫雜小乘經。」所謂盜憎主人者邪？又觀題文集云：「身是鄧伯道，世無王仲宣。只應分付女，留與外孫傳。」於身後名亦太孜孜矣。

自左元放蟬蛻之後，金丹九轉之妙不聞。葛玄之弟子鄭隱得其訣，玄之從孫諱洪，乃加赤袒肘伏之禮而師之，於是密訣再傳。按九域志，葛洪鍊丹之處，在天下者十有三，湖州烏程縣葛山者，其一也。山之上，丹竈尚存。人傳風雨之夕，有大毬吞吐巖谷間，其徒以爲丹光，亦異矣。山之麓有普照觀，主者浩然，頗有道業，余嘗贈之四絶句云：「餐霞吸瀣炯方瞳，時著青裙拜木公。玉女投壺天爲笑，却來繡嶺伴仙翁。」「丹成誰羨伯陽仙，白犬騰空恐浪傳。未似尊師得丹訣，火毬吞吐葛山前。」「靈桃入手亦艱勤，正一門中近策勳。未説趙昇王長在，鵠鳴衣鉢已輸君。」「舊得陰符虎口岩，素書添軸玉函緘。君方濡筆書靈篆，已有飛來青鳥銜。」山之下號菁村，蓋仙翁手蒔黄精，取以壽其鄉里者，故以名云。

大觀中，吳興郡有邵宗益者，剖蚌將食，中有珠現羅漢像，偏袒右肩，矯首左顧，衣紋畢具，僧俗創見，遂奉以歸慈感寺。寺臨溪流。建炎間，憲使楊應誠與客傳玩之次，不覺越檻躍入水中，亟禱佛求之，於烟波渺茫之中，一索而獲。噫，亦異矣！葉少藴有詩云："「九淵幽怪舞垂涎，游戲那知我獨尊。應跡不辭從異類，藏身何意戀窮源。歸來自說龍宫化，久住方驚鷲嶺存。此話須逢老摩詰，圓通無礙本無門。」曾公衮云："「不知一殼幾由旬，能納須彌不動尊。疑是吴興清霅水，直通方廣古靈源。月沉濁水圓明在，蓮出汙泥實性存。隱現去來初一致，莫將虛幻點空門。」一時名公和篇甚衆，今藏慈感寺。

有唐中葉，浮圖中有四澄觀，架支提以舍僧伽者，洛中之澄觀也。故退之元和五年爲洛陽令，與之詩云："「火燒水轉掃地空，突兀便高三百尺。洛陽窮秋厭窮獨，丁丁啄門疑啄木。有僧來訪呼使前，伏犀插腦高頰顴」者也。參無名大師，爲華嚴疏主譯經潤文者，會稽之澄觀也。故裴休爲其塔銘云："「元和五年，授僧統印，歷九宗聖世，爲七帝門師，俗壽一百二者也。」傳燈録有鎮國大師澄觀答皇太子問心要，有「心心作佛，無一心而非佛心；處處成道，無一塵而非佛國」之句。所造超詣，豈若前二澄觀，布金植福，算沙窮海者之比哉！又有曹溪别出第二世五臺山華嚴澄觀大師，既有「華嚴」二字，又有無名禪師法嗣之言，似即會稽之澄觀，然録云無機緣語句可録，則又非也。

白日昇天之說，上古無有也，老子爲道家之祖，未嘗言飛昇。後之學道者，稍知清虛寡欲，則好事者，必以白日上昇歸之，見於仙記者，抑何多邪？如淮南王安，漢史以爲自殺，而神仙傳以爲白日昇天，有雞鳴天上，犬吠雲中之語，其妄乃爾。韓退之集載謝自然詩曰：「須臾自輕舉，飄若風中煙。」人多以爲上昇，而不知自然爲魅所著也。故其末云：「噫乎彼寒女，永託異物羣。」鮑溶寄陽鍊師詩云：「道士夜誦蕊珠經，白鶴下繞香烟聽。夜移經盡人上鶴，仙風吹入秋冥冥。」雖一時褒拂鍊師之言，然亦豈儒者所當道哉？曾南豐稱溶詩清約謹嚴，違理者少，觀此詩於理似未醇。

唐張鍊師不知何人，觀唐人贈其詩，若有譏誚。錢起云：「仙侶披雲集，霞盃達曉傾。同歡不可再，朝夕赤龍迎。」劉禹錫云：「金縷機中抛錦字，玉清臺上著霓衣。雲衢不要吹簫伴，只擬乘鸞獨自飛。」其華山女之流乎？

金光明經載，流水長者子以象負水救十千魚，生忉利天，可謂悲濟之極，報驗之速矣。厥後見於記傳，有放蠏得金，放龜得印者，其類甚多，遂使上機生無緣之慈，下士冀有因之果，皆流水長者子之慈意也。余居泛金溪上，暇日率同志拏小舟，載魚鼈蝦蟹，命五比丘誦寶勝佛名，若十二因緣法，作梵唄，捨之溪中。坐間有請作詩以紀一時之事者，余輒爲書云：「漁師竟日漁，水族作斤賣。小捐使鬼兄，滿載獲鱗介。鯤鯨未易羅，所得亦殊態。青蛙盡公私，朱鮪兼小大。霜鱸尚貫鈎，土負或黏塊。輪囷積文螺，郭索走蒼蠏。濕沫相呴濡，自分煮薑芥。豈知惻隱人，規作江湖貸。因呼小青翰，收留舞澎湃。趺坐延黑衣，號佛指清瀨。經飛流水篇，梵起魚山唄。傾盆帶寒藻，圉圉看于邁。驚疑或依蒲，喜躍或生喝。快若鷹避鞲，歡如囚破械。定非校人池，恐是餘不派。願汝藉佛力，永脱鈎網債。口腹聊爾耳，香餌莫巨愛。」

韻語陽秋卷第十三

杜甫詩云：「萬古仇池穴，潛通小有天。」則仇池者必真仙所舍之地。東坡在潁州，夢至一官府，顧視堂上，榜曰仇池。自後作詩，往往自稱仇池。如「記取和詩三益友，他年弭節過仇池。」按唐書志，成州同谷縣有仇池，與秦州接壤，故老杜秦州雜詩嘗曰：「藏書聞禹穴，讀記憶仇池。」送韋十六赴同谷郡嘗曰：「受詞太白脚，走馬仇池頭」是已。歐陽仲醇父語人曰：「嘗夢上帝命我爲長白山主，此何祥也？」明年，仲醇父亡。故東坡有詩云：「死爲長白主，名字書絳闕。」松漠紀聞云：「長白山在冷山東南，白衣觀音所居，其山禽獸皆白，人或穢其間，則致蛇虺之害。」則知福地何處無之。白樂天之蓬萊山，王平甫之靈芝宮，歐陽永叔之神清洞，皆有詩章以紀其異，其亦仇池長白之類與。

王仲致嘗奉使過仇池，有九十九泉，萬山環之，可以避世如桃源。而老杜仇池詩乃謂「近接西南境，長懷十九泉」何邪？

史記蒙恬傳：「秦并天下，使恬將三十萬衆，北逐夷狄，築長城，延袤萬餘里。」酈道元水經注亦云：「蒙恬築長城，起自臨洮，至於碣石，東暨遼海，西並陰山，凡萬餘里。」而魏陳琳作飲馬長城窟行乃云：「長城何連連，連連三千里。」王翰古長城吟云「富國强兵二十年，斂怨興徭九千里」何邪？

汝人多苦癭，故歐公汝癭詩云：「傴婦垂甖盎，嬌嬰包卵鷇。無由辨肩頸，有類龜縮殼。」梅聖俞詩云：「或如雞嗉滿，或若蝯嗛並。女慚高掩襟，男衣闊裁領。」東坡量移汝州詩云：「闊領先裁蓋癭衣。」又云：「汝陽甕盎吾何恥。」魯直汝州葉縣詩亦云：「癭民見我亦悠悠。」余嘗侍先人知汝州，見州治諸井，皆以夾錫錢鎮之，每井率數十千。問其故，一老兵曰：「此邦饒風沙，沙入井中，人飲之則成癭，夾錫錢所以制沙土也。」因思無錫惠山泉，清甘甲於二浙者，以有錫也。則老兵之言不妄矣。

曹操入荆州，孫權遣周瑜與劉備併力逆曹公，遇於赤壁，曹公軍馬燒溺死者甚衆，軍遂大敗。蓋謂鄂州蒲圻縣赤壁也。黄州亦有赤壁，但非周瑜所戰之地，東坡嘗作賦曰：「西望夏口，東望武昌，非孟德之困於周郎者乎？」蓋亦疑之矣。故作長短句云：「人道是三國周郎赤壁。」謂之人道，是則心知其非矣。韓子蒼知黄州日，聞賊起旁郡，有詩云：「齊安城畔山危立，赤壁磯頭水倒流。此地能令阿瞞走，小偷何敢下蘆洲！」遂直以齊安赤壁爲周瑜所戰之地，豈非因東坡之語邪？

俗言「腰纏十萬貫，騎鶴上揚州」，言揚州天下之樂國。如韋應物詩云「雄藩鎮楚郊，地勢鬱岧嶢。嚴城動寒角，曉騎踏霜橋」，杜牧云「秋風放螢苑，春草鬥雞臺」，「二十四橋明月夜，玉人何處教吹簫」等句，猶未足以盡揚州之美。至張祜詩云：「十里長街市井連，月明橋上看神仙。人生只合揚州死，禪智山光好墓田。」則是戀嫪此境，生死以之者也。隋煬帝不顧天下之重，千乘萬騎，錦纜牙檣，來遊此都，竟藏骨於雷塘之下，真所謂「禪智山光好墓田」者邪！

錢塘風物湖山之美，自古詩人，標榜爲多，如謝靈運云「定山緬雲霧，赤亭無滯薄」，鄭谷云「潮來無別浦，木落見他山」，張祜云「青壁遠光凌鳥峻，碧湖深影鑒人寒」，錢起云「漁浦浪花搖素壁，西陵樹色入秋窗」之類，皆錢塘城外江湖之景，蓋行人客子於解鞍繫纜頃刻所見爾。城中之景，惟白樂天所賦最多，所謂「潮聲夜入伍員廟，柳色春藏蘇小家」，「大屋簷多裝雁齒，小航船亦畫龍頭」，「燈火萬家城四畔，星河一道水中央」，至今尚有可考。

荆州者，上流之重鎮，詩人賦詠多矣。韓退之云：「窮冬或搖扇，盛夏或重裘。」言氣候之不正。劉夢得云：「渚宮楊柳暗，麥城朝雉飛。」言城郭之荒涼。張説云：「旃裘吴地盡，髻薦楚言多。」言蠻夷之與鄰。張九齡云：「枕席夷三峽，關梁豁五湖。」言道路之四達。若其邑屋之繁富，山川之秀美，則罕有言之者。蓋自秦并楚之後，宮室盡爲禾黍，未易興復，而況秦楚之後，代代爲百戰爭奪之場邪！故東坡渚宮詩備言楚王宮室之盛，而繼之以「秦兵西來取鐘虡，故宮禾黍秋離離。千年壯觀不可復，今之存者蓋已卑。池空野迥樓閣小，惟有深竹藏狐狸」之句。

漣水軍有真君泉，在軍治園中。東坡嘗題字於石欄，又作長短句，所謂「倦客塵埃何處洗，真君堂下寒泉水」是也。又有藍家井亦佳絶。二水清甘無比，嘗以惠山泉比試，而惠泉翻不及。余隨侍文康公僑寄此軍二年，每日烹茶，更用二水，遂擯惠泉不用。信知陸鴻漸茶經，張又新水記皆虛語耳。山谷省城烹茶詩云：「閤門井不落第二，竟陵谷簾定誤書。」亦謂此也。歐公再至汝陰詩云：「水味甘於大明井。」則知天下甘泉不爲陸張所録者，何可勝數哉？

白樂天九江春望詩云：「鑪烟豈異終南色，盆草寧殊渭北春。」蓋不忘蔡渡舊居也。老杜偶題云：「故山迷白閣，秋水憶皇陂。」蓋不忘秦中舊居也。東坡横翠閣詩云：「已見西湖懷濯錦，更看横翠憶峨眉。」殆亦此意。

蘇東坡兄弟，以仕宦久，不得歸蜀，懷歸之心，屢見於篇詠。東坡金山詩云：「江山如此不歸山，江神見怪驚我頑。我謝江神豈得已，有田不歸如江水。」送程六表弟詩云：「憑君寄謝江東叟，念我空見長安日。浮江泝蜀有成言，江水在此我不食。」子由汝南遷居詩云：「病暑暑已退，思歸未成歸。」初得南園云：「千里故園魂夢裏，百年生事寂寥中。」及子由潁濱買宅，坡又和其詩云：「劍關大道車方軌，君自不歸歸何難。山中故人應大笑，築室種柳何時還。」則二蘇未嘗一日不懷歸也。嘉祐丙申歲，老蘇在京師，乃有厭蜀之意。嘗有意嵩山之下，洛水之上，買地築室而居。故爲詩曰：「岷山之陽土如腴，江水清清多鯉魚。古人居之富者衆，我獨厭倦思移居。」是時鄉人陳景回自蜀居蔡，故以是詩告之。則是二蘇欲歸蜀，而老蘇欲出蜀也。厥後老蘇葬於蜀，而治命指其墓旁庚壬地爲二子之藏，而二子終不得歸焉，信知人事不可期也。又歐陽永叔居官之日多，然志未嘗一日不在潁也。下直詩云：「終當自駕柴車去，獨結茅廬潁水西。」齋宫偶書云：「誰爲寄聲清潁客，此生終不負漁竿。」呈同行三公云：「買地淮山北，垂竿潁水東。」秋懷詩云：「鹿車終自駕，歸去潁東田。」送職方云：「三年解組來歸日，吾已先耕潁水頭。」書懷云：「潁水多年已結廬，白首歸來一鹿車。」表海亭云：「潁田二頃春蕪没，安得柴車自駕還。」青州書事云：「君恩天地不違物，歸去行歌潁水傍。」謝石抆蘄簟詩云：「終當卷簟擕歸去，築室買田清潁尾。」清明日詩云：「有田清潁間，尚可事桑麻。安得一黄犢，幅巾駕柴車。」送祖擇之云：「待君今日我何爲，手把鉏犂汝陰叟。」歸田樂云：「我已買田清潁上，更欲臨流作釣磯。」觀其思歸之言，重複如是，豈懷禄固位者哉？老杜云：「非無江海志，瀟洒送日月。生逢堯舜君，不忍便永決。」此永叔志也。

晉孝武初奉佛法，立精舍於殿内，引沙門居之，故今人皆以佛寺爲精舍。殊不知精舍者，乃儒者教授生徒之處。後漢包咸檀敷劉淑傳，皆有立精舍教授生徒之文。謝靈運石壁精舍詩曰：「披拂趨南徑，愉悦偃東扉。」皆靈運所居之境，非佛寺也。故李善注云：「精舍者，今讀書齋是也。」葉少藴所居號石林精舍，蓋用此義。

白樂天所至處必築居，在渭上有蔡渡之居，在江州有草堂之居，在長安有新昌之居，在洛中有履道之居，皆有詩以紀勝。故其自謂云：「余自幼迨老，若白屋，若朱門，凡所止雖一日二日，輒覆簣土爲臺，聚拳石爲山，環斗水爲池。」所謂君子之居，一日必葺者邪？

梅聖俞寄題歐公醉翁亭詩云：「日暮使君歸，野老紛紛至。但留山鳥啼，與伴松間吹。借問結廬何，使君游息地；借問醉者何，使君閒適意；借問鐫者何，使君自爲記。」全體歐公醉翁亭記而作。余謂滁之山水，得歐文而愈光；歐公之文，得梅擬而愈重。

晉謝安居金陵之冶城。洎廢，李太白嘗營園其上，賦詩云：「冶城訪古跡，猶有謝安墩。梧桐識佳木，蕙草留芳根。」後爲王荆公之居，公爲詩曰：「我名公字偶相同，我屋公墩在眼中。公去我來墩屬我，不應墩姓尚隨公。」至於叙其所居草木，則又有詩云：「千枚孫嶧陽，萬本母淇奥。滿門陶令株，彌岸韓侯蔌。跳鱗出重錦，舞羽墮輭玉。」此等句抑可以想像其林巒之盛，今復爲瓦礫之場矣，可勝嘆哉！

韓文公宦遊四方，險阻艱難，莫甚於登華山泛洞庭之時。答張徹詩云：「洛邑得休告，華山窮絶陘。倚巖睨海浪，引袖拂天星。磴蘚澾拳跼，梯飆颭伶俜。」贈張十一詩云：「蒼茫洞庭岸，與子維雙舟。霧雨晦争泄，波濤怒相投。雞犬斷四聽，糧絶誰與謀。」觀此尚可寒心也。

韋應物聽嘉陵江聲云：「水性自云静，石中本無聲。如何兩相激，雷轉空山鳴。」贈李儋云：

「絲桐本異質，音響合自然。吾觀造化意，二物相因緣。」二詩意頗相類，然應物未曉所謂非因非緣，亦非自然者。

皇祐三年，荆公倅舒，與道人文銳、弟安國擁火遊石牛洞，玩李習之題字，聽泉而歸。故有詩曰：「水泠泠而北出，山靡靡而旁圍。欲窮源而不得，竟悵望而空歸。」元豐間，魯直嘗至其處，亦題詩云：「司命無心播物，祖師有記傳衣。白雲横而不度，高鳥倦而猶飛。」蓋效其作也。晁无咎續楚詞載荆公詞，以爲二十四言具六藝羣言之遺味，故與經學典策之文俱傳，未曉其説也。

烟霞泉石，隱遁者得之，宦游而癖此者鮮矣。謝靈運爲永嘉，謝玄暉爲宣城，境中佳處，雙旌五馬，游歷殆遍，詩章吟詠甚多，然終不若隱遁者藜杖芒鞋之爲適也。玄暉敬亭山詩云：「我行雖紆組，兼得尋幽蹊。」板橋詩云：「既歡懷禄情，復叶滄洲趣。」自謂兩得之者。其後又有鼓吹登山之曲。且松下喝道，李商隱猶謂之殺風景，而況於鼓吹乎？韋應物歐陽永叔皆作滁州太守，應物遊琅琊山則曰：「鳴騶響幽澗，前旌耀崇岡。」永叔則不然，遊石子澗詩云：「麕麚魚鳥莫驚怪，太守不將車騎來。」又云：「使君厭騎從，車馬留山前。行歌招野叟，共步青林間。」遊山當如是也。

虞巡之事遠矣，後世莫能知其詳也。若周穆王者，勞民費財，從事於八荒之遠，豈人君之美事乎？顔延年應詔觀北湖詩乃云：「周御窮轍跡，夏載歷山川。蓄軫豈明懋，善遊皆聖仙。」侍遊曲阿詩又云：「虞風載帝狩，夏諺頌王遊。春方動宸駕，望幸傾五州。」是開人君遊豫流亡之心，非所謂告以善道者也。

扈從明皇南出雀鼠谷，張說作詩，和章甚衆，皆不若王丘之作爲工。如「花縟前茅仗，霜嚴後殿戈。戍雲開晉嶺，江雁入汾河。北土分堯俗，南風動舜歌」之句，未有及之者。唐朝推燕許，而王丘不以詩名，觀燕許之作，慚於丘多矣。至王光庭云：「寒隨汾谷盡，春逐晉郊來。」而趙冬曦復云：「寒依汾谷去，春入晉郊來。」更相剽竊如此，又不足論也。

徐凝瀑布詩云：「千古猶疑白練飛，一條界破青山色。」或謂樂天有賽不得之語，獨未見李白詩耳。李白望廬山瀑布詩云：「飛流直下三千尺，疑是銀河落九天。」故東坡云：「帝遣銀河一派垂，古來惟有謫仙詞。」以余觀之，銀河一派，猶涉比類，未若白前篇云：「海風吹不斷，江月照還空。」鑿空道出，爲可喜也。

張又新品天下甘泉，以常州惠山泉爲第二。東坡謂「獨攜天上小團月，來試人間第二泉」是也。荆門軍亦有惠泉，李德裕有詩題於泉上云：「茲泉由太潔，終不蓄纖鱗。到底清何益，涵虛祇自貧。」至今碑版存焉。小說載德裕在中書，置水遞以取惠山泉，一僧指昊天觀井，謂與惠山水脉相通，辨之味同，遂停水遞。其好水殆成癖矣。荆門惠泉，本名蒙泉，沈傳師有「蒙泉聊息駕，可以洗君心」之句。而德裕乃直名曰惠泉，豈非思惠山泉不可得，求其似者而强名之與？然德裕嘗令所親取揚子江中泠水，其人醉忘，乃汲石城水以紿之，德裕能辨其非是。審爾，其可以蒙泉爲惠泉而自欺乎？

元次山結屋浯溪之上，有三吾焉：因水而吾之，則曰浯溪；因屋而吾之，則曰吾亭；因石而吾之，則曰峿臺；蓋取吾所獨有之義。故自爲銘曰：「命之曰吾，莅吾獨有。」噫，次山何其不達之甚邪？且身非我有，是天地之委形；生非我有，是天地之委和；性命非我有，是天地之委順；孫子非我有，是天地之委蜕。而次山乃區區然認山川叢薄之微，惑其靈臺，認爲我有，抑可哀也已！莊子曰：「獨往獨來，是謂獨有。獨有之人，是謂至貴。」次山儻知此乎？司馬温公有園名獨樂。嘗爲記云：「叟之所樂者，寂寞固陋，皆衆所鄙笑，雖推以予人，人且不取，安得强之乎！必也有人肯同此樂，則再拜而獻之，豈能專哉。」故東坡爲賦詩云：「雖云與衆樂，中有獨樂者，才全德不形，所貴知我寡。」惟温公獨有之道，藴於胸中，故東坡獨樂之章形于筆下，與次山所見，殆霄壤矣。

空同山，汝州岷州皆有之，老杜送高適書記赴武威詩云：「空同小麥熟，且願休王師。」又以詩寄之云：「主將收才子，空同足凱歌。」皆謂岷州之空同也。杜乃用之於武威之詩何哉？蓋武威，唐爲涼州都督府，與岷州俱隸隴右道，則送適詩雖及之無傷也。莊子載黄帝見廣成子於空同之上，史記亦載黄帝西至於空同。成玄英疏莊子，謂在京西北界，則是以爲汝州之空同。韋昭注史記，乃謂在隴右，則是以爲岷州之空同，將孰信邪？余謂莊生述黄帝問道，又言遊襄城，登具茨，訪大隗，其地皆與汝州接，則是汝州空同無疑矣。余嘗至汝，登兹山而訪遺迹，有所謂廣成澤者，有所謂廣成城者，有所謂廣成廟者。宣和間，太守林時敷嘗以是奏請建道觀，詔從之。其考之詳矣。寰宇記又載涇州保定縣有笄頭山，一名空同山，亦以爲黄帝問道之地，益無的據。而盧正援爾雅之説，謂北戴斗極爲空同，其地遠，華夏之君所不到，此又荒忽怪誕之言也。

韻語陽秋卷第十四

本朝書，米元章蔡君謨爲冠，餘子莫及。君謨始學周越書，其變體出於顔平原。元章始學羅遜濮王諱讓書，其變體出於王子敬。君謨泉州橋柱題記，絶過平原；元章鎮江焦山方丈六版壁所書，與子敬行筆絶相類，藝至於此，亦難矣。東坡贈六觀老人詩云：「草書非學聊自悟，落筆已唤周越奴。」則越之書未甚高也。襄陽學記乃羅遜書，元章亦襄陽人，始效其作。至於筆挽萬鈞，沉著痛快處，遜法豈能盡邪？

東坡詩云：「元章作書日千紙，平生自苦誰與美。畫地爲餠未必似，要令癡兒出饞水。」如此等句，似非知元章書者。晚年尺牘中語乃不然，所謂嶺海八年，念我元章，邁往凌雲之氣，清雄絶俗之文，超邁入神之字，何時見之，以洗瘴毒。」又云：「恨二十年相從，知元章不盡。」所謂「畫地爲餠未必似」者，其知元章不盡者與？

王摩詰自謂：「宿世謬詞客，前身應畫師。」故竇蒙所著畫拾遺稱之云：「詩合國風，公幹之能，畫關山水子華之聖。加以心融物外，道契玄微，則其用筆清潤秀整，豈他人之可並哉？」余在毗陵，見孫潤夫家有王維畫孟浩然像，絹素敗爛，丹青已渝。維題其上云：「維嘗見孟公吟曰：『日暮馬行疾，城荒人住稀。』又吟云：『挂席數千里，名山都未逢。泊舟潯陽郭，始見香爐峰。』余因美其風調，至所舍圖於素軸。」又有太子文學陸羽鴻漸序云：「昔周王得駿馬，山谷之人獻神馬八四；葉公好假龍，庭下見真龍一頭；顏太師好異典，郭山人閦贈金匱文；李洪曹好古篆，莫居士贈玉筯字。此四者，得非氣合不召而至焉。中園生舊任杞王府户曹，任廣州司馬。金陵崔中字子向，家有古今圖畫一百餘軸，其石上蕃僧、岩中二隱、西方無量壽佛，天下第一。余有王右丞畫襄陽孟公馬上吟詩圖並其記，此亦謂之一絕。故贈焉，以裨中園生畫府之闕。唐貞元年正月二十有一日誌之。」後有本朝張洎題識云：「癸未歲，余爲尚書郎，在京師，客有好事者，浚儀橋逆旅，見王右丞襄陽圖，尋訪之，已爲人取去。他日，有吳僧楚南挈圖而至。問其所來，卽浚儀橋之本也。雖縑軸塵古，尚可窺覽。觀右丞筆迹，窮極神妙。襄陽之狀，頎而長，峭而瘦，衣白袍，靴帽重戴，乘欵段馬，一童總角，提書笈負琴而從，風儀落落，凜然如生。復觀陸文學題記，詞翰奇絕。金匱文，前史遺事。中園生，彼何人斯？按孟君當開元天寶之際，詩名籍甚，一遊長安，右丞傾蓋延譽。或云，右丞見其勝己，不能薦於天子，因坎坷而終。故襄陽別右丞詩云：『當路誰相假，知音世所希。』乃其事也。余頃在金城，亦曾見一圖，蓋傳寫之本。所題詩後有『水落魚梁淺，天寒夢澤深』之句，今真本卽無，故事存焉，以遺來者。孟冬十有一日南譙張洎題。」潤夫謂此畫是維親筆無疑，余謂曰：此俗工搨本也。張洎謂襄陽之狀頎而長，峭而瘦，今所繪乃一矮肥俗子爾。徐觀其題識三篇，字皆一體，魯魚之誤尤多，信非維筆。潤夫然之，因以題識書於此。

韓幹畫馬，妙絕一時，杜子美嘗贊之云：「韓幹畫馬，毫端有神，驊騮老大，腰褭清新。」此畫與贊，舊藏李後主家。其後李伯時得之，則馬四足已敗爛。伯時題之云：「此馬雖無追風奔電之足，然甚有生氣。」因自作四足以補之，遂爲伯時家畫譜中第一。一日，出以示王公明之祖，祖甚愛之。時祖有商鼎，亦甚珍惜。王曰：「如能以韓畫相易，不敢靳也。」於是贈商鼎而得其畫，今見藏公明家。余婿沈子直嘗見，極愛之，爲余言此。余因作六字四言云：「刖足俄然增足，蹶蹄那害全蹄。還解追風奔電，不妨一躍檀溪。」後見張文潛集有蕭朝散韓幹馬圖亡後足詩，殆與此相類。豈幹之畫馬，尤妙於足，天工敕六丁雷電下取將邪！

張長史以醉故，草書入神，老杜所謂「楊公拂篋笥，舒卷忘寢食。念昔揮毫端，不獨觀酒德」是也。許道寧以醉故，畫入神，山谷所謂「往逢醉許在長安，蠻溪大硯摩松烟」。「醉拈枯筆墨淋浪，勢若山崩不停手」是也。大抵書畫貴胸中無滯，小有所拘，則所謂神氣者逝矣。鍾王顧陸不假之酒而能神者，上機之士也。如張許輩非酒安能神哉！

秘省古今名畫，殆充棟宇。余在省歲久，與同舍郎日取數軸評玩，殆有啗炙之味。如所用絹素，凡涉名筆，必密緻緊厚，蓋慮其易敗也。老杜戲韋偃爲雙松歌云：「我有一匹好東絹，重之不減錦繡段。請君放筆爲直幹。」則偃筆之妙，非好東絹不與也。米元章畫史云：「古畫唐初皆生絹，後來皆以熟湯半熟入粉槌如銀版，故作人物精彩。今人收唐畫，必以絹辨，見文粗便謂不唐，非也。」余謂用粉槌絹固善，然視他絹，丹青尤易渝也。

魯直云：「小字莫作痴凍蠅，樂毅論勝遺教經。」又嘗云：「遺教經或云羲之書，在楷法中小不及樂毅論，然清新方重，度越蕭子雲數等。則是小字中樂毅論爲冠絶也。」米氏書畫史云：「樂毅論智永跋云，梁世摹出，天下珍之。内書誤兩字，以雌黄塗定。世無此本。余於杭州天竺僧處得一本，有改誤兩字，又不闕唐諱，是梁本也。」

唐明皇使韓幹師陳閎畫馬，及畫成，明皇怪不與閎同。幹奏曰：「臣之師，即陛下内廐馬也。」上異之。其後畫入神品。按老杜丹青引贈曹霸云：「弟子韓幹早入室，亦能畫馬窮殊相。」則幹之師乃曹霸爾。孰謂師内廐馬，便能盡毫端之妙乎？世傳職貢圖，乃閻立本所畫，東坡作詩，亦云立本筆。所謂「音容猞獰服奇庬，横絶嶺海逾濤瀧。珍禽瑰産争牽杠，名王解辮却蓋幢」者也。按朱景玄畫録，謂職貢圖乃其弟立德所作，立本所畫諸國王粉本爾。

薛稷不特以書名，而畫亦居神品。老杜所謂「我遊梓州東，遺迹涪江邊。畫藏青蓮界，書入金牓懸」是也。杜又有薛少保畫鶴一篇，所謂「薛公十一鶴，皆寫青田真」是也。余謂陸探微作一筆畫，實得張伯英草書訣；張僧繇點曳斫拂，實得衛夫人筆陣圖訣；吴道子又授筆法於張長史。信書畫用筆，同一三昧。薛稷書法，雁行褚河南，而丹青之妙，乃復如詩，當是書法三昧中流出也。

「先帝天馬玉花驄，畫工如山貌不同。是日牽來赤墀下，迥立閶闔生長風。」此老杜贈曹將軍詩也。張彥遠畫記乃云，曹霸仕至太府寺丞，杜甫嘗贈之歌。明皇御廐有馬名玉花驄，詔令圖之，誤矣。又南齊謝赫作古畫品録云：「曹弗興之迹，殆莫復傳，惟秘閣之內一龍而已。」而裴孝源公私録畫，乃有曹弗興畫二卷，謂九州名山圖秦皇東遊圖。如此將孰信邪？

歐陽文忠公詩云：「古畫畫意不畫形，梅詩寫物無隱情。忘形得意知者寡，不若見詩如見畫。」東坡詩云：「論畫以形似，見與兒童鄰。賦詩必此詩，定知非詩人。」或謂：「二公所論，不以形似，當畫何物？」曰：「非謂畫牛作馬也，但以氣韻爲主爾。」謝赫云：「衞協之畫，雖不該備形妙，而有氣韻，凌跨雄傑。」其此之謂乎？陳去非作墨梅詩云：「含章檐下春風面，造化工成秋兔毫。意得不求顏色似，前身相馬九方皋。」後之鑒畫者，如得九方皋相馬法，則善矣。

自古畫維摩詰者多矣，陸探微張僧繇吴道子皆筆法奇古，然不若顧長康之神妙。故老杜送許八歸江寧詩云：「虎頭金粟影，神妙獨難忘。」言長康畫維摩詰在焉故也。維摩詰號金粟如來，虎頭者，長康小字也。而釋者乃謂「虎頭」爲維摩相。「金粟」者，釋有金粟，豈不誤哉！江寧瓦棺寺，建康府城之西南，今戒壇寺即遺基也。按京師寺記云：「興寧中，瓦棺寺初置，士大夫捐金帛，未有過十萬者。長康素貧，遂鳴刹注百萬，人皆疑之。已而於北殿畫維摩像一軀，與戴安道所爲文殊對峙，佛光照耀，觀者如堵，遂得錢百萬。」則虎頭筆迹，爲當時所宗重可知矣。荐更兵火，壁既不存，而畫亦不可得見。近歲京口都聖與來爲建康總領，首詢維摩不存之因，寺僧莫能答。因語之曰：「某守南雄，嘗有人示石碣云，唐會昌中，杜牧嘗寄瓦棺維摩摹本於陳穎，張彥遠刻於郡齋。某因求陳穎之本，又刻於南雄。尚有墨本在篋笥，當以付子。宜刻之戒壇，庶幾舊物復歸，而觀者皆知顧筆神妙果如此，亦可以爲戒壇之異事。」僧乃刻之。

顏平原書妙天下，迹其所自，雖受法於其舅殷仲容，然究其妙處，得於張顛爲多。余家舊藏數碑，皆用筆清勁，而剛方之氣，如其爲人，真山谷所謂「筆法錐沙屋漏，心期曉日秋霜」者邪！

漢張芝嘗自品其書云：「上比崔杜不足，下方羅趙有餘。」故世之言惡札者，必曰羅趙。東坡贈孫莘老詩云：「龔黃側畔難言政，羅趙前頭且衒書。」言羅趙者，譏莘老書不工也。羅謂羅暉，趙謂趙襲。按張彥遠法書要録云：「襲與暉並以能草見重關西，矜巧自衒，衆頗惑之。」則謂之惡札亦寃矣。

竇臮作述書賦於前，而竇永作述書賦於後，凡能書之士，殆無遺矣。永稱其兄蒙書云：「包雜體，冠衆賢，手運目擊，瞬息彌年。」而蒙亦稱永云：「翰墨厮張王，文章凌班馬，詩藻雄贍，草隸精深。」後永亡，蒙有詩云：「季江留被在，子敬與琴亡。」其傷之深矣。若二人者，游藝絕倫，友誼尤篤，真難兄難弟哉！米芾書畫史載，晉庾翼真蹟在張齊賢孫直清家，古黃麻紙全幅，上有竇蒙審定印。則知蒙精鑒博識舊矣。

韓退之云：「凡爲文詞，宜略識字。」遂從歸登學科斗書，則知留意字學者，當以識字爲本也。顏魯公書蹟冠當代，有干祿字樣行於世者，畏學書者不識字爾。退之詩云：「阿買不識字，頗知書八分。詩成使之寫，亦足張我軍。」豈非貶之之詞邪？又按擇木以八分受知於明皇，固嘗與蔡有鄰顧文學並直供侍，故老杜有「分日示諸王，鈎深法更祕」之語，而謂之不識字可乎？以是二說校之，則知阿買非擇木明矣。

米元章書畫奇絕，從人借古本自臨搨，臨竟，併與臨本真本還其家，令自擇其一，而其家不能辨也。以此得人古書畫甚多。東坡屢有詩譏之。二王書跋尾則云：「錦囊玉軸來無趾，粲然奪真擬聖智。」又云：「巧偷豪奪古來有，一笑誰似癡虎頭。」山谷亦有戲贈云：「澄江靜夜虹貫月，定是米家書畫船。」余謂人之嗜好躭著，乃至於此。元章嘗以九物換劉季孫子敬帖，不獲，其意歉然。張芸叟作詩云：「請君出奇帖，與此九物并。今日投卞水，明日到滄溟。」又有「破紙博珠玉」之句。此詩亦可以警膏肓於書畫者。

左傳云「周成王蒐於岐陽」，而韓退之石鼓歌則曰宣王，所謂「宣王憤起揮天戈」，「蒐於岐陽騁雄俊」是也。韋應物石鼓歌則曰文王，所謂「周文大獵岐之陽，刻石表功何煒煌」是也。唐蘇氏載記云：「石鼓文謂周宣王獵碣，共十鼓。」東坡石鼓詩亦云：「憶昔周宣歌鴻雁，方召聯翩賜圭卣。」不知韋詩云「周文」安據乎？歐陽永叔云：「前世所傳古遠奇怪之事，類多虛誕而難信，況傳記不載，不知韋蘇二君何據而有此說也。」梅聖俞亦有詩云：「傳至我朝一鼓亡，九鼓缺剝文失行。兵人偶見安碓床，云鼓作臼刳中央。心喜遺篆猶在旁，以白易臼庸何傷，神物會合居一方。」此與延平寶劍何異哉？

東坡評張顛懷素草書云：「張顛醉素兩禿翁，追逐世好稱書工，有如市娼抹青紅。」卑之甚矣。至評六觀老人草書，則云：「心如死灰實不枯，逢場作戲三昧俱。蒼鼠奮髯飲松腴，剡溪玉腕開雪膚。夏雲飛天萬人呼，莫作羞癡楊氏姝。」則知坡之所喜者，貴於自然，琱鐫而成者，非所貴也。然張顛自言，見公主擔夫爭道，而得筆法；觀公孫大娘舞劍器，而得神俊。僧懷素自言，我觀夏雲多奇峯，輒師之。謂夏雲因風變化無常勢，草書亦當爾。則二人筆法固亦出於自然，而坡去取之異如此，何邪？李頎贈顛詩云：「皓首窮草隸，時稱太湖精。」則知顛又精於隸書。錢起贈素詩曰：「能翻梵王字，妙盡伯英書。」則知素又精於梵字。苑舍人亦能梵字，故王維贈詩云：「楚詞共許勝揚馬，梵字何人辨魯魚。」言世人識梵字者少也。

韓擇木作八分書，師蔡邕法，風流閒媚，號伯喈中興。蔡有鄰亦善八分，其始拙弱，至天寶遂精。故杜子美贈李潮八分歌云：「尚書韓擇木，騎曹蔡有鄰，開元以來數八分，潮也奄有二子成三人。」又有送顧八分適洪吉州詩，亦引二人者以比顧，所謂「昔在開元中，韓蔡同贔屭。三人並入直，恩澤各不二」是也。明皇八分師擇木，嘗於彩牋上書，以賜張說。

僧惠崇善爲寒汀烟渚，蕭灑虛曠之狀，世謂「惠崇小景」，畫家多喜之，故魯直詩云：「惠崇筆下開江面，萬里晴波向落暉。梅影横斜人不見，鴛鴦相對浴紅衣。」東坡詩云：「竹外桃花三兩枝，春江水暖鴨先知。蔞蒿滿地蘆芽短，正是河豚欲上時。」舒王詩云：「畫史紛紛何足數，惠崇晚出我最許。沙平水澹西江浦，鳧鴈静立將儔侶。」皆謂其工小景也。

王荆公題燕侍郎山水詩，有「燕公侍書燕王府，王求一筆終不與」之句，故燕畫之在世者甚鮮。學士院亦有燕侍郎畫圖，荆公有一絶云：「六幅生綃四五峯，暮雲樓閣有無中。去年今日長干里，遥望鍾山與此同。」張天覺有詩跋其後云：「相君開卷憶江東，彷彿鍾山與此同。今日還爲一居士，翛然身在畫圖中。」

余時隨家先文康公至汝州，嘗至龍興寺觀吳道子畫兩壁。一壁作維摩示疾，文殊來問，天女散花；一壁作太子遊四門，釋迦降魔成道。筆法奇絶。壁用黄沙搗泥爲之，其堅如鐵。然土人不知愛重，宣和間，家先公到官，始命脩整，置闌鎖，納匙於郡治。後劉元忠傳得東坡寄子由詩，方知子由曾施百縑，所謂「似聞遺墨留汝海，古壁蝸蜒可垂涕。力捐金帛扶棟宇，錯落浮雲捲新霽」是也。坡集載鳳翔普門開元吳畫詩，所謂「亭亭雙林間，彩暈扶桑暾。中有至人談寂滅，悟者悲涕迷者手自捫。蠻君鬼伯千萬萬，相排競進頭如黿」。當是作釋迦涅槃相爾。恨不得一見之。

韻語陽秋卷第十五

霓裳羽衣舞，始於開元，盛於天寶，今寂不傳矣。白樂天作歌和元微之云：「今年五月至蘇州，朝鐘暮角催白頭。貪看案牘常侵夜，不聽笙歌直到秋。秋來無事多閒悶，忽憶霓裳無處問。聞君部内多樂徒，問有霓裳舞者無？答云十縣十萬户，無人知有霓裳舞。惟寄長歌與我來，題作霓裳羽衣譜。」想其千姿萬狀，綴兆音聲，具載於長歌，按歌而譜可傳也。今元集不載此，惜哉！賴有白詩，可見一二爾。「虹裳霞帔步摇冠，鈿瓔纍纍佩珊珊」者，言所飾之服也。又曰：「散序六奏未動衣，中序擘騞初入拍，繁音急節十二遍，唳鶴曲終長引聲。」言所奏之曲也。而唐會要謂破陣樂赤白桃李花望瀛霓裳羽衣，總名法曲。今世所傳望瀛，亦十二遍，散序無拍曲，終亦長引聲。若樂奏望瀛，亦可髣髴其遺意也。又曰：「君言此舞難得人，須是傾城可憐女。」言所用之人也。然所用之人，未詳其數。若曰：「玉鉤欄下香案前，案前舞者顏如玉。」則疑用一人。若曰：「李娟張態君莫嫌，亦擬隨宜且教取。」則又疑用二人。然明皇每用楊太真舞，故長恨詞云：「風吹仙袂飄飄舉，猶似霓裳羽衣舞。」則當以一人爲正。鄭嵎津陽門詩註，葉法善引明皇入月宫，聞樂歸，笛寫其半。會西涼府楊敬述進婆羅門曲，聲調脗合，按之便韻，乃合二者製霓裳羽衣之曲。沈存中云：「霓裳曲用葉法善月中所聞爲散序，以楊敬述所進爲其腔。未知所據也。又謂霓裳乃道調法曲。若以爲道調，則誤矣。樂天高陽觀夜奏霓裳云：「開元遺曲自淒涼，況近秋天調是商。」則霓裳用商調，非道調明矣。厥後文人往往指霓裳爲亡國之音，故杜牧詩云：「霓裳一曲千峯上，舞破中原始下來。」

明皇雜録云：「天寶中，上命宮中女子數百人爲梨園弟子，皆居宜春北院。上素曉音律，時有馬仙期李龜年賀懷智皆洞知律度，而龜年恩寵尤盛。自禄山之亂，散亡無幾。老杜逢李龜年云：「岐王宅裏尋常見，崔九堂前幾度聞。正是江南好風景，落花時節又逢君。」白樂天云：「白頭病叟泣且言，禄山未亂入梨園。歡娱未足燕寇至，萬人死盡一身存。」又有梨園弟子詩云：「白頭垂淚語梨園，五十年前雨露恩。莫問華清今日事，滿山紅葉鎖宮門。」讀之可爲悽愴。

書生作文，務强此弱彼，謂之尊題。至於品藻高下，亦畧存公論可也。白樂天在江州，聞商婦琵琶，則曰：「豈無山歌與村笛，嘔啞嘲哳難爲聽。今夜聞君琵琶語，如聽仙樂耳暫明。」在巴峽聞琵琶云：「絃清撥利語錚錚，背却殘燈就月明。賴是無心惆悵事，不然争奈子絃聲。」至其後作霓裳羽衣歌乃曰：「湓城但聽山魈語，巴峽惟聞杜鵑哭。」乍賢乍佞，何至如此之甚乎？韓退之美石鼓之篆，至有「羲之俗書逞姿媚」之語，亦强此弱彼之過也。

許渾韶州夜讌詩云：「鸜鵒未知狂客醉，鷓鴣先聽美人歌。」聽歌鷓鴣詞云：「南國多情多艷詞，鷓鴣清怨繞梁飛。」又有聽吹鷓鴣一絕，知其爲當時新聲，而未知其所以。及觀李白詩云：「客有桂陽至，能吟山鷓鴣。清風動窗竹，越鳥起相呼。」鄭谷亦有「佳人才唱翠眉低」之句，而繼之以「相呼相應湘江闊」，則知鷓鴣曲效鷓鴣之聲，故能使鳥相呼矣。

劉夢得竹枝九篇，其一云：「白帝城頭春草生，白鹽山下蜀江清。」其一云：「瞿塘嘈嘈十二灘，此中道路古來難。」其一云：「城西門前灧澦堆，年年波浪不曾摧。」又言昭君坊瀼西春之類，皆夔州事。乃夢得爲夔州刺史時所作。而史稱夢得爲武陵司馬，作竹枝詞，誤矣。郭茂倩樂府詩集言，唐貞元中，劉禹錫在沅湘，以俚歌鄙陋，乃依騷人九歌，作竹枝詞九章。則茂倩亦以爲武陵所作，當是從史所書也。

王維因鼓鬱輪袍登第，而集中無琵琶詩。畫思入神，山水平遠，雲勢石色，繪者以爲天機所到。而集中無畫詩。豈非藝成而下不欲言邪？抑以樂而娛貴主，以畫而奉崔圓，而不欲言邪？

張衡作南都賦云：「坐西荆之折盤。」李善云：「即楚舞也。折盤，舞貌。」余謂盤有兩義，亦有槃舞也。張衡七盤舞賦云：「歷七盤而縱躡。」鮑照詩云：「七盤起長袖。」樂府詩云：「妍袖陵七盤。」宋書樂志曰：「盤舞，漢曲也。漢有柈舞，而晉加之以盃，言接盃盤於手上而反覆之，至危也。」凡此者，皆謂用槃而舞，非盤旋之義。

宋書樂志有白紵舞，樂府解題譽白紵曰：「質如輕雲色如銀，製以爲袍餘作巾，袍以光軀巾拂塵。」王建云：「新縫白紵舞衣成，來遲邀得吳王迎。」元稹云：「西施自舞王自管，白紵翻翻鶴翎散。」則白紵，舞衣也。王建云：「新換霓裳月色裙。」豈霓裳羽衣舞亦用白邪？柘枝舞起於南蠻諸國，而盛於李唐。得於今者，尚其遺制也。章孝標云：「柘枝初出鼓聲招，花鈿羅裙聳細腰。」言當招之以鼓。張承福云：「白雪慢回抛舊態，黃鶯嬌囀唱新詞。」言當雜之以歌。今制亦爾。而鄭在德詩云：「三敲畫鼓聲催急，一朶紅蓮出水遲。」則所用者一人而已。法振詩云：「畫鼓催來錦臂攘，小娥雙起整霓裳。」則所用者又二人。按樂苑用二女童，帽施金鈴，抃轉有聲。其來也，於二蓮花中藏花，拆而後見，則當以二人爲正。今或用五人，與古小異矣。

鳳將雛曲，吳競樂府題要云：「漢世樂曲名也。」而郭茂倩樂府詩集中無此詞。獨通典載應璩百一詩云：「爲作陌上桑，反言鳳將雛。」張正見置酒高殿上云：「琴挑鳳將雛。」當是用相如鼓琴挑云，「鳳兮歸故鄉，四海求其凰」之義，則此曲其來久矣。按晉書樂志，吳聲十曲：一曰子夜，二曰上柱，三曰鳳將雛。此三曲自漢至梁有歌，今不傳矣。故東坡寄劉孝叔詩云：「平生學問止流俗，衆裏笙竽誰比數。忽令獨奏鳳將雛，倉卒欲吹那得譜。」言古有名而今無譜也。岑參蓋將軍歌云：「美人一雙閒且都，朱唇翠眉映明矑。清歌一曲世所無，今日喜聞鳳將雛。」非謂歌鳳將雛也，但取世所無之義爾。

文選載石季倫明君詞云：「昔公主嫁烏孫，令琵琶馬上作樂，以慰其道路之思。」明君亦然。則馬上彈琵琶，非昭君自彈也，故孟浩然涼州詞云：「故地迢迢三萬里，那堪馬上送明君。」而東坡古纏頭曲乃云：「翠鬟女子年十七，指法已似呼韓婦。」梅聖俞明妃曲亦云：「月下琵琶旋製聲，手彈心苦誰知得！」則皆以爲昭君自彈琵琶，豈別有所據邪？

歐陽永叔見楊直講女奴彈琵琶云：「嬌兒兩幅青布裙，三腳木牀坐調曲。雖然可愛眉目秀，無奈長飢頭項縮。」梅聖俞和篇亦云：「不肯那錢買珠翠，任從堆插堦前菊。功曹時借乃許出，他日求官龜殼縮。」亦可以想見風采矣。永叔倒殘壺得酒，於筐筥間得枯魚，强飲疾醉之時，亦有小婢鳴弦佐酒。所謂「小婢立我前，赤腳兩髻丫。軋軋鳴雙弦，正如艫嘔啞。」議者謂亦與楊家嬌兒不遠。余謂永叔作此詩時，已爲內相。觀其所作長短句，皆富艷語，不應當此以汙尊俎，永叔特自謙之詞爾。梅聖俞嘗和其詩云：「公家八九姝，鬒髮如盤鴉。朱唇白玉膚，參年始破瓜。」則永叔所言赤腳者，非誠語無疑矣。

唐明皇酷好羯鼓，汝陽王璡精於其事，明皇喜之，屢有賞賚。東坡所謂「汝陽真天人，破帽插紅槿。纏頭三百萬，不買一笑哂」是也。杜甫嘗以詩二十韻贈之，有云：「聖情常有眷，朝退若無憑。仙醴來浮蟻，奇毛或賜鷹。」則當時恩寵之盛可知矣。又曰：「筆飛鸞聳立，章罷鳳騫騰。」美其書翰之妙也。又有詩稱之曰：「箭出飛鞚內，上又回翠麟。」美其射御之精也。則其可喜處，豈特羯鼓而已哉。

晉書阮咸傳云，咸善琵琶。今有圓槽而十三柱者，世號「阮」，亦謂「阮咸」，相傳謂阮咸所作，故以爲名，而咸傳乃不及此。山谷聽宋宗儒摘阮歌云：「手揮琵琶送飛鴻，促弦聒醉驚客起。圓壁庚庚有横理，閉門三月傳國工，身今親見阮仲容。」則亦以爲仲容所作。豈咸用琵琶餘製而作「阮」邪？又有所謂「五弦」者，唐書樂志云：「如琵琶而小，北國所出。樂工裴神符初以手彈，太宗悦甚，後人習爲搊琵琶。」則五弦之製，亦出於琵琶也。樂天有五弦彈詩云：「趙璧知君入骨愛，五弦一一爲君調。」又云：「惟憂趙璧白髮生，老死人間無此聲。」想其搊彈之妙，冠古絶今，人未易企及也。嘗觀國史補云：「人問璧彈五弦之術，璧曰：『我之於五弦也，始則神遇之，終則天隨之，眼如耳，耳如鼻，不知五絃之爲璧，璧之爲五絃也。』」其莊周所謂「用志不紛，乃疑於神」者乎？韋應物云：「古刀幽磬初相觸，千珠貫斷落寒玉。」張祜云：「小小月輪中，斜抽半袖紅。」元稹云：「促節頻催漸繁撥，珠幢斗絶金鈴掉。」亦可見五絃聲韻製作之彷彿矣。

清廟之瑟，朱弦而疏越，一倡而三歎，豈若後世務爲哇淫綺靡之音哉？楊惲云：「家本秦也，能爲秦聲；婦，趙女也，雅善鼓瑟。」韓愈曰：「已令孺人戛鳴瑟，更遣稚子傳清盃。」杜甫云：「何時詔此金錢會，暫醉佳人錦瑟旁。」是皆作於婦人之手，而用於酒酣之時，已非朱弦疏越之意矣。錢起爲湘靈鼓瑟詩云：「馮夷空自舞，楚客不堪聽。」鮑溶云：「絲減悲不減，器新聲更古。一弦有餘哀，何況二十五。」二公之詠，於一倡三歎之旨幾矣。善哉白樂天之論也，「正始之音其若何，朱弦疏越清廟歌。一彈一曲再三歎，曲淡節稀聲不多。人情重今多賤古，古琴有弦人不撫。自從趙璧藝成來，二十五弦不如五。」

彈絲之法，妙在左手，脫右優而左劣，亦何足論乎？嘗觀琵琶録云：「元和中，曹保有子善才，善才有子綱，皆能琵琶。又有裴興奴長於攏撚，時人謂綱有右手，興有左手。蓋攏撚在左手也。」綱劣於左手，則琵琶之妙處逝矣。白樂天有聽彈琵琶示重蓮詩云：「誰能截此曹綱手，插向重蓮紅袖中。」惜乎樂天未知截與奴妙手之妙也。

自周陳以上，雅鄭殽雜而無別。隋文帝始分雅俗，工部雅樂八十四調，而俗樂止於二十八。琵琶非古雅樂也，而元微之詩乃云「琵琶宮調八十一，旋宮三調彈不出」何邪？按賀懷智琵琶譜云：「琵琶有八十四調，內黃鍾、太蔟、林鍾宮聲彈不出。」則微之之言信矣。然琵琶用於今者，止於二十八調，豈唐琵琶曲聲與今不同邪？沈存中云：「懷智琵琶譜，格調與今樂全不同，今之燕樂，古聲多亡，而新聲大率皆無法度。」觀此則存中亦有疑於其間。殊不知今之琵琶，皆用俗樂調也。

後庭花，陳後主之所作也。主與倖臣各製歌詞，極於輕蕩。男女倡和，其音甚哀，故杜牧之詩云：「煙籠寒水月籠沙，夜泊秦淮近酒家。商女不知亡國恨，隔江猶唱後庭花。」阿濫堆，唐明皇之所作也。驪山有禽名阿濫堆，明皇御玉笛，將其聲翻爲曲，左右皆能傳唱，故張祜詩云：「紅葉蕭蕭閣半開，玉皇曾幸此宮來。至今風俗驪山下，村笛猶吹阿濫堆。」二君驕淫侈靡，躭嗜歌曲，以至於亡亂。世代雖異，聲音猶存，故詩人懷古，皆有「猶唱」「猶吹」之句。嗚呼，聲音之入人深矣！

白樂天云：「河滿子，開元中，滄州歌者臨刑進此曲以贖死，竟不得免。」故樂天爲詩曰：「世傳滿子是人名，臨就刑時曲始成。一曲四詞歌八疊，從頭便是斷腸聲。」張祜集載武宗疾篤，孟才人以歌笙獲寵，密侍左右。上目之曰：「我當不諱，爾何爲哉？」才人指笙囊泣曰：「請以此就縊。」復曰：「妾嘗藝歌，願歌一曲。」上許之，乃歌一聲河滿子，氣亟立殞。上令醫候之，曰：「脉尚温而腸已絕。」則是河滿子真能斷人腸者。祜爲詩云：「偶因歌態詠嬌嚬，傳唱宮中十二春。却爲一聲河滿子，下泉須弔舊才人。」又有「故國三千里，深宮二十年。一聲河滿子，雙淚落君前」之詠。一稱十二春，一稱二十年，未知孰是也。杜牧之有酬祜長句，其末句云：「可憐故國三千里，虛唱歌詞滿六宮。」言祜詩名如此，而惜其未遇也。元微之嘗於張湖南座爲唐有態作河滿子歌云：「梨園弟子奏明皇，一唱承恩羈網緩。」使將河滿爲曲名，御譜親題樂府纂。魚家入內本領絕，葉氏有年聲氣短。」又叙製曲之因，與樂天之説同。

韻語陽秋卷第十六

老杜詩云：「東閣官梅動詩興，還如何遜在揚州。」按遜傳無揚州事，而遜集亦無揚州梅花詩，但有早梅詩云：「兔園標物序，驚時最是梅。銜霜當露發，映雪凝寒開。枝横却月觀，花繞凌風臺。應知早飄落，故逐上春來。」杜公前詩乃逢早梅而作詩，故用何遜事，又意却月凌風，皆揚州臺觀名爾。近時有妄人假東坡名，作老杜事實一編，無一事有據。至謂遜作揚州法曹，廨舍有梅一株，遜吟詠其下，豈不誤學者。

白樂天詩多説別花，如紫薇花詩云：「除却微之見應愛，世間少有別花人。」薔薇花詩云：「移他到此須爲主，不別花人莫使看。」今好事之家，有奇花多矣，所謂別花人，未之見也。鮑溶作仙檀花詩寄袁德師侍御，有「欲求御史更分別」之句，豈謂是邪？

白樂天作中書舍人，入直西省，對紫薇花而有詠曰：「絲綸閣下文章静，鐘鼓樓中刻漏長。獨坐黄昏誰是伴？紫薇花對紫薇郎。」後又云：「紫薇花對紫薇翁，名目雖同貌不同。」則此花之珍艷可知矣。爪其本則枝葉俱動，俗謂之「不耐癢花」。自五月開至九月尚爛熳，俗又謂之「百日紅」。唐人賦詠，未有及此二事者。本朝梅聖俞時注意此花，一詩贈韓子華，則曰：「薄膚癢不勝輕爪，嫩幹生宜近禁廬。」一詩贈王景彝，則曰：「薄薄嫩膚搔鳥爪，離離碎葉剪城霞。」然皆著不耐癢事，而未有及百日紅者。胡文恭在西掖前亦有三詩，其一云：「雅當翻藥地，繁極曝衣天。」注云：「花至七夕猶繁。」似有百日紅之意。可見當時此花之盛。省吏相傳，咸平中，李昌武自别墅移植於此。晏元獻嘗作賦題於省中，所謂「得自羊墅，來從召園。有昔日之絳老，無當時之仲文」是也。

杜子美居蜀累數年，吟詠殆遍，海棠奇艷，而詩章獨不及何邪？鄭谷詩云「浣花溪上堪惆悵，子美無情爲發揚」是已。本朝名士賦海棠甚多，往往皆用此爲實事。如石延年云：「杜甫句何略，薛能詩未工。」錢易詩云：「子美無情甚，都官著意頻。」李定詩云：「不霑工部風騷力，猶占勾芒造化權。」獨王荆公詩用此作梅花詩，最爲有意。所謂「少陵爲爾牽詩興，可是無心賦海棠。」近於曾大父酬倡集中，有淩景陽一絶句，亦似有意。末句云：「多謝許昌傳雅釋，蜀都曾未識詩人。」不道破爲尤工也。

江南野中有小白花，本高數尺，春開極香，土人呼爲瑒花。瑒，玉名，取其白也。魯直云：「荆公欲作詩而陋其名，余謂名曰山礬，野人取其葉以染黄，不借礬而成色，故以名爾。」嘗有絶句云：「高節亭邊竹已空，山礬獨自倚春風」是也。近見曾端伯高齋詩話云，此花卽唐昌玉蘂花，所謂「一樹瓏鬆玉刻成，飄廊點地色輕輕」者。以余觀之，恐未必然爾。玉蘂，佳名也，此花自唐流傳至今，當以玉蕊得名，不應舍玉蕊而呼瑒，魯直亦不應舍玉蕊而名山礬也。豈端伯別有所據邪？

瓊花惟揚州后土祠中有之，其他皆聚八仙，近似而非也。鮮于子駿嘗有詩云：「百蘤天下多，瓊花天上希。結根託靈祠，地著不可移。八蓓冠羣芳，一株攢萬枝。」而宋次道春明退朝錄乃云：瓊花一名玉蕊。按唐朝唐昌觀有玉蕊花，王建詩所謂「女冠夜覺香來處，唯見堦前碎月明」是也。長安觀亦有玉蕊花，劉禹錫所謂「玉女來看玉樹花，異香先引七香車」是也。唐內苑亦有玉蕊花，李德裕與沈傳師草詔之夕，屢同賞玩，故德裕詩云：「玉蕊天中木，金閨昔共窺。」而沈傳師和篇亦云「曾對金鑾直，同依玉樹陰」是也。招隱山亦有玉蕊花，李德裕所謂「吳人初不識，因余賞玩乃得此名」是也。由是論之，則玉蕊花豈一處有哉？其非瓊花明矣。東坡瑞香詞有后土祠中玉蕊之句者，非謂玉蕊花，止謂瓊花如玉蕊之白爾。

山海經云：「崑崙之墟，北有珠樹、文玉樹、玗琪樹，皆寶樹也㊀。」詩家用琪樹多矣，往往以爲仙樹，不易得見，故孫綽天台賦云：「琪樹璀璨而垂珠。」蕭防云：「桂宮露冷鶴歸早，琪樹風清鸞去遲。」武伯奮云：「琪樹年年玉蕊新，洞宮長閉綵霞春。」蔡隱邱詠琪樹詩云：「山上天將近，人間路漸遙。誰當雲裏見，知欲度仙橋。」是人間未必有此樹也。而六朝事迹載，寶林寺有琪樹，在法堂前。梅摯有詩云：「影借金田潤，香隨璧月流。遠疑元帝植，近想誌公遊」何邪？

㊀「寶」原作「實」，據類編本改。

後漢和帝紀言南海舊獻荔枝，十里一置，五里一堠，奔騰阻險，死者堆路。故東坡詩云：「十里一置飛塵灰，五里一堠兵火催。顛阬仆谷相枕藉，知是荔枝龍眼來。」而張九齡作荔枝賦序云：「南海郡荔枝壯甚瓌詭，余往在西掖，嘗盛稱之，諸公莫有知者，惟舍人劉侯知之，作賦以誇大，以爲甘旨之極。」則是九齡乃創見也。議者謂楊妃酷好，安知非九齡有以啟之。鮑防雜感詩云：「五月荔枝初破顏，朝離象郡夕函關。雁飛不到桂陽嶺，馬走皆從林邑山。」則當時征求之急，亦可見矣。

楚辭云：「折疏麻兮瑤華，將以遺兮離居。」瑤華謂麻之華白也。詩載木桃、木李、握椒、芍藥之類，皆相贈問之物。所謂疏麻者，所以贈問離居也。謝靈運南樓遲客詩云：「瑤華未堪折，蘭苕已屢摘。路阻莫贈問，何以慰離析。」越嶺溪行云：「握蘭徒勤結，折麻心莫展。」駱賓王思家詩云：「旅行悲泛梗，離恨斷疏麻。」錢起題輞川詩云：「折麻定延佇，乘月期相尋。」皆用楚辭意，用於離居。至於起贈趙給事詩，乃云：「不惜瑤華報木桃。」則是以瑤華爲玉，誤矣。

東坡賞枇杷詩曰：「魏花真老伴，盧橘認鄉人。」又曰：「客來茶罷空無有，盧橘楊梅尚帶酸。」則皆以盧橘爲枇杷也。彼徒見上林賦有盧橘夏熟之語，遂以爲枇杷。審爾，則夏熟之下，不當復有黃甘、枇杷、橪柹之品。然唐子西李氏山園記言有一物而爲二物者，如上林賦所謂盧橘夏熟，又言枇杷、橪柹是也。若據子西言，則盧橘卽枇杷矣。李白宮中行樂詞云：「盧橘爲秦樹。」許渾送表兄奉使南海云：「盧橘花香拂釣磯。」若以爲枇杷，則何獨秦中南海有邪？錢起送陸贄詩云：「思親盧橘熟。」用陸績懷橘事，則又以爲木奴，益無按據。

白樂天賦有木八章，其六章託弱柳、櫻桃、枳橘、杜梨、野葛、水檉以諷在位者，至第七章則曰：「有木名凌霄，擢秀非孤標。偶依一株樹，遂抽百尺條。自謂得其勢，無因有動搖。一旦樹摧倒，獨立忽飄颻。疾風從東來，吹折不終朝。」專又以諷附麗權勢者。其八章則曰：「有木名丹桂，四時香馥馥。風影清如水，霜華冷如玉。獨占小山幽，不容凡鳥宿。重任雖大過，直心自不曲。縱非梁棟材，猶勝尋常木。」蓋樂天自謂也。樂天素善李紳而不入德裕之黨，素善牛僧孺楊虞卿而不入宗閔之黨，素善劉禹錫而不入伾文之黨，中立不倚，峻節凜然。於八木之中，而自比於桂，殆未爲過也。

酉陽雜俎言，隋朝種植法七十卷，不說牡丹，則隋朝花藥中所無也。然北齊楊子華在隋朝之前，乃有「畫牡丹處極分明」之句，何邪？至唐則此花盛矣。柳子厚龍城録載，宋單父能種藝之術，牡丹變易千種。上皇召至驪山，種花萬本，色樣各不同。信乎人力或能勝天工也。歐陽永叔洛陽牡丹圖詩云：「當時絶品可數者，魏紅窈窕姚黃妃。壽安細葉開尚少，朱砂玉版人未知。四十年間花百變，最後最好潛溪緋。」自唐天寶至本朝熙豐間，三百餘年，宜其花種日盛，然見於圖者九十種而已，豈能登萬樣之數哉？柳渾詩云：「近來無柰牡丹何，數十千錢買一窠。今朝始得分明見，也共戎葵較幾多。」王文康公詩云：「棗花至小能成實，桑葉雖柔解吐絲。堪笑牡丹如斗大，不成一事只空枝。」皆激逐末之弊者也。

歐公在揚州，暑月會客，取荷花千朵插畫盆中，圍繞坐席。又命坐客傳花，人摘一葉，盡處飲以酒。故答呂通判詩云：「千頃芙蕖蓋水平，揚州太守舊多情。畫盆圍處花光合，紅袖傳來酒令行。」然維揚芍藥妙天下，可以奴視荷花，而是時歐公不聞有芍藥勝會何邪？東坡在東武，四月，大會於南禪資福兩寺，剪芍藥置瓶盎中，供佛外以供賞玩，不下七千餘朵。有白花獨出於衆花之上，圓如覆盂，因有「兩寺裝成寶瓔珞，一枝争看玉盤盂」之詠。惜乎歐公未知出此。

杜子美古柏行云：「霜皮溜雨四十圍，黛色參天二千尺。」沈存中筆談云：「無乃太細長乎？」余謂詩意止言高大，不必以尺寸計也。詩評載王郊大夫竹詩示東坡，其一聯云：「葉排千口劍，榦聳萬條槍。」坡曰：「十條竹一個葉也。」若郊者又何足以語詩乎？坡公云：「人看王郊詩，若能忍笑，誠爲難事。」蓋謂此爾。

珍木奇卉，生於深山窮谷之中，不遇賞音，與凡木俱腐，好事者之所深惜也。唐招賢寺有山花，色紫氣香，穠麗可愛，以託根招提，偶赦於樵斧，固爲幸矣，而人莫有知其名者。白樂天一日過之，而標其名曰「紫陽」。於是天下識所謂紫陽花者，其珍如是也。豈不爲尤幸乎！樂天之詩曰：「何年植向仙壇上，早晚移栽到梵家。雖在人間人不識，與君名作紫陽花。」忠州鳴玉溪有花如蓮，葉如桂，香色艷膩，當時亦無有識之者。樂天又賦詩云：「如折芙蓉栽旱地，似抛芍藥挂高枝。雲埋人隔無人識，惟有南賓太守知。」嗚呼，抱道懷才之士，埋光鏟采於山林皋壤之間，如此花者多矣，求如樂天之賞鑒者，孰謂無其人乎！

皮日休嘗謂宋廣平正資勁質，剛態毅狀，宜其鐵腸石心，不解吐婉媚辭。然其所爲梅花賦清便富艷，得南朝徐庾體，殊不類其人，故東坡亦有「請君援筆賦梅花，未害廣平心似鐵」之句。近見葉少蘊效楚人橘頌體作梅頌一篇，以謂梅於窮冬嚴凝之中，犯霜雪而不懾，毅然與松柏並配，非桃李所可比肩，不有鐵腸石心，安能窮其至？此意甚佳。審爾，則惟鐵腸石心人可以賦梅花，與日休之言異矣。

文選海賦云「雲錦散文於沙汭之際」，故謝靈運詩有「赤玉隱瑶溪，雲錦被沙汭」之句。觀其語意，正言沙石五色，如雲錦被於岸爾。世見韓退之作曲江荷花行云：「撑舟昆明度雲錦。」遂謂退之以雲錦二字狀荷花，其實非也。謂之度雲錦，言舟行於五色沙石之際，豈謂荷花哉？

竹固多種，所謂桃枝竹者，叢生而節疏，亦謂之慈竹，言生不離本也。王勃所謂「宗生族茂，天長地久。萬柢争盤，千株競糺」者，梁簡文答獻簟書云「五離九折，出桃枝之翠筍」，皆言桃枝竹也。若桃竹則異是矣。老杜桃竹杖引云：「江心磻石生桃竹，斬根削皮如紫玉。」則其色正紫。

今桃枝竹不然，東坡援柳子厚詩云：「盛時一失貴反賤，桃笙葵扇安可常。」初不知桃笙爲何物。偶閲方言，宋魏之間，謂簟爲笙，方悟桃笙以桃竹爲簟也。坡又云：「桃竹葉如椶，身如竹，密節而實中，犀理瘦骨。」豈非以此竹爲簟邪？梅聖俞云：「誰知廣文直，桃簟冷如冰。」恐亦是用此竹。

成都記：杜宇又曰杜主，自天而降，稱望帝，好稼穡，治郫城。後望帝死，其魂化爲鳥，名曰杜鵑。故老杜云：「昔日蜀天子，化爲杜鵑似老烏。」又曰：「古時杜鵑稱望帝，魂作杜鵑何微細。」又曰：「我見常再拜，重是古帝魂。」博物志稱杜鵑生子，寄之他巢，百鳥爲飼之。故老杜云：「生子百鳥巢，百鳥不敢嗔。仍爲餧其子，禮若奉至尊。」又云：「寄巢生子不自啄，羣鳥至今與哺雛。」老杜集中杜鵑詩行凡三篇，皆以杜鵑比當時之君，而以哺雛之鳥譏當時之臣，不能奉其君，曾百鳥之不若也。最後一篇，徒言杜鵑垂血，上訴不得其所，蓋説明皇蒙塵之時也，故末句云：「豈思舊日居深宫，嬪嬙左右如花紅。」

元微之謫通州，白樂天有詩云：「寅年籬下多逢虎，亥日沙頭始賣魚。」後人有東南行云：「亥日饒蝦蠏，寅年足虎貙。」張籍云：「江村亥日長爲市。」山谷亦有「魚收亥日妻到市」之句。

人之悲喜，雖本於心，然亦生於境。心無繫累，則對境不變，悲喜何從而入乎？淵明見林木交蔭，禽鳥變聲，則歡然有喜，人以爲達道。余謂尚未免著於境者。歐陽永叔先在滁陽，有啼鳥一篇，意謂緣巧舌之人謫官，而今反愛其聲。後考試崇政殿，又有啼鳥一篇，似反滁陽之詠，其曰：「提葫蘆，不用沽美酒，宫壺日賜新撥醅，老病足以扶衰朽。」「百舌子，莫道泥滑滑，宫花正好愁雨來，暖日方催花亂發。」末章云：「可憐枕上五更聽，不似滁州山裏聞。」蓋心有中外枯菀之不同，則對境之際，悲喜隨之爾。啼鳥之聲，夫豈有二哉？

老杜白小詩云：「白小羣分命，天然二寸魚。細微霑水族，風俗當園蔬。」言白小與菜無異，豈復有厚味哉？故白樂天亦有「下飯腥鹹白小魚」之句。余謂魚始二寸已就烹，魚之窮也。寒士又從而食之，其窮抑甚。梅聖俞有琴高魚詩云：「大魚人騎上天去，留得少鱗來按鷓。」又有針口魚賦云：「有魚針喙形甚小，常乘春波來不少。取之一掬，不重銖秒。」則白小之魚，尚爲丈人行也。

縮項鯿出襄陽，以禁捕，遂以槎斷水，因謂之槎頭縮項鯿。孟浩然云：「魚藏縮項鯿。」老杜云：「謾釣槎頭縮項鯿。」皆言縮項。而東坡乃謂「一鉤歸釣縮頭鯿」。或疑坡爲平側所牽迺爾，殊不知長腰粳米、縮頭鯿魚，楚人語也。

文房四譜載，段成式以雲藍紙贈温庭筠，有詩云：「三十六鱗充使時，數番猶得裏相思。」謂鯉魚三十六鱗，充使，謂憑鯉魚寄書也，用文選「呼兒烹鯉魚，中有尺素書」之義。沈存中筆談云：「鯉魚當脅一行三十六鱗，鱗有黑文如十字，故謂之鯉。」二宋亦嘗用此而聞其說，元獻云：「私書一紙離懷苦，望斷波中六六鱗。」景文云：「君軒戀結蕭蕭馬，尺素愁凴六六魚。」謂六六三十六也。

柳子厚有放鷓鴣詞，人徒知其不肯以生命供口腹，其仁如是也。余謂此詞乃作於詔追之時，有自悔前失之意，故前言「徇媒得食不復慮」，後言「同類相呼莫相顧」。媒與類皆謂伾文也。

湖州上強精舍寺有陳朝觀音，殷仲容書寺額，三門高百尺，謂之三絶。又池有金鯽魚，數年一現，故白樂天詩有「惟有上強精舍寺，最堪遊處未曾遊」之句，蓋謂此也。臨安六和寺亦有金鯽池。蘇子美六和寺詩云：「松橋待金鯽，竟日獨遲留。」亦以其出有時，故竟日待之云爾。自子美之後四十年，東坡始遊兹寺，嘗投餅餌待之，迺畧出，不食復入。坡以爲此魚難進易退，而不妄食，宜其壽若此。其語深有味也。

韻語陽秋卷第十七

古今詩話載，杜少陵因見病瘧者曰，誦我詩可療。令誦「子章髑髏血糢糊，手提擲還崔大夫」之句，病遂愈。余謂子美固嘗病瘧矣，其詩云：「患瘧三秋孰可忍，寒熱百日相攻戰。」又云：「三年猶瘧疾，一鬼不銷亡。隔日搜脂髓，增寒抱雪霜。徒然潛隙地，有靦屢紅粧。」子美於此時，何不自誦其詩而自已疾邪？是靈於人而不靈於己也。

山谷平生爲目所苦，故和東坡詩有「請天還我讀書眼，欲載軒轅乞鼎湖」之句。其攝養禁忌之法，論之詳矣，故次韻元實病目詩云：「道人常恨未灰心，儒士苦愛讀書眼。要須玄覽照鏡空，莫作白魚鑽蠹簡。」病者苟能知此，其賢於金篦刮膜遠矣。大抵書生牽於習氣，不能割愛於書册，故爲目害尤甚。唐張籍，好學業文之士也，中年病目失明，議者謂不能損讀之過。孟郊嘗贈之詩云：「西明寺後窮瞎張太祝，縱爾有眼誰能珍。天子咫尺不得見，不如閉口且養真。」蓋非特傷籍，而郊亦自傷雖有眼而不得見君也。

賈誼曰：「古之聖人，不居朝廷，必在醫卜。」則從事於醫卜者，未可輕也。京兆杜嬰能讀書，其言近莊子，而自託於此，豈足以病嬰之高乎？故荆公有詩傷之云：「叔度醫家子，君平卜肆翁。

蕭條昨日事，彷彿古人風。」梅聖俞贈何山人詩亦云：「日聞古賢哲，必與醫卜鄰。」宋景文云：「醫卜之事，士君子能之，則不迂不泥，不矜不神；小人能之，則迂而入諸拘礙，泥而弗通大方，矜以誇己，神以誣人。」眞名言哉！

退之云：「腦脂遮眼卧壯士，大弨掛壁誰能彎。」謂張籍也。杜牧之乞湖啟云：「弟顗久病眼，醫者石公集云，是狀也，腦積毒熱，脂融流下，蓋塞瞳子，名爲内障。」則籍之所苦，乃内障也。

凡物皆可占，非特蓍龜也。市中亦有聽聲而知禍福者，莫知其所自。余觀王建集有聽鏡詞云：「重重摩挲嫁時鏡，夫婿遠行凭鏡聽。」豈今聽聲之類邪？大涅槃經云：「不以瓜鏡、芝草、楊枝、鉢盂、髑髏而作卜筮。」則鏡能占卜信矣。

楸花色香俱佳，又風韻絶俗，而名不編於花譜何哉？老杜云：「要把楸花媚遠天。」言其色也。又曰：「楸樹馨香倚釣磯。」言其香也。梅聖俞楸花詩云：「圖出帝宫樹，聳向白玉墀。高艷不近俗，直許天人窺。」言其韻也。是二子但知楸花色香韻勝，而未知其療病之工也。宣和間，先人知汝州楸樹極多，富鄭公知州時，手植數百本於後圃。後人思其政，建鄭公堂於楸林之下。宣和間，先人知州日，聽政燕客俱在焉。一日，廉訪使周詢來訪，因云：「立秋日太陽未升，采其葉熬爲膏；傅瘡瘍立愈，謂之『楸葉膏』。」抵晚，客使王偉來訪，因道詢語。偉曰：「有人患發背，腸胃可窺，百方外，與楸葉膏相著，瘡遂差。」功亦奇矣。余欲廣傳此方，以拯病苦者，故因言楸花之美，而併及之。

不差者，一醫者教用楸葉膏傅其外，又用雲母膏作小丸，服盡四兩止。不累日，雲母透出膚

退之三星行云：「我生之辰，月宿南斗。」以五星法準之，則知退之以磨蠍爲身宮。又云：「牛奮其角，箕張其口。牛不見服箱，斗不挹酒漿，箕獨有神靈，無時停簸揚。無善名已聞，無惡身已謗。」則知太陰在磨蠍者，主得謗譽。東坡嘗援退之三星行之句，以謂僕以磨蠍爲命，殆與退之同病。然觀東坡謝生日啟云：「攝提正於孟陬，已光初度；月宿直於南斗，更借虛名。」則是東坡亦磨蠍爲身宮，而乃云磨蠍爲命，豈非身與命同宮乎？尋常算五星者，以爲命宮災福，不及身宮之重，東坡以身命同宮，故謗譽尤重於退之。職鑾坡而代言，犯鯨波而遠謫，退之之榮悴，未至如是也。孔子曰：「不知命無以爲君子。」所謂知命者，不爲名利所汨，而能安時處順者也。後世貪求之士，不能自安分義，徒知金印艾綬之榮，而不知苟得爲可愧，於是君平之肆，許負之廬，衣冠盈矣。劉夢得和蘇十郎中詩云：「菱花照後容雖改，蓍草占來命已通。」武伯奮長安述懷詩云：「聞說唐生子孫在，何當一爲問窮通。」觀此又奚知孔子所謂命也哉？劉孝標作辨命論，言壽夭窮達，一歸之命，可以使人杜奔競僭偪之患。蕭瑀非辨命論，言人之禍福，一本之人事，可以使人起修身累善之心。二人皆非以甲乙丙丁休囚旺相而求吉凶者也。

古今人賦棋詩多矣。「幾局賭山果，一先饒海僧」者，鄭谷之詩也。「雁行布陣衆未曉，虎穴得子人皆驚」者，劉夢得之詩也。「古人重到今人愛，萬局都無一局同」者，歐陽炯之詩也。觀諸人語意，皆無足取，獨愛荆公贈葉致遠之作，其畧云：「或撞關以攻，或覰眼而壓，或羸形伺擊，或猛出追躡。垂成忽破壞，中斷俄連接。或外示閒暇，或事先和燮。或冒突超越，鼓行令震疊；或粗見形勢，驅除令遠蹀；或開拓疆境，欲并包總攝。或慚如告亡，或喜如獻捷。諱輸寧斷頭，悔誤乃披頰。」可謂曲盡圍棋之態。非筆力可以回萬鈞，豈易至此。取退之南山詩讀之，若可齊驅並駕也。王無功亦有圍棋長篇云，「雙關防易斷，隻眼畏難全。魚鱗張九拒，鶴翅擁三邊」等句，鋪叙類荆公，而其他句猥雜處尚衆。東坡白鶴觀四言詩云：「小兒近道，剥啄信指。勝固欣然，敗亦可喜。」夫恣貪欲於指顧，爭勝負於毫釐，業棋者之常情，而坡乃置之膜外，亦可見其胸中翛然者矣。荆公亦有「棋罷兩奩收白黑，一枰何處有虧成」之句。

魯直詩云：「眼見人情如格五，心知外物等朝三。」又云：「肉食傾人如出九，藜羹飯我等朝三。」兩聯之意，雖不相遠，然似不若前句之無斧鑿痕也。漢書，吾邱壽王以善格五待詔，劉德謂格五棋，行以塞法。齊書沈文季善塞，其法用五子，沈存中筆談云：「格五卽今之蹙融，其法以己常有餘，而致敵人於險。」酉陽雜俎亦云：「於棋局中各用五子，共行一道，以角遲速。」則格五也，塞也，蹙融也，名雖不同，其制一而已。彼蘇林以爲五博之類，不用箭，但行梟散，未知所據。出九亦賭博之法，詳見刑統。

子由煎茶詩云：「煎茶舊法出西蜀，水聲火態猶能諳。相傳煎茶只煎水，茶性仍存偏有味。」此茶之佳者也。又云：「北方俚人茗飲無不有，鹽酪椒薑誇滿口。」茶出南方，北人罕得佳品，以味不佳，故雜以他物煎之。陳後山茶詩云：「愧無一縷破雙團，慣下薑鹽枉肺肝。」東坡和寄茶詩亦云：「老妻稚子不知愛，一半已入薑鹽煎。」若茶品自佳，雜以他物，適敗其味爾。茶性冷，鹽導入下經，非養生所宜。山谷謂寒中瘠氣，莫甚於茶，或濟以鹽，勾賊破家。薛能鳥觜茶詩，亦有「鹽損添宜戒，薑宜著更誇」之句，則知以鹽煎茶，誠無益於養生也。

蒙恬造筆，博物志云：以狐狸毛爲心，兔毛爲副，心柱遒勁，鋒鋌調利，故難乏而易使。白樂天作雞距筆賦云：「中山之明，視勁而俊；汝陰之翰，音勇而雄。雙美是合，兩揆相同。不得兔毛，無以成起草之用；不爲雞距，無以表入墨之功。」蓋亦兼而用之也。近世作筆，專用兔毛，而好奇者，或屏兔毛不用，更以他毫爲之。晉王隱筆銘云：「豈其作筆，必兔之毫？調利難禿，亦有鹿毛。」而王羲之鍾繇張芝皆用鼠鬚筆。錢穆父奉使高麗，得猩猩毛筆，甚珍之，嘗以分贈山谷。山谷所謂「愛酒醉魂在，能言機事疏。平生幾兩屐，身後五車書」是也。嶺表録云：「嶺外無兔，郡守偶得兔毫，令匠者作筆。匠者偶因醉遺墜，惶懼無以爲計，遂以己鬚制之，反佳。其後遂户料人鬚一合。」此殆好事者説爾。

樗蒱用博齒五枚，如銀杏狀，各上黑下白，內取二黑刻爲犢，其背刻爲雉，故李翺五木經云，「樗蒱五木黑白判，厥二作雉背作牛」是也。以盧白雉犢四爲王采，取其全；它八采爲甿者，惡其駁也。按前史，三擲三盧如慕容寶，五擲五盧如李安人，王思政之擲印爲盧，劉裕之喝盧勝雉，皆以爲前途富貴之先兆。卒之其應如響，亦可謂異矣。鄭谷詩云：「能消永日是樗蒱，坑塹由來似宦途。兩擲未離㨶撅內，坐中何惜爲呼盧。」然盧可呼而得，官可倖而致乎？觀谷此言，似未知安時處順者。

傀儡之戲舊矣，自周穆王與盛姬觀偃師造倡於崑崙之道，其藝已能奪造化通神明矣。晏元獻公嘗爲傀儡賦云，「外眩刻琱，內牽纏索，朱紫坌並，銀黃熀爚，生殺自口，榮枯在握」者，可謂曲盡其態。李義山作宮妓一絕云：「朱箔輕明拂玉墀，披香新殿鬥腰支。不須更看魚龍戲，終恐君王怒偃師。」是以觀倡不如觀舞也。然唐明皇好舞霓裳，以至於亂，杜牧所謂「霓裳一曲千峯上，舞破中原始下來」是也。漢高祖白登之圍，以刻木爲美人而圍解，樂錄謂卽今之傀儡。則是舞或亂唐，而刻木或可以興漢，義山之詩異矣。

楚詞云：「菎蔽象棊，有六簙些。分曹並進，遒相迫些。」王逸謂投六箸行六棊，故謂之六簙，言以菎蔽作箸，象牙爲棊也。而楚辭補注乃引列子擊博樓上，謂擊打也，如今之雙陸棊也。余謂雙陸之制，初不用棊，但以黑白小棒槌，每邊各十二枚，主客各一色，以骰子兩隻擲之，依點數行，因有客主相擊之法。故趙摶雙陸詩云：「紫牙鏤合方如斗，二十四星銜月口。貴人迷此華筵中，運木手交如陣門。」今六箸既行六棋，則非雙陸明矣。

周官方相氏以黃金四目，玄衣朱裳，執戈揚盾，以索室毆疫，謂之時儺。釋者謂四時皆作也。攷之月令，乃作於三時，而於夏則闕，何邪？蓋夏當陽盛之時，陰慝不敢作，故闕之爾。今春秋無儺，惟於除夕有之。孟郊所謂「驅儺擊鼓歛長笛，瘦鬼染面唯齒白。暗中窣窣拽茅鞭，裸足朱襌行戚戚。相顧笑聲衝庭燎，桃弧棘矢時獨叫。」王建亦云：「金吾除夜進儺名，畫袴朱衣四隊行。」皆謂除夕大儺也。其塗飾之制，若驅禳之儀，與周官畧相類。政和中，徽宗新創禁中儺儀，有旨令翰苑撰文。時翟公巽當直，其畧云：「南正司天，無俾神人之雜；夏后鑄鼎，以紀山林之姦。苟非聖神，孰知情狀？」被旨，頃刻進入，人服其敏而工。

帝王世紀及逸士傳載，帝堯之時，天下大和，有八九十老人，擊壤而歌於康衢，其詞曰：「日出而作，日入而息，鑿井而飲，耕田而食，帝何力於我哉？」初不知壤爲何物，因觀藝經云，壤以木爲之，前廣後銳，長尺四寸，闊三寸，其形如履。將戲，先側一壤於地，遠三四十步，以手中壤擊之，中者爲上。蓋古戲也。

韻語陽秋卷第十八

余嘗謂知人雖堯帝猶以爲難，而杜子美之曾老姑乃能知唐太宗於側微之時，識房杜輩於賤貧之日。子美載其語云：「向竊窺數公，經綸亦俱有。次問最少年，虬髯十八九。子等成大名，皆因此人手。」噫，一何異邪！唐史載王珪微時，母李氏嘗云：「子必貴，但未見與汝游者。」珪一日引房杜過之，母曰：「汝貴無疑。」余嘗觀子美贈王砅使南海詩，然後知史所書皆誤也。砅，珪之玄孫也，謂珪爲高祖。其曰「我之曾老姑，爾之高祖母」，則砅之高祖母乃姓杜，非姓李也。其曰：「爾祖未顯時，歸爲尚書婦。」珪嘗爲禮部尚書，則尚書婦乃珪之妻，非珪之母也。故詩之中章云：「及乎貞觀初，尚書踐台斗。夫人嘗肩輿，上殿稱萬壽。至尊均嫂叔，盛事垂不朽。」皆謂珪妻爾。人徒見詩中有剪髻之事，有同乎陶母，故謂珪母。審爾，豈不與尚書婦之句相抵捂哉？

寇忠愍少知巴東縣，有「野水無人渡，孤舟盡日横」之句，固以公輔自期矣，奈何時未有知者。東坡巴東訪萊公遺迹詩云：「江山養豪俊，禮數困英雄。執版迎官長，趨塵拜下風。當年誰刺史，應未識三公。」公以瓌奇忠諒之才，而當路者祇以常輩遇之，信乎知人之難也。李太白梁甫吟云：「大賢虎變愚不測，當年頗似尋常人。」蓋謂此也。

先文康公知汝州日，段寶臣爲教官，富季中爲魯山主簿，而陳去非以太學録持服來寓。先公語人曰：「是三子者，非凡偶近器也。」是時，富在外邑，則以職事處之於城中，列三人者薦於朝，以爲可用，仍以去非墨梅詩繳進。於是去非除太學博士，季中除京西漕屬，寶臣亦相繼褒擢。初，寶臣字去塵，先公一日謂之曰：「君，廊廟具也，宜改字寶臣，取荀卿輔拂之人爲國寶之義。」且作序而衍其意。及三人者俱貴，先公喜曰：「吾未嘗讀玉管之書，亦未嘗究金書之義，而能逆知其必大者，獨以其所爲知之耳。汝輩勉其在我者，在人者不問可也。」先公晚年寓居湖州之寶溪，季申既罷樞筦，亦挈家來寓，一觴一詠，必與之俱。季申嘗有十絶，其一云：「青衫短簿汝陽天，鶚牘當時誤薦賢。承乏西樞了無補，還依丈席聽韋編。」其二云：「洛陳花骨巧裁詩，曾把梅篇薦玉墀。未説他年調鼎事，只今身已鳳凰池。」其三云：「陳君談論席生風，段子文詞氣吐虹。參术腰膄皆入篋，知人誰過葛仙翁。」餘七篇不録。陳君名恬，字叔易，有高節，貧甚。先公命公庫以酒肉薪米日給之。嘗謝以詩云：「不是故人供禄米，初非縣令給猪肝。養賢禮厚隆三篋，拜賜恩深艷一簞。」建炎初，召赴行在，直秘閣。

張安道以異議出守宛丘，次守南都，蘇子由皆從之游。元豐初，子由謫筠州酒税，安道凄然不樂，手寫詩爲别曰：「可憐萍梗漂浮客，自歎匏瓜老病身。從此空齋挂塵榻，不知重掃待何人。」後十五年，子由方和其詩云：「少年便識成都尹，中歲仍爲幕下賓。待我江西徐孺子，一生知己有斯人。」

王介甫蘇子瞻皆爲歐陽文忠公所收，公一見二人，便知其他日不在人下。贈介甫詩云：「老去自憐心尚在，後來誰與子爭先。」子瞻登乙科，以書謝歐公，歐公語梅聖俞曰：「老夫當避此人放出一頭地。」當是時，二人俱未有聲，而公知之於未遇之時，如此所以爲一世文宗也與？東坡跋梅聖俞詩後云：先君與梅二丈遊時，軾與子由弟年甚少，未有知者。家有老泉公作詩云：「歲月不知老，家有雛鳳凰。百鳥戢羽翼，不敢呈文章。」則二蘇當少年時，已擅文價矣。

郭子稱學作小詩，嘗賦梅花云：「玉屑裝龍腦，雲衣覆麝臍。何堪夜來雪，香色兩凄迷。」留友人詩云：「良友問何闊，春事遽如許。勞君下鷗沙，一葉擊春渚。昨夢墜前世，再見欣欲舞。聊呼花底盃，酒面點紅雨。狂歌謝貫珠，清論雜揮塵。驪駒未可歌，妙句須君吐。」觀此數語，似粗知詩家畦徑，學之不已必佳，但恐其中墮爾。

歐公與尹師魯蘇子美俱出杜祁公之門。歐公雖貴，猶不替門生之禮，和祁公詩云：「塵柄屢揮容請益，龍門雖峻許先登。立朝行己師資久，寧止篇章此服膺。」又云：「公齋每偷暇，師席屢攻堅。善誨常無倦，餘談亦可編。」又云：「昔日青衫遇知己，今來白首再升堂。」蓋未嘗一日忘祁公也。張芸叟有荆公哀詞四首，有「慟哭一聲惟有弟，故時賓客合如何。」又云：「今日江湖從學者，人人諱道是門生。」蓋深病人情之薄也。其歐公之罪人哉！

歐公贈介甫詩云：「翰林風月三千首，吏部文章二百年。」可謂極其褒美。世傳介甫猶以歐公不以孔孟許之爲恨，故作報詩云：「他日若能窺孟子，終身何敢望韓公。」恐未必然也。嘗讀曾子固集，見子固與介甫書云：「歐公更欲足下少開廓其文，勿爲造語及模擬前人。孟韓文雖高，不必似之，但取其自然。」蓋荆公之文，因子固而授於歐公者甚多，則知介甫歸附歐公，非一日也。葉少藴以爲荆公自期於孟子，而處歐公以韓愈，恐未必然爾。

王逢原以書上介甫，且以南山之詩求學於荆公。師資之禮已定，故逢原未死以前，荆公贈之詩曰：「楩柟豫章概白日，只要匠石聊穿裁。」逢原既死之後，荆公思之曰：「便恐世間無妙質，鼻端從此罷揮斤。」皆以師道自任也。然觀逢原寄介甫詩云：「天門廉陛鬱巍巍，勢利寧無澹泊譏。豈與跖徒争有道，盍思吾黨自言歸。古人踽踽今何取，天下滔滔昔已非。終見乘桴去滄海，好留餘地許相依。」則識度之遠，又過荆公矣。又作荆公書皆稱介甫，作詩皆稱君，所謂「行藏願與君同道，祇恐蹉跎我獨羞」。又云：「想今愈有江湖興，亦欲同君一釣綸。」所謂師資者，果如何邪？山谷嘗避暑李氏園，題詩於壁云：「題詩未有驚人句，喚取謫仙蘇二來。」秦少游言於東坡曰：「以先生爲蘇二，人似相薄。」則又甚於逢原稱介甫矣。

汲引之恩，不可忘也，一日得志，思有以報之，亦人情之常也。王稽薦范雎於秦，而昭王以爲相，其後稽爲河東守者，因雎之言也。魏無知薦陳平於漢，而高祖用之，其後賞無知者，因平之言也。唐馬周以一介草茅，遭遇太宗，不累年而致位卿相，皆由常何之一言。而身貴得志之時，於何不聞有報何邪？李邦直詩云：「底事馬周身富貴，不聞推寵報常何」是已。張文潛詩云：「馬周未遇虬髯公，布衣落魄來新豐。一尊獨酌豈無意，俗子不解知英雄。」蓋周雖緣常何之一言，而其智謂忠亮，亦自有以取之。如疏宗室世守居藩，樂工鳴玉曳履，皆切中時病者也。史臣至比之爲築巖釣渭，亦過矣哉！岑文本云：「周鳶肩火色，騰上必速，但不能久。」其後周年止五十，志不盡行，文本殆如著龜矣。

開元天寶之際，孟浩然詩名籍甚，一遊長安，王維傾蓋延譽，然官卒不顯何哉？或謂維見其勝己，不肯薦於天子，故浩然别維詩云：「當路誰相假，知音世所希。」史載維私邀浩然於苑，而遇明皇，遂伏於牀下。明皇見之，使誦其所爲詩，至有「不才明主棄」之句，明皇云：「卿不求仕，朕未嘗棄卿。」因放還。使維誠有薦賢之心，當於此時力薦其美，以解明皇之慍，迺爾嘿嘿，或者之論，蓋有所自也。厥後雖寵鳳林之墓，繪孟亭之像，何所補哉！

韓退之於崔立之厚矣，立之所望於退之者宜如何！然集中所答三詩，皆未有慰薦之意何邪？其曰「幾欲犯嚴出薦口，氣象硉兀未可攀。」又云：「東馬嚴徐已奮飛，枚皋卽召窮且忍。」知識當要路，正賴汲引，隱情惜己，殆同寒蟬，古人之所惡也。

余家自曾伯祖侍郎諱宫以甲科起家，至慶曆中，曾大父通議楊寘榜相繼及第，爾後世世有當時尊長皆有詩以紀慶。曾大父贈先祖詩云：「傳家何用富金籯，教子何如只一經。慶曆科名今已繼，更教來葉嗣前馨。」先大父贈先人及伯父詩云：「廣場筆陣敷千人，喜汝穿楊箭鏃親。慶緒綿長時幸會，文科興後事還新。昔年繼榜熙寧歲，今偶同科紹聖春。從此莫教書種斷，孫曾應復値昌辰。」文康公賜某詩云：「兒曹春榜預言揚，竊吹知難復士鄉。黄絹未能擒好語，青氊偶幸繼前芳。穿楊喜共東牀客，女夫章倧同榜。攀桂同標北寺房。聖世選才如華岳，積塵曾不愧毫芒。」余嘗贈郯詩云：「吾家五世十三人，競擷丹枝撼月輪。慶曆賢科開後裔，隆興儒業繼前塵。泥金帖報家庭喜，燒尾筵中帝里春。從此傳芳應未艾，桂香應已襲天倫。」通議之子若孫若曾孫在桂籍者，於今已十有三人，故言之於前。長子郛亦不廢學業，故期之於後。其他宗從登科者甚多，各有詩紀慶，不暇録。

人。大父清孝公余中榜，先人文康公何昌言榜，某黄公度榜，至小子郯朱待問榜，連五世矣。

郯始留意星曆學，紹興癸酉取解漕臺問斗爲帝車賦，省試復以「日星爲紀三台色齊」爲詩賦題，其所爲貫穿廿石之學甚詳。小孫女夜夢郯登樓至十六級而止，筮之，爲省闈第十六人之祥，已而果然。余作詩贈之曰：「張鈴走幟到金谿，喜子文闈預品題。名字巍峨先蕊榜，詞章斐亹動文奎。階梯已合嬰兒夢，星斗先分天老題。後日臚傳當第一，天倫科甲尚爲低。」時郯弟王佐榜甲科第七人。

孟郊落第詩曰：「棄置復棄置，情如刀刃傷。」再下第詩曰：「一夕九起嗟，夢短不到家。」下第東南行曰：「江蘺伴我泣，海月投人驚。」愁有餘矣。下第留別長安知己云：「豈知鶗鴂鳴，瑶草不得春。」失意投劉侍御云：「離婁豈不明，子野豈不聰？至寶非眼別，至音非耳通。」歎命云：「題詩怨還怨，問易蒙復蒙。本望文字達，今因文字窮。」怨有餘矣。至登科後詩，則云：「昔日齷齪不足誇，今朝放蕩思無涯。春風得意馬蹄疾，一日看盡長安花。」議者以此詩驗郊非遠器。余謂郊偶不遂志，至於屢泣，非能委順者，年五十始得一第，而放蕩無涯，哦詩誇詠，非能自持者，其不至遠大，宜哉。

今之新進士，不問科甲高下，唱名出皇城，則例喝狀元，莫知其端。唐鄭谷登第後宿平康里，嘗作詩曰：「春來無處不閒行，楚潤相看別有情。好是五更殘酒醒，耳邊聞喚狀元聲。」則新進士例呼狀元，舊矣。鄭谷，趙昌翰榜第八名也。

杜荀鶴老而未第，求知己甚切，投裴侍郎云：「只望至公將卷讀，不求朝士致書論。」投李給事云：「相知不相薦，何以自謀身。」投所知云：「知己雖然切，春官未必私。寧教讀書眼，不有看花期。」投崔尚書云：「閉戶十年專筆硯，仰天無處認梯媒。」如此等句，幾於哀鳴矣。本事詩載，裴晉公於興化里鑿池起臺榭，賈島方下第怨憤，題詩亭中云：「破却千家作一池，不栽桃李種薔薇。薔薇花落秋風後，荆棘滿亭君始知。」人皆惡其不遜，則荀鶴之哀鳴，猶爲可憐也。

瓊州進士姜唐佐，東坡極愛之，贈之詩曰：「滄海何曾斷地脉，白袍端合破天荒。」且告之曰：「子異日登科，當爲子成此篇。」及唐佐預廣州計偕，過汝陽，見子由，時東坡已下世矣。子由因爲足成其篇云：「生長茅間有異方，風流稷下古諸姜。适從瓊莞魚龍窟，秀出羊城翰墨場。滄海何曾斷地脉，白袍端合破天荒。錦衣他日千人看，始信東坡眼力長。」唐佐是年省闈不利，則有負於錦衣之祝矣。東坡嘗書唐佐課册云：「雲興天際，倏若車蓋。凝矑未瞬，瀰漫霮䨴。驚雷出火，喬木糜碎。懸霤緪縋，日中見沫。移晷而收，野無全塊。」今亦刊集中，乃戲書劉夢得楚望賦也。

秦太虛舉進士不得，東坡詩曰：「底事秋來不得解，定中試與問諸天。」深爲稱屈也。李方叔省試不得第，而東坡領貢舉，嘗有詩贈之云：「平生漫説古戰場，過眼終迷日五色。我慚不出君大笑，行止皆天子何責。」山谷和云：「今年持橐佐春官，遂失此人難塞責。」座主歸過於己，門生歸命於天，俱一世之賢也。

梅聖俞送方干下第云：「竭澤古所戒，但飽腹中書。風雷變有時，且復歸孟豬。」送蔡驛下第詩云：「爾持金錯刀，不入鵝眼貫。懷之歸河朔，慎勿輒鎔鍛。」蓋人士切於得失，一不得意，則必變所學，以求媚於有司，此學者之大病也，故聖俞以是戒之。

唐曹鄴及第詩云：「白日探得珠，不待驪龍睡。忽忽出九衢，僮僕顏色異。」是生敬於僮僕也。施肩吾及第詩云：「今日步春早，復來經此道。江神也世情，爲我風光好。」是改觀於江神也。蓋其心之喜自生疑爾，僮僕江神豈遽如是哉！鄭又云：「故衣未及換，尚有去年淚。」肩吾云：「憶昔將貢年，把愁此江邊。」二子所作，皆以今年之喜而思昔日之愁也，是豈能置得喪於膜外者乎？

文闈有挾書傳義之禁，舊矣。竊怪李揆爲考官，大陳經史於庭，令學者縱觀。和凝爲考官，開門徹棘，令學者自便。如此則真賢實能孰辨邪？余知其故矣。蓋自唐以來，主司重素望，故文場一啓，而投遞紛然，舉子之升黜固自有定議矣，雖禁挾書傳義奚爲哉！「朝向公卿說，暮向公卿說。誰謂黃鐘管，化爲君子舌。」此孟郊有祈於知己也，而呂渭取之。「擬動如浮海，凡言似課詩。終身事知己，此後復何爲？」此杜荀鶴有祈於知己也，而裴贄取之。「砌下芝蘭新滿徑，門前桃李舊成陰。却應回念江邊草，放出春烟一寸心。」此鄭谷有祈於知己也，而柳玭取之。舉子祈之於前，主司録之於後，公論何在乎！長慶初，錢徽爲考官，取鄭明等三十三人，以所取不當，再命白居易試孤行管賦，試者皆不知本事，遂落十一人，而錢徽貶江州刺史。當時詔書，以謂浮薄之徒，扇爲朋黨，以撓主司，每歲策名，無不先定。則陳書徹棘之舉，殆無足怪也。

韻語陽秋卷第十九

歲時有袚除不祥之具，而元日尤多，如桃版、葦索、磔雞之類是也。飲屠蘇酒，亦所以袚瘟禳惡，而法必自幼飲何邪？顧光歲日口號云：「還丹寂寞羞明鏡，手把屠蘇先少年。」白樂天元日贈劉夢得詩亦云：「與君同甲子，歲酒合誰先。」元日飲酒，則先卑而後尊，自唐以來已如此矣。四時月令云：「進椒酒次第當從小起。」而董勛告晉海西令云：「小者得歲，故先酒賀之；老者失歲，故後與酒。」似亦不爲無理。

荆楚記云：「屈原以五月五日投汨羅而死，人傷之，以舟檝拯焉。故武陵競渡，用五月五日，蓋本諸此。」劉夢得云：「今舉檝相和之音，皆曰『何在』，蓋所以招屈原也。」詩曰：「沉江五月平隄流，邑人相將浮彩舟。靈均何年歌已矣，哀謠振檝從此起。」又有招屈亭詩，所謂「曲終人散空愁暮，招屈亭前水東注」是也。今江浙間競渡多用春月，疑非屈原之義。及考沈佺期三月三日獨坐驩州詩云：「誰念招魂節，翻爲禦魅囚。」王績三月三日賦亦云：「新開避忌之席，更作招魂之所。」則以元巳爲招屈之時，其必有所據也。余觀琴操云：「介子推五月五日焚林而死，故是日不得發火。」而異苑以謂寒食始禁烟。蓋當時五月五日，以周正言之爾，今用夏正，乃三月也。屈原以五月五日死，而佺期王績以元巳爲招魂之節者，亦豈是邪？

自冬至一百有五日至寒食，故世言寒食皆稱一百五。杜子美一百五日夜對月云：「無家對寒食，有淚如金波。」姚合寒食書事詩云：「今朝一百五，出户雨初晴。」則是詩人例以百五日爲寒食也。或者乃謂自冬至至清明凡七氣，至寒食止百三日。殊不知曆家以餘分演之也。司馬彪續漢書云：「介子推焚林而死，故寒食不忍舉火，至今有禁烟之説。」盧象所謂「子推言避世，山火遂焚身。四海同寒食，千秋爲一人」是也。太原一郡，舊俗禁烟一月。周舉爲郡守，以人多死，移書子推，祇禁烟三日。子美清明詩云：「朝來新火起。」又云：「家人鑽火用青楓。」皆在寒食三日之後，則知禁烟止於三日也。而韓翃有寒食即事詩，乃云：「春城無處不飛花，寒食東風御柳斜。日暮漢宮傳蠟燭，輕烟散入五侯家。」不待清明，而已傳新火何邪？元微之連昌宫詞云：「初過寒食一百六，店舍無烟宫樹緑。念奴覓得又連催，時敕官中許燃燭。」乃一時之權宜。爾雅云，龍星，木之位也，春屬東方，心爲大火，懼火盛故禁火，是以寒食有龍忌之禁。則所謂禁烟，又未必爲子推設也。

上巳日於流水上洗濯，祓除去宿垢，故謂之祓禊。禊者潔也。王逸少作蘭亭序云：「永和九年，歲在癸丑，會於山陰之蘭亭，修禊事也。」當其羣賢畢集，遊目騁懷之際，而感慨係之，乃有

「一死生爲虛誕，齊彭殤爲妄作」之語。議者以此咎羲之之未達也。

先文康公晚歲卜居於寶溪之上，建觀禊堂於水濱。紹興癸丑，與客泛舟，脩禊甚樂，距永和癸丑，不知其幾癸丑也。因與客相與推算，自永和九年歲甲子一週爲晉義熙九年，又一週爲宋元徽元年，自後梁大通元年，隋開皇十三年，唐永徽四年，開元元年，大曆八年，大和七年，景福二年，周顯德二年，本朝祥符六年，熙寧六年，皆歲在癸丑。凡七百八十年矣。迺作詩以紀其事云：「快雨霽亭午，晴曦作春妍。鄰曲饒勝士，共開浮棗筵。中流恆嘯詠，隱浪金壺偏。紅艾初出水，捧劍疑來前。緬懷蘭亭會，七百八十年。可憐右軍癡，生死情纏綿。由來彭殤齊，顧或謂不然。吾黨殆天放，卜夜就管弦。尺六細腰女，舞袖輕回旋。且畢今日歡，不期來日傳。」

白樂天居洛陽履道里，與胡杲吉皎鄭據劉真盧真張渾狄兼謨盧貞燕集，皆高年不事事者，人慕之，繪爲九老圖。至本朝李昉再入相，以司空致仕，慕樂天之爲，得宋琪等八人，年七十餘，將爲九老會，未果而卒。自後洛中諸公，圖形普明僧舍。文潞公留守西都，富鄭公納政居里第，與席汝言王尚恭趙丙劉几馮行己楚建中王慎言王拱辰張問張燾司馬光共十三人，置酒相樂，謂之耆英會，劉几詩所謂「制舉省元推二相，龍頭昔日屬宣猷。人間盛事并遐算，一席幾盈九百籌」是也。後潞公與程伯温司馬伯康席君從之又作同甲會㊀，潞公詩所謂「四人三百十二歲，況是同生丙午年。招得梁園同賦客，合成商嶺采芝仙」是也。潞公又與范鎮張宗益張周史招爲五老會，公詩所謂「四個老兒三百歲，當時此會已離倫。如今白髮游河叟，半是清朝解紱人」是也。潞公以勳德享大耋，功成名遂，優游皐壤，日與賢士大夫讌笑，而飲食起居，端類少壯，非天畀全福，疇能若是。司馬温公在洛，作真率會，杜祁公在睢陽，作五老會，趙閱道在三衢，作三老會，各有詩詠傳焉。

㊀「之」，疑衍。類編本作「等」，按下文正作「四人」，「等」字亦衍。

張衡曰：「客賦醉言歸，主稱露未晞。」王式曰：「客歌驪駒，主人歌客無庸歸。」賓主之情，可謂粲然者。至李太白陶淵明則不然。李嘗以陶語爲詩曰：「我醉欲眠君且去。」雖曰任真之言，然亦太無主人之情矣。司馬温公北園樂飲云：「浩歌縱飲任天機，莫使歡娛與性違。玉枕醉人從獨卧，金羈倦客聽先歸。」其亦二子之意也。白樂天招客飲云：「客告暮將歸，主稱日未仄。又命小奚輩，長跪謝貴客㊀。」其視張衡王式尤爲有委曲相者。然置酒送呂漳州詩乃曰：「獨醉似無名，借君作題目。」又何與招客飲之詩異乎？東坡醉眠亭詩云：「醉中對客眠何害，須信陶潛未若賢。」山谷云：「欲眠不遣客，佳處更難忘。」如是則既不失賓主之禮，而又可以適我之情，是賓主之情兩得也。

㊀「仄」原作「斜」，「小奚輩」原作「小青賦」，均據類編本改。

酒之種類多矣，有以緑爲貴者，白樂天所謂「傾如竹葉盈尊緑」是也。有以黄爲貴者，老杜所謂「鵝兒黄似酒」是也。有以白爲貴者，樂天所謂「玉液黄金巵」是也。有以碧爲貴者，老杜所謂「重碧酤新酒」是也。有以紅爲貴者，李賀所謂「小槽酒滴珍珠紅」是也。今則廣閩所釀酒謂之紅酒㊀，其色殆類胭脂。酉陽雜俎載，賈璐家蒼頭能别水，常乘小艇於黄河中，以瓠匏接河源水以釀酒，經宿酒如絳，名爲崑崙觴，是又紅酒之尤者也。

㊀「則廣閩」原作「閩廣間」，據類編本改。

酉陽雜俎載，鄭公慤嘗於使君林避暑，取蓮葉以簪刺其心，令與柄通，屈莖如象鼻，傳酒吸之，名爲碧筩。蓋取蓮葉芳馨之氣，雜於酒中，爲可喜也。故東坡詩云：「碧筩時作象鼻彎，白酒微帶荷心苦」是已。大抵醪醴之妙，藉外而發其中，則格高而味可，如大宛之葡萄，大官之桐馬，皆藉他物而成者。趙德麟以黄柑釀酒，東坡嘗作洞庭春色賦遺之，所謂「命黄頭之千奴，卷震澤而俱還」。坡亦以松明釀酒，所謂「味甘餘而小苦，嘆幽姿之獨高」。二酒至今有用其法而爲之者。至坡在黄州，自作蜜酒，惠州自作桂酒，皆一試而止，蓋出於一時之戲劇，未必皆中節度耳。

蜀中食品，南方不知其名者多矣，而況其味乎？東坡所謂「豆莢圓且小，槐牙細而豐」者，巢菜也。所謂「贈君木魚三百尾，中有鵝黄子魚子」者，椶筍也。是此物者，蜀川甚貴重。東坡在黄州時，去鄉已十五年，思巢菜而不可得，會巢元修自蜀來，使歸致其子而種之東坡之下。又作樓筍，蜜煮酢浸，可致千里外，嘗以餉殊長老。則此二物之珍可知矣。蒟醬，蜀醬也，蜀都賦所謂「蒟醬流味」是也。苞蘆，蜀鮓也，老杜所謂「香飯兼苞蘆」是也。

晉史稱何劭驕奢簡貴，衣裘服玩，新故巨積，食必盡四方珍異，一日之供，以錢二萬爲限。而曾所食不過萬錢，是劭之自奉侈於父也。而劭贈張華詩乃云：「周旋我陋圃，西瞻廣武廬。既貴不忘儉，處約能存無。鎮俗在簡約，塞門焉足摹。」是以姬孔爲法，以管氏爲戒也。審能如是，則史所書又何如邪？以史爲正，則劭所言誣矣。東坡擷菜詩云：「秋來霜露滿東園，蘆菔生兒芥有孫。我與何曾同一飽，不知何苦食雞豚。」苟能如此，則豈肯縱嗜欲於口腹之間哉？

唐御食，紅綾餅餤爲上。光化中，放進士裴格盧延遜等二十八人宴於曲江，敕太官賜餅餤，止二十八枚而已。延遜後入蜀，頗爲蜀人所易，嘗有詩云：「莫欺零落殘牙齒，曾喫紅綾餅餤來。」其爲當世所貴重如此。酉陽雜俎載，衣冠家有蕭家餫飩，庾家粽子，韓約櫻桃饆饠，又有胡突鱠，麞皮索餅之類，號爲名食，不至於甚侈而美有餘，亦紅綾餅餤之類也。

周顒有云：「性命之在彼極切，滋味之於我可賒。」今人以活臠而資口腹者，比比皆是也，是誠何心哉？或曰：「羊豕大身，難於刺割，蚶蛤微命，易於烹熬。」如是，則性命之小者尤不幸也。鍾岏嘗告其師何子季曰：「車螯蚶蠣，眉目内闕，唇吻外緘，不悴不榮，曾草木之不若；無聲無臭，與瓦礫其何異？㊀故可長充庖厨，永爲口實。」何其仁於大而忍於細與？山谷信佛甚篤，而晚年酷好食蟹，所謂「寒蒲束縛十六輩，已覺酒興生江山」。又云：「雖爲天上三辰次，未免人間五鼎烹。」乃果於殺如此，何哉？東坡在海南，爲殺雞而作疏，張乖崖之在成都，爲封羊而轉經，是豈愛物之仁，不能勝口腹之欲邪？山谷談無礙禪，蘇張行有爲法，亦各其所見爾。

㈠「異」原作「算」，據類編本改。

柳比婦人尚矣，條以比腰，葉以比眉，大垂手、小垂手以比舞態，故自古命侍兒，多喜以柳爲名。白樂天侍兒名柳枝，所謂「兩枝楊柳小樓中，嫋嫋多年伴醉翁」是也。韓退之侍兒亦名柳枝，所謂「別來楊柳街頭樹，擺撼春風只欲飛」是也。洛中里娘亦名柳枝，李義山欲至其家久矣，以其兄讓山在焉，故不及昵。義山有柳枝五首，其間怨句甚多，所謂「畫屏繡步障，物物自成雙。如何湖上望，只是見鴛鴦」之類是也。嗚呼，天倫同氣之重，共聚於子女揉雜之所，已爲名教之罪人，而一不得其欲，又作爲詩章，顯形怨讟，且自彰其醜，遺臭無窮，所謂滅天理而窮人欲者，無大於此。如李商隱者，又何足道哉！

張子野年八十五猶聘妾，東坡作詩所謂「詩人老去鶯鶯在，公子歸來燕燕忙」是也。荆公亦有詩云：「篝火尚能書細字，郵筒還肯寄新詩。」其精力如此，宜其未能息心於粉白黛緑之間也。坡復有贈張刁二老詩，有「共成一百七十歲」之句，則子野年益高矣。故其末章云：「惟有詩人被磨折，金釵零落不成行。」

老杜麗人行專言秦虢宴游之樂，末章有「當軒下馬立錦茵，愼莫近前丞相嗔」之句，當是謂楊國忠也。韓退之華山女末章，亦言「雲窗霧閣事慌惚，重重翠幙深金屛。仙梯難攀俗緣重，浪凭青鳥通丁寧。」此言不知爲何人發也？

李白送姪良攜二妓赴會稽云：「遥看二桃李，雙入鏡中開。」別河西劉少府云：「自有兩少妾，雙騎駿馬行。」以是知劉李二君，皆不羈之士也。東坡作臨江仙有「細馬遠馱雙侍女，紅巾玉帶紅靴」之語，其斯人之徒與！

韓退之作歐陽詹哀詞，言其事父母至孝。又曰：「讀其書，知其於慈孝最隆。」又曰：「詹舍朝夕父母之養而來京師，其心將以有得而歸，爲父母榮也。」及觀閩川名士傳載，㊀詹溺太原之妓，未及迎歸，而有京師之行。既愆期而妓病革，將死，剺髻付女奴以授詹，詹一見大慟，亦卒。集中載初發太原寄所思詩，所謂「高城已不見，况復城中人」者，乃其人也。豈退之以同榜之故，而固護其短，飾詞以解人之疑與？嗚呼！詹能義何蕃之不從亂，而不能割愛於一婦人；能薦韓愈之賢，而不能以貽親憂爲念，殆有所蔽而然也。如樂津北樓絶句與聞唱涼州詩，皆賦情不薄，有以知其享年之不長也。

㊀「閩」原作「國」，據太平廣記卷二七四引改。

古今人詠王昭君多矣，王介甫云：「意態由來畫不成，當時枉殺毛延壽。」歐陽永叔云：「耳目所及尚如此，萬里安能制夷狄。」白樂天云：「愁苦辛勤顦顇盡，如今却似畫圖中。」後有詩云：「自是君恩薄於紙，不須一向恨丹青。」李義山云：「毛延壽畫欲通神，忍爲黄金不爲人。」意各不同，而皆有議論，非若石季倫駱賓王輩徒序事而已也。邢惇夫十四歲作明君引，謂「天上仙人骨法别，人間畫工畫不得。」亦稍有思致。

人君不能制欲於婦人，以至溺惑廢政，未有不亂亡者。桀奔南巢，禍階妺喜，魯威滅身，惑始齊姜。妲己褒姒以至張孔楊妃之徒皆是也。吴之於西施，王之耽惑不減於諸后，一夕越兵至而王不知也。鄭寂夫詩云：「十重越甲夜成圍，宴罷君王醉不知。若論破吴功第一，黄金只合鑄西施。」謂非西施則吴不亡，吴不亡則安得以黄金鑄范蠡之容哉？而東坡范蠡詩云：「誰將射御教吴兒，長笑申公爲夏姬。却遣姑蘇有麋鹿，更憐夫子得西施。」言楚申公欲弱楚而强吴者，以夏姬之故，曾不如范蠡滅吴霸越而坐得西施也。

銅雀伎，古人賦詠多矣。鄭愔云：「舞餘依帳泣，歌罷向陵看。」張正見云：「雲慘當歌日，松吟欲舞風。」賈至云：「靈几臨朝奠，空牀卷夜衣。」王勃云：「妾本深宫伎，曾城閉九重。君王歡愛盡，歌舞爲誰容。」沈佺期云：「昔年分鼎地，今日望陵臺。一旦雄圖盡，千秋遺令開。」皆佳句也。羅隱云：「强歌强舞竟難勝，花落花開淚滿繒。祇合當年伴君死，免教憔悴望西陵。」似比諸人差有意也。魏武陰賊險狠，盗有神器，實竊英雄之名，而臨死之日，乃遺令諸子，不忘於葬骨之地，文使伎人著銅雀臺上以歌舞其魂，亦可謂愚矣。東坡云：「操以病亡，子孫滿前，而咿嚶涕泣，留連妾婦，分香賣履，區處衣物，平生奸僞，死見真性。」真名言哉！

高祖大風之歌，雖止於二十三字，而志氣慷慨，規模宏遠，凜凜乎已有四百年基業之氣。史記樂書謂之三侯章。令沛得以四時歌舞宗廟，蓋欲使後之子孫，知其祖創業之勤，不可怠於守成爾。武帝秋風辭瓠子歌已無足道，及爲賦以傷悼李夫人，反覆數百言，綢繆眷戀於一女子，其視高祖豈不愧哉！藝文志，上自造賦二篇，其一不得而見邪。

老杜北征詩云：「憶昨狼狽初，事與古先別。不聞夏殷衰，中自誅褒妲。」其意謂明皇英斷，自誅妃子，與夏商之誅褒妲不同。老杜此語，出於愛君，而曲文其過，非至公之論也。白樂天詩云：「六軍不發無奈何，宛轉蛾眉馬前死。」非逼迫而何哉？然明皇能割一己之愛，使六軍之情帖然，亦可謂知所輕重矣，故前輩有詩云：「畢竟聖明天子事，景陽宮井是何人㊀？」小説盧瓌抒情載，唐僖宗幸蜀，詞人題於馬嵬驛云：「馬嵬烟柳正依依，重見鑾輿幸蜀歸。泉下阿瞞應有語，這回休更怨楊妃。」雖一時戲語，亦無乃厚誣阿瞞乎？

㊀「宮」原作「赴」，據類編本改。

韻語陽秋卷第二十

李白詩云：「朝發汝海東，暮棲龍門中。」又云：「朝別凌煙樓，暝投永華寺。」又云：「朝別朱雀門，暮栖白鷺洲。」又云：「雞鳴發黄山，暝投蝦湖宿。」可見其常作客也。范傳正言白偶乘扁舟，一日千里，或遇勝境，終年不移，往來牛斗之分，長江遠山，一泉一石，無往而不自得也。則白之長作客，乃好遊爾，非若杜子美爲衣食所驅者也。李陽冰論白云：「王公趨風，列嶽結軌，羣賢翕習，如鳥歸鳳。」魏顥論白云：「攜駿馬美妾，所適二千石郊迎，飲數斗徑醉。」夫豈有衣食之迫哉？

(一)「分」原作「間」，據范傳正序改。

今人作詩，自述則稱我，謂人則稱君，往往相習皆然。杜子美送孔巢父詩云：「道甫問信今何如。」墜馬諸公攜酒相看詩云：「甫也諸侯老賓客。」過王倚飲云：「在於甫也何由羨。」則自述乃稱名。送樊侍御云：「至尊方旰食，仗爾布嘉惠。」寄李白云：「昔年有狂客，號爾謫仙人。」送竇九云：「非爾更持節，何人符大名。」則謂人乃稱爾。若謂尊之甚則稱名，則前三人皆非通貴之士；若謂卑之甚則稱爾，以後三人皆非穉孺之列。蓋其詩格變態如是，恐不繫重輕也。

心醉六經，尚友千載，謂之好古可也。今之好古者乃不然，書畫貴整，而必取腐爛陳暗者以爲奇；器物貴新，而必取穿漏弁薄者以爲異，曰是古也。乃不靳貲費而求之，何其不思之甚邪！書畫貴古，猶欲識其筆法之淵源，以穿漏弁薄之器而珍之，此何理哉？嘗觀老杜銅瓶詩云：「亂後碧井廢，時清瑶殿深。」其末云：「蛟龍雖缺落，猶得折黄金。」則以古物而要厚貲，自古而然。

張景陽七命有「浮三翼，泛中沚」之句，故詩家多用三翼爲輕舟，如梁元帝「日華三翼舸」，元微之「光陰三翼過」是也。按越絶書伍子胥水戰兵法内經曰：大翼一艘，廣一丈五尺二寸，長十丈。中翼一艘，廣一丈三尺五寸，長五丈六尺。小翼一艘，廣一丈九尺，長二丈。所謂三翼者，皆巨戰船也。用爲輕舟，誤矣。

舒王作前元豐行云：「倒持龍骨挂屋敖。」後元豐行云：「龍骨長乾挂梁梠。」龍骨，水車也。是歲豐稔，故龍骨掛而不用。又有寄楊德逢詩云：「遥聞青秧底，復作龜兆坼。倚倚兩龍骨，豈得長挂壁。」是歲亢旱，故反前詠爾。東坡亦有水車詩云：「翻翻聯聯銜尾鴉，犖犖确确蜕骨蛇。分畦翠浪走雲陣，刺水緑鍼抽稻芽。天公不念老農泣，喚取阿香推雷車。」言水車之利不及雷車所霑者廣也。

瓢之爲器，貧者所用，故顔子以一瓢飲，而揚子比之山雌。文康公築室泛金溪上，閭門千指，朝齏暮鹽，未嘗敢以貧爲病。嘗因溪結亭，號曰瓢飲，蓋欲少見慕賢好古安貧樂道之意。余嘗有詩云：「我不學許由隱烟霧，得瓢不飲惟挂樹，又不學德義居虎邱，帶瓢入市多騎牛。分無玉甌囊古錦，病渴文園只瓢飲。下瞰金溪新結亭，未須引吸如長鯨。但願金溪化爲酒，歲歲持瓢醉花柳。」

君子爲小人誣蠛沮抑，則其詩怨，故寓之於物以舒其憤，如朱書古鏡詩所謂「我有古時鏡，初自壞陵得。蛟龍猶泥蟠，魑魅幸月蝕」是也。小人既敗，君子得志之秋，則其詩昌，故寓之於物以快其志，如劉禹錫磨鏡篇所謂「萍開綠池滿，暈盡金波溢。山神妖氣沮，野魅真形出」是也。黃子虛作姤佳月篇云：「狂雲姤佳月，怒飛千里黑。佳月了不嗔，曾何污潔白。支頤少待之，寒光净無迹。燦燦黃金盤，獨照一天碧。」殆亦二子之意。

郎基在潁川，不置木枕，裴潛在兗州，不取胡牀，居官清操，要當如是。白樂天在杭州，取天竺片石，受代攜歸，故其詩曰：「三年爲刺史，飲冰復食蘗。惟向天竺山，取得兩片石。此抵有千金，無乃傷清白。」暨守吳門，復取洞庭雙石，一以支琴，一以貯酒，故雙石詩有「萬古遺水濱，一朝入吾手」之句。洎罷府，支琴石遂歸履道舊居，故作詩云：「天上定應勝地上，支機未必及支琴。」嗚呼，泉石膏肓，人士之逸韻，若樂天者，豈潘子義所謂風流罪過也邪！

李白作蜀道難以罪嚴武，其末云：「所守或匪親，化爲狼與豺。朝避猛虎，夕避長蛇。磨牙吮血，殺人如麻。錦城雖云樂，不如早還家。」則武待客之禮，未必優也。武與杜甫情好甚厚，一朝以飲酒過度，而武幾殺之，則不如早還家之説，乃白先見之明爾。陸暢謁韋皋於蜀郡，暢感韋之遇己，遂反其詞，作蜀道易云：「蜀道易，易於履平地。」

忘年交，謂雖年齒尊幼不侔，而道義可爲友也。如張鎰之於陸贄，崔郭之於李謙是已。魯直云：「逐貧不去與忘年。」便以忘年作朋友用，蓋有來處也。老杜過孟倉曹詩云：「清談見滋味，爾輩可忘年。」則山谷所用，豈苟云乎哉？

鄭虔受安禄山僞命，洎賊平，與張通王維並囚宣陽里。因善畫，祈於崔圓，遂得免死。老杜所謂「今如罝中兔」，「子雲識字終投閣」是也。及虔貶台州，有詩云：「可念此公懷直道，也霑新國用輕刑。」如虔者，可謂之懷直道乎？當是愛忘之言爾。八哀詩亦云：「反覆歸聖朝，點染無滌蕩。老蒙台州掾，泛泛浙江槳。」蓋傷之也。

杜甫悲陳濤詩云：「野曠天清無戰聲，四萬義軍同日死。」言房琯之敗也。琯臨敗猶持重，而中人邢延恩促戰，遂大敗，故甫深悲之。甫爲右拾遺，會琯罷相，上疏力救琯，肅宗大怒，詔三司推問，宰相張鎬救之，獲免。故洗兵馬云：「張公一生江海客，身長九尺鬚眉蒼。」蓋感其救己也。張無盡孤憤吟云：「房琯未相日，所談皆皋夔。一朝陳濤下，覆没十萬師。中原已紛潰，老杜尚嗟咨。」則老杜救琯之章，豈亦出於私情乎？

建安七子，惟劉公幹獨爲諸王子所親。曹操威燄蓋世，甄夫人出拜，諸人皆伏，而公幹獨平視，雖輪作而不悔，亦可嘉矣。故梅聖俞詩云：「公幹才俊或欺事，平視美人曾不起。自兹不得爲故人，輪作左校瀕於死。」公幹嘗有贈從弟詩云：「亭亭山上松，瑟瑟谷中風。風聲一何盛，松枝一何勁。」其寄意如是，豈肯少屈於操哉？末篇又託興鳳凰，有「何時當來儀，將須聖明君」之句，則不以聖明待操矣。

老杜課伯夷辛秀伐木，則曰：「報之以微寒，共給酒一斛。」遣信行修水筒，則以浮瓜裂餅以答其恭謹。陶淵明告其子，則曰：「輒遣一力助汝薪水之勞，亦人子也，可善遇之。」蓋古人之役僕夫，其忠厚率如此。初學記載王褒買便了爲奴，作約使苦作，以致聽券而淚下，鼻涕長一尺，有「不如早歸黃土陌，令蚯蚓鑽額」之語，其少陵柴桑之罪人哉！

白樂天作八漸偈云：「苦既非真，悲亦是假。」則世間悲歡人我，必能忘情。始憲宗欲以樂天爲刺史，王涯以資淺爲言，遂得江州司馬。及涯敗，作詩快之，有「當君白首同歸日，是我青山獨往時」之句。李德裕於樂天，不見有隙，德裕貶崖州，亦作三絕快之。其一篇云：「樂天嘗任蘇州日，要勒須教用禮儀。從此結成千萬恨，今朝果中白家詩。」蓋嘗以唐史考之，樂天卒於會昌之初，武宗時也。而德裕之貶，乃在宣宗大中年，則德裕之謫，樂天死已久，非樂天之詩明矣。以是準之，快王涯之句，恐亦未必然也。

東坡文章妙一世，然在掖垣作呂吉甫謫詞，繼而呂復用，遂納告毀抹。在翰苑作上清儲祥碑，繼而蔡元長復作，遂遭磨毀。非特此也，蘇叔黨云：「昔公爲藏經記，初傳於世，或以爲非。在惠州作梅花詩，至有以爲笑。」此皆士大夫以文鳴者，其說能使人必信，乃謬妄如此，信知識古戰場文者鮮矣。子由嘗跋東坡遺稿云：「展卷得遺草，流涕濕冠纓。斯文久衰弊，流涇自爲清。科斗藏壁間，見者空歎驚。廢興自有時，詩書付西京。」

傳曰：學士大夫，則知尊祖矣。族之所在，祖之所自出也，其可以不敬乎？陶淵明有贈長沙公詩序云：「余於長沙公爲族祖，同出大司馬，昭穆既遠，以爲路人。」故其詩云：「同源分流，人易世疏。慨然寤歎，念斯厥初。禮服遂悠，歲月眇徂。感彼行路，眷焉踟躕。」蓋深傷之也。長沙公於淵明如此，而淵明乃以尊祖自任，其臨別贈言之際，有「進簣雖微，終焉爲山」之句。嗚呼！淵明亦可謂賢矣。杜子美數訪從孫濟，而不免於防猜，故其詩云：「所來爲宗族，亦不爲盤飱。勿受外嫌猜，同姓古所敦。」觀長沙與濟，尊祖之義掃地矣。

賢者豹隱墟落，固當和光同塵，雖舍者争席奚病，而況於盃酒之間哉？陶淵明杜子美皆一世偉人也，每田父索飲，必使之畢其歡而盡其情而後去。淵明詩云：「清晨聞叩門，倒裳往自開。問子爲誰與？田父有好懷。壺漿遠見候，疑我與時乖。」老杜詩云：「田翁逼社日，邀我嘗春酒。」「叫婦開大瓶，盆中爲我取。」二公皆有位者也，於田父何拒焉。至於田父有「一世皆尚同，願君汨其泥」之說，則姑守陶之介。「久客惜人情，如何拒鄰叟。」則何妨杜之通乎？

老杜避亂秦蜀，衣食不足，不免求給於人。如贈高彭州云：「百年已過半，秋至轉飢寒。爲問彭州牧，何時救急難？」客夜詩云：「計拙無衣食，途窮仗友生。老妻書數紙，應悉未歸情。」狂夫詩云：「厚祿故人書斷絕，常飢稚子色凄涼。」答裴道州詩云：「虛名但蒙寒温問，泛愛不救溝壑辱。」簡韋十詩云：「因知貧病人須棄，能使韋郎迹也疏。」觀此五詩，可見其艱窘而有望於朋友故舊也。然當時能賙之者，幾何人哉！劉長卿云：「世情薄恩義，俗態輕窮厄。」山谷云：「持飢望路人，誰能顏色温。」余於子美亦云。

東坡歸陽羨時，流離顛躓之餘，絕祿已數年，受梁吉老十絹百絲之贐，可見非有餘者。李憲仲之子廌，以四喪未舉，而公見則盡以贈之。且贈以詩云：「推衣助孝子，一溉滋湯旱。誰能脫左驂，大事不可緩。」章季默三喪未葬，亦求於公，公亦有以助之，有「不辭毛粟施，行自丘山積」之句，其高誼蓋出於天資矣。

陶淵明乞食詩云：「飢來驅我去，不知竟何之。」而繼之以「感子漂母惠，愧我非韓才」，則求而有獲者也。杜子美上水遣懷云：「驅馳四海內，童稚日餬口。」而繼之以「但遇新少年，少逢舊知友」，則求而無所得者也。山谷貧樂齋詩云：「飢來或乞食，有道無不可。」過青草湖云：「我雖貧至骨，猶勝杜陵老。憶昔上岳陽，一飯從人討。」由是論之，則杜之貧甚於陶，而山谷之貧尚優於杜也。

杜子美身遭離亂，復迫衣食，足迹幾半天下。自少時遊蘇及越，以至作諫官，奔走州縣，既皆載北游詩矣。其後贈韋左丞詩云：「今欲東入海，即將西去秦。」則自長安之齊魯也。贈李白詩云：「亦有梁宋遊，方期拾瑶草。」則自東都之梁宋也。發同谷縣云：「賢有不黔突，聖有不煖席。始來兹山中，休駕喜地僻。奈何迫物累，一歲四行役。」則自隴右之劍南也。留别章使君云：「終作適荆蠻，安排用莊叟。隨雲拜東皇，挂席上南斗。」則自蜀之荆楚也。夫士人既無常產，爲飢所驅，豈免仰給於人，則奔走道途，亦理之常爾。王建云：「一年十二月，强半馬上看圓缺。百年歡樂能幾何，在家見少行見多。不緣衣食相驅遣，此身誰願長奔波。」李頎亦云：「男兒在世無產業，行子出門如轉蓬。」皆爲此也。

二老堂詩話

二老堂詩話

宋　周必大著

陶淵明山海經詩

江州陶靖節集末載，宣和六年，臨溪曾紘謂靖節讀山海經詩，其一篇云：「形夭無千歲，猛志固常在。」疑上下文義不貫，遂按山海經有云：「刑天，獸名，口銜干戚而舞。」以此句爲：「刑天舞干戚。」因筆畫相近，五字皆訛。岑穰晁詠之撫掌稱善。余謂紘説固善，然靖節此題十三篇，大概篇指一事。如前篇終始記夸父，則此篇恐專説精衞銜木填海，無千歲之壽，而猛志常在，化去不悔。若併指刑天，似不相續。又況末句云：「徒設在昔心，良晨詎可待。」何預干戚之猛耶？後見周紫芝竹坡詩話第一卷，復襲紘意以爲己説，皆誤矣。

東坡立名

白樂天爲忠州刺史，有東坡種花二詩。又有步東坡詩云：「朝上東坡步，夕上東坡步。東坡何所愛，愛此新成樹。」本朝蘇文忠公不輕許可，獨敬愛樂天，屢形詩篇。蓋其文章皆主辭達，而忠厚好施，剛直盡言，與人有情，于物無著，大略相似。謫居黄州，始號東坡，其原必起于樂天忠州之作也。

王禹偁不知貢舉

小説多妄，其來久矣。玉壺清話云：「王禹偁自知制誥出知黄州，蘇易簡榜下放孫何等進士三百餘人。奏曰：『禹偁禁林宿儒，累爲遷客，臣欲令榜下諸生郊送。』奏可。禹偁作詩謝之云：『綴行相送我何榮，老鶴乘軒愧谷鶯。三人承明不知舉，看人門下放諸生。』」余年十六七時，嘗以歲月推之，孫何榜乃淳化三年，歲在壬辰，明年癸巳，易簡遷參政，是時禹偁謫外任未歸，又明年甲午，方再爲知制誥。至道乙未遷内翰，五月出知滁州，非放進士時。三年丁酉，復召知制誥，咸平元年戊戌十二月罷，知黄州。二年己亥，放進士孫暨等七十一人，非三百也。且易簡已爲執政而死，其妄甚明。然余頗自疑此詩或爲他日之讖。其後隆興癸未，余爲起居郎兼中書舍人，值省試，本擬同知貢舉，屬壽皇鋭意幸金陵，便欲進發，留余從駕，不果差。乾道壬辰，爲禮部侍郎兼直學士院，適當貢舉，在朝闕出身從官。而虞彬甫爲相，雅不欲用余，時方遣泛使，奏留余撰國書，命翰林王曮知舉，中書舍人趙雄同知，此外惟沈夏有出身。以予侍兼臨安，既不可差，乃趣召李衡爲侍御史，云：「試院無言事官，不肅。」鎖院終旬日。趙雄丁母憂，亦不復補主文，今省試是禮部事。」乃就下差權禮部尚書范成大。雖一時各有意，其實三入不知舉也。差。淳熙戊戌春，余爲翰林學士，上已點定，而趙温叔爲相，密奏云：「殿試臨軒，當用天子私人

劉禹錫淮陰行

「簇簇淮陰市，竹樓緣岸上。好日起檣竿，烏飛驚五兩。今日轉船頭，金烏指西北。烟波與春草，千里同一色。船頭大銅鐶，摩挲光陣陣。早晚便風來，沙頭一眼認。何物令儂羨，羨郎船尾燕。銜尾趁檣竿，宿食長相見。隔浦望郎船，頭昂尾𡡰𡡰。無奈脱萊時，清淮春浪軟。」黄魯直云：「淮陰行情調殊麗，語氣尤穩切。白樂天元微之爲之，皆不入律也。惟『無奈脱萊時』不可解，當待博物洽聞者説也。」余嘗見古本作「挑菜時」，東坡惠州新年詩「水生挑菜渚」，恐用此字。

唐酒價

昔人應急，謂唐之酒價，每斗三百，引杜詩：「速宜相就飲一斗，恰有三百青銅錢」爲證。然白樂天爲河南尹自勸絶句云：「憶昔羈貧應舉年，脱衣典酒曲江邊。十千一斗猶賒飲，何況官供不著錢。」又古詩亦有：「金尊美酒斗十千。」大抵詩人一時用事，未必實價也。

白樂天詩

白樂天集第十五卷宴散詩云：「小宴追涼散，平橋步月迴。笙歌歸院落，燈火下樓臺。殘暑蟬催盡，新秋雁載來。將何迎睡興，臨睡舉殘杯。」此詩殊未覩富貴氣象，第二聯偶經晏元獻公拈出，乃迥然不同。

杜荀鶴事

池陽集載：杜牧之守郡時，有妾懷娠而出之，以嫁州人杜筠，後生子，卽荀鶴也。此事人罕知。余過池嘗有詩云：「千古風流杜牧之，詩材猶及杜筠兒。向來稍喜唐風集，荀鶴詩集名唐風。今悟樊川是父師。」

光武廟左衽

錢塘陳益字仲理，進士入官。淳熙間，常爲奉使金國屬官，過滹沱光武廟，見塑像左衽，有詩云：「早知爲左衽，悔不聽臧宮。」意亦可取。

康與之重九詞

慶元丙辰重九，風雨中，七兄約登高于神岡西，喜，因記康與之在高宗時譴詞云：「重陽日，四面雨垂垂。戲馬臺前泥拍肚，龍山路上水平臍，淹浸到東籬。」「茱萸胖，黃菊濕蘸蘸。落帽孟嘉尋篛笠，漉巾陶令買蓑衣，都道不如歸。」爲之一笑。與之自語人云：「末句或傳『兩個一身泥』，非也。」

杜詩元日至人日

杜詩云：「元日到人日，未有不陰時。」蓋此七日之間，須有三兩日陰，不必皆晴，疑子美紀實耳。洪興祖引東方朔占書謂歲後八日，一雞、二犬、三豕、四羊、五牛、六馬、七人、八穀。其日晴則所主物育，陰則災。天寶之亂，人物俱災，故子美云爾。信如此說，穀乃一歲之本，何略之也。

木芙蓉詩

唐人裒劉禹錫嘉話云：「進士陳標詩，詠黃蜀葵詩云：『能共牡丹争幾許，得人憎處只緣多。』」余嘗語客，花多固取輕于人，何憎嫌之有？因論木芙蓉全似芍藥，但患無兩平字易牡丹字，欲改此句作「得人輕處只緣多」。衆以爲善，且謂移「芍藥」二字在句首則可矣。余以失全句爲疑。或云：「本草芍藥一名餘容。」因綴一絶云：「花如人面映秋波，拒傲清霜色更和。能共餘容争幾許，得人輕處只緣多。」白樂天和錢學士白牡丹詩云：「唐昌玉蕊花，攀玩衆所争。折來比顔色，一樹如瑶瓊。彼因稀見貴，此以多爲輕。」固知輕字爲勝。

辨人生如寄出處

蘇文忠公詩文，少重複者。惟「人生如寄耳」，十數處用，雖和陶詩亦及之，蓋有感於斯言。此句本起魏文帝樂府。厥後高僧傳王羲之與支道林書祖其語爾。朱翌新仲猗覺寮雜志，乃引高僧及高齊劉善明，似未記魏樂府。余爲太和蕭人傑秀才作如寄齋説，引文忠公詩甚詳。

報班齊

歐公詩云：「玉勒争門隨仗入，牙牌當殿報班齊。」或疑其不然。今朝殿争門者，往往隨仗而入，及在廷排立既定，駕將御殿。閤門持牙牌，刻班齊二字。候班齊，小黄門接入，上先坐後幄。黄門復出揚聲云：「人齊未？」行門當頭者應云：「人齊。」上卽出，方轉照壁，衛士卽鳴鞭。然此乃是駕出時，常日則不同。

朱希真出處

朱敦儒字希真，洛陽人，紹聖諫官勃之孫。靖康亂離避地，自江西走二廣。紹興二年，詔廣西宣諭明槖訪求山林不仕賢者，槖薦希真深達治體，有經世之才，靜退無競，安於賤貧，嘗三召不起，特補迪功郎，後賜出身。歷官職郎官，出爲浙東提刑，致仕居嘉禾，詩詞獨步一世。秦丞相晚用其子某爲删定官，欲令希真教秦伯陽作詩，遂落致仕，除鴻臚寺少卿，蓋久廢之官也。或作詩云：「少室山人久挂冠，不知何事到長安。如今縱插梅花醉，未必王侯著眼看。」蓋希真舊嘗有鷓鴣天云：「我是清都山水郎，天教懶慢帶疏狂。曾批給露支風勅，累奏留雲借月章。詩萬首，醉千場，幾曾著眼看侯王。玉樓金殿慵歸去，且插梅花醉洛陽。」最膾炙人口，故以此譏之。淳熙間，沅州教授湯巖起刊詩海遺珠，所書甚略，而云：「蜀人武横詩也。」未幾，秦丞相薨，希真亦遭臺評，高宗曰：「此人朕用槖薦以隱逸命官，置在館閣，豈有始恬退而晚奔競耶？」其實希真老愛其子，而畏避竄逐，不敢不起，識者憐之。

唐藩鎮官屬入局

杜子美爲劍南參謀，遣悶呈嚴鄭公詩云：「束縛酬知己，蹉跎効小忠。」又云：「曉入朱扉啟，昏歸畫角終。不成尋別業，未敢息微躬。」韓退之爲武寧節度使推官，上張僕射書云：「使院故事，晨入夜歸，非有疾病事故，輒不許出，抑而行之，必發狂疾。」乃知唐制藩鎮之屬，皆晨入昏歸，亦自少暇。如牛僧孺待杜牧之，固不以常禮也。後見洪邁容齋續筆第一卷所引，與此同。

論詩雅頌

揚子法言曰：「正考甫常晞尹吉甫矣，公子奚斯常晞正考甫矣。」蓋尹吉甫能作崧高烝民等詩，以美宣王，故正考甫晞之而作商頌。是則揚子以閟宮之頌，爲奚斯所作矣。班孟堅王文考爲賦序，皆有奚斯頌魯僖之言，蓋本諸揚子也。學者謂閟宮但曰「新廟奕奕，奚斯所作」，而無作頌之文，遂疑揚子爲誤。以余觀之，奚斯既以公命作廟，又自陳詩歸美其君，故八章之中，上自姜嫄后稷下逮魯公魯侯，備極稱頌，至末章始言作廟之功，亦不爲過。只如崧高詩亦云：「其詩孔碩，其風肆好。」是吉甫固嘗自稱美，何獨于奚斯而疑之。揚子之言，必有所據。後見洪邁容齋續筆第一卷，亦以爲相承之誤，非也。

顯仁皇后挽詩

湯岐公思退在相位，作顯仁皇后挽詩云：「虞妃從梧野，啟母祔稽山。」無一字閒。蓋顯仁初以賢妃從徽宗北狩，其後祔徽宗葬會稽之永祐陵，處妃爲徽宗也，啟母爲高宗也，用事可謂的切。高宗山陵，余進挽詩取法焉。其云：「生年同藝祖」，謂創業中興之主，皆丁亥生也。「慶壽似慈寧」，謂母子皆嘗慶八十也。然不若岐公之工。

陸務觀說東坡三詩

陸游務觀云：「王性之謂蘇子瞻作王莽詩譏介甫云：『入手功名事事新。』又詠董卓云：『公業平生勸用儒，諸公何事起相圖。只言世上無健者，豈信車中有布乎。』蓋譏介甫爭市易事，自相叛也。車中有布，借呂布以指惠卿姓，曾，布名，其親切如此。」又云：「曾吉甫侍郎藏子瞻和錢穆父詩真本，所謂：『大筆推君西漢手，一言置我二劉間』者。其自注云：『穆父嘗草某答詔，以歆向見喻，故有此句。』而廣川董彥遠待制，乃譏子瞻不當用高光事，過矣。」

山谷哭宗室公壽詩

與務觀同作劉信叔大尉挽詞，余誦魯直哭宗室公壽詩云：「昔在熙寧日，葭莩接貴游。題詩奉先寺，横笛寶津樓。天網恢中夏，賓筵禁列侯。但聞劉子政，頭白更清修。」意深語到，可見宗室前肆後拘氣象。務觀云：「韓子蒼嘗見魯直真跡，第三聯改云：『屬舉左官律，不通宗室侯。』以此爲勝。」而曾吉甫獨取前作。

南北聲音

四方聲音不同，形于詩歌，往往多礙，其來久矣。如北方以「行」爲「形」，故列子直以太行山爲「太形」。又如「居姬」、「與以」、「高俄」等音，古今文士，皆作協韻，雖釋文亦然。禮記「何居」注云「居音姬」，列子「何姬」却注云「音居」。其他詩文「與以」、「呂累」之類尤多。近世士大夫，頗笑閩人作賦協韻云：「天道如何，仰之彌高。」殊不知蘇子由蜀人也，文集第一卷嚴碑長韻「磨訛」、「高豪」、「何曹」、「荷戈」，亦相間而用云。

記夢

余少時嘗夢至人家，其書室爲叢竹所蔽，殊不開爽，堂下皆古柳，鴉噪不止。夢中作詩云：「竹多翻障月，木老只啼烏。」意謂竹本清虛，延貯風月，今反窒塞如此。種木不棲鸞鳳，徒能集烏以聒耳，似譏其主人也。後數年，爲金陵教官，初入廨舍，則廳下及門外，古柳參天，鴉鳴竟日，廳傍小書室，叢竹蔽虧，恍如所夢。

皇甫湜詩

劉貢父詩話録云：皇甫湜詩無聞，韓退之有讀公安園池詩，譏其掎摭糞壤間。又韓集雖有次韻湜陸渾山火之篇，而湜詩俱不傳。余嘗得湜永州祁陽元次山唐亭詩碑，題云「侍御史内供奉皇甫湜」，其詩云：「次山有文章，可惋只在碎。然長於指叙，約潔多餘態。心語適相應，出句多分外。于諸作者間，拔戟成一隊。中行蘇預。雖富劇，粹美君可蓋。子昂感遇佳，未若君雅裁。退之全而神，上與千年對。李杜才海翻，高下非可概。文於一氣間，爲物莫與大。先王路不荒，豈不仰吾輩。石屏立衙衙，溪口啼素瀨。我思何人知，徒倚如有賴。」後見洪邁容齋隨筆，亦載此詩，謂「風格無可采」，非也。

老人十拗

朱新中鄞川志載：郭功父老人十拗，謂「不記近事記得遠事，不能近視能遠視，哭無淚笑有淚，夜不睡日睡，不肯坐多好行，不肯食軟要食硬，兒子不惜惜孫子，大事不問碎事絮，少飲酒多飲茶，暖不出寒卽出。」丁巳歲，余年七十二，目視昏花，耳中無時作風雨聲，而實雨却不甚聞。因補一聯云：「夜雨稀聞聞耳雨，春花微見見空華。」是亦兩拗也。嘗録寄朱元晦，朱大以爲然，請余足成之。遂貼兩句云：「自矜□□盲宰相，今復癡聾作富家。」

記趙夢得事

廣西有趙夢得，處于海上，東坡謫儋耳時，爲致中州家問。坡嘗題其澄邁所居二亭：曰清斯，曰舞琴。仍録陶淵明杜子美詩，及舊作數十紙與之。夢得以綾絹求，東坡答云：「幣帛不爲服章，而以書字，上帝所禁。」又有帖云：「舊藏龍焙，請來共嘗，蓋飲非其人茶有語，閉門獨啜心有愧。」真佳句也。後趙君子婦將產，夢有題開國男來謁者，生子名之曰荆，而字夢授。紹興末登科，豐厚夷雅，所至榜書室曰見坡。乾道中，以左奉議郎知吉州龍泉縣，余因得盡觀坡之翰墨。荆去，調欽倅，未上而卒，夢開國男者，殆縣宰耶？

記東坡烏臺詩案

元豐己未，東坡坐作詩謗訕，追赴御史獄。當時所供詩案，今已印行，所謂烏臺詩案是也。靖康丁未歲，臺吏隨駕挈真案至維揚。張全真參政時爲中丞，南渡取而藏之。後張丞相德遠爲全真作墓誌，諸子以其半遺德遠充潤筆，其半猶存全真家。余嘗借觀，皆坡親筆，凡有塗改，即押字於下，而用臺印。蘇子容丞相元豐戊午歲尹開封，治陳世儒獄，言者誣以寬縱請求。是秋亦自濠州攝赴臺獄，嘗賦詩十四篇，今在集中，序云：「子瞻先已被繫，予晝居三院東閣，而子瞻在知雜南廡，才隔一垣。」其詩云：「遥憐北户吴興守，詬辱通宵不忍聞。」注謂：「所劾歌詩有非所宜言，頗聞鎷詰之語㊀。」

㊀「鎷」疑誤，似當作「鎸」。

辨歐陽公用金帶事

杜工部詩屢及銀章，歐陽文忠公詩數言金帶，此亦常事。後來士大夫多以不仕爲曠達，又因前輩偶謂「老覺腰金重，慵便枕玉涼」，爲未是富貴。小説遂云「永叔道條金帶，幾道著。」余謂近世邁往凌雲，視官職如韁鎖，誰如東坡。然送陳睦詩云「君亦老嫌金帶重」，望湖海詞云「不堪金帶垂腰」，豈害其爲達耶？

李石霜月詩

唐李義山霜月絶句：「青女素娥俱耐冷，月中霜裏鬥嬋娟。」本朝石曼卿云：「素娥青女元無匹，霜月亭亭各自愁。」意相反而句皆工。

陶杜酒詩

陶淵明詩：「酒能消百慮。」杜子美云：「一酌散千憂。」皆得趣之句也。

韓杜自比稷契

子美詩：「自比稷與契。」退之詩云：「事業窺稷契。」子美未免儒者大言，退之實欲踐之也。

蘇頲九日侍宴應制詩

余編校文苑英華，如詩中數字異同，固不足怪。至蘇頲九日侍宴應制得時字韻詩，頲集與英華略同，首句「嘉會宜長日」，而歲時雜詠作「并數登高日」。第二句「高游順動時」，雜詠作「延齡命賞時」。第三句「曉光雲半洗」，雜詠作「宸遊天上轉」。第四句「晴色雨餘滋」，雜詠作「秋物雨來滋」。第五句「降鶴因韶德」，雜詠作「承仙馭」。第六句「吹花入御詞」，雜詠作「睿詞」。後一聯云「願陪陽數節，億萬九秋期」，雜詠作「微臣復何幸，長得奉恩私」。竊意雜詠乃傳書録當時之本，其後編集，八句皆有改定，文苑因從之耳。杜甫云：「新詩改罷自長吟。」信乎不厭琱琢也。

東坡寒碧軒詩

蘇文忠公詩，初若豪邁天成，其實關鍵甚密。再來杭州壽星院寒碧軒詩，句句切題，而未嘗拘。其云：「清風肅肅摇窗扉，窗前修竹一尺圍。紛紛蒼雪落夏簟，冉冉綠霧沾人衣。」寒碧各在其中。第五句「日高山蟬抱葉響」，頗似無意，而杜詩云：「抱葉寒蟬静。」併葉言之，寒亦在中矣。「人静翠羽穿林飛」，固不待言。末句却説破：「道人絶粒對寒碧，爲問鶴骨何緣肥。」其妙如此。

金鎖甲

周紫芝竹坡詩話第一段云：「杜少陵遊何將軍山林詩，有『雨抛金鎖甲，苔卧綠沈槍』之句。言甲抛於雨，爲金所鎖；槍卧于苔，爲綠所沉。有將軍不好武之意。余讀薛氏補遺，乃以綠沉爲精鐵，謂隋文帝賜張奫以綠沉之甲是也，不知金鎖當是何物。後又讀趙德麟侯鯖録，謂綠沉爲竹，乃引陸氏龜蒙詩：『一架三百竿，綠沉森杳冥。』此尤可笑。」已上皆紫芝之語。余按苻堅使熊邈造金銀細鎧，金爲綫以縲之。蔡琰詩云：「金甲耀日光。」至今謂甲之精細者爲鎖子甲，言其相銜之密也。紫芝工詩，而詩話百篇，疏失如此，何邪？綠沉爲精鐵，則不待辨矣。

筍虀詩用斤賣事

紫芝云：「『兩京作斤賣，五溪無人採。』此高力士詩也。魯直作食筍詩云：『尚想高將軍，五溪無人採』是也。張文潛作虀虀詩乃云：『論斤上國何曾飽，旅食江城日至前。嘗慕藜虀最清好，固應加穆愧吾緣。』則是高將軍所作乃薺詩耳，非筍詩也。二公同時，而用事不同如此，不知其故。」余按二詩各因筍、薺而借用作斤賣之句，初非用事不同，紫芝何其拘也。

綻葩二字

紫芝末篇又云：「今日校譙國集，適此兩卷皆公在宣城時詩。某爲兒時，先人以公真稿指示，某是時已能成誦。今日讀之，如見數十年前故人，終是面熟。但句中時有與昔時所見不同者，必是痛遭俗人改易爾。如病起一詩云：『病來久不上層臺，謂宣城疊嶂雙溪也。窗有蜘蛛徑有苔。多少山茶梅子樹，未開齊待主人來。』此篇最爲奇絕。今乃改云：『爲報園花莫惆悵，故教太守及春來。』非特意脈不倫，然亦是何等語。又如『櫻桃欲破紅』，改作『綻紅』『梅粉初墜素』，改作『梅葩』。殊不知綻、葩二字，是世間第一等惡字，豈可令入詩來。又喜雨晴詩云：『豐穰未可期，疲瘵何日起。』乃易『疲瘵』爲『瘦飢』，若當時果用瘦飢二字，則此老大段窘也。」余謂紫芝論俗子改易張文潛詩，是也。至引「櫻桃欲綻紅」，謂不應改破作綻，梅粉不應作葩，云是惡字，豈可入詩。然則「紅綻雨肥梅」，不應見杜子美詩。「詩正而葩」，不應見韓退之進學解。「天葩無根常見日」，不應見歐陽永叔長篇。況古今詩人，亦多有之，豈可如此論詩耶？

論縹緲二字

自唐文士詩詞多用「縹眇」二字，本朝蘇文忠公亦數用之。其後蜀中大字本，改作縹緲，蓋韻書未見眇字爾。或改作渺，未知孰是。余校正文苑英華，姑仍其舊，而注此說於下。

米元章書無量老人詩句

余家有米元章書「長壽菴」三字，後題兩句：「人是西方無量佛，壽如南極老人星。」不知古人詩句，或元章自作也？

程祁陳從古梅花詩

政和中，廬陵太守程祁，學有淵源，尤工詩。在郡六年，郡人段子沖，字謙叔，學問過人，自號潛叟。郡以遺逸八行薦，力辭。與程唱酬梅花絶句，展轉千首，識者已歎其博。近歲有同年陳從古，字希顏，裒古今梅花詩八百篇，一一次韻，其自序云：「在漢晉未之或聞，自宋鮑照以下，僅得十七人，共二十一首，唐詩人最盛，杜少陵才二首，白樂天四首，元微之韓退之柳子厚劉夢得杜牧之各一首。自餘不過一二，如李翰林韋蘇州孟東野皮日休諸人，則又寂無一篇。至本朝方盛行，而余日積月累，酬和千篇云。」

記舒州司空山李太白詩

司空山在舒州太湖縣界，初經重報寺，過馬玉河，至金輪院，有僧本淨肉身塔，及不受葉蓮華池，連理山茶。自塔院乃上山至本淨坐禪岩，精巧天成。中途斷崖絕壑，傍臨萬仞，號牛背石。宗室善修者言，石如劍脊中起，側足覆身而過，危險之甚。度此步步皆佳。上有一寺及李太白書堂。一峯玉立，有太白瀑布詩云：「斷巖如削瓜，嵐光破崖綠。天河從中來，白雲漲川谷。玉案赤文字，落落不可讀。攝衣凌青霄，松風吹我足。」余兄子中，守舒日，得此于宗室公霞。今胡仔漁隱叢話載，蔡條西清詩話不言此山，但云，太白仙去後，人有見其詩，略云：「斷崖如削瓜，嵐光破崖綠。天河從中來，白雲漲川谷。玉案勑文字，世眼不可讀。攝身凌青霄，松風吹我足。」又云：「舉袖露條脫㈠，招我飯胡麻。」既誤以斷巖爲斷崖，與第二句相重。赤文作勑文，落落作世眼，攝衣作攝身，皆淺近與前句大相遠。當塗太白集本，元無此詩，因子中錄寄，郡守遂刻于後。然皆從蔡條誤本，子中爭之不從，僅能改勑爲赤而已。

㈠「露條脫」原作「霞脫條」，據王琦注李太白全集瀑布斷句改。

辨杜詩閱殷闌韻

世言杜子美詩兩押閑字，不避家諱，故留夜宴詩「臨懽卜夜閑」，七言詩「曾閃朱旗北斗閑」。

雖俗傳孫覿杜詩押韻，亦用二字，其實非也。卞圜杜詩本云「留幢上夜闕」，蓋有投轄之意。卞字似上字，闕字似閑字，而不知者或改作夜閑，又不在韻，卞氏本妙不可言。北斗閑者，蓋漢書有「朱旗降天」。今杜詩既云「曾閃朱旗」，則是因「朱旗降天」，斗色亦赤，本是殷字，於斤切，盛也。殷字，於顏切，紅也。故音雖不同，而字則一體。是時宣祖正諱殷字，故改作閑，全無義理。今既祧廟不諱，所謂「曾閃朱旗北斗殷」，又何疑焉。

戲舉詩對

乾道七年秋，余爲禮部侍郎，一時長貳，每會食，多戲舉詩對。或云：「『薔薇刺刺花奴手。』刺刺皆側聲，人謂難對。」余云：「鴻雁行行鳥跡書。」又云：「『半夏禹餘糧。』借雨爲禹，涼爲糧也。宜以何對？」余云：「長春佛見笑。」蓋藥名及花名也。吏部張津子問侍郎因云：「此雅對耳，更有通俗之句。如往年胡邦衡多髯，初除吏部郎官，或以『胡鈴髯吏部』爲戲，莫能對者。」是時姚憲今則以司農少卿兼權户侍在坐，余謂令則君嘗爲浙憲，豈復遠使，欲借以趁對云：「姚憲遠提刑。」蓋借姚爲遥也，坐皆大笑。淳熙六年，吏部尚書兼侍講程大昌泰之講筵，退入部，同官問：「今日講何經？」泰之云：「尚書。」或又曰：「尚書講尚書，亦詩句也。」屬余對之，余曰「行者留行者」，坐中復大笑。

紅綾白苧詩

唐薛能詩云：「莫欺闕落殘牙齒，曾喫紅綾餅餤來。」記新進士時事也。王禹偁賀人及第詩云：「利市襴衫抛白紵，風流名紙寫紅箋。」余嘗以二事爲一聯云：「襴衫抛白苧，餅餤喫紅綾。」似是的對。葉夢得石林避暑録話載：「紅綾餅餤爲盧延讓詩。」

一麾出守

顏延年詩：「屢薦不入官，一麾乃出守。」後人誤用一麾出守事，以爲起於杜牧之自云：「獨把一麾江海去。」實用旌麾之麾，未必本之顏詩。後人因此二字，誤用顏詩耳。

記法慧寺門詩

紹興十年六月一日甲辰，左光禄大夫守尚書右僕射同中書門下平章事兼樞密使監修國史秦檜箚子奏：「臣聞德無常師，主善爲師；善無常主，協于克一。此伊尹相湯咸有一德之言也。臣昨見金國撻懶，有講和割地之議，故贊陛下取河南故疆。既而兀朮戕其叔撻懶，監公佐之歸，和議已變，故贊陛下定弔民伐罪之計。今兀朮變和議果矣。臣請爲陛下先至江上，諭諸路帥，同力招討。陛下相次勞軍，如漢高祖以馬上定天下，不寧厥居，爲社稷宗廟決策於今日。臣言如不可行，卽乞罷免，以明孔聖『陳力就列，不能者止』之義，臣無任懇切之至。」有旨依奏。右張𡸫代作，𡸫原任司勳員外郎，五月除起居舍人，八月除中書舍人。當時朝士，大書法慧寺門云：「商湯爲太甲，孔聖作周任。」蓋誤以伊尹告太甲爲相湯，而論語載孔子道周任之言，今直以爲孔聖也。

辨歐陽公釋奠詩

歐陽文忠公外集，有早赴府學釋奠詩，蓋任留守推官，陪錢惟演行禮時也。諸處本皆如此寫。達云：「省題詩集只云釋奠，却注作國子監試題。蓋惟演止是使相，詩中不應云『行祠漢丞相』，且『俎豆兼三代』，及『首善自西京』，語皆有嫌。專指漢事，非惟演也。當從省題。」余答云：「省題所印，如秋獮之類，乃官中試題。至於釋奠，似太平易，況諸本元有早赴府學二字，書坊傳會剿之耳。」其云：「昔齒公卿日，嘗聞弦誦聲。」豈舉業當用乎？所謂漢丞相，乃詩句偶然，如唐卿周士之類，何必拘泥。且漢時釋奠，豈預丞相耶！今公外集第二卷，書懷感事寄梅聖俞云：「丞相忽南遷，送之伊水頭。」此惟演落平章事移鄧州時，亦呼丞相。外集十四卷送河南户曹楊子聰序云：「居一歲，相國彭城公薦之。」彭城，惟演所封郡，是又呼爲相國。按唐白樂天集第五十八卷，論節度使王鍔除平章事云：「伏以宰相者，人臣極位，天下具瞻，非有清望大功，不容輕授。鍔非清望，又無大功，深爲不可。」此是唐使相亦謂之宰相，故有繫銜大敕之後者。兹乃丞相、相國、宰相三者，在使相皆可稱呼之明證。達號博洽，故著此以示後學。

王十李三

紹興二十七年，御筵進士四百二十六人，温州王十朋爲之首。其鄉人吴已正綴末。特奏狀元則福州李三英，例賜出身，附名正奏之後。已正有詩：「舉頭不忍看王十，回首猶欣見李三。」

鳩芹詩

蜀人縷鳩爲膾，配以芹菜。或爲詩云：「本欲將芹補，那知弄巧成。」

白石道人詩説

白石道人詩說

宋　姜夔著

大凡詩，自有氣象、體面、血脈、韻度。氣象欲其渾厚，其失也俗；體面欲其宏大，其失也狂；血脈欲其貫穿，其失也露；韻度欲其飄逸，其失也輕。

作大篇，尤當布置：首尾勻停，腰腹肥滿。多見人前面有餘，後面不足；前面極工，後面草草。不可不知也。

詩之不工，只是不精思耳。不思而作，雖多亦奚爲？

雕刻傷氣，敷衍露骨。若鄙而不精巧，是不雕刻之過；拙而無委曲，是不敷衍之過。

人所易言，我寡言之，人所難言，我易言之，自不俗。

花必用柳對，是兒曹語。若其不切，亦病也。

難説處一語而盡，易説處莫便放過；僻事實用，熟事虛用；説理要簡切，説事要圓活，説景要微妙。多看自知，多作自好矣。

小詩精深，短章蘊藉，大篇有開闔，乃妙。

喜詞鋭，怒詞戾，哀詞傷，樂詞荒，愛詞結，惡詞絶，欲詞屑。樂而不淫，哀而不傷，其惟《關雎乎！

學有餘而約以用之，善用事者也；意有餘而約以盡之，善措辭者也；乍敍事而間以理言，得活法者也。

不知詩病，何由能詩？不觀詩法，何由知病？名家者各有一病，大醇小疵，差可耳。

篇終出人意表，或反終篇之意，皆妙。

守法度曰詩，載始末曰引，體如行書曰行，放情曰歌，兼之曰歌行。悲如蛩螿曰吟，通乎俚俗曰謠，委曲盡情曰曲。

詩有出於風者，出于雅者，出于頌者。屈宋之文㊀，風出也；韓柳之詩，雅出也；杜子美獨能兼之。

三百篇美刺箴怨皆無迹，當以心會心。

㊀「宋」原作「原」，據談藝珠叢本改。

陶淵明天資既高，趣詣又遠，故其詩散而莊、澹而腴，斷不容作邯鄲步也。

語貴含蓄。東坡云：「言有盡而意無窮者，天下之至言也。」山谷尤謹於此。清廟之瑟，一唱三歎，遠矣哉！後之學詩者，可不務乎？若句中無餘字，篇中無長語，非善之善者也；句中有餘味，篇中有餘意，善之善者也。

體物不欲寒乞。

意中有景，景中有意。

思有窒礙，涵養未至也，當益以學。

歲寒知松柏，難處見作者。

波瀾開闔，如在江湖中，一波未平，一波已作。如兵家之陣，方以爲正，又復是奇；方以爲奇，忽復是正。出入變化，不可紀極，而法度不可亂。

文以文而工，不以文而妙，然舍文無妙，勝處要自悟。

意出于格，先得格也；格出于意，先得意也。吟詠情性，如印印泥，止乎禮義，貴涵養也。

沈著痛快，天也。自然學到，其爲天一也。

意格欲高，句法欲響，只求工于句、字，亦末矣。故始於意格，成於句、字。句意欲深、欲遠，句調欲清、欲古、欲和，是爲作者。

詩有四種高妙：一曰理高妙，二曰意高妙，三曰想高妙，四曰自然高妙。礙而實通，曰理高妙；出自意外，曰意高妙；寫出幽微，如清潭見底，曰想高妙；非奇非怪，剝落文采，知其妙而不知其所以妙，曰自然高妙。

一篇全在尾句，如截奔馬。詞意俱盡，如臨水送將歸是已；意盡詞不盡，如摶扶搖是已；詞盡意不盡，剡溪歸棹是已；詞意俱不盡，温伯雪子是已。所謂詞意俱盡者，急流中截後語，非謂詞窮理盡者也。所謂意盡詞不盡者，意盡於未當盡處，則詞可以不盡矣，非以長語益之者也。至如詞盡意不盡者，非遺意也，辭中已彷彿可見矣。詞意俱不盡者，不盡之中，固已深盡之矣。

一家之語，自有一家之風味。如樂之二十四調，各有韻聲，乃是歸宿處。模倣者語雖似之，韻亦無矣。雞林其可欺哉！

詩說之作，非爲能詩者作也，爲不能詩者作，而使之能詩；能詩而後能盡我之說，是亦爲能詩者作也。雖然，以我之說爲盡，而不造乎自得，是足以爲能詩哉？後之賢者，有如以水投水者乎？有如得兔忘筌者乎？噫！我之說已得罪於古之詩人，後之人其勿重罪余乎！

滄浪詩話

滄浪詩話

宋　嚴羽著

詩辯

禪家者流，乘有小大，宗有南北，道有邪正。學者須從最上乘，具正法眼，悟第一義。若小乘禪，聲聞、辟支果，皆非正也。論詩如論禪，漢魏晉與盛唐之詩，則第一義也。大曆以還之詩，則小乘禪也，已落第二義矣。晚唐之詩，則聲聞、辟支果也。學漢魏晉與盛唐詩者，臨濟下也。學大曆以還之詩者，曹洞下也。大抵禪道惟在妙悟，詩道亦在妙悟。且孟襄陽學力下韓退之遠甚，而其詩獨出退之之上者，一味妙悟而已。惟悟乃爲當行，乃爲本色。然悟有淺深，有分限，有透徹之悟，有但得一知半解之悟。漢魏尚矣，不假悟也。謝靈運至盛唐諸公，透徹之悟也；他雖有悟者，皆非第一義也。我評之非僭也，辯之非妄也，天下有可廢之人，無可廢之言。詩道如是也。若以爲不然，則是見詩之不廣，參詩之不熟耳。試取漢魏之詩而熟參之，次取晉宋之詩而熟參之，次取南北朝之詩而熟參之，次取沈宋王楊盧駱陳拾遺之詩而熟參之，次取開元天寶諸家之詩而熟參之，次獨取李杜二公之詩而熟參之，又取大曆十才子之詩而熟參之，又取元和之詩而熟參之㊀，又盡取晚唐諸家之詩而熟參之，又取本朝蘇黃以下諸家之詩而熟參之，其真是非自有不能隱者。倘猶於此而無見焉，則是野狐外道蒙蔽其真識，不可救藥，終不悟也。夫學詩者以識爲主，入門須正，立志須高；以漢魏晉盛唐爲師，不作開元天寶以下人物。若自退屈，即有下劣詩魔入其肺腑之間，由立志之不高也。行有未至，可加工力。路頭一差，愈騖愈遠，由入門之不正也。故曰，學其上僅得其中；學其中斯爲下矣。又曰，見過于師，僅堪傳授；見與師齊，減師半德也。工夫須從上做下，不可從下做上。先須熟讀楚辭，朝夕諷詠，以爲之本；及讀古詩十九首、樂府四篇、李陵蘇武漢魏五言，皆須熟讀，即以李杜二集枕藉觀之，如今人之治經，然後博取盛唐名家，醞釀胸中，久之自然悟入。雖學之不至，亦不失正路。此乃是從頂𩕳上做來，謂之向上一路，謂之直截根源，謂之頓門，謂之單刀直入也。

㊀此二句據詩人玉屑補。

詩之法有五：曰體製，曰格力，曰氣象，曰興趣，曰音節。

詩之品有九：曰高，曰古，曰深，曰遠，曰長，曰雄渾，曰飄逸，曰悲壯，曰淒婉。

其用工有三：曰起結，曰句法，曰字眼。

其大概有二：曰優游不迫，曰沉着痛快。

詩之極致有一，曰入神。詩而入神，至矣，盡矣，蔑以加矣，惟李杜得之，他人得之蓋寡也。

夫詩有别材，非關書也；詩有别趣，非關理也。然非多讀書，多窮理，則不能極其至，所謂不涉理路不落言筌者上也。詩者，吟詠情性也，盛唐諸人，惟在興趣；羚羊挂角，無迹可求。故其妙處，透徹玲瓏，不可凑泊。如空中之音，相中之色，水中之月，鏡中之象，言有盡而意無窮。近代諸公乃作奇特解會，遂以文字爲詩，以才學爲詩，以議論爲詩；夫豈不工，終非古人之詩也，蓋於一唱三歎之音，有所歉焉。且其作多務使事，不問興致，用字必有來歷，押韻必有出處，讀之反覆終篇，不知着到何處。其末流甚者，叫噪怒張，殊乖忠厚之風，殆以罵詈爲詩。詩而至此，可謂一厄也。然則近代之詩無取乎？曰有之，我取其合於古人者而已。國初之詩，尚沿襲唐人，王黄州學白樂天，楊文公劉中山學李商隱，盛文肅學韋蘇州，歐陽公學韓退之古詩，梅聖俞學唐人平淡處。至東坡山谷始自出己意以爲詩，唐人之風變矣。山谷用工尤爲深刻，其後法席盛行，海内稱爲江西宗派。近世趙紫芝翁靈舒輩，獨喜賈島姚合之詩，稍稍復就清苦之風。江湖詩人多效其體，一時自謂之唐宗。不知秪入聲聞、辟支之果，豈盛唐諸公大乘正法眼者哉？嗟乎！正法眼之無傳久矣。唐詩之説未唱，唐詩之道或有時而明也。今既唱其體曰唐詩矣，則學者謂唐詩誠止於是耳，得非詩道之重不幸邪！故余不自量度，輒定詩之宗旨，且借禪以爲喻，推原漢魏以來，而截然謂當以盛唐爲法，後舍漢魏而獨言盛唐者，謂古律之體備也。雖獲罪於世之君子，不辭也。

詩體

風雅頌既亡，一變而爲離騷，再變而爲西漢五言，三變而爲歌行雜體，四變而爲沈宋律詩。五言起於李陵蘇武，或云枚乘。七言起於漢武柏梁，四言起於漢楚王傅韋孟，六言起於漢司農谷永，三言起於晉夏侯湛，九言起於高貴鄉公。

以時而論，則有：建安體，漢末年號。曹子建父子及鄴中七子之詩。黃初體，魏年號。與建安相接。其體一也。正始體，魏年號。嵇阮諸公之詩。太康體，晉年號。左思潘岳三張二陸諸公之詩。元嘉體，宋年號。鮑顏謝諸公之詩。永明體，齊年號。齊諸公之詩。齊梁體，通兩朝而言之。南北朝體，通魏周而言之。與齊梁體一也。唐初體，唐初猶襲陳隋之體。盛唐體，景雲以後，開元天寶諸公之詩。大曆體，大曆十才子之詩。元和體，元白諸公。晚唐體，本朝體，通前後而言之。元祐體，蘇黃陳諸公。江西宗派體，山谷爲之宗。

以人而論，則有：蘇李體，李陵蘇武。曹劉體，子建公幹。陶體，淵明。謝體，靈運。徐庾體，徐陵庾信。沈宋體，佺期之問。陳拾遺體，陳子昂。王楊盧駱體，王勃楊炯盧照鄰駱賓王。張曲江體，始興文獻公九齡。少陵體，太白體，高達夫體，高常侍適。孟浩然體，岑嘉州體，岑參。王右丞體，王維。韋蘇州體，韋應物。韓昌黎體，柳子厚體，韋柳體，蘇州與儀曹合言之。李長吉體，李商隱體，即「西崑體」也。盧仝體，白樂天體，元白體，微之樂天，其體一也。杜牧之體，張籍王建體，謂樂府之體同也。賈浪仙體，孟東野體，杜荀鶴體，東坡體，山谷體，后山體，后山本學杜，其語似之者但數篇，他或似而不全，又其他則本其自體耳。王荊公體，公絕句最高，其得意處高出蘇黃陳之上，而與唐人尚隔一關。邵康節體，陳簡齋體，陳去非與義也。亦江西之派而小異。楊誠齋體。其初學半山后山，最後亦學絕句於唐人。已而盡棄諸家之體而別出機杼，蓋其自序如此也。

又有所謂：選體，選詩時代不同，體製隨異，今人例用五言古詩爲選體非也。柏梁體，漢武帝與羣臣共賦七言，每句用韻，後人謂此體爲「柏梁」。玉臺體，玉臺集，乃徐陵所序。漢魏六朝之詩皆有之。或者但謂纖豔者爲「玉臺體」，其實則不然。西崑體，卽李商隱體，然兼溫庭筠及本朝楊劉諸公而名之也。香奩體，韓偓之詩，皆裾裙脂粉之語。有香奩集。宮體。梁簡文傷于輕靡，時號「宮體」。其他體製，尚或不一，然大概不出此耳。有古詩，有近體，卽律詩也。有絕句，有雜言，有三五七言，自三言而終以七言，隋鄭世翼有此詩：「秋風清，秋月明。落葉聚還散，寒鴉棲復驚。相思相見知何日，此時此夜難爲情。」有半五六言，晉傅休奕鴻雁生塞北之篇是也。有一字至七字，唐張南史雪月花草等篇是也。又隋人應詔有三十字，凡三句七言、一句九言，不足爲法，故不列於此也。有三句之歌，高祖大風歌是也。古華山畿二十五首，皆三句之詞，其他古人詩多如此者。有兩句之歌，荆卿易水歌是也。又古詩青驄白馬共戲樂女兒子之類，皆兩句之詞也。有一句之歌。漢書「枹鼓不鳴董少年」，一句之歌也。又漢童謠「千乘萬騎上北邙」，梁童謠「青絲白馬壽陽來」皆一句也。有口號，或四句，或八句。有歌行，古有鞠歌行、放歌行、長歌行、短歌行。又有單以歌名者，行名者，不可枚述。有樂府，漢武帝定郊祀，立樂府，采趙代秦楚之謳以入樂府，以其音調可被于絃管也。樂府俱備衆體，兼統衆名也。有楚詞，屈原以下倣楚詞者，皆謂之楚詞。有琴操，古有水仙操，辛德源所作。別鶴操，商陵牧子所作。有謠，沈炯有獨酌謠，王昌齡有箜篌謡，穆天子傳有白雲謡也。曰吟，古詞有隴頭吟，孔明有梁父吟，文君有白頭吟。曰詞，選有漢武秋風詞，樂府有木蘭詞。曰引，古曲有霹靂引走馬引飛龍引。曰詠，選有五君詠，唐儲光羲有羣鵰詠㊀。曰曲，古有大堤曲，梁簡文有烏栖曲。曰篇，選有名都篇京洛篇白馬篇。曰唱，魏武帝有氣出唱。曰弄，古樂府有江南弄。曰長調，曰短調。有四聲，有八病。四聲設于周顒，八病嚴于沈約。八病謂平頭、上尾、蜂腰、鶴膝、大韻、小韻、旁紐、正紐之辨。作詩正不必拘此，敝法不足據也。又有以歎名者，古詞有楚妃歎，有明君歎。以愁名者，選有四愁，樂府有獨處愁。以哀名者，選有七哀，少陵有八哀。以怨名者，古詞有寒夜怨玉階怨。以思名者，太白有靜夜思。以樂名者，齊武帝有估客樂，宋臧質有石城樂。以別名者。子美有無家別垂老別新婚別。有全篇雙聲疊韻者，東坡經字韻詩是也。有全篇字皆平聲者，天隨子夏日詩四十字，皆是平。又有一句全平，一句全仄者。有全篇字皆仄聲者，梅聖俞酌酒與婦飲之詩是也。有律詩上下句雙用韻者，第一句，第三五七句押一仄韻，第二句，第四六八句押一平韻。唐章碣有此體，不足爲法，漫列于此，以備其體耳。又有四句平入之體，四句仄入之體，無關詩道，今皆不取。有轆轤韻者，雙出雙入。有進退韻者，一進一退。有古詩一韻兩用者，文選曹子建美女篇有兩「難」字，謝康樂述祖德詩有兩「人」字，其後多有之。有古詩一韻三用者，文選任彥昇哭范僕射詩三用「情」字也。有古詩三韻六七用者，古焦仲卿妻詩是也。有古詩重用二十許韻者，焦仲卿妻詩是也。有古詩旁取六七許韻者，韓退之「此日足可惜」篇是也。凡雜用東、冬江、陽、庚、青六韻。歐陽公謂退之遇寬韻則故旁入他韻，非也。此乃用古韻耳，於集韻自見之。有古詩全不押韻者，古採蓮曲是也。有律詩至百五十韻者，少陵有百韻律詩㊁，白樂天亦有之，而本朝王黄州有百五十韻五言律。

有律詩止三韻者。唐人有六句五言律，如李益詩「漢家今上郡，秦塞古長城。有日雲常慘，無風沙自驚。當今天子聖，不戰四方平」是也。有律詩徹首尾對者，少陵多此體，不可概舉。有律詩徹首尾不對者。盛唐諸公有此體，如孟浩然詩：「挂席東南望，青山水國遥。舳艫爭利涉，來往接風潮。問我今何適，天台訪石橋。坐看霞色晚，疑是赤城標。」又「水國無邊際」之篇，又太白「牛渚西江夜」之篇，皆文從字順，音韻鏗鏘，八句皆無對偶者。有後章字接前章者，曹子建贈白馬王彪之詩是也。有四句通義者。如少陵「神女峯娟妙，昭君宅有無。曲留明怨惜，夢盡失歡娱」是也。有絶句折腰者，有八句折腰者。有擬古，有連句，有集句，有分題。古人分題，或各賦一物，如云送某人分題得某物也，或曰探題。有分韻，有用韻，有和韻，有借韻，如押七支韻，可借八微或十二齊一韻是也。有協韻，楚詞及選詩多用協韻。有今韻，有古韻。如退之「此日足可惜」詩，用古韻也，選詩蓋多如此。有古律，陳子昂及盛唐諸公多此體。有今律。有頷聯，有頸聯。有發端，有落句。結句也。有十字對，劉昚虚「滄浪千萬里，日夜一孤舟」是也。有十字句，常建「曲徑通幽處，禪房花木深」等是也。有十四字對，劉長卿「江客不堪頻北望，塞鴻何事又南飛」是也。有十四字句。崔顥「黄鶴一去不復反，白雲千載空悠悠」。又太白「鸚鵡西飛隴山去，芳洲之樹何青青」是也。有扇對，又謂之隔句對，如鄭都官「昔年共照松溪影㊂，松折碑荒僧已無。今日還思錦城事，雪消花謝夢何如」是也。蓋以第一句對第三句㊃，第二句對第四句。有借對，孟浩然「廚人具雞黍，稚子摘楊梅」。太白「水春雲母碓，風掃石楠花。」少陵「竹葉於人既無分，菊花從此不須開」是也。有就句對。又曰當句有對，如少陵「小院迴廊春寂寂，浴鳧飛鷺晚悠悠」。李嘉祐「孤雲獨鳥川光暮，萬里千山海氣秋」是也。前輩於文亦多此體，如王勃「龍光射牛斗之墟，徐孺下陳蕃之榻」，乃就句對也。

㈠「鴟」原缺，據玉屑補。 ㈡「百」原作「古」，據談藝珠叢本改。 ㈢「影」原作「隱」，據珠叢本改。

㈣「三句」上原脱「第」字，據珠叢本補。

論雜體則有：風人，上句述一語，下句釋其義。如古子夜歌讀曲歌之類，則多用此體。藁砧，古樂府「藁砧今何在，山上復安山。何當大刀頭，破鏡飛上天」。僻辭隱語也。五雜俎，見樂府。兩頭纖纖，亦見樂府。盤中玉臺集有此體。蘇伯玉妻作，寫之盤中，屈曲成文也。迴文，起于竇滔之妻，織錦以寄其夫也。反覆，舉一字而誦皆成句，無不押韻，反覆成文也。李公詩格有此二十字詩㈠。離合，字相析合成文，孔融「漁父屈節」之詩是也。雖不關詩之輕重，其體製亦古。建除，鮑明遠有建除詩，每句首冠以建、除、平、定等字㈡。其詩雖佳，蓋鮑本工詩，非因建除之體而佳也。字謎、人名、卦名、數名、藥名、州名，如此詩只成戲謔，不足爲法也。又有六甲十屬之類，及藏頭、歇後等體。今皆削之。近世有李公詩格，泛而不備。惠洪天厨禁臠，最爲誤人。今此卷有旁參二書者，蓋其是處不可易也。

㈠「二十」原作「三十二」，據玉屑改。 ㈡「定」原作「滿」，據珠叢本改。

詩法

學詩先除五俗：一曰俗體，二曰俗意，三曰俗句，四曰俗字，五曰俗韻。

有語忌，有語病。語病易除，語忌難除。語病古人亦有之，惟語忌則不可有。

須是本色，須是當行。

對句好可得，結句好難得；發句好尤難得。

發端忌作舉止，收拾貴在出場。

不必太著題，不必多使事。

押韻不必有出處，用事不必拘來歷。

下字貴響，造語貴圓。

意貴透徹，不可隔靴搔痒。

語貴脫灑，不可拖泥帶水。

最忌骨董，最忌趁貼。

語忌直，意忌淺，脈忌露，味忌短，音韻忌散緩，亦忌迫促。

詩難處在結裹，譬如番刀，須用北人結裹，若南人便非本色。

須參活句，勿參死句。

詞氣可頡頏，不可乖戾。

律詩難於古詩，絶句難於八句，七言律詩難于五言律詩，五言絶句難於七言絶句。

學詩有三節：其初不識好惡，連篇累牘，肆筆而成；既識羞愧，始生畏縮，成之極難；及其透徹，則七縱八橫，信手拈來，頭頭是道矣。

看詩須着金剛眼睛，庶不眩於旁門小法。禪家有金剛眼睛之説。

辨家數如辨蒼白，方可言詩。荆公評文章，先體製而後文之工拙。

詩之是非不必争，試以己詩置之古人詩中，與識者觀之而不能辨，其真古人矣。

詩評

大曆以前，分明别是一副言語；晚唐分明别是一副言語；本朝諸公分明别是一副言語。如此見，方許具一隻眼。

盛唐人有似粗而非粗處，有似拙而非拙處。

五言絶句，衆唐人是一樣，少陵是一樣，韓退之是一樣，王荆公是一樣，本朝諸公是一樣。

盛唐人詩，亦有一二濫觴晚唐者，晚唐人詩，亦有一二可入盛唐者，要當論其大概耳。

唐人與本朝人詩㊀，未論工拙，直是氣象不同。

㊀「人」原脱，據珠叢本補。

唐人命題，言語亦自不同。雜古人之集而觀之，不必見詩，望其題引而知其爲唐人今人矣。

大曆之詩，高者尚未失盛唐，下者漸入晚唐矣。晚唐之下者，亦墮野狐外道鬼窟中。

或問「唐詩何以勝我朝」？唐以詩取士，故多專門之學，我朝之詩所以不及也。

詩有詞理意興。南朝人尚詞而病於理，本朝人尚理而病於意興，唐人尚意興而理在其中。漢魏之詩，詞理意興，無迹可求。

漢魏古詩，氣象混沌，難以句摘。晉以還方有佳句，如淵明「採菊東籬下，悠然見南山」，謝靈運「池塘生春草」之類。謝所以不及陶者，康樂之詩精工，淵明之詩質而自然耳。

謝靈運之詩，無一篇不佳。

黄初之後，惟阮籍詠懷之作，極爲高古，有建安風骨。

晉人舍陶淵明阮嗣宗外，惟左太沖高出一時，陸士衡獨在諸公之下。

顔不如鮑，鮑不如謝。文中子獨取顔，非也。

建安之作，全在氣象，不可尋枝摘葉。靈運之詩，已是徹首尾成對句矣，是以不及建安也。

謝朓之詩，已有全篇似唐人者，當觀其集方知之。

戎昱在盛唐爲最下，已濫觴晚唐矣。戎昱之詩有絶似晚唐者，權德輿之詩却有絶似盛唐者。權德輿或有似韋蘇州劉長卿處。

顧況詩多在元白之上，稍有盛唐風骨处㊀，冷朝陽在大曆才子中爲最下。

馬戴在晚唐諸人之上。

㊀此句據玉屑補。

劉滄呂溫亦勝諸人。

李頻不全是晚唐，間有似劉隨州處。

陳陶之詩，在晚唐人中最無可觀。

薛逢最淺俗。

大曆以後，我所深取者，李長吉柳子厚劉言史權德輿李涉李益耳。

大曆後，劉夢得之絶句，張籍王建之樂府，我所深取耳。

李杜二公，正不當優劣。太白有一二妙處，子美不能道；子美有一二妙處，太白不能作。

子美不能爲太白之飄逸，太白不能爲子美之沉鬱。

太白夢遊天姥吟遠別離等，子美不能道；子美北征兵車行垂老別等，太白不能作。論詩以李杜爲準，挾天子以令諸侯也。

少陵詩法如孫吳，太白詩法如李廣，少陵如節制之師。

少陵詩，憲章漢魏而取材於六朝。至其自得之妙，則前輩所謂集大成者也。

觀太白詩者，要識真太白處。太白天材豪逸語，多率然而成者。學者于每篇中，要識其安身立命處可也。

太白發句，謂之開門見山。

李杜數公，如金鳷擘海，香象渡河，下視郊島輩，直蟲吟草間耳。

人言太白仙才，長吉鬼才，不然。太白天仙之詞，長吉鬼仙之詞耳。

玉川之怪，長吉之瑰詭，天地間自欠此體不得。

高岑之詩悲壯，讀之使人感慨；孟郊之詩刻苦，讀之使人不歡。

楚詞，惟屈宋諸篇當讀之外，此惟賈誼懷長沙、淮南王招隱操、嚴夫子哀時命宜熟讀。此外亦不必也。

九章不如九歌，九歌哀郢尤妙。

前輩謂大招勝招魂，不然。

讀騷之久，方識真味，須歌之抑揚，涕淚滿襟，然後爲識離騷。否則爲戛釜撞甕耳。

唐人惟柳子厚深得騷學，退之李觀皆所不及。若皮日休九諷，不足爲騷。

韓退之琴操極高古，正是本色，非唐賢所及。釋皎然之詩，在唐諸僧之上。唐詩僧有法震法照無可護國靈一清江無本齊己貫休也。

集句惟荆公最長，胡笳十八拍渾然天成，絶無痕迹，如蔡文姬肺肝間流出。

擬古惟江文通最長，擬淵明似淵明，擬康樂似康樂，擬左思似左思，擬郭璞似郭璞，獨擬李都尉一首，不似西漢耳。

雖謝康樂擬鄴中諸子之詩，亦氣象不類。至於劉休玄擬行行重行行等篇，鮑明遠代君子有所思之作，仍是其自體耳。

和韻最害人詩，古人酬唱不次韻，此風始盛於元白皮陸，而本朝諸賢乃以此而鬥工，遂至往復有八九和者。

孟郊之詩，憔悴枯槁，其氣局促不伸，退之許之如此，何邪？詩道本正大，孟郊自爲之艱阻耳。

孟浩然之詩，諷詠之久，有金石宮商之聲。

唐人七言律詩，當以崔顥黃鶴樓爲第一。

唐人好詩，多是征戍、遷適、行旅、離別之作，往往能感動激發人意。

蘇子卿詩：「幸有絃歌曲，可以喻中懷。請爲游子吟，泠泠一何悲。絲竹屬清聲，慷慨有餘哀。長歌正激烈，中心愴以摧。欲展清商曲，念子不能歸。」今人觀之，必以爲一篇重複之甚，豈特如蘭亭「絲竹管絃」之語邪！古詩正不當以此論之也。

十九首：「青青河畔草，鬱鬱園中柳。盈盈樓上女，皎皎當窗牖。娥娥紅粉粧，纖纖出素手。」一連六句，皆用疊字。今人必以爲句法重複之甚。古詩正不當以此論之也。

任昉哭范僕射詩，一首中凡兩用「生」字韻，三用「情」字韻。「夫子值狂生」，「千齡萬恨生」，猶是兩義。「猶我故人情」，「生死一交情」，「欲以遺離情」，三「情」字皆用一意。天厨禁臠謂平韻可重押，若或平或仄則不可。彼但以八仙歌言之耳，何見之陋邪？詩話謂東坡兩「耳」韻，兩「耳」義不同，故可重押，要之亦非也。

劉公幹贈五官中郎將詩：「昔我從元后，整駕至南鄉。過彼豐沛都，與君共翺翔。」元后蓋指曹操也。至南鄉謂伐劉表之時，豐沛都，喻操譙郡也。王仲宣從軍詩云：「籌策運帷幄，一由我聖君。」聖君亦指曹操也。又曰：「竊慕負鼎翁，願厲朽鈍姿。」是欲效伊尹負鼎干湯以伐桀也。是時漢帝尚存，而二子之言如此，一曰元后，一曰聖君，正與荀彧比曹操爲高光同科。或以公幹平視美人爲不屈，是未爲知人之論。春秋誅心之法，二子其何逃？

古人贈答多相勉之詞。蘇子卿云：「願君崇令德，隨時愛景光。」李少卿云：「努力崇明德，皓首以爲期。」劉公幹云：「勉哉修令德，北面自寵珍。」杜子美云：「君若登台輔，臨危莫愛身。」往往是此意。有如高達夫贈王徹云：「我知十年後，季子多黃金。」金多何足道，又甚於以名位期人者。此達夫偶然漏逗處也。

考證㊀

少陵與太白，獨厚於諸公，詩中凡言太白十四處，至謂「世人皆欲殺，吾意獨憐才」，「醉眠秋共被，攜手日同行」，「三夜頻夢君，情親見君意」，其情好可想。遯齋閑覽謂二人名既相逼，不能無相忌，是以庸俗之見而度賢哲之心也，予故不得不辨。

㊀「考」原作「詩」，據津逮秘書本改。

古詩十九首，非止一人之詩也。「行行重行行」，樂府以爲枚乘之作，則其他可知矣。

古詩十九首「行行重行行」，玉臺作兩首。自「越鳥巢南枝」以下，別爲一首，當以選爲正。

文選長歌行，只有一首「青青園中葵」者，郭茂倩樂府有兩篇，次一首乃「仙人騎白鹿」者。「仙人騎白鹿」之篇，予疑此詞「岧岧山上亭」以下，其義不同，當又別是一首，郭茂倩不能辨也。

文選飲馬長城窟古詞，無人名，玉臺以爲蔡邕作。

古詞之不可讀者，莫如巾舞歌，文義漫不可解也。

又古將進酒芳樹石留豫章行等篇㊀，皆使人讀之茫然。

㊀「又古」原作「古文」，據珠叢本改。

又朱鷺雉子斑艾如張思悲翁上之回等，只二三句可解，豈非歲久文字舛訛而然邪？

木蘭歌「促織何唧唧」，文苑英華作「唧唧何切切」，又作「嚦嚦」；樂府作「唧唧復唧唧」，又作「促織何唧唧」。當從樂府也。

「願馳千里足」，郭茂倩樂府作「願借明駝千里足」，酉陽雜俎作「願馳千里明駝足」，漁隱不考，妄爲之辨。

木蘭歌最古，然「朔氣傳金柝，寒光照鐵衣」之類，已似太白，必非漢魏人詩也。木蘭歌，文苑英華直作韋元甫名字。郭茂倩樂府有兩篇，其後篇乃元甫所作也。

班婕妤怨歌行，文選直作班姬之名，樂府以爲顏延年作。

孔明梁父吟「步出齊東門，遥望蕩陰里」。樂府解題作「遥望陰陽里」。青州有陰陽里。「田疆古冶子」，解題作「田疆固野子」。

南北朝人惟張正見詩最多，而最無足省發，所謂「雖多亦奚以爲」。

西清詩話載：晁文元家所藏陶詩，有問來使一篇云：「爾從山中來，早晚發天目？我屋南山下，今生幾叢菊？薔薇葉已抽，秋蘭氣當馥。歸去來山中，山中酒應熟。」余謂此篇誠佳，然其體製氣象與淵明不類，得非太白逸詩，後人謾取以入陶集耳。

文苑英華有太白代寄翁參樞先輩七言律一首，乃晚唐之下者。又有五言律三首，其一，送客歸吴；其二，送友生遊峽中；其三，送袁明甫任長江。集本皆無之，其家數在大曆貞元間，亦非太白之作。又有五言雨後望月一首、對雨一首、望夫石一首、冬日歸舊山一首，皆晚唐之語。又有「秦樓出佳麗」四句，亦不類太白，皆是後人假名也。

文苑英華有送史司馬赴崔相公幕一首云：「峥嶸丞相府，清切鳳凰池。羨爾瑶臺鶴，高栖瓊樹枝。歸飛晴日好，吟弄惠風吹。正有乘軒樂，初當學舞時。珍禽在羅網，微命若遊絲。願托周周羽，相銜漢水湄。」此或太白之逸詩也。不然，亦是盛唐人之作。

太白集中少年行，只有數句類太白，其他皆淺近浮俗，決非太白所作，必誤也㊀。

㊀「必誤也」原作「必至誤人也」，據津逮本改。

「酒渴愛江清」一詩，文苑英華作「暢當」，而黃伯思注杜集編作少陵詩，非也㊀。

㊀此段據玉屑補。

「迎旦東風騎蹇驢」絕句，決非盛唐人氣象，只似白樂天言語。今世俗圖畫以爲少陵詩，漁隱亦辯其非矣，而黃伯思編入杜集何也㊀？

㊀「何」，津逮本作「非」。

少陵有避地逸詩一首云：「避地歲時晚，竄身筋骨勞。詩書遂牆壁，奴僕且旌旄。行在僅聞信，此生隨所遭。神堯舊天下，會見出腥臊。」題下公自注云：「至德二載丁酉作。」此則真少陵語也。今書市集本，並不見有。

舊蜀本杜詩，並無註釋，雖編年而不分古近二體，其間略有公自注而已。今豫章庫本以爲翻鎮江蜀本，雖分雜注，又分古律，其編年亦且不同。近寶慶間，南海漕臺雕杜集，亦以爲蜀本，雖删去假坡之注，亦有王原叔以下九家，而趙注比他本最詳，皆非舊蜀本也。

杜集注中「坡曰」者，皆是托名假僞。漁隱雖嘗辯之，而人尚疑者，蓋無至當之説以指其僞也。今舉一端，將不辯而自明矣。如「楚岫八峯翠」，注云：「景差蘭亭春望：『千峰楚岫碧，萬水郢城陰。』」且五言始於李陵蘇武，或云枚乘。漢以前五言古詩尚未有之，寧有戰國時已有五言律句邪？觀此可以一笑而悟矣。雖然，亦幸而有此漏逗也。杜注中「師曰」者，亦「坡曰」之類，但其間半僞半真，尤爲淆亂惑人，此深可歎。然具眼者，自默識之耳。

崔顥渭城少年行，百家選作兩首，自「秦川」以下別爲一首。郭茂倩樂府止作一首㊀，文苑英華亦止作一首，當從樂府英華爲是。

㊀「止」原作「巳」，據珠叢本改。

玉川子「天下薄夫苦耽酒」之詩，荆公百家詩選止作一篇，本集自「天上白日悠悠懸」以下別爲一首㊀，當從荆公爲是。

㊀「悠悠懸」原作「懸悠悠」，據珠叢本改。

太白詩「斗酒渭城邊，爐頭耐醉眠」，乃岑參之詩誤入。

太白塞上曲「騮馬新跨紫玉鞍」者，乃王昌齡之詩，亦誤入。昌齡本有二篇，前篇乃「秦時明月漢時關」也。

孟浩然有贈孟郊一首。按東野乃貞元元和間人，而浩然終於開元二十八年，時代懸遠，其詩亦不似浩然，必誤入。

杜詩：「五雲高太甲，六月曠摶扶。」太甲之義殆不可曉，得非高太乙耶？乙與甲蓋亦相近⊖，以星對風，亦從其類也。至于「杳杳東山攜漢妓」，亦無義理，疑是「攜妓去」，蓋子美每於絶句喜對偶耳。臆度如此，更俟宏識。

⊖「與」原作「爲」，據珠叢本改。

王荆公百家詩選，蓋本於唐人英靈間氣集，其初明皇德宗薛稷劉希夷韋述之詩，無少增損，次序亦同；孟浩然止增其數；儲光羲後，方是荆公自去取。前卷讀之盡佳，非其選擇之精，蓋盛唐人詩無不可觀者。至於大曆以後，其去取深不滿人意。況唐人如沈宋王楊盧駱陳拾遺張燕公張曲江賈至王維獨孤及韋應物孫逖祖詠劉昚虛綦毋潛劉長卿李長吉諸公，皆大名家，——李杜韓柳以家有其集⊖，故不載，——而此集無之。荆公當時所選，當據宋次道之所有耳。其序乃言：「觀唐詩者觀此足矣。」豈不誣哉！今人但以荆公所選，斂衽而莫敢議，可歎也。

⊖「以」原作「四」，據津逮本改。

荆公有一家但取一二首而不可讀者，如曹唐二首。其一首云：「年少風流好丈夫，大家望拜漢金吾。閒眠曉日聽啼鴂，笑倚春風仗轆轤。深院吹笙從漢婢，靜街調馬任奚奴。牡丹花下鈎簾畔，獨倚紅肌捋虎鬚。」此不足以書屏幛，可以與閭巷小人文背之詞。又買劍一首云：「青天露拔雲霓泣，黑地潛驚鬼魅愁」，但可與師巫念誦耳㈠。予嘗見方子通墓誌：「唐詩有八百家，子通所藏有五百家。」今則世不見有，惜哉！

㈠「耳」原作「也」，據津逮本改。

柳子厚「漁翁夜傍西岩宿」之詩，東坡删去後二句，使子厚復生，亦必心服。謝朓「洞庭張樂地，瀟湘帝子遊。雲去蒼梧野，水還江漢流。停橈我悵望，輟棹子夷猶。廣平聽方籍，茂陵將見求。心事俱已矣，江上徒離憂。」予謂「廣平聽方籍，茂陵將見求」一聯删去，只用八句，尤爲渾然，不知識者以爲何如？

附答吴景仙書按他本，滄浪答吴保義手書。吴陵字景仙，表叔行，有詩名。

僕之詩辯，乃斷千百年公案，誠驚世絶俗之談，至當歸一之論。其間説江西詩病，真取心肝劊子手，以禪喻詩，莫此清切。是自家實證實悟者，是自家閉門鑿破此片田地，即非傍人籬壁，拾人涕唾得來者。李杜復生，不易吾言矣。而我叔靳靳疑之，況他人乎？所見難合固如此，深可歎也。我叔謂説禪，非文人儒者之言。本意但欲説得詩透徹，初無意于爲文，其合文人儒者之言與否，不問也。高意又使回護，毋直致襃貶。僕意謂辯白是非，定其宗旨，正當明目張膽而言，使其詞説沈着痛快，深切著明，顯然易見，所謂不直則道不見，雖得罪於世之君子，不辭也。我叔詩説，其文雖勝，然只是説詩之源流，世變之高下耳。雖取盛唐而無的。然使人知所趨嚮處，其間異户同門之説，乃一篇之要領。然晚唐、本朝謂其如此，可也。謂唐初以來至大曆之詩異户同門，已不可矣，至於漢魏晉宋齊梁之詩，其品第相去，高下懸絶，乃混而稱之，謂錙銖而較，實有不同處，大率異户而同門，豈其然乎？又謂韓柳不得爲盛唐，猶未落晚唐，以其時則可矣。韓退之固當別論，若柳子厚五言古詩，尚在韋蘇州之上，豈元白同時諸公所可望耶？高見如此，毋怪來書有甚不喜分諸體製之説。我叔誠於此未瞭然也。作詩正須辨盡諸家體製，然後不爲旁門所惑。今人作詩差入門户者，正以體製莫辨也。世之技藝，猶各有家數，市縑帛者，必分道地，然後知優劣，況文章乎？僕於作詩不敢自負，至識則自謂有一日之長，於古今體製，若辨蒼素，甚者望而知之。來書又謂：「忽被人捉破發問，何以答之？」僕正欲人發問而不可得者，不遇盤根，安別利器。我叔試以數十篇詩，隱其姓名，舉以相試，爲能別得體製否？惟辨之未精，故所作惑雜而不純。今觀盛集中，尚有一二本朝立作處，毋乃坐視而然耶？又謂盛唐之詩「雄深雅健」，僕謂此四字但可評文，於詩則用「健」字不得。不若詩辯「雄渾悲壯」之語爲得詩之體也。毫釐之差，不可不辨。坡谷諸公之詩，如米元章之字，雖筆力勁健，終有子路未事夫子時氣象。盛唐諸公之詩，如顔魯公書，既筆力雄壯，又氣象渾厚，其不同如此。只此一字，便見我叔脚根未點地處也。所論屈原離騷，則深得之，實前輩之所未發，此一段文亦甚佳。大概論武帝以前皆好，無可議者。但李陵之詩，非虜中感故人還漢而作，恐未深考，故東坡亦惑江漢之語，疑非少卿之詩，而不考其胡中也。妙喜是徑山名僧宗杲也。自謂「參禪精子」，僕亦自謂「參詩精子」。嘗謁李友山論古今人詩，見僕辨析毫芒，每相激賞，因謂之曰：「我論詩，若那吒太子析骨還父，析肉還母。」友山深以爲然。當時臨川相會匆匆，所惜多順情放過，蓋傾蓋執手，無暇引惹，恐未能卒竟其辨也。鄙見若此，若不以爲然，却願有以相復，幸甚。

山房隨筆

山房隨筆

元 蔣正子著

辛稼軒帥浙東時，晦菴南軒任倉憲使。劉改之欲見辛，不納。二公爲之地，云：「某日公燕至後筵便坐，君可來。門者不納，但喧争之，必可入。」既而，改之如所教，門外果諠譁。辛問故，門者以告，辛怒甚。二公因言改之豪傑也，善賦詩，可試納之。改之至，長揖。公問：「能詩乎？」曰：「能」。時方進羊腰腎羹，辛命賦之。改之對：「寒甚，願乞巵酒。」酒罷，乞韻。時飲酒手顫，餘瀝流於懷，因以「流」字爲韻。即吟云：「拔毫已付管城子，爛首曾封關内侯。死後不知身外物，也隨樽酒伴風流。」辛大喜，命共嘗此羹，終席而去，厚餽焉。席散，南軒邀至公廨，置酒語之曰：「先君魏公，一生公忠，爲國功臣，厄於命，來挽者竟無一篇得此意。願君有作，以發幽潛。」改之即賦一絶云：「背水未成韓信陣，明星已隕武侯軍。平生一點不平氣，化作祝融峯上雲。」南軒爲之墮淚。今龍洲集中不見此二詩，豈遺之邪？又云：稼軒守京口時，大雪，帥僚佐登多景樓。改之敝衣曳履而前，辛令賦雪，以「難」字爲韻。即吟云：「功名有分平吴易，貧賤無交訪戴難。」自此莫逆云。

李公山節，汾州人也。端平中，朱湛盧復之使北，展覲八陵，引李與王仲偕南。李初任鄉郡節制司幹官，後任西山倅。時正倅陳三嶼松龍會僚友於多景樓，賞楊妃菊，令諸妓各持紙筆，侍衆官請詩。李後至，酒一行，起背手數步吟云：「命委馬嵬坡畔泥，驚魂飛上傲霜枝。西風落日東籬下，薄倖三郎知不知？」詞至精切，或至閣筆。

西山張倅芸窗，有繡養娘者，命蒼頭遞一羅帕與館人劉啓之，童偶遺之於地。芸窗責劉，卽遣去。劉作詩謝張云：「夜深檛鼓醉紅裙，半世侯門熟稔聞。自是東鄰窺宋玉，非關司馬挑文君。蒼頭誤送香羅帕，簧舌翻成貝錦文。幸賴老成持定力，一帆安穩過溪雲。」

李邦美過句容之村鄉，見酒肆粉壁明潔，題云：「青裙白面鬨挑菜，茅舍竹籬疏見梅。」未及後聯，店翁怒曰：「我以此壁爲人塗污，方一新之，今爾又作俑也。」遂不書。有客續至，問翁，翁悔之。一日李再過之，翁請足成，李笑取筆書云：「春事隔年無信息，一聲啼鳥喚將來。」往來知音皆愛之。

寶祐甲寅，江東多虎，有司行禬禳之典，青詞末聯云：「雖曰寅年之足，或有數存；去其乙字之威，尚祈神力。」蓋古詩有「寅年足虎狼」之句，傳謂「虎威如乙字」，對屬甚工。

京口韓香除夜請客作桃符云：「有客如擒虎，無錢請退之。」以其姓爲對也。

直北某州有道君題壁一詩云：「徹夜西風撼破扉，蕭條孤館一燈微。家山回首三千里，目斷山南無雁飛。」

「曾聞海上鐵斗膽，猶見雲中金甲神。」乃陸樞密君實挽張郢州世傑詩也。張公攤德祐景炎祥興於海上㊀，各擁兵南北岸。一夕大風雨，皆不利。張覆舟而薨。翌蚤獲屍，棺殮焚化，其膽如斗大，而焚不化，諸軍感慟。忽雲中見金甲神人，且云：「今天亡我，關係不輕，後身當出恢復矣。」此詩全篇不傳。忠義英烈，雖亡，尤耿耿也。

㊀「景炎祥興」原作「景祥炎興」，今改。

僧本真，號月湖半顛，賦吳門上元云：「村翁看了上元歸，正是西樓月落時。誇道官衙好燈火，不知渾爾點膏脂。」微聞於郡守吳退菴，遂命住虎邱寺。

有刺夏金吾貴云：「節樓高聳與雲平，通國誰能有此榮。一語淮西聞養老，三更江上便抽兵。不因賣國謀先定，何事勤王詔不行。縱有虎符高一丈，到頭難免賊臣名。」人謂北兵既至，許貴以淮西一道與之養老，故戢兵不戰。然宋當國者處置失宜，方詔貴及其子松上流策應㊀。又知正陽失利，松已死，不能無憾。又俾受孫虎臣節制，乃大不樂，本無戰心。況秋壑退師，數十萬衆一鼓而潰，夏雖勇健，亦何爲哉！

㊀「方」原作「力」，據繆荃孫藕香零拾本改。

京口天慶觀主聶碧窗，江西人，嘗爲龍翔宮書記。北朝赦至，感而有詩云：「乾坤殺氣正沈沈，又聽燕臺降德音。萬口盡傳新詔好，四朝誰念舊恩深。分茅列土將軍志，問舍求田老父心。麗正押班猶昨日，小臣無語淚霑襟。」又哀被虜婦云：「當年結髮在深閨，豈料人生有別離。到底不知因色誤，馬前猶自買臙脂。」又詠北婦云：「雙柳垂鬟別樣梳，醉從馬上倩人扶。江南有眼何曾見，争捲珠簾看固姑㈠。」觀中有趙太祖真容，北來者見必拜。聶因題其上云：「鳳表龍姿儼若新，一回展卷一傷神。天顏亦怪君非虜，河北山東總舊臣㈡。」

㈠「固姑」原作「鴟鴣」，據繆本改。㈡「臣」原作「君」，據繆本改。

梁楝隆吉題茅峯云：「杖藜絶頂窮追尋，青山世界開嶇嶔。碧雲遮斷天外眼，春風吹老人間心。大龍升天寶劍化，小龍入海明珠沉。何人更守元帝鼎，有客欲問秦皇金。顛崖誰念受辛苦，古洞未易尋幽深。神光不破黑暗惱，山鬼空作離騷吟。安得長松撐日月，華陽世界收層陰。長嘯一聲下山去，草木爲我留清音。」隆吉以戊辰登科，任仁和尉，老依元符宫宗師許道杞。許甚禮之，且賙其家。梁好嘲駡，衆道士惡之，遂牋此詩告官，以譏時逮捕金陵，備嘗笞楚，卒得免，亦終不偶而殂。

吴履齋開慶之變，再入相。四明士子上詩：「來則非邪抑是邪，緣堤何必更行沙。瑟當調處難膠柱，棋到危時見作家。公論有誰能著脚，事機至此轉聱牙。不如疊嶂雙溪下，行對青山坐看花。」言者附賈似道描畫彈劾，貶循州而殂。饒州士熊某嘲之云：「近來西北又干戈，獨立斜陽感慨多。雷爲元城驅劫火，天胡丁謂活鯨波。九原難起先生死，萬世其如公論何。道過雕峯休插竹，想逢宗老續長歌。」菊岩李蕊祭以文曰：「潞公不能不疏，温公不能不毁，趙忠簡不能不還，寇萊公不能不死。爾民無福，豈天奪之？我士無祿，豈天厭之！嗚呼，後世而無先生者乎，孰能志之？後世而有先生者乎，孰能待之？」

永嘉余德鄰宗文，與聶碧窗弈棋，余屢北。有賈地仙丹者，國手也。余呼之至，紿聶云：「某有僕能棋，欲試數著不敢。」聶俾對枰，連敗數局。余自内以片紙書十字：「可憐道士碧，不識地仙丹。」聶大笑曰：「我固疑其不凡。」

三山林觀過，年七歲，嬉游市中，以鬻詩自命。或戲令詠轉失氣云：「視之不見名曰希，聽之不聞名曰夷。不啻若自其口出，人皆掩鼻而過之。」林曾試神童科，不甚達。

三衢留中齋，甲辰大魁。文山宋瑞，丙辰大魁。中齋作相，身享富貴三十年，仕北爲尚書。文山纔登第，丁父憂，仕塗亦坎壈。乙亥糾義兵勤王，終以罔功，患難中倚之爲重。雖名爲相，黄扉之貴，萬鍾之奉，無有也。江西羅秋臺詩云：「嚙雪蘇卿受苦辛，庾公老作北朝臣。當年龍首黄扉客，猶是衡門一樣人。」中齋物色將羅織之，亟歸而免。

薛制機言，有賀自長沙移鎮南昌者，啓云：「夜醉長沙，曉行湘水，難教檣燕之留。杜詩。朝飛南浦，暮捲西山，來聽佩鸞之舞。王勃。」又有賀除直祕閣依舊沿江制置司幹辦公事云：「望玉宇瓊樓之邃，何似人間？從綸巾羽扇之游，依然江表。」上巳請客云：「三月三日，長安水邊多麗人。一觴一詠，會稽山陰脩禊事。」又云：「良辰美景，賞心樂事，四者難并。崇山峻嶺，茂林修竹，羣賢畢至。」姚橘洲君臨安時，吳履齋拜相，姚語諸客作啓賀之。商量起句，彭晉叟云：「轉鴻鈞，運紫極，萬化一新。自龍首，到黄扉，百年幾見。」

陳雲屋嘲翟兄之姓云：「失足如何躍，無光耀不成。若非身倚木，爲櫂亦難行。」時翟館水南楊氏，蓋嘲其倚楊也。

莫兩山傷丁氏故基，題一絶於太虚堂：「疏雨斑斑灑葉舟，前山喚客作清游。芳華消歇春歸後，野草荒田一片愁。」

文本心典淮郡，蕭條之甚，謝賈相啓中云：「人家如破寺，十室九空；太守若頭陀，兩粥一飯。」

蔣復軒鑷白髮詩云：「勸君休鑷鬢毛斑，鬢到斑時已自難。多少朱門少年子，業風吹上北邙山。」

杜氏婦作北行詩：「江南幼女别鄉閭，一似昭君遠嫁胡。默默一身離故國，區區千里逐狂夫。慵拈簫管吹羌曲，懶繫羅裙舞鷓鴣。多少眼前悲泣事，不如花柳舊江都。」此等多有戲作，題之驛亭，以爲美談。

許平仲衡，學問文藝，爲世所尊，稱爲夫子，人目爲許先生。養志不仕，有辭召命詩云：「一天雷雨誠堪畏，千載風雲謾企思。留取閒身卧田舍，静看蝴蝶挂蛛絲。」可以觀其志矣。一號魯齋。

張文簡雪詩：「銀槍不雨溜常滴，玉樹無風花自開。」其家集不收。

盧梅坡詠梅開一花詩云：「昨夜花神有底忙，先教踏白入南邦。冷將雙眼窺春破，肯把孤心受雪降。樊弟得兄呼最長，竹君取友嘆無雙。試於月夜窗前看，一在枝頭一在窗。」

杜善甫山東名士，工詩文，不屑仕進，游嚴相之門㊀。嚴迺濟南望族，善甫爲所敬重。一日譏者間之，情分寖乖。杜謝以詩云：「高卧東窗興已成，簾鉤無復挂冠聲。十年恩愛淪肌髓，只説嚴家好弟兄。」嚴悟非其過，歘密如初。時有掌兵官遠戍於外，其妻宴客，笙歌終夕。善甫詩曰：「高燒銀燭照雲鬟，沸耳笙歌徹夜闌。不念征西人萬里，玉關霜重鐵衣寒。」聞者快之，有薦之於朝，遂召之。表謝不赴，中二聯云：「俾獻言於乞言之際，敢盡其忠；若求仕於致仕之年，恐無此理。不能爲白居易，謾法香山居士之名；惟願學陸龜蒙，拜賜江湖散人之號。」予分教溧陽，一淮士過㊁，求宿學舍。士游山東甚久，爲余道其詞甚多，僅記此。

㊀「嚴相之門」原作「嚴之相門」，據繆本改。　㊁「淮」原作「候」，據繆本改。

楊焕然號關西夫子，題孔子廟：「會見春風入杏壇，奎文閣上獨凭欄。淵源自古尊洙泗，祖述何人似孟韓。竹簡不隨秦火冷，楷林高倚魯城寒。漂零踪跡千年後，無分東家寄一簞。」又党懷英詩：「魯國遺踪墮渺茫，獨餘林廟壓城荒。梅梁分曙霞棲影，松牖回春月駐光。老檜曾霑周雨露，斷碑猶是漢文章。不須更問傳家遠，泰岱參天汶泗長。」党，承安間人，工篆書，嘗作杏壇二字，刻於祖庭。

翟惠父詠鬼門關：「盤盤重險壓三塗，慘慘陰靈怖萬夫。青海戰魂來守鑰，黄塵行客過張弧。西風古道悲羸馬，落日荒山嘯老狐。年少文人今白首，小猖休苦笑揶揄。」惠父北人。閻子静復，至元間翰林學士。後廉訪浙西，有梅杖詩云：「凍盡西湖萬玉柯，春風入手重摩挲。較量龍竹能香否，比並鳩藤奈白何。聲破夢寒霜滿户，影隨詩瘦月横坡。只知功到調羹盡，不道扶顛力更多。」

元遺山好問裕之，北方文雄也。其妹爲女冠，文而艷。張平章當揆，欲娶之，使人囑裕之。辭以可否在妹，妹以爲可則可。張喜，自往訪，覘其所向。至則方自手補天花板，輟而迎之。張詢近日所作，應聲答曰：「補天手段暫施張，不許纖塵落畫堂。寄語新來雙燕子，移巢别處覓雕梁。」張悚然而出。

劉山翁汝進，漫塘幼子，學問宏深，文字典雅。與客九日遊龍山，以「人世難逢開口笑」分韻㊀，翁得「口」字云：「縱步龍山顛，放舟龍蕩口。犖然雁鶩行，雜之牛馬走。我拙不能詩，我病不能酒。試問賞花人，還有菊花否？」衆服其工，諸信齋誦此。

㊀「人世」繆本作「塵世」。

金國南遷後，國浸弱不支，又遷睢陽。某后不肯播遷，寧死於汴。元遺山曰：「桃李深宮二十年，更將顏色向誰憐。人生只合梁園死，金水河邊好墓田。」

至元戊寅己卯間，有董恢者，江陵人，後居太原，任丁角酒稅副使，僦屋以居。詩云：「白髮蒼頭一腐儒，行無轍跡住無廬。鄧林萬頃青青木，肯爲鷦鷯借一枝。」又「翠閣朱樓晝掩扉，尋巢燕子不能歸。落花吹泥東風雨，繞徧芳檐無處依。」

漫塘先生與客燕坐，指窗外櫻桃惟一實，共以爲笑。忽一客來訪，自言能詩，因命賦之，云：「燒丹道士藥爐空，枉費先生九轉功。一粒丹砂尋不見，曉來枝上弄春風。」衆咸喜之。

周芝田浙人，浪迹江湖，道冠野服，詩酒諧笑，略無拘檢，亦時出小戲以悦人，而不知其能琴與詩也。遇琴則一彈，適興則吟一二句，而不終篇。嘗賦石上兩竹云：「淋漓滿腹藏春雨，突兀半拳生曉雲。」亦自可人。又「草香花落後，雲黑雨來時。」琴詩云：「膝上横陳玉一枝，此音惟獨此心知。夜深斷送鶴先睡，彈到空山月落時。」

遨溪張復題雨竹圖云：「涓涓而净，森森而立。孟宗倚之，淚痕猶濕。」風竹圖云：「可屈者氣，不屈者節。故人之來，盡掃秋月。」皆有思致。

趙静齋淮，被執於溧陽豐登莊，至北府，辭家廟云：「祖父有功王室，德澤霑及子孫。今淮計窮被執，誓以一死報君。刀鋸置之不問，萬折忠義常存。急告先靈速引，庶幾不辱家門。」即登棹船發。至瓜洲被刑，無有敢埋其屍者。有一寵姬在焦僉省處，此姬啓僉省云：「趙四知府，今日已死矣。妾元是他婢子，望相公以妾之故，許妾將屍焚化，也是相公一段陰騭事。」焦許之。乃作一棺焚之。又啓收骨，投之於水，亦從之。遂以裙盛骨殖，到江邊大慟，投江而死。又聞其孫享祭，靜齋降筆云：「生居四代將門家，不幸遭逢被虜拏。死在瓜洲無葬地，幽魂夜夜到長沙。」其兄冰壺，潛自京口遷金陵。北兵至，棄家而遁，南徙不返，死葬海旁山上。

吳門有吏娶一娼，燕客，歌舞徹旦。明日犯事，決配九江，與婦泣別登舟。盧梅坡詩云：「昨夜笙歌燕畫樓，明朝揮淚送行舟。當初嫁作商人婦，無此江頭一段愁。」

一户曹之妻，與太守有私，府學一士子知其事。户曹任滿將去，守招其夫婦飲，士子作祝英臺近付妓，令歌之：「抱琵琶，臨别語，把酒淚如洗。似恁春時，倉卒去何意。牡丹恰則開園，荼蘼斯勾，便下得，一帆千里。好無謂，復道明日行呵，如何戀得你。一葉船兒，休要更沉醉。後梅子青時，楊花飛絮側耳聽，喜鵲哩㊀。」守與此婦俱墮淚，其夫不悟。

㊀按詞律，祝英臺近似有脫字。

靈隱寺主僧元肇，號淮海。寺有松大數十圍，史相當軸，遣人伐松。松與月波亭相對，僧作詩云：「大夫去作棟梁材，無復清陰覆綠苔。惆悵月波亭上望，夜深惟見鶴歸來。」

穆陵在御，閻貴妃父良臣起香火功德院，欲勝靈竺，乃伐鄰松供屋材。僧作詩曰：「不爲栽松種茯苓，祇緣山色四時青。老僧不惜攜將去，留與西湖作畫屏。」詩徹於上，遂命勿伐。又山中有寺基久圮，勢家規其地營葬。僧亦有詩刺之：「一定空山已有年，不須惆悵起頹塼。道旁多少麒麟塚，轉眼無人送紙錢。」遂不復取。

吉州羅西林集近詩刊，一士囊詩及門，一童橫臥棖闑間，良久，喚童起曰：「將見汝主人，求刊詩。」童曰：「請先與我一觀，我以爲可，則爲公達。」客怪之曰：「汝欲觀我詩，汝必能吟，請賦一詩，當示汝。」童請題。客曰：「但以汝適來睡起搔首意爲之。」童卽吟曰：「夢跨青鸞上碧虛，不知身世是華胥。起來搔首渾無事，啼鳥一聲春雨餘。」客駭服，同入見西林。欵之數日，取其菊詩云：「不逐春風桃李妍，秋風收拾短籬邊。如何枝上金無數，不與淵明當酒錢。」童乃羅之子也。

南康建昌縣有神童山，每大比，試童子至百人，七取其一。有鄧文龍，年八歲，穎出諸童子右。方岳巨山守南康，欲祝爲子。父謂之曰：「汝，余所鍾愛，太守固欲祝汝，將若何？」文龍曰：「第許之。」巨山一日招諸名士，如馮紫山深居兄弟者，而鄧父子與焉。席上太守及諸公祇服褚子，文龍以綠袍居座末。坐定，供茶，文龍故以托子墮地，諸公戲以失禮。文龍曰：「先生衩衣，學生落托。」衆爲一笑。酒酣，巨山戲曰：「口紅衣綠如鸚鵡。」文龍應曰：「頭白形烏似老鴉。」又令賦君子竹，卽詠曰：「瀟湘子猷宅，平將風月分。兩軒渾似我，一日可無君。」衆異之。後易名元觀，年十五領鄉薦，登上第。

僧德豐，三山人，有重陽詩云：「戰盡今秋見太平，西風多作北風聲。不吹烏帽吹遛帽，籬下黃花笑不成。」鍾山長老舉以自代，答云：「耿耿孤吟對古梅，忽傳軍將送書來。倚崖枯木摧殘甚，虛負陽和到一回。」竟不赴。

賈秋壑敗師亡國，後有人刺以詩曰：「深院無人草已荒，漆屏金字尚煇煌。祇知事去身宜去，豈料人亡國亦亡。理考發身端有自，鄭人應夢果何祥。臥龍不肯留渠住，空使晴光滿畫牆。」又云：「事到窮時計亦窮，此行難倚鄂州功。木棉菴上千年恨，秋壑堂中一夢空。石砌苔稠猨步月，松庭葉落鳥呼風。客來未用多惆悵，試向吳山望故宮。」又傷西樓詩云：「檀板歌殘陌上花，過牆荆棘刺檐牙。指揮已失鐵如意，賜予寧存玉辟邪。破屋春歸無主燕，壞池雨産在官蛙。木棉菴外尤愁絶，月黑夜深聞鬼車。」有人和云：「榮華富貴等浮花，膂力難爲國爪牙。漢世祇知光擁立，唐朝誰識杞奸邪？綺羅化作春風蝶，弦管翻成夜雨蛙。縱有清漳人百死，碧天難挽紫雲車。」秋壑出處本末，自有知者，玆不書。

秋壑在朝，有術者言平章不利姓鄭之人，因此每有此姓爲官者，多困抑之。武學生鄭虎臣登科，輒以罪配之，後遇赦得還。秋壑喪師，陳静觀諸公欲置之死地，遂尋其平日極仇者監押。虎臣遂請身爲之，迺假以武功大夫，押其行。虎臣一路凌辱，至漳州木棉菴病泄瀉，踞虎子，欲絶，虎臣知其服腦子求死。乃云：「好教作只恁地死。」遂趯數下而殂。

庚申，履齋吴相循州安置，以賈似道私憾之故，未幾除承節郎劉宗申知循州。劉江湖士，專以口舌嚇迫當路要人，貨賄官爵。士大夫畏其口，姑厚餽彌縫。其得官亦由此。守循之際，似道欲其殺吴相。宗申至郡所以捃摭履齋者，無所不至。隨行吏僕，以次並亡。或謂置毒所居井中，故飲水者皆患足軟而死，履齋亦不免。似道遭鄭虎臣之辱，其時趙介如守漳，賈門下客也。宴虎臣於公舍㈠，介如欲客似道，似道不可，以讓虎臣，口口稱「天使唯謹」，虎臣不答，似道遂坐於下。介如察其有殺賈意，命館人啓鄭，且以辭挑之。於時似道衣服飲食皆爲鄭減抑，介如作錦衣等餽之。見其行李輜重，令截寄其處，伺得命放回日取之。其館人語鄭云：「天使今日押使至此，度必無生理，曷若令速殞，免受許多苦惱。」鄭卽云：「便是這物事，受得這苦，欲死而不死。」未幾遂殞。趙往哭，鄭不許。趙固争，鄭怒云：「汝欲檢我邪？」趙云：「汝也直得一檢。」然末如之何。趙經紀棺殮，且致祭，其詞云：「嗚呼！履齋死循，死於宗申。先生死閩，死於虎臣。嗚呼！」云云，祇此四句。然哀激之悃，無往不復之微意，悉寫其中。季一山闡爲郡學正，爲余道之。

㈠「公舍」下繆本有「秋壑亦與焉」五字。

似道敗後，有題其養樂園曰：「老壑曾居葛嶺西，游人誰敢問蘇堤。勢將覆餗不回首，事到出師方噬臍。廢圃久無人作主，敗垣惟有客留題。算來祇有孤山耐，依舊梅花片月低。」養樂者，以其奉母而樂也。其賜第正在蘇堤葛嶺孤山之近，游人常盛。自賈據此，有遊騎過其門，必爲偵事者察報，每爲所羅織，有官者被黜，有財者被禍。逮世變而後已，有人題葛嶺二詩云：「當年誰敢此經過，相國門前衛士多。諸葛功名猶未滿，周公事業竟如何。雕梁雨蠹藏狐鼠，花礎雲蒸長薜蘿。萬死莫酬亡國恨，空留遺迹在山阿。」又「樓臺突兀妓成圍，正是襄樊失援時。王氣暗隨檀板歇，江聲流入玉簫悲。姓名不在功臣傳，家廟徒存御賜碑。誤國誤民還自誤，滿庭秋草露垂垂。」

詩法家數

詩法家數

元　楊載著

夫詩之爲法也，有其説焉。賦、比、興者，皆詩製作之法也。然有賦起，有比起，有興起，有主意在上一句，下則貼承一句，而後方發出其意者；有雙起兩句，而分作兩股以發其意者；有一意作出者；有前六句俱若散緩，而收拾在後兩句者。詩之爲體有六：曰雄渾，曰悲壯，曰平淡，曰蒼古，曰沉著痛快，曰優游不迫。詩之忌有四：曰俗意，曰俗字，曰俗語，曰俗韻。詩之戒有十：曰不可硬礙人口，曰陳爛不新，曰差錯不貫串，曰直置不宛轉，曰妄誕事不實，曰綺靡不典重，曰蹈襲不識使，曰穢濁不清新，曰砌合不純粹，曰俳徊而劣弱。詩之爲難有十：曰造理，曰精神，曰高古，曰風流，曰典麗，曰質幹，曰體裁，曰勁健，曰耿介，曰淒切。大抵詩之作法有八：曰起句要高遠；曰結句要不著迹；曰承句要穩健；曰下字要有金石聲；曰上下相生；曰首尾相應；曰轉摺要不著力，曰占地步，蓋首兩句先須闊占地步，然後六句若有本之泉，源源而來矣。地步一狹，譬猶無根之潦，可立而竭也。今之學者，倘有志乎詩，須先將漢魏盛唐諸詩，日夕沈潛諷詠，熟其詞，究其旨，則又訪諸善詩之士，以講明之。若今人之治經，日就月將，而自然有得，則取之左右逢其源。苟爲不然，我見其能詩者鮮矣！是猶孩提之童，未能行者而欲行，鮮不仆也。余于詩之一事，用工凡二十餘年，乃能會諸法，而得其一二，然於盛唐大家數，抑亦未敢望其有所似焉。

詩學正源

風雅頌賦比興

詩之六義，而實則三體。風、雅、頌者，詩之體；賦、比、興者，詩之法。故賦、比、興者，又所以製作乎風、雅、頌者也。凡詩中有賦起，有比起，有興起，然風之中有賦、比、興，雅頌之中亦有賦、比、興，此詩學之正源，法度之準則。凡有所作，而能備盡其義，則古人不難到矣。若直賦其事，而無優游不迫之趣，沉著痛快之功，首尾率直而已，夫何取焉？

作詩準繩

立意

要高古渾厚，有氣概，要沉著。忌卑弱淺陋。

鍊句

要雄偉清健，有金石聲。

琢對

要寧粗毋弱，寧拙毋巧，寧樸毋華。忌俗野。

寫景

景中含意，事中瞰景，要細密清淡。忌庸腐雕巧。

寫意

要意中帶景，議論發明。

書事

大而國事，小而家事，身事，心事。

用事

陳古諷今，因彼證此，不可著迹，只使影子可也。雖死事亦當活用。

押韻

押韻穩健，則一句有精神，如柱礎欲其堅牢也。

下字

或在腰，或在膝、在足，最要精思，宜的當。

律詩要法

起承轉合

破題

或對景興起，或比起，或引事起，或就題起。要突兀高遠，如狂風捲浪，勢欲滔天。

領聯

或寫意，或寫景，或書事、用事引證。此聯要接破題，要如驪龍之珠，抱而不脱。

頸聯

或寫意、寫景、書事、用事引證，與前聯之意相應相避。要變化，如疾雷破山，觀者驚愕。

結句

或就題結，或開一步，或繳前聯之意，或用事，必放一句作散場，如剡溪之棹，自去自回，言有盡而意無窮。

七言

聲響，雄渾，鏗鏘，偉健，高遠。

五言

沉静，深遠，細嫩。

五言七言，句語雖殊，法律則一。起句尤難，起句先須闊占地步，要高遠，不可苟且。中間兩聯，句法或四字截，或兩字截，須要血脉貫通，音韻相應，對偶相停，上下匀稱。有兩句共一意者，有各意者。若上聯已共意，則下聯須各意，前聯既詠狀，後聯須説人事。兩聯最忌同律。頸聯轉意要變化，須多下實字。字實則自然響亮，而句法健。其尾聯要能開一步，別運生意結之，然亦有合起意者，亦妙。

詩句中有字眼，兩眼者妙，三眼者非，且二聯用連綿字，不可一般。中腰虚活字，亦須迴避。五言字眼多在第三，或第二字，或第四字，或第五字。

字眼在第三字

鼓角悲荒塞，星河落曉山。　江蓮摇白羽，天棘蔓青絲。　竹光團野色，舍影漾江流。

字眼在第二字

屏開金孔雀，褥隱繡芙蓉。　碧知湖外草，紅見海東雲。　坐對賢人酒，門聽長者車。

字眼在第五字

兩行秦樹直，萬點蜀山尖。　香霧雲鬟濕，清輝玉臂寒。　市橋官柳細，江路野梅香。

字眼在第二、五字

地坼江帆隱，天清木葉聞。　野潤烟光薄，沙暄日色遲。　楚設關河險，吴吞水府寬。

杜詩法多在首聯兩句，上句爲頷聯之主，下句爲頸聯之主。

七言律難于五言律，七言下字較粗實，五言下字較細嫩。七言若可截作五言，便不成詩，須字字去不得方是。所以句要藏字，字要藏意，如聯珠不斷，方妙。

古詩要法

凡作古詩，體格、句法俱要蒼古，且先立大意，鋪敍既定，然後下筆，則文脉貫通，意無斷續，整然可觀。

五言古詩

五言古詩，或興起，或比起，或賦起。須要寓意深遠，託詞温厚，反復優游，雍容不迫。或感古懷今，或懷人傷己，或瀟洒閒適。寫景要雅淡，推人心之至情，寫感慨之微意，悲懽含蓄而不傷，美刺婉曲而不露，要有三百篇之遺意方是。觀漢魏古詩，藹然有感動人處，如古詩十九首，皆當熟讀玩味，自見其趣。

七言古詩

七言古詩，要鋪敍，要有開合，有風度，要迢遞險怪，雄俊鏗鏘，忌庸俗軟腐。須是波瀾開合，如江海之波，一波未平，一波復起。又如兵家之陣，方以爲正，又復爲奇，方以爲奇，忽復是正。出入變化，不可紀極。備此法者，惟李杜也。

絕句

絕句之法，要婉曲回環，删蕪就簡，句絕而意不絕，多以第三句爲主，而第四句發之。有實接，有虛接，承接之間，開與合相關，反與正相依，順與逆相應，一呼一吸，宫商自諧。大抵起承二句固難，然不過平直敍起爲佳，從容承之爲是。至如宛轉變化工夫，全在第三句，若于此轉變得好，則第四句如順流之舟矣。

榮遇

榮遇之詩，要富貴尊嚴，典雅温厚。寫意要閒雅，美麗清細，如王維賈至諸公早朝之作，氣格雄深，句意嚴整，如宫商迭奏，音韻鏗鏘，真麟遊靈沼，鳳鳴朝陽也。學者熟之，可以一洗寒陋。後來諸公應詔之作，多用此體，然多志驕氣盈。處富貴而不失其正者，幾希矣。此又不可不知。

諷諫

諷諫之詩，要感事陳辭，忠厚懇惻。諷論甚切，而不失情性之正，觸物感傷，而無怨懟之詞。雖美實刺，此方爲有益之言也。古人凡欲諷諫，多借此以喻彼，臣不得于君，多借妻以思其夫，或託物陳喻，以通其意。但觀漢魏古詩及前輩所作可見未嘗有無爲而作者。

登臨

登臨之詩，不過感今懷古，寫景歎時，思國懷鄉，瀟洒遊適，或譏刺歸美，有一定之法律也。中間宜寫四面所見山川之景，庶幾移不動。第一聯指所題之處，宜敍說起。第二聯合用景物實說。第三聯合說人事，或感歎古今，或議論，却不可用硬事。或前聯先說事感歎，則此聯寫景亦可，但不可兩聯相同。第四聯就題生意發感慨㊀，繳前二句，或說何時再來。

㊀「生」原作「主」，據談藝珠叢本改。

征行

征行之詩，要發出悽愴之意，哀而不傷，怨而不亂。要發興以感其事，而不失情性之正。或悲時感事，觸物寓情方可。若傷亡悼屈，一切哀怨，吾無取焉。

贈別

贈別之詩，當寫不忍之情，方見襟懷之厚。然亦有數等，如別征戍，則寫死別，而勉之努力効忠；送人遠遊，則寫不忍別，而勉之及時早回；送人仕宦，則寫喜別，而勉之憂國恤民，或訴己窮居而望其薦拔，如杜公唯待吹噓送上天之說是也。凡送人多託酒以將意，寫一時之景以興懷，寓相勉之詞以致意。第一聯敍題意起。第二聯合說人事，或敍別，或議論。第三聯合說景，或帶思慕之情，或說事。第四聯合說何時再會，或囑付，或期望。於中二聯，或倒亂前說亦可，但不可重複，須要次第。末句要有規警，意味淵永爲佳。

詠物

詠物之詩，要託物以伸意。要二句詠狀寫生，忌極雕巧。第一聯須合直說題目，明白物之出處方是。第二聯合詠物之體。第三聯合說物之用，或說意，或議論，或說人事，或用事，或將外物體證。第四聯就題外生意，或就本意結之。

讚美

讚美之詩，多以慶喜頌禱期望爲意，貴乎典雅渾厚，用事宜的當親切。第一聯要平直，或隨事命意敍起。第二聯意相承，或用事，必須實說本題之事。第三聯轉說要變化，或前聯不曾用事，此正宜用引證，蓋有事料則詩不空疏。結句則多期望之意。大抵頌德貴乎實，若褒之大過，則近乎諛，讚美不及，則不合人情，而有淺陋之失矣。

賡和

賡和之詩，當觀元詩之意如何。以其意和之，則更新奇。要造一兩句雄健壯麗之語，方能壓倒元白。若又隨元詩脚下走，則無光彩，不足觀。其結句當歸著其人方得體。有就中聯歸著者，亦可。

哭輓

哭輓之詩，要情真事實。於其人情義深厚則哭之，無甚情分，則輓之而已矣。當隨人行實作，要切題，使人開口讀之，便見是哭輓某人方好。中間要隱然有傷感之意。

總論

詩體三百篇，流爲楚詞，爲樂府，爲古詩十九首，爲蘇李五言，爲建安黄初，此詩之祖也；文選劉琨阮籍潘陸左郭鮑謝諸詩，淵明全集，此詩之宗也；老杜全集，詩之大成也。

詩不可鑿空强作，待境而生自工。或感古懷今，或傷今思古，或因事説景，或因物寄意，一篇之中，先立大意，起承轉結，三致意焉，則工緻矣。結體、命意、鍊句、用字，此作者之四事也。體者，如作一題，須自斟酌，或騷，或選，或唐，或江西。騷不可雜以選，選不可雜以唐，唐不可雜以江西，須要首尾渾全，不可一句似騷，一句似選。

詩要鋪敍正，波瀾闊，用意深，琢句雅，使字當，下字響。觀詩之法，亦當如此求之。

凡作詩，氣象欲其渾厚，體面欲其宏闊，血脈欲其貫串，風度欲其飄逸，音韻欲其鏗鏘，若琱刻傷氣，敷演露骨，此涵養之未至也，當益以學。

詩要首尾相應，多見人中間一聯，儘有奇特，全篇湊合，如出二手，便不成家數。此一句一字，必須著意聯合也，大概要沉著痛快優游不迫而已。

長律妙在鋪敍，時將一聯挑轉，又平平説去，如此轉換數匝，却將數語收拾，妙矣！

語貴含蓄。言有盡而意無窮者，天下之至言也。如清廟之瑟，一倡三歎，而有遺音者也。

詩有内外意，内意欲盡其理，外意欲盡其象，内外意含蓄，方妙。

詩結尤難，無好結句，可見其人終無成也。詩中用事，僻事實用，熟事虛用。說理要簡易，說意要圓活，説景要微妙。譏人不可露，使人不覺。

人所多言，我寡言之；人所難言，我易言之。則自不俗。

詩有三多，讀多，記多，作多。

句中要有字眼，或腰，或膝，或足，無一定之處。

作詩要正大雄壯，純爲國事。誇富耀貴傷亡悼屈一身者，詩人下品。

詩要苦思，詩之不工，只是不精思耳。不思而作，雖多亦奚以爲？古人苦心終身，日鍊月煅，不曰「語不驚人死不休」，則曰「一生精力盡於詩」。今人未嘗學詩，往往便稱能詩，詩豈不學而能哉？

詩要鍊字，字者，眼也。如老杜詩：「飛星過水白，落月動檐虛。」鍊中間一字。「地坼江帆隱，天清木葉聞。」鍊末後一字。「紅入桃花嫩，青歸柳葉新。」鍊第二字。非鍊歸入字，則是兒童詩。又曰「暝色赴春愁」，又曰「無因覺往來」。非鍊赴覺字便是俗詩。如劉滄詩云：「香消南國美人盡，怨入東風芳草多。」是鍊消入字。「殘柳宮前空露葉，夕陽川上浩烟波」。是鍊空浩二字，最是妙處。

木天禁語

木天禁語

元　范德機著

內篇

詩之説尚矣。古今論著，類多言病而不處方，是以沉痼少有瘳日，雅道無復彰時。茲集開元大曆以來，諸公平昔在翰苑所論秘旨，述爲一編，以俟後之君子，爲好學有志者之告。所謂天地間之寶物，當爲天地間惜之。切慮久而泯没，特筆之於楮，以與天地間樂育者共之。授非其人，適足招議，故又當愼之。得是説者，猶寐而寤，猶醉而醒。外則用之以觀古人之作，萬不漏一；內則用之以運自己之機，聞一悟十。若夫動天地，感鬼神，神而明之，則又存乎其人也。是編猶古今本草，所載無非有益壽命之品。服食者莫自生狐疑，墮落外道。噫！草木之向陽生而性煖者解寒，背陰生而性冷者解熱。此通確之論，至當之理。或專執己見，而不知信，則曰：「神農氏誤後世人多矣。」豈不爲大誣也哉！

六　關

篇法　句法　字法　氣象　家數　音節

右一篇詩成，必須精研，合此六關方爲佳。不然則過不無矣㊀。

㊀此句類編本作「不然則過矣」。

篇法

有以字論者，　有以意論者，

有以故事論者，有以血脈論者。

七言律詩篇法

唐人李淑，有詩苑一書，今世罕傳。所述篇法，止有六格，不能盡律詩之變態。今廣爲十三，檃括無遺。猶六十四卦之動，不出於八卦，八卦之生，不離奇偶，可謂神矣。目曰「屠龍絕藝」。

此法一洩，大道顯然。

一字血脈　二字貫穿　三字棟梁　數字連序　中斷　鈎鎖連環　順流直下　雙拋　單拋

內剥　外剥　前散　後散

一字血脈

鴛鴦

翠鬣紅衣舞夕暉，水禽情似此禽稀。纔分烟島猶回首，只度寒塘亦共飛。映霧乍迷珠殿瓦，逐梭齊上玉人機。采蓮無限蘭橈女，笑指中流羨爾歸。

二字貫穿　三字棟梁在內

江村

清江一曲抱村流，長夏江村事事幽。自去自來堂上燕，相親相近水中鷗。老妻畫紙爲棋局，稚子敲針作釣鈎。多病所須惟藥物，微軀此外更何求。

三字棟梁

南遷

瘴江南下接雲烟，望盡黄茅是海邊。山腹雨晴添象迹，潭心日暖長蛟涎。射工巧伺遊人影，颶母偏驚賈客船。從此憂來非一事，可容華髮度流年。

數字連序　中斷在內

奉送蜀州柏二別駕將中丞命赴江陵起居衞尚書太夫人因示從弟行軍司馬位

中丞問俗畫熊頻，愛弟傳書彩鷁新。遷轉五州防禦使，起居八座太夫人。楚宮臘送荆門水，白帝雲偷碧海春。爲報惠連詩莫惜，嗟余斑鬢總如銀。

鈎鎖連環

草

百花苑路易萋陰，五穀塍疇苦見侵。農父芟時嫌若刺，宮人闕處惜如金。別離空惹王孫恨，穮蓐深勞稷畯心。綠野荒蕪好歸去，朱門閒僻少相尋。

順流直下

張鍊師

東嶽真人張鍊師，高情雅澹世間稀。堪爲列女書青簡，久事元君住翠微。金縷機中抛錦字，玉清壇上著霓衣。雲衢不用吹簫伴，只擬乘鸞獨自歸。

雙抛

汴門用兵後

隋堤風物已凄涼，隄下仍多舊戰場。金鏃有苔人拾得，蘆花無主鳥銜將。秋聲暗促河聲急，野色遥連日色黄。獨上寒城更愁絶，戍鼙驚起雁行行。

單抛

秋興

昆明池水漢時功，武帝旌旗在眼中。織女機絲虚夜月，石鯨鱗甲動秋風。波漂菰米沉雲黑，露冷蓮房墜粉紅。關塞極天惟鳥道，江湖滿地一漁翁。

内剝

玉臺觀

中天積翠玉臺遥，上帝高居絳節朝。遂有馮夷來擊鼓，始知嬴女善吹簫。江光隱見黿鼉窟，石勢參差烏鵲橋。更肯紅顏生羽翼，便應黄髮老漁樵。

外剥

錦瑟

錦瑟無端五十絃，一絃一柱思華年。莊生曉夢迷蝴蝶，望帝春心託杜鵑。滄海月明珠有淚，藍田日暖玉生烟。此情可待成追憶，只是當時已惘然。

前散

送戴鍊師歸隱

桃花源裏玉堂仙，秀挹千岩萬壑烟。有客重尋鑑湖酒，無人爲上剡溪船。龍行靈雨空壇凈，鸖負神宮複道懸。回首都門眇如許，東風長記柳飛綿。

後散　二字貫穿在内

感興寄友

十年京國總忘憂，詩酒淋漓共賞遊。漢月夜吟鳷鵲觀，苑雲春醸鷫鸘裘。書來慰我臨池上，秋去思君到水頭。爲憶故人張處士，於今江海尚淹留。

五言長古篇法

分段　過脈　回照　讚歎

先分爲幾段幾節，每節句數多少，要略均齊。首段是序子，序了一篇之意，皆含在中。結段要照起段。選詩分段，節數甚均，或二句，或三句、四句、六句、八句，皆不參差。杜却不甚如此太拘，然亦不太長不太短也。次要過句，過句名爲血脈，引過次段。過處用兩句，一結上，一生下，爲最難，非老手未易了也。回照謂十步一回頭，要照題目，五步一消息，要閒語讚歎，方不甚迫促。長篇怕亂雜，一意爲一段，以上四法，備北征詩，舉一隅之道也。

七言長古篇法

分段　過段　突兀　字貫　讚歎　再起　歸題　送尾

分段如五言，過段亦如之。稍有異者，突兀萬仞，則不用過句，陡頓便説他事。杜如此，岑參專尚此法，爲一家數。字貫前後，重三疊四，用兩三字貫串，極精神好誦，岑參所長。讚歎，如五言。再起，且如一篇三段，説了前事，再提起從頭説去，謂反覆有情，如魏將軍歌松子障歌是也。歸題乃篇末一二句繳上起句，又謂之顧首，如蜀道難古别離洗兵馬行是也。送尾則生一段餘意結末，或反用，或比喻用，如墜馬歌曰：「君不見嵇康養生被殺戮。」又曰：「如何不飲令人哀。」長篇有此便不迫促，甚有從容意思。

五言短古篇法

辭簡意味長，言語不可明白說盡，含糊則有餘味，如：「步出城東門，悵望江南路。前日風雪中，故人從此去。」「床前明月光，疑是地上霜。舉頭望明月，低頭思故鄉。」「開簾見新月，便卽下階拜。細語人不聞，北風吹裙帶。」

編修楊仲弘曰：五言短古，衆賢皆不知來處。乃只是選詩結尾四句，所以含蓄無限意，自然悠長。此論惟趙松雪翁承旨深得之，次則豫章三日新婦曉得。淸江知之，却不多用。

七言短古篇法

辭明意盡，與五言相反，如：「休洗紅，洗紅紅色變。不惜故縫衣，記得初採茜。人命百年能幾何？後來新婦今爲婆。石人前，石橋邊，六角黄牛二頃田，帶經躬耕三十年。」

樂府篇法

張籍爲第一，王建近體次之，長吉虛妄不必效，岑參有氣，惜語硬，又次之。張王最古，上格如焦仲卿木蘭詞羽林郎霍家奴三婦詞大垂手小垂手等篇，皆爲絕唱。李太白樂府，氣語皆自此中來，不可不知也。

要訣在於反本題結，如山農詞，結却用「西江賈客珠百斛，船中養犬多食肉」是也。又有含蓄不發結者。又有截斷頓然結者，如「君不見蜀葵花」是也。

老翁家貧在山住，耕種山田三四畝。苗疏稅多不得食，輸入官倉化爲土。歲暮鋤犁傍空室，呼兒登山收橡實。西江賈客珠百斛，船中養犬多食肉。

絶句篇法

首句起

畫松

畫松一似眞松樹，待我尋思記得無。曾在天台山上見，石橋南畔第三株。

次句起

金陵卽事。

第三句起

前二句皆閒，至第三句方詠本題。

扇對

存殁口號

席謙不見近彈棋，畢曜仍傳舊小詩。玉局他年無限笑，白楊今日幾人悲？鄭公粿繪隨長夜，曹霸丹青已白頭。天下何曾有山水？人間不解重驊騮。

問對

首句閒，次句説本題，第三句閒，結再説本題，應第二句，即磨笄山詩也。

順去

松下問童子，問余何事栖碧山，湘中老人，行到水窮處，首座茶。

藏詠

江南逢李龜年

岐王宅裏尋常見，崔九堂前幾度聞。正是江南好風景，落花時節又逢君。

中斷別意

前二句説本題，後二句説題外意，「願領龍驤十萬兵」是也。

四句兩聯

兩箇黄鸝鳴翠柳，遲日江山麗。

借喻

借本題説他事，如詠婦人者，必借花爲喻，詠花者，必借婦人爲比。

右十法，絶句之篇法也。此最爲緊，推此以往，思過半矣。

句法

問答

誰其獲者婦與姑。何日東歸花發時。

當對

白狐跳梁黄狐立。婦女行泣夫走藏。

上三下四

鳳凰樂奏鈞天曲。烏鵲橋通織女河。

上四下三

金馬朝回門似水。碧雞天遠路如年。

上應下呼

素練抹林雲氣薄，明珠穿草露華新。

上呼下應

林花著雨臙脂濕，水荇牽風翠帶長。

行雲流水

春日鶯啼修竹裏，仙家犬吠白雲間。

顛倒錯亂

香稻啄餘鸚鵡粒，碧梧栖老鳳凰枝。

言倒理順

海岸夜深常見日，寒巖四月始知春。

議論語　宋人用之。直書句。

鄭縣亭子澗之濱。　一去三年竟不歸。

兩句成一句

屢將心上事，相與夢中論。

蕭蕭千里馬，箇箇五花文。

字法

事文類聚事不可用，多宋事也，又不可用俚語偏方之言。摘用史記西漢書東漢書新舊唐書晉書字樣，集成聯對。

一副當

白虎觀　碧雞坊

金僕姑　玉具檑

高鼻胡人　平頭奴子

眉語　目成

從長　護短

有用字琢對之法，先須作三字對，或四字對起，然後裝排成全句。不可逐句思量，却似對偶，不成作手也。或二字對起亦可。路頭差處在此。捕風捉影，如何成詩？至謹至謹。

氣象

翰苑、輦轂、山林、出世、偈頌、神仙、儒先、石屏之類宋賢也。江湖、闤闠、末學。末學者，道聽塗說，得一二字面，便雜據用去，不成一家，又在江湖闤闠之下。已上氣象，各隨人之資稟高下而發。學者以變化氣質，須仗師友所習所讀，以開導佐助，然後能脫去俗近，以游高明。謹之慎之。又詩之氣象，猶字畫然，長短肥瘦，清濁雅俗，皆在人性中流出。得八法便成妙染而洗吾舊態也。此趙松雪翁與中峯和尚述者，道良之語也。漫錄於此耳。

儲詠曰：「性情褊隘者，其詞躁；寬裕者，其詞平；端靖者，其詞雅；疏曠者，其詞逸；雄偉者，其詞壯；蘊藉者，其詞婉。涵養情性，發於氣，形於言，此詩之本源也。」

家數

詩之造極適中，各成一家。詞氣稍偏，句有精粗，强弱不均，況成章乎？不可不謹。

		學者不察，失於
三百篇：	思無邪	意見
離騷：	激烈憤怨	哀傷
選詩：	婉曲委順	柔弱
太白：	雄豪空曠	狂誕
韓杜：	沉雄厚壯	粗硬
陶韋：	含蓄優游	迂闊
孟郊：	奇險斬截	怪短
王維：	典麗靚深	容冶
李商隱：	微密閒艷	細碎

已上略舉八九家數，一隅三反之道也。

音節

馬御史云：「東夷、西戎、南蠻、北狄，四方偏氣之語，不相通曉，互相憎惡。惟中原漢音，四方可以通行，四方之人皆喜於習說。蓋中原天地之中，得氣之正，聲音散布，各能相入，是以詩中宜用中原之韻。則便官樣不凡，押韻不可用啞韻，如五支、二十四鹽，啞韻也。」

凡例只要明暗二例，諸作皆然。杜甫鄭谷四詩可法。

明二首

黑鷹　杜甫

黑鷹不省人間有，度海疑從北極來。正翮摶風超紫塞，玄冬幾夜宿陽臺。虞羅自覺虛施巧，春雁同歸必見猜。萬里寒空只一日，金眸玉爪不凡材。

雙鷺　鄭谷三體作雍陶

雙鷺應憐水滿池，風飄不動頂絲垂。立當青草人先見，行傍白蓮魚未知。一足獨拳寒雨裏，數聲相叫早秋時。林塘得爾須增價，況與詩家物色宜。

暗二首

白鷹　杜甫

雲飛玉立盡清秋，不惜奇毛恣遠遊。在野只教心力破，千人何事網羅求。一生自獵知無敵，百中爭能恥下韝。鵬礙九天須却避，兔經三窟莫深憂。

鷓鴣　鄭谷

暖戲烟蕪錦翼齊，品流應得近山雞。雨昏青草湖邊過，花落黃陵廟裏啼。遊子乍聞征袖濕，佳人纔唱翠眉低。相呼相喚湘江曲，苦竹叢深春日西。

起句

實叙、狀景、問答、反題故事、順題故事、弔古、傷今、頌美、時序、客愁、感歎。

結句

祝頌、勸戒、自感、自愛、問信、寄憶、寄書、寄詩、相思、兵戈、我亦、懷古、故事、欣歡、景燕、激烈、何年遊、何由往、那可再、何日歸。

已上凡例，明、暗并起句、結句四法，律詩、絶句、長短篇通用，無出此者。惟童謡一家不在此例，不可不知也。作者深造博學，始能著心。謹之慎之，不可妄授。

詩學禁臠

詩學禁臠

元　范德機著

頌中有諷格　中秋禁直

星斗疏明禁漏殘，紫泥封後獨凭闌。露和玉屑金盤冷，月射珠光貝闕寒。天襯樓臺歸苑外，風吹歌管下雲端。長卿只解長門賦，未識君臣濟會難。

第一聯上句言宮中之景，下句自叙玉堂夜直作詔，此時方畢。第二聯言宮中之景，應第二句。第三聯序己之榮遇密邇，以應第二句。第四聯言陳后廢處長門宮，聞相如善賦，以千金與相如爲賦，以諷天子，武帝悟，后得還位。起聯歸宿在此，以見今日之榮遇。長卿知其一而未知其二也，兼有諷意。

美中有刺格　上裴晉公

四朝憂國鬢如絲，龍馬精神海鶴姿。上句賦，下句比。天上玉書傳詔夜，陣前金甲受降時。曾經庾亮三秋月，下盡羊曇兩路棋。惆悵舊堂扃綠野，夕陽無限鳥飛遲。

第二聯上句叙尊任之隆，下句叙元勛之建，皆應第一聯二句。第三聯上句亦是應第一句。第四聯是刺朝廷不用老臣，下句見唐衰氣象。

先問後答格　三月三日泛舟

江南烟景復如何？聞道新亭更可過。處處執蘭春浦綠，萋萋芳草遠山多。壺觴須就陶彭澤，風俗猶傳晉永和。更使輕橈徐轉去，微風落日水增波。

初聯上句言江南之烟景，是一篇之主意。「復如何」問之之詞，「聞道」乃答之之詞。次聯應第一句烟景之態。三聯應第二句。末聯結上。歡樂無窮，烟景已晚，有俯仰興懷之寓。

感今懷古格　憶遊天台寄道流

憶昨天台到赤城，幾朝仙籟耳邊生。雲龍出水風聲急，海鶴鳴臯日色清。石筍半山移步險，桂花當澗拂衣輕。今來盡是人間夢，劉阮茫茫何處行？

初聯上句是起下五句之意。下句及次聯、三聯形容天台之景。結尾上句是憶之意，下句指道流而言。

一句造意格　子初郊墅

看山酌酒君思我，聽鼓離城我訪君。臘雪已添橋下水，齋鐘不散檻前雲。陰移松柏濃還淡，歌雜漁樵斷更聞。亦擬城南買烟舍，子孫相約事耕耘。

初聯上句以興下句，而下句乃第一句之主意。第二聯、三聯，皆言郊墅之景。末聯結句羨郊墅之美，亦欲卜鄰于其間，有悠然源泉之意。此乃詩家最妙之機也。

兩句立意格　寫意

燕雁迢迢隔上林，高秋望斷正長吟。人間路止潼關險，天上山惟玉壘深。日向花間留遠照，雲從城上結層陰。三年已制相思淚，更入新愁却不禁。

初聯上句起第二句，第二句起頸聯。蓋頷聯是應第一句，頸聯是應第二句，結尾是總結上六句。思之切，慮之深，得乎性情之正也。

物外寄意格　感事

長年方憶少年非，人道新詩勝舊詩。十畝野塘留客釣，一軒風雨共僧棋。花間醉任黃鸝語，池上吟從白鷺窺。大造不將罏冶去，有心重立太平基。

初聯首言是非之悟，以詩爲言，則他事可知，此唐人一種玄解。次聯言氣象閑雜，行樂無人相似，不與上聯相接，似若散緩，然詩之進退正在裏許。頸聯言閙中自得，與物忘機，宰相之量也。結尾言進退在君，自任者不可不重。八句之意，皆出言外。

雅意詠物格　答羣公屬和

草玄門户少塵埃，丞相并州寄馬來。初自塞垣銜苜蓿，忽行幽徑破莓苔。尋花緩轡威遲去，帶酒垂鞭躞蹀回。不與王侯與詞客，知輕富貴重清才。

初聯上句是自叙，下句入題。次聯二句皆承第二句。頸聯形容馬之馴服。末聯上句應草玄，下句半應丞相，半應草玄。起結二句，皆美丞相好士也。

一字貫篇格　思夫

自從車馬出門朝，便入空房守寂寥。玉枕夜寒魚信杳，金鈿秋盡雁書遥。臉邊楚雨臨風落，頭上秦雲向日消。芳草又衰還不至，碧天霜冷轉無聊。

初聯「守」字貫篇。次聯、頸聯思夫之切，守寂寥之氣象，淚之落，髮之消，守之切而情之至。落聯撫時已邁，望車音之不至，與君臣會合之難，而臣之望其君之恩光，爲何如也。

起聯應照格　洛水

一道潺湲濺短蓑，年年惆悵是春過。莫言行路聽如此，流入深宮恨更多。橋畔月來清見底，柳邊風去緑生波。從愁滿眼添歸思，未把漁竿奈爾何。

初聯目洛水之濺短蓑，遂起惆悵之情。次聯承惆悵。頸聯承初句。落聯目洛水起休官之興。因濺短蓑起把漁竿之懷，此可見起聯應照之妙也。

一意格　江陵道中

三千三百西江水，自古如今要路津。月夜歌謡有漁父，風天氣色屬商人。沙村好處多逢寺，山葉紅時絶勝春。行到南朝征戰地，古來名將必爲神。

起聯以古今言之，有感慨奮厲之意。次聯以景物而言。頸聯見勝概之無窮。落聯言神廟見古之名臣，隨世立功而廟食，嘆今人何如哉！一句生一句，而全篇旨趣，如行雲流水，篇終激厲。

雄偉不常格　送源中丞赴新羅國

赤墀賜對使殊方，恩重烏臺紫綬光。玉節在船清海怪，金函開詔拜夷王。雲晴漸覺山川異，風便寧知道路長。誰得似君將雨露，海東萬里灑扶桑。

初句以殊方指新羅也，只起句說盡題目。第二句明其以中丞奉使，無復遺缺，此是妙手。頷聯應第一句。頸聯言殊方之景。落聯「雨露」者天子之澤也，「灑」之一字，又見恩澤之被於殊方也。氣象宏麗，節奏高古，實雄偉不常也。

想像高唐格　楚宮

月姊曾逢下彩蟾，傾城消息隔重簾。已聞佩響知腰細，更辨絃聲覺指纖。暮雨自歸山悄悄，秋河不動夜厭厭。王昌且在牆東住，未必金堂得免嫌。

初聯言曾逢，又言重簾，蓋彷彿音塵之意也。二聯、三聯是才情。落聯述王昌故事，其意深矣。

撫景寓歎格　惜春

惜春連日醉昏昏，醒後衣裳見酒痕。細水浮花歸別浦，斷雲含雨入孤村。人閒易得芳時恨，地迥難招自古魂。慚愧流鶯相厚意，清晨猶爲到西園。

初聯痛惜韶華，以酒自遣。頷聯有「歸」「入」二字響，乃句中之眼，詳味有無窮之意。頸聯上句言芳時往矣，不可再得，下句言古人一去，不可再見。作詩必如此，方爲警策，方爲妙手。末聯上句託物起興，以鳥之如此，猶且有厚意而復至，何人情炎涼，勢去則散，翟公書門之意也。承上句古人不見，乃感古懷今之意。

專敍己情格　仲春寫懷

省從騎竹學謳吟，便滯光陰役此心。寓目不能閒一日，閉門長勝得千金。窗懸夜雨殘燈在，庭掩春風落絮深。惟有故人同此興，近來何事懶相尋？

初聯上句言好詩之早，下句言好詩之苦。頷聯上句承上句，下句又言嗜吟之苦。頸聯形容苦吟之景，以己苦吟比沈彬之苦吟亦如此。

談藝録

談藝録

明　徐禎卿著

詩理宏淵，談何容易，究其妙用，可略而言。卿雲江水，開雅頌之源；烝民麥秀，建國風之始。覽其事迹，興廢如存，占彼民情，困舒在目。則知詩者，所以宣元鬱之思，光神妙之化者也。先王協之於宫徵，被之於簧絃，奏之於郊社，頌之於宗廟，歌之於燕會，諷之於房中。蓋以之可以格天地，感鬼神，暢風教，通世情。此古詩之大約也。漢祚鴻朗，文章作新，安世楚聲，温純厚雅，孝武樂府，壯麗宏奇。縉紳先生，咸從附作。雖規迹古風，各懷剞劂。美哉歌詠，漢德雍揚，可爲雅頌之嗣也。及夫興懷觸感，民各有情。賢人逸士，呻吟於下里，棄妻思婦，歌詠於中閨。鼓吹奏乎軍曲，童謠發於閭巷，亦十五國風之次也。東京繼軌，大演五言，而歌詩之聲微矣。至於含氣布詞，質而不采，七情雜遣，並自悠圓。或間有微疵，終難掩玉。兩京詩法，譬之伯仲塤篪，所以相成其音調也。魏氏文學，獨專其盛。然國運風移，古朴易解。曹王數子，才氣慷慨，不詭風人。而特立之功，卒亦未至，故時與之闇化矣。嗚呼！世代推移，理有必爾。風斯偃矣，何足論才？故特標極界，以俟君子取焉。

夫任用無方，故情文異尚：譬如錢體爲圓，鈎形爲曲，箸則尚直，屏則成方。大匠之家，器飾雜出。要其格度，不過總心機之妙應，假刀鋸以成功耳。至於衆工小技，擅巧分門，亦自力限有涯，不可彊也。姑陳其目，第而爲言。郊廟之詞莊以嚴，戎兵之詞壯以肅，朝會之詞大以雝，公讌之詞樂而則。夫其大義固如斯已。深瑕重纇，可得而言。崇功盛德，易夸而乏雅；華疏彩繪㊀，易淫而去質；干戈車革，易勇而亡警；靈節韶光，易采而成靡。蓋觀於大者，神越而心游，中無植幹，鮮不眩移，此宏詞之極軌也。若夫款款贈言，盡平生之篤好；執手送遠，慰此戀戀之情。勗勵規箴，婉而不直；臨喪挽死，痛旨深長。雜懷因感以詠言，覽古隨方而結論。行旅迢遥，苦辛各異；遨遊晤賞，哀樂難常；孤孽怨思，達人齊物；忠臣幽憤，貧士鬱伊。此詩家之錯變，而規格之縱横也。然思或朽腐而未精，情或零落而未備，詞或罅缺而未博，氣或柔獷而未調，格或莠亂而未叶，咸爲病焉。故知驅踪靡常，城門一軌，揮斤污鼻，能者得之。若乃訪之於遠，不下帶衽；索之以近，則在千里。此詩之所以未易言也。

㊀「疏」，談藝珠叢本作「藻」。

情者，心之精也。情無定位，觸感而興，既動於中，必形於聲。故喜則爲笑啞，憂則爲吁戲，怒則爲叱咤。然引而成音，氣實爲佐；引音成詞，文實與功。蓋因情以發氣，因氣以成聲，因聲而繪詞，因詞而定韻，此詩之源也。然情實眑眇，必因思以窮其奥；氣有粗弱，必因力以奪其偏；詞難妥帖，必因才以致其極；才易飄揚，必因質以禦其侈。此詩之流也。由是而觀，則知詩者乃精神之浮英，造化之秘思也。若夫妙騁心機，隨方合節，或約旨以植義，或宏文以叙心，或緩發如朱絃，或急張如躍楛，或始迅以中留，或既優而後促，或慷慨以任壯，或悲悽以引泣，或因拙以得工，或發奇而似易。此輪匠之超悟，不可得而詳也。易曰：「書不盡言，言不盡意。」若乃因言求意，其亦庶乎有得歟！

魏詩，門户也；漢詩，堂奧也。入户升堂，固其機也。而晉氏之風，本之魏焉。然而判迹於魏者，何也？故知門户非定程也。陸生之論文曰：「非知之難，行之難也。」夫既知行之難，又安得云知之非難哉？又曰：「詩緣情而綺靡。」則陸生之所知，固魏詩之渣穢耳。嗟夫！文勝質衰，本同末異，此聖哲所以感歎，翟朱所以興哀者也。夫欲拯質，必務削文，欲反本，必資去末。是固曰然。然非通論也。玉韞於石，豈曰無文？淵珠露采，亦匪無質。由質開文，古詩所以擅巧。由文求質，晉格所以爲衰。若乃文質雜興，本末並用，此魏之失也。故繩漢之武，其流也猶至於魏；宗晉之體，其敝也不可以悉矣。

夫情能動物，故詩足以感人。荆軻變徵，壯士瞋目；延年婉歌，漢武慕歎。凡厥含生，情本一貫，所以同憂相瘁，同樂相傾者也。故詩者風也，風之所至，草必偃焉。聖人定經，列國爲風，固有以也。若乃歔欷無涕，行路必不爲之興哀；愬難不膚，聞者必不爲之變色。故夫直戇之詞，譬之無音之絃耳，何所取聞於人哉？至於陳采以眩目，裁虚以蕩心，抑又末矣。

詩家名號，區別種種。原其大義，固自同歸。歌聲雜而無方，行體疏而不滯。吟以呻其鬱，曲以導其微，引以抽其臆，詩以言其情，故名因象昭。合是而觀，則情之體備矣。夫情既異其形，故辭當因其勢。譬如寫物繪色，倩盼各以其狀；隨規逐矩，圓方巧獲其則。此乃因情立格，持守圜環之大略也。若夫神工哲匠，顛倒經樞，思若連絲，應之杼軸，文如鑄冶，逐手而遷，從衡參互，恒度自若。此心之伏機，不可强能也。

朦朧萌坼，情之來也；汪洋漫衍，情之沛也；連翩絡屬，情之一也；馳軼步驟，氣之達也；簡練揣摩，思之約也；頡頏累貫，韻之齊也；混沌貞粹，質之檢也；明雋清圓，詞之藻也。高才閒擬，濡筆求工，發旨立意，雖旁出多門，未有不由斯户者也。至於垓下之歌，出自流離；「煮豆」之詩，成於草率。命詞慷慨，並自奇工。此則深情素氣，激而成言，詩之權例也。傳曰：「疾行無善迹。」乃藝家之恒論也。昔桓譚學賦於揚雄。雄令讀千首賦。蓋所以廣其資，亦得以參其變也。詩賦粗精，譬之絺綌，而不深探研之力，宏識誦之功，何能益也？故古詩三百，可以博其源；遺篇十九，可以約其趣；樂府雄高，可以厲其氣；離騷深永，可以裨其思。然後法經而植旨，繩古以崇辭，雖或未盡臻其奧，我亦罕見其失也。嗚呼！雕繢滿目，並已稱工，芙蓉始發，尤能擅麗。後世之惑，宜益滋焉。夫未覩鈞天之美，則北里爲工；不詠關雎之亂，則桑中爲雋。故匪師曠，難爲語也。

夫詞士輕偷，詩人忠厚。上訪漢魏，古意猶存。故蘇子之戒愛景光，少卿之厲崇明德，規善之辭也。魏武之悲東山，王粲之感鳴鶴，子恤之辭也。甄后致頌於延年，劉妻取譬於唾井，繾綣之辭也。子建言恩，何必衾枕，文君怨嫁，願得白頭，勸諷之辭也。究其微旨，何殊經術？作者蹈古轍之嘉粹，刊佻靡之非輕，豈直精詩，亦可以養德也。鹿鳴頍弁之宴好，黍離有蓷之哀傷，氓蚩晨風之悔歎，蟀蟋山樞之感慨，柏舟終風之憤懣，杕杜葛藟之憫恤，葛屨祈父之譏訕，黃鳥二子之痛悼，小弁何人斯之怨誹，小宛雞鳴之戒惕，大東何草不黃之困疵，巷伯鶉奔之惡惡，綢繆車舝之歡慶，木瓜采葛之情念，雄雉伯兮之思懷，北山陟岵之行役，伐檀七月之勤敏，棠棣蓼莪之大義，皆曲盡情思，婉變氣辭。哲匠縱橫，畢由斯閾也。

詩之詞氣，雖由政教，然支分條布，略有逕庭。良由人士品殊，藝隨遷易。故宗工鉅匠，詞淳氣平；豪賢碩俠，辭雄氣武；遷臣孽子，辭厲氣促；逸民遺老，辭玄氣沉；賢良文學，辭雅氣俊；輔臣弼士，辭尊氣嚴；閹童壼女，辭弱氣柔；媚夫倖士，辭靡氣蕩；荒才嬌麗，辭淫氣傷。

七言始起㊀，咸曰「柏梁」。然甯戚扣牛，已肇南山之篇矣。其爲則也，聲長字縱，易以成文。故蘊氣琱詞，與五言略異。要而論之：滄浪擅其奇，柏梁宏其質，四愁墜其雋，燕歌開其靡。他或雜見於樂篇，或援格於賦系，妍醜之間，可以類推矣。

㊀「始」原作「治」，據談藝珠叢本改。

詩貴先合度，而後工拙。縱橫、格軌，各具風雅；繁欽定情，本之鄭衛；「生年不滿百」，出自唐風；王粲從軍，得之二雅；張衡同聲，亦合關雎。諸詩固自有工醜，然而並驅者，託之軌度也。

夫哲匠鴻才，固由內穎；中人承學，必自迹求。大抵詩之妙軌：情若重淵，奥不可測；詞如繁露，貫而不雜；氣如良駟，馳而不軼。由是而求，可以冥會矣。

樂府往往敘事，故與詩殊。蓋敘事辭緩，則冗不精。「翩翩堂前燕」，疊字極促乃佳。阮瑀「駕出北郭門」，視孤兒行太緩弱，不逮矣。

詩不能受瑕。工拙之間，相去無幾，頓自絶殊。如塘上行云：「莫以豪賢故，棄捐素所愛。莫以魚肉賤，棄捐葱與薤。莫以麻枲賤，棄捐菅與蒯。」浮萍篇則曰：「茱萸自有芳，不若桂與蘭。新人雖可愛，無若故所歡。」本自倫語，然佳不如塘上行。

古詩句格自質，然大入工。唐風山有樞云：「何不日鼓瑟。」鐃歌詞曰「臨高臺以軒」，可以當之。又「江有香草目以蘭，黃鵠高飛離哉翻」。絶工美，可爲七言宗也。

氣本尚壯，亦忌鋭逸。魏祖云：「老驥伏櫪，志在千里。烈士暮年，壯心不已。」猶曖曖也。思王野田黃雀行，譬如錐出囊中，大索露矣。

樂府中有「妃呼豨」「伊阿那」諸語，本自亡義，但補樂中之音。亦有疊本語，如曰「賤妾與君共餔糜」、「共餔糜」之類也。「生年不滿百」四語，西門行亦掇之，古人不諱重襲，若相援爾。覽西門終篇，固咸自鑠古詩，然首尾語精，可二也。

温裕純雅，古詩得之。遒深勁絶，不若漢鐃歌樂府詞。樂府烏生八九子東門行等篇，如淮南小山之賦，氣韻絶峻，止可與孟德道之；王劉文學，皆當袖手爾。

韋仲班傅輩四言詩，館縛不蕩。曹公短歌行，子建來日大難，工堪爲則矣。白狼槃木詩三章，亦佳，緣不受雅頌困耳。

漢魏之交，文人特茂，然衰世叔運，終鮮粹才。孔融懿名，高列諸子，視臨終詩，大類銘箴語耳。應瑒巧思逶迤，失之靡靡，休璉百一，微能自振，然傷媚焉。仲宣流客，慷慨有懷，西京之餘，鮮可誦者。陳琳意氣鏗鏗，非風人度也。阮生優緩有餘，劉楨錐角重陗，割曳綴懸，並可稱也。曹丕資近美媛，遠不逮植，然植之才，不堪整栗，亦有憾焉。若夫重熙鴻化，蒸育叢材，金玉其相，綽哉有斐，求之斯病，殆寡已夫。

古詩降魏，辭人所遺。雖蕭統簡輯，過冗而不精，劉勰緒論，亦略而未備。況夫人懷敝帚，自過千金，法言懿則，遂見委廢。至於篇句，零落雖深，猶幸有存者，可足徵也。故著此篇，以標準的，粗方大義，誠不越兹，後之君子，庶可以考已。

客論曰：傳云「王者之迹熄而詩亡」，蓋傷之也。降自桓靈廢而禮樂崩，晉宋王而新聲作，古風沉滯，蓋已甚焉。述者上緣聖則，下擿儒玄，廣教化之源，崇文雅之致，削浮華之風，敦古朴之習，誠可尚已。恐學士狎耳目之玩，議瑣尾之文，故序而系之，俾知所究。

藝圃擷餘

藝圃擷餘

明 王世懋著

詩四始之體，惟頌專爲郊廟頌述功德而作。其它率因觸物比類，宣其性情，恍惚游衍，往往無定，以故説詩者，人自爲説。若孟軻荀卿之徒，及漢韓嬰劉向等，或因事傅會，或旁解曲引，而春秋時王公大夫賦詩，以昭儉汰，亦各以其意爲之，蓋詩之來固如此。後世惟十九首猶存此意，使人擊節詠歎，而未能盡究指歸。次則阮公詠懷，亦自深于寄託。潘陸而後，雖爲四言詩，聯比牽合，蕩然無情。蓋至于今，餞送投贈之作，七言四韻，援引故事，麗以姓名，象以品地，而拘攣極矣。豈所謂詩之極變乎？故余謂十九首，五言之詩經也。潘陸而後，四言之排律也，當以質之識者。

今人作詩，必入故事。有持清虚之説者，謂盛唐詩即景造意，何嘗有此？是則然矣。然以一家言，未盡古今之變也。古詩，兩漢以來，曹子建出而始爲宏肆，多生情態，此一變也。自此作者多入史語，然不能入經語。謝靈運出而易辭、莊語，無所不爲用矣。剪裁之妙，千古爲宗，又一變也。中間何庾加工，沈宋增麗，而變態未極。七言猶以閒雅爲致，杜子美出而百家稗官，都作雅音，馬溲牛溲，咸成鬱致，于是詩之變極矣。子美之後，而欲令人毁靚粧，張空拳，以當市肆萬人之觀，必不能也。其援引不得不日加而繁。然病不在故事，顧所以用之何如耳？善使故事者，勿爲故事所使。如禪家云：「轉法華勿爲法華轉。」使事之妙，在有而若無，實而若虛，可意悟不可言傳，可力學得不可倉卒得也。宋人使事最多，而最不善使，故詩道衰。我朝越宋繼唐，正以有豪傑數輩，得使事三昧耳。第恐數十年後，必有厭而掃除者，則其濫觴末弩爲之也。

作古詩先須辨體，無論兩漢難至，苦心模倣，時隔一塵。即爲建安，不可墮落六朝一語。爲三謝，縱極排麗，不可雜入唐音。小詩欲作王韋，長篇欲作老杜，便應全用其體。第不可羊質虎皮，虎頭蛇尾。詞曲家非當家本色，雖麗語博學無用，況此道乎？

詩有古人所不忌，而今人以爲病者。摘瑕者因而酷病之，將併古人無所容，非也。然今古寬嚴不同，作詩者既知是瑕，不妨并去。如太史公蔓詞累句常多，班孟堅洗削殆盡，非謂班勝于司馬，顧在班分量宜爾。今以古人詩病，後人宜避者，畧具數條，以見其餘。如有重韻者，若任彥昇哭范僕射一詩，三壓「情」字；老杜排律，亦時有誤重韻、有重字者；若沈雲卿「天長地闊」之三「何」，至王摩詰尤多，若「暮雲空磧」、「玉靶角弓」，二「馬」俱壓在下，「一從歸白社，不復到青門」，「青菰臨水映，白鳥向山翻」，「青」「白」重出，此皆是失檢點處，必不可借以自文也。又如風雲雷雨，有二聯中接用者，一二三四，有八句中六見者，今可以爲法邪！此等病，盛唐常有之，獨老杜最少，蓋其詩卽景後必下意也。又其最隱者，如雲卿嵩山石淙，前聯云「行漏」「香爐」，次聯云「神鼎」「帝壺」，俱壓末字，岑嘉州「雲隨馬」「雨洗兵」，「花迎蓋」「柳拂旌」，四言一法；摩詰「獨坐悲雙鬢」，「白髮終難變」，語異意重；九成宮避暑，三四「衣上」「鏡中」，五六「林下」「岩前」，在彼正自不覺，今用之能無受人揶揄。至於失嚴之句，摩詰嘉州特多，殊不妨其美。然就至美中亦覺有微缺陷，如我人不能運，便自誦不流暢，不爲可也。至於首句出韻，晚唐作俑，宋人濫觴，尤不可學。

六臣注文選，極鄙謬，無足道，乃至王導謝玄同時而拒苻堅，諸如此類不少。惟李善注旁引諸家，句字必有援據，大資博雅。然亦有牽合古書，而不究章旨。如曹顏遠思友人詩「清陽未可俟」，善引詩以爲「『清揚婉兮』，人之眉目間也」，然於章法句法，通未體貼。其詩本言「霖潦」「玄陰」，與歐陽子別句朔而思之甚，故曰「褰裳」，以應「潦」也，「清陽未可俟」，猶曰河清難俟耳。蓋以「清陽」反「霖潦」「玄陰」也。其意自指「日出」，或即「青陽」而誤加三點，如上「褰裳」誤作「寒裳」字耳，何必泥毛詩「清揚」，令句不可解耶？又如「晨風」之訓爲「鳳」，而李陵「晨風」，自從風解。翠微者，山半也，古詩亦有別用者，豈可盡泥？

唐律由初而盛，由盛而中，由中而晚，時代聲調，故自必不可同。然亦有初而逗盛，盛而逗中，中而逗晚者。何則？逗者，變之漸也，非逗，故無由變。如詩之有變風變雅㊀，便是離騷遠祖，子美七言律之有拗體，其猶變風變雅乎？唐律之由盛而中，極是盛衰之介。然王維錢起，實相倡酬，子美全集，半是大曆以後，其間逗漏，實有可言，聊指一二。如右丞「明到衡山」篇，嘉州「函谷」「磻谿」句，隱隱錢劉盧李間矣。至於大曆十才子，其間豈無盛唐之句？蓋聲氣猶未相隔也。學者固當嚴于格調，然必謂盛唐人無一語落中，中唐人無一語入盛，則亦固哉其言詩矣。

㈠原「詩」上有「四」字，據談藝珠叢本刪去。

少陵故多變態，其詩有深句，有雄句，有老句，有秀句，有麗句，有險句，有拙句，有累句。後世別爲大家，特高于盛唐者，以其有深句、雄句、老句也；而終不失爲盛唐者，以其有秀句、麗句也。輕淺子弟，往往有薄之者，則以其有險句、拙句、累句也，不知其愈險愈老，正是此老獨得處，故不足難之，獨拙、累之句，我不能爲掩瑕。雖然，更千百世無能勝之者何？要曰無露句耳。其意何嘗不自高自任？然其詩曰：「文章千古事，得失寸心知。」曰：「新詩句句好，應任老夫傳。」温然其辭，而隱然言外，何嘗有所謂吾道主盟代興哉？自少陵逗漏此趣，而大智大力者，發揮畢盡，至使吠聲之徒，羣肆撏剝，遐哉唐音，永不可復。噫嘻慎之！

律詩句有必不可入古者，古詩字有必不可爲律者。然不多熟古詩，未有能以律詩高天下者也。初學輩不知苦辣，往往謂五言古詩易就，率爾成篇。因自詫好古，薄後世律不爲。不知律尚不工，豈能工古？徒爲兩失而已。詞人拈筆成律，如左右逢源，一遇古體，竟日吟哦，常恐失却本相。樂府兩字，到老摇手不敢輕道。李西涯楊鐵崖都曾做過，何嘗是來？

唐人無五言古，就中有酷似樂府語而不傷氣骨者，得杜工部四語，曰：「兔絲附蓬麻，引蔓故不長。嫁女與征夫，不如棄路傍。」不必其調云何，而直是見道者，得王右丞四語，曰：「曾是巢許淺，始知堯舜深。蒼生詎有物，黃屋如喬林。」

太白遠別離篇，意最參錯難解，小時誦之，都不能尋意緒。范德機高廷禮勉作解事語，了與詩意無關。細繹之，始得作者意。其太白晚年之作邪？先是肅宗即位靈武，玄宗不得已稱上皇，迎歸大內，又爲李輔國劫而幽之。太白憂憤而作此詩。因今度古，將謂堯舜事亦有可疑，曰：「堯舜禪禹」，罪肅宗也。曰：「龍魚」「鼠虎」，誅輔國也。故隱其詞，託興英皇，而以遠別離名篇。風人之體善刺，欲言之無罪耳。然幽囚野死，則已露本相矣。古來原有此種傳奇議論。曹丕下壇曰：「舜禹之事，吾知之矣。」太白故非創語，試以此意尋次讀之，自當手舞足蹈。

李于鱗七言律，俊潔響亮，余兄極推轂之。海内爲詩者，爭事剽竊，紛紛刻鶩，至使人厭。予謂學于鱗不如學老杜，學老杜尚不如學盛唐。何者？老杜結構自爲一家言，盛唐散漫無宗，人各自以意象聲響得之。正如韓柳之文，何有不從左史來者？彼學而成，爲韓爲柳。我却又從韓柳學，便落一塵矣。輕薄子遽笑韓柳非古，與夫一字一語必步趨二家者，皆非也。

今人作詩，多從中對聯起，往往得聯多而韻不協，勢既不能易韻以就我，又不忍以長物棄之，因就一題，衍爲衆律。然聯雖旁出，意盡聯中，而起結之意，每苦無餘。于是別生支節而傅會，或卽一意以支吾，掣衿露肘。浩博之士，猶然架屋疊牀，貧儉之才彌窘，所以秋興八首，寥寥難繼，不其然乎？每每思之，未得其解。忽悟少陵諸作，多有漫興，時于篇中取題，意興不局，豈非柏梁之餘材，創爲別館，武昌之剩竹，貯作船釘。英雄欺人，頗窺伎倆，有識之士，能無取裁？

談藝者有謂七言律一句不可兩入故事，一篇中不可重犯故事。此病犯者故少，能拈出亦見精嚴。然我以爲皆非妙悟也。作詩到神情傳處，隨分自佳，下得不覺痕迹，縱使一句兩入，兩句重犯，亦自無傷。如太白峩眉山月歌，四句入地名者五，然古今目爲絕唱，殊不厭重。蜂腰、鶴膝、雙聲、疊韻，休文三尺法也，古今犯者不少，寧盡被汰邪？

于鱗選唐七言絕句，取王龍標「秦時明月漢時關」爲第一，以語人，多不服。于鱗意止擊節「秦時明月」四字耳。必欲壓卷，還當于王翰「葡萄美酒」、王之渙「黄河遠上」二詩求之。

晚唐詩，萎薾無足言。獨七言絕句，膾炙人口，其妙至欲勝盛唐。愚謂絕句覺妙，正是晚唐未妙處。其勝盛唐，乃其所以不及盛唐也。絕句之源，出于樂府，貴有風人之致。其聲可歌，其趣在有意無意之間，使人莫可捉着。盛唐惟青蓮龍標二家詣極，李更自然，故居王上。晚唐快心露骨，便非本色。議論高處，逗宋詩之徑；聲調卑處，開大石之門。

今世五尺之童，纔拈聲律，便能薄棄晚唐，自傅初盛，有稱大曆以下，色便赧然。然使誦其詩，果爲初邪、盛邪、中邪、晚邪？大都取法固當上宗，論詩亦莫輕道。詩必自運，而後可以辨體；詩必成家，而後可以言格。晚唐詩人，如温庭筠之才，許渾之致，見豈五尺之童下，直風會使然耳。覽者悲其衰運可也。故予謂今之作者，但須真才實學。本性求情，且莫理論格調。

李頎七言律，最響亮整肅。忽于「遠公遯迹」詩第二句下一拗體，餘七句皆平正，一不合也；「開山」二字最不古，二不合也；「開山幽居」，文理不接，三不合也；重上一「山」字，四不合也。余謂必有誤。苦思得之，曰必「開士」也。易一字而對仗流轉，盡祛四失矣。余兒大喜，遂以書藝苑巵言。余後觀郎士元詩云：「高僧本姓竺，開士舊名林。」乃元襲用頎詩，益以自信。

詩稱發端之妙者，謝宣城而後，王右丞一人而已。郎士元詩起句云「暮蟬不可聽，落葉豈堪聞」，合掌可笑。高仲武乃云：「昔人謂謝脁工於發端，比之于今，有慚沮矣。」若謂出于譏戲，何得入選？果謂發端工乎，謝宣城地下當爲拊掌大笑。

崔郎中作黄鶴樓詩，青蓮短氣。後題鳳凰臺，古今目爲勍敵，識者謂前六句不能當，結語深悲慷慨，差足勝耳。然余意更有不然，無論中二聯不能及，卽結語亦大有辨。言詩須道興比賦，如「日暮鄉關」，興而賦也，「浮雲」「蔽日」，比而賦也，以此思之，「使人愁」三字雖同，孰爲當乎？「日暮鄉關」，「烟波江上」，本無指著，登臨者自生愁耳。故曰：「使人愁」，烟波使之愁也。「浮雲」「蔽日」，「長安不見」，逐客自應愁，寧須使之？青蓮才情，標映萬載，寧以予言重輕？尺有所短，寸有所長，竊以爲此詩不逮，非一端也。如有罪我者，則不敢辭。

常徵君贈王龍標詩，有「松際露微月，清光猶爲君」之句，膾炙人口。然王子安詠風詩云：「日落山水静，爲君起松聲。」則已先標此義矣。二詩句雅堪作配，未易優劣也。

錢員外詩：「長信」「宜春」句，于晴雪妙極形容，膾炙人口，其源得之初唐。然從初竟落中唐了，不與盛唐相關。何者？愈巧則愈遠。

杜必簡性好矜誕，至欲衙官屈宋。然詩自佳，華於子昂，質于沈宋，一代作家也。流芳未泯，乃有杜陵鬯其家風，盛哉！然布衣老大，許身稷契，屈宋又不足言矣。

一日偶誦賈島桑乾絶句，見謝枋得注云：「旅寓十年，交游歡愛，與故鄉無異。一旦别去，豈能無情？渡桑乾而望并州，反以爲故鄉也。」不覺大笑。拈以問玉山程生曰：「詩如此解否？」程生曰：「向如此解。」余謂此島自思鄉作，何曾與并州有情？其意恨久客并州，遠隔故鄉，今非惟不能歸，反北渡桑乾，還望并州，又是故鄉矣。并州且不得住，何況得歸咸陽，此島意也。謝註有分毫相似否？程始歎賞，以爲聞所未聞，不知向自聽夢中語耳。

古人云：「秀色若可餐。」余謂此言惟毛嬙西施昭君太真曹植謝朓李白王維可以當之。而司馬長卿夫婦各擅，尤以爲難。至于平原清河，急難並秀，飛燕合德，孿生雙絶，亦各際其盛矣。近世無絶代佳人，詩人乃似不乏。

詩有必不能廢者，雖衆體未備，而獨擅一家之長。如孟浩然洮洮易盡，止以五言雋永，千載並稱王孟。我明其徐昌穀高子業乎？二君詩大不同，而皆巧于用短。徐能以高韻勝，有蟬蛻軒舉之風；高能以深情勝，有秋閨愁婦之態。更千百年，李何尚有廢興，二君必無絶響。所謂成一家言，斷在君采稚欽之上，庭實而下，益無論矣。

高季迪才情有餘，使生弘正李何之間，絶塵破的，未知鹿死誰手。楊張徐故是草昧之雄，勝國餘業，不中與高作僕。

子美而後，能爲其言而真足追配者，獻吉于鱗兩家耳。以五言言之，獻吉以氣合；于鱗以趣合。夫人語趣似高于氣，然須學者自詠自求，誰當更合。七言律，獻吉求似于句，而求專于骨；于鱗求似于情，而求勝于句。然則無差乎？曰：噫，于鱗秀。

余嘗服明卿五七言律，謂他人詩多于高處失穩，明卿詩多于穩處藏高，與于鱗作身後戰場，未知鹿死誰手。

家兄讞獄三輔時，五言詩刻意老杜，深情老句，便自旗鼓中原，所未滿者，意多于景耳。青州而後，情景雜出，似不必盡宗矣。

每一題到，茫然思不相屬，幾謂無措。沉思久之，如瓴水去窒，亂絲抽緒，種種縱横坌集，却于此時要下剪裁手段，寧割愛勿貪多。又如數萬健兒，人各自爲一營，非得大將軍方略，不能整頓攝服，使一軍無譁，若爾朱榮處貼葛榮百萬衆。求之詩家，誰當爲比？

生平閉目摇手，不道長慶集。如吾吴唐伯虎，則尤長慶之下乘也。閻秀卿刻其悵悵擁鼻二詩，余每見之輒恨恨悲歌不已。詞人云：「何物是情濃？」少年輩酷愛情詩，如此情少年那得解。友人張伯起詩云：「而今秋老春情薄，漠漠寒江水自流。」袁魯望亟爲余稱之。伯起于是時年僅强立，其于情故早達，此道中項橐甘羅也。今伯起風流如故，而魯望已數載異物。悲夫！

世人厭常喜新之罪，夷于貴耳賤目。自李何之後，繼以于鱗，海内爲其家言者多，遂蒙刻鶩之厭。驟而一士能爲樂府新聲，倔强無識者，便謂不經人道語，目曰上乘，足使耆宿盡廢。不知詩不惟體，顧取諸情性何如耳？不惟情性之求，而但以新聲取異，安知今日不經人道語，不爲異日陳陳之粟乎？嗚呼！才難。豈惟才難，識亦不易。作詩道一淺字不得，改道一深字又不得，其妙政在不深不淺，有意無意之間。

嘗謂作詩者，初命一題，神情不屬，便有一種供給應付之語；畏難怯思，即以充役，故每不得佳。余戲謂河下輿隸須驅遣，另換正身。能破此一關，沉思忽至，種種真相見矣。

閩人家能佔畢，而不甚工詩。國初林鴻高廷禮唐泰輩，皆稱能詩，號閩南十才子。然出楊徐下遠甚，無論季迪。其後氣骨崚崚，差堪旗鼓中原者，僅一鄭善夫耳。其詩雖多摹杜，猶是邊徐薛王之亞。林尚書貞恒修福志，志善夫云：「時非天寶，地靡拾遺，殆無病而呻吟」云。至以林鈇傅汝舟相伯仲。又云「鈇與善夫頗爲鄉論所訾」，過矣。閩人三百年來，僅得一善夫，詩即瑕，當爲掩。善夫雖無奇節，不至作文人無行，殆非實録也。友人陳玉叔謂數語却中善夫之病。余謂以入詩品，則爲雅談，入傳記，則傷厚道。玉叔大以爲然。林公余早年知己，獨此一段不敢傅會，此非特爲善夫，亦爲七閩文人吐氣也。

存餘堂詩話

存餘堂詩話

明　朱承爵著

古樂府命題，俱有主意，後之作者，直當因其事用其題始得。往往借名，不求其原，則失之矣。如劉猛李餘輩，賦出門行不言離別，將進酒乃敍烈女事，至於太白名家，亦不能免此病。鄭樵作樂畧敍云：「然使得其聲，則義之同異又不足道。」樵謬矣。彼知鐃歌二十二曲中有朱鷺曲，由漢有朱鷺之祥，因而爲詩，作者必因紀祥瑞，始可用朱鷺之曲。相和歌三十曲內有東門行，乃士有貧行，不安其居，拔劍將去，妻子牽衣留之，願同餔糜，不求富貴。作者必因士負節氣未伸者，始可代婦人語，作東門行沮之。餘不盡述，各以類推之可也。樂府解題一書，著之甚詳。

謝朓詩，如暫使下都云：「大江流日夜，客心悲未央。」「金波麗鳷鵲，玉繩低建章。」如登三山云：「白日麗飛甍，參差皆可見。餘霞散成綺，澄江静如練。」皆吞吐日月，摘攝星辰之句。故李白登華山落雁峯有云：「恨不攜謝朓驚人詩來搔首問青天耳。」

詩非苦吟不工，信乎？古人如孟浩然眉毛盡落，裴祐袖手衣袖至穿，王維走入醋瓮，皆苦吟之驗也。

王建宫詞一百首，蜀本所刻者得九十有二，遺其八。近世所傳百首皆備，蓋好事者妄以他人詩補之，殊爲亂真。中有：「新鷹初放兔初肥，白日君王在內稀。薄暮千門臨欲鎖，紅粧飛騎向前歸。」「黃金桿撥紫檀槽，弦索初張調更高。理盡昨來新上曲，內官簾外送櫻桃。」此張籍宮詞二首也。「淚盡羅巾夢不成，夜深前殿按歌聲。紅顏未老恩先斷，斜倚薰籠坐到明。」此白樂天後宮詞也。「閒吹玉殿昭華管，醉折梨園縹蔕花。十年一夢歸人世，絳縷猶封繫臂紗。」此杜牧之出宮詞也。「銀燭秋光冷畫屏，輕羅小扇撲流螢。天街夜色涼如水，坐看牽牛織女星。」此牧之七夕詩也。「奉帚平明金殿開，且將團扇共徘徊。玉顏不及寒鴉色，猶帶昭陽日影來。」此王昌齡長信秋詞也。「日晚長秋簾外報，望陵鼓舞在明朝。添爐欲爇薰衣麝，憶得分時不忍燒。」「日映西陵松柏枝，下臺相顧一相悲。朝來樂府歌新曲，唱著君王自作詞。」此劉夢得魏宮詞也。近讀趙與時賓退録，其所述建遺詩七首，則是：「忽地金輿向日陂，內人接著便相隨。却回龍武軍前過，當殿發開鵝鴨池。」「畫作天河刻作牛，玉梭金鑷采橋頭。每年宮女穿針夜，敕賜新恩乞巧樓。」「春來晚困不梳頭，懶逐君王苑北遊。暫向玉階花下坐，簇錢贏得兩三籌。」「彈棋玉指兩參差，背局臨虛門著危。先打角頭紅子落，上三金字半邊垂。」「宛轉黃金白柄長，青荷葉子畫鴛鴦。把來不是呈新樣，欲進微風到御牀。」「供御香方加減頻，水沉山麝每回新。內中不許相傳出，已被醫家寫與人。」「藥童食後進雲漿，高殿無風扇小涼。每到日中重掠鬢，衩衣騎馬繞宮廊。」又云：「得之於洪文敏所録唐人絶句中。」文敏所得又不知其何所自也。觀其詞氣要與九十二首爲類。前所賡足者，每每見於諸人集中。惜今尚缺其一。

近世士大夫家，往往崇構室宇，巧結臺榭，以爲他日遊息宴閒之所。然而宦況悠悠，終不獲享其樂，是誠可悲也。因記白樂天詩云：「試問池臺主，多爲將相官。終身不曾到，惟展畫圖看。」乃知樂天之詩，真達者之詞與。

天廚禁臠說琢句法，有假借格。如「根非生下土，葉不墜秋風」，「五風寒不下，萬木幾經秋」，皆以「秋」對「下」。「因尋樵子徑，偶到葛洪家」。「殘春紅藥在，終日子規啼」，皆以「紅」對「子」。「閒聽一夜雨，更對柏巖僧」，以「一」對「柏」。「住山今十載，明日又遷居」，以「十」對「遷」。余謂古人琢句，亦或未用意至此，論詩者不幾於鑿乎？

張靈字夢晉，吳中名士也。早歲功名未偶，落魄不羈，寄情詩酒間。臨終之前三日作詩云：「一枚蟬蛻榻當中，命也難辭付太空。垂死尚思玄墓麓，滿山寒雪一林松。」後一日又作詩云：「彷彿飛魂亂哭聲，多情於此轉多情。欲將衆淚澆心火，何日張家再託生。」二詩可想其風致，亦足悲夫！

王水部伯安，正德間，言事謫閩中。過溪覆舟幾厄，時有漁人泛溪中，拯之山上。方徘徊間，邊遇一道者，自稱舊識，邀至中和堂主人處，盤桓數日，主人乃仙翁也。臨行作詩送之云：「十五年前始識荆，此來消息最先聞。君將性命輕毫髮，誰把綱常重一分。寰海已知誇令德，皇是老婦。

張師錫老兒詩五十韻，摹寫極工。中有「看嫌經字小」，不免是老僧。「脚軟怕秋千」，不免天終不喪斯文。武夷山下經行處，好對清樽醉夕曛。」

題目詩最難工妙。如東坡爲俞康直郎中作所居四詠，中有退圃詩一首云：「百丈休牽上瀨船，一鈎歸釣縮頭鯿。園中草木知無數，獨有黄楊厄閏年。」其於「退」字畧不發明，而「休牽上瀨」、「歸釣縮頭」、「黄楊厄閏」，則已曲盡「退」字之妙。此詠題三昧也。

苕溪漁隱評昔賢聽琴、阮、琵琶、箏諸詩，大率一律，初無的句，互可移用。余謂不然。聽琴如昌黎云：「喧啾百鳥羣，忽見孤鳳凰。躋攀分寸不可上，失勢一落千丈強。」歐陽文忠公云：「颯颯風雨，隆隆隱雷霆。無射變凜冽，黄鍾催發生。詠歌文王雅，怨刺離騷經。二典意淡薄，三盤語丁寧。」東坡云：「大絃春温和且平，小絃廉折亮以清。門前剥啄誰叩門，山僧未聞君勿嗔。」山谷云：「孝子流離在中野，羈臣歸來哭亡社。空牀思婦感蟰蛸，暮年遺老依桑柘。」自是聽琴詩，如曰聽琵琶，吾未之信也。聽琵琶，如白樂天云：「大絃嘈嘈如急雨，小絃切切如私語。嘈嘈切切錯雜彈，大珠小珠落玉盤。間關鶯語花底滑，幽咽流泉冰下灘。」元微之云：「月寒一聲深殿磬，驟彈曲破音繁併。」歐陽公云：「春風和暖百鳥語，花間葉底時丁丁。」王仁裕云：「寒敲白玉聲何緩，暖逼黄鶯語自嬌。」自是聽琵琶詩，如曰聽琴，吾不信也。山谷聽摘阮云：「寒蟲促織月籠琵琶乎？自是聽箏詩也。

秋，獨雁叫羣天拍水。」楚國羈臣放十年，漢宮佳人嫁千里。」以爲聽琴，似傷於怨，以爲聽琵琶，則絶無艷氣，自是聽摘阮也。歐陽公聽箏云：「綿蠻巧囀花間舌，嗚咽交流冰下泉。」綿蠻之語，可移以詠琴乎？東坡聽箏云：「喚取吾家三鳳槽㊀，移作三峽孤猿號。」孤猿號之語㊁，可移以詠琵琶乎？自是聽箏詩也。

㊀「三」，百家注分類東坡詩集作「雙」。　㊁此五字據類編本補。

吴文定公原博，詩格尚渾厚，琢句沈著，用事果切，無漫然嘲風弄月之語。其雪後入朝詩云：「天門晴雪映朝冠，步躧頻扶白玉欄。爲語後人須把滑，正憂高處不勝寒。」飢烏隔竹飡應盡，馴象當庭蹋又殘。莫向都人誇瑞兆，近郊或恐有袁安。」其愛君憂國感時念物之情，藹然可掬。至如古人隨車縞帶，灞橋驢背，自是閒話頭。

詩家評盧仝詩，造語險怪百出，幾不可解。余嘗讀其示男抱孫詩，中有常語，如：「任汝惱弟妹，任汝惱姨舅。姨舅非吾親，弟妹多老醜。」殊類古樂府語。至如直鉤吟云：「文王已没不復生，直鉤之道何時行？」亦自平直，殊不爲怪。如喜逢鄭三云：「他日期君何處好，寒流石上一株松。」亦自恬澹，殊不爲險。

吴人黄省曾氏刻劉叉詩，其跋語云：「假太原少傅祕閣本校正一十二字，始得就梓。」其用心亦勤矣。余家舊藏本古律類分三卷，有自問一首云：「自問彭城子，何人接汝顛。酒腸寬似海，詩膽大於天。斷劍徒勞匣，枯琴無復絃。相逢多不合，賴是向林泉。」今黄本所遺。

昔陸放翁老學菴筆記嘗載宋太素中酒詩，云：「中酒事俱妨，偷眠就黑房。靜嫌鸚鵡鬧，渴憶荔枝香。病與慵相續，心和夢尚狂。由今改題品，不號醉爲鄉。」放翁以爲非真中酒者不能知此味。近浙舉子張傑子與亦有中酒詩云：「一枕春寒擁翠裘，試呼侍女爲扶頭。身如司馬原非病，情比江淹不是愁。舊隸步兵今作敵，故交從事却成讎。淹淹細憶宵來事，記得歸時月滿樓。」余謂比太素更詳而有味。

中吴文徵仲寄義興杭道卿詩云：「坐消歲月渾無迹，老惜交游苦不齊。」唐子畏解元詠帽云：「堪笑滿中皆白髮，不欺在上有青天。」人多傳誦。李太師懷麓堂稿上元客罷云：「春回花柳元無迹，老向交游却有情。」謝人惠東坡巾云：「分明木假山前地，不愧烏紗頂上天。」其氣味每相似。

作詩凡一篇之中，亦忌用自相矛盾語。東坡有「日日出東門，尋步東城遊。城門抱關卒，怪我此何求。我亦無所求，駕言寫我憂」。章子厚評之云：「前步而後駕，何其上下紛紛也？」東坡聞之曰：「吾以尻爲輪，以神爲馬，何曾上下乎？」參寥子謂其文過似孫子荆曰：「所以枕流，欲洗其耳。」然終是詩病。

李太白鳳凰臺詩，昔賢評爲古今絶唱。余偶讀郭功父詩，得其和韻一首云：「高臺不見鳳凰遊，浩浩長江入海流。舞罷青蛾同去國，戰殘白骨尚盈邱。風摇落日催行棹，潮擁新沙换故洲。

結綺臨春無處覓，年年芳草向人愁。」真得太白逸氣。其母夢太白而生，是豈其後身邪？

李文正公懷麓堂稿五月七日泰陵忌辰詩云：「秘殿深嚴聖語温，十年前是一乾坤。孤臣林壑餘生在，帝里金湯舊業存。舜殿南風難解愠，漢陵西望欲消魂。年年此日無窮恨，風雨瀟瀟獨閉門。」讀之不能不使人掩卷流涕。

唐人送宮人入道詩，文苑英華共載五首。中有張蕭遠一首云：「捨寵求仙畏色衰，辭天素面立堦墀。金丹擬駐千年貌，玉指休勻八字眉。師主與收珠翠後，君王看戴角巾時。從來宮女皆相妬，聞向瑶臺淚盡垂。」尤覺婉切可誦。

作詩之妙，全在意境融徹，出音聲之外，乃得真味。如曰：「孫康映雪寒窗下，車胤收螢敗帙邊。」事非不覈，對非不工，惡，是何言哉？

張繼楓橋夜泊詩，世多傳誦。近讀孫仲益過楓橋寺詩云：「白首重來一夢中，青山不改舊時容。烏啼月落橋邊寺，欹枕猶聞半夜鐘。」亦可謂鼓動前人之意矣。

東坡少年有詩云：「清吟雜夢寐，得句旋已忘。」固已奇矣。晚謫惠州復有一聯云：「春江有佳句，我醉墮渺莽。」則又加少作一等。評書家謂筆隨年老，豈詩亦然邪？

温庭筠商山早行詩，有「雞聲茅店月，人迹板橋霜」。歐陽公甚嘉其語，故自作「鳥聲茅店雨，野色板橋春」以擬之，終覺其在範圍之内。

「天子旌旗分一半，八方風雨會中州。」此劉禹錫賀晉公留守東都詩也。其遠大之志，自覺軒豁可仰。

余嘗見石刻一詩云：「客懷耿耿自難寬，老傍京塵更鮮歡。遠夢已回窗不曉，杏花風度五更寒㈠。」雖小詩亦自飄逸可愛。後題盧蹈衷父，字畫出入蘇米，久未知其履歷。近讀渭南集，乃知其爲夾江人，佳士也。

㈠「風」原作「回」，據類編本改。

近見寒山子一詩云：「有人兮山陘，雲卷兮霞纓。秉芳兮欲寄，路漫兮難征。心惆悵兮狐疑，蹇獨立兮忠貞。」昔人以爲無異離騷。寒山子，唐人。豈亦楚狂沮溺之流與？

余家舊藏顧仲瑛詩帙一紙，乃次韻劉孝章治中邀夏仲信郎中遊永安湖二首，字畫絶工。楊鐵崖先生嘗和之。中有一聯云：「啄花鶯坐水楊柳，雪藕人歌山鷓鴣。」極爲鐵崖所稱許㈠。仲瑛家饒於財，而豪俠不羈，詩筆乃其餘事。中吳楊禮曹支硎先生跋其後云：「吾家鐵先生，平日豪氣塞雲漢，未嘗輕易假人以稱可語。今爲仲瑛拈出一聯，低頭遜避，乃知先生是中自有人也。然仲瑛之作如此二篇者，誠亦甚少，宜先生之駭歎也。仲瑛在當時能以俠勝，詩筆特其餘耳㈡。今求斯人，又何可得？家有數百頃田，被新衣，駕大舫，赫赫買冠帶，欺鄉里愚民，彼視文字爲何物？然則雖有吾家先生，當何所詣哉！」讀支硎之跋，益增景行之思云。

㈠「崖」原作「史」，據類編本改。㈡「餘」原作「飾」，據類編本改。

詩詞雖同一機杼，而詞家意象亦或與詩畧有不同。句欲斂，字欲捷，長篇須曲折三致意，而氣自流貫乃得。近讀宋人詠茶一詞云：「鳳舞團團餅，恨爾破，教孤另。愛渠體浄，隻輪慢碾，玉塵光瑩。湯響松風，早減二分酒病。味濃香永，醉鄉路，成佳境。恰如燈下故人，萬里歸來對影。口不能言，心下快活自省。」其亦可謂妙於聲韻，得詠物之三昧也㊀。

㊀「得詠物之三昧」六字，據類編本補。

夷白齋詩話

夷白齋詩話

明　顧元慶著

古詩有「客從遠方來，遺我雙鯉魚。呼童烹鯉魚，中有尺素書」。魚腹中安得有書？古人以喻隱密也，魚，沉潛之物㊀，故云。

㊀此五字據學海類編本補。

古樂府云：「金銅作蓮花，蓮子何其貴。攤門不安鎖，無復相關意。石闕生口中㊀，含悲不得語。」「石闕」古漢時碑名，故云。

㊀「闕」原作「闊」，據類編本改，下同。

元釋溥光字元暉，俗姓李氏，特封昭文館大學士㊀、榮禄大夫，賜號立悟大師。有二絶句云㊁：「蠛蠓殺敵蚊眉上，蠻觸交争蝸角中。何異諸天觀下界，一微塵裏闘英雄。」「荳苗鹿嚼解烏毒，艾葉雀銜奪燕巢。鳥獸不曾看本草，諳知藥性是誰教？」詩亦奇拔，恨不多見。

㊀「館」字據類編本補。　㊁「二」字據類編本補。

「怒氣號聲迸海門，州人傳是子胥魂。天排雲陣千家吼㊀，地擁銀山萬馬奔。勢與月輪齊朔望，信如壺漏報晨昏。吴亡越霸成何事？一唱漁歌過遠村。」米元章詠潮詩也。書既遒勁，詩亦雄壯邁往，凌雲之氣，蓋可見矣。

㊀「家」字原缺，據類編本補。

張旭春草帖云：「春草青青萬里餘，邊城落日動寒墟。情知海上三年別，不寄雲中一雁書。」集所不載。

李賀詩：「買絲繡作平原君，有酒誰澆趙州土。」得非黄金鑄范蠡之意邪？

江西宸濠謀逆，武宗親征，既得凱旋，駐蹕金陵，復渡江幸致仕楊一清第，賜絶句二十首。公又有應制律詩四首，應制賀聖武詩絶句十二首，編爲二卷，名車駕幸第録。公自敍謂虞廷賡歌之後，古帝王有以詩章寵臣下者，不過一篇數言而止，未有聯章累牘，若是其盛者。至於屈萬乘之尊，在位者或有之，然亦鮮矣。若罷政歸休者爲尤鮮。或有之，豈有至再至三如今日者乎？守溪王公鏊有四絶句云：「相國移家江水湄，金山望幸已多時。太平金鏡無由進，願得迴鑾一顧之。」「趙普元爲社稷臣，君臣魚水更何人？難虚雪夜相過意，海錯尤堪佐酒巡。」「北固山前駐翠華，慇懃來訪柘臣家。太湖怪石慚多幸，也得相隨載後車。」「賡歌千載盛明良，宸翰如金更煒煌。漫衍魚龍看未盡，梨園新部出西廂。」

西涯先生在内閣時詩云：「六年書詔掌泥封，紫閣春深近九重。階日暖思吟芍藥，水風涼憶種芙蓉。登臺未買黄金駿，補衮難成五色龍。多病益愁愁轉病，老來歸興十分濃。」音節渾厚雄壯，不待琱琢，隱然有臺閣氣象，此其所以難及也。至於樂府尤妙，其題與句篇自有新意，古人所未道者。

皮日休有文藪，載詩數首。陸龜蒙有笠澤叢書，詩亦不多，其詩俱在松陵唱和集內。三集共覽，方爲二公全書。今刻甫里集併之，豈前書之本旨乎？

「一池荷葉衣無盡，數畝松花食有餘。剛被世人知住處，又移茅屋入深居。」此唐人詩也。余見王叔明畫此詩意并篆此詩㊀。畫上隱者廉潔之風，宛然可掬，恨不再見臨之耳。

㊀「意并篆此詩」五字，據類編本補。

王文恪公鏊，自内閣歸，石田先生病亟，遣人問之。答詩云：「勇退歸來説宰公，此機超出萬人中。門前車馬多如許，那有心情問病翁。」字墨慘淡難識，遂爲絶筆。後二日而卒，今集中不載。

大司徒邵二泉寶，乞歸終養，上疏不允。其詩云：「乞歸未許奈親何，帝里風光夢裏過。三月春寒青草短，五湖天遠白雲多。客囊衣在縫猶密，驛路書來字欲磨。聖主恩深臣分淺，百年心事兩蹉跎。」讀之令人感動激發，最爲海内傳誦。

祭酒莊渠魏公校，欈仙謝時臣將畫莊渠圖奉公。公曰：「此小景不足煩大筆。天下有四大景，不識肯留意否乎？願先生包羅於胸中，而後運於筆端。人仰而望太陽，豈能睹其真體？惟泰山之上有日觀峯者，夜半可以眺而見浴日，彌望如鋪金者海也。綠色微茫中有若掣電者，海島溪山相間也。金色漸淡，日輪浮水中，如大玉盤。適海濱望而見日是已。登天台之巔曰華頂者，乃知此特小海耳。諸山環列外，乃有大海。文公嘗同南軒登衡山絶頂。晨起遥見霧氣在下，若大瀛海，遠山高者僅露其頂，飛動之勢，自謂天下奇觀。吾嘗以問顔石屋。答曰：『我以爲混沌也。』泰山有日觀者，觀日於未出也；有月觀者，觀月於已没也。長安觀者，西望秦間諸山也。越觀也者，南望會稽諸山也。衡山有七十二峯，亦有日觀月觀，不及泰山者，當卯位也。長江萬里，人言出於岷山，而不知元從雪山萬壑中來。山亘三千餘里，特起三峯。其上高寒多積雪，朝日曜之，遠望日光若銀海。杜子美草堂正當其勝處。其詩曰：『窗含西嶺千秋雪』是也。」余謂公稟天地之正氣，融而爲江河，結而爲山嶽，言而爲有聲之絶景矣。丹青之士，安能措筆哉？

衡山文先生徵明有病起遣懷二律，蓋不就寧藩之徵而作也。詞婉而峻，足以拒之於千里之外。詩云：「潦倒儒宫二十年，業緣仍在利名間。敢言冀北無良馬，深愧淮南賦小山。病起秋風吹白髮，雨中黄葉暗松關。不嫌窮巷頻回轍，消受鑪香一味閒。」「經時卧病斷經過，自撥閒愁對酒歌。意外紛紜知命在，古來賢達患名多。千金逸驥空求骨，萬里冥鴻肯受羅。心事悠悠那復識，白頭辛苦服儒科。」後寧藩敗，凡應辟者崎嶇萬狀，公獨晏然。始知公不可及也。

李南所先生嵩，隱居陽山，以詩酒自娛。性狷介，不妄交游。日惟獨凭一几，焚香玩易而已。所居之室，扁曰「學易處」。其於死生禍福之説，尤爲洞達。嘗有詩云：「一室焚香几獨凭，蕭然興味似山僧。不緣懶出忘巾櫛，免得時人有愛憎。」年七十二，病亟，家人迎醫，閉目搖手曰：「數盡矣！留連何益？」竟坐逝。嘉靖壬辰六月十七日也。

唐人詩有「只恐爲僧心不了，爲僧心了總輸僧」。有人易數字云：「莫怪爲僧心不了，爲僧心了也輸僧。」出家舍去愛緣，縱未能超悟上乘。視塵中造業者，已霄壤矣。

唐人秦韜玉有詩云：「地衣鎮角香獅子，簾額侵鈎繡辟邪。」後山有「壞牆得雨蝸成字，古屋無人燕作家」。韜玉可謂狀富貴之象於目前，後山可謂含寂寞之景於言外也。

閩陳侍御琳典南畿學政，甚得士子心。正德間，以諫去國。諸生中獨朱良育送詩，最爲傳誦。其詩云：「春風露冕出郊原，落日停驂望國門。抗疏要談天下事，謫官應過海南村。湯湯江漢羈臣淚，納納乾坤聖主恩。歷試古來名節士，爲言身屈道彌尊。」識者以爲不下李師中送唐御史也。

越僧某索畫於石田翁，嘗寄一絶云：「寄將一幅剡溪藤，江面青山畫幾層。筆到斷崖泉落處，石邊添個看雲僧。」石田欣然，畫其詩意答之㊀。余謂僧詩畫矣，何以圖爲？

㊀「意」原脱，據類編本補。

陳可與讀書虎邱，嘗作歌招余。其畧云：「山人早挂席，訪我山中客。清夜焚妙香，蘿月灑石壁。寒泉煮石鐺，細酌話疇昔。」又云：「山人山人招不來，白日下界多塵埃。牛毛世事幾時開，一物於我何有哉？」余嘗乘月泛舟，訪可與虎邱精舍。又贈余詩，有「山中正思爾，良夜喜相過」之句。戊子五月，可與病亟，屬皇甫子浚誌銘，屬金懋仁葬事，屬余刻其詩。今墓木拱矣，負此重託，言之於邑。

吳僧月舟索米口號云：「去歲河橋冰凍，有米無人相送。今日月舟上門，莫作一場春夢。」可謂以文滑稽者也。

「家住夕陽江上村，一灣流水繞柴門。種來松樹高於屋，借與春禽養子孫。」此葉唐夫先生江村詩也。先生生於洪武間，家江村橋，故有是作。其詩多警句，此尤可喜云。

孫一元歸雲菴詩：「沙清竹碧鷗出飛，野老候余開石扉。」古人但言柴扉、荆扉，並無石扉之理。如漢人發哀帝冢云：「初至一户無扃鑰，石牀方四尺，牀上有石几，左右各三石人立侍，皆武冠帶劍。復入一户，石扉有鎖鑰。」一元好奇，初不知「石扉」乃墓中石門耳，故詩貴乎允當。

天順癸未，禮部災，時御史焦顯爲監臨官。後人詩云：「先兆或從焦御史，未然奎餧可爲災。」

解元唐子畏，晚年作詩，專用俚語，而意愈新㊀。嘗有詩云：「不煉金丹不坐禪，不爲商賈不耕田。起來就寫青山賣，不使人間造孽錢。」君子可以知其養矣。

㈠「意愈」原作「竟會」，據類編本改。

南方諺語，有「長老種芝麻，未見得」。余不解其意。偶閱唐詩，始悟斯言，其來遠矣。詩云：「蓬鬢荆釵世所稀，布裙猶是嫁時衣。胡麻好種無人種，合是歸時底不歸。」胡麻即今芝麻也。種時必夫婦兩手同種，其麻倍收，長老言僧也，必無可得之理，故云。

杜東原先生嘗云：「繪畫之事，胸中造化，吐露於筆端，恍惚變幻，象其物宜，足以啟人之高志，發人之浩氣。晉唐之人，以爲玩物適情，無所關係。若曰黼黻皇猷，彌綸治具，至於圖史，以存鑑戒，豈無所關係哉？」陳後山詩云：「晚知詩畫真有得，悔却歲月來無多。」亦此意也。

虎邱石壁，舊有景仁自中朝持劍南東州節，道出姑蘇，飲餞於虎邱，其題名云：「遠峯沐雨，幽軒進風。古木晝陰，野禽春聲。蓴鱸飡季鷹之高，劍潭弔闔閭之古。棋酣而世慮忘，酒竟而別愁起。促駕言歸，援毫以識。紹定五年四月二十日。」余少時尚及見之，今苔蘚漫滅，竟不知在何處。姑識之。

吳興王雨舟，人物高遠，奉養雅潔，刻意詩詞，所著有宮詞一卷，有水南詞一卷㈠，有谷應集，有鐵老吟餘。其宮詞尤蘊藉可喜，姑舉一二，染指可知鼎味矣。詞云：「駕幸長春二鼓時，提燈馳報疾如飛。上房供奉忙多少，才拭龍牀布地衣。」「昨夜閩中進荔枝，君王親受幸龍池。先將並蒂承金盒，密賜脩儀盡不知。」「錦標奪得有誰争，跪向君王自報名。宜索宮花親自插，連呼萬歲兩三聲。」餘皆類此。

㊀此六字據類編本補。

唐羅鄴詩云：「人間若算無榮辱，却是扁舟一釣翁。」頃見王仲深詩云：「青山無處避征徭，十載書囊到處挑。欲買釣船湖上隱，近來漁課又難饒。」由此觀之，我朝之釣翁，不及唐遠甚矣。唐之漁翁，可置榮辱於度外。今之釣翁，則爲多事人矣。

沈醉茶卿隱居許市，其詩攻研澄潔，有出塵之格。嘗寄余山居雜興詩。如云：「鶴病晚山碧，僧來落葉黄。」「隔花水亂響，中酒人高眠。」「花好不出户，雨來還舉觴。」「酒醒芳草遠，病起落花多。」「隱几亂山晚，閉門流水來。」惜乎天不假年，人無知者。

余少時嘗聞常熟一暴富者，與鄉人方交易買田。有一道人來乞食，主人怒其擾聒，呵出之。道人書一絶於其壁云：「多買田莊笑汝癡，解頭糧長後邊隨。看他耕種幾年去，交付兒孫賣與誰？」近來吴中多田之家，即簽糧長州司取剥陪償，終則箠楚禁錮，連年莫脱，其勢不至傾家蕩産不止也。是以人懲其累，有知者皆不售田，吴人所以畏役如畏死。道人之言，切中時禍，不獨爲常熟發也。

山居集，岳漳河岱隱山居而作也。詩凡三十八首，體裁不一。其警策如伐竹云：「萬竿同蔽日，數畝不分烟。」淨明寺云：「方丈留鶯語，山門待馬蹄。」題余水亭云：「竹深雲日細，水滿芰荷高。」山居云：「豆熟藏山兔，荷高宿雨蟬。」七言如暮秋遊眺云：「村居繚繞寒原外，林鳥縱橫夕照前㈠。」山夜喜晴云：「雲疏落木明星動，雨過空庭暗水鳴。」姜憲副過訪云：「石門落葉鳴鶻鳩，澗道芙蓉響蟪蛄。」皆清健可喜。山居在陽山之西白龍塢，其地有崇山峻嶺，茂林修竹，尤爲幽絕。余嘗題其壁云：「山中少鄰並，來往卽君家。徑上自生竹，牆隅亦種花。脱巾漉濁酒㈡，敲火試新茶。幾度長松下，論文意自嘉。」又絕句云：「竹裏茅堂帶激湍，清風日夕報平安。主人風雅輕文組，只恐君王畫去看。」

㈠「林」原作「人」，據類編本改。　㈡「濁」原缺，據類編本補。

振人之危，大是好事。古人能行之者，如山陽張儉亡抵孔褒，不遇。其弟融時年十六，儉少之，而不告。見儉有窘色，謂曰：「兄雖在外，吾獨不能爲君主邪？」後事泄，融一門争死，竟坐褒。近世親戚故舊，畧有毫髮利害，依附惟恐累己，不一引手援，反擠之又下石焉者，皆是也。錢經歷允輝有寄周岐鳳詩云：「一身作客如張儉，四海何人是孔融？」江南人傳誦之。

西湖飛來峰石上佛像，是勝國時楊璉真加琢也。下天竺堂後壁，是王叔明畫，其剥落處㈠，近世孫宰子補之也。方棠陵豪自秋官慮囚江南，歸省過杭，憩西湖之天竺，乃索筆題曰：「飛來峯，天奇也！自楊總統琢之，則天奇損矣！叔明畫，人奇也！自孫宰子補之，則人奇索矣！知二者乃山中千古不平之疑案，余法官也，不翻是案，何以服人？」予嘗寓西湖之上，每棹觀天竺畫壁㈡，未嘗不窮日而返。今爲回禄取去，不可得見矣。惜哉！

㈠「處」字據類編本補。　㈡「壁」字據類編本補。

廬山陳氏有甲秀堂帖，宋淳熙年所刻。有李太白「天若不愛酒，酒星不在天」一章在内。宋人品爲馬子才僞作。今見其筆迹，非僞也。字畫豪放，書畢，後題曰：「吾頭懵懵，醉後書此。賀生爲我辨之，汝年少眼明。」

高廟詠菊詩云：「百花發，我不發。我若發，都駭殺㈠。要與西風戰一場，遍身穿就黄金甲。」一統鴻基，兆於此矣。

㈠以上四句類編本作「百花發時我不發，我若發時都駭殺」。

南濠都先生穆，少嘗學詩沈石田先生之門。石田問：「近有何得意作？」南濠以節婦詩首聯爲對。詩云：「白髮貞心在，青燈淚眼枯。」石田曰：「詩則佳矣！有一字未穩。」南濠茫然，避席請教。石田曰：「爾不讀禮經云：『寡婦不夜哭。』何不以『燈』字爲『春』字？」南濠不覺悦服。

江夏吴偉，齠年收養湖省布政錢昕家。侍其子於書齋中，便取筆畫地作人物山水之狀。弱冠居金陵，其畫遂入神品，未嘗究心吟詠，達所欲言，若有超悟。嘗題自畫騎驢圖云：「白髮一老子，騎驢去飲水。岸上蹄踏蹄，水中嘴對嘴。」惜不多見。

陸子元大，本洞庭涵村世家。晚歲業書，浮沉吴市。嘗刻漫稿，中有寄余詩。其頷聯云㈠：「屋裏陽山應在席，門前春水欲平橋。」結云：「常記尋君過澥墅，竹青堂上喚輕橈。」道其實也。後寓丹陽孫曲水館，疾亟，抵家卒。元大性極疏懶，好遠遊。如在世外，亦不多見。

㈠「頷」原脱，據結聯平仄推補。

歷代詩話考索

歷代詩話考索

嘉善　何文煥筆

鍾常侍評鮑參軍云：「嗟其才秀人微，取湮當代。」夫明遠之才，爵位微矣。猶然未彰，矧下此者哉！然而其詩其名，故不磨也。人微乎哉！勉之。

齊諸暨令袁嘏，自詫「詩有生氣，須捉著，不爾便飛去」。此語雋甚！坡仙云：「作詩火急追亡逋。」似從此脫化。

皎然詩式云：「五言周時已濫觴。」按一言至九言，三百五篇皆具，不止五言也。

釋氏寂滅，不用語言文字，容齋隨筆記大集經著六十四種惡口，載有大語、高語、自讚歎語、說三寶語。宣唱尚屬口業，況製作美詞？乃皎然論謝康樂早歲能文，兼通內典，詩皆造極，謂得空王之助。何自昧宗旨乃爾？

晝公論淈沒格云：「如夏姬當壚，似蕩而貞。」無論夏姬無當壚故實，且安得云貞？想是文君之訛。然閱諸本皆同，未敢擅改。

考晝公詩式有五卷，又有詩評三卷，今非全本矣。中有云：「注於前卷，後卷不復備舉。」訛脫之一證也。

司空表聖二十四詩品，仿書評而別具體裁，氣味可步柴桑四言後塵。全唐詩話記虞世南不和太宗宮體詩，微特政治攸關，亦文藝中争友也，惟太宗容之。降若後世，即朋友間難相得矣。

唐宣宗弔白樂天詩云：「童子解吟長恨曲，胡兒能唱琵琶篇。」按「琵」當作入聲讀。洪邁容齋隨筆記樂天詩，以「琵」字作入聲讀，如「四弦不似琵琶聲，亂寫真珠細撼鈴」，「忽聞水上琵琶聲」是也。又以「相」字作入聲，如「爲問長安月，誰教不相離」是也。「相」字之下自注云：「思必切。」以「十」字作平聲，如「在郡六百日，入山十二回」，「緑浪東西南北路，紅欄三百九十橋」是也。以「司」字作入聲，如「一爲州司馬，三歲見重陽」，「四十著緋軍司馬，男兒官職未蹉跎」是也。宣宗弔詩，蓋卽用樂天字句。

全唐詩話云：「武后詩文，率元萬頃崔融輩爲之。」按武后有懷如意君詩，雖出小説，可與楊叛兒歌同調，則所作不盡出崔元輩手也。

「蓬生麻中，不扶自直」。張説之爲小人而不至大謬，賴有良朋。雖相業文學，彬彬可觀。全唐詩話載其作上官昭容文集序，居然搦管，恬不知耻。非邪媚之一斑邪？

唐中宗狎暱近臣，宴集令各獻伎爲樂。張錫爲談容娘舞，宗晉卿舞渾脱。按教坊記云：「談容娘本名踏謡娘。北齊時有酗酒輒毆其妻者，妻銜悲訴於鄰里，時人弄之，丈人著婦人衣，徐步入場行歌，每一疊，旁人齊聲和之云：『踏謡和來，踏謡娘苦和來。』以其且步且歌，故謂之『踏謡』。」杜陽雜編云：「妓女石火胡養女五人，纔八九歲。火胡立於十重朱畫牀子上，令諸女迭踏至半，手中皆執五綵小幟。俄而，手足齊舉，謂之『踏渾脱』。歌呼抑揚，若履平地。」尤公記王右丞終南山詩，云或謂維譏時，此等附會大可恨。李鄴侯賦楊柳，蘇長公詠柏，賴明皇神宗不受時相譏，亦幾殆矣。

元載夫人王韞秀寄諸姊妹詩云：「家風第一右丞詩。」全唐詩話謂是王縉相公之女。蓋據范氏雲溪友議也。仁和趙松谷箋注右丞集，考唐書，韞秀乃王忠嗣女，不知范氏何據而云然。豈因「家風」句邪？余按范氏所記，前云：「王相公鎮北京以嫁元載。」復云：「元相敗，上令入宫，備彤管之任。韞秀歎曰：『二十年太原節度使女，十六年宰相妻，誰能書得長信昭陽之事？』」考王縉亦無二十年太原節度事。前人小説，概難盡信也。

章八元慈恩塔詩，有如「穿洞似出籠」句，深爲阮亭王氏所誚。又崔峒「流水聲中視公事，寒山影裏見人家」。意境直同山鬼游魂，真下劣詩魔也。

裴思謙及第後，宿平康里詩云：「銀釭斜背解明璫，小語偷聲賀玉郎。從此不知蘭麝貴，夜來新染桂枝香。」或云：「按堯山堂外紀『賀』作『唤』，蓋賀非私事，何事偷聲小語？惟『唤玉郎』故爾。」余謂作「賀」亦可，緣郎新貴不得不賀，却是無限嬌羞。若背燈解璫，猶然待唤，此郎亦太呆相，不似遊平康里郎君矣。」相與一笑，各存原本可耳。

尤延之引段成式酉陽雜俎中遊佛寺數條，辭句艱澁，想多脱誤，恨無善本悉爲校正。中記通政坊寶應寺，有齊公所喪一歲子，漆之如羅睺羅。考洛陽伽藍記云：「于闐王不信佛法。有商胡將一沙門石毘盧旃，在城南杏樹下，向王伏罪云：『今輒將異國沙門來，在城南杏樹下。』王忽聞，怒。卽往看毘盧旃。旃語王云：『如來遣我來，令王造覆盆浮圖一軀，使王祚永隆。』王言：『使我見佛，當卽從命。』毘盧旃鳴鐘聲告佛。卽遣羅睺羅變形作佛，從空而見。王五體投地。卽於杏樹下置立寺舍，畫作羅睺羅像，忽然自滅。」又乾淳歲時記云：「七夕節物，多尚果食茜雞及泥孩兒，號『摩睺羅』，有極精巧飾以金珠者。」按此云漆一歲子，則是如泥孩，當作「摩睺羅」。乃毛氏汲古閣本作「羅睺羅」，未知孰是？

李洞「藥杵聲中搗殘夢，茶鐺影裏煮孤燈」，及褚載賀趙觀文重試及第詩，宜不免後人之誚。至衞準「莫言閒話是閒話，往往事從閒話來」，「何必剃頭爲弟子，無家便是出家人」，則又甚焉。眞録之汙筆，見之汙目。

或謂全唐詩話，似是尤公草創之書，不無訛雜。明楊升菴深嗤之，盍删正焉。余謂删之誠快目，恐無以爲好作惡詩者戒，姑存以寓彰癉。

韓偓香奩集，傳是和凝之作。蓋因和魯公亦有集名香奩，不知曲子相公之集，亦屬詞曲，前人辨之詳矣。全唐詩話尚沿沈氏筆談之誤。

僧清塞贈王道士云：「闕西往來熟，誰得水銀銀。」贈李道士又云：「擬歸太華何時去？他日相逢乞藥銀。」欲得現成受用，募緣本相也。

六一居士詩話載：「吕文穆公未第時，爲胡大監旦所薄。有譽其工詩者，舉及『挑盡寒燈夢不成』之句。胡笑以爲渴睡漢。」按此篇未知何題，若賦閒情，大是寒儉，殊不似狀元及第者。胡之薄之也故宜。

晏元獻於梅聖俞詩，所賞皆非其極致。可知知己良難。梅晏尚如此，況素不謀面，與千百年前古人之詩邪？

六一居士謂詩人貪求好句，理或不通，亦一病也。如「袖中諫草朝天去，頭上宫花侍宴歸」，奈進諫無直用草稿之理。「姑蘇臺下寒山寺，夜半鐘聲到客船」，奈夜半非打鐘時云云。按「諫草」句不無語病，其餘何必拘？況不以文害辭，不以辭害志，孟子早有明訓，何容詞費！

司馬温公續詩話云：「魏當爲薛映掾。薛嘗暑月詣其廨，當狼狽入易服，忘其幞頭。久之月上，顧見髮影，乃大慚，以袖掩頭而走。」余謂此何傷，視手版支頤風落帽者，量懸殊矣。

中山詩話謂：「嚴維『柳塘春水漫，花塢夕陽遲』爲未善。夕陽遲繫花，春水漫不須柳也。」夫柳塘之下，自春水瀰漫，何可瑕疵？

中山又謂杜少陵「蕭條九州內，人少豺虎多。人少慎莫投，虎多信所過。飢有易子食，獸猶畏虞羅」。爲含蓄深遠。盡言若此，尚云含蓄邪。

中山詩話，郡齋讀書志謂有三卷。曾辨其言蕭何未嘗掾功曹爲誤。今毛氏汲古閣刊本合爲一，不識全否？惜無善本可正。

後山詩話，郡齋讀書志云有二卷，論詩七十餘條。今據毛氏汲古閣刊本，條數不減，其卷亦合爲一矣。

文人相輕，自古皆然。昌黎之文，不能置一辭，轉而詆其詩，且造作言語，以毀其行。如後山謂退之亦有絳桃柳枝二妓，且卒也以藥死云云。殊不知數語解圍，蹈不測之地，曾無懼色，氣節不亞於真卿。淮西之役，幾先李愬成功。書生事業，如此止矣，何不好成人之善若此哉？

文人造語，半屬子虛。後山辨高唐賦，以爲「欲界諸天，當有配偶」云云。醜甚！

陳後山謂陶淵明之詩，切於事情而不文。以不文目陶，亦大奇事。

山谷詞云：「斷送一生惟有，破除萬事無過。」蓋用韓詩「斷送一生惟有酒」、「破除萬事無過酒」。後山以爲才去一字，對切而語益峻。余謂此真歇後，非「彎六鈞」「捐三尺」比也。

後山詩話記：「柳三變遊東都南北二巷，作新樂府，骫骳從俗，天下詠之。」按「骫」音「委」，「骳」音「被」，又音「靡」。枚乘傳云：「其文骫骳。」注云：「猶言屈曲也。」

魏泰詩話，據讀書敏求記云，是一卷。余所得刊本其論詩共三十餘條，似是全者。然見他書所引，此中有不載者，可知尚有脱遺。

臨漢隱居詩話云：「鼎澧道中有甘泉寺。天禧末寇萊公南遷，題名寺壁。天聖初，丁謂南遷，復題名而行。其後范諷爲湖南安撫，有詩云：『平仲酌泉方整轡，謂之禮佛又南行。層巒下瞰炎荒路，轉使高僧薄寵榮。』」竊謂士君子直節事君，豈顧利害？況寇公與丁謂不可同日語，范諷之詩，烏足録哉！宋黄徹曾深駁其非。

竹坡論履道詩云：「『不見牛醫黄叔度，卽尋馬磨許文休。』琢句雖工，奈牛醫是叔度之父。」不覺爲之失笑。蓋卽以家學論，恐叔度亦未必不諳此技。

竹坡稱集句之工，推王荆公爲得此中三昧。余謂只是記覽熟耳，云何「三昧」？山谷所謂，眞堪一笑者也。且攻乎此，去詩道益遠。

竹坡云：「淵明閒情賦㈠，想其於此不淺。有坐客問『淵明有待兒否？』一人戲云：『雍端年十三，不識六與七』，豈非有待兒邪？」按淵明未始無妾，其與子儼等疏云：「爾等雖不同生，當思四海皆兄弟之語」，是五子乃異母生。又詩云：「弱冠逢世阻，始室喪其偏。」則早年又嘗悼亡妾矣。

㈠「閒情賦」原作「賦閒情」，據竹坡詩話改。

竹坡詩話云：「少陵之子宗武，以詩示阮兵曹，兵曹答以斧一具，謂『不斫斷其手，天下詩名又在杜家矣。』」信然，不雅馴莫甚焉。若以贈無知好作惡詩者，却正合當。

竹坡謂：「韓退之『紅皺曬檐瓦，黄團繫門衡。』不知少陵北征詩『或紅如丹砂，或黑如點漆』。頗是省力。」夫詩人喜好各别，至以點漆丹砂爲妙，殊難理會。

竹坡謂：「荆公詩如『濃緑萬枝紅一點㊀，動人春色不須多』，『春色惱人眠不得，月移花影上欄干』等篇，皆平甫作，非荆公詩也。」以其太艷耳。關雎思窈窕之淑女，東山詠其新之孔嘉，文王周公不害爲聖人。惟學究腐儒，屏絶綺語。一或有之，必爲之辨，深可厭也。

㊀「濃」原作「繁」，據竹坡詩話改。

少隱論滕元發詩：「『野色更無山隔斷，天光直與水相連』，一『直』字著力，便覺近俗，擬改作『自』字。」不知校原本更弱矣。何不云「野色曠無山隔斷，天光遠與水相連」邪？

每恨少年習氣，浮華不實。紫微詩話舉楊道孚詩云：「東平佳公子，好學到此郎。別去今幾日，結交皆老蒼。」旨哉是言。好結交老蒼，乃是真實好學人。

彦周詩話謂：「退之詩『銀燭未銷窗送曙，金釵欲醉坐添香。』殊不類其爲人。」余謂鐵心石腸，工賦梅花，閒情一賦，何傷靖節？正恐慣説鍾庸大鶴，却一動也動不得耳。

李夫人序：「是邪？非邪？立而望之，翩何珊珊其來遲。」「非」、「之」、「遲」叶韻。彦周引之，

「翩」作「偏」，連上作一句，并謂「退之『走馬來看立不正』，卽祖其意」。豈古人句讀不同，抑別有據邪？

杜詩「萬里戎王子」，諸本皆同。惟彥周引之作「明玉子」，且云：「不曉何物？」可廣異聞。

彥周譏杜牧之赤壁詩「社稷存亡都不問，只恐捉了二喬，是措大不識好惡」。夫詩人之詞微以婉，不同論言直遂也。牧之之意，正謂幸而成功，幾乎家國不保。彥周未免錯會。

詩人詼杜，通國然矣。葉石林謂禪家有三種語，老杜詩亦然。如「波漂菰米沉雲黑，露冷蓮房墜粉紅」，爲函蓋乾坤語；「落花游絲白日靜，鳴鳩乳燕青春深」，爲隨波逐浪語；「百年地僻柴門迥，五月江深草閣寒」，爲截斷衆流語。余謂杜詩誠有此三種，如葉云云，未免强作解人。

石林詩話云：「唐彥謙題漢高廟云：『耳聞明主提三尺，眼見愚民盜一抔。』蘇子瞻云：『買牛但自捐三尺，射鼠何勞挽六鈞。』語皆歇後。一抔六鈞，事無兩出，或可畧土字弓字。如三尺，則三尺律㊀、三尺喙皆可，何獨劍乎？」余謂既曰「明主提」「買牛」「捐三尺」，下諒無別解。信如所評，則王介甫詩「含風鴨緑鱗鱗起，弄日鵞黄裊裊垂」。「鴨緑」「鵞黄」，究屬何語？乃於王獨不置一辭，反多詼言，何與？

㊀「則三尺」三字，據漁隱叢話補。

石林記「王介甫有惡馬，蹄嚙不可近。蔡天啟捉其騣，一躍而上，不用銜勒，馳數十里。荆公大喜，贈詩云：『身著青衫騎惡馬，日行三百尚嫌遲。心源落落堪爲將，却是君王未備知。』時遂盛傳公以將帥許之，依附者屢欲用以爲帥。」嘻，偶然贈句，豈得認真？會騎馬堪爲將，會搦管即可知制誥邪？宋人真不識好惡也。

王介甫只是堅僻，未有斥其奸邪者。石林詩話載：「中書南廳壁間，舊有晏元獻詠上竿伎詩云：『百尺竿頭裊裊身，足騰跟挂駭旁人。漢陰有叟君知否？抱甕區區亦未貧。』當時固必有謂。文潞公在樞府，一日與荆公行至題下，遲留誦詩久之。他日，荆公復題一絶於後曰：『賜也能言未識真，誤將心許漢陰人。桔槔俯仰何妨事，抱甕區區老此身。』」石林記此，亦不置一辭。余謂觀此，介甫之心術見矣，此老亦難得有此破綻。

韻語陽秋云：「梅聖俞於時未嘗輕許人，每有投卷，答詩必因其短而教誨之。東坡喜獎進後學，一言之善，必極口褒賞，使有聞於世而後已。受其賞者，亦踴躍自勉，終成令器。」嗚呼！如二公者，安得世有其人？

王介甫詩云：「功謝蕭規慚漢第，恩從隗始詫燕臺。」或疑「恩」字於出處本無，王舉孟郊詩以對。孟詩可當出處邪？用事只取意合，字句本可弗泥。葛公引之，推爲用法之嚴，固哉！

李太白云：「白髮三千丈，緣愁似箇長。」王介甫襲之云：「繰成白髮三千丈」，大謬。髮豈可繰？盧仝云：「草石自親情」，黄山谷沿之云：「小山作朋友，香草當姬妾。」讀之令人絶倒。韻語陽秋以爲得换骨法，我不信也。

按沿襲古人句，縱使語妙，杼山偷句，已有明條，云何换骨？

王介甫罷詩賦，取經義。嗣後，奸黨指詩賦爲元祐學術。政和中，著令士庶習詩賦者杖一百，可笑可恨。按王阮亭分甘餘話云：「建言者，御史李彦章也。意本在黄秦晁張四學士，并劾及前代淵明子美太白。定律令則何執中也。」

韻語陽秋證韓昌黎之臨薨不亂，引宣室志小説云云，殊爲失當。

東坡詩：「他年一舸鴟夷去，應記儂家舊姓西。」常之以爲爲韻所牽。余疑「姓」或是「住」字，殆傳寫之訛。昔人亦曾辨之。

葛常之引李太白詩云：「何當赤車使，再往召相如。」不可謂無心仕進者。然慢侮力士，略不爲身謀，旋致貶逐，使欲仕之心切，必不如是。謬哉！士非不欲仕，又惡不由其道？胸中無理義，何可妄論古人。

樂天詠史云：「良時足可惜，亂世何足欽？」乃孔子「邦有道，貧且賤焉」，「危邦不入，亂邦不居」之義。又云：「乃知汨羅恨，未抵長沙深。」亦猶昌黎所云，非中國即夷狄矣，非若屈子可之齊、之韓、之趙魏也。葛氏以爲「信如斯，是以亂世爲不足振」云云，未免太固。

王介甫云：「今人未可非商鞅，商鞅能令政必行。」韻語陽秋雖非之，却謂有激而云。不知新法之行，排屏正人，不遺餘力，邪心正是如此。

淵明達識，葛常之引其自祭文及自挽詞云云，以爲第一達磨，援儒入釋，甚無理也。

又常之詳論唐宋諸公精通禪理，并謂歐陽公不奉佛，因感夢遂信奉云云。直同囈語。

韻語陽秋，辨精舍乃儒者教授生徒之處。「晉孝武立精舍於殿內，引沙門居之。故今皆以佛寺爲精舍。」按事物紀原曰：「漢明帝於東都門外立精舍，處攝摩騰竺法蘭，卽白馬寺也。騰始自西域以白馬馱經來止鴻臚寺，遂取寺名，創置白馬寺，卽僧寺之始也。」又曰：「周穆王尚神仙，召尹軌杜冲居終南山尹真人草樓之所，因號樓觀，蓋道觀之始也。」則寺觀俱屬釋道借稱，微獨精舍然。

按分甘餘話引雒陽伽藍記及石林燕語，辨寺之始同。又引雲麓漫鈔云：「漢元帝被疾，召方士漢中，送王仲都處之昆明觀。故後世道士所居皆曰觀。」

元次山愛身後名，吾其山，吾其溪，吾其亭。亦自吾作古云爾。葛公深斥之，殆入禪魔。

韓昌黎云：「凡爲文詞，宜畧識字。」又詩云：「阿買不識字，頗知書八分。」葛公又云：「顏魯公有干祿字樣行世，恐學書者不識字也。」按識字亦大難，微特古文奇字，卽如「王」「玉」「剌」「刺」，以及畫同而音義別者，非素講明，良多錯誤。豈若舉子業，可率爾操觚。

張曲江爲荔枝賦，葛公謂楊妃之嗜，或公啟之。按三百五篇，詠禽獸、果木、池臺、服玩、美色、音聲,不一而足,皆末世荒淫之媒邪?

寇忠愍知巴東縣,有詩云:「野水無人渡,孤舟盡日横。」乃襲「野渡無人舟自横」句。葛公謂其以公輔自期,强作解矣。

王逢原寄王介甫詩云:「天門庨陛鬱巍巍,勢利寧無澹泊譏。豈與跖徒争有道,盍思吾黨自言歸。古人踽踽今何取,天下滔滔昔已非。終見乘桴去滄海,好留餘地許相依。」葛公引之,謂「識度之遠,又過荆公」。按當日朝政國勢,未爲甚失。措辭乃爾,大是背逆。詩句惡劣,又無論矣。不知葛公是何肺腸,反稱道之。

王右丞私邀孟浩然於苑中,明皇微特不之罪,反使誦詩,千載奇逢。至詩句忤旨,乃其命也。葛常之謂右丞不於此時力解明皇之愠,爲忌其勝己,故不肯薦。請問「不才明主棄」句如何解?此等論言,真以小人之心,度君子之腹。

韓昌黎答崔立之詩云:「幾欲犯嚴出薦口,氣象硉矹未可攀。」夫韓公豈不敢犯嚴薦人者,想是人或性行不諧於世故爾。葛公遂斥其「隱情惜己,殆同寒蟬」,過矣。

姜白石云:「凡作大篇,當首尾停匀,腰腹肥滿。每見人前面有餘,後面不足,前面極工,後面草草。」按此病雖或不經意,然亦難勉强。凡精神不能滿幅者,非夭折即窮困,作文寫字,往往然也。

白石云：「小詩精深，短章醞藉，大篇有開闔，乃妙。」余謂小律短章，豈無開闔？凡文字，一啟口便有起落之勢，亦開闔也。如論語首章説一「學」字，下用「而」字轉出「時習」，不已具開闔勢邪？

予嘗戲云：「我輩不可作俚杜文章。」蓋謂俚鄙杜撰也。嚴滄浪云：「押韻不必有出處，用事不必有來歷。」殆未免是邪。

滄浪謂讀騷者，須歌之抑揚，涕淚滿襟，乃識騷之真味。不知涕淚滿襟，殊失雅度。恐當日屈子未必作是形容也。

滄浪詩話，考讀書敏求記云是二卷，并駁其論禪、論騷之誤。今毛氏鐫本合爲一卷矣。

山房隨筆載：「道君直北某州有題壁詩云：『徹夜西風撼破扉，蕭條孤館一燈微。家山回首三千里，目斷山南無鴈飛。』」按此詩音嘶氣咽，與前明建文帝金竺長官司羅永菴題壁同調。士人有此，難膺厚福，況於國主，宜不復也。

山房隨筆記：「林觀過年七歲，鬻詩於市。或令戲詠轉失氣，云：『視之不見名曰希，聽之不聞名曰夷。不啻若自其口出，人皆掩鼻而過之。』試神童科，不甚達。」余謂侮聖經，瀆文字，罪莫大焉。不達而無奇禍，猶其幸也。

山房隨筆記：「党懷英孔子廟詩結句：『不須更問傳家遠，泰岱參天汶泗長。』」稗海原本，却作「汾水長」。余改正作「汶泗」。按汶音問。水經注云：自桃鄉四分，當其派別之處曰四分口，與蜀之「汶江」音「岷」、遼東之「汶城」音「文」，各別。

山房隨筆記南康神童鄧文龍一節，中有云：「太守及諸公，衹服褚子。文龍以緑袍末坐，供茶，故以托子墮地。諸公戲以失禮。對曰：『先生衩衣，學生落托。』按篇海云：『衩衣，袓也。』釋名云：『褚，襲也。』覆上之言也。據此則『袓』與『襲』相反也。」余刻改作「褙子」、「褙」音「背」。類篇云：「襦也。」想是衫外繫襦，不更著袍，故云「衩衣」。

丹鉛總録云：「苻堅時，姜平子侍宴，獻詩，内丁字直而不屈。堅問故。答云：『屈下者不正，未足以獻。』堅大悦。」按「丅」即古文「下」字，平子所云，小朝廷妄學。升菴謂「與劉晏『朋』字未正之對相似。」殆未免過許。

升菴謂杜牧好用數目，垛積成句。按句法亦不外三百篇，如「于三十里」、「三百維羣」，「九十其犉」、「終三十里」、「十千維耦」等句，蓋不一而足矣。

「八角磨盤」一則，内有「赤角律」三字，不知何語？

好字多出經傳。升菴論孟襄陽「待到重陽日，還來就菊花」。「就」字之妙，歷引古詩證其出處，不知「處士就閒晏」，國語早先之矣。

太白詩「酣歌一夜送泉明」，爲高祖諱也。不知者改作「泉聲」。升菴非之。按近日詩文亦有用「泉明」者，豈爲私避邪？不則今人代唐諱也。

「千里鶯啼緑映紅，水村山郭酒旗風。南朝四百八十寺，多少樓臺烟雨中。」此杜牧江南春詩也。升菴謂：「千應作十。蓋千里已聽不著看不見矣，何所云『鶯啼緑映紅』邪？」余謂即作十里，亦未必盡聽得著，看得見。題云「江南春」，江南方廣千里，千里之中，鶯啼而緑映焉。水村山郭，無處無酒旗，四百八十寺，樓臺多在烟雨中也。此詩之意既廣，不得專指一處，故總而命曰「江南春」。詩家善立題者也。

升菴恃其淵博，逞詼詭之論，萬一不無錯誤。前明陳文燿之正楊，胡應麟之藝林學山，直與前輩爲讎，肆厥訾議，過矣。

子思子云：「聖人亦有所不知。大雅曰：『先民有言，詢於芻蕘。』」故余於詩話，考故實，各述所聞見，論是非，折衷於聖經，于古人無彼我也。若前明晦伯元瑞之於升菴，各挾己見，所論又未盡允確，難免蚍蜉撼樹之譏。

解詩不可泥，觀孔子所稱可與言詩，及孟子所引可見矣，而斷無不可解之理。謝茂秦創爲可解、不可解、不必解之説，貽誤無窮。

謝山人四溟詩話以唐律、六朝詩爲是女工，真堪一笑。

茂秦引詩法㊀曰：「事文類聚不可用，蓋宋事多也。」余謂宋事何不可用？街談巷語，皆可入詩，唯在鑪錘手妙。

〔一〕木天禁語原作「家法」。

劉禹錫詩曰：「舊時王謝堂前燕，飛入尋常百姓家。」妙處全在「舊」字及「尋常」字。四溟云：「或有易之者曰：『王謝堂前燕，今飛百姓家。』點金成鐵矣。」謝公又擬之曰：「王謝豪華春草裏，堂前燕子落誰家？」尤屬惡劣。

余嘗論賦詩須稱地位，少壯而言衰病，飽煖而説困厄，平安而發感慨，皆不祥也。四溟山人亦云：「學子美者摹擬太甚，殊失性情。」

四溟詩話云：「游環脅驅，陰靷鋈續。鉤膺鏤錫，鞹鞃淺幭」等語，艱深奇澁，殆不可讀。韓柳五言有法此者，後學當以爲戒。余謂詩各有體，以學三百篇爲戒，奇語也。

謝山人以懽、紅爲韻不雅，以愁、青爲韻佳。不知自在琢句，豈關韻字邪？

吾人詩文一道，非秘密藏也，特恨不肯來學耳。謝山人論詩，李于鱗責其太洩天機，殆風雅中小人哉。

製作繫乎聲名。茂秦有「詩忌」、「詩奸」、「詩諂」三則，足爲惡俗針砭。

謝公與時輩論詩，自云是夕夢見李杜。嘻，可入笑譜。

四溟山人於知己，不免以詩句隙末。故余謂贈答詩不作可也。

前代詩話，皆先哲名言，小子後生何敢妄議！雖然，所見異辭、所聞異辭有之，考故實，索謬訛，讀書者之本分也，遂成考索凡百有一條。

乾隆庚寅閏五朔何文煥記。

歷代詩話人名索引

說　明

一、本索引收録《歷代詩話》中論列的所有詩人（引詩中的人名除外），兼收論列《詩經》、《楚辭》、“樂府”、“古詩”、《文選》、“鬼仙詩”的條目。

二、所收詩人以姓名爲主目，其他稱謂如字、號、小名、官名、爵名、謚號等，附注於後，並出參見條目。例如：

班固（孟堅）　　司馬光（温國公）

太白　見李白　　李太白　見李白

三、在書中只稱名或姓的詩人，本索引一律爲補足其姓名後立目。例如：“重茂”，直接列爲“李重茂”；“二陸”，分列爲“陸機”、“陸雲”。

四、各條下的數碼，斜線前的“上”、“下”是分册，後面的數碼是頁數。例如：

高荷

上/419

上/452

五、收録的人名，屬於同一段而分見於前後兩頁的，只列首次出現的頁碼。

六、本索引對於熔爲典故、用以紀年的人名，或是詩人以外的其他人物，概不收録。

七、本索引採用四角號碼檢字法編排。書後附有筆畫檢字表，以便查閲。

四角號碼檢字法

第一條　筆畫分為十種，用0到9十個號碼來代表：

號碼	筆名	筆　形	舉　　例	說　　明	注　　意
0	頭	亠	言主广疒	獨立的點和獨立的橫相結合	1 2 3都是單筆，0 4 5 6 7 8 9都由二以上的單筆合為一複筆。凡能成為複筆的，切勿誤作單筆；如亠應作0不作3，寸應作4不作2，厂應作7不作2，丷應作8不作3、2，小應作9不作3、3。
1	橫	一㇀乚	天土地 江元風	包括橫、挑(㇀)和右鈎	
2	垂	丨丿亅	山月千則	包括直撇和左鈎	
3	點	丶乀	宀ネ冖 厶之衣	包括點和捺	
4	叉	十乂	草杏皮 刈大對	兩筆相交	
5	插	扌	扌戈申史	一筆通過兩筆以上	
6	方	口	國鳴目 四甲由	四邊齊整的方形	
7	角	㇇厂亅 ㄴ𠂆㇇	羽門灰陰 雪衣學罕	橫和垂的鋒頭相接處	
8	八	八丷 人𠆢	分頁羊余 災豕足午	八字形和它的變形	
9	小	小⺌⺌ 个忄	尖糸粦杲惟	小字形和它的變形	

第二條　每字只取四角的筆形，順序如下：

(一)左上角　(二)右上角　(三)左下角　(四)右下角

(例)　(一)左上角……端……(二)右上角
　　　(三)左下角……端……(四)右下角

檢查時照四角的筆形和順序，每字得四碼：

(例) 顏=0128 截=4325 烙=9786

第三條　字的上部或下部，只有一筆或一複筆時，無論在何地位，都作左角，它的右角作0，

(例) 宣 直 首 冬 軍 宗 母

每筆用過後，如再充他角，也作0．

(例) 干 之 持 掛 大 十 軍 時

第四條　由整個口門鬥行所成的字，它們的下角改取內部的筆形，但上下左右有其它的筆形時，不在此例．

(例) 因=6043 閉=7724 鬭=7712 衡=2143

菌=4460 瀾=3712 荇=4422

附則

I 字體寫法都照楷書如下表：

正	亠 住 匕 反 礻 戶 安 心 卜 斥 刃 业 亦 草 真 執 禺 衣
誤	亠 住 匕 反 礻 戶 安 心 卜 斥 刃 业 亦 草 真 執 禺 衣

II 取筆形時應注意的幾點：

(1) 宀 户 等字，凡點下的橫，右方和它筆相連的，都作3，不作0．

(2) 尸 皿 門 等字，方形的筆頭延長在外的，都作7，不作6．

(3) 角筆起落的兩頭，不作7，如 ㇆．

(4) 筆形"八"和它筆交叉時不作8，如 美．

(5) 业 业 中有二筆，水 氺 旁有二筆，都不作小形．

Ⅲ 取角時應注意的幾點：

(1)獨立或平行的筆，不問高低，一律以最左或最右的筆形作角。

(例) 非 肯 疾 浦 帝

(2)最左或最右的筆形，有它筆蓋在上面或托在下面時，取蓋在上面的一筆作上角，托在下面的一筆作下角。

(例) 宗 幸 寧 共

(3)有兩複筆可取時，在上角應取較高的複筆，在下角應取較低的複筆。

(例) 功 盛 頻 鴨 奄

(4)撇為下面它筆所托時，取它筆作下角。

(例) 春 奎 碎 衣 辟 石

エ上的撇作左角，它的右角取作右筆。

(例) 勾 鈎 侔 鳴

Ⅳ 四角同碼字較多時，以右下角上方最貼近而露鋒芒的一筆作附角，如該筆已經用過，便將附角作0。

(例) 芒＝44710 元 拼 是 疝 歆 畜 殘 儀 難 達 毯 禧 繕 蠻 軍 覽 功 郭 疲 癥 愁 金 速 仁 見

附角仍有同碼字時，再照各該字所含橫筆(即第一種筆形，包括橫挑(趯)和右鈎)的數目順序排列。

例如“市”“帝”二字的四角和附角都相同，但市字含有二横，帝字含有三横，所以市字在前，帝字在後。

0821_2 施

0824_0 放

0864_0 許

1010_1 正

1010_3 玉

1010_4 王

2600_0 白

2610_4 皇

3111_0 江

3111_4 汪

3122_7 禰

3128_6 顧

3210_0 淵

3216_9 潘

3314_2 溥

3390_4 梁

3411_2 沈

4440_1 莘

4440_7 孝

4443_0 莫

4445_6 韓

4480_1 楚

4480_6 黄

4490_1 蔡

4490_3 綦

4490_4 葉

4491_0 杜

4491_4 權

4499_0 林

4594_4 樓

4942_0 妙

4980_2 趙

5000_6 中

5010_6 晝

5022_7 青

5023_0 本

5033_3 惠

7710_4 堅

7712_7 邱

7722_0 陶

筆畫檢字表

二畫

丁 1020_0
刁 1712_0

三畫

于 1040_0
上 2110_0
士 4010_0
子 1740_7
小 9000_0
山 2277_0

四畫

中 5000_6
元 1021_1
六 0080_0
公 8073_2
巨 7171_7
卞 0023_0
天 1043_0
太 4003_0
孔 1241_0
少 9020_0
尤 4301_0
尹 1750_7
文 0040_0
方 0022_7
无 1041_0
月 7722_0
毛 2071_4
牛 2500_0
王 1010_4

五畫

以 2810_0
令 8030_7
去 4073_1
可 1062_0
司 1762_0
右 4060_0
古 4060_0
召 1760_2
左 4001_1
平 1040_9
本 5023_0
正 1010_1
永 3023_2
玉 1010_3
玄 0073_2
白 2600_0
皮 4024_7
石 1060_0
四 6021_0

六畫

伍 2121_7
任 2221_4
休 2429_0
仲 2520_6
伊 2725_7
吉 4060_1
同 7722_0
如 4640_0
守 3034_2
字 3040_1
安 3040_4
戎 5340_0
有 4022_7
朱 2590_0
次 3718_2
江 3111_0
竹 8822_0
米 9090_4
羊 8050_1
老 4471_1
行 2122_1
西 1060_0

七畫

何 2122_0
余 8090_4
冷 3813_7
吴 2643_0
吕 6060_0
妙 4942_0
孝 4440_7
宋 3090_4
岑 2220_7
岐 2474_7
希 4022_7
李 4040_7
杜 4491_0
束 5090_6
汪 3111_4
沈 3411_2
秀 2022_7
谷 8060_8
辛 0040_1
邢 1742_7
邦 5702_7
郊 8722_7
阮 7121_1

八畫

來 4090_8
卓 2140_6
叔 2794_0
和 2690_0
周 7722_0
坡 4414_7
奇 4062_1
孟 1710_7
季 2040_7
宗 3090_1
尚 9022_7
屈 7727_2
岳 7277_2
房 3022_7
放 0824_0
昇 6044_0
昌 6060_0
明 6702_0
林 4499_0
枚 4894_0
東 5090_6
武 1314_0
法 3413_1
牧 2854_0
花 4421_4
邱 7712_7
邵 1762_7

字	號碼
金	8010$_9$
長	7173$_2$
青	5022$_7$

九畫

字	號碼
修	2722$_2$
保	2629$_4$
俞	8022$_1$
厚	7124$_7$
姚	4241$_3$
姜	8040$_4$
彥	0022$_2$
後	2224$_7$
思	6033$_0$
施	0821$_2$
柳	4792$_0$
柯	4192$_0$
柴	2190$_4$
段	7744$_7$
洪	3418$_1$
皇	2610$_4$
盼	6802$_7$
禹	2042$_7$
胡	4762$_0$
范	4411$_2$
茂	4425$_3$
苗	4460$_0$
若	4460$_4$
重	2010$_4$
韋	4050$_6$

十畫

字	號碼
党	9021$_6$
務	1722$_7$
卿	7772$_0$
唐	0026$_7$
夏	1024$_7$
奚	2043$_0$
孫	1249$_3$
師	2172$_7$
徐	2829$_4$
晁	6011$_3$
晏	6040$_4$
桓	4191$_6$
栖	4196$_0$
殷	2724$_7$
烈	1233$_0$
班	1111$_4$
祖	3721$_0$
秦	5090$_4$
翁	8012$_7$
耿	1918$_0$
荆	4240$_0$
荀	4462$_7$
袁	4073$_2$
退	3730$_3$
郎	3772$_7$
郗	4722$_7$
馬	7132$_7$
高	0022$_7$
鬼	2621$_3$

十一畫

字	號碼
偉	2425$_6$
區	7171$_6$
參	2320$_2$
商	0022$_7$
堅	7710$_4$
寇	3021$_4$
常	9022$_7$
康	0023$_2$
張	1123$_2$
惟	9001$_4$
晝	5010$_6$
曹	5560$_6$
曼	6040$_7$
晦	6805$_7$
朗	3772$_0$
梁	3390$_4$
梅	4895$_7$
淮	3011$_4$
淵	3210$_0$
清	3512$_7$
皎	2064$_8$
章	0040$_6$
習	1760$_2$
莊	4421$_4$
莘	4440$_1$
莫	4443$_0$
虛	2121$_7$
處	2124$_1$
許	0864$_0$
貫	7780$_6$
郭	0742$_7$
都	4762$_7$
陸	7421$_4$
陵	7424$_7$
陳	7529$_6$
陶	7722$_0$
陰	7823$_1$
崔	2221$_4$
魚	2733$_6$
鹿	0021$_1$
黄	4480$_6$

十二畫

字	號碼
傅	2324$_2$
喻	6802$_1$
善	8060$_5$
甯	3022$_7$
寒	3030$_3$
富	3060$_6$
庾	0023$_7$
强	1623$_6$
彭	4212$_2$
揚	5602$_7$
惠	5033$_3$
斯	4282$_1$
景	6090$_6$
曾	8060$_6$
棲	4594$_4$
棗	5090$_2$
温	3611$_7$
湯	3612$_7$
無	8033$_1$
盛	5310$_7$
程	2691$_4$
嵇	2397$_2$
舒	8762$_2$
華	4450$_4$
賀	4680$_6$
費	5580$_6$
越	4380$_5$
鄂	6722$_7$
閔	7740$_0$
開	7744$_0$
雲	1073$_1$
項	1118$_6$

十三畫

字	號碼
微	2824$_0$
楊	4692$_7$
楚	4480$_1$
溥	3314$_2$
熙	7733$_1$
義	8055$_3$
聖	1610$_4$
董	4410$_4$
葛	4472$_7$
葉	4490$_4$
虞	2123$_4$
詩	0464$_1$
賈	1080$_6$
道	3830$_6$
雍	0021$_4$
靖	0512$_7$

十四畫

字	號碼
僖	2426$_5$
嘉	4046$_5$

夢 4420_7
廖 0022_2
暢 5602_7
漢 3413_4
榮 9923_2
熊 2133_1
甄 1111_7
端 0212_7
綦 4490_3
翟 1721_4
臧 2325_0
蒯 4220_0
裴 1173_2
褚 3426_0
趙 4980_2
静 5725_7
齊 0022_3

十五畫

劉 7210_0
廣 0028_6
德 2423_1
慕 4433_3
摩 0025_2
摯 4450_2
樂 2290_4
歐 7778_2
滕 7923_2
潁 2128_1
潘 3216_9
蔣 4424_7
蔡 4490_1
鄧 1712_7
鄭 8742_7
魯 2760_3

十六畫

曇 6073_1
澹 3716_1
盧 2121_7
蕭 4422_7
衛 2122_7
豫 1723_2
錢 8315_3
閻 7777_7
駱 7736_4
鮑 2731_2
龜 2771_7
龍 0121_1

十七畫

儲 2426_0
應 0023_1
戴 4385_0
檀 4091_6
繆 2792_2
繁 8890_3
聰 1613_0
薛 4474_1
謝 0460_0
豁 3866_8
鍾 8211_4
隱 7223_7
韓 4445_6
鮮 2835_1

十八畫

歸 2712_7
簡 8822_7
聶 1014_1
謫 0062_7
顏 0128_6
魏 2641_3

十九畫

懷 9003_2
禰 3122_7
羅 6091_4
贊 2480_6
關 7777_2
龐 0021_1

二十畫

嚴 6624_8
獻 2323_4
寶 3080_6
蘇 4439_4
釋 2694_1

二十一畫

護 0464_7
顧 3128_6
饒 8471_1
鶯 9932_7

二十二畫

權 4491_4
酈 1722_7

二十四畫

靈 1010_8